Unsterbliche Küsse

Rosemary Laurey

Unsterbliche Küsse

Deutsch von Christian Kennerknecht

Weltbild

Originaltitel: *Kiss Me Forever*
Originalverlag: Zebra Books/Kensington Publishing Corp., New York

Published by Arrangement with KENSINGTON PUBLISHING CORP., New York, NY, USA

Besuchen Sie uns im Internet:
www.weltbild.de

Die Autorin

Rosemary Laurey wurde in Großbritannien geboren und lebt heute im US-Bundesstaat Ohio. Bis zu ihrer Pensionierung arbeitete sie als Sonderschullehrerin. Heute stürmt die begeisterte Großmutter mit ihren Romanen regelmäßig die amerikanischen Bestsellerlisten.

Weltbild Taschenbuch

Für Schwester Elizabeth Fitzgerald, die mich vor vielen Jahren dazu anregte, genauer über die Ereignisse in jener Schenke in Deptford nachzudenken.

Prolog

»Ich soll ihr also einen unschönen Empfang bereiten?«

Sebastian Caughleigh lächelte knapp. Sein Neffe hatte sofort kapiert. »Sagen wir mal … wir werden ihr den Wind aus den Segeln nehmen.« Dieses Lachen eröffnete James gewisse Spielräume.

»Die Alte kommt garantiert nicht weit.«

»Sie ist die Enkelin. Die Tochter ist vor vielen Jahren gestorben, und allem Anschein nach hat die Schwester der Underwood-Damen wenige Wochen vor der alten Miss Faith ins Gras gebissen. Diese Dixie LePage ist gerade mal dreißig und hat mir netterweise ihr Foto geschickt.«

James betrachtete das Foto auf dem Schreibtisch. Eine junge Frau mit kastanienfarbenem Haar und grünen Augen lächelte in die Kamera.

»Entzückend«, murmelte James. »Darf ich mir was Nettes für sie ausdenken?«

»Nein! Sie kommt am Elften hier an und hat uns ebenso netterweise auch ihre Flugnummer zukommen lassen. Du lauerst ihr in Gatwick auf und klaust ihr die Brieftasche. Ohne Geld und Kreditkarten wird sie nicht weit kommen, und wenn wir Glück haben, düst sie in ihrer Verzweiflung gleich wieder ab.«

James' blasse Augen leuchteten, als er lächelnd in Richtung Foto blickte. »Vielleicht darf sie ihre Brieftasche ja auch behalten – fürs Erste.«

»Mach bloß keine Mätzchen. Dafür ist die Lage zu ernst. Wir müssen um jeden Preis verhindern, dass sie im Haus herumschnüffelt und Material findet, für das jeder dahergelaufene Zeitungsschreiber über Leichen gehen würde.«

»Und wenn sie sich von einer abhandengekommenen Brieftasche nicht beeindrucken lässt?«

»Wie weit soll sie schon kommen ohne Geld und ohne Pass? Sie ist doch komplett aufgeschmissen und wird sich schleunigst auf den Weg zurück nach Hause machen – wo sie besser gleich geblieben wäre. Diese blöde Ziege hätte sich auf schöne regelmäßige Schecks und ein sorgenfreies Leben einstellen können, aber nein, sie will unbedingt hierherkommen, in ein ›echt pittoreskes englisches Dorf‹.« Sebastian schnaubte. »Ich werde ihr zeigen, was pittoresk heißt.«

James kicherte. »Die Brieftasche sollte Wirkung zeigen. Hübsche Idee, Onkel. Gratuliere.«

»Es war Emilys Idee. Sie hat letztes Jahr ihren Pass und die Brieftasche auf Madeira verloren und redet immer noch davon.«

James' blasse Lippen zuckten. »Ich hab es doch schon immer gewusst, dass es dir die Intelligenz dieser Frau angetan hat.« Er nickte. »Ich muss los, Onkel, die Details für meinen ›Empfang‹ ausarbeiten.«

Sebastian warf einen finsteren Blick auf die geschlossene Tür. Er hatte seinem Neffen nur die Hälfte erzählt. Sollte diese verdammte Person nach ihrer Ankunft beabsichtigen, das Haus selbst zu bewohnen, hätten sie ein Riesenproblem. Und wenn sie erst einmal drin wäre … Sebastian rückte mit seinem Stuhl vom Tisch ab. So weit würde er es nicht kommen. James' kleine Ablenkung musste funktionieren. Wenn nicht, würde man unbequem werden müssen, eventuell richtig fies. Schließlich stand nicht nur seine Existenz auf dem Spiel, und im Notfall sollte man auch erwägen, Unterstützung anzufordern.

1

Dixie LePage war außer sich. Ein Bahnstreik! Was für ein Pech! Und dabei hatte man ihr im Reisebüro gesagt, in England sei der Zug die beste Art zu reisen. »Schnell, praktisch und keine Probleme mit dem Linksverkehr.« Sie hatte ihren Job hingeschmissen und war wegen zwei Briefen und einem Telefonat kurzerhand über den großen Teich geflogen, nur um jetzt völlig aufgeschmissen dazustehen. Die Neugier hatte sie getrieben. Die Verlockungen einer plötzlichen Erbschaft und die Aussicht, den Typen, der sie betrogen hatte, weit hinter sich zu lassen, und nun saß sie hier fest.

Dixies Plan B, nämlich ein Auto zu mieten, um an ihr rund fünfzig Kilometer entferntes Ziel zu gelangen, hätte wahrscheinlich funktioniert, nur war ihr leider halb Südengland zuvorgekommen. Und ihren Anwalt, einen gewissen Mr Caughleigh, konnte sie auch nicht anrufen, hatte sie doch weder das nötige Kleingeld noch eine Telefonkarte. Trotzdem widerstand sie der Versuchung, den Hörer gegen die Wand zu knallen und brabbelte stattdessen ein paar Worte gen Himmel.

»Haben Sie Probleme?«, fragte eine weiche, gediegen britische Stimme.

Dixie drehte sich um und blickte in die blauesten Augen, die sie seit ihrem Exverlobten je bei einem Mann gesehen hatte. »Ach, diese blöden Telefone hier. Keine Bedienungsanleitung!« Das war nicht fair, und sie wusste es. Es gab Hinweise in einem halben Dutzend Sprachen.

»Oh!« Blauauge lachte. »Sie sind Amerikanerin?« Was war daran so lustig? »Nehmen Sie doch einfach Ihre Kreditkarte. Sie haben doch eine, oder?« Sein langer Arm kam ihr viel zu nahe, und schon zeigte ein manikürter Finger auf die bekannten Logos. Wäre sie nicht so außer sich gewesen, hätte sie sie auch selbst gesehen.

Mr Caughleigh oder »Corly«, wie die Sekretärin sagte, war nicht im Büro. »Er wird gegen halb neun hier sein. Ich richte ihm aus, dass Sie angerufen haben, Miss LePage.« Soweit also der Versuch, von dieser Seite Hilfe zu erwarten.

»Kann ich Sie im Auto mitnehmen?«

Blauauge hatte das Telefonat belauscht. »Nein, danke.«

»Ich muss nach Surrey, vielleicht könnte ich Sie irgendwo absetzen?«

Sie erinnerte sich an die Warnung ihrer Granny, dass auf Bahnhöfen Mädchenhändler herumlungerten, und Flughäfen bildeten da wohl keine Ausnahme. »Danke, es ist alles in Ordnung.« Sie schickte sich an, wegzugehen.

»Sie vertrauen mir wohl nicht?« Die Vorstellung schien ihn zu amüsieren.

»Nein.« Nie wieder würde sie einem nordischen Gott mit Föhnfrisur, einem Plastiklächeln und seichten blauen Augen vertrauen. So viel zumindest hatte sie gelernt.

Der nette Mann von der Bahnhofsmission schlug ihr vor, den Bus zu einem Ort mit dem unmöglichen Namen »Leatherhead« zu nehmen, angeblich gar nicht weit von Bringham entfernt. Dixies Erwartungen, mitten in die romantische Szenerie eines historischen Liebesromans zu geraten, verflüchtigten sich schnell. Ihr Gefährt entpuppte sich als ganz normaler Überlandbus, der sich noch dazu »Express« schimpfte, obwohl er im Lauf mehrerer Stunden mehr als ein Dutzend Haltestellen anfuhr. Dixie schwor sich, beim nächsten Mal lieber zu Fuß zu gehen. Oh, es würde ja gar kein nächstes Mal geben. Sie hätte sich gleich an den Rat des Anwalts halten sollen, der das Haus verkaufen und den Erlös an sie weiterleiten wollte. Dann lehnte sie sich in ihren erstaunlich bequemen Sitz zurück und schloss die Augen. Zeit, ihr Schlafdefizit wettzumachen.

»Entschuldigung, aber ich glaube, das ist mein Platz.« Dixie rieb sich die Augen. Eine Figur wie die Reinkarnation von Miss Marple zeigte den Anflug eines Lächelns.

Dixies Nachbarin ließ sich mit einem gütigen Lächeln und zahllosen Päckchen im Schlepptau neben Dixie nieder und begann sofort zu plaudern. Vielmehr quasselte sie die nun folgende Stunde über unentwegt vor sich hin, in deren Verlauf Dixie alles Mögliche über Miss Marples verheirateten Sohn erfuhr, über den Geschmack seiner Frau in puncto Küchendekoration und über die enormen Erfolge ihres Enkels im Fußball. Dixie war informiert genug, um zu wissen, dass es sich dabei um Soccer handelte, lernte aber, dass sich Leatherhead in einem Wort schrieb.

»Wir sind da«, verkündete ihre Nachbarin, und im nächsten Moment stand Dixie, umgeben von ihrem Gepäck, neben dem Bordstein.

»Werden Sie abgeholt?«, fragte ihre Begleiterin, die auch ausgestiegen war.

»Ich wollte ein Taxi nehmen.« Tatsächlich hatte sie noch gar nicht daran gedacht, wie es nach der Busfahrt weitergehen würde, wusste auch nicht, wie weit es überhaupt noch war. »Ich muss nach Bringham.«

»Bring'em«, sagte die Alte, und Dixie machte sich eine Notiz im Kopf, das »h« wie alle hier zu verschlucken. Es streckte sich ihr eine runzlige, aber erstaunlich kräftige Hand entgegen. »Ida Collins. Mein Sohn kann Sie im Auto mitnehmen. Er wohnt gar nicht weit weg von Bringham. Stanley«, sagte sie zu dem Mann, der in Begleitung eines kleinen Jungen auf dem Fußweg erschien, »diese junge Dame will nach Bringham. Sinnlos, dass sie ihr Geld für ein Taxi verschwendet.«

Stanley akzeptierte ohne Widerrede. Gut möglich, dass seine Mutter ihm ständig wildfremde Leute aufhalste. »Wenn es Ihnen nicht zu viel ausmacht ...«, begann Dixie. Sie hatte keinerlei Bedenken. Schurken und Bösewichte hatten normalerweise keine kleinen Kinder bei sich.

Stanley grinste. »Ach was, wir wohnen in East Horsley, das liegt direkt auf dem Weg.«

»Ich habe jede Menge Gepäck.«

»Keine Sorge, wir haben genügend Platz. Ich bin mit dem Rolls gekommen, Mums Lieblingsauto.«

Stanley, in Bluejeans und Windjacke, entsprach so gar nicht dem Image des typischen Rolls-Royce-Fahrers, aber den Bus hatte sie sich ja eigentlich auch anders vorgestellt. »Vielen Dank, ich bin Ihnen wirklich sehr dankbar. Mein Name ist Dixie LePage.« Sie streckte die Hand aus.

Er ergriff sie. »Guten Tag! Stanley Collins. Sie haben die Bekanntschaft meiner Mutter gemacht, Ida, und das hier ist Joey.«

Dixie lächelte einem kleinen Jungen entgegen, wie er typischer nicht hätte sein können: Sommersprossen, Chicago-Bulls-Käppi und ein Sweatshirt mit der Aufschrift »Dallas Cowboys«.

»Hallo«, presste er schüchtern zwischen einem Kaugummi hindurch hervor.

Nachdem Dixie auf den butterweichen Ledersitzen im Auto Platz genommen hatte, verstand sie sofort, warum Ida den Rolls so sehr schätzte. »Hübscher Wagen«, sagte sie, in ihrem Blickfeld das Armaturenbrett aus Rosenholz und die Teppiche aus feinstem Velours.

Ihre Worte kamen an, denn Stanley strahlte sofort über das ganze Gesicht. »Unser Topmodell. Kommt normalerweise nur bei Hochzeiten zum Einsatz – und um Mum abzuholen«, fügte er mit einem scherzhaften Lachen hinzu.

Trotz des Jetlags machte es Klick in Dixies Kopf. »Kann es sein, dass Sie das Auto vermieten?«

»So ist es! Autovermietung Collins. Das sind wir. Sollten Sie je ein Auto brauchen …«

»Ab und an. Zum Beispiel jetzt. Haben Sie auch normale Autos?« Sie beugte sich über die hohe Lehne nach vorne, hellwach bei dem Gedanken, zukünftig mobil zu sein.

Stanley grinste. »Was verstehen Sie denn unter einem normalen Auto? Ich habe einen netten kleinen Austin Metro bereitstehen, und einen Fiesta, den ich für Samstag zurückerwarte.«

»Mir ist alles recht, was sofort verfügbar ist.« Dixie hätte auf der Stelle mit Plastikgeld bezahlt.

Stanley lachte. »Ihr Amerikaner fackelt wirklich nicht lange.«

»Das habe ich mir schon früher überlegt, nur leider war auf dem Flughafen weit und breit kein Auto mehr zu haben.«

Stanley grinste. »Na dann vielen Dank! Lassen Sie mich zuerst Mum absetzen, und dann gehen wir zusammen ins Geschäft.«

Der Metro entpuppte sich als roter Kleinwagen – mit Schaltgetriebe, aber Dixie kam gut damit zurecht.

Stanley rief Joey herbei, um ihm den Führerschein zu zeigen, das Dokument aus South Carolina war offensichtlich eine Sensation. Als Adresse gab sie die an, die Mr Caughleigh ihr geschrieben hatte, Orchard House, Bringham. »Mehr hab ich leider nicht. Keine Straße oder Hausnummer.«

Stanleys Augenbrauen verschwanden beinahe unter seinem Haupthaar. »Sie wohnen in Orchard House? Haben Sie das etwa gekauft oder gemietet oder was?«

»Ich habe es geerbt. Es gehörte meinen Großtanten.«

»Was?«, presste Stanley zwischen den Lippen hervor, wobei seine Augen ihrem Blick auswichen. »Sie sind eine Underwood?« Er tat gerade so, als wären die Unterwoods das Allerletzte.

»Meine Großmutter war eine Underwood. Sie verstarb kurz vor Faith Underwood.«

Stanley Collins sog die Wangen ein und musterte Dixie von oben bis unten wie einen Gebrauchtwagen mit dubioser Vorgeschichte. »Ich habe gehört, dass es da wohl noch eine Schwester gab. Angeblich ist sie während des Krieges mit einem Amerikaner durchgebrannt.«

Gran hätte an dieser Stelle herzlich gelacht. Sie und Charlie Reilly hatten in der Grosvenor Chapel offiziell geheiratet, mit dem Segen von Charlies befehlshabendem Offizier, obschon die Schwestern der Braut der Feier ferngeblieben waren. »Das war meine Großmutter.«

Stanley rubbelte über einen nicht vorhandenen Fleck auf der Kühlerhaube des Autos. »Haben Sie mit Mum darüber gesprochen?«

»Das Thema hat sich nicht ergeben. Hat sie denn meine Tanten gekannt?«

Stanley zuckte mit den Schultern und wandte sich ab, um die Scheibenwischer neu auszurichten. »Alle hier haben sie gekannt. Interessante alte Damen, aber ich nehme an, Sie wissen das.«

Dixie schüttelte den Kopf. »Ich habe sie nie kennengelernt. Und auch meine Großmutter ist nach der Hochzeit nie mehr hierher zurückgekehrt.«

Er sah ihr zwanzig Sekunden lang direkt in die Augen. »Glück gehabt. Für wie lange möchten Sie das Auto denn nun haben?«

Sie einigten sich auf zwei Wochen oder das, was Stanley auf gut Britisch als *a fortnight* bezeichnete, und Dixie fuhr mit einer Wegbeschreibung auf der Rückseite eines alten Briefumschlags los in Richtung Bringham.

Ihr gingen Stanleys Worte durch den Kopf, als sie die engen Straßen entlangsteuerte, schaffte es aber dennoch meistens, links zu bleiben. Plötzlich überholte sie, mit nur knapp ein paar Zentimetern Zwischenraum, ein schwarzer Sportwagen. Dixie erschrak. War es wirklich eine so gute Idee, ein Auto zu mieten, wenn die Einheimischen einen derart rasanten Fahrstil pflegten?

Dank Stanleys Wegskizze dauerte die Fahrt nach Bringham gerade einmal eine Viertelstunde, nur die Parkplatzsuche entpuppte sich als schwierig. Die gedrängt volle High Street erstreckte sich über eine Breite von fünfzig Metern und bildete ein einziges Gewusel aus Autos, Fußgängern und Kinderwägen. An einer Stelle stand der Lieferwagen einer Bäckerei im Weg, und Dixie, fasziniert von den engen Gassen und alten Gebäuden, nutzte die Gelegenheit, um sich umzusehen. Ein Wollladen und der benachbarte Blumenladen mit Erkerfenstern und getäfelten Türen beschworen bei ihr die Vorstellung von Handarbeitstäschchen und Reifpetticoats herauf. Auf der anderen Seite der Straße befand sich direkt neben einem Supermarkt eine Tudor-Teestube. Diese Straße musste sie eindeutig zu Fuß erkunden.

Schließlich entdeckte Dixie eine unglaublich enge Parklücke auf einer völlig überfüllten, versteckt hinter dem Supermarkt liegenden freien Fläche, die sich »Parkplatz« schimpfte. Nach dem Aussteigen, einer artistischen Meisterleistung, musste sie sich noch zwischen ihrem Metro und dem fetten BMW daneben durchquetschen.

Mr Caughleighs Adresse lautete *Mayburn House, 29 High Street*. Das müsste doch zu finden sein. Vom Parkplatz führte eine enge Gasse zur High Street, und auf einem Hinweisschild auf dem Zaun stand Folgendes zu lesen: »*Have you paid and displayed*«?

»Was um Himmels willen denn bezahlt und vorgezeigt?«, murmelte Dixie vor sich hin, wobei ihr eine leicht obszöne Vorstellung durch den Kopf ging.

»Sie sind Amerikanerin«, ertönte eine muntere Stimme.

Dixie drehte sich um. Hinter ihr stand eine junge Frau, die einen mit Lebensmitteln und zwei Kleinkindern beladenen Sportwagen vor sich her schob.

»Sie haben laut gedacht. Mit ›*pay and display*‹ ist die Parkgebühr gemeint.« Sie sprach nun betont langsam, als hätte sie ein Kind vor sich.

»Sie haben doch auf dem Parkplatz geparkt?« Dixie nickte. »Man muss dafür bezahlen.« Sie führte Dixie zu einem gelben Automaten, der nur Pfundmünzen und Fünfzig-Pence-Münzen akzeptierte.

»Ich habe überhaupt kein Kleingeld. Da muss ich es wohl drauf ankommen lassen und ein Bußgeld in Kauf nehmen.«

»Bloß nicht! Das kostet Sie fünfzig Pfund.«

Fünfzig Pfund? Das sollte wohl ein Scherz sein. Siebzig oder achtzig Dollar für falsches Parken? Was kassierten sie dann erst für zu schnelles Fahren? Dixie hatte nichts Kleineres als einen Zehn-Pfund-Schein. Wenige Minuten später hielt sie einen Fünf-Pfund-Schein und fünf schwere Münzen in der Hand und hatte obendrein das Parksystem inklusive aller Feinheiten verinnerlicht. Demzufolge konnte man für eine kleine runde Münze eine Stunde lang parken. Nach dem Einwerfen spuckte der Automat das Wechselgeld in Form einer großen siebeneckigen Münze aus sowie den eng bedruckten Parkschein, der genaue Anweisungen darüber enthielt, wo und wie er hinter der Windschutzscheibe zu befestigen war.

Dixie quetschte sich abermals zwischen ihrem Auto und dem BMW hindurch, entriegelte die Tür und löste dabei mysteriöserweise die Alarmanlage aus. Bis sie wieder verstummte, vergingen gut drei Minuten, solange bis sie das Handbuch gefunden und die entsprechende Seite darin aufgeschlagen hatte. Warum hatte ihr Stanley nicht das erklärt anstatt der endlosen Lektionen über Abblendlicht und Scheibenwischer? Zu Dixies großem Erstaunen nahm keiner der Passanten Notiz von dem Alarm, und nachdem sie endlich das Ticket gegen die Scheibe geklatscht hatte, wagte sie sich wieder ins Freie.

Mayburn House war nicht der idyllische georgianische Bau, den sie erwartet hatte, sondern ein gelbes Backsteingebäude mit einer Bäckerei und einem als »*off-licence*« bezeichneten Geschäft. Letzteres sah wie ein Spirituosenladen aus. Auf einem Messingschild an der Eingangstür daneben stand: »Woodrow, Hartscomb und Caughleigh. Rechtsanwälte und Notare«. Am oberen Ende der Treppe stand eine bleiverglaste Tür ein Stück weit offen.

»Ich würde gern Mr Caughleigh sprechen«, sagte Dixie, als sie die Tür aufstieß.

Drinnen blickte eine Sekretärin von ihrer Schreibmaschine auf, wedelte mit lila lackierten Fingern in der Luft herum und fragte: »Haben Sie einen Termin?«

»Herr Caughleigh erwartet mich.«

»Sie brauchen aber trotzdem einen Termin«, wiederholte sie trotzig und hämmerte mit ihren künstlichen Fingernägeln auf die Tischplatte.

Das Geklopfe machte Dixie ganz verrückt. Sie stützte sich mit den Händen auf dem Schreibtisch auf und beugte sich so weit nach unten, bis ihre beiden Nasen sich beinahe berührten. »Mein Name ist Dixie LePage. Ich bin heute früh mit dem Flugzeug aus den Staaten hier angekommen. Mr Caughleigh erwartet mich schon. Ich habe ihm geschrieben und heute Morgen telefonisch eine Nachricht hinterlassen. Sagen Sie ihm bitte, dass ich jetzt hier bin.«

Die Sekretärin klimperte mit ihren atemberaubend langen Wimpern, nahm die Schultern zurück und verzog ihr Schmollmündchen. »Ich sehe nach, ob er hier ist«, sagte sie und stöckelte quer durch den Raum in das Anwaltszimmer.

Durch die verschlossene Türe drangen gedämpfte Stimmen. Dixie bedauerte zwar ihren Temperamentsausbruch, aber auch jetzt war sie nicht bereit, Caughleigh mehr als fünf Minuten zu geben. Dann würde sie die Tür eigenmächtig öffnen. Sie atmete tief durch und sah sich im Vorzimmer um. Die Aktenschränke waren schlachtschiffgrau und wirkten so alt, als lagerten in ihnen noch Geheimnisse aus der Zeit des Ersten Weltkriegs. An zwei Wänden stapelten sich alte Urkundenkassetten mit verblichenen Aufschriften, und zwei Stühle am Fenster sahen so aus, als gammelten sie dort schon seit den 60er-Jahren vor sich hin.

»Miss LePage, ich freue mich, Sie endlich empfangen zu dürfen.« Dixie hatte eigentlich einen Rechtsanwalt wie zu Dickens' Zeiten erwartet, lag aber mit ihren Vorstellungen komplett daneben. Die manikürte Hand ausgestreckt, sah Sebastian Caughleigh von oben auf sie herab, ein Mann von fast zwei Metern, mit Schlafzimmerblick und einem Lächeln, vor dem jede Frau dahinschmelzen musste.

»Sie hatten hoffentlich einen guten Flug«, sagte er zuckersüß.

»Der Flug war in Ordnung. Die Probleme begannen erst nach der Landung.«

»Oh, ja. Ich habe Ihre Nachricht erhalten. Diese verdammten Streiks!« Er richtete den Blick nach oben, als könnte das die Räder zum Rollen bringen. »Furchtbar. Hätten Sie nur eine Nummer hinterlassen, dann hätte ich Ihnen einen Wagen schicken können.«

»Es ist schwer möglich, sich in einer Telefonzelle zurückrufen zu lassen.«

Sein Lächeln enthüllte makellos weiße Zähne. »Egal. Jetzt sind Sie hier. Das alleine zählt, und es gibt so viel zu besprechen.« Er schloss die Tür hinter sich. »Sie haben meine Sekretärin kennengelernt, Valerie Fortune.« Valerie lächelte artig, und Dixie beschloss, wenn eine schon Miss Fortune hieß, dann könnte man ihr auch lila Fingernägel verzeihen. »Es ist etwas spät, um Valerie noch zu bitten, Kaffee zu machen. Vielleicht ist Ihnen mehr nach einem kleinen Lunch?«

Sie hätte mehr als etwas »Kleines« vertragen können. Die Uhr stand auf zwei. Sie hatte kaum geschlafen und ihre innere Uhr war auf Frühstück eingestellt. »Einen Lunch könnte ich gut vertragen.«

»Wir sind im *Barley Mow* anzutreffen«, sagte er zu Valerie, als er Dixies Ellbogen ergriff.

»Onkel?« Die Tür ging auf, und Sebastian Caughleigh holte tief Luft. Dixie war völlig verdattert. Im Türrahmen stand der Adonis vom Flughafen. »Hallo«, sagte er lächelnd. Sebastian Caughleigh gefror das Lächeln im Gesicht.

»Wir wollen gerade weg, James. Mit dir unterhalte ich mich später.« Dann, als hätte er Dixies Anwesenheit vergessen, fügte er hinzu: »Mein Neffe, James Chadwick.« Sebastians Stimme klang reserviert.

»Wir kennen uns schon«, erwiderte Dixie. »James ist mir am Flughafentelefon zur Hand gegangen.«

James' Augenbrauen hoben sich unwillkürlich. »Ich würde ja gerne mitkommen«, sagte er mit einem vieldeutigen Lächeln.

»Wir hätten nichts dagegen, James, aber ich weiß, du hast eine Menge zu erledigen. Bis später dann.« Caughleigh öffnete die Kanzleitür weit, überließ Dixie den Vortritt und knallte die Tür hinter sich zu.

»Das *Barley Mow* ist unsere Stammkneipe gleich unten am Dorfanger. Als Amerikanerin haben Sie sicher Lust auf ein echtes altenglisches Pub.« Sie hatte nichts einzuwenden, aber andererseits war es ihr auch egal – Hauptsache, es gab was zu essen. »Nur ein kurzer Fußmarsch, das Auto können wir stehen lassen«, sagte er beim Überqueren der Straße.

»Wir können auch fahren. Ich muss mein Auto sowieso bewegen, da ich nur für eine Stunde bezahlt habe.« Siebzig Dollar Bußgeld würden das Mittagessen sehr verteuern.

Sebastian Caughleigh blieb abrupt stehen. »Sie haben ein Auto?«

»Gemietet.«

Mit seinen langen Beinen nahm er umständlich auf dem Beifahrersitz des Austin Metro Platz. Danach dauerte es gut eine Viertelstunde, bis sie den Parkplatz verlassen hatten, sich in den Verkehr auf der Hauptstraße einfädelten, dann an einer durchaus besichtigenswerten normannischen Kirche rechts abbogen und einen Parkplatz auf der Kiesfläche vor dem *Barley Mow* fanden. Zu Fuß hätten zehn Minuten gereicht.

Das *Barley Mow* befand sich direkt neben dem Dorfanger, nur wenige Meter von einem großen Teich entfernt, der bis an die Straße reichte. Die Inneneinrichtung war durchgehend rustikal. An Eichenbalken baumelten Pferdeamulette. Über dem offenen Kamin in der Ecke wölbte sich eine Abzugshaube aus gehämmertem Kupfer. Farbige Porzellanteller, Kupferkessel, Jagddrucke und alte Landkarten zierten sämtliche Wände bis in den letzten Winkel.

Sebastian führte sie durch das Pub. »Alf«, sagte er zu der geduckten Gestalt hinter der auf Hochglanz polierten Bar, »das ist Miss Dixie LePage, die Großnichte der Underwood-Damen. Sie ist aus Amerika angereist, um ihre Erbschaft abzuwickeln.«

»Hi, Alf.«

»Tag.« Alf war gerade dabei, Geld zu zählen, sah auf und lächelte Dixie zu. »Was kann ich für Sie tun?«

»Zweimal Ploughman's bitte, Alf.« Sebastian wandte sich an Dixie. »Sie werden es mögen. Die Spezialität des Hauses.«

Aha, sie würde es also mögen. In ihrem Bauch machte sich Verärgerung breit. Er hatte einfach bestellt, ohne sie zu fragen. Waren die Engländer alle noch Viktorianer? Und überhaupt, was sollte sie da eigentlich essen? Fleisch offenbar, den Gerichten auf den Nachbartischen nach zu urteilen. »Was ist eigentlich ein Plougman's Lunch?«, fragte Dixie entschlossen in Richtung Alf.

Seine Mundwinkel zuckten, als er sie ansah und leicht mit dem Kopf nickte. »Sie sind Amerikanerin, ja?« Alf hielt kurz inne und akzeptierte ihr Ja mit einem weiteren Lächeln. »Ein typisch englischer Pub-Snack: etwas Salat, Essiggurke, Stangenweißbrot und je nach Wahl Cheddar, Stilton oder Schinken.«

Das war immerhin etwas; sie konnte sich ein schönes Mittagessen genehmigen, ohne sich rechtfertigen zu müssen, warum sie kein Fleisch aß.

»Zweimal Ploughman's mit Cheddar«, ließ sich Sebastian, leicht verärgert wegen der Unterbrechung, ein zweites Mal vernehmen.

»Für mich bitte mit Stilton, Alf«, sagte Dixie.

Alfs Lächeln verwandelte sich in ein Grinsen. »Jawohl.«

Er sah Dixie überaus interessiert an, ehe er sich umdrehte, um die Bestellung in die Küche durchzugeben.

Dixie setzte einen Fuß auf die Tresenstange und stützte sich mit den Ellbogen ab. Der Jetlag forderte seinen Tribut.

»Für mich noch ein Pint Bitter, Alf.« Sebastian wandte sich an Dixie. »Was hätten Sie denn gern? Gin Tonic? Weißwein?«

Sie schüttelte den Kopf. »Guinness, bitte.«

»Jawohl.« Alf zapfte das schwarzbraune Gebräu, die Schaumkrone exakt bemessen, in einen schweren Glaskrug, den er zuerst auf ein Frotteehandtuch zum Abtropfen und dann auf einen Bierdeckel mit der Aufschrift *Merrydown Cider* stellte.

Dixie nahm durch die Schaumschicht hindurch einen ersten Schluck. Der Geschmack erinnerte sie an Abende auf dem Schoß ihrer Großmutter, als sie genüsslich den einen Schluck probierte, den Granny ihr genehmigt hatte. Der Gedanke daran versetzte ihr einen Stich in der Brust. Sie nahm einen größeren Schluck und begegnete Alfs fragendem Blick. »Wunderbar«, sagte sie. »Granny hatte recht. Es schmeckt besser hier drüben.«

»Weil die Brauereien bei Ihnen zu Hause rumtricksen, den Alkoholgehalt verändern und was sonst noch alles.« Alf wischte ein paar Tropfen vom Tresen auf. »Sie bleiben wohl länger, oder?«

Caughleigh tippte ihr auf den Ellbogen. »Wir haben Geschäftliches zu besprechen. Wechseln wir in den Wintergarten.«

Dixie folgte ihm verärgert. Angenommen, sie wäre lieber an der Bar geblieben? Hatte er daran überhaupt gedacht? Es fiel ihr äußerst schwer, dem Kerl mit den breiten Schultern und dem Nadelstreifenanzug vor ihr keine Grimasse zu schneiden.

Vom Wintergarten aus hatte man einen Blick auf grüne Rasenflächen, Blumenbeete mit frisch sprießendem Grün sowie auf ein großes Klettergerüst. Dixie nahm auf einem mit

Baumwollchintz bezogenen Stuhl Platz, den Sebastian ihr zurechtrückte, und stellte ihr Bierglas auf einen schmiedeeisernen Tisch. Bis auf eine Katze, die zusammengerollt dalag und in der Sonne schlief, waren sie alleine. Dixie betrachtete das verblasste Rosenmuster der Polster, den spiegelblanken Fliesenboden, die Geranien auf dem Fensterbrett und die Stilmischung aus Schmiedeeisen und Mahagoni. Heutige Innenarchitekten würden für eine Einrichtung dieser Art ein kleines Vermögen verlangen.

Dixie streifte mit dem Arm eine riesengroße, rosa blühende Geranie, als sie sich auf ihrem Stuhl umdrehte. Der Duft erinnerte sie an die Veranda ihrer Großmutter direkt am Battery Park. Und an den Grund ihres Besuchs. »Sebastian«, sagte sie, »nach dem Mittagessen würde ich gerne mein Haus sehen.«

Beinahe hätte er sich an seinem Bitter verschluckt.

»Ich fürchte, das wird nicht möglich sein«, sagte er, nachdem er in ein Taschentuch aus Leinen gehustet hatte. »Leider verfüge ich nur über einen Schlüssel, und den hat Mike Jenkins. Ich habe ihn gebeten, das Haus zu schätzen. Er ist Immobilienmakler und sehr angesehen. An Ihrer Stelle würde ich ihn mit dem Verkauf beauftragen.«

»Können Sie den Schlüssel nicht schnell holen?« Dixie sah in seine weichen dunklen Augen. Sie hielten ihrem Blick nicht ganz stand.

Er nahm einen bedächtigen Schluck aus seinem Glas. »Wie wär's denn morgen Vormittag? Es wird früh dunkel, und der Strom ist abgedreht.«

Alf kam mit zwei übervollen Tellern, beladen mit Salat, einem Stück Käse, Essiggurken, Gewürzsoßen und einem Ranken Brot.

Der Anblick und der Duft des Essens erinnerten Dixie daran, wie lange ihr letztes richtiges Essen zurücklag. Das Plastikessen im Flugzeug zählte nicht.

»Sie haben gar nicht gesagt, wie lange Sie bleiben wollen.«

Dixie, gerade mit der Butter beschäftigt, blickte auf. »Weiß ich gar nicht genau.« Tatsächlich hatte sie überhaupt nicht darüber nachgedacht.

»Ich habe Sie bei Miss Reade einlogiert, ›*Bed and Breakfast*‹, direkt im Ort. Ich bring Sie dann gleich hin.«

Das war ja wieder ein Ding. »Ich hatte beabsichtigt, in meinem eigenen Haus zu wohnen.«

Sebastians Augenbrauen gingen steil nach oben. Er lächelte und zeigte sehr weiße Zähne. »Möglich wäre das ... aber es gibt weder Strom noch Gas, und das Wasser ist auch abgedreht. Und ihr Amerikaner braucht doch euren Komfort.«

»Das ist schon möglich, aber ich bin extra angereist, um meinen Besitz sehen zu können.«

Er lächelte gezwungen. »Ich wusste ja nicht, was Sie vorhatten, jedenfalls ist das Haus zurzeit nicht bewohnbar. Ihre Großtanten waren als etwas exzentrisch bekannt. Bei Miss Reade sind Sie auf jeden Fall besser untergebracht, und notfalls gäbe es da noch ein hübsches kleines Landhotel drüben in Bookham.«

»Nein, ich bleibe in Bringham.« Sie war nicht um die halbe Welt geflogen, nur um dann irgendwo weit ab vom Schuss zu landen.

»Wie wär's, wenn ich Sie nach dem Lunch bei Miss Reade abliefere? Sie spannen erst einmal aus, kümmern sich um Ihr Gepäck, was man als Frau halt so zu tun hat. Morgen Vormittag können wir uns dann in meiner Kanzlei treffen, um ein paar vorbereitete Dokumente zu unterzeichnen. Dann hab ich auch den Schlüssel. Wir sehen uns gemeinsam das Haus an und hören, was Mike Jenkins zu sagen hat.«

Klang vernünftig. Ihr tat jeder Muskel weh, und ihre Schläfen pochten.

Ein ganzes Pint Bier trotz Jetlags war wohl keine gute Idee gewesen.

Sebastian gab ihr den Schlüssel für ein verklinkertes Cottage am Dorfanger. Miss Reade, die in Leatherhead arbeitete, wird erst gegen sechs zurück sein. Er schleppte Dixies Koffer bis unters Dach, in ein Zimmer mit Blümchentapeten, erklärte noch schnell die Feinheiten des elektrischen Wasserkessels und ging dann, nachdem sie sich für zehn Uhr vormittags verabredet hatten.

Nachdem sie das unangenehme Gefühl überwunden hatte, alleine in einem fremden Haus zu sein, siegte Dixies Forscherdrang. Genau so hatte sie sich ein englisches Cottage schon immer vorgestellt: Eichenmöbel, poliertes Messing, offene Kamine, eine gepflegte Küche mit Blick auf ein ebenso gepflegtes Gärtchen und eine dunkle Treppe hinter einer Tür im Esszimmer. Nachdem sie ihre Sachen in den Eckschrank gehängt und den Rest in der Kommode aus geschnitzter Eiche verstaut hatte, nahm Dixie eine ausgiebige Dusche und machte sich einen Kaffee; schließlich waren der Wasserkessel und das Rosenporzellan in ihrem Zimmer nicht umsonst da. Noch ehe sie ihn ganz ausgetrunken hatte, kuschelte sie sich müde in das nach Lavendel duftende Bettzeug und schlief für den Rest des Nachmittags.

»Was hast du dir bloß dabei gedacht? Ich habe dir ausdrücklich verboten, mein Büro zu betreten!« Sebastian Caughleigh stürmte durch die Tür.

James zog eine Augenbraue hoch. »Ich wollte einen Blick auf die Erbin aus Amerika werfen.«

»Das hattest du bereits.«

»Na, dann ist ja nichts weiter passiert.« James fläzte sich in den Ohrensessel.

»Nichts weiter passiert?« Sebastian sah seinen Neffen verächtlich an. »Wenn du ihr die Brieftasche wie geplant geklaut hättest, hätten wir zumindest Zeit gewonnen, oder aber sie wäre empört gleich wieder abgereist. Stattdessen haben wir sie jetzt hier, und sie brennt darauf, den alten Kasten zu besichtigen. Zum Glück konnte ich sie auf morgen Vormittag vertrösten. Noch heute Nacht musst du die Sachen finden. Es muss ein ganzer Lastwagen voll sein.«

»Vertrau mir, Onkel. Ich werde das Zeug schon finden.«

»Dir vertrauen? Da müsste ich schön dumm sein.«

James ignorierte den Seitenhieb. Er streckte seine dünnen Beine zum Kamin aus. »Wo hast denn deine muntere Amerikanerin jetzt gelassen?«

»Die ist gut aufgehoben, bei Emily.«

»Entzückend. Quartiert seine neueste Flamme im Cottage der Geliebten ein.«

Sebastian, der ihm genau gegenübersaß, stützte sich mit den Ellbogen auf den Schenkeln ab und knurrte in Richtung James. »Eines rate ich dir. Sollte es diese Nacht wieder schieflaufen, kannst du dich warm anziehen. Vergiss nicht, mit wem du es zu tun hast.«

»Nicht sehr höflich. Du drohst mir, Onkel. Das gefällt mir nicht. Am Ende entgeht dir gar, was ich Miss LePage gemopst habe.«

»Pah.«

James griff in seine Jacke und zog ein kleines, in Leder gebundenes Notizbuch heraus. Er tat so, als würde er es seinem Onkel zuwerfen, zog dann aber den Arm zurück. »Interessiert?« Er lächelte in Richtung von Sebastians ausgestreckter Hand.

Die Hand blieb geöffnet. »Her damit«, zischte Sebastian. James warf ihm das Büchlein hin. Sebastian schnappte es sich und begann sofort darin herumzublättern. »Ihr Terminkalender. Wunderbar. Jetzt kennen wir also ihre Bridge-Termine.«

»Mehr als das, Onkel. Ich hab mich etwas genauer darin vertieft, während du ihr den Hof gemacht hast. Dieser Kalender enthält einfach alles – Telefonnummern, Adressen, Kontonummern und jeden Zahnarzt- und Ausgehtermin seit Januar. Ohne ihn kann sie weder telefonieren noch Postkarten an ihre Lieben schreiben.«

Sebastian streichelte das weiche Leder mit seinen Fingern. Sicher, das Büchlein mochte die eine oder andere wichtige Information enthalten, aber niemand würde bei seinem Verlust gleich wieder nach Hause zurückfliegen. Er sah auf die Uhr aus Marmor auf dem Kaminsims. »Es ist gleich vier. Morgen früh um zehn werde ich das Haus mit ihr besichtigen. Dir bleiben also achtzehn Stunden. Sieh zu, dass du alles findest.«

James neigte das Kinn zur Seite. »Und wenn nicht? Was dann?«

»Du müsstest dir vielleicht einen richtigen Job suchen.«

James blieb im Türrahmen stehen. »Keine Sorge, Onkel. Das wird nicht passieren. Wer würde mich denn schon nehmen?«

Sebastian starrte finster auf den leeren Kaminrost. Hatte denn James gar nichts kapiert? Sie dürften auf keinen Fall riskieren, dass diese Unterlagen in fremde Hände gerieten. Dafür stand zu viel auf dem Spiel, Geld und gute Namen. Wäre dieses Weib doch bloß auf der anderen Seite des Atlantiks geblieben. Sie hätte sich an einer satten Dreiviertelmillion erfreuen können. Er selbst hätte, nach Begleichung von ein paar alten Rechnungen, für den Rest seines Lebens ausgesorgt. Und nun?

Sie musste aus dem Weg geräumt werden. Nein, eine bessere Idee war es doch, ihr den Hof zu machen. Warum nicht? Sie anbaggern und ihr das Herz brechen. Dann würde sie schnell das Weite suchen.

Das Klopfen weckte Dixie. Sie sah auf die ungewohnte Giebeldecke, erinnerte sich aber schnell, wo sie war, und schon im nächsten Moment ging die Tür auf. Zuvor war ihr bereits aufgefallen, dass es kein richtiges Schloss gab, nur einen schmiedeeisernen Riegel.

Ein sympathisches rundes Gesicht erschien im Türrahmen. »Entschuldigen Sie bitte die Störung. Ich bin Emily Reade.

Ich will gerade Teewasser aufsetzen. Hätten Sie Lust, runterzukommen und eine Tasse mitzutrinken? Wir könnten dann auch gleich einiges besprechen.«

Miss Reade plauderte gerne. Sie wollte Emily genannt werden, nahm drei Stücke Zucker zum Tee und arbeitete in einer Bank in Leatherhead. »Ein hübsches Anwesen haben Sie da geerbt, wunderschön und heute sicher ein kleines Vermögen wert. Da wird der Käufer einiges hinblättern müssen.«

Warum bloß gingen alle davon aus, dass sie verkaufen wollte? »Wo genau ist es denn überhaupt? Ich habe es noch nicht zu Gesicht bekommen.«

Emilys Augen weiteten sich. »Orchard House? Ganz in der Nähe. Auf der anderen Seite des Dorfangers.«

Warum hatte es ihr Mr Caughleigh nicht gezeigt? Sie mussten auf dem Weg hierher direkt daran vorbeigefahren sein. Später würde sie sich selber auf den Weg machen.

Das Arrangement bei Emily umfasste Übernachtung und Frühstück sowie Tee, so viel sie wollte. Für alle weiteren Mahlzeiten musste Dixie selbst sorgen. Sie wollte sich die Dörfer in der näheren Umgebung ansehen und natürlich Leatherhead, die heimliche Metropole der Region, wie alle sagten, aber heute Abend wollte sie sich mit dem *Barley Mow* begnügen.

Sie brauchte unbedingt Bewegung und ging zu Fuß, aber der Abend war kälter als erwartet. Also machte sie kehrt, lief zum Haus zurück und huschte auf ihr Zimmer.

Sie wollte sich gerade ein Sweatshirt überziehen, da hörte sie eine Stimme aus dem Nachbarzimmer: ».... beim Abendessen ... weiß ich nicht ... vielleicht eine Stunde oder so ... nein, hab ich natürlich nicht ... überlasse ich alles dir ... wann sehen wir uns ... alles klar.« Ihr war unwohl dabei, eine private Unerhaltung mitzuhören, und so schlich sie auf Zehenspitzen nach unten und machte leise die Türe hinter sich zu.

Das *Barley Mow* war an den Abenden immer gut gefüllt.

Alf hatte eine Hilfe, einen jungen Mann mit Irokesenschnitt und einem fetten Ohrring.

»Guten Abend, Miss LePage. Sie trinken Guinness, oder?«

»Ja, aber ein kleines, bitte.«

»Ein halbes Pint also.« Alf rief seiner Hilfe zu: »Vernon, ein halbes Guinness, aber mit schön viel Schaum. Sonst noch einen Wunsch?«, fragte er Dixie.

»Ich möchte etwas zu Abend essen. Haben Sie eine Karte?«

»Dort oben.« Alf zeigte mit dem Kopf auf eine Schiefertafel an der Wand.

Dixie überflog die krakeligen Zeilen: *shepherd's pie*, *lamb curry*, *Cornish pasty*, *steak and kidney*, *scampi*, *bangers and mash*, *Dover sole* sowie verschiedene Salate. »Ich esse kein Fleisch. Was würden Sie denn empfehlen?«

»Aha, Vegetarierin also. Wenn Sie Fisch mögen, würde ich zu Seezunge oder Scampi raten.«

»Dann nehme ich die Scampi, Alf.« Kühn, wie sie war, bestellte sie noch eine »*jacket potato*« dazu. Was auch immer das sein würde.

Dixie ließ sich an einem freien Tisch am Fenster nieder, zog einen Krimi aus der Tasche und machte es sich bei Guinness und Lektüre gemütlich.

»Das ist aber eine Überraschung!«

Dixie legte Stephanie Plum beiseite und sah direkt in die blassblauen Augen von James Chadwick. Seinem Grinsen nach zu urteilen, sollte sie wohl froh darüber sein, dass er sie hier entdeckt hatte. »Hi«, sagte sie knapp und las weiter.

Er schnappte sich den Stuhl von gegenüber. »Was für eine Freude, Sie wieder zu sehen.«

Nicht um alles in der Welt hätte sie sein Lächeln erwidert. Sie wollte ihn auf keinen Fall ermuntern. Wozu auch. Trotzdem stellte er sein Glas auf dem Tisch ab. Nerven hatte dieser Mann. Dreimal am Tag konnte kein Zufall sein. Dixie hätte ihm am liebsten ihr Bierglas ins Gesicht gekippt. Damit wäre sie ihn wahrscheinlich losgeworden, aber es wäre auch eine schreckliche Verschwendung gewesen. Das gute Guinness!

Kit Marlowe wappnete sich gegen den Geruch von Menschenblut, der ihn auf der anderen Seite der Tür erwarten würde. Er kam selten ins *Barley Mow*, aber nirgends erfuhr man so viel Klatsch und Tratsch wie dort. Er drückte den Türknauf und ließ dabei bewusst äußerste Vorsicht walten, um bloß nichts zu demolieren – auf diese Art ungewollter Aufmerksamkeit konnte er verzichten. Dann betrat er die überfüllte Bar, alle Sinne angespannt und auf der Hut. Er erstarrte. Sie war da. Er hatte es gewusst. Unsinn! *So* gut waren seine Sinne nicht entwickelt. Er hätte vielleicht ein bekanntes Opfer beim Jagen erspürt, aber nicht diese unbekannte Miss LePage. Außerdem war er nicht auf der *Jagd* nach ihr. Er wollte lediglich in ihr Haus eingeladen werden. Die Dorftrommeln hatten ihre Ankunft gemeldet, aber das Haus stand nach wie vor leer.

Warum hatte er ein so ausgeprägtes Gespür für sie? War sie eine von ihnen? Aus einer anderen Kolonie? Vielleicht. Sollte man Justin Glauben schenken, dann hatte Vlad Tepes die halben USA mit seiner Nachkommenschaft bevölkert, aber hier in der Bar waren nur Sterbliche. Einen der Seinen hätte er sofort gerochen. Er sah sich um unter den Anwesenden, nickte bekannten Gesichtern zu und schon hatte er sie gefunden.

Was bedeutete das? Er erkannte sie auf den ersten Blick, wie sie so dasaß, alleine mit ihrem Buch. Kastanienbraune Locken fielen ihr ins Gesicht. Er erhaschte einen Blick auf ihre zarte Haut und ein helles Grübchen im Nacken. Er spürte, roch förmlich, wie sie schmeckte, konzentrierte sich aber darauf, was zunächst anstand. Er durfte sich keine Ablenkung erlauben, wie verlockend sie auch immer sein mochte.

Nun ging ein Mann durch die Bar auf sie zu. Unter seidigen Wimpern sahen Augen so grün wie das Glas von Kirchenfenstern hervor. Zornige Augen in einem ruhigen, kühlen Gesicht. Bei dem Typen konnte er es ihr nicht verdenken. Caughleighs Neffe! Wenn Chadwick ihr jetzt schon zuwider war, sah sie nicht nur blendend aus, sondern hatte auch noch Grips. Sogar die Nase rümpfte sie, als ginge ein unangenehmer Geruch von ihm aus. Als Kit bemerkte, dass sie das Glas wie ein Wurfgeschoss umfasste, grinste er beruhigt in sich hinein und ging zu Vernon an die Theke.

Aus der Nähe betrachtet, hatte ihr Teint den matten Glanz früher Rosen, und unter der makellosen Haut in ihrem Nacken pochte der Puls in perfekter Regelmäßigkeit. Sie duftete nach Nachtluft, Lavendelseife und Menschenblut. Seine Anwesenheit war ihr komplett entgangen, denn ihre Aufmerksamkeit richtete sich ganz auf Chadwick, oder besser gesagt, ihre Gereiztheit. Erst das dumpfe Geräusch von schwerem Glas auf Holz, als Kit ein neues Bier vor sie hinstellte, löste die Spannung.

»Bitte schön! Tut mir leid, dass es so lange gedauert hat.«

Sie sah zu ihm auf. Smaragdgrün war die zutreffendere Bezeichnung für ihre Augenfarbe. Dieses sinnliche Feuer passte einfach nicht zu Kirchenfenstern. Sie war völlig sprachlos, als er das zweite Glas auf den Tisch stellte. Er kümmerte sich nicht um sie, sondern richtete seine Gedanken auf Chadwick. Sein Widerstand war schnell gebrochen.

»Marlowe? Ihr beide seid zusammen? Ich ... konnte ja nicht ... es war mir einfach ... einfach nicht klar.« Er schaute aus seinen blassen Augen wie ein geistig zurückgebliebener Pekinese.

»Tatsächlich?« Ein Wort. Mehr war nicht erforderlich.

»Ich wusste einfach nicht, dass du mit Dixie zusammen bist. Bis demnächst.« James nahm sein Glas und verschwand in der Menge.

Kit setzte sich auf den freien Platz. »Sie gestatten?«

Sie sah ihn kritisch an, das Kinn nach vorne gereckt, die Augenbrauen zusammengekniffen, als wäre er ein seltsames Objekt. Als sich ihre Blicke trafen, verzogen sich ihre Mundwinkel zu einem amüsierten Lächeln.

War sie wirklich nur eine Normalsterbliche? Bei dieser Ausstrahlung und mit diesen Vorfahren? Wer konnte das schon wissen.

»Angenommen, ich sage Nein.«

»Angenommen, ich räume das Feld und gebe Chadwick noch eine Chance?«

»Zu spät. Er ist eben gegangen.«

»Zu schade.«

»Wer's glaubt. Sie haben ihn doch absichtlich vertrieben und möglicherweise den Beginn einer Romanze zerstört.«

Er mochte ihren Humor. »Garantiert nicht.«

Sichtlich verärgert presste sie die Lippen zusammen. »Was macht Sie denn da so sicher?«

Er legte die Ellbogen auf den Tisch und stützte das Kinn in eine Hand. »Ich konnte die Spannung zwischen Ihnen beiden förmlich *riechen.*«

Darauf schüttelte sie nur den Kopf und lächelte, als sich ihre Blicke trafen. »Konnten Sie auch riechen, dass er ein Bierchen zu viel hatte?«

»Chadwick hat schnell eins zu viel.«

Er lehnte sich zurück und sah sie an. An das warme Blut, das in ihren Adern pulsierte, durfte er dabei gar nicht denken.

»Er ist Ihnen zuwider?«

Sie schüttelte den Kopf. »Das ist zu viel gesagt. Er nervt mich halt, und das von Anfang an. Er ist nicht mein Typ. Man kann jemanden nicht verachten, den man erst einen Tag kennt.«

»Das kann man durchaus. Sie brauchen nur Ihrem Instinkt zu vertrauen.«

»Ja, das wäre immerhin besser als wildfremden Kerlen mit

ihren Avancen im Pub zu vertrauen.« Sie drehte sich um, als Vernon ihr einen Teller vor die Nase setzte.

Ihr Abendessen. Eine willkommene Ablenkung. Dixie begutachtete den Teller vor ihren Augen. Eine »*jacket potato*« war eine Ofenkartoffel ohne Quark. Eigentlich wollte sie in Ruhe essen und lesen. Damit war wohl nichts. Verglichen mit James war der Mann Nummer zwei eindeutig eine Verbesserung, was aber nicht so schwierig war. Dixie zerdrückte die Kartoffel mit etwas Butter und machte sich dabei ihre Gedanken über den groß gewachsenen Mann ihr gegenüber. *So* groß war er nun auch wiederum nicht. Mit seinen breiten Schultern nahm er ihr lediglich die Sicht. Er trug einen schwarzen Rollkragenpullover und eine schwarze Hose – eine finstere Gestalt, fehlte nur noch der schwarze Hut. Aber er hatte ihr James Chadwick vom Leib geschafft. Das sprach eindeutig für ihn. Auch wenn er mit seiner Piratenklappe wie Long John Silver aussah.

»Bon appetit«, sagte er.

Sie sah ihm in die Augen oder, besser gesagt, in das eine Auge, das warm war und dunkel wie Samt. »Wollen Sie einfach hier sitzen bleiben und mir beim Essen zuschauen?«

Um seine Augenwinkel zuckte es. War das etwa die Andeutung eines Lächelns? »Soll ich lieber gehen?« Schon stützte er, im Begriff aufzustehen, seine Hände auf die blank polierte Tischplatte.

»Nein!« Sie packte ihn am Handgelenk.

Völlig überrascht sah sie ihn an. Dieses Mal lächelte er eindeutig.

Er blickte auf die Hand, die ihn festhielt. »Wenn Sie darauf bestehen, bleibe ich. Warum essen Sie nicht endlich, bevor alles kalt wird?«

Dixie glaubte nicht, dass ihr jemals wieder kalt sein würde. Aber er war es. Sein Handgelenk fühlte sich kalt und trocken an. Kein Wunder, es war ja auch ein kühler Abend. War sie nicht extra zurückgegangen, um sich ein Sweatshirt zu holen? Sie ließ sein Handgelenk los. »Ich weiß gar nicht, wer Sie überhaupt sind.«

»Ich heiße Marlowe, Christopher Marlowe.« An seiner ausgestreckten Hand sah Dixie einen silbernen Siegelring mit schwarzem Stein.

Lange, kalte Finger legten sich um die ihren. Kräftige, kalte Finger. »Dann sind Sie hier mit Will Shakespeare verabredet?«

Seine Finger zuckten, und er runzelte die Stirn.

»Entschuldigung. Ist mir so rausgerutscht. Der Witz ist wahrscheinlich nicht neu.«

»Ich höre ihn nicht zum ersten Mal.« Er lächelte – ein sehr sympathisches Lächeln, wie sie fand. Aber darüber wollte sie jetzt nicht nachdenken, und schon gar nicht über die Gänsehaut auf ihrem Arm. Seine Hand zu halten, war schon genug. Mehr als genug. Sie drückte sie noch einmal und ließ dann los.

»Ich heiße Dixie LePage.«

»Großnichte und Alleinerbin der berühmten Underwood-Damen. Frisch angekommen in der Paradekutsche von Stanley Collins. Einstweilen bei Emily Read eingezogen.«

Er hatte sie zum zweiten Mal sprachlos gemacht. »Woher …?« Sie kapitulierte. Vielleicht hatte sie ja wegen des Jetlags einen Aussetzer.

»Die Dorftrommeln. Keiner Ihrer Schritte blieb seit Ihrer Ankunft geheim. Irgendwo kennt jemand schon Ihre Schuhgröße, die Farbe Ihrer Zahnbürste und weiß, wie viele Stücke Zucker Sie zum Tee nehmen.«

»Wie das in der Provinz so ist.«

Er nickte. Schlanke Finger strichen über den Stiel seines Glases. »Kann sein, dass Ihnen Bringham … ungewöhnlich vorkommt.«

»Kann sein? Es stimmt. Im Pub sprechen einen wildfremde Menschen an.«

»Ich wollte ja gehen.«

Das stimmte, worauf sie ihn festgehalten hatte. Vielleicht galt ja ein Griff ans Handgelenk in England als Ermunterung. Sie hoffte nicht. ... »Bleiben Sie ruhig. Ich gehe sowieso, sobald ich mit dem Essen fertig bin.«

»Zumindest austrinken können Sie doch noch.« Er schob ihr das zweite Guinness zu. »Bloß wegen eines Biers werde ich Ihnen nicht gleich einen Antrag machen.«

»Wie viele sind denn erforderlich?« Dixie hätte sich beinahe verschluckt. Sie war wohl schon betrunken, denn normalerweise wäre ihr so etwas nicht rausgerutscht.

»Ich bin an Ihrer Bibliothek interessiert, nicht an Ihnen.« Hoffentlich war sie jetzt nicht enttäuscht.

»An meiner Bibliothek?«

»Die Sie geerbt haben. In Ihrem Haus.«

Es dauerte ein paar Sekunden, bis ihr klar war, dass er Orchard House meinte. »Sie wollen meine Bibliothek kaufen? Ich weiß gar nicht, ob sie zu verkaufen ist.«

»Bloß ein paar wenige Bücher. Ich interessiere mich für Okkultes. Ihre Tanten hatten eine ganz hübsche Sammlung. Ich würde gerne einen Teil davon kaufen, zum Marktpreis. Ich bin kein Schnäppchenjäger.«

Das klang nach einem ganz normalen Geschäftsangebot. Kein Grund zur Beunruhigung.

»Ich habe die Schmöker noch nicht gesehen, aber ich glaube, ich werde verkaufen ...«

»Sie räumen mir also das Vorkaufsrecht ein?« Gespannt auf die Antwort, beugte er sich vor.

Sie nickte. »Ja, vorausgesetzt ich verkaufe.« Sie stand auf, um zu gehen. »Wie kann ich Sie denn erreichen, Christopher?«

»Ich bin regelmäßig hier anzutreffen.« Von heute an würde er Stammgast sein. »Falls nicht, meine Adresse ist Dial Cottage, unweit vom Bahnhof.« Wieder bekam sie Gänsehaut. Es war eindeutig sein Lächeln. »Darf ich Sie nach Hause begleiten?«

Das war wie in einem Buch von Jane Austen. »Danke, sehr aufmerksam, aber es ist nicht nötig.«

Dixie war draußen, noch ehe sie sich gefragt hatte, woher er überhaupt wusste, dass sie zu Fuß gekommen war. Das Licht aus den Fenstern des Pubs erhellte die Straße und beleuchtete auch den Anfang eines Trampelpfads quer über den Dorfanger. Als sie in den wolkenlosen Himmel auf ihr unvertraute Sternenkonstellationen blickte, merkte Dixie, dass sie überhaupt nicht müde war. Emily hatte gesagt, Orchard House befinde sich auf der anderen Seite des Angers. Es konnte also nicht allzu weit sein bis dahin, und Dixie wollte unbedingt einen Blick auf ihr Haus werfen. Schließlich war das der Grund, warum sie überhaupt hier war.

2

Das Licht aus dem *Barley Mow* und der Mondschein über dem Teich erstrahlten so hell, dass Dixie genügend sehen konnte. Ein Fußmarsch quer über den Anger und dann im Bogen zurück zu Miss Lane wäre sicher kein Problem. Der Trampelpfad führte am Wasser entlang und traf in der Nähe von drei verklinkerten Cottages mit akkurat geschnittenen Hecken und hell erleuchtetem Eingang wieder auf die Straße. Dixie wandte sich nach rechts und folgte dem geschwungenen Verlauf der Straße.

Sie kam an fünf neu gebauten Häusern vorbei. Auch dort brannte Licht, Fernseher flackerten, und in einem Haus füllte eine Frau gerade einen Teekessel. Der Gehsteig endete, und an der Stelle, an der eine Baumgruppe bizarre Schatten über die Straße warf, verengte sich die Straße.

Etwas Dunkles und Warmes huschte knapp an Dixies Füßen vorbei. Nun erschien ihr diese Mondscheinwanderung doch als ziemlich riskantes Unternehmen; sie wollte schon kehrtmachen, warf einen Blick zurück über den Anger und erkannte, dass das *Barley Mow* gut hundert Meter entfernt war.

Sie musste sich ganz in der Nähe von Orchard House befinden. Es lohnte sich nicht mehr, umzukehren. Also ging sie weiter, und zwar in der Mitte der Straße, um nicht über Baumwurzeln oder nachtaktive Vierbeiner zu stolpern.

Dann hörte sie die Eulen. Es waren zwei, die sich wie gefiederte Harpyien Laute zuriefen. Die Atmosphäre war unheimlich. Dixie war allein, in stockfinstrer Nacht, auf einer verlassenen Dorfstraße, in einem fremden Land, auf der Suche nach einem Haus, das sie nie zuvor gesehen hatte. Sie sprach sich Mut zu, tastete sich um die nächste Kurve und blieb stehen.

Das war ihr Haus. Sie erkannte es.

Sie sah durch ein hohes schmiedeeisernes Tor. Ein von Buschwerk stellenweise überschatteter Kiesweg führte zu einem massiven Ziegelbau. Über hohe Schiebefenster huschte das Mondlicht.

Als sie am Tor rüttelte, hatte sie die Hände voll abgeblätterter Farbe und Rost. Die Kette klirrte schauerlich und fiel scheppernd zu Boden.

Mehr Mühe kostete es, die Tür aufzudrücken. Entweder war sie eingesunken, oder aber der Boden hatte sich im Lauf der letzten Monate gehoben. Die Angeln quietschten, aber nach ein paar kräftigen Stößen gaben sie so weit nach, dass sie seitlich durchschlüpfen konnte.

Dixie stand auf dem Kiesweg und nahm ihren Besitz in Augenschein. Sogar im Dunkeln konnte sie sehen, dass sie die Eigentümerin eines stattlichen Hauses war. Die Fassade war wunderbar proportioniert und mit acht Doppelschiebefenstern ausgestattet, und das Dach zierten vier Gauben. Die Eingangstür erhob sich wie ein dunkler Schatten am Ende eines unebenen Zugangs, während der Kiesweg in einem Bogen um das Haus herum führte. Das ganze Anwesen hätte der Schauplatz für *Sinn und Sinnlichkeit* sein können. Und es war ihr Eigentum. Mondschein inklusive.

In einem der oberen Fenster, rechts außen, flackerte ein Licht. Das war kein Mondschein.

Ein Einbrecher.

Und das in ihrem Haus.

Fassungslos und empört erstürmte Dixie die Stufen zur Eingangstür und zog am eisernen Griff der Glocke. Schrilles Läuten klang durch das stille Haus. Von der Treppe aus sah Dixie, wie das Licht erlosch und dann … nichts. Was hatte sie denn erwartet? Dass ihr der Einbrecher die Türe öffnet?

Sogar die Eulen waren verstummt. In der Dunkelheit

rührte sich nichts. Dixie glaubte schon fast, sie hätte sich das Licht nur eingebildet, als eine Tür zuschlug. Zweimal. Lautes Fluchen hallte durch die Stille der Nacht.

Vorsichtig, um nicht zu stolpern, schlich sich Dixie um das Haus herum. Es war ein ganzes Stück größer, als es zunächst ausgesehen hatte. Dahinter ragten alle möglichen Formen und Silhouetten in die Höhe. Ein Sammelsurium von Anbauten und Nebengebäuden vor einer hohen Ziegelmauer. Dunkle Schatten hüllten alles ein, nur der Garten wurde hie und da, unheimlich und schachbrettartig, vom Mondlicht erhellt. Eine schwarze Gestalt schlich sich davon.

Der Eindringling setzte seinen Weg durch eine Buschgruppe hindurch fort. Wutentbrannt vergaß sie jegliche Vorsicht. »Was haben Sie hier zu suchen?«, rief sie laut.

Der Eindringling zeigte keinerlei Reaktion, drehte sich nur kurz um, floh über den Rasen und entwich durch ein Seitentor.

Dixie nahm die Verfolgung auf, raste durch das Tor auf die Straße hinaus und stieß auf eine dunkle Gestalt.

»Was wollen Sie hier?«, fragte sie, zu wütend, um an Angst auch nur zu denken.

»Dixie?« Sie kannte diese Stimme.

»Christopher? Christopher Marlowe? Was machen Sie denn hier?« Das war dann doch zu viel des Guten. Zuerst störte er sie beim Abendessen, dann hier.

»Ich bin auf dem Nachhauseweg. Ist alles in Ordnung? Sie zittern.« Kräftige Hände umfassten ihre Schultern.

Letzteres zumindest stimmte. Sie zitterte am ganzen Körper. Dixie löste sich aus seiner Umklammerung und sah sich um. Sie standen auf einer schmalen, ungepflasterten Straße. Hinter ihr türmte sich die hohe Ziegelmauer auf, und vor ihr schimmerte von weitem das Licht der neu gebauten Häuser durch die Bäume.

Er kam auf sie zu. »Etwas hat Sie erschreckt. Was machen Sie denn hier so spät?«

»Mein Haus besichtigen.« War er etwa der Eindringling? Er war ihr verdächtig nahe und atmete doch kaum. Nach einem derartigen Sprint durch den Garten würde selbst ein Marathonläufer keuchen. »Wohnen Sie tatsächlich hier draußen? Sie haben doch gesagt, Sie würden am Bahnhof wohnen.«

»Es ist eine Abkürzung.« Mit einer Hand griff er wieder nach ihren Schultern. »Sie sollten sich nicht nach Einbruch der Dunkelheit hier herumtreiben. Viel zu gefährlich für eine Frau.«

Sie ignorierte das. »Es war jemand im Haus. Ich habe Licht gesehen. Er ist in dieser Richtung geflohen.«

»Und Sie haben geglaubt, ich sei derjenige gewesen?«

Was sollte Sie darauf antworten? Sie glaubte es immer noch – zum Teil. »Sonst ist da keiner.«

»Ich war's garantiert nicht. Ich treibe mich nicht mit einer Taschenlampe bewaffnet in leer stehenden Häusern herum.«

»Glauben Sie etwa, ich hätte mir alles nur eingebildet?« Wehe, er würde es wagen, mit Ja zu antworten.

»Nein. Vielleicht steckt ja eine Mutprobe dahinter. Angeblich spukt es in dem alten Kasten. Gut möglich, dass da ein Dorfjunge den Macho raushängen ließ. Dieses Mal jedenfalls *werde* ich Sie nach Hause begleiten. Sie sind ja völlig verschreckt.«

Gemeinsam machten sie sich auf den Weg. Mit der Umgebung vertraut, warnte er sie vor Wurzeln und anderen im Schatten verborgenen Risiken.

Als sie den Anger überquerten, nahm er ihren Ellbogen. »Vorsicht, hier ist ein Loch!«, sagte er.

Sie blieb stehen und tastete sich mit einem Fuß vor. Tatsächlich. Es war tief genug, um gefährlich zu stolpern, jedoch von Gras überwachsen.

»Woher wissen Sie das?«, fragte sie und blickte in sein vom Mondlicht beschienenes bleiches Gesicht.

»Ich bin hier öfter unterwegs.«

Zehn Minuten später standen sie vor Emily Reades Gartentor. Er wartete. Glaubte er etwa, sie würde ihn hereinbitten? Da musste sie ihn enttäuschen.

»Danke für die Begleitung. Beim nächsten Mal finde ich den Weg sicher alleine.« Sie streckte die Hand aus.

Eine kräftige, kalte Hand griff danach. »Passen Sie auf sich auf, Dixie. Ich werde Ihnen alles zeigen.«

Er wartete vor dem Tor, während sie zur Haustür ging. Dixie drehte sich kurz um und winkte, als sie in die Tasche ihrer Jeans griff, um den Schlüssel herauszuholen. Im Vergleich zu seinen Fingern fühlte er sich warm an.

Ohne Licht zu machen, beobachtete Dixie von ihrem Zimmerfenster aus, wie Christopher über den Dorfanger zurückging. Hatte er die Wahrheit gesagt? War dieser Weg hinter ihrem Haus eine Abkürzung zu seinem? Sie würde nachhaken oder sich den Ortsplan vornehmen, um das zu klären. Auf halbem Weg ungefähr verschwand seine Silhouette in der Dunkelheit.

Vor Orchard House hielt Christopher Marlowe inne und richtete seine Gedanken auf die Bibliothek des Hauses. An seine neue Besitzerin wollte er gar nicht denken, nicht an ihre kupferfarbenen Locken, ihre wachsweiche Haut oder die warmen grünen Augen, die so geistreich funkelten.

Vor allem die Gedanken an das warme, wohlschmeckende Blut in ihren Adern musste er sich aus dem Kopf schlagen. Derlei Versuchungen könnten alles zunichte machen. Aufgrund ihrer Herkunft war sie eher seine Widersacherin als eine Verbündete. Das würde er nicht vergessen. So viel hatte er im Laufe von vierhundert Jahren gelernt.

»Du bist der letzte Versager! Was war denn jetzt wieder los? Hat vielleicht ein Geist den kleinen Hosenscheißer erschreckt? Ich fass es nicht!«

Sebastian fühlte, wie ihm das Blut in den Kopf schoss, als er James anschrie.

Der blickte ihn mit blassen Augen finster an. »Schau doch selber nach. Da ist nichts. Ich habe zweimal alles durchwühlt.«

»Dann versuch's ein drittes Mal.«

»Stocher du doch im Dunkeln in diesem Mausoleum herum. Ich geh nicht wieder zurück.«

Caughleighs Brust erschütterte ein fieses Lachen. »Klar gehst du. Morgen Vormittag zeige ich dieser Dame LePage das Haus, und schon am Nachmittag wird es zum Verkauf stehen. Dir bleibt also noch genau eine Nacht, das Zeug zu finden.«

»Und wenn nicht, Onkel?«

»Dann wirst du leider feststellen, dass wir nicht so nett sind wie gemeinhin angenommen. Wir können sogar sehr böse werden, wenn jemand nicht spurt – eine Erfahrung, die leider auch die alten Damen machen mussten.«

Das zeigte Wirkung. Sebastian lächelte. Er hatte James zur Räson gebracht.

»Es ist wunderhübsch.« Dixie ignorierte Caughleighs wohlwollendes Lächeln. Es würde länger als einen Vormittag dauern, ehe sie begriff, dass sie nun so ein Haus besaß. Noch am Abend zuvor gespenstisch und unheimlich, entströmte dem roten Backsteinbau nun im Licht der Vormittagssonne eine einladende Wärme. Die gesprungenen Pflastersteine waren abgenutzt, aber nicht gefährlich, und der Garten war lediglich vernachlässigt und alles anderes als furchterregend. Das Haus selbst war auch bei Tageslicht ein Traum und am ehesten vielleicht einer Witwe vergleichbar, die ihre müden Knochen in der Sonne ausruht. »Wie alt ist es denn?«

Sebastian zuckte mit den Schultern. »Schwer zu sagen. Georgianisch auf keinen Fall, dazu ist es zu massiv. Möglicherweise Queen Anne. Die hiesige Historische Gesellschaft weiß vielleicht mehr. Ich glaube, es ist auf ihrer Liste. Der rückwärtige Teil ist natürlich viel älter.«

Dixie streckte die Hand nach dem Schlüssel aus; er war an die fünfzehn Zentimeter lang und knapp ein Pfund schwer. Das Schloss klemmte zunächst, öffnete sich dann aber knarzend. Dixie umfasste den stumpf gewordenen Messingknauf und drückte die schwere, schwarze Tür auf.

Ein muffiger Geruch und kalte, feuchte Luft erfüllten den weiträumigen, abgewohnten Korridor. Die schweren Möbel waren abgedeckt, nur auf dem marmornen Kamin und den Fenstern breitete sich der Staub ungehindert aus. Den Kristallleuchter und das Treppengeländer zierten unzählige Spinnweben. Gut vorstellbar, dass in dem zusammengerollten Teppich an der Wand Mäuse hausten. »Miss Haversham würde sich hier wie zu Hause fühlen.«

Sebastian Caughleigh lächelte. »Ihre Tanten galten als exzentrisch.«

»Aber sie haben doch nicht so gewohnt?« Sie erinnerte sich an ihre Großmutter, ihren peniblen Frühjahrsputz, die obligatorischen Leinenservietten und die polierten Kristallgläser.

»Miss Faith ist vor fast zwei Jahren gestorben. Sie hatte sich um so gut wie alles gekümmert. Ich fürchte, Miss Hope alleine war überfordert, und außerdem steht das Haus seit Oktober leer.«

Sebastian schritt die Zimmer nacheinander pflichteifrig ab wie ein Makler. Dixie folgte ihm und ließ die Räume auf sich wirken: das geräumige, helle Wohnzimmer mit seinen verblichenen Pastellvorhängen, das Esszimmer mit seinem schweren schwarzen Eichentisch und der exquisiten Holzvertäfelung sowie einem dazu passenden Kaminsims mit Schnitzereien.

Das Frühstückszimmer ging auf einen überwucherten Blumengarten hinaus. Ein kleiner Salon mit abgenutzten modernen Möbeln und einem alten Fernseher sah aus wie der Aufenthaltsraum der Underwood-Damen.

Die dunkle, niedrige Küche befand sich mehrere Stufen unterhalb der sonstigen Räume. »Das hier ist weitaus älter«, sagte Sebastian. »Man hat das Haus über einem alten Farmhaus errichtet.«

In der oberen Etage gab es vier Schlafzimmer und einen weiteren Raum, der vom Boden bis zur Decke mit Büchern vollgestopft war. Dixie vermutete, dass das die Sammlung sein musste, von der Christopher gesprochen hatte. Ein sechster Raum beinhaltete eine Badewanne mit Klauenfüßen, ein Sockelwaschbecken, groß genug, um einen kleinen Dobermann darin zu baden, sowie zwei Toiletten mit Mahagonideckel.

Dixie wunderte sich. »Wozu denn zwei Toiletten?«

Sebastian räusperte sich. »Das hatte man früher. Heutzutage sehen Sie das kaum noch. Wer auch immer das Haus kauft, es muss auf alle Fälle renoviert werden.«

»Das lohnt sich. Und es wird ein Traumhaus, wenn man nur ein bisschen was reinsteckt.«

»Wir müssen zurück. Ich habe Mike Jenkins den Schlüssel noch vor dem Lunch zurückversprochen.«

Dixie war nicht bereit, sich aus ihrem eigenen Haus vertreiben zu lassen. »Ich kann hier auf ihn warten. Ich bleibe.«

Die dunklen Augen wären ihm beinahe aus dem Kopf gesprungen. »Bleiben? Es gibt hier weder Strom noch Wasser.«

»Ein paar Stunden geht das schon.«

Er runzelte die Stirn. »In Ordnung. Sie bringen mir den Schlüssel dann später im Büro vorbei.«

Stille verbreitete sich wieder im Haus, als das Motorengeräusch des Autos verklungen war. Dixie galt nun als seine rechtmäßige Eigentümerin, nachdem sie eine Stunde in Caughleighs Kanzlei verbracht und Dokumente unterschrieben hatte.

Sie wollte sich an ihrem wunderbaren Besitz eine gewisse Zeit erfreuen, ehe sie ihn zum Verkauf anbot. Wie viel würde ein derartiges Haus einbringen? Sicher mehr als genug, um mit dem Geld ein geeignetes kleines Häuschen in South Carolina zu kaufen und einzurichten. Sie würde Mike Soundso, wie auch immer er hieß, fragen, sobald er hier einträfe.

Aber nicht er, sondern James war gekommen.

Dixie war gerade damit beschäftigt, die Abdeckungen über den Möbeln im Frühstückszimmer zu entfernen, als sie hörte, wie die Haustür aufging und Schritte durch den Korridor hallten und die Treppe hinauf. »Hi, ich bin hier«, rief sie in der Annahme, es sei der Immobilienmakler. Sie öffnete die Tür zum Korridor, und James starrte ihr von der dritten Treppenstufe aus entgegen.

»Sie? Hier?«, fragte er erstaunt. Warum sollte sie denn nicht hier sein, und überhaupt, hatte er noch nie gehört, dass man vor dem Hereinkommen anklopfte? »Lassen Sie sich von mir nicht stören.« Er stieg noch eine Stufe höher.

»Das habe ich auch nicht vor.«

Nach wenigen Schritten stand sie am Fuß der Treppe.

»Suchen Sie was?«, fragte sie, eine Hand in die Hüfte gestemmt.

Er presste ein Lachen hervor.

»Verzeihung, aber ich dachte, Sie seien informiert. Ich will mir die Möbel ansehen. Ein Freund von mir will Ihnen ein Angebot machen.«

»Ich habe überhaupt nicht die Absicht, zu verkaufen.« Jedenfalls nicht an einen seiner Freunde.

Das genügte fürs Erste. »Nun … sicher … ich meine …«

»Meine Möbel stehen nicht zum Verkauf.«

Er kam herunter. »Sollten Sie Ihre Meinung doch noch ändern, lassen Sie es mich bitte umgehend wissen.« Seine Höflichkeit beeindruckte sie nicht; dazu war er ihr schon wieder viel zu sehr auf die Pelle gerückt.

»Ein Verkauf steht nicht zur Debatte, auch nicht in naher Zukunft.« Dixie hielt ihm die Tür auf.

Selbst James konnte diesen Wink mit dem Zaunpfahl nicht übersehen.

Er streckte ihr die Hand entgegen. Aus purer Höflichkeit

ging Dixie darauf ein, bereute ihr Entgegenkommen aber in dem Moment, als er zudrückte. »Sieht man sich heute Abend im *Barley Mow?*«

Als die Tür endlich ins Schloss fiel, entfuhr Dixie ein Stoßseufzer. Warum war James eigentlich einfach so hereinspaziert? Er hatte sich wie zu Hause gefühlt, fast als ginge er hier ein und aus. Sie zuckte mit den Schultern und ging nach oben. Die Schlafzimmer konnten warten, nun wollte sie einen Blick auf ihre Bücher werfen. Wenn Christopher recht hatte, besaßen ihre Tanten eine interessante Sammlung.

Die Bibliothek erwies sich als zu groß. Ein Nachmittag reichte für einen Überblick nicht aus. Sie würde morgen wiederkommen, mit einer Taschenlampe, falls sie bis dahin noch immer keinen Strom haben sollte. Ihr Blick schweifte über die vollgestopften Regale, die Stapel von Büchern auf dem Tisch in der Mitte des Zimmers und die Fußabdrücke im Staub. Hier war jemand gewesen. Wer? Die Person von gestern Abend, die sie gesehen oder sich eingebildet hatte?

Sie sah auf die Uhr. Aus zwei Stunden waren längst vier geworden und weit und breit keine Spur von Mike, dem Makler. Sie würde in ihre Pension zurückgehen und eine Dusche nehmen, und für das Abendessen wollte sie eine andere Kneipe als das *Barley Mow* ausfindig machen.

Davor stromerte sie noch etwas hinter dem Haus herum. Werkzeugschuppen, halb eingestürzte Kohlehäuschen und ein altes Waschhaus reihten sich an einer Seite des Küchengartens. Das Tor, durch das sie die Nacht zuvor gerannt war, stand offen, ließ sich aber nicht zumachen. Offenbar ein Hindernis am Boden.

Damit war klar, dass sie sich das Licht vom letzten Abend nicht eingebildet hatte. Im knöchelhohen Gras lag eine mächtige schwarze Taschenlampe.

»Ich glaube, das war's fürs Erste, Miss LePage.«

Dixie strahlte über das ganze Gesicht; ihr gegenüber saßen

der Leiter der Bankfiliale und der Hauptkassierer. Sie war sprachlos. Mit ein paar Unterschriften hatte sie soeben zehnmal so viel Geld eingestrichen, wie sie in ihrem ganzen bisherigen Leben verdient hatte. Und das war erst der Anfang. Am liebsten wäre sie vor Freude in die Luft gesprungen wie die Gewinner von Quizshows im Fernsehen.

»Wir raten Ihnen, es gut anzulegen.«

Dixie nickte. »Ich weiß, aber ich muss mich nur erst einmal daran gewöhnen.«

»Gewiss.« Der Bankmensch lächelte, zweifellos erfreut über diese Kundin. »Kontaktieren Sie uns einfach, sobald es Ihnen passt. Möglichkeiten gibt es genug. Als Ausländerin haben Sie einige höchst attraktive Offshore-Optionen.«

»Kann ich nächste Woche wiederkommen? Nächsten Freitag zur selben Zeit?«

Dixie durchsuchte die Tasche nach ihrem Notizbuch, konnte es aber nicht finden. Stattdessen kritzelte sie etwas auf die Visitenkarte, die man ihr angeboten hatte, und steckte sie ein. Sie brauchte Zeit zum Nachdenken und wollte so schnell wie möglich raus.

Zwei Häuser weiter die High Street entlang befand sich das *Copper Kettle*. Dixie nahm am Fenster Platz und suchte ein weiteres Mal vergeblich nach ihrem Notizbuch. Wahrscheinlich hatte sie es in der Pension liegen lassen. Sie bestellte sich ein Kännchen Tee und dachte über ihre Zukunft nach.

Sie hatte ein hübsches kleines Vermögen auf dem Konto, das nach dem Verkauf von Wertpapieren und der Fälligkeit einiger Anleihen sogar noch weiterwachsen würde. So viel Geld hätte sie sich in ihrem ganzen Leben nicht zusammensparen können, und es würde noch mehr sein, falls sie sich entschließen sollte, das Haus zu verkaufen.

Es kam ihr alles so sinnlos vor. Ihre Oma hatte sich mit einer kleinen Rente und den paar Kröten, die Großvater ihr hinterlassen hatte, mühsam durchschlagen müssen, und dabei waren die Schwestern steinreich gewesen. Sicher, sie hatten nicht in Saus und Braus gelebt, und auch das Haus war mehr als vernachlässigt. Aber trotzdem, was für Geizkragen! Großmutter hatte sie gehasst. »Zwei alte Hexen!«, hatte sie einmal auf die Fragen der kleinen Dixie nach ihrer englischen Verwandtschaft geantwortet.

Am klügsten wäre es gewesen, das Haus an den Meistbietenden zu verkaufen und mit dem nächstmöglichen Flugzeug nach Hause zurückzufliegen. Aber wo war denn das, zu Hause? Sie hatte keinen Job, und ihr Lebensgefährte hatte sie für eine reichere (nun ja, wenigstens damals) Tussi aus besseren Kreisen sitzen lassen. Ihre paar Habseligkeiten hatte sie in der Garage des Nachbarn deponiert, und sie hatte keinen einzigen lebenden Verwandten, weder diesseits noch jenseits des Atlantiks. Sie würde sich eine Auszeit gönnen, einen Monat. Geld genug und ein Dach über dem Kopf hatte sie ja. Warum nicht eine Zeit lang bleiben?

Sebastian Caughleighs Gesicht erschien irgendwie verzerrt durch das flaschengrüne Antikglas des Erkerfensters. Er fasste Dixies Winken als Einladung auf. Als er sich auf den freien Platz neben sie setzte, unterdrückte Dixie einen Anflug von Verärgerung.

Sie hatte keine Lust, sich über Häuser, Geld oder Möbel zu unterhalten. Im Moment gefiel es ihr einfach, im Gefühl finanzieller Unabhängigkeit zu schwelgen.

»Na, alles geregelt auf der Bank?« Er winkte nach der weißhaarigen, nicht mehr ganz jungen Kellnerin. »Gut, wenn vor der Abreise alles unter Dach und Fach ist.«

»So einiges. Ich will mir Zeit lassen. Ich werde ein paar Wochen bleiben. Einen Monat vielleicht oder so.«

»Oh?« Er runzelte die Stirn. Dann lächelte er sein berühmtes Lächeln. Ob er das vor dem Spiegel übte? »Schön«, sagte er. »Dann haben Sie sicher Lust, am Wochenende ein paar Leute kennenzulernen. Ein befreundetes Paar, Janet und Larry Whyte – er ist in der Versicherungsbranche – geben morgen eine Einladung. Wie wär's, wenn ich Sie so gegen sieben abholen würde?«

Warum nicht? Wenn sie eine Weile hierbleiben würde, wäre es ganz nett, außer Emily und diesem schmierigen James noch andere Menschen kennenzulernen. »Klingt gut. Ich komm gerne mit. Was macht eigentlich Janet?«

»Janet?« Sebastian runzelte die Stirn.

»Na, Janet Whyte. Ist sie wie Larry auch in der Versicherungsbranche?«

»Oh nein, sie ist an einem Krankenhaus in Guildford beschäftigt.«

Klang so, als würde sie hobbymäßig einer ehrenamtlichen Tätigkeit nachgehen. Er streckte seine langen Beine unter dem Tisch aus und schlürfte seinen Kaffee.

»Haben Sie schon Pläne für heute Nachmittag?«

»Ich muss mich um mein Haus kümmern.« Seine Beine streiften sie unter dem Tisch. Dixie stand auf. »Tut mir leid, wenn ich Sie einfach hier sitzen lasse, aber ich hab zu tun.«

Das Haus war so kalt wie ein feuchtes Handtuch. Und das Anfang Mai. Wie würde es erst im November sein? Oder im Februar? Aber wenigstens die Stunde, die sie in der Telefonzelle an der Ecke verbracht hatte, machte sich bezahlt. Um vier Uhr hatte Dixie wieder Strom und fließendes Wasser, und auch das Telefon sollte im Lauf der nächsten Woche wieder funktionieren. Dixie hatte zudem die Erfahrung gemacht, dass ein Hausputz mit kaltem Wasser so gar nicht gut zu erledigen war.

»Könnten Sie sich auch um die zentrale Warmwasserversorgung kümmern?«, fragte Dixie den Mann von den Stadtwerken.

»Sie haben doch gar keine«, antwortete er auf eine Art und Weise, als würde er mit einem begriffsstutzigen Kind sprechen – oder einer Ausländerin. »Dazu ist der Aga da.«

»Dieses Ding da?«, fragte Dixie und schaute auf das

cremefarbene, im Küchenkamin installierte Monstrum. Es war Herd, Backofen und Heizung in einem, das man mit Kohle, Holz oder Torf beheizen konnte.

»Jawoll«, sagte er, während er an seinem Werkzeuggürtel herumhantierte. »Noch einer von den allerersten. Sieht ganz nach einem Vorkriegsmodell aus.«

Welchen Krieg er wohl meinte? Den amerikanischen Unabhängigkeitskrieg?

»Kann man natürlich umbauen. Gas- oder Ölbetrieb wäre bequemer.« Er zeigte ihr, wo sich der Zähler befand, nämlich hinter dem Schrank unterhalb der Treppe, versteckt hinter diversen Wischmops, Besen, einem antiken Staubsauger und einem alten Paar Holzskiern. Der Sicherungskasten befand sich im Keller. »Übrigens, Sie müssen im ganzen Haus komplett neue Leitungen einziehen lassen«, warnte er sie noch beim Weggehen.

Dixie starrte auf den Aga in der leeren Küche. Sie hatte sich gerade mal an die Spülbecken aus Porzellan und die Abtropfständer aus Holz gewöhnt, ganz zu schweigen von den offenen Kaminen in allen Räumen und dem Fehlen jeglicher Öfen. Nun sah es fast so aus, als müsste sie Wasser auf dem Herd heißmachen. Für eine vernünftige Dusche würde sie wohl Bäume fällen müssen! Ihre Großtanten hatten ein Vermögen auf der Bank liegen und lebten wie in der Steinzeit. Hätte sie Telefon gehabt, dann hätte sie auf der Stelle Sebastian Caughleigh angerufen und ihn gebeten, das Haus noch vor Montag zu verhökern.

»Hallo! Dürfen wir reinkommen?«

Vor der Tür stand Dixies Bekanntschaft vom Parkplatz.

»Oh, Sie sind es«, sagte sie. »Hab ich doch gleich geahnt. Mein Name ist Emma Gordon, Ihre Nachbarin, gleich um die Ecke.« Sie zeigte mit dem Kopf in Richtung der neuen Häuser auf der anderen Seite der Straße. »Und das ist Sally Smith.«

Ihre Begleiterin lächelte freundlich. »Willkommen in

Bringham. Wir dachten, wir schauen mal vorbei. Vielleicht können wir ja irgendwie behilflich sein.«

»Haben Sie eine Ahnung, wie man dieses Ding da in Gang bringt?« Dixie zeigte auf den in der Ecke dräuenden Aga.

Sie hatten.

Nach einem Rundgang durch die Außengebäude stießen sie in einem Schuppen auf etwas, das wie Kohle aussah, das die beiden aber als Anthrazit bezeichneten. Emma lief nach Hause und kam ausgerüstet mit Holzkohle und einer Schachtel extralanger Streichhölzer wieder zurück. »Swan Vestas«, erklärte sie. »Besser geeignet für derlei Zwecke.«

Ihr Wort in Gottes Ohr.

Sie öffneten einen Deckel, der in Dixies Augen wie eine Herdplatte aussah, kippten einen Eimer Anthrazit hinein, gefolgt von gut ein paar Handvoll Holzkohle und etwas zusammengeknülltem Papier. Nachdem alles brannte, machte Emma den Deckel zu und lächelte zufrieden.

»Warten Sie ein paar Stunden, und es kann losgehen. Meine Mum hatte auch so ein Ding. Es genügt, wenn Sie den Herd zweimal täglich neu beschicken. Vor allem im Winter gibt's nichts Besseres.«

Dixie beschloss, nicht lange genug zu bleiben, um diese Erfahrung zu machen.

Emma eilte ein zweites Mal nach Hause, um bald darauf mit einer großen irdenen Teekanne, einer Flasche Milch und einer Dose Honigkuchen zurückzukommen. »Sie sehen aus, als könnten Sie's vertragen«, sagte sie, während sie alles auf dem Küchentisch abstellte.

Dixie widersprach nicht, obwohl sie ein ordentliches Glas Gin eindeutig vorgezogen hätte.

»Sie sind hier, um das Haus zu verkaufen?«, fragte Sally.

»Ich bin mir noch nicht sicher. Ich lass mir erst einmal Zeit, einen Monat oder so.«

»Es wäre schön, wenn hier wieder jemand wohnen würde«, sagte Emma. »Ian und ich haben uns schon Sorgen gemacht, Sie wissen schon, ungebetene Gäste oder Vandalismus.«

»Vandalen?«, fragte Dixie, den Schrecken von Mittwochnacht noch in den Knochen. »Ist Ihnen denn was aufgefallen?«

Emma zuckte mit den Schultern. »Manchmal brennt Licht. Im Dorf sagt man, die alten Damen spuken im Haus herum. Vermutlich machen sich bloß ein paar Halbstarke ihren Spaß.«

»Ich meinte, ich hätte Licht gesehen. Vorletzte Nacht.«

»Sie waren hier, nach Einbruch der Dunkelheit?« Emma wirkte entweder beeindruckt oder entsetzt.

»Nur ein kleiner Spaziergang, um mir mein Häuschen anzusehen.«

»Das Haus ist ein Traum«, sagte Sally, »aber man muss einiges reinstecken. Eine Schande, dass es so verkommen musste, aber es war wohl schwer für zwei alte Damen mit begrenzten finanziellen Mitteln.«

Dixie verschwieg tunlichst, wie »begrenzt« diese Mittel waren. Sie bekam noch immer eine Gänsehaut, wenn sie darüber nachdachte.

»Nachts wäre ich lieber vorsichtig. Die Gegend ist ziemlich abgelegen, und ich rate Ihnen, sich bloß gute Schlösser zuzulegen, falls Sie bleiben.«

Emma klang beinahe wie ihre Großmutter.

»Und informieren Sie Inspektor Grace. Er wird die Sache im Auge behalten. Das Polizeigebäude ist gleich links hinter der Kirche.«

Wenn es nach den beiden gegangen wäre, hätten sie ihr Leben schon geschaukelt – aber Dixie empfand sie nicht als aufdringlich. Die beiden machten sich lediglich Sorgen um eine allein lebende Geschlechtsgenossin, sonst nichts. Dazu kam, dass sie sich auskannten in der Gegend, und Dixie spürte, dass sie Freunde brauchen würde, wenn sie denn bliebe.

Nachdem sie abgezogen waren, rauschte Dixie mit dem

vorsintflutlichen Staubsauger durch das Erdgeschoss, nahm sämtliche Gardinen ab und beförderte sie auf den Rücksitz ihres Autos. Am kommenden Tag wollte sie sich nach einer Putzkraft umsehen und einen Schlosser aufsuchen – und Stan Collins. Sie würde das Auto noch mindestens einen Monat brauchen.

Mit freien Fenstern wirkte das Haus gleich heller und luftiger. Morgen würde sie alle Fenster öffnen, um den Mief der vergangenen Jahre hinauszulassen. Schließlich befand sie sich wieder in der niedrigen Küche. Der Raum faszinierte sie. Mit seinen kleinen Fenstern zum Küchengarten wirkte er wie eine andere Welt im Vergleich zu dem riesigen Wohnzimmer und dem getäfelten Esszimmer. Eine Welt vielleicht wie es sie früher einmal gegeben hatte, mit Herrschaften und Dienern? Aber ihre Großtanten hatten ja alleine gelebt. Früher, als Granny und deren Schwestern noch klein waren, musste alles anders gewesen sein. In Dixies Vorstellung bevölkerten rotwangige Dienstmädchen und ein feister Koch den Platz um den blank geschrubbten Kieferntisch.

Nicht zum ersten Mal wünschte sich Dixie, ihre Oma hätte mehr über ihre Kindheit erzählt. Diesbezüglichen Fragen war sie stets ausgewichen, und Dixies Neugier wurde somit nie befriedigt. »Wir leben hier nicht schlecht«, pflegte sie zu sagen. »Alles andere ist Schnee von gestern.« Als Dixie einmal geplant hatte, auf einer heiß diskutierten, aber nie zustande gekommenen Rucksackreise durch Europa die Schwestern ihrer Großmutter zu besuchen, schüttelte diese nur den Kopf. »Zwei abscheuliche, böse alte Vetteln. Mit denen will doch kein Mensch was zu tun haben.«

»Soll dieses Buch generell jeden abschrecken oder nur Chadwick?« Christopher lächelte zu ihr herunter. Mit diesem Lächeln hätte er Gletscher zum Schmelzen bringen können.

»Bei Ihnen hat es anscheinend nicht funktioniert, oder?«

»Hatten Sie denn die Absicht?«

Eine stärkere Frau hätte wahrscheinlich nicht zurückgelächelt oder eine ähnliche Freude verspürt wie sie, als er nach der Lehne des Stuhls gegenüber griff und sagte: »Sie gestatten?«

Wenigstens hatte er dieses Mal gefragt. Sie nickte und unterdrückte dabei ein Grinsen.

»Lassen Sie sich nicht beim Abendessen stören«, sagte er. »Schmeckt's denn?«

Dixie sah auf ihr Blumenkohl-Käse-Medaillon, das sie in einem Anfall von Abenteuerlust bestellt hatte. »Erstaunlich gut.« Sie nahm ihre Gabel auf, ohne sich bewusst zu sein, dass sie sie überhaupt weggelegt hatte.

»Wie läuft es mit dem Haus?« Er legte einen Arm seitlich über die Stuhllehne und streckte die Beine aus. Dabei berührte er sie nicht, wie Sebastian, mit den Knien unter dem Tisch, nur leider bildeten seine Füße eine gefährliche Stolperfalle für andere Gäste.

»Ganz gut. Ich habe jetzt Wasser und Strom und die Aussicht auf einen Telefonanschluss. Ich habe gelernt, wie man einen Aga anheizt, und ich habe zwei Nachbarinnen kennengelernt. Was für ein Tag.«

Unvergleichbar mit allem, was sie in ihrem Leben bisher erlebt hatte!

»Sind Sie etwa schon eingezogen?«

»Noch nicht, aber vielleicht nächste Woche.«

»Und Sie sind wirklich überzeugt, dass das eine so gute Idee ist?«

»Warum für *Bed and Breakfast* bezahlen, wenn ich ein ganzes Haus besitze? Und wenn ich erst einmal drin bin, wird das sicher nächtliche Besucher abschrecken. Denken Sie an Mittwoch.«

»Sie sind sicher, dass da jemand war? Es hätte Mondlicht auf den Fenstern sein können oder Schatten.«

»Der Mann im Mond verliert keine Taschenlampe, die groß genug ist, um als Mordwaffe zu taugen.« Sie sah ihn direkt an. Er zog die dunklen Augenbrauen fest zusammen. Sogar seine Augenklappe verschob sich dabei. War er wütend? Verärgert?

»Wenn das wahr ist, sollten Sie besser die Polizei verständigen.«

»Das hat Emma mir auch geraten, aber mir ist das zu viel Aufwand.«

Er schüttelte den Kopf. »Egal. Gehen Sie zur Polizei.«

Innerhalb von zehn Sekunden war aus einem Rat ein Befehl geworden. Was war das Nächste? »Morgen früh. Wenn ich dazukomme.«

»Warum nicht jetzt gleich? Inspektor Grace sitzt direkt da drüben.«

Dixie wandte sich um. Ein grauhaariger Polizist stand am Tresen.

»Ich hol ihn her.« Christopher war schon halb zurück, noch ehe sie daran dachte, zu widersprechen.

»Guten Abend, Madam. Ich bin Inspektor Grace. Mr Marlowe sagt, Sie hätten ein Problem.« Er zog einen Stuhl an den Tisch heran, zückte seinen Notizblock und nahm ihren Namen und die Adresse auf. »Orchard House? Ah ja. Was genau ist passiert?«

Dixie fand sich damit ab, die ganze Geschichte erneut zu erzählen. Im Rückblick klang für sie alles wie eine durch den Jetlag bedingte Fieberfantasie.

Inspektor Grace war entschieden anderer Meinung. Er hörte genau zu, nickte immer wieder mal und fragte, wann sie einziehen wollte. »Nun ja«, sagte er und klappte seinen Notizblock zu. »Sieht so aus, als bräuchten Sie gute Schlösser, wenn Sie wirklich vorhaben, hierzubleiben. Möglicherweise stecken ein paar Halbstarke dahinter, die nichts Besseres zu tun haben, aber Vorsicht hat noch nie geschadet. Miss Hope hatte bereits einen Einbruchsversuch gemeldet, aber natürlich war sie am Ende schon sehr gebrechlich.« Damit stand er auf. »Ich werde den Streifenwagen ab und an vorbeifahren lassen. Nur um die Lage zu kontrollieren. Sollte noch mehr passieren, rufen Sie mich an.«

Das würde sie, sollte sie jemals einen Telefonanschluss bekommen.

Inspektor Grace verabschiedete sich, während Christopher den Eindruck erweckte, er könnte locker bis zur Sperrstunde hier sitzen bleiben. »Fühlen Sie sich denn jetzt sicherer, da die Polizei alarmiert ist?«

»Ich find's gut, wenn die ab und an vorbeifahren. Das schreckt unwillkommene Besucher ab.«

Ein magerer weißer Finger fuhr über den Rand seines Glases. »Bin damit auch ich gemeint? Schließlich bin ich nach wie vor an Teilen der Bibliothek interessiert.«

Ein Lächeln, wie er es hatte, sollte verboten werden. »Sofern Sie nicht an mehr interessiert sind.«

»Ich schau in den nächsten Tagen mal vorbei. Kann ich Ihnen noch einen Drink bestellen?«

»Nein danke, ich fahre nach Hause.«

Beim Verlassen des Lokals folgte er ihr. »Haben Sie etwa Angst, ich könnte verloren gehen?«

Die eine Hand auf dem Autodach, schloss er mit der anderen Hand die Tür; dann legte er sie auf die Kante des herabgekurbelten Fensters.

Seine makellos manikürten Nägel hoben sich schneeweiß von der dunklen Farbe des Autos ab. Vermutlich ein besonderer Effekt des Mondlichts.

»Dixie«, sagte er, sein Gesicht ein bleiches Oval im Dunkel der Nacht, »verzichten Sie lieber von jetzt an auf nächtliche Exkursionen. Wir sind hier zwar nicht in New York oder Atlanta, aber passieren kann trotzdem was. Dieses Haus steht seit Monaten leer. Wechseln Sie die Schlösser aus, wenn Sie tatsächlich einziehen.« Um seinen Mund zeigte sich der Anflug eines Lächelns. »Ich glaube fast, ich höre mich an wie Onkel Christopher.«

Nein. Onkelhaft wirkte er nun gar nicht. »Darum geht es

nicht, aber Sie sind heute schon der Dritte, der mir empfiehlt, die Schlösser auszutauschen.«

»Vielleicht nicht der schlechteste Rat.«

Sie sagte nichts dagegen. Es stimmte ja.

Christopher sah zu, wie die Rücklichter ihres Autos verschwanden. Sie hatte also tatsächlich vor, einzuziehen, ihren Besitz zu übernehmen und ungebetene Besucher abzuschrecken. Sie war ebenso mutig wie schön, hatte aber keine Ahnung, worauf sie sich einließ. Aber auch auf ihn würden schwere Zeiten zukommen.

Hätte er auch nur einen Funken Verstand, würde er den Kontakt sofort abbrechen, aber er konnte nicht. Er wollte diese Bibliothek sehen, und Dixie würde es ihm gestatten.

Dixie! Dixie LePage könnte sein Schicksal werden – wenn er es zuließe. Aber er würde sich wehren dagegen. Er war stärker als jeder Sterbliche, stärker als dieses Persönchen mit kastanienfarbenem Haar, grünen Augen wie geschliffenes Glas, einem Lächeln, das ihm den Verstand raubte, und warmem, süßem Blut in ihren Adern.

Aber er begehrte sie und würde es doch nie riskieren, sie zu besitzen.

»Sie bleiben also?«, fragte Stan Collins.

»Nur einen Monat ungefähr. So lange, bis ich alles geregelt habe.« Sie hatte die Putzarbeiten für eine Stunde unterbrochen und war nach Horsley gefahren, um den Mietvertrag für ihr Auto zu verlängern.

»Es ist bereits reserviert für ein Wochenende im Juni. Sollten Sie dann noch hier sein, gebe ich Ihnen ein anderes. Nur für das eine Wochenende, okay?«

Dixie war einverstanden und machte sich eine entsprechende Notiz in einem Block, den sie im Dorf gekauft hatte. Ihr Notizbuch war auch dann nicht wiederaufgetaucht, nachdem sie ihre Sachen komplett durchsucht hatte. Wegen der langen Mietdauer vereinbarten sie einen Sondertarif.

»Kommen Sie aber bloß nicht auf die Idee, an den Wochenenden nach Schottland zu gurken«, ermahnte sie Stan im Spaß.

Sie versprach ihm, das nicht zu tun, und kehrte zurück nach Hause zu ihren Mops und Scheuerbürsten.

Sebastians Jaguar kam schnurrend vor Emilys Gartentor zum Stehen, während Dixie am Fenster ihres Zimmers zufrieden über den Rock ihres Leinenkostüms strich. Emilys Bügeleisen hatte ihm sichtlich gutgetan. Eine hellblaue Bluse, bei Maude's im Dorf erstanden, ergänzte ihr Erscheinungsbild perfekt. Nachdem sie den ganzen Tag lang nur geputzt hatte, fühlte sich dieser ungewohnte Schick großartig an.

Im Erdgeschoss, wo Emily und Sebastian sich begrüßten, herrschte eine frostige Stimmung, und Dixie hatte den Eindruck, sie könnte sich den beiden nur mit Thermoweste nähern. Als sie und Sebastian aufbrachen, murmelte Emily etwas vor sich hin, möglicherweise wünschte sie ihnen einen schönen Abend. Draußen spürte Dixie eine warme Hand in ihrem Rücken, die sie in Richtung Auto bugsierte.

»Diese Farbe steht Ihnen prächtig«, sagte Sebastian. »Sieht wirklich gut aus. Kann zwar nicht jede tragen, aber zu Ihrem Teint und den Haaren passt es.« Sein Atem in ihrem Nacken fühlte sich noch wärmer an als seine Finger. Dixie hoffte bloß, er würde seine Hände hübsch am Lenkrad lassen.

Die Whytes lebten in einer umgebauten Scheune, ein paar Kilometer in Richtung Guildford entfernt. In ihrem geräumigen und hohen Wohnzimmer tummelten sich an die vierzig Gäste – nicht unbedingt der Plausch mit ein paar Leuten aus der Nachbarschaft, den sie erwartet hatte.

»Guten Abend.« Ein offenbar hocherfreuter, rotgesichtiger Mann umfasste ihre Hand mit seiner enormen Pranke. »Schön, dass Sie hier sind.«

In all dem Trubel wurde Dixie einem Dutzend Leuten vorgestellt, deren Namen sie registrierte und gleich wieder vergaß. In der Hand einen Gin Tonic mit einem Eiswürfel mehr – zwei waren einfach nicht genug –, sah sie sich im Wohnzimmer der Whytes um, begutachtete die schmiedeeisernen Leuchter, das Hochglanzparkett mit den handgeknüpften Teppichen, den deckenhohen gemauerten Kamin und die offenbar echte Warhol-Suppendose über dem Sofa. Das Versicherungsgeschäft schien einiges abzuwerfen.

Dixie ließ ihre Blicke schweifen, vorbei an all den vielen Menschen, die sie nicht kannte, und fühlte sich plötzlich schrecklich allein. Warum um Himmels willen war sie nur aus Charleston weggegangen? Sie wünschte sich nichts sehnlicher als den Anblick eines vertrauten Gesichts. Da entdeckte sie plötzlich, als wäre ihr Wunsch erhört worden, ihre Nachbarin, Emma, mitten in der Menge. Sebastian war in ein Gespräch über eine geplante Straßenverbreiterung vertieft, und Dixie marschierte schnurstracks quer durch den Raum zu Emma.

Christopher roch sie sofort, süßer und frischer als alle anderen Sterblichen hier. Er hatte sie nicht erwartet, und sie hier zusammen mit Caughleigh zu sehen, verwirrte ihn.

Er wusste natürlich längst, was Caughleigh beabsichtigte.

Aber welche Rolle spielte Dixie in diesem Spiel? War sie seine Komplizin oder Mittel zum Zweck?

Christopher ließ die Eiswürfel im Glas klimpern und sah zu, wie Dixie auf Ian Gordons Frau zuging.

Wenigstens war die schöne Amerikanerin so vernünftig, sich von Caughleigh zu entfernen. Wusste sie überhaupt, wer er war? Er unterdrückte das Verlangen, auf sie zuzugehen und sie vor der Gefahr zu warnen, die von Sebastian Caughleigh ausging. Er war schon einmal auf ein hübsches Gesicht hereingefallen und hatte prompt eine Menge Ärger bekommen. Nie wieder. Er war klüger geworden nach vier

Jahrhunderten. Nach einer Sterblichen hatte er kein Verlangen mehr, sein Bedarf war gedeckt; da konnte ihr Lächeln noch so süß und das Rauschen des Blutes unter ihrer elfenbeinfarbenen Haut noch so verlockend sein. Sie würde ihn nur in Schwierigkeiten stürzen, und verbreitete er nicht selbst den Hauch allen Unheils? Die einzige Person, die ihr noch mehr schaden könnte als er, war Sebastian Caughleigh – oder Chadwick.

Christopher lehnte sich gegen den Kaminsims und sah zu, wie Emma Dixie zu einer Gruppe junger Frauen hinzog. Er stellte sich ihre Gespräche vor, Gespräche über Babysitter, Fensterreiniger und wo man sich diesseits von Guildford am besten die Nägel maniküren ließ.

»Fasziniert von der reichen amerikanischen Erbin?«

Larry Whyte nippte an seinem obligatorischen Scotch und grinste.

»Nimm dich bloß in Acht! Ich glaube, Sebastian Caughleigh hat schon ein Auge auf sie geworfen.«

»Ach wirklich?« Allein der Gedanke, es mit dem Konkurrenten aufzunehmen, reizte ihn. »Hat der Mann denn keine Berufsehre? Immerhin ist sie seine Klientin.«

»Vergiss nicht, wir sprechen von Sebastian Caughleigh.« Larry kicherte, was Christopher jedoch wenig lustig fand. »Sie haben das gewisse Etwas, diese Amerikanerinnen«, fuhr Larry fort, »diese hier sprudelt geradezu vor Energie. Ich hätte sie verdammt gern mal in der Kiste. Sebastian ist zu beneiden, aber sag bloß Janet nichts.«

Christopher hatte gute Lust, Larrys Knollennase in seinen Scotch zu tauchen, bis *er* sprudelte, oder noch lieber hätte er ihn an den Kamin genagelt und seinen Kopf gegen den roh behauenen Stein geschlagen. Er wollte die Selbstgefälligkeit aus seiner Visage prügeln. Aber ein derartiges Benehmen war leider unüblich in diesen Kreisen, also atmete er tief durch und schluckte seine Wut hinunter, eine Hand kräftig zur Faust geballt. Als es an seinem Handgelenk feucht und kalt herunterrieselte, bemerkte er, dass er sein Glas zerdrückt hatte.

»Sie haben eine Putzagentur?«, fragte Dixie. Das Stichwort war ihr nebenbei zugeflogen.

Sally nickte eifrig. »Soll ich Ihnen einen Kostenvoranschlag machen?«

»Ja, und zwar so bald wie möglich.«

»Wie wär's mit Montag früh?«

Dixie war wild entschlossen, hatte der heutige Tag doch eindeutig erwiesen, dass eine Frau und ein Mop dem Schmutz von Jahren nicht gewachsen waren. Fast jubelte sie innerlich. Sally hatte eine Putzagentur.

»Kommt, Mädels, wir wollen was schnabulieren«, schlug Emma vor. Dixie folgte ihr unverzüglich ans Buffet.

Ihr erster Blick fiel auf eine vegetarische Platte und eine Schale Hummus. Beherzt tauchte sie ein Stück Pitabrot in die weiche Masse.

Wunderbar! Sie griff sofort ein zweites Mal zu. Dabei streifte sie eine fremde Hand, eine blasse Hand mit langen manikürten Nägeln, die milchigweiß glänzten. Sie kannte diese Finger. Ihre Hand erkaltete, ihre Augen jedoch blickten hoch zu einer ledernen Augenklappe.

Er lächelte, dass ihr die Knie zitterten, und das Strahlen in seinem Auge hätte ihr beinahe den Rest gegeben. Ihr Herz raste, als sie sich aufrichtete, dabei das Brot in der Schale zurückließ und die Hand ausstreckte. »Hallo, was für eine Überraschung.«

»Was für ein Dorf, denken Sie sicher. Man trifft stets dieselben Leute.«

»Nicht unbedingt ein Nachteil.«

Seine Mundwinkel zuckten.

»Dieses Mal nicht.«

»Dieses Mal können Sie den Abend genießen. Sie müssen mich nicht vor James retten.«

»Vor James nicht«, erwiderte er und spähte zu Sebastian

hinüber, der noch immer die Straßenverbreiterung diskutierte. »Sie sind mit Caughleigh gekommen?«

»Stimmt genau.«

»Verschwinden Sie mit mir, und das ganze Dorf würde sich die Mäuler zerreißen.«

»Oh je, bloß die Gerüchteküche nicht noch mehr anheizen. Ich wundere mich sowieso schon, welchen Wirbel man hier als Amerikanerin macht.«

»Seit dem Tod Ihrer Tanten ist den Leuten leider der Gesprächsstoff ausgegangen.«

»Großtanten bitte.«

Sie waren vom Tisch zum Kamin gegangen. Dixie wollte sich gerade dagegen lehnen, als Christopher sie am Oberarm packte. »Vorsicht«, warnte er sie.

Dixie hatte ihn fast überhört, zum einen wegen der Gänsehaut, die der eisige Griff seiner Hand bewirkte, vor allem aber, weil sie so erbost war über den Haufen Glassplitter, der ihr beinahe den Ellbogen zerschnitten hätte. »Welcher Ratte haben wir denn das zu verdanken?«

»Ich fürchte, ich bin der Schuldige. Ich wollte mein kleines Missgeschick verbergen. Sonst komme ich auf die schwarze Liste unerwünschter Party-Gäste.«

»Ich schweige wie ein Grab.«

Sie konnte einfach nicht anders. Augen wie diese musste man einfach anlächeln. Und an seinen Mund durfte man erst gar nicht denken. Dabei war der Mann lediglich eine Pub-Bekanntschaft. Sie wusste nichts über ihn. Sie verbot sich sämtliche Schwärmereien und schwor sich, von nun an vernünftig zu sein.

»Haben Sie es fallen gelassen?«

»Was?«

»Na, das kaputte Glas, das Sie verschwinden lassen wollten.«

»Ich hab leider zu fest zugedrückt.«

Merkwürdig. Dixie nahm seine Hände und drehte sie

mehrmals herum. »Sie haben nicht die kleinste Schnittwunde, obwohl das Glas in ein Dutzend Teile zerbrach.«

»Vielleicht bin ich Superman«, sagte er, während er näher an sie herantrat und ihre Hände mit eisigem Griff umfasste.

Dixie blickte zu ihm auf. Die glatte bleiche Haut, die halb geöffneten Lippen und das Lächeln raubten ihr schier den Verstand.

»Hier sind Sie also. Ich befürchtete schon, Sie seien verschwunden.«

Dixie war fast erleichtert, Sebastians Stimme zu hören, und ließ Christophers Hände los. Sie vernahm ein scharfes, missbilligendes Zischen, das nicht von Sebastian kam.

»Noch drei Minuten, und sie wäre es«, sagte Christopher.

3

»Ich sage dir, Miss LePage wird auf deine Tricks nicht hereinfallen.« Sebastians fieses Grinsen hätte jedem Leinwandschurken zur Ehre gereicht.

Christopher legte einen in Kaschmir gehüllten Ellbogen auf den Kaminsims, knapp an den Glasscherben vorbei, reckte den Nacken, entspannte die Schultern – und lächelte. »Komm schon, Caughleigh. Woher willst du denn Dixies Geschmack so sicher kennen?«

»Dieses Theater ist garantiert nicht nach meinem Geschmack«, murmelte Dixie. Zumindest hatte sie geglaubt, sie hätte gemurmelt, aber offenbar hatten es beide gehört.

Christopher gestattete sich ein Grinsen. Sebastian ballte die Faust. Er sah so verbiestert drein wie Queen Victoria.

Er tippte ihr auf den Arm. »Wir sollten vielleicht allmählich gehen. Ich habe für acht Uhr reserviert.«

Was denn reserviert?

»Also morgen dann?«, sagte Christopher. »Pass gut auf die Dame auf, Caughleigh. Sollte was passieren, könnte Blut fließen!«

Irgendwie klang das alles wie bitterer Ernst. Das war reinstes Neandertal hier. Am besten nichts wie weg, ehe die beiden sich noch die Schädel einschlagen würden. »Morgen, aber nicht zu früh.«

»Vielleicht am Nachmittag dann? Ich würde ja zuvor anrufen, wenn ich könnte.«

»Ich bin den ganzen Tag da.«

Sebastian hatte einen eleganten Landgasthof mit eichengetäfelten Wänden, Giebeldecke und Sprossenfenstern ausgesucht. Bei einer anderen Gelegenheit und in anderer Gesellschaft hätte sich Dixie von der Atmosphäre, dem gestärkten Leinen auf den Tischen und den Bienenwachskerzen in silbernen Haltern sehr wohl bezaubern lassen, aber an jenem Abend fühlte sie sich nur überrumpelt.

»Laden Sie eigentlich alle Ihre Klienten hierher zum Essen ein?« Der Teufel hatte sie geritten, das zu fragen.

Er aß gerade Kalbsbries in Sherry und blickte verdutzt auf. »Nein, tu ich nicht.« In der darauf folgenden Stille kratzte sein Messer dreimal auf dem Teller.

Dann servierten zwei Kellner den Hauptgang. Dixie konzentrierte sich auf die Farben der Gemüse auf ihrem Teller, um das Steak Diana möglichst zu ignorieren, das vor ihren Augen noch in der Pfanne brutzelte. Eigentlich sollte sie dankbar sein und das gute Essen genießen, aber sie wurde den Verdacht nicht los, dass sie diejenige war, die am Ende bezahlen würde, auch wenn Sebastian die Rechnung begleichen mochte.

Sie spürte abermals eine Berührung am Knie, gerade als der Kellner das dampfende Stück Fleisch auf einen angewärmten Teller gleiten ließ.

»Haben Sie denn keine Bedenken wegen Rinderwahnsinn?«, fragte sie.

Sebastians Hand schwebte über dem Messer und erstarrte. »Man verwendet hier nur Charolais-Rindfleisch aus Frankreich.« Ja, sie würde dafür bezahlen. »Noch Champagner?«

Auf ein Zeichen seinerseits füllte ein Kellner ihr Glas, ehe sie ablehnen konnte. »Sie möchten keinen mehr?« Sebastian hielt sein Glas bedeckt.

»Ich muss fahren.« Sollte sie etwa die ganze Flasche allein austrinken? Vor solchen Männern hatte Gran sie immer gewarnt. Sein Angebot, einen Dessertwein zum Kuchen und einen Likör zum Kaffee zu nehmen, lehnte sie natürlich ab.

Auf dem Weg zum Auto spürte sie seine warme Hand im Rücken. Seine Finger glitten über die Seide langsam bis zu ihrem Nacken hoch. Sie hatte genug, mehr als genug. »Vielen Dank für die Einladung zum Abendessen und die Party davor. Es war schön, so viele neue Leute kennenzulernen.«

»Der Abend ist noch nicht zu Ende. Was halten Sie von einem Kaffee bei mir zu Hause? «

Kaffee? »Nein, danke. Es ist spät genug, und ich habe morgen eine Menge vor.«

Einen letzten Versuch startete er noch direkt vor Emilys Haus. »Ich kann Sie also nicht überreden?« Seine schwitzige Hand umfasste ihr Knie.

Sie öffnete die Tür und stieg schnellstmöglich aus. Vom Gehsteig aus rief sie ihm nach: »Sebastian, ich brauche einen guten Anwalt und keine Affäre.« Das hatte er hoffentlich kapiert. Bei manchen Männern half einfach nur die Holzhammermethode.

Auf ihrem Zimmer kickte Dixie die Schuhe von den Füßen und nahm ihre Ohrringe heraus. Das Telefon läutete, sein Klang hallte durch das stille Haus.

Nach ein paar Minuten stürmte Emily nach unten. Die Haustür ging auf. Dixie konnte nicht länger an sich halten; durch den Vorhang hindurch sah sie gerade noch rechtzeitig, wie Emily ins Auto stieg und Sebastian losfuhr. Was sollte das bedeuten?

Es war wieder still im Haus. Dixie wäre am liebsten aufgeblieben, um Emily später zu fragen, ob sie ihren »Kaffee« denn genossen hatte. Dieses Dorf hatte wahrlich mehr zu bieten als eine Seifenoper. Nun ja, sie würde einen Monat bleiben und dann in die Normalität der guten alten USA zurückkehren.

Dixie öffnete das Fenster, reckte den Kopf hinaus und erkannte, wenn sie zur Seite schaute, auf der anderen Seite des Dorfangers die dunklen Umrisse ihres Hauses. Es brannte schon wieder Licht! Da trieb sich wirklich jemand in ihrem Haus herum!

Innerhalb weniger Minuten hatte sie Turnschuhe und einen Pullover angezogen. Sie nahm das Auto. Die zehn Minuten zu Fuß waren mit dem Auto in drei Minuten zu schaffen. Sie schaltete das Licht aus und tastet sich die letzten dreißig Meter vorsichtig heran. Sie hielt auf der schmalen Straße neben dem Haus und schnappte sich die schwarze Taschenlampe. Wer auch immer sie hier verloren haben mochte, würde sie notfalls als Schlagwaffe zu spüren bekommen.

Das Haus war jetzt dunkel. Hatte sie vielleicht doch einen Fehler gemacht? Ein Anruf bei Inspektor Grace wäre vernünftiger gewesen. Ihre Hand umklammerte die Taschenlampe. Zwei Schritte hinter dem Gartentor sah sie eine dunkle Gestalt vor sich.

»Stehen bleiben, Kumpel!«, rief Dixie und leuchtete mit der Taschenlampe voll nach vorne. Der Strahl erleuchtete ein bleiches Gesicht und eine dunkle lederne Augenklappe.

Christopher! Also war das ganze Gerede, Bücher kaufen zu wollen, nur geheuchelt.

»Dixie, machen Sie diese verdammte Taschenlampe aus!« Er klang eher verärgert als schuldbewusst. Nerven hatte der Mann!

»Pah! Verschwinden Sie, auf der Stelle, und lassen Sie sich hier nie wieder blicken!«, rief sie. Dabei fühlte sie sich wie eine Heldin in einer Westernschnulze, nur dass sie statt mit einer Knarre mit einer Taschenlampe herumfuchtelte.

Er starrte sie direkt an, vom Licht nicht geblendet. »Immer mit der Ruhe, Dixie«, sagte er und trat einen Schritt nach vorne.

»Schluss jetzt! Gehen Sie oder ich schreie!«

»Damit warnen Sie doch bloß den Einbrecher!«

Er hatte geflüstert, aber sie verstand jedes Wort. Ein Blick nach oben bestätigte, dass das Licht im oberen Stockwerk noch immer unterwegs war. Noch während sie schaute, völlig perplex, spürte sie seine Hand an ihren Händen; er knipste die Taschenlampe aus und zog sie zwischen zwei dornige Büsche. Sie versuchte sich mit den Tricks, die sie im Selbstverteidigungskurs gelernt hatte, zu befreien, aber es funktionierte nicht. Etwas kratzte an ihrem Knöchel, und ein Zweig fuhr ihr mitten durchs Gesicht. Dann legte er einen Arm um ihre Schultern und drückte sie gegen seine harte Brust. Sie wollte ihn noch mit der flachen Hand wegdrücken, aber seine Brust fühlte sich an wie Stahl, und sein Arm umklammerte sie wie ein Schraubstock. »Lassen Sie mich los.«

»Sofort.«

Nichts tat sich.

»Wann denn nun? Nächste Woche vielleicht? Da treibt sich jemand in meinem Haus herum, und ich will wissen, wer das ist.«

»Dieses ›*My home is my castle*‹-Getue ist zwar beeindruckend, aber ziemlich töricht, auch wenn der Engländer diesen Spruch gerne auf den Lippen hat.«

Das war zu viel.

»Ich bin eine Frau und Amerikanerin, sollten Sie das noch nicht bemerkt haben.«

»Klar hab ich's bemerkt.« Daran konnte kein Zweifel bestehen. Ihr Busen war schon ganz flach gedrückt an seiner Brust.

»Wollen Sie mich noch diese Woche oder erst nächste Woche loslassen?«

»Sofort, wenn Sie versprechen, nicht gleich loszustürmen, um Ihr Haus zu retten.«

»Immerhin mein Haus, in dem sich Einbrecher herumtreiben.«

»Und die sind heutzutage mit Pistolen, Messern, Tränengas und Fahrradketten bewaffnet. Lassen Sie's«, flüsterte er, »vertrauen Sie mir.«

»Nennen Sie mir einen guten Grund.«

»Ich bin nicht derjenige, der hinter den Erstausgaben Ihres Urgroßvaters her ist.« Damit hatte er recht. Das Licht bewegte sich wieder, verschwand und tauchte etwas weiter unten wieder auf.

»Der Typ nimmt sich wirklich Zeit«, flüsterte Christopher ihr ins Ohr und zog sie zu sich an die Wand heran. Seine Arme legten sich locker um ihre Schultern.

»Wer?«

»Dass ich es nicht bin, wissen Sie. Wer könnte denn sonst noch rein?«

»Sebastian, aber der macht Kaffee für Emily.«

Sie hörte, wie er vor sich hin kicherte, trotzdem blieb seine Brust völlig reglos. »Also haben Sie seinen Verführungskünsten widerstanden?«

»Das war nicht weiter schwer.«

Selbst ein Lachen bewirkte keinerlei Bewegung in seiner Brust. Wo trainierte dieser Mann bloß?

»Schluss jetzt damit.«

Sie war gekommen, um einen Einbrecher zu stellen, nicht, um sich über Sebastians Avancen zu unterhalten.

»Wer auch immer es ist, die betreffende Person hat zumindest keine Angst davor, nachts in ein Geisterhaus einzudringen.«

»Ich bitte Sie!«

»Die Dorfbewohner glauben, Ihre Tanten spuken in dem Haus herum.«

»Ich nicht. Ich glaube nicht an Geister und schon gar nicht an solche mit Taschenlampen.«

»Sie waren außerdem der Meinung, dass es Hexen waren.«

»Hexen gibt's in meinen Augen auch keine.«

»Was für eine Frau. Schert sich weder um Hexen noch um Geister. Und wie steht's mit Feen, Elfen und Kobolden?«

»Sind mir auch egal, genauso wie Hobbits.«

»Und wie steht's mit …«

Er zögerte.

»… mit Vampiren?« Während er das sagte, glitten seine Finger kühl an ihrem Nacken entlang.

An der Stelle trat sie ihm entschieden auf den Fuß. Er

zuckte weder zusammen noch zurück, sondern sah ihr bloß ins Gesicht.

»Nur bei Anne Rice. Lassen Sie doch endlich den Unsinn! Ich bin nicht hier, um herumzualbern. Überhaupt, was machen Sie eigentlich hier?«

»Dasselbe wie Sie. Ich bin zufällig vorbeigekommen und hab Licht gesehen.«

Er zischte die Worte fast, als er sie von sich wegschob. An ihren Schultern spürte sie die Kühle der Nacht. Dann beobachtete er kurz das Fenster.

»Ich kümmere mich darum. Gehen Sie ins Auto zurück und verriegeln Sie die Türen. Noch besser, Sie fahren gleich nach Hause.«

»Ich geh hier nicht weg, solange dieser Kerl da drin ist.«

Er hielt einen Moment inne, wie um Atem zu holen, aber Dixie hörte keinerlei Atemgeräusch. »Wir könnten versuchen, ihm einen Schrecken einzujagen, ihn vertreiben, ehe er was klauen kann. Einverstanden?«

Warum nicht? Immerhin ging es um ihren Besitz. »Was soll ich machen?«

»Sie schleichen sich raus, setzen sich ins Auto und verriegeln die Tür.«

Seine Stimme klang wie immer, dabei schaute er sie aber mit einer Eindringlichkeit an, die sie erbeben ließ. Derart nah schien sein Auge warm zu leuchten, als er sie ansah. Einen Moment lang fühlte sie sich schwach, wie benommen. Dann gab sie sich einen Ruck und fand in die Wirklichkeit zurück.

»Das meinen Sie doch nicht ernst!« Sie sollte im Auto sitzen, während er einem möglicherweise bewaffneten Einbrecher auflauerte.

Er runzelte die Stirn. »Beruhigen Sie sich. Ich will doch nur, dass Sie sofort fliehen können, sollte die Situation eskalieren.«

Sie hatte eher den Eindruck, als wollte er einen auf Kavalier alter Schule machen.

»Wozu dann die Tür verriegeln?«

Er zog sie näher heran und flüsterte: »Wollen Sie mir zeigen, wie schwierig Sie sein können?«

Wieder spürte sie diese Benommenheit, das Gefühl von Wärme, von Schwäche. »Ich bin nicht schwierig, sondern vernünftig. Sie haben von Waffen gesprochen. Warum wollen Sie dann unbewaffnet hineinstürmen?«

Er kicherte. »Ich bin doch Superman, erinnern Sie sich nicht?« Ihr Zögern wertete er als Zustimmung. »Vertrauen Sie mir. Ich weiß, was ich tue. Warten Sie im Auto. Vielleicht brauche ich ja später Ihre Hilfe.«

Dixie stimmte zu, wenn auch ungern, und verließ das Grundstück durch den Nebenausgang, ging aber nicht direkt zu ihrem Auto. Ein am Straßenrand geparkter Wagen erregte ihre Aufmerksamkeit. Christophers? Ihm hätte sie ein schickeres Gefährt zugetraut als einen klapprigen Kleinwagen. Gehörte es womöglich dem Einbrecher? Warum nicht? Dank ihrer Taschenlampe konnte sie die Nummer problemlos entziffern.

Was war eigentlich mit der viel gepriesenen ländlichen Stille? Es raschelte, knackte und ziepte durch die Nacht. Fast ein wenig unheimlich! Sie beschloss, die Geräusche und ihr inneres Beben in Christophers Armen zu vergessen. Allmählich wurde sie unruhig und machte kehrt.

Durch die Nacht drang ein Schrei. Eine Tür knallte, und Dixie bog gerade rechtzeitig um die Ecke, um zu sehen, wie eine dunkle Gestalt auf das geparkte Auto zulief. Der Motor sprang an, aber als das Auto anfuhr, kam eine zweite Gestalt hinterhergerannt. Das Auto machte einen Schwenk, gerade als der Mann herankam. Dixie blieb schier das Herz stehen, als sie sah, wie Christopher im Licht der Scheinwerfer in hohem Bogen durch die Luft geschleudert wurde. Sie rannte die Straße entlang, als er aus dem Graben kletterte.

»Sie sollten doch im Auto sitzen.«

»Sind Sie verletzt?« Er musste es sein.

»Nur etwas durcheinander.«

Durcheinander? Er musste verletzt sein nach diesem Sturz. Sie dachte an Knochenbrüche, innere Verletzungen – aber er stand da wie eine Eiche. »Ich hol das Auto. Sie müssen zum Arzt.« Ohne auf eine Antwort zu warten, rannte sie los, so schnell sie konnte. Als sie zurückkam, stand er gegen einen Baum gelehnt. Sie blieb stehen und öffnete die Beifahrertür.

»Darf ich einsteigen?«

Er stand da, die Hand an der Tür. War das etwa typisch britisch oder was? »Natürlich! Steigen Sie ein!« Seine Beine erwiesen sich als etwas zu lang für den Kleinwagen. Dixie knipste die Innenbeleuchtung an. »Das war kein Einbrecher, sondern ein brutaler Killer!«

»Ich bin okay. Lieber wär's mir, Sie hätten sich die Autonummer gemerkt.«

Das war zu viel. »In welcher Welt sind wir hier eigentlich? Sie sind halb tot und machen sich Sorgen wegen einer Autonummer. Wie auch immer, ich hab sie.« Sie sagte die Nummer auswendig her, erstaunt, dass sie sie in ihrer Aufregung nicht vergessen hatte. »Nun lassen Sie mich mal sehen.«

Er schien nirgendwo zu bluten, hatte aber Schlamm und Erde im Gesicht und an den Kleidern; in seinen Haaren hing Gras, und sein Kaschmirpullover würde keine weiteren Cocktailpartys mehr sehen. An der Stelle, an der Pullover und Hemd zerrissen waren, schien seine weiße Schulter durch. Sie streckte die Hand aus, dort zumindest musste er verletzt sein.

Seine Hand umfasste ihr Handgelenk. »Schon gut, meine Liebe.«

»Sie könnten bluten.«

Er packte ganz schön zu für einen Mann, der knapp dem Tod entronnen war.

»Tu ich nicht.«

»Lassen Sie mich nachsehen.«

Er legte ihre Hand an das Lenkrad. »Wenn Ihnen danach ist, einem Mann die Kleider vom Leib zu reißen, dann haben

Sie Ihre Chance mit Caughleigh bereits gehabt. Verschonen Sie mich bitte. Ihr Haus ist für diese Nacht sicher.«

»Vergessen Sie das Haus! Viel wichtiger ist, wie es Ihnen geht. Sie brauchen einen Arzt.«

Seine Finger schlossen sich um ihre Hand, als diese zum Schaltknüppel griff. »Merken Sie sich das. Ich brauche keinen Weißkittel, und Sie fahren jetzt nach Hause. Ich bin nicht verletzt.«

»Unmöglich. Ich habe Sie doch durch die Luft fliegen sehen.«

»Schon mal was von Ju-Jutsu gehört, Dixie? Ich weiß, wie man fällt.«

Er hätte nicht so aufrecht dasitzen können und zupacken wie ein Berserker, außerdem würde seine Brust sich schwer heben und senken, wäre er tatsächlich verletzt gewesen.

»Sie *sind* Superman, oder nicht?«

»Ihnen gefällt diese Figur, geben Sie's zu.«

Beinahe hätte sie aufgegeben. Sie bestand darauf, ihn nach Hause zu fahren, was er auch zuließ. Jedoch weigerte er sich, dass sie ihn auch nur einen Schritt bis zur Tür begleitete. »Im Gegensatz zu Ihnen habe ich hier einen Ruf zu verlieren«, sagte er. »Stellen Sie sich bloß das Gerede vor – zuerst verpassen Sie Sebastian einen Korb, um nur wenig später hier vor meinem Haus zu landen. Wir müssten uns zweifelsohne duellieren.«

»Ich dachte immer, Duelle seien seit dem letzten Jahrhundert verboten.«

»Ich bin ein Mann mit Vergangenheit.«

Er drückte ihr wie zum Abschied die Hand. Dixie konnte sich nicht von ihm losreißen. Sie griff nach seiner Schulter und wandte sich ihm zu. Wenigstens ein Kuss zum Abschied. Das war das Mindeste für einen Mann, der für ihr Haus sein Leben riskiert hatte.

Sie kam seiner Wange immer näher, als er schließlich den Kopf drehte und sein Mund ihre Lippen berührte, kühl und glatt wie Marmor. Als jedoch ihre Lippen die seinen liebkosten, empfand sie nur Weichheit und Wärme. Er schmeckte nach Gewürzen, Nacht und Abenteuer. Langsam, wie eine aufblühende Blume im Frühling, öffnete sie den Mund. Beinahe zögerlich streichelte seine Hand ihren Nacken und durch ihr Haar. Sie seufzte und ließ ihre Zunge in seinen Mund gleiten.

Die ganze Hitze des Sommers stieg in ihr auf. Ihr Atem wurde heftiger, sie wollte mehr, und er gab ihrem Drängen nach. Selige Wärme durchströmte sie, und in ihren Adern pochte das Begehren. In diesem Kuss wurden sie beide eins. Die Zeit blieb stehen. Dixie spürte nur noch eines: das brennende Verlangen nach mehr.

»Christopher«, murmelte sie, als er sich zurückzog.

»Denk an meinen Ruf«, frotzelte er. Sie lehnte den Kopf gegen seine kräftige Schulter. Mit unendlicher Zärtlichkeit streichelte er ihren Hals vom Nacken bis zur Kehle. Seine Berührung schien den Himmel auf Erden zu versprechen. Wenn er doch nie damit aufhören würde, wenn er sie doch einladen würde zu bleiben. Was auch immer, es sollte ewig so weitergehen. Ihre Hand glitt an seine Brust, tastete nach den Hemdknöpfen, voller Sehnsucht nach der Wärme eines männlichen Körpers.

Seine Hand kam ihr dazwischen. »Dixie, wir müssen Schluss machen! Ich bin müde.«

Sie setzte sich auf. Wie egoistisch von ihr! Er war verletzt, hatte zumindest schwere Prellungen, und sie hatte nichts anderes im Sinn, als sich an ihn ranzuschmeißen.

»Fahr nach Hause, zu Emily, und verzichte darauf, weiter die Heldin zu spielen. Versprochen?«

Sie versprach es ihm, wartete aber, bis die Tür hinter ihm ins Schloss fiel. Sicher hätte sie noch einmal vorbeigeschaut an ihrem Haus, aber sie hatte ihm ihr Wort gegeben. Und das konnte sie, nach einem Kuss wie diesem, nicht brechen.

Beim Ausziehen in ihrem Zimmer unter dem Dach sah Dixie auf die Uhr. Die ganze Geschichte mit Christopher, ihrem Haus und dem irrsinnigen Einbrecher hatte weniger als eine halbe Stunde gedauert. Sie unterdrückte ein Schaudern. Es war vorüber. Es gab keinen Grund mehr zur Sorge. Sie war zu erschöpft, um sich noch Sorgen zu machen, erschöpft davon, zudringliche Bauerntölpel abzuwehren, Einbrecher zu jagen und Verletzte zu versorgen. Sie warf ihre Kleider über einen Stuhl und fiel, ohne sich davor die Zähne zu putzen, sofort ins Bett. Emilys kühle Leinenbettwäsche umhüllte ihren erschöpften Körper wie beruhigender Balsam. Nichts jedoch konnte den Aufruhr in ihrem Inneren lindern. Was hatte sie nur getan? Sie hatte sich einem Mann blindlings an den Hals geschmissen, nur weil ihre Hormone wegen ein bisschen Stress verrückt spielten. Sie spürte noch immer seine Lippen auf den ihren, seine Zunge in ihrem Mund, ganz zu schweigen davon, was sich sonst in ihrem Körper abspielte. Morgen würde er kommen, um ihre Bücher durchzusehen. Was hatte sie da nur ins Rollen gebracht?

Sebastian ignorierte das Telefon. Während Emily im Hintergrund laut stöhnte, läutete es genau sechsmal. Als er über ihren Busen streichelte, ging der Anrufbeantworter an. »Onkel, ich weiß, du bist da, geh schon ran!«

Sebastian kochte vor Wut. Brachte James denn gar nichts auf die Reihe? Er hatte den ganzen Abend Zeit gehabt, ohne diesen Störenfried, dieses Weib. Sebastian beugte sich über Emily und griff zum Hörer. »Ich hoffe, du hast die Sachen gefunden.«

»Keine Chance. Ich hab die Bude jetzt dreimal auf den Kopf gestellt. Da ist nichts.«

»Dann wirst du beim vierten Mal erfolgreich sein. Und untersteh dich, ohne die Unterlagen nach Hause zu kommen.«

»Nicht um alles in der Welt! Keine zehn Pferde bringen mich dorthin zurück. In diesem Kasten spukt es. Wenn da nur die Geräusche wären, aber heute Abend hab ich ein kreidebleiches Gesicht am Fenster gesehen. Niemand kann mir weismachen, dass das einer von den Dorfburschen war!«

»Geh schon, los.«

»Niemals.«

Sebastian fluchte, als James auflegte. Er wandte sich Emily zu.

Sie saß auf dem Tisch, strich ihren Rock glatt und stopfte die Bluse in den Bund. »Wenn er ihre Aufzeichnungen nicht findet, sind wir dran.«

»Noch nicht. Wir werden sie finden. Wenn sie so gut versteckt sind, wird auch diese Miss LePage kaum darüberstolpern. Sie müssen in der Bibliothek sein. Sämtliche anderen Unterlagen habe ich genauestens durchforstet. Auf der Bank ist nichts. Das weiß ich. Die Rolle des Nachlassverwalters hat ihre Vorteile.« Er schob das Hemd in die Hose und schloss den Reißverschluss.

Emily stand auf. »Was machen wir, wenn wir nichts finden?«

»Zeit gewinnen. Die Sache hinauszögern. Unserer Miss LePage das Leben schwer machen. Vielleicht braucht James ja auch Unterstützung.«

»Und wer soll das sein?« Emily sah ihn mit großen Augen an und schüttelte den Kopf. »Ich nicht, nicht um alles in der Welt.«

»Du hast viel zu verlieren, wenn die Wahrheit herauskommt. Deine Bank wäre sicher nicht allzu glücklich über die Vorstellung, eine Hexe zu beschäftigen. Schlecht fürs Image.«

»Es ist nicht mehr verboten. Ich kann ganz ruhig sein.«

»Wirklich?« Er umfasste ihren Nacken und streichelte mit der anderen Hand ihr Kinn. Dann küsste er sie, drängte mit der Zunge zwischen ihre Lippen. Er küsste sie lange genug, bis sie aufseufzte, seine Hand nach wie vor fest in ihrem Nacken. »Du wirst tun, was ich verlange, Emily. Weil ich es will.«

»Was verlangst du?« Sie sah nun völlig derangiert aus mit ihrem zerwühlten Haar, dem verschmierten Lippenstift und dem zerknitterten Rock.

»Gib mir zwei Tage. Mach unserer Dixie zum Sonntag ein schönes Frühstück, und zwar eines, das es wirklich in sich hat, damit sie garantiert ein paar Tage im Bett bleibt.«

Ihre Augen weiteten sich, als ihr dämmerte, was er meinte. »Das kann ich nicht tun!«

Seine Hand wanderte von ihrem Nacken zu ihrem Busen. »Klar kannst du. Wozu bist du denn eine Kräuterspezialistin, wenn du deine Fähigkeiten dem Zirkel verweigerst?«

»Hier geht es nicht um den Zirkel, sondern um dich.«

»Das ist ein und dasselbe, jetzt, wo die alten Ladys verschwunden sind. Ich werde nicht zulassen, dass eine aufmüpfige Amerikanerin alles ruiniert. Sorg lediglich dafür, dass sie ein paar Tage nicht mehr vom Töpfchen runterkommt. Die junge Dame strotzt vor Gesundheit, da kann nichts schiefgehen. Marlowe mischt auch mit. Wir müssen auf der Hut vor ihm sein, und du ziehst unsere Dixie aus dem Verkehr.«

Jegliche Farbe wich aus ihrem Gesicht. »Sebby, das geht zu weit.«

Sebastian zog ihren Kopf wieder hoch. »Ich rechne mit dir, Emily.« Sie nickte und ließ sich noch einmal küssen. Dann sah er ihr zu, wie sie ihre Schuhe suchte, ihre Handtasche nahm und das Haus verließ.

Er brauchte sie, um nicht in große Gefahr zu geraten.

Er fragte sich, was sie wohl verwenden würde. Zaunrübenwurzel? Rhabarberblätter? Genau wollte er es gar nicht wissen. Sollte etwas schiefgehen, würde er seine Hände in Unschuld waschen. Aber davon ging er nicht aus. Schließlich hätte er nach wie vor gerne etwas mit Dixie gehabt.

Dixie sah zu den schiefen Deckenbalken hinauf. Es dauerte ein paar schlaftrunkene Minuten, das Geräusch zu identifizieren – auf das Giebeldach niederprasselnder Regen. Sie kroch unter der Bettdecke hervor und tappte zum Fenster, um die Chintzvorhänge zu öffnen. Regen war gar kein Ausdruck. Die vom Himmel niederstürzenden Wassermassen vollführten einen wahren Trommelwirbel, wohin sie nur blickte. Orchard House stand verschwommen im Zwielicht; ein Auto fuhr die einsame Straße entlang, Spritzwasser links und rechts bei jeder Pfütze. Das also war der berühmte englische Regen, den sie bis dahin nur vom Hörensagen gekannt hatte. Würde wohl nichts werden aus dem Spaziergang zur Kirche und der anschließend geplanten gemütlichen Zeitungslektüre auf dem Dorfanger.

Aber was soll's. Sie würde den Tag damit zubringen, ihre Bibliothek zu erkunden. Sie hatte alle Zeit der Welt, wenn nur dieser komische Aga keinen Großbrand ausgelöst hatte.

Beim Verlassen der Dusche roch sie, dass gekocht wurde.

»Guten Morgen.« Emily verzog die runden Wangen zu einem breiten Lächeln. »Hab ich mir doch gedacht, dass Sie wach sind. Wie wär's mit einem netten Plausch beim Frühstück? Geht doch nichts über einen gemütlichen Sonntagvormittag, oder?«

»Vielleicht eine Tasse Kaffee ...«, sagte Dixie zögerlich. Sie versuchte, den Geruch einzuordnen. Würstchen oder Speck waren es nicht.

Emily schob den Toast ein und schenkte Dixie ein weiteres Lächeln. »Aber nicht doch, Sie müssen einen Happen zu sich nehmen. Ich habe etwas ganz Besonderes ausgewählt: Kalbsnierchen.«

Nieren! Dixie spürte, wie ihr die Galle hochkam. Eine Tasse Kaffee und dabei zusehen, wie ihre Landlady Speck mampfte, das ja, aber Nieren – niemals!

»Sehr nett von Ihnen, aber ich muss frühzeitig los.« Sie unterdrückte ihre Gewissensbisse angesichts Emilys enttäuschter Miene. Auch auf einen Toast oder Müsli blieb sie nicht. In ihrer Küche hatte sie Pulverkaffee und ein Päckchen Kekse. Das müsste reichen.

Der Aga war nicht ausgegangen. Die Küche war sogar einladend warm bei dem kühlen Schmuddelwetter draußen. Es ging doch nichts über ein Frühstück in den eigenen vier Wänden – nur leider war die Milch in der Speisekammer sauer geworden. Eine Tasse schwarzen Kaffees in der Hand notierte sich Dixie »Kühlschrank« auf ihrer Einkaufsliste. Das Wort stach ihr förmlich in die Augen. Sie war verrückt. Für einen Monat schaffte man sich keinen Kühlschrank an. Und wenn sie doch länger bleiben würde? Niemals. Sie hatte kein Telefon und war nicht vertraut mit der fremden Währung und dem Verkehr auf der falschen Straßenseite.

Sie machte sich noch eine Tasse Kaffee und ging damit nach oben.

Das eindringliche Läuten an der Tür unterbrach Dixie in ihrer Konzentration. Mehr als drei Stunden lang hatte sie sich in die Durchsicht der Bücher vertieft; dennoch widerstand sie der Versuchung, die Glocke einfach zu ignorieren, und schob die staubigen Folianten beiseite. Auf halbem Wege hielt sie inne. Wer war es? Christopher? Ihr schossen die Gerüchte von halbwüchsigen Einbrechern und Vandalen durch den Kopf.

Der Mahagonispiegel in der Diele zeigte einen Ausschnitt des Eingangsbereichs. Dixie sah genau hin – nichts außer dem unaufhörlichen Regen.

Scherzbolde, die läuteten und wieder wegrannten? Dixie war auf alles gefasst. Sie hatte in ihrem Job mit Jugendlichen gearbeitet.

Die Hand am Messingknauf wartete Dixie auf ein nochmaliges Läuten und spitzte durch das Fenster neben der Tür. Christopher! »Komm rein, du wirst ja klatschnass!« Sie öffnete die Tür bis zum Anschlag.

Seine Erwartungen übertreffend, bat sie ihn nicht nur herein, sondern griff sogar nach seiner Hand und zog ihn über die Schwelle. Nach all diesen Monaten war er endlich in diesem Haus. Nun könnte er kommen und gehen, wie es ihm gefiel, aber Dixies freundlicher Empfang löste ein ungutes Gefühl in ihm aus, in einem Herzen, das er nicht hatte. »Ich habe Alf gebeten, einen Lunch einzupacken. Immerhin darf ich dafür einen Blick auf die Bibliothek werfen.«

Ihre warme Hand streifte die seine, als sie den Korb entgegennahm.

»Für etwas Ordentliches zum Essen ist mehr als ein Blick drin. Ich habe lediglich ein Päckchen Kekse im Haus und lechze geradezu nach mehr.«

Nicht anders erging es ihm. Ein Lächeln so warm wie ihre Haut hätte möglicherweise ungeahnte Folgen für sie beide.

Dixie packte Spargel-Quiche aus, griechischen Salat mit Oliven und Schafskäse, etwas, das wie Fleischbällchen aussah, aber laut Alfs Versicherung etwas anderes war, sowie eine Riesenschale mit Obst.

»Das reicht ja für eine ganze Familie«, sagte Dixie und nahm Besteck aus der Eichenanrichte.

»Iss du nur, ich halte mich zurück. Als Allergiker muss ich vorsichtig sein.« Die altbewährte Notlüge war ein Eigentor. Zum ersten Mal in seinem langen Leben versetzte sie ihm einen Stich.

»Ich habe ein schlechtes Gewissen, mir den Magen vollzustopfen, während du zuschaust. Kann ich nicht wenigstens einen Kaffee für dich machen?«

Sie hatte ein schlechtes Gewissen? Was hätte dann er sagen sollen, als sie ihm letzte Nacht zu Hilfe gekommen war? Besser, er stellte seine Gefühle ganz ab, wenn aus dieser Sache was werden sollte. »Ein Kaffee wäre nicht schlecht.« Flüssigkeiten konnte sein Stoffwechsel verarbeiten. »Setz dich hin und iss.« Je eher sie anfing, umso schneller konnte er sich der Bibliothek widmen.

Sie bestand darauf, erst den Kaffee zu machen. »Bist du sicher, dass ich dich nicht verführen kann?«, fragte sie im Hinblick auf das Essen auf dem Tisch.

Verführen? Du meine Güte! Seit mehr als drei Jahren hatte

er nicht das Verlangen gehabt, von einem menschlichen Wesen zu naschen. Nun überwältigte es ihn mit großer Macht, und er musste einen ganzen Nachmittag widerstehen.

»Wunderbar.« Sie schloss die Augen, als sie in ein »Fleischbällchen« biss. »Die sind ja herrlich, zu schade, dass du nicht mitessen kannst.«

»Was ist es denn?«

»Falafel – Kichererbsenmehl, Knoblauch, Kräuter und noch etwas für mich Undefinierbares.«

Sie lächelte zu ihm hoch.

»Ich seh schon, vegetarisch ist nicht dein Ding.«

War es auch nicht. Er ernährte sich von körperwarmem Blut. Ihres wäre gerade recht, aber er würde nie davon kosten. Ein derartiges Verlangen machte ihn verletzlich, und er konnte kein Risiko eingehen. Nicht hier und jetzt. Nicht nach der Umarmung von letzter Nacht. »Lass uns den Kaffee oben trinken.«

»Du willst die Bücher sehen? Na gut.«

Sie packte die Reste des Essens in den Korb. »Hoffentlich hält es sich. Ich habe schon überlegt, einen Kühlschrank anzuschaffen, bin mir aber nicht sicher, ob sich das lohnt. Länger als einen Monat werde ich kaum hier sein.«

Ein ganzer Monat! Er konnte sein Glück kaum fassen. »Ich wusste gar nicht, dass du so lange bleibst. Caughleigh sprach davon, du würdest nächste Woche abreisen.«

»Sebastian ist nicht für meine Entscheidungen zuständig. Ich bin sowieso urlaubsreif und kann genauso gut hierbleiben – kostet außerdem nichts.«

»Ich freu mich riesig, dass du bleibst.«

Sie errötete. Ihre Augen leuchteten, und sie sah verschämt weg. »Komm mit nach oben«, sagte sie. »Ich muss dir was zeigen.«

Sie hatte die Fensterläden geöffnet und das Licht angemacht. Der Raum sah deswegen nicht schöner aus. Bücher aus neunzig Jahren füllten die Regale, stapelten sich in den

Ecken und türmten sich auf Tischen und Stühlen. »Jemand hat hier alles durchsucht«, sagte sie wütend. »Überall auf dem Fußboden und den Regalen liegt Staub, aber die Bücher sind bewegt worden.«

»Das hättest du dir denken können.« Hatte sie die letzte Nacht vergessen?

»Das ja.« Ihre dunklen Augenbrauen zogen sich zusammen. »Ich war mir schon an jenem ersten Abend ziemlich sicher, ganz sicher weiß ich es seit gestern, aber ich habe erst heute Vormittag einen ersten Blick hier hereingeworfen. Ich glaubte, die wären im ganzen Haus zu Gange gewesen.«

»Waren sie das etwa nicht?«

»Die anderen Zimmer im ersten Stock wurden nicht berührt, seit Sebastian das Haus verschlossen hat. Nur hier gibt es Fußspuren im Staub, und jemand hat sich an den Büchern zu schaffen gemacht. Warum?«

Er ließ die Frage auf sich beruhen. Eine Antwort hätte ein Dutzend weitere zur Folge gehabt. Je weniger sie wusste, umso besser war es.

»Fehlt irgendwas?«

Sie lachte, ein warmer Ton, der tief aus ihrem Bauch zu kommen schien.

»Wie soll ich das wissen? Das zu überprüfen, dauert eine Ewigkeit, und selbst dann kann ich nicht sicher sein, ob nicht schon viel früher was verschwunden ist. Ich werde lediglich sicherstellen, dass unser Besucher nie wieder hier reinkommt. Heute Nacht lasse ich überall das Licht an und sämtliche Fensterläden und Vorhänge offen. Morgen früh lasse ich Sicherheitsschlösser und ein Alarmsystem installieren und später bin ich sowieso selber da.«

»Du ziehst hier ein?« Eine wunderbare oder vielleicht auch schreckliche Aussicht. Sie wäre näher, aber auch in Gefahr. Aber warum kümmerte ihn das? Er wollte doch nichts außer ein paar Büchern. Gemeinsterbliche waren ihm egal, außer sie kamen ihm in die Quere.

»Schau doch nicht so entsetzt. Immerhin ist es mein Haus, und lieber bin ich hier als in Emilys Gästezimmer.«

»Hast du denn keine Angst davor, alleine hier zu sein?«

»Ich bin es gewohnt, alleine zu sein.«

Diese Worte trafen ihn überraschend tief. Wie konnte sie so schön sein und lebendig und allein? »Auch hier?«

Sie strich sich mit der Hand über die Stirn und durch das kastanienfarbene Haar, als würde sie eine schwere Erinnerung oder eine alte Verletzung wegwischen. »Ich kann mich gut um mich selber kümmern. Emma wohnt nur ein paar Meter weg von hier, und ich werde gute Schlösser haben, damit kein Einbrecher reinkommt.«

Ihn würden sie nicht abhalten. Nun nicht mehr, seit er ihr Gast war. Was war mit den anderen?

»Schau, was ich hier gefunden habe.« Sie ging an die Regale und nahm ein Buch heraus. Als sie zurückkam, leuchteten ihre Augen vor Aufregung. »Ich bin mir sicher, es wird ständig darüber gewitzelt, aber ich konnte einfach nicht anders.« Sie hielt das Buch fest an die Brust gedrückt. »Das musst du sehen.« Sie hielt ihm einen abgewetzten, in Kalbsleder gebundenen Schmöker entgegen.

Er griff mit beiden Händen danach und spürte sofort die Wärme ihrer Brust auf dem Leder. Dann öffnete er es vorsichtig – jeder unsachgemäße Griff könnte den alten Einband zerstören – und starrte auf das Titelblatt. War sie etwa dahintergekommen? Wie?

»*Der Jude von Malta*. Vor einer Stunde oder so habe ich es entdeckt.« Er nickte, glättete mit seinen kühlen Fingerspitzen die modrigen Seiten. Dann las er das Erscheinungsjahr, hatte aber nicht den Mut, es ihr zu sagen. Er hob den Blick von den abgenutzten Seiten und sah in ihre leuchtenden Augen. »Es ist sehr alt«, fuhr sie fort. »Möglicherweise eine Kopie aus dem 19. Jahrhundert und deshalb ziemlich wertvoll, aber als Erscheinungsjahr ist 1587 angegeben, und ich glaube, das ist falsch.«

»Richtig. Tatsächlich ist es 1589 erschienen.« Er hätte sich auf die Zunge beißen können.

Ihre Augen begannen noch mehr zu strahlen. »Du hast ihn also gelesen?«

»Meinen Namensvetter? Warum nicht? Ja, ich weiß alles über Kit Marlowe.« Er seufzte. Die Vergangenheit saß ihm wie ein Raubtier im Nacken. Er wusste alles.

Sie setzte sich auf die Kante des Eichentischs und blickte ihn an. »Ich habe ihn auf dem College studiert und das Examen mit Englisch im Hauptfach gemacht, danach erst die Ausbildung zur Bibliothekarin. Marlowe hat mich seit jeher fasziniert, er war so talentiert und mysteriös. Fragt sich, wer er überhaupt war. Stammen Shakespeares Werke von ihm? Was ist tatsächlich in jener Schänke in Deptford geschehen? Eine Seifenoper ist nichts dagegen.«

»Will Shakespeare hat Shakespeare geschrieben, und Kit Marlowe ist der Verfasser Marlowes. Und Betrug und Verrat sind keine schöne Sache.«

Sie zuckte zusammen bei diesen direkten Worten. »Du kennst sein Werk wohl wirklich sehr gut.«

Er zuckte bedenklich mit den Schultern. »Könnte man sagen.«

Sie war noch nicht zu Ende. »Der reinste Krimi. So jung und talentiert und kommt bei einer Schlägerei ums Leben, und dann auch noch so eine komische Verletzung …« Sie unterbrach ihren Satz und biss sich auf die Lippen, sah ihm ins Gesicht und wurde puterrot. »Tut mir leid, das war taktlos.«

Er legte das Buch auf die staubige Tischplatte und umfasste ihre Schultern mit den Händen. »Dixie«, flüsterte er, »es macht nichts. Es ist alles so lange her.«

Sie kaute mit den Zähnen auf ihrer Unterlippe. »Ich hab mir nichts dabei gedacht, sondern einfach drauflosgeplappert. Was für ein Zufall aber auch.« Sie schwieg, das Gesicht reumütig angespannt. »Ich bin so taktlos. Ich wollte bloß …«

»Vergiss es. Ich bin andere Sachen gewöhnt. Die Dorfblagen rufen mir ›Pirat‹ hinterher.«

»Was ist passiert?«

Sie fragte ihn nicht nach den Ereignissen in der Schänke in Deptford. Und doch stand die Frage danach im Raum. Sie würde niemals glauben, was dort wirklich passiert war. »Es passierte vor langer Zeit – ich war noch jung und ein ziemlicher Draufgänger. Mit dem einen guten Auge habe ich achtzig Prozent Sehfähigkeit. Es ist nur eine kleine Behinderung.«

Ihre weißen Zähne waren noch immer mit ihren Lippen beschäftigt. Noch eine Minute und es würde Blut fließen. Das konnte er nicht zulassen. Der Duft ihres Blutes würde ihn wahnsinnig machen. Er zeichnete mit zwei Fingern den Schwung ihrer Augenbrauen nach, streichelte über ihre Wangen, beugte sich zu ihr hinunter und küsste sie sanft auf den Mund.

Wie warm und süß sie war. Sie schmeckte wie Geißblattnektar in einer Juninacht. In seinen Mund drang etwas, das sich wie Sonnenstrahlen auf Marmor anfühlte. Als ihre Zungen sich trafen, seufzte sie wie Espenlaub in einer lauen Nachmittagsbrise.

Dann zog er sich sanft zurück und ließ seine Lippen über ihre erhitzte Stirn gleiten. In ihrer Gegenwart fühlte er sich beinahe wieder als Mann, und das konnte für sie beide gefährlich werden.

»Wenn wir nicht aufpassen, vergessen wir noch, warum wir hier sind«, sagte er und trat einen halben Schritt zurück.

»Warum sind wir denn hier?«, fragte sie. Dabei leuchteten ihre Augen, und ihre Lippen bebten noch immer von seinen Küssen.

»Um zu flirten«, sagte er, wobei er noch immer ihre Hand hielt, aber um Armeslänge zurücktrat. »Die Männer in Amerika müssen ja verzweifeln ohne dich.«

Sie lachte, ohne wirklich amüsiert zu sein. »Ganz so schlimm war es nicht.« Sie zog ihre Hand zurück, als würde sie eine Erinnerung schmerzen. »Was war's denn nun, wonach du dich umschauen wolltest?«

Sie hatte recht. Immer schön locker bleiben. Er hoffte nur, das würde ihm gelingen.

»Ich interessiere mich für okkulte Themen und für Magie.« Sie legte die Stirn in Falten, und er unterdrückte das prompte Bedürfnis, sie mit den Fingern zu glätten. »Alles über Hexen, Zauberei, das zweite Gesicht, Vampire.« Letzteres fügte er nur wie einen nachträglichen Gedanken hinzu.

»Glaubst du wirklich an all das Zeug? Letzte Nacht hab ich gemeint, du machst Witze.«

»Ich bin bereit, alles zu glauben, was ich nicht widerlegt habe.«

»Ach, ich bitte dich!« Sie rollte die Augen. »Aber wenn du meinst, ich helf dir beim Stöbern.« Sie machte keinen Versuch, ihr Erstaunen zu verbergen. Andererseits verbarg sie nie auch nur irgendetwas. Sie war so offen wie eine Rose im Sommer und ebenso empfindlich.

Gemeinsam durchforsteten sie alles, und auf dem großen Bibliothekstisch häufte sich eine hübsche Menge von Büchern an. »Ein richtiger Berg«, sagte Dixie und warf einen zweifelnden Blick auf den Stapel. »Damit wirst du heute unmöglich fertig.«

»Vielleicht dürfte ich noch an anderen Tagen auf deine Gastfreundschaft bauen?«

Sie zuckte mit den Schultern.

»Wann immer du willst. Ich bin da, sporadisch jedenfalls. Anrufen geht leider nicht, aber du kannst die Bücher haben, wenn du willst. Die Sache interessiert mich nicht. Ich werde sie schätzen lassen.«

Er streckte die Hand aus. »Einverstanden.«

»Sollen wir die Übereinkunft mit einem Kaffee besiegeln?«

Er schüttelte den Kopf. Sein Körper hatte gerade einen Kaffee aufgenommen und würde nicht noch einen vertragen. Nicht vor dem Abend. »Für mich nicht.«

Sie ging weg, um Tee zu machen, und er fand eine Ecke, wo die letzten Strahlen der Nachmittagssonne nicht hinkamen. In wenigen Stunden würde die Dämmerung hereinbrechen.

»Bis morgen dann«, sagte er, als er ihr zum Abschied zuwinkte, eine große hagere Gestalt in der Dämmerung. Dixie verließ das Haus kurze Zeit später; sie hatte sämtliche Lichter brennen und die Läden offen gelassen. Das Haus erstrahlte wie ein Leuchtfeuer über dem Dorfanger, aber zumindest sollten dadurch unerwünschte Besucher fernbleiben. Sie wollte ausgiebig duschen, um den ganzen Staub loszuwerden, und dann später im *Barley Mow* in aller Ruhe etwas Nettes zu Abend essen. Und sie wollte definitiv nicht weiter darüber nachdenken, wie Christopher küsste.

4

Auf dem Weg nach oben hörte sie Emily nach ihr rufen: »Dixie, hättest du eine Minute Zeit? Hier ist Besuch.«

Es ließ sich schwer sagen, wer von den dreien sich unwohler fühlte: Emily, mit der Teekanne vor sich und einer Spitzenserviette auf dem Schoß; Dixie, die sich der Spinnweben auf ihren Kleidern und des Staubs in ihrem Gesicht nur allzu bewusst war; oder Ida Collins mit ihrem Strickzeug auf dem Schoß und einem Teller voller Sandwichs direkt neben ihrem Ellbogen.

Dixie fühlte sich bei diesem piekfeinen Teekränzchen wie ein ungewaschener Bergarbeiter. »Entschuldigung«, sagte sie. »Aber ich glaube, mein Aufzug passt hier so gar nicht.« Sie zögerte sogar, Ida die Hand anzubieten.

Emily wollte Dixie eindeutig von ihren Polstermöbeln fernhalten.

»Ach du meine Güte«, sagte sie, »und wir haben geglaubt, wir könnten zu dritt eine schöne Tasse Tee trinken. Ida hat Teilchen besorgt, mit Himbeermarmelade.«

»Ich glaube, wir verschieben das lieber auf ein andermal«, sagte Dixie und machte einen Schritt in Richtung Treppe.

»Nein«, sagte Ida gelassen wie eine Lady und doch so nachdrücklich wie ein militärischer Oberbefehlshaber. »Emily kann Ihnen eine Tasse Tee nach oben mitgeben, und Sie müssen eines meiner Himbeerteilchen probieren.«

Abzulehnen wäre in diesem Fall unhöflich gewesen. Dixie nahm also Tasse und Untertasse in die eine Hand, balancierte den Kuchenteller mit der anderen und schaffte es gerade so, nach oben zu kommen. Sie stellte alles in ihrem Zimmer ab und duschte zuerst. Noch ehe sie sich die Haare getrocknet hatte, war der Tee kalt, und sie kippte ihn einfach ins Waschbecken. Auch auf das Teilchen hatte sie keinen Appetit, nicht nach diesem Lunch. Da sie Ida nicht verletzen wollte, packte Dixie das Gebäckstück in ein Stück Küchenkrepp und deponierte es in einer Papiertüte in ihrem Mülleimer.

Müde und erschöpft legte sie sich aufs Bett. Ein gemütlicher Leseabend war verlockender als das *Barley Mow*. Gegen neun Uhr war sie schon eingeschlafen. Um zehn klopfte Emily an die Tür. Da keiner reagierte, lugte sie hinein, machte drei vorsichtige Schritte und nahm die leere Tasse und den Teller mit sich.

Ida wartete unten. »Und? Schläft sie?«, fragte sie.

Emily nickte.

»Das macht der Mohn im Tee. Sie dürfte für rund sechs Stunden ausgeschaltet sein, dann beginnt das in dem Teilchen enthaltene Eisenhutkraut zu wirken.«

Emily runzelte die Stirn.

»Bist du sicher, dass nichts schiefgehen kann? Immerhin wird sie hier aufgefunden, sollte es zu einem Zwischenfall kommen.«

»Ich weiß, was ich tue, und ich mache keine Nierchen in Betoniensauce für eine Vegetarierin.«

»Ich habe mein Bestes getan.«

»Du warst leider nicht gut genug. Dieses Mal müsste es klappen.« Sie sah auf die Uhr. »Gegen vier Uhr morgens wird sie zu brechen beginnen. Du wartest bis acht oder neun, damit auch wirklich alles herauskommt. Dann holst du den Doktor. Sie wird geschwächt sein, aber ansonsten unversehrt.« Sie hielt kurz inne. »Und achte darauf, das Klo gründlich zu spülen und sauber zu machen. Es sollen keine Spuren zurückbleiben.«

»Aber du hast doch gesagt, es kann nichts passieren.« Emily fühlte, wie ihr der Schweiß ausbrach. Dieses Mal war Sebastian zu weit gegangen.

»Das stimmt auch.« Ida wurde langsam ungeduldig. »Und

jetzt ruf Stanley an, damit er mich abholt. Ich bin ungern so spät unterwegs.«

»Hallo, wie geht's?« Emilys rundes Gesicht schaute aus der Küchentür.

Wenigstens gab es an diesem Morgen keine Nieren – nur den Duft von frischem Kaffee. »Gut. Ich bin nur so früh aufgestanden, weil es so viel zu tun gibt heute.«

»Sie fühlen sich wohl?« Emily wirkte unglaublich besorgt.

»Und wie! England scheint mir gut zu bekommen.« Ihr Leben hatte innerhalb der letzten Woche eindeutig eine Wendung zum Besseren genommen.

Und was für eine Woche das gewesen war! Sie hatte Charleston Hals über Kopf verlassen, nachdem sie erst kurz zuvor ihren Job als Schulbibliothekarin gekündigt und die Liebe ihres Lebens ihr den Laufpass gegeben hatte.

Mittlerweile verfügte sie über Immobilienbesitz in England und so viel Geld, dass sie getrost privatisieren konnte. Derlei Dinge passierten in den Romanen, die Granny zu lesen pflegte, aber normalerweise nicht Dixie LePage.

Auf der Fahrt ins Dorf dachte Dixie weiter über ihr verändertes Leben nach. Sogar neue Männer hatte sie kennengelernt – Sebastian, aalglatt, gut aussehend wie Mr Bringham und nervtötend wie ein kranker Zahn; Christopher, denkbar merkwürdig, aber immer zur Stelle, wenn man ihn brauchte; schließlich James, eindeutig der Schurke in diesem Stück – der fiese Neffe.

Sie besorgte ofenfrische Croissants im Bäckerladen auf der High Street sowie frischen Kaffee im Tante-Emma-Laden nebenan, den man dort auf Wunsch mahlen lassen konnte.

»Mehlfein, ich werd's mir merken«, sagte die gut gelaunte und füllige Frau hinter der Theke. »Sie sind doch die neue Bewohnerin von Orchard House, die Amerikanerin? Unsere Liefertage sind Dienstag und Freitag. Rufen Sie an, und Sie bekommen alles geliefert, was Sie brauchen. Kim ist mein Name. Verlangen Sie nach mir.«

»Mach ich«, erwiderte Dixie und nahm Kims Visitenkarte entgegen, »aber ich hab noch kein Telefon.«

»Tatsächlich? Sind Sie bei British Telecom?« Dixie nickte. Kim fuhr fort: »Ich frag sofort meinen Sohn. Er arbeitet bei dem Verein. Mal sehn, ob er was für Sie tun kann.« Dixie bedankte sich und machte sich mit ihrem Kaffee und einer undichten Schlauchpackung Milch auf den Weg.

Der Aga war über Nacht ausgegangen, aber schon nach dem dritten Versuch, ihn anzuheizen, brannte er wieder, was Dixies Selbstbewusstsein als Hausfrau enorm hob. Am Hintereingang fand sie einen Zettel vom Milchmann, der wissen wollte, ab wann er wie viel liefern sollte, und in den Briefschlitz an der vorderen Tür hatte jemand den Kirchenrundbrief eingeworfen. Anscheinend hatte man ihre Anwesenheit im Dorf akzeptiert.

Bei ihrem Kaffee gingen Dixie die rapide abnehmenden Brennstoffvorräte durch den Kopf und sie fragte sich, wo sie wohl Nachschub bekommen könnte.

Sie atmete tief durch.

Gestern hatte sie den Kauf eines Kühlschranks erwogen. Heute waren es die tägliche Milchration und der Brennstoff. Was war wohl das Nächste?

Im nächsten Moment klopfte Sally an die Tür des Hintereingangs; sie war wegen des Kostenvoranschlags gekommen.

Gemeinsam inspizierten sie das Haus, besahen sich die losen Tapeten, die vergilbten Anstriche und feuchten Flecken über der Eingangstür. Verkaufen schien das einzig Vernünftige.

Aber allein ein kurzer Blick auf die Vertäfelung aus Birnenholz im Esszimmer und die Vorstellung eines gemütlichen Feuers im Marmorkamin des Wohnzimmers genügten, und Dixie wusste, sie würde bleiben. Möglicherweise für länger als einen Monat – oder zwei.

Sie standen gerade auf halbem Wege auf der Treppe, als jemand klingelte. Es war der Schlosser.

Sally rief ihr von der Treppe entgegen: »Ich seh mir schon mal den ersten Stock an.«

Dixie zögerte. Sie konnte nicht an zwei Orten gleichzeitig sein. Aber Sally konnte sich die Schlafzimmer ebenso gut alleine vornehmen. Der Schlosser stellte seinen Werkzeugkasten mit einem lauten Scheppern ab. »Dann wollen wir uns die Schlösser mal ansehen.«

»Eins sage ich Ihnen«, meinte er nach seinem Rundgang. »Das Beste wären Sicherheitsschlösser, und zwar komplett für vorne und hinten, für die Verandatür und für die Seitentür am Frühstückszimmer. Nur den Vordereingang zu machen, hat keinen Sinn.«

Dixie stimmte ihm zu, obwohl der Preis sie vermuten ließ, er würde mit Blattgold arbeiten. Aber sie hatte nun einmal etwas gegen unerwünschte Besucher – und verdammt noch mal, warum sollte sie knausern?

Während er ein perfektes kreisrundes Loch in die Eingangstür aus Eiche bohrte, ließ er sich über die antiken Schlösser aus.

»Sie sind wunderschön, alles noch reine Handarbeit. Die reine Freude für den Benutzer und den Fachmann, aber für den, der weiß, wie sie funktionieren, stellen sie kein Hindernis dar.«

Wie recht er damit hatte.

Als er an der Terrassentür weiterarbeitete, erschien ein anderer Mann an der Eingangstür. »Cheers. Meine Mum sagt, Sie haben noch immer kein Telefon.«

Wenige Stunden später hatte Dixie Anschlüsse in der Küche, in der Diele und in dem großen Schlafzimmer mit Gartenblick, das sie sich schon ausgesucht hatte.

Sie ließ gerade British Telecom hinaus, als der Schlosser aus der Küche kam.

»Jetzt sind Sie gut gerüstet. Hier kommt keiner mehr rein.«

Er überreichte ihr einen Haufen blitzblanker Schlüssel und ließ sie in der Stille des Hauses zurück. Keine geschäftigen Arbeiter, kein Gesumme, keine Bohrgeräusche. Sie war alleine in ihrem Haus.

Abgesehen von Sally! Der erste Stock war verlassen, nur offene Zimmertüren und Schranktüren wiesen darauf hin, wo Sally überall gewesen war.

In der Bibliothek hatte jemand Christophers Bücherstapel durchgesehen. Daran bestand kein Zweifel. *Der Jude* hatte obenauf gelegen. Nun lag das Buch aufgeschlagen neben dem Stapel. Ein Grund zur Sorge? Sally war wohl nur neugierig, sonst nichts.

Sally hatte den Kostenvoranschlag und eine Nachricht auf dem Küchentisch hinterlassen. Da Dixie beschäftigt gewesen sei, schrieb sie, sei sie schon mal gegangen. Sie könne am kommenden Mittwoch einen Putztrupp vorbeischicken, ein Anruf würde genügen. Für einen ausgiebigen Frühjahrsputz schienen die Kosten angemessen. Dixie ging durchs Haus und schloss alle Türen ab. Es war spät geworden, höchste Zeit, um zu Emily zurückzukehren und ihr zu sagen, dass sie tags darauf ausziehen würde.

»Was, verdammt noch mal, soll das heißen, ausgezogen?«, brüllte Sebastian Emily ins Ohr. Er stellte sich vor, wie sie den Hörer weghielt und ihn abdeckte, damit ihre ehrenwerten Kollegen bei der Bank nichts von seiner Suada mitbekamen.

»Tut mir leid, Sebby. Ich kann ihr doch schlecht verbieten, in ihr eigenes Haus zu ziehen, oder?«

Sie hätte es sehr wohl verhindern können, wenn sie am Sonntag nicht gepatzt hätte. Sie hatte den ganzen Plan zunichte gemacht, und Ida war kein Jota besser. Frauen!, dachte er sich bloß. »Du hast alles vermasselt.«

»Ich hab's ja versucht«, jammerte sie. »Und Ida ebenso. Sie hat gesagt, es kann so gut wie nichts schiefgehen.«

Wenn er den Hörer aufknallen würde, könnte sie schmollen und am Abend einfach wegbleiben. Sebastian war klar, dass er dennoch auf sie angewiesen war. »Wir werden sehen, wie's weitergeht.«

»Ach, Sebby, mach dir nichts draus. Ich bleibe heute Nacht bei dir, dann geht's dir gleich besser, Schatz. Wir zwei kriegen das schon hin.«

Sebastian knallte den Hörer auf die Gabel. Auf die Frauen des Zirkels war kein Verlass. Emily hatte sich mehr als dumm angestellt, und Ida musste sich mit der Dosis vertan haben – oder Miss LePage hatte übernatürliche Kräfte. Sebastian graute bei dem Gedanken.

War das möglich? Er wusste, dass der Wicca-Kult in den Staaten großen Zulauf hatte, und Miss LePage war angesichts ihrer familiären Herkunft geradezu prädestiniert. War sie deshalb hierhergekommen? Um in die Fußstapfen ihrer toten Tanten zu treten?

Unmöglich! Er würde nie seine Macht abtreten. Er würde sie bekämpfen bis aufs Blut und dabei vor keinem Mittel zurückschrecken.

Er dachte still darüber nach, welche Möglichkeiten es noch gab, als jemand klopfte. Emily? Zu früh. Aber wer dann?

»Du!« Sebastian spuckte dieses Wort fast hervor.

»Ja, ich«, bestätigte Christopher. »Es dauert nur zehn Minuten. Darf ich reinkommen, oder ziehst du ein Gespräch zwischen Tür und Angel vor?« Sebastian durfte ruhig laut werden, denn Christopher hatte absichtlich gewartet, bis Miss Fortune gegangen war.

Sebastian öffnete die Tür und bat ihn mit einem Kopfnicken herein, nicht gerade freundlich, aber trotzdem eine Aufforderung.

»Ist dir heiß?«, fragte Christopher, Sebastians aufgekrempelte Hemdsärmel im Blick.

Sebastian ignorierte die Bemerkung. »Ich biete dir nichts zu trinken an, da du nicht lange bleiben kannst.« Mit verschränkten Armen lehnte er sich gegen den Schreibtisch.

Christopher grinste. »Mach dir keine Sorgen, Caughleigh. Ich bin nur hier, um dir kurz was mitzuteilen.«

»Und was? Sag bloß, du willst dein Testament machen?«

Christopher lachte in sich hinein. »Noch nicht, Caughleigh, noch nicht. Ich bin in einer viel dringlicheren Angelegenheit hier: Miss LePage.«

»Ach, sag bloß. Glaubst du, dein Engagement ist mir entgangen? Wäre interessant, wie sie auf dein Vorleben reagieren würde.«

»Du könntest sie schwerlich davon überzeugen. Sie glaubt nämlich nicht an mich – und auch nicht an dich. Ich bin nur hier, um dich zu warnen, unter uns Gentlemen sozusagen. Sollte Miss LePage auch nur das Geringste zustoßen, könnte ich unangenehm werden.«

»Und du würdest es ganz alleine mit mir aufnehmen wollen?«

»Ich wäre alles andere als alleine.«

»Wir sind ein ganzer Zirkel.«

»Täusch dich bloß nicht. Die neuen Mitglieder sind vor allem neugierig und alles andere als eingeweiht.«

Sebastians dunkle Augen leuchteten amüsiert. »Marlowe, du hast dein Herz an sie verloren.«

Caughleigh hätte sich nicht im Traum denken können, wie tief er ihn damit traf.

Niemals.

»Wir wissen beide, dass ich keins habe. Nein, sie ist unschuldig und hat nichts mit allem zu tun, und so wird es auch bleiben. Halte deinen Ganoven-Neffen fern von ihr. Lass das Mädchen und dieses Haus in Frieden.«

»Und wenn nicht?«

Christopher griff nach dem Telefonhörer und packte ihn mit der linken Hand. Ein lautes Knacken drang durch den Raum, dann noch eines. Langsam barst das Plastik in seiner Faust. Sebastians Gesicht spannte sich an und erbleichte zusehends. Er zitterte am ganzen Körper. Dann öffnete Christopher die Faust und ließ eine Handvoll Splitter auf die Lederauflage des Schreibtischs fallen.

»Du hast keine Wahl.«

Darauf ging er zur Tür, aber anstatt hinauszugehen, nahm er Sebastians Jacke vom Haken. »Dir ist kalt geworden, Caughleigh«, sagte er. »Hier, deine Jacke.«

Blitzschnell warf Christopher die Jacke über Sebastians Schultern und schnürte die Ärmel um den Hals zu. »Vergiss nicht, was ich dir geraten habe«, flüsterte er ihm ins Ohr. Sebastians Hände griffen ins Leere, während er mit den Armen planlos herumfuchtelte.

Christopher zog die Schlinge noch fester zu, worauf Sebastian willfährig nickte. »Wusste ich's doch, dass du parierst«, flüsterte Christopher und zog an den Ärmeln, bis die Nähte krachten.

Caughleigh fiel über den Schreibtisch, die Jacke noch immer um den Hals. Er hustete und rang nach Luft und stieß ein paar Schimpfwörter hervor.

Aus der Jacke fielen Brieftasche, Schlüssel und ein Notizbuch heraus. Christopher schob alles beiseite, bis er die Initialen auf dem in braunes Leder gebundenen Büchlein entdeckte. »D. LeP.« Er steckte es ein. Vielleicht hatte er kein Recht dazu, aber bei Caughleigh hatte es auch nichts verloren.

»Schönen Abend noch«, sagte Christopher zu Caughleigh, der noch immer keuchte. Dann schloss er leise die Tür. Die Abende waren noch immer ziemlich frostig.

Sie sah nur seinen Rücken, aber diese breiten Schultern und das blauschwarze Haar konnte man nicht verwechseln. Nach dem gemeinsamen Nachmittag in ihrer Bibliothek hätte Dixie Christopher in jedem Fußballstadion zielsicher erkannt. Er drehte sich in dem Moment um, als sie die Tür zumachte. Sein Lächeln strahlte durch die Rauchschwaden. Bei seinem Anblick erbebte sie förmlich.

Sie hatte völlig den Verstand verloren, sie musste einfach kommen; anders hätte sie es nicht mehr ausgehalten. Welche Frau suchte einen Mann in einer Bar auf? Aber dies hier war das *Barley Mow*, mit Vernon, der die Tische sauber machte und Gläser einsammelte, und mit Alf an der Bar. Christopher und Alf wechselten ein paar Worte.

Alf zapfte ein Bier, und siehe da, noch ehe sie die Bar ganz durchquert hatte, wartete ein Baby-Guinness auf sie. »Das Übliche, Miss LePage.« Sie langte in ihre Tasche, aber er schüttelte den Kopf. »Ist schon erledigt.« Er nickte in Richtung Christopher.

Neben ihr lag eine blasse Hand auf dem Tisch. Dixie registrierte wieder die weißen, perfekt manikürten Nägel, die schlanken Finger, das schmale Handgelenk und den kräftigen Unterarm. »Das übernehme ich«, sagte Christopher.

Sie nahm den Kopf hoch und sah sein Lächeln. Hatte er bemerkt, wie sie seine Hände angestarrt hatte? Hoffentlich nicht.

»Danke.« Sie nahm einen Schluck aus dem schweren Glaskrug. Sogar das Schlucken fiel ihr schwer.

»Wonach steht dir denn der Sinn heute Abend?«, fragte er.

»Was?« Und was bedeutete dieses Grinsen?

»Von den Köstlichkeiten auf Alfs Speisekarte.«

»Oh.« Sie richtete den Blick auf die Schiefertafel und atmete dreimal kräftig durch. »Ich nehme eine Ofenkartoffel mit Shrimp-Cocktail, Alf.«

»Wir gehen dann mal in den Wintergarten«, sagte Christopher zu Alf.

»Ah ja, tatsächlich?«

»Es gibt was zu bereden. Wenn wir das hier tun, können wir es gleich in den Lokalanzeiger setzen.«

Das leuchtete ihr ein. Sie nahm ihr Guinness und folgte ihm an den nächsten freien Tisch. Er nahm einen Schluck Wein und schürzte beim Schlucken genüsslich die vollen Lippen. Dann leckte er sich mit einer tiefroten Zunge darüber hinweg. Dixie ertappte sich dabei, wie sie ihn nachahmte und ihr Magen dabei erbebte. Was sollten nur diese Spielchen? Eigentlich waren sie doch hier, um sich über Erstausgaben zu unterhalten.

»Bitte schön! Einmal Ofenkartoffel mit Shrimp-Cocktail.«

Dixie starrte ungläubig auf den Teller, den Vernon ihr präsentierte.

Sie war überrascht, dass der Shrimp-Cocktail schon angemacht war, mehr noch, dass sie ihn mitten auf der Kartoffel serviert bekam.

»Sieht lecker aus«, sagte Christopher.

Dixie nickte. Nach der anfänglichen Überraschung sah es wirklich ganz annehmbar aus. Als sie aber in Christophers Auge sah, zweifelte sie daran, ob er wirklich die Kartoffel gemeint hatte.

Sie kostete einen Shrimp; die Sauce schmeckte schärfer als erwartet, eine seltsame Mischung aus Essig und etwas anderem, das sie nicht kannte.

Sie behielt den Shrimp auf der Zunge, versuchte dabei, den Geschmack zu bestimmen, und hoffte, ihr rasender Puls würde sich normalisieren. Wenn sich ihr Magen nicht gleich beruhigen würde, könnte sie das Ding sowieso niemals runterschlucken. Schließlich gelang es ihr, einen Shrimp im Ganzen zu schlucken.

Der ungewohnte Geschmack hielt sich weiter auf ihrer Zunge, exotisch wie das Gericht auf ihrem Teller, merkwürdig wie der einäugige Mann, der sie beobachtete.

»Ich muss dich sprechen«, sagte sie und nahm einen Schluck, um ihre trockene Kehle zu befeuchten.

»Ich weiß.«

»Es geht um die Bücher, die du haben wolltest.«

»Ja.« Er lächelte. Hinter den Lippen blitzten Zähne so weiß wie Alabaster hervor. Dann lachte er, ein warmes Lachen, das von tief unten kam, und sein Auge funkelte. Seine Lippen schlossen sich, aber er lächelte noch immer, als er sich zurücklehnte und den Stuhl leicht ankippte. »Ich weiß, warum du hier bist, Dixie.«

Er flüsterte, aber tatsächlich klang seine Stimme viel lauter. Die Worte hallten in ihr wie Sirenenklang wider. Wusste er es wirklich? Wie konnte er? Oh nein, war sie denn so durchschaubar?

Dieses Mal wurde sie ihrer Aufregung kaum Herr, ohne dreimal tief durchzuatmen, einschließlich einiger Bissen von der Ofenkartoffel, aber wenigstens schlucken konnte sie noch. »Wegen deiner Bücher, ich wollte sagen, ich habe in den gelben Seiten ein Antiquariat in Guildford aufgetan – um sie schätzen zu lassen.«

»Sag mir, was sie kosten sollen, und ich bezahle.«

»Was ist mit der gefälschten Erstausgabe? Willst du das auch haben?«

Er nickte. »Gerade das. Ich kann mir doch meinen Namensvetter nicht durch die Lappen gehen lassen.« Breitschultrig und hübsch wie die Sünde, wie er nun einmal war, einen Arm lässig über der Stuhllehne ausgestreckt, würde er vermutlich alles kriegen.

Aber nicht sie.

Sie war hierhergekommen, um die Männer zu vergessen, nicht um sich ein neues Verhältnis aufzuladen. James und Sebastian hatte sie sich erfolgreich vom Leib gehalten, und auch in den einäugigen Christopher würde sie sich nicht verknallen, da konnte sein Lächeln noch so unverschämt, seine Lippen noch so verlockend sein.

»Ich komm auf dich zurück, sobald der Preis feststeht.«

»Ich bin gespannt.« Er stützte einen Ellbogen auf die Stuhllehne und rieb sich mit seinen schlanken Fingern das Kinn. Er beäugte sie, etwa in der Art wie ein Kartenspieler sein Blatt überblickt und den nächsten Zug plant. Dann öffnete er leicht die Lippen und fuhr mit der Spitze des Zeigefingers die vollen Konturen nach. Dixie jagte ein Schauder nach dem anderen über den Rücken. Hier ging es nicht um

Erstausgaben. Er wollte mehr als einen Blick auf ihre Bücher. Genauso wie sie. So extrem hatte ihr Körper schon seit Monaten nicht mehr reagiert. In der Stille, die zwischen ihnen herrschte, wurde ihr eine Sache schlagartig klar. Dieser Mann könnte Freude in ihr Leben bringen, Glück und Kummer. Und von Letzterem hatte sie mittlerweile für den Rest ihres Lebens genug.

Es war höchste Zeit, auf der Stelle zu verschwinden.

Sie stand auf. »Also, ich melde mich dann wieder bei dir.«

Wie in einer Zeitlupenszene in einem Film streckte er den Arm nach ihr aus und umfasste mit seinen kalten Fingern ihr Handgelenk. Noch hätte sie gehen können, aber sie wollte nicht.

»Geh nicht weg, Dixie. Außerdem steht das ganze Essen noch vor dir.« Sie hatte drei Happen gegessen, wenn überhaupt. »Alf hat das nur für dich auf die Speisekarte gesetzt. Du willst ihn doch nicht beleidigen, oder?«

Alfs Gefühle würden das schon verkraften. Aber was war mit ihren? Um das herauszufinden, setzte sie sich wieder hin. »Erzähl mir doch was von meinen Großtanten«, sagte sie, in der Hoffnung, er würde sie dann nicht ganz so irritierend ansehen.

»Und was bitte schön?«

»Irgendwas, egal was. Ich wohne in ihrem Haus, schlafe in ihrem Bett, mache meinen Kaffee in ihrer Küche und weiß so gut wie nichts von ihnen. Außer dass Gran sie nicht mochte.«

Seine Stirn entspannte sich leicht. »Was hat deine Granny dir denn erzählt?«

»Der Kontakt brach ab, nachdem sie Großvater geheiratet hatte. Sie haben nie angerufen, geschrieben oder sonst von sich hören lassen. Es ist mehr als merkwürdig, dass sie ihr das Haus vermacht haben.«

»Ihr Vater hat es den dreien auf Lebenszeit überlassen; danach sollte es an ihre Erben gehen. Und du bist das einzige noch lebende Mitglied dieser Familie.«

Woher wusste er das? »Du bist wohl Spezialist in Sachen Dorftratsch?«

»Das ist kein Tratsch, sondern eine Tatsache. Frag deinen Freund Sebastian.«

»Ich würde ihn kaum als meinen Freund bezeichnen.«

»Freut mich, das zu hören.«

Flirtete er etwa mit ihr? Bei so einem Lächeln? »Nein, im Ernst. Erzähl mir was von ihnen. Gran hat gesagt, sie seien Hexen. Waren sie wirklich Hexen?«

»Ich hab gedacht, du glaubst nicht an Hexen und Vampire und was sonst alles nachts sein Unwesen treibt.«

»Tu ich auch nicht, aber ich habe mir deine Bücher und die anderen in dieser Kategorie etwas genauer angesehen. Nicht jeder ist skeptisch wie ich.«

Seine Mundwinkel zuckten. »Oh, eine Skeptikerin, und hübsch obendrein.«

»Genau.« Darüber hätte sie gern hinweggelacht, aber das Lachen blieb ihr im Halse stecken, als sich ihre Blicke trafen. Ein Flirt war das eine, doch dies war – was?

»Stimmt genau«, flüsterte er. »Bist du auch skeptisch gegenüber Komplimenten?«

»Nicht was Komplimente betrifft, sondern Männer!« Sie hätte sich am liebsten auf die Zunge gebissen. So direkt wollte sie *das* nicht sagen.

Christopher ließ sich davon nicht entmutigen. »Sei unbesorgt! Von mir hast du nichts zu befürchten.«

Sie war sich dessen nicht ganz so sicher angesichts der Wärme in seinem samtbraunen Auge. Vorübergehend galt ihr Interesse wieder überwiegend ihrer Ofenkartoffel. »Zurück zu meinen Tanten«, sagte sie schließlich. »Waren sie nun Hexen oder nicht?«

»Böse Hexen? Nein. Sie waren einfach zwei exzentrische alte Damen, die alten feudalen Zeiten nachtrauerten, in denen sie das ganze Land kontrolliert hätten.«

»Und die ganzen Bücher?«

»Stammen von ihrem Vater. Ein pensionierter Colonel der indischen Armee. Ein Zuchtmeister wie er im Buche steht, hat seine Töchter behandelt wie unbezahlte Diener und seine Diener wie Sklaven. Das ganze Dorf hat nach seiner Pfeife getanzt. Im Krieg war er für die Heimatfront vor Ort zuständig. Eines Tages erschien eine Abordnung zur Erörterung von Abwehrmaßnahmen im Falle einer Invasion, darunter ein junger Hauptmann der US-Armee. Dein Urgroßvater hat alle zum Dinner eingeladen. Der Rest ist, wie man sagt, Geschichte. Sie bleiben hier für ungefähr eine Woche. Sechs Monate später, drei Tage nach ihrem einundzwanzigsten Geburtstag, hat deine Großmutter in London geheiratet. Angeblich hat der Colonel danach keinen ledigen Mann unter sechzig mehr ins Haus gelassen.«

Das deckte sich mit Grannys Version. »Hatten sie denn keine Mutter?«

»Die ist in Indien gestorben.«

»Und woher weißt du das alles? Du warst zu der Zeit noch gar nicht geboren.«

Er zögerte für einen Moment. »Wir sind hier in einem Dorf. Da hält sich Tratsch jahrelang.«

Damit hatte er ihr in fünf Minuten mehr erzählt als Granny in ihrem ganzen Leben. Sie verspürte den Wunsch, nach Hause zu fahren und über alles nachzudenken. Sie trank den letzten Schluck Guinness und stellte das Glas auf den Tisch. Die einzelnen Schaumringe markierten das Glas wie schweifende Gedanken, unklar und verschwommen. Christopher sah sie an. Sie spürte es und beobachtete die Schaumflöckchen, die langsam im Glas nach unten sanken. Ihr stockte der Atem.

»Du bist zu Fuß gekommen.«

Es war keine Frage.

Dieses Mal bot er ihr nicht an, sie nach Hause zu begleiten, was auch nicht extra erforderlich war. Es gab kein Mondlicht, aber Christopher fand den Weg auch so. Als sie über eine Wurzel stolperte, hinderte er sie gerade noch rechtzeitig am Fallen. Danach war es ratsam, gleich seine Hand zu halten und ihm über den Dorfanger zu folgen. Ihre Gedanken schweiften ab hin zu den kühnsten Fantasien. Sie spürte die Wärme ihrer Hand, die sicher und fest in der seinen lag. Wie würde sich seine Hand auf ihrem Nacken anfühlen, auf ihren Schultern, auf dem …? Genug. Sie wollte auf *jegliches* Techtelmechtel verzichten. Sie war hierhergekommen, um Atem zu holen und ihren Seelenfrieden zu finden. Nicht um ihn zu verlieren.

»Gar keine Besucher heute Abend«, sagte er, als sie auf dem Kiesweg vor dem Haus standen.

»Bei den neuen Schlössern müssten sie zum Äußersten entschlossen sein.«

»Vielleicht sind sie es ja …«, flüsterte er wie zu sich selbst.

Sie ging auf die Tür zu, den Schlüssel in der Hand, und er folgte ihr. Erwartete er etwa, dass sie ihn hereinbitten würde? Er wäre wohl sehr enttäuscht, wenn sie es nicht täte. Dazu war sie aber nicht bereit, jetzt nicht und wohl auch später nicht.

Er umfasste ihre Hand stärker. Ihr Herz verkrampfte sich. »Dixie, achte bitte doppelt darauf, dass auch alle Fenster und Türen wirklich zu sind.»

»Machst du dir etwa Sorgen um mich?«

»Wie sollte ich nicht. Irgendjemand führt nichts Gutes im Schilde.«

»Ist das ein Angebot, hereinzukommen und mich zu beschützen?«

»Nein«, ertönte es wie ein heiserer Schrei.

Ihre Hände verkrampften sich ineinander. Sie wollte nicht, dass er ging. Auf den geringsten Wink hin würde sie ihn hereinbitten. Nein, lieber nicht! Warum nicht? Weil sie nicht dumm war. Benommen vom Guinness und der Nachtluft sah sie ihm ins Auge. »Christopher«, flüsterte sie, »es wird schon nichts passieren.«

»Ich weiß. Niemand wird dich heute Nacht belästigen.« – »Gute Nacht, und danke für die Begleitung.« Sie küsste ihn, nicht auf die Wange, was sie eigentlich wollte, sondern auf die Lippen. Sein warmer, weicher Mund öffnete sich, sie konnte nicht anders, als nachzugeben. Seine Lippen schmeckten nach Wein und Mondlicht, und sein Mund versprach Glut und Leidenschaft. Ein Seufzen erklang wie ein nächtliches Echo, als ihr Arm seinen Nacken umschlang und seine Hände ihren Kopf umfassten.

Seine Hände fuhren elektrisierend durch ihr Haar, und seine Zunge trieb sie fast zum Wahnsinn. Sie wollte mehr. Sie wollte es. Sie wollte die Nacht, die Welt und den Morgen, und sie standen hier, inmitten der wild wuchernden Rosen im knöchelhohen Gras. Ihr Atem beschleunigte sich, als wollte er ihren Herzschlag noch übertreffen.

Sie spürte nur noch Begehren und Verlangen und das Bedürfnis nach Befriedigung. Als er sich zurückzog, rang sie nach Luft, ihre Halsschlagader pulsierte, und ihr Körper schrie nach mehr.

»Du weißt nicht, was du tust«, flüsterte sie heiser, als seine Arme in ihrem Rücken zusammenfanden.

Warum überhaupt sprechen? Küsse wie diese bekam man nur einmal im Leben. Ihre Finger verschlossen sich in seinem Nacken. Sie streckte sich und berührte seinen einladenden Mund. Sie lag sicher in seinen Armen. Seine Hände streichelten ihren Rücken, Hitzeschauer rasten ihr Rückgrat entlang auf und ab, dann tiefer, bis sie glaubte, ihr ganzer Leib sei von Begehren entflammt.

Er drängte sie an den Türpfosten. Seine Hände umfassten ihr nach oben gewandtes Gesicht. »Oh Dixie«, flüsterte er und bedeckte ihr Gesicht mit heißen Küssen, die sich anfühlten wie tausend honigsüße Brandzeichen. Ihre Knie zitterten, während seine Beine wie Stahl waren. Ihr fehlte der Atem, um ihn hereinzubitten. Es gab nur noch diese Küsse, die ihr den Verstand raubten und ihr Blut zum Kochen brachten.

Seine Lippen wanderten über ihre Stirn, betupften die Augenlider, liebkosten ihre Wangen. Seine Zunge erforschte ihr Ohrläppchen und brachte ihre Sinne vollends zum Flattern. Eine Serie von Küssen an ihrem Nacken entlang ließ sie aufseufzen. Ein Schauer der Lust jagte durch ihren Körper bis in die letzte Faser. Seine Lippen waren unten an ihrem Nacken angekommen. Er biss zärtlich zu, ihr Körper verschmolz mit seinem, und über ihr kollidierten Sterne und Kometen. Er fing sie auf, als sie jeglichen Halt unter den Beinen verlor.

»Dixie!«, sagte Christopher streng. Auf ihrem Gesicht musste ein abwesendes Lächeln liegen, aber das war ihr egal. Außerdem war es dunkel, und was war schon ein Lächeln nach allem, was vorausgegangen war? »Ist alles in Ordnung?« Er klang verärgert. Sollte er aber nicht, denn allein für den letzten Kuss hatte sich dieser Trip gelohnt.

»Sobald ich wieder auf der Erde zurück bin, ja.«

»Sei endlich vernünftig ... ich hab das nicht gewollt ... es war nicht meine Absicht.« Er war wirklich verärgert. Warum nur?

»Wie muss es denn erst sein, wenn du dein ganzes Können spielen lässt, unglaublich.«

»Mach keine Witze, Dixie.« Er klang verletzt.

»Tu ich ja nicht. Ich mein es ernst.«

»Geh jetzt rein. Ich will dich in Sicherheit wissen.«

»Bin ich das jetzt nicht?« Er streichelte ihr mit dem Handrücken über die Wangen. Als er ihren Hals erreichte, entfuhr ihr ein Seufzer. »Geh ins Haus, Dixie.«

»Gute Nacht«, flüsterte sie.

Er sperrte die Tür auf und gab ihr den Schlüssel zurück. Im Lampenschein der Diele sah er verstört und bleich aus.

»Schlaf gut«, sagte er und ließ die Tür mit einem dumpfen Geräusch ins Schloss fallen.

Sie sperrte ab und ging die breite, flache Treppe hinauf. Oben wartete das Mahagonibett mit der gehäkelten Überdecke und den Daunenkissen auf sie. Sie war allein, aber nicht einsam. Nicht mit der Erinnerung an einen Kuss wie diesen. Sie hatte nie geglaubt, dass man allein durch Küssen zum Höhepunkt kommen konnte. Doch sie hatte sich getäuscht.

Von einem Moment auf den anderen fühlte sie sich müde und schwer wie Blei. Der lange Tag forderte seinen Tribut. Sie ließ ihre Kleider zu Boden fallen und nahm sich nur noch Zeit, um sich die Zähne zu putzen und das Gesicht zu waschen. Im Spiegel entdeckte sie einen Fleck in ihrem Nacken. Ein Insektenstich? Vielleicht eine Mücke?

Umhüllt von der kühlen Leinenwäsche spürte sie ihren Körper und die Wärme zwischen den Beinen umso mehr. Sie liebkoste ihren Nacken, schwelgte in der Erinnerung. Ihre Finger zeichneten die Bahn seiner Küsse nach. Am Nackenansatz, dicht über der Schulter, verweilte sie etwas länger. Ihr Körper reagierte sofort, unverzüglich, doch heftig, um sich dann in die weichen Kissen zurücksinken zu lassen. Eine Stunde später ging der Mond auf; Dixie schlief einen ruhigen, traumlosen Schlaf.

Am Morgen darauf sah sie alles anders.

5

Das Klicken von Dixies Schloss brachte Christopher wieder zur Vernunft. Nach vierhundert Jahren strengster Disziplin war er einem Paar leuchtend grüner Augen verfallen und einem Lächeln, das ihn vergessen machte, dass er kein Mann mehr war. Sie war aufrichtig, offen und großherzig, und er hatte die Situation ausgenutzt wie der letzte Schurke und seine besten Vorsätze über Bord geworfen. Nun, da er von ihrem Blut gekostet hatte, süß und schwer wie alter Met, wusste er, dass es zu spät war. Sein Körper hungerte, sein Innerstes verlangte geradezu nach mehr. Ihr voller Geschmack und ihre Wärme wirkten auf ihn wie eine Droge.

Voller Selbstverachtung schlich er sich hinter das Haus und sah zu, wie oben das Licht anging. Dann öffnete er ein Stück weit den Vorhang. Sie schlief. Eine bleiche Gestalt mit alabasterfarbenem Teint, das kastanienfarbene Haar wie ein Heiligenschein auf dem Kissen.

Er kämpfte gegen den Drang, das Fensterbrett zu überqueren, unterdrückte das Verlangen, sie abermals zu schmecken, tötete den Wunsch, ihre duftige Haut unter seinen Lippen zu schmecken. Sie hatte ihm vertraut, ihm ihre Freundschaft angeboten, etwas, das er nur von seinesgleichen erwartet hätte.

Seinesgleichen. Das brauchte er. Dort lag seine Stärke. Mit einem letzten schmerzlichen Blick trat er von ihrem Fensterbrett zurück und begab sich fünfzig Kilometer nach Osten.

»Ich mag solche Auftritte nicht, Kit«, sagte eine Stimme aus dem Ohrensessel. »Nicht ohne Vorankündigung. Könnte immerhin sein, dass ich Gäste habe.«

»Sämtliche infrage kommenden Gäste wären Freunde von mir«, erwiderte Christopher, als er sich vom geöffneten Fenster herabließ und im zweiten Sessel auf der anderen Seite des marmornen Kaminsimses Platz nahm.

»Wer würde denn dich schon zum Freund haben wollen? Du vergräbst dich draußen auf dem Land und kommst nur in die Stadt, wenn du was brauchst. Gar nicht mehr so wie damals in der guten alten Zeit, als du es kaum erwarten konntest, nach London zu kommen.«

Christopher nickte. »Du hast recht, Tom, wie immer. Ich brauche auch jetzt etwas.«

Sein alter Freund lächelte. »Und ich hab schon geglaubt, du bist auf ein Glas Port vorbeigekommen. Ich habe einen schönen Vintage Ruby in der Karaffe.«

Christopher goss sich ein Glas ein, schwenkte es und nahm einen Schluck. Im Vergleich zu Dixie schmeckte der dunkle Saft wie Wasser. Er seufzte und lehnte sich zurück, Schultern und Hüften in die Polster gedrückt. »Ich habe ein Problem, Tom.«

»Die Bücher?«, fragte Tom und sog an seiner Zigarre. Er gab den Rauch extra langsam von sich und beobachtete Christopher wie durch eine Nebelwand.

»Nein, das ist es nicht. Ich hab gefunden, was wir erwartet haben, und noch ein paar andere mehr. Sie hat auch nichts dagegen, zu verkaufen, und ich habe mich bereit erklärt, nach einer Schätzung den Marktpreis zu zahlen. Es ist ...« Er schaute zu Tom hinüber, der Rauchkringel blies. »Was findest du nur an diesem Zeug?«

»Machst du dir etwa Sorgen um meine Gesundheit? Wer hat mich denn Walter Raleigh vorgestellt?«

»Hör auf damit. Ich bin nicht zu Scherzen aufgelegt.« Wütend auf sich selbst und sein schlechtes Benehmen starrte er in den leeren Kamin. »Tom«, sagte er, »ich breche schier auseinander.«

»Das bezweifle ich«, erwiderte Tom. »Sieht mir eher nach

Einrosten aus. Wenn es nicht die Bücher sind, was ist es denn dann?«

Christopher erzählte ihm alles.

»Du hast von einer nichts ahnenden Menschin gekostet, und nun treibt dich die Angst um. Warum? Hast du sie verletzt? Hat sie sich gewehrt? Fühlt sie sich überrumpelt?« Christopher dachte unwillkürlich an Dixies leuchtende, vom Mond beschienene Augen und an das Lächeln auf ihrem schlafenden Gesicht und schüttelte den Kopf. »Hör auf, dir Sorgen zu machen. Du hast Blut gesaugt. Wir brauchen das, um zu überleben. Wann hast du überhaupt das letzte Mal gesaugt?«

»Ich habe nicht gesaugt, sondern nur gekostet. Ich hatte nie die Absicht, zu saugen. Es ist einfach passiert.«

»Wann hast du das letzte Mal gesaugt?«, wiederholte Tom.

Christopher legte die Stirn in die Handfläche, den Ellbogen auf die Armlehne gestützt. »Von einem Menschen – vor drei Jahren.«

Toms Augenbrauen gingen hoch. »Wie schaffst du das bloß?«

Ein trockenes, wenig amüsiertes Lächeln ließ Christophers Schultern erzittern. »Ich lebe auf dem Land, umgeben von vielen Kühen, Pferden und netten runden Schweinchen.«

Tom schüttelte sich angewidert und verlor ein Stück Asche. »Und wann hast du das letzte Mal von einem deiner tierischen Freunde gesaugt?«

»Vor ein paar Wochen.«

Tom pfiff durch die Zähne. »Bei Abel und allen unseren Vorfahren, du bist ein Narr. Damit schwächst du dich doch nur selber. Kein Wunder, dass du an dieser Menschin gesaugt hast. Du konntest schlicht und einfach nicht anders.«

»Ich habe nicht gesaugt«, knurrte Christopher. »Ich habe gekostet.«

»Und sie war willens? Hat sich nicht gewehrt?«

Seine Augen brannten, als er den Kopf schüttelte, darin die

Erinnerung, wie sie sich in der Dunkelheit an ihn presste, an die Wärme ihres weißen Nackens, den Geruch ihrer Haut und die berauschende Süße ihres Lebenssafts.

Tom beugte sich zu ihm hinüber und patschte ihm aufs Knie. »Das ist es doch, Alter. Zapf sie wieder an. Du brauchst ihre Kraft, und sie ist willens. Warum nicht. Ist auch nicht weiter schlimm. Irgendwann geht sie zurück in die Staaten und berichtet ihren Freunden von diesem sagenhaften Engländer. Aber sei lieber vorsichtig, nicht dass die Mädels gleich scharenweise rüberkommen, um sich einen dieser legendären englischen Liebhaber zu schnappen.«

Ihm war nicht nach Toms Witzen zumute. Er bohrte die Ferse in den türkischen Teppich. »Hilft alles nichts, Tom. Ich könnte ewig saugen, und doch meinen Durst niemals stillen.« Darauf herrschte Schweigen, nur das Ticken der Uhr auf dem Kaminsims war zu hören, eine Unterhaltung abfahrender Gäste draußen auf der Straße und ein Taxi, das, den Gang wechselnd, in die Curzon Street abbog.

Toms Augen weiteten sich; der Schrecken stand ihm ins Gesicht geschrieben. »Du würdest dich mit ihr zusammentun? Einer Sterblichen?«

Christopher lächelte, wissend, dass dies unmöglich war. »Zusammentun? Sterbliche haben dafür ein anderes Wort.«

»Aber du bist kein Sterblicher. Sterbliche haben dich betrogen und umgebracht. Saug sie aus, stärke dich an ihr, aber, bei Abel, Kit, doch bloß nicht das!«

Christopher schüttelte den Kopf.

»Reg dich nicht so auf, Tom. Eher leg ich mich splitternackt in die Sonne. Mein Wille ist stark genug, und sie hat absolut nichts zu befürchten.« Als hätte er sich ihr nicht im Mondschein genähert.

»Dann halt dich fern von ihr, bleib hier in der Stadt, bis sie weg ist.«

»Nein, schon allein wegen der Bücher muss ich zurück. Es gibt in diesem Dorf zu viele neugierige und hinterhältige

Geister.« Er lächelte seinem Freund zu. »Du machst dir zu viel Sorgen.«

»Vielleicht. Aber dein Todestag ist nahe, keine zwei Wochen entfernt, die gefährlichste Zeit für dich.«

»Das sagst du mir schon seit vierhundert Jahren, immer im Mai, und ich bin noch immer am Leben.«

»Mehr durch Glück als durch besseres Wissen.»

»Immerhin.«

Tom legte seinen Zigarrenstumpen auf einem Porzellanaschenbecher ab. »In zwei Stunden dämmert es, und es soll ein sonniger Tag werden. Fühlst du dich stark genug, den Wettlauf gegen die Sonne aufzunehmen, oder willst du lieber bleiben?«

Er wollte lieber bleiben. Der Flug hatte ihn ermüdet, und er wollte sich ausruhen. Dixie war die Nacht über in Sicherheit, und wenn der kommende Tag sonnig war, würde er sie, egal wo er war, sowieso nicht beschützen können. »Deine Gastfreundlichkeit weiß ich natürlich wie immer zu schätzen, Tom.«

Der Putztrupp kam angerückt, als Dixie sich gerade den zweiten Kaffee eingoss. Angesichts des Trubels, der sich blitzschnell im ganzen Haus ausbreitete, floh sie schnell nach draußen in die Sonne und fand ein Plätzchen auf der verwitterten Steinmauer, die die gepflasterte Terrasse umgab.

Noch ehe sie ihren Kaffee ausgetrunken hatte, zog es sie in den Garten. Ihre ganze Aufmerksamkeit hatte bisher immer nur dem Haus gegolten, den Garten dagegen kannte sie kaum. Allenfalls zu nächtlicher Stunde war sie halbblind darin herumgetappt oder sie hatte mit Christopher geturtelt. Bei dem Gedanken an ihn wurde sie puterrot, denn sie hatte an diesem Morgen extra einen Rollkragenpullover anziehen müssen, um den riesigen Knutschfleck an ihrem Hals zu kaschieren.

Sie tappte durch knöchelhohes Gras, über bemooste Ziegelpfade und von Unkraut überwucherte Kieswege. Die dunklen Formen, die ihrer Umarmung mit Christopher Schutz geboten hatten, entpuppten sich als Fliedersträucher, die dringend geschnitten werden mussten. Die seltsamen Erhebungen, über die der Einbrecher an jenem ersten Abend gestolpert war, waren ungestutzte Figuren aus Buchsbaum. Ein Steingarten war von Unkraut komplett zugewuchert, und grünes Zeug schwamm auf der Oberfläche eines Zierteichs, in dessen Mitte eine Fontäne lautlos vor sich hin plätscherte.

Dixie schlenderte durch einen von Glyzinien überrankten morschen Laubengang und gelangte schließlich durch eine Art Torbogen in einer Eibenhecke in den Küchengarten. Angelehnt an die hohe Ziegelmauer stand ein halb verfallener Geräteschuppen, aber Dixies Aufmerksamkeit galt einer Tür in der Mauer. Die alten Angeln knarzten, als sie gegen den rostigen Türknauf drückte. Sie musste mit der Schulter nachhelfen, um die Tür ein Stück weit zu bewegen. Zwei alte Damen hätten hier nichts ausrichten können. Halb geöffnet, blockierte die Tür – aber das reichte schon. Dixie betrat den verborgenen Teil ihres Gartens.

Und erbebte.

Der Garten war perfekt quadratisch, mit neun, vielleicht auch zwölf Metern Seitenlänge. Bis auf die Mitte lag alles im Schatten der hohen Ziegelmauern ringsum. An einer Seite stand eine bemooste Steinbank, die aber nicht sonderlich bequem aussah. Die unglückliche Verfehlung eines Gartenarchitekten dachte Dixie noch, als sie an der Mauer direkt über der Bank das zerbröckelnde Pentagramm erblickte. Was hatte sie da entdeckt?

Der Garten wirkte insgesamt öde und abweisend. Auf den Steinpfaden bemerkte Dixie Zeichen und Gravuren wie seltsame Hieroglyphen. Manche sahen aus wie Tierkreiszeichen, andere eher wie Buchstaben oder Runen. Dixie folgte einem der Pfade, die alle zur Mitte hinführten, zu einem grünen Geviert, das wie eine Rasenfläche aussah, sich aber bei näherem Hinsehen als eine Art Kräuterbeet entpuppte. Sie verrieb ein paar Blätter zwischen den Fingern, des Geruchs wegen, und dachte sofort an den Kamillentee, den Gran immer getrunken hatte.

Die Anlage musste jahrhundertealt sein. Stammte Kamillenrasen nicht aus der Zeit der Tudors? Beeindruckt, aber nach wie vor irritiert, sah sich Dixie weiter um. Der Rasen, ein Quadrat mit rund zweieinhalb Metern Seitenlänge, lag genau in der Mitte des Gartens. Die Sonne schien wohl schon seit Hunderten von Jahren auf diesen Flecken, was Dixie aber nicht sonderlich bewegte.

An den vier Ecken ragten Stelen empor, ganz mit Moosen und Flechten überwuchert. Dixie ging ein paar Schritte darauf zu und erstarrte.

Das waren nicht irgendwelche Säulen, sondern Phalli. Auf was war sie da gestoßen? Wollte sie das überhaupt genau wissen? Sie verließ den Garten fluchtartig und machte das Tor fest hinter sich zu.

Tee würde sie an diesem Ort sicher nicht servieren.

Im feuchtmodrigen Schuppen stieß Dixie unter lauter Spinnweben auf alte Gerätschaften, eine Schubkarre und einen vorsintflutlichen Rasenmäher. Sie schnappte sich einen Flechtkorb, der sich bequem unter dem Arm tragen ließ, und ging zurück in den Blumengarten. Dort jätete sie die Rosenbeete, bis es zu dämmern begann. Müde und mit verspanntem Nacken erreichte sie das *Barley Mow* eine Stunde vor Schluss.

»Dass Sie heute noch kommen«, sagte Vernon, als sie das Lokal betrat. »Alf hat ein schönes vegetarisches Curry auf der Pfanne.«

Dixie bestellte es sogleich und nahm am Fenster Platz. Sie vermisste Christopher, aber nun ja, so hatte sie wenigstens Zeit zum Nachdenken.

Weit gefehlt! Direkt auf sie zu kam James, dieser schmierige Typ. »Schönen guten Abend! Was haben Sie denn Schönes gemacht heute?«

Oh, im Garten herumgewerkelt und zufällig diese halbmeterhohen Steinphalli entdeckt. Wissen Sie vielleicht, wozu die gut sind? Kein guter Einstieg. »Mich im Garten getummelt, während der Putztrupp sich um das Haus gekümmert hat«, klang schon besser.

»Aber passen Sie bloß auf Ihre Händchen auf«, sagte er und streichelte ihre Finger.

Dixie zog die Hand zurück und ergriff ihr Glas derart entschlossen, dass der Tisch wackelte. Sie hätte das Lokal auf der Stelle verlassen, aber da kam Vernon mit ihrem Curry.

»Gesunder Appetit, die Dame«, brummelte James mit einem Grinsen, das noch unverschämter war als die Bemerkung selbst.

»Was glauben Sie, wozu ich hier bin«, erwiderte Dixie, die Gabel in der Hand.

»Geht doch nichts über nette Gesellschaft beim Essen.« Dixie hörte zu kauen auf; sein Knie hatte sie doch wohl hoffentlich zufällig berührt. »Wie wär's später noch mit einem Nachtisch woanders?«, fragte James.

Dieses Mal hätte sie beinahe auf die Gabel gebissen. Der Knilch fummelte mit der Hand an ihrem Knie. Das war zu viel! Mit beiden Händen fasste Dixie die Tischkante und hob sie kräftig an; Reis, Curry und fast ihr ganzes Guinness landeten auf James' Schoß.

»Oh, tut mir leid«, sagte Dixie mit gespieltem Bedauern, als James aufschrie und ein Wischtuch verlangte. »Der Tisch hat so gewackelt.«

»Bitte schön, Mr Chadwick«, sagte Alf und gab ihm ein Handtuch. »Sie bekommen selbstverständlich ein Neues, Miss LePage«, fuhr er fort, während Vernon das heil gebliebene Glas vom Boden aufhob.

»Nein, danke, es war ohnehin fast leer. Und entschuldigen Sie bitte das Chaos.«

»Keine Ursache, nicht Ihre Schuld. Diese Tische aber auch!« Er sah ihr direkt in die Augen. »Nicht zum ersten Mal, dass so was passiert.«

Dixie beschloss für sich, dass sie Alf wirklich mochte. »Ich geh dann besser mal, nachdem ich den halben Laden ruiniert habe.« Sie hielt kurz inne. »Und nennen Sie mich doch bitte von jetzt an Dixie.«

Alf lächelte und streckte die Hand aus. »Nichts lieber als das, Dixie.«

Um den schwarzen Eichentisch versammelt saßen acht Mitglieder und zwei Novizen, die Blicke auf die in einer Kupferpfanne abbrennenden Eschenzweige gerichtet. Als von einer der schwarzen Kerzen Wachs auf die polierte Tischplatte tropfte, beugte sich Ida nach vorne, um es aufzunehmen.

Sebastian schaute böse. Konnte die alte Vettel denn nicht warten? Wenn sie die Kupferpfanne auch nur angefasst hätte … Strenge war das A und O im Zirkel. Sie waren lange unterbesetzt gewesen, und die beiden Novizen galten als große Hoffnung. Nun ja, Sally wirkte zumindest vielversprechender als James, aber wie sollte das auch anders sein.

Emily sprach die Eröffnungsformel und hielt inne, als die Zweige zu Asche zerfielen. In der darauf folgenden Stille legte sie einen Goldring in die Asche. Dann, nach einer angemessenen Pause, erhob sich Sebastian und entlockte einer schmalen Flöte einen langen, tiefen Ton.

Nachdem er verklungen war, fragte Ida: »Wie läuft es, James? Konntest du etwas finden?«

»Nicht die Bohne. Ich schwöre, da ist nichts. Ich habe das Haus dreimal auf den Kopf gestellt und die Bibliothek Band für Band durchsucht. Keine Spur von dem, was wir suchen.«

»Tatsächlich?« Sie klang nicht gerade überzeugt. »Sally, wie lief's bei dir?«

Sie hatte nichts von James' blasierter Selbstgewissheit, eher eine Art natürlichen Mitteilungsdrang. »Ich habe mich genau umgesehen, als wir das Haus geputzt haben, und ich glaube, James hat recht, was die Papiere betrifft. Da ist nichts. Aber …« Sie machte eine Kunstpause, sehr zum Ärger von Sebastian, dem billige theatralische Tricks dieser Art zuwider waren. »Etwas hab ich doch gefunden. Sie wollte nicht, dass wir die Bibliothek putzen, und mir war klar, dass das einen Grund haben musste. Ich hab mich trotzdem umgesehen, soweit es ging. Keine Papiere weit und breit, aber ich habe einen interessanten Bücherstapel entdeckt, lauter alte Bücher über Zauberei und den Wiccakult.«

»Ich frage mich, ob sie so unbeleckt ist, wie sie tut«, sagte Ida. »Wer weiß, was sie mitgekriegt hat. Vielleicht hat ja ihre Großmutter …«

Niemand schien besonders glücklich angesichts dieser Vorstellung.

Ida legte ihre schrumpeligen Hände auf den Tisch. Alle Augen waren auf sie gerichtet. »Wir müssen herausfinden, was sie wirklich weiß, dann sehen wir weiter. Eine Möglichkeit wäre vielleicht, sie zu rekrutieren.«

In der darauf folgenden Stille rumorte es in Sebastians Kopf. »Lieber nicht. Diese LePage ist unberechenbar, ein Sicherheitsrisiko. Zuerst setzt sie mich als Nachlassverwalter ein, nur um dann völlig überraschend hier aufzukreuzen, angeblich für eine Woche, um ihr Erbe zu besichtigen. Mittlerweile ist sie eingezogen, macht Großputz und entwickelt ein Interesse für gewisse Bücher. Als Nächstes wird sie sich dann wohl das Grundstück genauer ansehen …« Er machte eine kurze Pause, um sich an diesen Aspekt zu gewöhnen. »Und zu allem Übel paktiert sie auch noch mit dem Vampir.«

»Mit dem Vampir werden wir fertig. Wir kennen doch den Jahrestag seiner Neugeburt. Da machen wir ihm endgültig den Garaus«, sagte Ida.

»Aber wir können ihn doch nicht einfach umbringen!« Sallys Stimme erbebte in der Stille.

Emily, die bisher geschwiegen hatte, legte ihre Hände auf

den Tisch. »Meine Liebe«, sagte sie lächelnd zu Sally, »umbringen kann man nur lebendige Menschen.«

Sebastian musterte Sally und James. Unsichere Kantonisten alle beide. Man musste sie fest in den Zirkel einbinden, und Marlowes Untergang würde genau das leisten.

Nachdem sie die Bücher zum Schätzen abgegeben und einen ihren Vorstellungen halbwegs angemessenen Supermarkt gefunden hatte, fuhr Dixie nach Hause, um für Christopher zu backen. Ihr schwebten Brownies vor, als kleines Dankeschön für den Lunch von neulich. Eine nachbarschaftliche Geste, mehr nicht.

Zu Hause, beim Auspacken und Einräumen der Lebensmittel, entdeckte sie, dass eine Schranktür sich nicht öffnen ließ. Noch ein Problem, das behoben werden musste. Später jedoch. Jetzt stand Backen auf der Tagesordnung.

Die Brownies kühlten auf dem Fensterbrett aus. Sie dufteten süß und nach Schokolade. Bis Dixie die Küche aufgeräumt, ein frisches T-Shirt angezogen und sich die Lippen nachgezogen hatte, waren sie so weit. Dixie stapelte sie auf einen Teller mit Rosenmuster, deckte sie mit Plastikfolie ab und machte sich auf den Weg in Richtung Dial Cottage.

»Hi! Ich bin's!«, rief sie nach oben zu den geöffneten Fenstern. Zu Hause musste Christopher auf jeden Fall sein, denn sein Auto stand hinter der Weißdornhecke, und die oberen Fenster waren offen. Es kam aber keine Antwort. Sie ging zum Hintereingang, klopfte an die Tür. Sie war offen, wie sich herausstellte. Dixie starrte in das dunkle Haus und rief: »Christopher, hier ist Dixie.« Er war nicht da.

Alleine in der leeren Küche beschlich Dixie ein ungutes Gefühl, und sie beschloss, die Brownies dazulassen und zu gehen. Später würde sie Christopher im *Barley Mow* treffen und ihm alles erklären. Sie kritzelte eine Nachricht auf einen Block, riss das Blatt ab und klemmte es unter den Teller. Als sie den Block zurück neben das Telefon legen wollte, stieß sie gegen einen Stapel Papiere, die wild durcheinander zu Boden flatterten. Sie kniete sich rasch hin, um sie aufzusammeln, und hoffte, dass bloß niemand käme. Wie würde das aussehen, wenn man sie auf dem Boden kniend beim Aufsammeln von Christophers Papieren erwischte. Da entdeckte sie ein in Leder gebundenes Büchlein. Mit ihren Initialen.

Wann hatte er es an sich genommen? An jenem ersten Abend im Pub? Stocksauer schob sie es, ohne weiter nachzudenken, in ihre Hosentasche und verließ das Haus.

Auf dem Weg nach Hause machte Dixie einen Umweg über das Dorf, direkt die High Street entlang, und lief dort prompt Sebastian in die Arme.

»Sieht man sich heute Abend im *Barley Mow*?«, fragte er freundlich. Trotzdem fragte sie sich, wie viel er wusste. Hatte James sich beschwert? Das hoffte sie doch zumindest.

»Eher nicht. Ich gewöhn mich langsam daran, auf einem Kohleherd zu kochen.«

»Sie leben sich so richtig ein, wie man hört.«

Dixie nickte. »Kann man so sagen, ja.«

»Ich hab's eilig«, sagte er. »Aber ich bin mir sicher, Sie kommen auch zum Whist-Turnier nächstes Wochenende.«

»Whist-Turnier?« Wovon sprach er?

Er grinste. Er hatte wirklich sehr weiße Zähne. »Im Rahmen des Fundraisings für ein neues Kirchendach. Da kommt nun wirklich das ganze Dorf.«

Sie sagte zu, ohne nachzudenken, und zuckte dann mit den Schultern. Egal! Was sollte bei einer derartigen Wohltätigkeitsveranstaltung schon großartig passieren. In der Kirche konnte er ihr wohl kaum Avancen machen. Dazu kam, dass Sebastian, auch wenn er nicht ihr Typ war, wenigstens nicht ihre Sachen klaute.

»Ich kann dich also nicht umstimmen?«, fragte Tom.

Christopher schüttelte nicht einmal ansatzweise den Kopf.

»Ich muss meinen Geschäften nachgehen, und dazu brauchen wir diese Bücher.«

Tom zog eine Augenbraue hoch. »Dann pass mal auf, dass du nicht zwischen die Buchdeckel gerätst.«

Christopher brummte. In all den Jahren hatte sich Tom keine Spur verändert. »Du könntest mir immerhin Erfolg wünschen.«

»Ich wünsche dir Vorsicht. Klar bist du stärker, aber nicht stark genug.«

»Tom, es geht nur darum, einer harmlosen jungen Frau ein paar Bücher abzukaufen.«

Toms Augen verschatteten sich, als würde er in die Ferne schauen. »Hast du etwa die harmlose junge Frau in Deptford schon vergessen?«

»Diese junge Frau war eine Dirne.«

»Eine gut bezahlte Dirne, die ihre Rolle perfekt gespielt hat.«

Hier hatte Tom ausnahmsweise recht, aber Dixie war anders. Ihr makelloser Charakter würde sogar Tom beeindrucken. Seine Mundwinkel zuckten. »Das ist nicht dasselbe. Komm nach Bringham, und ich stell dir Miss LePage vor.«

Tom schüttelte den Kopf. »Nein, mein Freund. Mein Überlebenswille ist zu groß, als dass ich unnötigerweise mit Menschen verkehren würde.«

Christopher! Dixie rieselte es kalt den Rücken herunter, als sie das Klopfen hörte. Es konnte nur er sein, aber sie wollte ihn einfach nicht sehen. Die Wut und Verzweiflung, nachdem sie ihr Notizbuch in seiner Küche gefunden hatte, hatten sich in kalten Schmerz verwandelt. Sie hatte ihm vertraut, und zum Dank schnüffelte er in ihrem Privatleben herum. Christopher wollte etwas von ihr. In Ordnung. Er konnte die Bücher haben, auf die sie sich geeinigt hatten, aber weiter nichts.

»Hi«, sagte sie. Was sie sonst noch sagen wollte, blieb ihr

im Hals stecken. Er war zu schön. Sein nachtschwarzes Haar leuchtete im selben Licht vom Eingang her, das auch seinen Umhang aus Leder erglänzen ließ und die Blässe seiner Haut in Perlmutt verwandelte. Sein Lächeln war zum Dahinschmelzen.

»Hallo, Dixie«, sagte er mit seiner melodischen Stimme, und Dixie fühlte sich in ihren Wohlklang eingehüllt. In ihr kribbelte es vor hoffnungsvoller Erwartung und Erregung. Sie spannte jeden Muskel in ihrem Rücken, nahm gewissermaßen Haltung an.

»Hallo, Christopher, was gibt's?« Dieser Gesprächston sorgte für die nötige Distanz.

»Ich bin für ein paar Tage weg gewesen.«

Das war zwar eine Erklärung für das verlassene Haus, aber nicht für das davor geparkte Auto. »Und war's schön?«

»Ich war zu Besuch bei einem Freund in der Stadt.«

Was spielten sie da nur für ein lächerliches Theater! Eine Unterhaltung zwischen Tür und Angel, als wäre er irgendein Hausierer. Sie musste das beenden, denn ins Haus wollte sie ihn nicht lassen. Sie fürchtete, in seiner Nähe schwach zu werden. »Ich hab die Bücher heute nach Guildford gebracht. Die Schätzung müsste am Freitag vorliegen.«

»Wunderbar. Du sagst mir dann, wie viel sie kosten.« Er kam einen Viertelschritt näher. »Kann ich reinkommen?«

»Nein!« Es klang wie ein gedämpfter Schrei, der ihr schier das Herz zerriss. »Jetzt nicht.« Zehn Minuten in ein und demselben Raum mit ihm und ihre Standhaftigkeit wäre dahin. »Es passt gerade nicht.« Sie machte eine Bewegung mit dem Kopf, um anzudeuten, dass jemand im Haus war. Die Lüge tat ihr in der Seele weh, und Christophers entsetzter Gesichtsausdruck ließ sie erschaudern.

»Natürlich«, sagte er und trat einen Schritt nach hinten ins Dunkel. Ein Schatten schien sich über sein Gesicht zu legen. »Lass wieder von dir hören, Dixie. Wenn es *passt.*«

In der Dunkelheit sah sie ihn nicht einmal das Gartentor

erreichen. Sie machte die Tür zu, schloss ab und lehnte sich dagegen. Ihr Herz raste wie verrückt, ihre Brust bebte so sehr, dass jeder Atemzug schmerzte. Das Blut in ihren Adern brodelte, pochte in den Schläfen und brauste wie eine schäumende Flut gegen einen Damm, der zu brechen drohte. Sie sehnte sich nach Christopher, nach seiner Umarmung und der warmen Zärtlichkeit seiner Lippen. Schluss damit! Niemals. Jetzt nicht.

Der Schmerz zerriss ihr fast die Eingeweide. Sie presste sich gegen die schwere Eichentür wie angezogen von einer Kraft da draußen. Sie schüttelte sich und wollte seinen Namen rufen, der Schmerz aber erstickte jeden Laut bis auf ein Stöhnen. Sie sank in sich zusammen, wackelig auf den Beinen wie ein neugeborenes Fohlen. Sie lehnte sich gegen den Briefschlitz, umklammerte den Türknauf, andernfalls wäre sie auf der Fußmatte zusammengebrochen.

Atem und Herzfrequenz beruhigten sich allmählich. Fassungslos schüttelte sie den Kopf und stolperte zurück in die Küche. Auf dem Tisch standen die Reste einer halb aufgegessenen Ofenkartoffel. Nun reichte es! Sie hatte die Nase endgültig voll von den Männern! Sobald sie ihm die Bücher verkauft hatte, wollte sie nichts mehr zu tun haben mit Christopher Marlowe.

Christopher sprang von der Treppe hinunter wie von einem Schlag getroffen. Welche hinterhältige Person war da bei Dixie? Sebastian mit seiner schmierigen und verschlagenen Art? James mit seinem kranken Hirn? Er war rasend vor Eifersucht und hätte beinahe den Verstand darüber verloren.

In einem Ansturm von Wut verwandelte er sich und raste durch den Nachthimmel gen Osten, bis er das Stadtzentrum erreicht hatte. Er steuerte seinen gewohnten Stützpunkt ganz oben auf der Kuppel von St. Paul's an. Merkwürdig, wie oft er hierherkam, um sich auszuruhen – aber er hatte den Ausblick seit jeher gemocht, seit dem Wiederaufbau von St. Paul's nach dem Großen Brand von London. Sein Blick fiel nach unten in die stillen Straßen, verlassen bis auf das eine oder andere einsame Taxi, und wanderte über den Fluss hinüber zu der Stelle, wo sich dicht neben dem Originalstandort das neue Globe-Theatre erhob. Auf London zumindest war Verlass. Eine Stadt war nicht wankelmütig wie Sterbliche oder treulos wie die Weiber.

In seinem Kopf überschlugen sich die Bilder. Dixie gehörte ihm. Er hatte sie markiert und von ihr gekostet, aber ohne ihr Wissen. Anspruch und Begehren waren allein auf seiner Seite. Und alleine musste er auch ewig seinen Schmerz ertragen. Toms Warnung hatte ihn zu spät erreicht. Sich mit Sterblichen einzulassen, brachte Elend und Gefahr, unter Umständen sogar den Tod.

Sein Wissensdurst und die Schwäche für eine hübsche Sterbliche hatten ihn an den Rand des Untergangs gebracht, aber er hatte die Notbremse rechtzeitig gezogen. Er würde ihr die Bücher abkaufen, um anschließend dem Ratschlag Toms zu folgen und Bringham zu verlassen. Je mehr der Zirkel an Macht gewann, umso gefährlicher wurde das Dorf für einen wie ihn.

Christopher kehrte nur knapp eine halbe Stunde vor Einsetzen der Dämmerung zu seinem Häuschen zurück. Sein Körper schmerzte wie der faule Zahn, den er sich von einem Bader in der Fleet Alley einmal hatte ziehen lassen. Tom hatte recht in Sachen Ernährung; Tierblut gab nicht genug Kraft, um sich zweimal am Tag zu verwandeln. Seine leeren Adern lechzten nach richtiger Speisung. Das Herz, das er nicht hatte, rief nach Dixie.

Dixie! Sie war hier gewesen! Er spürte ihre Anwesenheit und roch ihre Süße. Ihm lief das Wasser im Mund zusammen, so urplötzlich, wie ihn der Schrecken packte. Halb verwandelte Hände umfassten den Kieferntisch. Verwundert sah er zu, wie menschliche Haut und Fingernägel zurückkehrten. Das Erstaunen über die Kräfte seines Körpers würde niemals enden. Er spreizte die neu gebildeten Finger auf dem Tisch und stützte sich mit wackeligen Schultern darauf ab. Er brauchte Ruhe.

Sein Kopf war schwer wie Blei, als er ihn hob und über den Tisch blickte. Da sah er den Teller und zog die Augenbrauen zusammen. Säuberlich mit Klarsichtfolie bedeckt erschienen die schokoladenbraunen Vierecke wie Teile eines Puzzles – diese Dixie LePage war ein Rätsel. Der Zettel zitterte in seiner Hand. Es war ein Blatt von seinem Block. »Christopher«, stand da in einer Handschrift so offen und klar wie ihr Lächeln. »Verzeih bitte, dass ich einfach eingedrungen bin, aber die Tür war offen. Ich hab dir ein paar Brownies gebracht, nach Grannys Rezept und als Dankeschön für den herrlichen Lunch. War heute schon in Guildford wegen deiner Bücher. Ich komme am Freitag wieder, sobald der Schätzpreis feststeht. Pass auf dich auf und bis bald, Dixie.«

Der Zettel verknüllte in seiner Hand. Zu müde, um die Konsequenzen auch nur anzudenken, schleppte sich Christopher nach oben in seine verdunkelte Studierstube, wo der Schlaf seine Verwirrung übermannte.

Dixie fuhr wie benommen von Guildford zurück. Auf ihrem Rücksitz transportierte sie ein kleines Vermögen, und ihr schnürte es die Kehle zusammen bei dem Gedanken, einen derart hohen Scheck zu fordern. Hatte Christopher überhaupt eine Ahnung, wie viel die Bücher wert waren? Konnte er sich diesen Betrag denn leisten? Sie würde es bald wissen, ebenso wie sie eine Erklärung für ihr verschwundenes Notizbuch verlangen würde. Da müsste er sich schon was einfallen lassen.

Er war zu Hause. Sie wusste es in dem Moment, als sie um die Ecke bog und das Moos auf den unregelmäßigen Dachziegeln sah. Natürlich war er zu Hause. Er rechnete mit ihrem Besuch.

Tatsächlich erwartete er sie bereits; er stand im Türrahmen und beobachtete sie im Schatten des Verandadachs. Er füllte den Türrahmen komplett aus, die langen schlanken Beine etwas nach vorne gestellt, eine Schulter seitlich angelehnt und der Kopf beinahe bis hoch zum Türsturz reichend – was bei einem *Cottage* auch nicht weiter verwunderte. Ihren Eingang hatte er nicht ganz so verstellt, aber er hatte noch immer jenes Lächeln, das jeden Gletscher zum Schmelzen brachte.

Als sie das Gartentor öffnete, in einer Hand den Karton balancierend, spürte sie bereits seine Aufregung. Er kam auf sie zu. Warme, sanfte Wellen der Vorfreude erreichten sie wie die herankommende Flut. Niemand war derart aufgeregt nur wegen ein paar Büchern. Aber das war allein seine Sache. Sie hatte einen Verkauf abzuwickeln und ein Hühnchen mit ihm zu rupfen. Er nahm ihr die Schachtel ab, und seine Arme zitterten, als er sie in den Händen wog. »Komm rein und erzähl mir, was los ist.«

Sie folgte ihm in die Küche und ihr fiel sofort auf, wie erleichtert er war, als er den Karton auf dem Tisch abstellte. »Das wäre nun auch erledigt.« Sie gab ihm die Schätzliste und wartete gespannt auf seine Reaktion.

Er las alles genau durch, wobei sich sein Kopf hin und her bewegte. Leicht hochgezogene Augenbrauen und zusammengekniffene Lippen wiesen auf seine Konzentration hin, sonst nichts. Dann blickte er auf und grinste, in seinen Augen ein beinahe triumphierendes Strahlen. »Erscheint mir angemessen. Ich nehme an, du bist auch zufrieden, oder?«

Dixie schluckte und nickte mit dem Kopf. Zufrieden? Das war mehr, als sie in einem Halbjahr als Bibliothekarin verdient hatte. »Natürlich, ich habe doch gesagt, du kannst sie haben.«

Er zog die Tischschublade auf. »Ist ein Scheck okay?«, fragte er und zog die Kappe seines Füllers ab.

»Klar, warum nicht.« Sie hatte nie zuvor gesehen, dass jemand einen derart hohen Scheck ausstellte. Für ihn war es so selbstverständlich, als würde er für eine Tankfüllung Benzin bezahlen.

»Er ist garantiert gedeckt. Dafür hab ich extra gesorgt.« – »Du hast gewusst, was dich erwartet?« Was für einen Beruf musste er wohl haben, dass er derart mit Geld um sich werfen konnte?

»Ich hatte eine grobe Vorstellung. Zwar ist es etwas mehr als erwartet, aber die Inflation schreitet fort, gerade bei Sammlerstücken.«

»Ist das dein Hobby, der Ankauf alter Bücher? Oder wie verdienst du eigentlich deinen Lebensunterhalt?« Die Frage hatte ihr auf den Nägeln gebrannt, aber jetzt fühlte sie sich wie eine aufdringliche Amerikanerin.

Was ihm aber offenbar nichts ausmachte. »Es ist ein Hobby. Zusammen mit ein paar alten Freunden stellen wir eine Bibliothek über okkulte und parawissenschaftliche Themen zusammen. Ich habe mich auch schon an deine Tante gewandt, Hope, aber sie konnte sich von nichts trennen. Schön, dass du dem Verkauf zugestimmt hast.«

Sein Hemdkragen war offen; darunter kamen ein Dreieck heller Haut und etwas krauses Brusthaar zum Vorschein. Trotzdem kam sie noch einmal auf ihre Frage zurück. »Und wie verdienst du deinen Lebensunterhalt?« Bis jetzt hatte sie nicht bemerkt, dass er überhaupt arbeitete.

»Ich hatte Glück mit Anlagegeschäften, vor Jahren schon, heute liege ich nur noch auf der faulen Haut. Ich schreibe, wenn mich die Muse küsst, reite, wenn das Wetter schön ist, und gehe ansonsten Caughleigh auf die Nerven.«

Sie musste kichern. »Das hab ich bemerkt.«

Er schüttelte den Kopf. »Nimm dich in Acht vor ihm, Dixie. Dieser Mann denkt immer nur zuerst an sich selbst.«

»Ich kann gut selbst für mich sorgen.« War er vielleicht nur hinter ihr her, um an Sebastian ranzukommen? »Ich hab's gestern schon mal versucht bei dir. Die Tür war offen.«

Sein Lächeln wurde breiter. »Du hast einen Teller mit kleinen Schokoladenkuchen mitgebracht.«

»Das waren Brownies.«

»Brownies.« Dieses Mal prustete er beinahe laut heraus. »Du weißt, was wir hier darunter verstehen? Bei uns sind Brownies kleine Gnome, die die Milch sauer werden und Heustöcke in Flammen aufgehen lassen, und sie halten sogar die Hühner vom Legen ab.« Er verzog die Lippen, als würde er sich über sie lustig machen. »Aber für dich ist das natürlich Humbug, alles eins mit Hexen und Vampiren.«

»Eine interessante Form regionalen Volksglaubens.« Zugegeben, das klang ziemlich heftig, aber als sie seinen betretenen Gesichtsausdruck sah, bereute sie ihre Äußerung sofort. »Du bist nun mal kein Skeptiker, im Gegenteil, das Okkulte zieht dich an.«

Er lächelte in sich hinein. »Genau deshalb baue ich diese Bibliothek auf. Warum nicht auf vorhandenes Wissen zurückgreifen?« Er klopfte auf eines der Bücher. »Es enthält alte Lehren. Vergessene Vorstellungen. Träume und Alpträume unserer Vorfahren.«

»Ich halte mich da lieber an die Realität.«

»Realität kann man so oder so sehen, meine liebe Dixie.«

Jetzt reichte es! Diese Anrede war ihr dann doch zu plump. Er hatte von Realitäten gesprochen, sie wollte eine erklärt haben. Sie langte in ihre Tasche und griff nach dem Notizbuch. »Ich hätte da eine Frage.« Sie zog die Hand aus der Tasche heraus. »Das hier habe ich bei dir gefunden, als ich mit den Brownies da war. Hast du vielleicht eine Erklärung dafür?« Sie knallte das Büchlein auf den Tisch. Jetzt war er an der Reihe.

»Der nachbarschaftliche Besuch war also ein Vorwand zum Schnüffeln?« Durch seine Worte wehte ein eisiger Zynismus.

»War es nicht!« Dixie spürte die Tischplatte unter ihrer Faust. »Ich hab ein Blatt von deinem Notizblock abgerissen, worauf der ganze Stapel runterfiel. Ich sammelte alles wieder ein und fand zufällig mein Notizbuch, das ich seit meiner Ankunft hier vermisse.«

»Und wie bist du reingekommen?« – »Durch den Hintereingang. Die Tür war offen.«

»Ach, wie kann man nur so nachlässig sein.«

»Du hattest Glück, dass es nur ich war. Denk doch an die Einbrecher, von denen es hier nur so wimmelt.«

»Ich hab keine Angst vor Einbrechern.«

Er wagte es tatsächlich, auch noch zu grinsen. Dixie presste die Handflächen auf den Tisch und beugte sich, die Stirn in Falten gelegt, nach vorne. »Du weichst meiner Frage aus, Bürschchen. Woher hast du es, und warum lag es in deiner Küche herum?«

»Sind das nicht zwei Fragen?« Er hob die Hände, die Handflächen nach vorne, und beugte sich über den Tisch. »Okay, Dixie. Du willst also wissen, woher ich es habe?«

»Gewiss.« Sie wartete entschlossen ab.

»Caughleigh. Er hat es mir gegeben, damit ich es dir zurückgebe.«

»Was du aber nicht getan hast.«

»Ich muss gestehen, ich hab's vergessen.«

Sie hatte lange genug an Schulen gearbeitet, um zu wissen, wenn jemand die Unwahrheit sagte. »Warum sollte Sebastian es dir geben? Ich war am Mittwoch in seiner Kanzlei und bin morgen Abend mit ihm verabredet.«

Christopher zog verdattert die Augenbrauen hoch. »Na dann viel Spaß, meine Liebe.«

Das war genug! »Den werde ich sicher haben.«

»Ich hoffe, du bist jetzt nicht enttäuscht.« Es war fast ein Flüstern, aber sie verstand die Worte genau.

»Warum sollte ich enttäuscht sein?«

»Weil, meine liebe Dixie, Sebastian Caughleigh nicht der Richtige für dich ist.«

Sie schüttelte den Kopf und lachte verzweifelt. »Christopher, ich bin dreißig, alt genug, um solche Fragen selbst zu entscheiden. Versteh bitte, ich bin nicht hierhergekommen, um mich mit dir zu streiten. Ich wollte eine klare Antwort.

Vielleicht hab ich sie ja bekommen, aber wahrscheinlich werde ich nie wissen, was genau gelaufen ist. Danke für den Scheck. Wenn alles glatt geht, sind wir beide quitt.«

»Möglich«, antwortete er und begleitete sie zur Tür. »Pass auf dich auf, Dixie. Und sieh zu, dass du nicht in die falsche Gesellschaft gerätst.«

Was meinte er damit bloß?

Was war das nun wirklich mit ihrem Notizbuch? Hatte sie es in Sebastians Kanzlei verloren? Wenn ja, warum sollte er es dann Christopher geben? Zumal sie nicht gerade wie die besten Freunde wirkten.

Christopher hatte sicher gelogen, aber warum wollte sie ihm trotzdem glauben? Egal. Morgen Abend würde sie Sebastian treffen und ihn einfach fragen. Aber warum sollte sie ihm vertrauen? Nur weil er Anwalt war, war er noch lange nicht glaubwürdig. Diese bittere Erfahrung hatte sie bereits gemacht.

6

Hoch im Geäst der Ulme sah Christopher zu, wie Dixie ihr Auto abschloss und zum Haus ging. Das letzte Gespräch mit ihr hatte er sich ein Dutzend Mal vergegenwärtigt. Sie hatte ihn verlassen, vertraute ihm nicht mehr, aber das war vielleicht auch besser so. Dabei sehnte er sich so nach ihr – doch das war allein seine Schuld. Wenn er dieses eine Mal nicht von ihr probiert hätte, hätte er keine Ahnung gehabt von ihrer Wärme und der Süße ihres Lebenssafts.

Er hatte keine andere Wahl, als Bringham zu verlassen. Tom hatte recht gehabt – die Lage wurde zu gefährlich für ihn. Über kurz oder lang würde Caughleigh Verdacht schöpfen, und der Gedanke, Caughleigh könnte Dixie in seine Machenschaften verwickeln … Christophers Hände verkrallten sich ineinander, wenn er nur daran dachte. Er würde Toms Einladung annehmen und sich in die South Audley Street zurückziehen. Bald. Er sackte gegen den Baumstamm. Lieber Himmel! Er war schwächer als ein Frischling. Er hätte an diesem Nachmittag nicht ausgehen sollen. Die Sonne zehrte an seiner Kraft, und es würde mehrere Tage dauern, bis er sich von diesen Strapazen wieder erholt hatte.

Er musste Blut saugen. Sebastians neues Jagdpferd schmeckte zwar sicher nicht halb so süß wie Dixie, aber allein der Gedanke daran versprach doch eine gewisse Genugtuung.

Als Sebastian die Tür zumachte und sie den Sicherheitsgurt einklickte, fragte sich Dixie, warum sie zugestimmt hatte.

Er schien sich seiner Sache absolut sicher. »Ich habe ein gutes Gefühl heut Abend. Ich glaube, wir gewinnen.« Dabei bleckte er seine weißen Zähne.

Gewinnen oder anderweitig zum Stich kommen? Sie hatte vor, Whist zu spielen und sonst nichts.

Im Gemeindesaal traf sie auf dieselbe Ansammlung von Leuten wie bei den Whytes, was auch nicht weiter erstaunlich war. Verglichen mit diesem Kaff wirkte jede Kleinstadt wie eine Metropole. Aber immerhin gab es ihr ein Gefühl von Sicherheit, bekannten Gesichtern wieder zu begegnen – da waren Emma und Ian, Sally, die mit ihren kurz geschorenen Haaren ganz anders aussah, Mark Flynn, der Mann von der Bank, und Emily Reade.

»Emily!«, zischte Sebastian, als sie mit einem Zinntablett in den Händen angewatschelt kam.

Sie strahlte Sebastian an; Dixie musste sich mit einem höflichen Kopfnicken begnügen. »Und? Schon eingelebt? Nehmen Sie doch einen Sherry. Wir haben trockenen und süßen. Welchen möchten Sie?«

Dixie entschied sich für trocken, was zu ihrer Stimmung passte. Sie nahm zwei Schlucke aus dem dickwandigen Glas und kippte anschließend fast den ganzen Rest hinunter. Christopher war da! Sie ließ ihren Blick durch den Saal schweifen, konnte ihn aber nicht sehen.

»Suchen Sie jemanden?« Sebastian lächelte. Er stand direkt neben ihr, so nahe, dass sie sein Aftershave in der Nase hatte. Aber was kümmerte sie schon sein Aftershave. »Jemanden, den ich kenne?«

Sie ahnte dumpf, dass er die Wahrheit nicht sonderlich goutieren würde. »Ich finde nur den Bau so interessant.« Sie sah zur Decke hinauf, zu den mit der Zeit schwarz gewordenen Balken. »Sieht aus wie eine Scheune.«

»Ist es auch.« Emily war zurück. »Eine ehemalige Zehntscheune. Man wollte sie abreißen in der Zeit zwischen den Kriegen, aber die Pfarrei hat sie gekauft und gerettet.«

So wie die beiden sich ansahen, war der nächste Krach vorprogrammiert. Dixie erinnerte sich, wie überstürzt Emily nach der Party bei den Whytes aufgebrochen war. Was ging da eigentlich vor, und wieso war sie zwischen die Fronten geraten? Sollte Emily vorhaben, sich wegen Sebastian mit ihr zu duellieren, könnte sie die Waffen gleich wieder einpacken. Dixie hatte kein Interesse.

»Wir sitzen am selben Tisch. Ist das nicht wunderbar? So können Sie mir von Ihrem Haus erzählen. Ich wollte schon immer mal einen Blick hineinwerfen, aber Ihre Tanten haben sich ja so abgekapselt und nie jemanden eingeladen.«

»Kommen Sie bei Gelegenheit einfach mal vorbei.« Als sie zu ihrem Tisch kamen, rückte Sebastian ihnen den Stuhl zurecht. Dixie nahm Platz, und wieder hatte sie dieses eigenartige Gefühl – Christopher war ganz in der Nähe. Lag es daran, weil sie das Mittagessen ausgelassen hatte, oder war der Sherry stärker, als sie gedacht hatte?

»Hast du einen Partner, Emily? Oder spielen wir zu dritt?«

Emily kicherte. »Nein, wir sind zu viert. Emma meinte, es gäbe ein paar überzählige Vögel, die man noch unterbringen muss.«

»Das finde ich jetzt gar nicht nett. Man mag mich ja für exzentrisch halten, aber diese Ausdrucksweise gefällt mir nicht.«

Laut und vernehmlich ertönte eine Stimme, die sie alle kannten. Sebastian zischte wütend, Emily machte große Augen, und Dixie fühlte eine angenehme Wärme in sich aufsteigen. »Hallo, Christopher. Du hast gar nicht gesagt, dass du auch kommst.«

»Eine spontane Entscheidung.« Er nahm auf dem noch freien Stuhl Platz. »Nun, Caughleigh, du siehst aus wie bereit zum Abheben.«

Gott sei Dank spielten sie nicht Bridge. In seiner Anwesenheit könnte sie sich niemals konzentrieren. Zwischen Sebastian und Christopher schlug das Testosteron Funken, während Emily auf eine Weise lächelte, die an Lucrezia Borgia denken ließ. Wenn man es genau bedachte, passte auch der große Opal an ihrem Ring gut zu dieser Rolle.

Sebastian hob ab – Pik war Trumpf – und gab schweigend aus. Dixie fächerte gerade ihr Blatt auf, als Christopher sagte: »Wir spielen kompromisslos auf Sieg. Ist das klar, Emily?«

Er und Emily gewannen die ersten drei Runden.

Dixie spielte konzentriert und merkte sich die abgelegten Karten, konnte sich aber mit Christopher nicht messen. Selbst mit vier Trümpfen in der Hinterhand gelangen ihr nur zwei Tricks.

»Unglaublich, wie du spielst!«, sagte sie, als Christopher ihr letztes Ass übertrumpfte.

»Das macht die jahrelange Übung.« Dabei grinste er.

»Wenn man seinen Lebensunterhalt damit verdient«, merkte Sebastian schnippisch an.

Christopher blickte finster hinter seinen Karten hervor, wie der typische Kartenhai in einem alten Kinofilm. Er war sichtlich verärgert. »Alles schon vorgekommen, und wir beide haben sicher noch Gelegenheit, den Einsatz in die Höhe zu treiben.« Sie sahen aus, als wären sie bereit, ihr Leben einzusetzen.

»Spielen wir hier eigentlich Whist oder Krieg?«, fragte Dixie. Sie kam sich vor wie unter Achtklässlern.

»Friede, Dixie.« Christopher lächelte vielsagend, als ob die beiden ein Geheimnis teilten. »Ich habe mich schon einmal beim Kartenspielen gekloppt. Das reicht.« Darauf spielte er galant einen König aus.

Schweigen breitete sich am Tisch aus. Christopher gelang ein Trick nach dem anderen, was schon fast unheimlich war, und Dixie fragte sich, ob an Sebastians Bemerkung nicht doch etwas Wahres dran sein könnte. Nur Emily gab ab und zu einen Kommentar zum Spiel ab, aber die Stille war angenehmer als ihr Geschnatter.

Den nächsten Trick konnte Dixie für sich verbuchen und sie beschloss, die Spannung weiter am Kochen zu halten. »Sebastian«, sagte sie, »danke, dass du Christopher mein Notizbuch gegeben hast. Ich war so froh, es wieder zu bekommen.«

Sebastian starrte fassungslos vor sich hin, Emily schluckte, und Christopher schaute so unschuldig drein, als könnte er kein Wässerchen trüben. Was ging da vor? Hatte Christopher tatsächlich, wie sie glaubte, gelogen?

»Ich habe Dixie erzählt, du hättest es mir gegeben, weil ich sie ohnehin treffen würde.« Christopher grinste mehr als süffisant, während Sebastian dasaß wie ein begossener Pudel. »Du hast gar nicht gesagt, wo du es herhattest, Caughleigh?«

Sebastian zögerte, übersah seine Karten, ehe er die sinnlose Drei ausspielte. »James hat es zufällig gefunden. Ich bin froh, dass du es wiederbekommen hast, Dixie.«

Dieser widerliche James? Was hatte er damit zu tun?

»Ganz genau, der liebe Sohn deiner Schwester. Er ist gar nicht hier heute Abend, fällt mir auf. Ist er etwa weggezogen?« Christopher schien entschlossen, ihn bis aufs Blut zu reizen.

»Er ist das Wochenende über in der Stadt. Wenn dich das überhaupt was angeht.«

»Gar nichts, um ehrlich zu sein«, antwortete Christopher und fuhr den nächsten Punkt ein. Auch diese Runde entschied er für sich. Dann stand er auf. »Der Gewinner ist für das Dessert zuständig.«

»Wir sind noch nicht fertig.« Sebastian schäumte vor Wut.

»Meinst du?« Er knallte den Stuhl so heftig gegen den Tisch, dass er wackelte.

Dixie stand auf. »Ich helfe dir beim Tragen.«

»Sehr schön. Und ich bleibe hier und leiste Sebastian Gesellschaft«, sagte Emily.

Die Nachspeisen befanden sich am anderen Ende des Saals. Christopher schien sich Zeit zu lassen. Tatsächlich machte er einen erschöpften Eindruck.

»Mir ist aufgefallen, du gewinnst gerne, fast ebenso so sehr wie Sebastian es hasst, zu verlieren. Dabei ist es doch nur ein Spiel.«

»Kartenspiele können gefährlicher sein als Duelle.«

»Weil Duelle heutzutage so oft vorkommen.«

Er schüttelte den Kopf. »Sie wurden seltener im Lauf der Jahrhunderte.« Sie kicherte und sah zu ihm auf. Seine Augen wirkten hart und kalt. Dann lächelte er, und ihr wurde beinahe schwindlig. »Du bist die einzige Frau seit Jahren, die mir direkt ins Gesicht sehen kann. Irritiert es dich gar nicht?«

»Ein bisschen, aber es geht. Ich würde dir wünschen, du hättest zwei.«

»Ich vermisse es nicht, es sei denn, ich sehe gerade dich an.«

»Was ist passiert?« Stand ihr diese Frage zu? Sie kannten sich noch nicht so lange.

»Ich habe es bei einem Streit verloren, vor Jahren, als ich noch jung und dumm war.«

»Also nicht bei dem Duell vor zweihundert Jahren.«

Er schüttelte den Kopf und grinste. »Lange davor.«

»Trifle oder Käsekuchen?«, fragte Emma mit dem Tortenheber in der Hand.

»Nimmst du nichts?«, fragte Dixie, als er drei Teller auf das Tablett stellte.

»Ich muss vorsichtig sein – wegen meiner Allergien.«

»Christopher isst nie etwas. Darum ist er auch so schlank«, sagte Emma.

Fast hätte Dixie es geglaubt, füllten doch Christophers schmale Handgelenke kaum die Manschetten seines Leinenhemds.

»Eifersüchtig, meine liebe Emma?«, fragte er mit einem Augenzwinkern.

Emma grinste. »Pass bloß auf!«

Dixie nahm die Kanne vom Beistelltisch und füllte die dicken weißen Kaffeetassen. »Und wie läuft der Abend mit Caughleigh?«, fragte Christopher beiläufig leise. »Ich wette, so wie ich küsst er nicht.«

Ihre Hand zitterte, und es schwappte Kaffee in die Untertasse. »Nicht dass ich wüsste«, sagte sie. Dabei wollte sie sehr englisch und korrekt klingen, aber ihr war bewusst, dass sie weit danebenlag.

»Eben! Du solltest deine Zeit nicht mit ihm verschwenden.«

»Im Moment sieht es so aus, als würde ich sie mit dir verschwenden.«

»Zwischen uns beiden ist nie auch nur irgendetwas verschwendet.«

In ihrem Nacken kribbelte es. »Der Kaffee ist fertig. Lass uns zurückgehen.«

»Machst du dir etwa Sorgen?«, zog er sie auf. »Du traust wohl Emily nicht so ganz. Sie könnte unserem armen alten Sebby zu nahe treten.«

»Wer will dem schon zu nahe treten.« Sein Lachen ging im allgemeinen Stimmengewirr unter, aber sie hörte es trotzdem.

Christopher und Emily gewannen die letzte Runde. Allem Anschein nach hatte Sebastian den Abend nicht sonderlich genossen, während Emily sich kaum beruhigen konnte, als sie den Tischschmuck zu ihrer Trophäe deklarierte. Die rosafarbenen Begonien passten zu ihrem Teint.

»Und wie hat dir dieser typisch britische Abend nun gefallen?«, wandte sich Christopher an Dixie.

»Geh weiter, Marlowe«, sagte Sebastian. »Bring sie nicht in Verlegenheit.«

Sie war keineswegs um eine Antwort verlegen. »Durchaus interessant. Ein bisschen wie bei Agatha Christie. Ihr wisst schon: Abends spielt man im Gemeindesaal gemütlich Karten, und tags darauf findet man im Pfarrgarten eine Leiche.«

»Das ist doch abstrus«, sagte Sebastian und kniff die Lippen zusammen.

»Hat aber was«, sagte Christopher lächelnd zu Dixie. »Nur stellt man sich dabei ein anderes Pfarrhaus vor, viel größer und aus den 20er-Jahren – der popelige Bungalow von

Reverend James passt da weniger –, und ein Dienstmädchen, das die Leiche noch vor dem Frühstück entdeckt.«

»Hört endlich auf damit«, empörte sich Emily. »Es gibt in Bringham keine Mörder. Dixie hat doch nur Spaß gemacht, sonst nichts. Übrigens eine typisch amerikanische Angewohnheit, wie mir gesagt wurde.«

Dixie hätte gern gewusst, wer das gesagt hatte, verkniff sich aber die Frage. Sie wollte jetzt nur noch nach Hause, und zwar alleine, hielt es aber durchaus für möglich, dass Christopher ihr dabei in die Quere kommen könnte.

Er lehnte sich zurück, sodass die dünnen Metallbeine des Stuhls über den Boden schrammten. »Wir hatten doch erst kürzlich eine Leiche im Pfarrhaus.«

Sebastian zischte; Emily wurde ganz bleich im Gesicht, ehe sie errötete und einwarf: »Ich bitte dich! Nicht hier und jetzt!«

»Was?«, fragte Dixie. Dabei hatte sie Sebastians verkniffenen Mund, Emilys rotes Gesicht und Christophers Grinsen direkt vor Augen.

»Du hast nichts davon gehört?«, fragte Christopher.

»Was soll ich denn gehört haben?« Er spielte auf eine Sache an, von der anscheinend alle wussten.

»Ich dachte, Caughleigh hätte es erwähnt.« Christopher lächelte Sebastian zu. »Deine Großtante, die alte Miss Faith, ist auf der Treppe des Pfarrhauses gestorben. Der Milchmann hat sie gefunden. Sie hatte einen Schlaganfall.«

Ihr drehte sich fast der Magen um. Nein, Sebastian hatte ihr nichts gesagt. Das wusste Christopher auch ganz genau, und er hatte diesen Moment bewusst gewählt, um ihr die Geschichte aufzutischen. Warum? Sie hatte die Nase mehr als voll davon, von ihm benutzt zu werden, um Sebastian am Zeug zu flicken.

»Sie war eine exzentrische alte Dame mit einem ausgeprägten Hang zu Spaziergängen. Vielleicht fühlte sie sich nicht wohl und wollte dort um Hilfe bitten. Dass du ausgerechnet jetzt damit herausrücken musstest, Marlowe! Du hast Dixie beunruhigt.«

»Es geht schon, Sebastian.« Er war schon halb um den Tisch herum, und Dixie wollte auf keinen Fall seinen tröstenden Arm auf ihrer Schulter spüren. Um keinen Preis.

Sie bot Emma ihre Mithilfe beim Aufräumen an; dabei hätte sie Gelegenheit, mit ihrer Nachbarin zu plaudern, und vielleicht würde Emily ja Sebastian dazu bewegen, sie nach Hause zu begleiten. Tat sie aber nicht. Emily und Sebastian standen in einer Ecke ins Gespräch mit Sally vertieft, während Christopher zusammen mit Ian Klappstühle wegräumte. Als das letzte Stück Porzellan in Emmas Range Rover verstaut war, wollte Dixie nur noch eines, nach Hause und ins Bett, und zwar alleine.

»Fertig?«, fragte Sebastian, als Ian und Emma abfuhren.

»Ja, es war ein netter Abend, aber ich freu mich jetzt auf zu Hause.«

Sie hoffte, die Anspielung war deutlich genug.

Emily stand neben Sebastian und Sally und sah die beiden abwechselnd an, als würde sie sich fragen, was nun kommen würde. »Ich bin ohne Auto hier. Könntest du mich mitnehmen, Sebby?«

Dixie ließ sich diese Chance nicht entgehen. »Gute Idee. Vorher kann er mich unterwegs absetzen.« Sie hatte insgeheim gehofft, Christopher würde sich anbieten, aber er stand lediglich da und genoss das Theater.

Sie waren schon alle halb bei ihren Autos, als Sally fluchte: »Verdammt! Ich hab ’nen Platten. Ausgerechnet, wenn Robert einmal nicht dabei ist.«

»Ich helf dir«, bot Christopher an. »Es hat keinen Sinn, wenn wir alle hier rumhängen.« Dixie sah nur noch Christophers breite Schultern, als er auf Sallys Landrover zuging.

Christopher bot ihr an, sie nach Hause zu bringen, aber Sally bestand darauf, das Rad zu wechseln. »Morgen ist Sonntag, und ich brauche den Wagen dringend«, klagte sie.

Also stimmte er zu. Dixie wähnte er in dieser Nacht in Sicherheit. Caughleigh war zwar verärgert, führte aber, wie er glaubte, nichts Böses im Schilde. Zudem wäre der Radwechsel nur eine Sache von fünf Minuten, und dann könnte er immer noch auf dem Nachhauseweg bei Dixie vorbeischauen. Sally erwies sich als äußerst hilfreich, reichte ihm Wagenheber und Radkreuz, aber ihr Geschwätz ging ihm sehr auf die Nerven. Sie wiederholte sich ständig: »Ich weiß gar nicht, wie das passieren konnte. Die Reifen waren komplett neu.« Noch ein Wort und er würde sie eigenhändig erwürgen.

Er wuchtete das Reserverad auf die Achse und spürte, wie schwach er war. Viel lieber sollte er sich ausruhen, anstatt für die Dorfschickeria Reifen zu wechseln. »Fertig«, sagte er, als er die Radkappe aufsetzte und nach einem Lappen für seine Hände griff.

»Ende gut, alles gut«, säuselte Sally.

Christopher drehte sich um. Etwas an ihrem Tonfall irritierte ihn, aber zu spät. Im Mondlicht schimmerte etwas Helles in ihrer Hand. Ein Schraubenschlüssel, den sie wegpackte? Er wusste, dass er sich getäuscht hatte, als er die Klinge an seiner Haut spürte. Von den Anstrengungen der letzten Woche geschwächt, versagten ihm seine Glieder den Dienst. Ein sengender Schmerz durchfuhr seinen Brustkasten und brannte wie Feuer. Seine Hände griffen ins Leere.

»Hab ich dich!«, kreischte sie in ihrer Aufregung. Wie ein Echo hallten die Worte in seinem sich einnebelnden Bewusstsein wider. Er versuchte zu sprechen, aber schon wich dem Schmerz völlige Dunkelheit. Er stolperte gegen das Auto, glitt aus, und der Kiesboden kam auf ihn zu.

»Ich wollte unbedingt das Haus sehen. Warum musstest du so drängen? Sie hätte uns hereingebeten.«

Emily ging ihm langsam auf die Nerven. »Sie hatte überhaupt nicht die Absicht«, sagte Sebastian.

»Wo fahren wir überhaupt hin, in deine Kanzlei?«

Diese Frau war unmöglich, hatte nur das Eine im Sinn. »Nein, meine Liebe, höchste Zeit, dass du dich für den Zirkel nützlich machst.«

Sie wechselte die Tonart. »Bitte keine manipulierten Speisen mehr. Es hat nicht funktioniert, bei mir nicht und bei Ida nicht, außerdem ist es zu riskant.«

»Vergiss deine Pflänzchen und Mixturen. Es gibt verlässlichere Methoden.«

»Bloß keine Zauberei, Sebby. Ohne mich!«

»Sally hat ihren Einstand schon geleistet. Jetzt bist du dran.« Er steuerte auf den zum Gemeindehaus gehörigen Parkplatz. Emily mochte ja ihre Verdienste haben, aber er konnte sich jetzt nicht mit ihren Skrupeln herumschlagen. Sie musste ihnen helfen, sie hatte keine andere Wahl. Sie steckte genauso tief drin wie er.

Als er neben dem Gebäude anhielt, erschien auch schon Sallys Gesicht am Wagenfenster. »Ich hab alles gemacht, wie du es gesagt hast. Hat wunderbar funktioniert. Aber alleine krieg ich ihn nicht hoch. Er ist schwer wie Blei.«

»Der wird bald überhaupt nicht mehr hochkommen. Niemals«, sagte Sebastian beim Aussteigen. Emily ignorierte er komplett. Er zog Marlowe an der Schulter und grinste, als sein Erzfeind aufstöhnte. »Die letzte Runde gewinne ich«, sagte er. Dann riss er ihm die lederne Augenklappe herunter; Christophers Kopf fiel ruckartig nach unten, als das Gummiband nachgab und das rosettenartige Narbengewebe an der Stelle, an der sich einmal das andere Auge befunden hatte, zum Vorschein kam.

»Du, d-du hast ihn umgebracht«, sagte Emily mit zitternder Stimme.

»Noch nicht ganz, meine Liebe. Aber bald. Wenn der Zeitpunkt am günstigsten ist.«

»Wie m-meinst du d-das?«

»Wir lassen ihn bis Montag warten. Damit er noch hübsch leidet, ehe er zur Hölle fährt.«

»Sebby.« Ihre Hand umklammerte seine Schulter wie eine Klaue. »Warum ausgerechnet Montag?«

Er machte sich nicht die Mühe, sie anzusehen. »Der dreißigste Mai. Sein Todestag. Dann ist er am schwächsten. Schon seit rund einer Woche verlassen ihn seine Kräfte zusehends, und Sallys gut platzierter Stich wird ihn noch mehr schwächen. Bis Montag kann er keinen Muskel mehr bewegen, wird aber alles mitbekommen. Auf die Morgendämmerung wird er sich wenig freuen, dafür ich umso mehr. Und während er in der Sonne brät, gehen seine Kräfte auf uns über. Gar nicht auszudenken, welche Möglichkeiten uns das eröffnet.«

»Das ist außerhalb unserer Statuten.« Emily hob in ihrer Panik die Stimme. »Füge niemandem Schaden zu. Das wurde mir beigebracht! Wir wirken nicht zerstörerisch. Wir setzen *unsere* Macht ein und keine fremde.«

»Doch, das werden wir tun. Mit seinen Kräften haben wir die Chance, alles zu kontrollieren, genau wie die alten Damen.« Sebastian wandte sich an Sally. »Mach die Heckklappe auf. Wir bringen ihn an eine nettes und ungestörtes Plätzchen.«

»Ich komme auf keinen Fall mit.«

Sebastian lachte über Emilys Versuch, sich herauszuhalten. »Nein, denn du wirst seinen Wagen nach Hause fahren.«

»Nein!«

»Stiehl mir nicht die Zeit.« Er durchsuchte Marlowes Taschen nach den Schlüsseln und warf sie Emily zu, die sie aber nicht erwischte. Er fauchte ungeduldig. Emilys Hand zitterte, als sie die Schlüssel vom Boden aufhob. »Stell das Auto seitlich neben dem Haus ab, so wie er es immer tut. Dann kannst du zu mir in die Kanzlei kommen.« Dieses Angebot würde sie sich natürlich nicht entgehen lassen.

»Sebby ...« Sie protestierte ein letztes Mal, quäkend zwischen ihren dünnen Lippen.

»Bau um Himmels willen bloß keinen Unfall und lass dich

nicht stoppen. Autodiebe sind bei Banken nicht gerne gesehen. Jetzt halt den Mund und hilf mit anpacken.«

Sie hievten Christopher kopfüber auf die Ladefläche des Landrovers. Als sein Gesicht aufschlug, entwand sich seinen blassen Lippen ein tiefer Seufzer. Dann warf Sebastian eine Decke über ihn. »Das Risiko, dass er gesehen wird, wäre zu groß.«

»Was ist mit möglichen Blutspuren?«, fragte Sally. »Heutzutage können sie alles zuordnen und zurückverfolgen.«

Er lachte über ihre Bedenken. »Eine DNA-Analyse in seinem Fall wäre wirklich zu interessant.«

Sie luden Marlowe in Sallys Putzlager ab. Zwischen all den Mops und Kanistern mit Bodenwachs konnte ihn niemand finden, und bis die Angestellten am Montagmorgen aufkreuzen würden, war er sicher längst in Rauch aufgegangen. Sebastian fragte sich, wie sein Ende tatsächlich vonstatten ginge. Zu schade, dass er nicht dabei sein konnte. Aber wichtig war vor allem, dass der Wiedergänger sein Ende finden und seine Stärke und Macht auf den Zirkel übergehen würde. Fehlte nur noch, dass sie sich das Geheimwissen der Schwestern Underwood aneigneten ... Aber ihm war nicht bange. Er hatte mehr Geduld als diese Dixie LePage. Sie würde vielleicht einen Sommer lang bleiben, aber wie sollte sie es in dieser vergammelten Scheune ohne Zentralheizung im Winter aushalten? Dixie LePage beim Kohleschleppen und Ofenschüren? Das sah er noch nicht.

Christopher spürte, dass es unter ihm auf dem Beton feucht wurde, und er kämpfte gegen die aufsteigende Panik an. Er konnte nicht schwitzen, woher also kam die Nässe auf seinem Körper. Floss etwa seine Lebenskraft aus? Der Schmerz in seiner Seite strahlte in furchtbaren, alles verschlingenden Wellen aus. Den Grund kannte er. Er hatte schon früher die Bekanntschaft von Messern gemacht, aber nicht einmal der Dolchstoß von Deptford hatte derart wehgetan. Sobald er auch nur einen Muskel anspannte, reagierte die Klinge und rührte an fast schon vergessene Nervenenden. War er in seinem ersten Leben jemals so schwach gewesen? Wer konnte sich schon so weit zurückerinnern?

Er schlief, döste, verlor das Bewusstsein. In welchem Stadium er sich gerade befand, wusste er nicht. Phasenweise schwand die Schwärze wieder, und Kälte, Feuchtigkeit und Schmerzen kehrten zurück. Wo war er? Unter der Erde? In einem Bleisarg? Unmöglich! Es fühlte sich nicht so wohlig an wie in einem Sarg. Mit größter Willensanstrengung lenkte er Kraft in seine rechte Hand und versuchte, die Klinge herauszuziehen. Das führte aber nur zu jagenden Schmerzen im rechten Bein und zu Nervenstichen die Schulter hinauf. Langsam dämmerte es ihm. Er lag im Sterben, nur dass er dieses Mal endgültig sterben und vor den Richterstuhl kommen würde.

Hinter ihm ging eine Türe auf. Außerhalb dieser Kältehölle schien offenbar die Sonne. Die Tür ging wieder zu. Ein sterbliches Wesen stand über ihm, schwer atmend und Hass verströmend. So roch nur einer – Caughleigh.

»Tut mir leid, wenn ich deinen Sonntagnachmittagsschlaf störe. Ich wollte kurz nachsehen, wie es so geht.« Er wurde von einer Hand an den Haaren gepackt und gezogen. Früher hätte Christopher diese Hand zermalmen oder Sebastian mit seinem Willen zum Schweigen bringen können. Nun wurde er von Sebastians zupackendem Griff hochgezogen, was ihm bis in die Hüften hinein wehtat. Er fühlte, wie sich sein Gesicht verzerrte, als ihm ein Lichtstrahl ins Auge fiel. »Geht's dir nicht gut, alter Junge? Koste es ruhig aus bis zum Letzten. Es kann nur schlimmer werden.«

»Warum, Caughleigh?« Diese zwei Worte erforderten mehr Kraft, als St. Paul's zu erklimmen.

»Warum?« Dahinter lauerte ein knarrendes Lachen. »Warum, soll ich dir das sagen? Vielleicht lasse ich es dich ja herausschwitzen. Aber natürlich bist du gar nicht in der Lage, zu schwitzen, hab ich recht? Du isst nicht, trinkst nicht, pisst nicht. Du verkneifst dir alles, was die armen Sterblichen so treiben. Hab ich recht?«

Das Licht schmerzte in seinem Auge. War das ein Zeichen seiner Schwäche oder kehrte etwa ein Rest seines früheren Menschseins in ihn zurück. Das Augenlid schloss sich, als Sebastian den Kopf schüttelte.

»Hör gut zu, Marlowe. Deine Uhr ist abgelaufen. Die Dämmerung morgen früh wird dir zum Verhängnis. Morgen früh schließt sich der Kreis.«

»Warum?« Er musste es wissen. Sie hatten einander nie gemocht, aber woher kam dieser Hass?

»Hartnäckiger Teufel, du. Ich bin gnädig und will dir die Antwort nicht vorenthalten. Ich hasse dich. Du bist eine Schande für das ganze Dorf. Der Vampir von Surrey. Du musst eliminiert werden, und ich bin der Mann, der das tun wird. Schließlich habe ich meine Hausaufgaben gemacht, habe ein paar Bücher aus der Bibliothek der Damen Underwood gelesen. Den Rest hab ich mir selbst zusammengereimt. Und warum hasse ich dich? Deine Gattung ist einzig und allein dazu da, sich mit der meinen zu bekriegen. Die alte Zauberkunst verträgt sich nicht mit deiner Macht. Du hast dich zwischen mich und die alten Damen gestellt. Deiner Einmischung haben wir es zu verdanken, dass sich diese LePage noch immer hier herumtreibt. Ich habe schon viel zu viel Zeit mit ihr vergeudet. Aber mit dem morgigen Sonnenaufgang dämmert dein Ende herauf. Gegen Mitternacht wird deine Macht auf mich übergegangen sein und dann …«

»Was dann?« Christopher rang nach Worten und Gedanken. »Auf dich oder den Zirkel? Du weißt nicht, womit du es zu tun hast.«

»Und du auch nicht!«

Er hatte recht. Was passierte mit der Macht eines toten Wiedergängers? Tom würde es vielleicht wissen, er hatte die alten Lehren studiert. Aber nun war es zu spät, ihn zu fragen. »Du bist ein Narr, Caughleigh.«

»Und du hast verloren. Du hast mich herausgefordert und den Kürzeren gezogen. Wenn du hinüber bist, habe ich deine Macht und das Wissen der alten Damen. Ich werde Herr dieses Zirkels sein und jedes anderen im Umkreis von Meilen.

Christopher hörte Knorpel knacken, als seine Nase auf dem Boden aufschlug. Er nahm Sebastians Drohung vollkommen ernst. Der Mann war durch und durch machtbesessen. Caughleigh dürfte niemals erfahren, welche Gefühle er für Dixie hegte. Der Herr alleine wusste, wie er sich an ihr rächen würde. Dixie! Er erinnerte sich daran, wie warm sich ihre Haut an seinen Lippen anfühlte, roch ihre Süße, sehnte sich nach ihrer Umarmung. Vor Sehnsucht zermarterte er sich schier das Gehirn. Er musste sie schützen vor der Verderbtheit und der Rache des Sebastian Caughleigh.

»Mach was aus deiner verzweifelten Lage! Lang geht's nicht mehr.«

Christopher hörte die Tür zuknallen. Dunkelheit umgab ihn, aber er war wenig erleichtert. Nicht einmal schlafen konnte er. Caughleigh hatte jedes Schlupfloch verriegelt.

Fast.

Christopher lächelte in seinem Schmerz. Vielleicht war ja sein Ende nahe, aber er hatte noch genügend Macht, um Dixie zu retten und sicherzustellen, dass Caughleigh seine dreckigen Pfoten von ihr ließ. Jeden letzten Rest von Kraft aufbietend, konzentrierte sich Christopher auf sie. Es herrschte Dunkelheit und Chaos, aber plötzlich, wie eine helle Schneise im Nebel, spürte er die Verbindung. Sie waren gedanklich miteinander verbunden. »Geh nach Hause«, befahl er. »Geh. Verlass diesen Ort. Geh weg von hier, dorthin, wo du hingehörst.«

Prompt kam eine Rückfrage, die er aber ignorierte. Konnte sie nicht einfach zuhören? Aber nein, seine Dixie wollte wissen, warum. Er blockte die Frage ab und entsandte einen letzten Mahnruf. »Nach Hause. Bitte!« Er presste ihr den Gedanken förmlich in den Kopf, mit aller ihm verbliebenen Kraft, aber er fühlte, wie ihr Wille sich wehrte. Dennoch konnte er sich durchsetzen. Die Anstrengung nahm ihm den letzten Rest von Bewusstsein. Sein Geist war völlig ausgelaugt und schaltete ab. Sein Körper erbebte und lag am Ende regungslos da.

Dixie warf einen Blick auf die Rabatte, die sie eben eine Stunde lang ausgejätet hatte. Zumindest konnte man jetzt den Verlauf zwischen Weg und Rabatte halbwegs erkennen; nur leider vermutete sie, dass nicht nur Gras und Unkraut in der Schubkarre gelandet waren. Es war ein traumhaft schöner Nachmittag, ideal für jede Art von Gartenarbeit.

Vor dem Tor hielt ein schwarzer Jaguar. Verdammt! Zu dumm, dass sie seine Einladung neulich angenommen hatte; dafür würde sie wochenlang büßen müssen. »Hi, Sebastian«, sagte sie, als sie aufstand. Auf Knien würde sie sich *nie* mit ihm unterhalten.

»Dixie.« Er kam ihr lächelnd entgegen. Und was für ein Lächeln das war. Wölfisch war der einzige passende Ausdruck. Kam ihr deshalb die Rolle des Rotkäppchens zu? Niemals! Sie erinnerte sich an das weitere Schicksal des Wolfs.

Sie wischte eine Hand an ihrer Jeans ab und warf einen Blick darauf. »Ich würde Ihnen ja gerne die Hand geben, aber ich glaube, Sie hätten was dagegen.«

»Wie ich sehe, haben Sie Ihr Hobby schon gefunden.«

Es klang so, als würde er sich über sie lustig machen. »Für mich ist es eher Schwerstarbeit.«

Er lächelte. Alligator passte vielleicht besser als Wolf. »Ich wollte Sie für morgen zum Dinner einladen. Es gibt was zu feiern. Könnte ich Sie um sieben abholen?«

»Tut mir leid. Morgen Abend hab ich schon was vor.«

Sein Blick verfinsterte sich. War er wütend oder enttäuscht? »Wie wär's dann mit Dienstag?«

»Kann ich nicht sicher sagen …« Das war eine Lüge, denn ihre Entscheidung stand so fest wie ihr Geburtstag im November. Er nickte beiläufig. »Dann bis später, Dixie.«

»Ja, wenn ich alt und grau und miesepetrig bin«, murmelte sie hinter seinem Rücken, als er zurücktrottete. Die Autotür schlug zu, aber sie sah sich nicht um, sondern bearbeitete mit ihrer Harke wild entschlossen ein kleines Fleckchen Gichtkraut. Der Nachmittag war für sie gelaufen.

»Geh nach Hause, Dixie«, flüsterte eine Stimme in ihrem Kopf. »Geh nach Hause!« Die Stimme hallte in ihren Ohren wider, und gleichzeitig befiel sie ein schwerer Anfall von Heimweh. Warum nicht? Nach Hause. Weg von hier. Die Vorstellung hatte einen gewissen Reiz, der aber schnell verblasste.

Den Teufel würde sie tun. Verschwinden. Pah! Sie hatte hier ein Stück Sicherheit gefunden, ein Dach über dem Kopf, Ländereien – nun ja, das war übertrieben – und genug Geld, um ihre Träume zu verwirklichen. Sebastian Caughleigh konnte ihr gestohlen bleiben. Sollte er sie weiter belästigen, würde sie … sie würde sich bei der Anwaltskammer über ihn beschweren, oder wie auch immer man in England dazu sagte. Zufrieden über ihre Entscheidung pflügte sich Dixie weiter durch das Geflecht ineinander verschlungener Wurzeln.

Jede Eule schlief in dieser Nacht mehr als Dixie. Kurz vor Mitternacht saß sie kerzengerade im Bett; halb im Traum hatte sie etwas geweckt. Eine Vorahnung geisterte durch ihren Schlaf. Sie wälzte sich unruhig im Bett herum und machte die Bombay-Kartoffeln, die sie im *Barley Mow* gegessen hatte, dafür verantwortlich. Kurz nach Sonnenaufgang war sie hellwach.

Dixie schlüpfte in die Pantoffeln und zog ihren Morgenmantel über. Ihre Haut schmerzte und juckte wie von Gifteefeu berührt. Was auch immer es war, sie fühlte sich unendlich mies. Sie brauchte frische Luft.

Sie schob das Fenster nach oben und lehnte sich hinaus. Da traf es sie wie ein Schlag: ein unergründlicher, nicht endender Schmerzensschrei. Sie raste nach unten, wäre fast über ihren Morgenmantel gestolpert. Der Schlüsselbund rasselte, zitternde Hände hantierten am Schloss herum. Endlose Sekunden später stieß sie die Tür auf und preschte los. Tau durchnässte ihre leichten Pantoffeln, aber weder Schnee, noch Eis, noch sturzbachartiger Regen hätten sie aufhalten können.

Ohne nachzudenken, folgte sie ihrem Herzen, das diesen Schrei um Hilfe instinktiv verstand. Sie hätte alles überrannt, was ihr den Weg versperrt hätte, aber nur Vögel und ein aufgescheuchtes Kaninchen wurden Zeugen ihres irren Wettlaufs über den ungemähten Rasen, durch Eibenhecken und den Obstgarten hindurch bis zu jener Ziegelmauer und dem Tor neben dem Gärtnerhaus. Diesen ummauerten Teil des Gartens hatte sie bisher bewusst gemieden; eines Tages wollte sie ihn von Gärtnern in Ordnung bringen lassen. Nun riss sie das Tor fast gewaltsam auf und stürmte hinein.

Sie hatte recht gehabt, zwischen diesen hohen Mauern Schlimmes zu vermuten, und es waren nicht nur die phallischen Gartenornamente, die sie nun sah. Sie rechnete mit einem zu Tode gemarterten Tier oder einem düsteren Teufelsritual. Zuerst traf sie der Geruch von verbranntem Fleisch, der ihr in der Kehle würgte und schreckliche Erinnerungen an den Autounfall ihrer Eltern wach rief. Das war schlimmer als in jedem Horrorfilm. Tief in ihrem Inneren schrie etwas auf. Ihre Stimme meldete sich lauter zu Wort als Schmerzen in der Morgendämmerung, mächtige Angstwogen, die aus ihrem Inneren aufstiegen und wie Sandpapier in der Kehle rieben und die Seele wie Säure versehrten.

Aber sie schrie gar nicht. Der Schrei aus ihrem Mund kam von der weißen Gestalt, die sich vor ihren Augen im Gras wand.

Sie rannte auf den Gestank zu und stürzte sich auf das Häuflein Elend. Das Wesen beruhigte sich, als sie mit ihrem Körper die Sonnenstrahlen abschirmte. »Christopher«, wimmerte sie, ohne in sein verzerrtes Gesicht zu blicken. Aus seinen geschwollenen Lippen kam ein würgender Schrei. Die Hitze seiner Haut brannte durch den Stoff ihres Morgenmantels hindurch, aber noch während sie keuchend auf dem Bündel brennenden Fleisches lag, fühlte sich sein Körper doch auch kühl an. Sie musste ihn fortschaffen. Aber wie? Die Sonne schien mit der ganzen Kraft eines Sonnenaufgangs im Juni. »Christopher, was soll ich nur tun?«

Aus seiner Kehle quollen abgerissene, gequälte Laute.

»Jetzt sag schon was, sag was«, wimmerte sie, aber dem bedeutungslosen Gurgeln aus seiner Brust entnahm sie lediglich, dass er im Sterben lag.

Es sei denn, sie unternahm etwas.

Sie griff über seinen auf dem Rücken liegenden Körper, zerrte an den Knoten, mit denen seine Arme festgezurrt waren, aber die verdammten Seile wollten nicht nachgeben. Sie waren an den vier Steinphalli festgebunden. Wenn sie sie aus dem Boden bekäme, könnte sie ihn befreien, aber die waren tief eingegraben oder gar einzementiert. Was nun? Ihre Gedanken rasten schneller als der Schall. Die Sonne verbrannte ihn. Sie musste ihn in den Schatten bringen, aber zuerst musste sie ihn befreien.

Das Gärtnerhaus!

Dort musste es Messer geben. Sie raffte sich hoch, aber sobald die Sonne seine Haut berührte, krümmte er sich vor Schmerzen. Dixie zog den Morgenmantel aus und deckte ihn damit zu. Aber der dünne Stoff reichte nicht aus. Da streifte sie auch noch ihre Pyjamajacke ab. Das war zwar noch immer nicht genug, aber mehr konnte sie im Moment nicht tun.

Sie rannte los, durch das Tor hindurch, ungeachtet der Zweige und Äste, die ihr die Haut zerkratzten. Als sie im Dämmerlicht herumtappte und eine Schubkarre beiseiteschob, schürfte sie sich das Knie auf. Schließlich ertasteten ihre Hände eine Gartenschere. Wenn man damit Rosen zuschneiden konnte, wäre ein Seil doch eine Kleinigkeit.

Sie musste es regelrecht zerhacken. Seile dieser Stärke sollte man an Bergsteiger verkaufen. Nun hatte sie seine Arme und Beine frei, aber es half doch nichts. Als sie versuchte, ihn aufzurichten, knickten seine Beine ein, sodass sie beide zu Boden stürzten. Seine Fußsohlen waren voller Blasen und wund. Er konnte keinen Schritt laufen, aber irgendwie musste sie ihn aus der Sonne schaffen. Selbst in diesen wenigen Minuten verbrannte seine Haut noch mehr, und er war doch ohnehin schon krebsrot.

Die Schubkarre!

Sie ließ ihn liegen, wie er hingefallen war, und nahm sich nur Zeit, um ihn wieder zuzudecken. Dann düste sie zurück und zog die alte Schubkarre ans Tageslicht. Sie sah wirklich sehr alt aus – als hätte sie schon zu Zeiten der Armada dazu gedient, Brennstoff für die Leuchtfeuer zu transportieren. Aber wen kümmerte das? Schließlich fand sie in all dem Staub und Dreck auch noch eine zusammengefaltete Wagenplane. Sie riss das Ding auseinander; es war durchgescheuert und voller Löcher, würde aber Christopher dennoch vor den schlimmsten Folgen der Sonne bewahren.

Ihn in den Schubkarren zu kriegen, erwies sich als größeres Problem. Er war schlichtweg zu schwer, aber schließlich kippte sie die Karre, um ihn seitlich hineingleiten zu lassen. Als sie das Ding wieder aufrichtete, plumpste er schräg hinein, Arme und Beine in alle Himmelsrichtungen gestreckt. Die Plane erfüllte ihren Zweck. Gerade so. Nachdem sie die überstehenden Ränder eingeschlagen hatte, damit sie sich nicht im Rad verfingen, legte sie sich mit aller Kraft ins Zeug und rannte, die Karre voraus, quer durch den Obstgarten wie von Furien gehetzt.

Ohne abzusetzen, schaffte sie es bis zum Kellerabgang an der schattigen Seite des Hauses. Als sie die schwere Falltür hochwuchtete, bemerkte sie ihre zerkratzten Arme und ihren nackten Oberkörper, vom Rest ganz zu schweigen. Zum Glück gab es hier hohe Mauern und dichte Hecken. Dennoch musste sie sich mit Christopher beeilen, um nicht noch dem Milchmann eine Gratisvorstellung zu geben. Ihren Bademantel zog sie trotzdem wieder über, aber der war mittlerweile so zerfetzt, dass es sich kaum noch lohnte. Besser sie nutzte die Zeit, um Christopher aus dem Tageslicht zu schaffen.

Ihn über die ausgetretenen Kellerstufen nach unten zu transportieren, schien eine größere Herausforderung, als ihn in die Schubkarre zu laden. Sie konnte ihn schwerlich wie einen Sack Kohle einfach hinunterplumpsen lassen. Also breitete sie die Plane auf dem Boden aus, ließ ihn hinaufgleiten, und zog die Plane über die Treppe nach unten. Sie spürte seinen Schmerz am eigenen Leib, als sein Kopf und die Glieder über die Stufen holperten. Wenn er nur wieder stöhnen oder schreien würde; dann wüsste sie wenigstens, dass er noch am Leben war. Am Leben? Sie biss sich auf die Lippen, um ein hysterisches Lachen zu unterdrücken.

Soeben hatte sie einem Vampir das Leben gerettet, und dabei hatte sie beim Aufstehen an diesem Morgen noch nicht einmal an seine Existenz geglaubt.

7

Der nackte Steinfußboden scheuerte ihr durch den zerschlissenen Bademantel hindurch die Knie auf, doch sie bemerkte es kaum. Mit zitternden Fingern versuchte sie, seinen Puls zu ertasten, bis sie losprustete. Natürlich hatte er, wie sie schon vermutete, keinen Puls, keinen Herzschlag und keinen Atem. Woran konnte sie sich sonst halten? Sie brauchte ein Zeichen, dass er nicht tot war. Aber er war tot. Mausetot. Kühler Schweiß ließ sie erschaudern. Nach einem Wettlauf quer durch den Garten war ein Aufenthalt in einem kalten Kellerloch eigentlich nicht ratsam. Für beide nicht.

Drei Gänge waren erforderlich, um genügend Kissen und Decken in den Keller zu schaffen. Dann versuchte sie, sich an die wenigen Details zu erinnern, die sie aus Draculafilmen über Vampire wusste. Wenn Christopher den Tag über schliefe, würde er sich dann am Abend wieder erholen? Würde er sich in eine Fledermaus verwandeln? Wenn sie doch nur eine Ahnung von diesen Dingen hätte! Leider hatte ihr Erste-Hilfe-Kurs vom Roten Kreuz Vampire ausgespart.

Sie konnte zwar keinen Sarg auftreiben, aber ein ganzer Kokon aus Decken sollte kein Problem sein. Dazu rollte sie ihn, wie schon zuvor, zur Seite und schob einen dicken Stapel Decken unter ihn. Sein Kopf kam auf einem Kissen zur Ruhe. Dann strich sie ihm das dunkle Haar aus der Stirn. Dabei kam der Knoten wilden Fleisches zum Vorschein kam, der einmal ein Auge gewesen war, und sie erschauderte. Welcher Arzt hinterließ heutzutage eine derartige Narbe? Wenn britische Mediziner so arbeiteten, würde sie im Fall des Falles schleunigst das nächste Flugzeug besteigen.

Sein Auge war möglicherweise entstellt, aber sonst fehlte

ihm nichts. Seine prallen Arm- und Brustmuskeln unter der sonnenverbrannten Haut waren vollkommen intakt. Ihre Fingerspitzen fuhren durch den wuscheligen Pelz dunkler Haare auf seiner Brust und wanderten dann hinunter zum Bauchnabel. Dort machten sie halt, nicht jedoch ihre Augen. Benahm sich so eine Südstaatenlady? Aber welche Südstaatenlady fand schon vor dem Frühstück einen Vampir in ihrem Garten? Und Christopher war nun wirklich eine Augenweide.

Ein flacher Bauch ging über in kräftige Schenkel und wohlgeformte Beine, und dazwischen lag, in dunkle Behaarung eingebettet, alles, was ein Mann brauchte. Ihre Hand strich über seine Schenkel; der Atem stockte ihr, als sie feststellte, dass sich dort etwas regte. Er mochte ja unbeweglich daliegen wie ein steinerner Kreuzzugsritter in einer Kirche, aber tot war er nicht. Noch nicht.

»Hat dir deine Mutter nicht gesagt, dass man andere Leute nicht anstarrt?«

Sie schluckte, das Blut schoss ihr ins Gesicht, als sie sich ruckartig herumdrehte und ihre Blicke sich trafen. »Da«, sagte sie, »ich hab dir Decken gebracht.« Sie hüllte ihn ein und schlug in ihrer Verlegenheit die überstehenden Teile unter. Dabei wich sie seinen Blicken aus, vor allem jedoch vermied sie jene Stelle unterhalb seiner Hüfte, die wie ein Steilwandzelt in die Höhe ragte.

Er sagte kein Wort. In der Stille hörte sie Schritte auf dem Gartenweg und das Klappern von Milchflaschen. Sie hoffte inständig, dass die Falltüre nicht offen stand.

Christopher versuchte sich auf einen Ellbogen abzustützen, fiel aber wieder auf das Kissen zurück. »Du brauchst nicht verlegen zu sein, Dixie. Ich verdanke dir so viel.«

Diese Sache wollte sie jetzt nicht besprechen. »Wirst du wieder gesund werden?«

»Möglicherweise.« Er hielt erschöpft inne. »Ich muss mich ausruhen. Bis zum Einbruch der Dunkelheit. Dann muss ich

Blut saugen.« Das Sprechen schien ihn schwer anzustrengen. »Sie dürfen mich nicht finden, Dixie. Erst muss ich wieder zu Kräften kommen.«

»Hier bist du absolut sicher, aber ich glaube, du bist mir eine Erklärung schuldig. Heute Abend.«

Sein Auge fiel zu. Er sah schrecklich aus. Der Steinboden hatte eine gesündere Farbe.

Sie zitterte, ob vor Kälte oder Anspannung wusste sie nicht. Sie packte ihn vollends in Decken, verdunkelte die schmalen Fenster mit Handtüchern und überließ ihn seinem Schicksal.

Ein heißes Bad brachte keinerlei Entspannung. Ihre Gedanken überschlugen sich. Sie zwickte sich. Nein, sie träumte nicht. Rote, vom Kellerboden aufgescheuerte Knie und ein abgebrochener Zehennagel, ganz zu schweigen von den Kratzern überall auf ihrem Körper, waren der Beweis dafür, dass dies alles, das ihr wie ein Alptraum vorkam, kein Traum war. Sie beherbergte einen sterbenden Vampir in ihrem Haus. War das möglich? War er nicht vielleicht schon tot? Oder untot? Konnte er überhaupt sterben? Er hatte davon gebrabbelt, nach einer Ruhepause wieder zu gesunden. Hoffentlich stimmte das.

Jemand hatte versucht, ihn zu ermorden. Würden sie nach ihm suchen? Was, wenn sie zurückkamen, um über seinen verkohlten Resten zu triumphieren, und nichts fanden?

Sie stieg aus der Wanne, auf die Badematte tropfte Wasser. Es war besser, sämtliche Spuren zu beseitigen, ehe »sie« zurückkamen.

Mit einem Rechen glättete sie die Schubkarrenspuren im Rasen. Sie könnte das Gartentor schließen und hoffen, der Efeu sähe nicht allzu zerzaust aus, aber was machte sie mit den Seilresten, die an diesen scheußlichen Steinerektionen baumelten? Sie erschauderte und grinste angesichts ihrer unbewussten Wortwahl. Bei genauerem Hinsehen stellte sie fest, dass das Gras dort, wo Christophers Schultern und Hüften aufgelegen hatten, brüchig und gelb war. Die Halme zerbröselten in ihren Fingern. Die Hitze seines Körpers hatte sie zu Heu werden lassen. Wäre er vollständig verbrannt, wenn sie ihn nicht gefunden hätte? Wenn sie das doch nur wüsste! Der Vampirmythos jedenfalls erzählte davon.

Sie hatte einen Rechen parat und den Schlauch angeschlossen, falls das Feuer außer Kontrolle geriete. Nun setzte sie alle Hoffnung auf die langen Streichhölzer aus der Küche und das Benzin, das sie für den Rasenmäher gekauft hatte. Sie goss Benzinspuren auf den vier Gliedmaßen aus, einen Spritzer für den Kopf und ein windschiefes Rechteck für den Rumpf. Ein kleines Meisterwerk. Es glich eher einem Strichmännchen von der Hand eines zündelnden Kleinkinds denn den männlichen Körperformen Christophers, würde aber seinen Zweck erfüllen. Hoffte sie zumindest. Nun brauchte sie nur noch ein brennendes Streichholz an die Überreste des Seils zu halten, und schon im nächsten Moment sah sie fasziniert zu, wie alles in Flammen aufging und zu Asche verbrannte.

Bis zum Sonnenuntergang wäre er sicher aufgehoben. Was dann? Und wie würden die Verantwortlichen für den Mordversuch reagieren? Wer auch immer es war.

Sie brauchte ein zweites Bad und ein gutes Shampoo, um allen Schmutz und den Qualmgeruch abzuwaschen. Als sie sich zu einer Tasse Kaffee und dem Chaos in ihrem Kopf hinsetzte, war es fast Mittag. Was, wenn Christopher trotz aller ihrer Anstrengungen sterben würde? Was, wenn nicht? Was sollte sie bloß mit einem Vampir anstellen? Er hatte etwas von »saugen« gebrabbelt. *Darüber* wollte sie nicht genauer nachdenken. *Sie* stand für einen Snack nicht zur Verfügung, aber andererseits konnte sie auch nicht tatenlos zusehen, wie er starb. Er brauchte Nahrung. Das war sonnenklar. Da sie keine Ahnung davon hatte, wie man einen Vampir wieder zum Leben erweckt, konnte sie fürs Erste nur raten. Zeit, sich

Sorgen zu machen, blieb später noch genug. Nun war es höchste Zeit, für sein Abendessen einzukaufen.

Der Blutgestank ließ ihr fast den Magen hochkommen. Rohe Leber glitt durch ihre Finger und klatschte feucht und weich aus der Plastikfolie. Sie wusste genau, warum sie kein Fleisch mochte. Widerlich war gar kein Ausdruck – aber widerlich oder nicht, sie hatte den ganzen Nachmittag damit zugebracht, diverse Großpackungen mit Hühnerleber aus dem Laden in Leatherhead aufzutauen. Sie setzte ihre ganze Hoffnung darauf.

Die eklige Masse drehte sie anschließend durch ein antikes Passiersieb. Sechs Großpackungen ergaben eineinhalb Pintgläser voll Blut. Zugeben, die Gläser hierzulande waren größer als zu Hause, trotzdem hatte sie Zweifel, ob ein Mann damit zum Abendessen genug hatte. Aber Christopher war kein Mann. Grrr. Das ständige Nachdenken darüber bereitete ihr Kopfschmerzen.

Sie stellte den Krug mit Blut und die Leberreste in die Speisekammer und brachte die Küche wieder auf Hochglanz. Während sie sich die Hände dick eincremte, sah sie auf die Uhr. Später Nachmittag erst, noch Stunden bis zur Dämmerung. Warum wartete sie eigentlich? Hatte Christopher an jenem Sonntag nicht tagsüber bei ihr vorbeigeschaut? Vielleicht war ja das ganze Tamtam um Abend- und Morgendämmerung ein Fantasieprodukt der Hollywood-Filmindustrie. Vielleicht war der ganze Tag ein Produkt *ihrer* Fantasie.

Ein Blick auf den reglosen Körper in ihrem Keller belehrte sie, dass dem nicht so war.

»Hab ich dir nicht verboten, aus dem Büro anzurufen?« Am liebsten hätte Sebastian den Hörer aufgeknallt. Er würde kurz mit Emily sprechen und sie dann ein paar Tage lang auf die Folter spannen. Eine Woche erzwungene Enthaltsamkeit würde sie schon zur Räson bringen.

»Es ist dringend, Sebby. Sonst hätte ich niemals angerufen. Ich bin auch in der Arbeit.«

»Es ist doch wohl nichts Schlimmes?«

»Es ist furchtbar! Du weißt, dass ich stichprobenartig die Kassenbücher überprüfe.«

Er scherte sich den Teufel darum. »Mach schon.«

»Ich bin geschockt. Es ist noch keine fünf Minuten her. Ich traute meinen Augen nicht. Ich musste zweimal hinsehen, um sicher zu sein, aber jedes Missverständnis ist ausgeschlossen. Über den Namen Dixie stolpert man nicht jeden Tag.«

Hier wurde er hellhörig. »Was zum Teufel faselst du da, Emily?«

Sie zog hörbar den Atem ein. »Von wegen faseln. Anfangs war ich nur erstaunt. Dann war mir klar, was das für uns bedeutet. Ich musste mich erst einmal hinsetzen, so hab ich gezittert.«

Ihr würden die Knie richtig schlottern, wenn sie jetzt bei ihm wäre. »Komm auf den Punkt, Emily. Ich hab einen Termin. Wenn es wichtig ist, schieß los, wenn nicht, dann schleich dich zurück zu deinem Nescafé.«

Sie schniefte. Am Telefon hörte sich das an, als würde eine Seekuh tuten. »Oh, Sebby, hör schon zu. Du musst. Es ist schrecklich.«

Nun war er an der Reihe, durchzuatmen. »Was ist denn, verdammt noch mal, so schrecklich?«

»Ich hab's dir doch gesagt! Dixies Konto. Ein immenser Zahlungseingang.«

»Was verstehst du unter immens?« Emily sagte es ihm. »Was? Bist du dir sicher, das Geld kommt von ihr?«

»Ja, Samstagnachmittag. Am Bankautomaten.«

Woher bekam Dixie LePage zusätzliches Geld? Vom Verkauf von Möbeln? Nicht diese Summe. Sie musste den Schatz der alten Damen entdeckt und jemanden erpresst haben. Aber wen? »Cash?«, fragte er.

»Nein. Genau das versuch ich dir ja zu erklären.« Emily

keuchte. Er konnte sich die Schweißperlen auf ihrer Oberlippe vorstellen. »Sie hat einen Scheck eingereicht. Ich bin noch immer fassungslos.«

»Und von wem kommt dieser Scheißscheck?«

Sie zuckte hörbar zusammen, rückte aber nun endlich mit der Sprache heraus. »Mr Marlowe. Christopher Marlowe.« Ihm lief kalter Schweiß den Rücken herunter, und die Angst ließ das Blut in seinen Adern gefrieren. Wenn Marlowe ihr schon so viel zahlte, wäre bei ihm sicher eine sechsstellige Summe fällig.

»Was sollen wir bloß machen?«

»Ich werde darüber nachdenken, Emily, und ich schlage vor, du beruhigst dich jetzt und tust dasselbe!« Sebastian knallte den Hörer auf die Gabel. Am liebsten hätte er laut losgebrüllt und die Möbel kurz und klein geschlagen, besann sich aber eines Besseren und sparte sich die Kraft. Um zu überleben, war schnelles Handeln erforderlich. Die Ironie, dass sie Marlowe kurz vor seinem Ende noch so viel Geld abgepresst hatte, gefiel ihm. Wenn James nur diese blöden Unterlagen gefunden hätte. Die alten Damen hatten sich für ihr Stillschweigen mit der Führungsposition im Zirkel abgefunden, aber diese Dixie war eine geldgierige kleine Schlampe.

Sie hatte ihn an der Nase herumgeführt, und das obwohl sie die Unterlagen ihrer alten Tanten gekannt und geplant hatte, sie auch einzusetzen. Von wegen, sie hatte ihre Tanten nie gekannt. Das war eine Lüge. War sie in die Familiengeschäfte eingeweiht? Die Frage war akademisch. Um Dixie würde man sich unverzüglich kümmern müssen. Professionell. Dixie aus dem Weg zu räumen, wäre zwar nicht so befriedigend wie der Fall Marlowe, aber es würde sich trotzdem bezahlt machen, wenn nicht in puncto Macht, so doch finanziell.

Endlich brach die Dämmerung herein. Nur der Todestag von Gran hatte sich so in die Länge gezogen. Dixie schnappte sich den frisch erworbenen Trainingsanzug und die Pantoffeln – nackt wollte sie ihn die Nacht über nicht im Haus haben – und stieg in den Keller zu ihrem seltsamen Gast.

Christopher saß aufrecht da, sein Oberkörper im Finstern bleich wie Elfenbein. Aber immerhin lächelte er, woraufhin ihre ach so festen Vorsätze schneller erloschen wie ein Streichholz im Wind. »Wo bin ich?«, fragte er mit müder Stimme.

»In meinem Keller. Ich hab dich hinter meinem Haus gefunden.«

Seine Brust hob und senkte sich in einem stillen Lachen. »Muss ja ein schöner Anblick gewesen sein.«

»Ehrlich gesagt, du hast auch nicht besonders gut gerochen.«

»Erzähl mir, was passiert ist.«

»Das wollte ich eigentlich dich fragen.« Sie legte ihm die Plastiktüte mit den Sachen in den Schoß. »Ich hab dir was zum Anziehen gekauft. Vielleicht nicht ganz dein Stil, aber da ich deine Größe nicht wusste, das Beste, was ich auftreiben konnte. So kannst du jedenfalls nicht herumsitzen.«

»Nein?«

Seinen anzüglich-belustigten Ton ignorierte sie einfach. »Auf keinen Fall«, antwortete sie streng. »Ich bestehe stets darauf, dass sich die Kerle anziehen, nachdem ich ihnen das Leben gerettet habe.«

Eine zittrige weiße Hand legte sich über die Tüte. »Ich bin dir ewig dankbar, Dixie.«

»Dann zieh dich an und komm nach oben. Ich hab was zum Essen für dich.« Worauf sie sich umdrehte, um in die Küche zu gehen.

Aber noch ehe sie drei Schritte gemacht hatte, hörte sie ein Stöhnen und einen dumpfen Schlag. Christopher lag auf seinem Gesicht, ein Knie angezogen unter ihm.

»Christopher!« Der schrille Schrei hallte in ihren Ohren wider. Er lag, ein zitterndes Bündel Elend, zusammengekauert da und wimmerte. Obschon nicht mehr ganz so rot verbrannt, war er anscheinend immer noch zu schwach. Sie legte ihm ein Kissen unter den Kopf, damit er nicht mit dem Gesicht auf dem blanken Steinfußboden lag, und griff nach den Decken. Dann erst sah sie die Wunde.

»Was ist passiert?«

Es sah schrecklich aus. Als der ganze Körper noch feuerrot war, musste sie sie übersehen haben – eine Stichwunde, vielleicht vier Zentimeter breit, darum herum blau angeschwollenes Fleisch. Obendrein nässte die Stelle wie infiziert. »Du musst dringend ins Krankenhaus.«

»Nein. Die können mir dort nicht helfen.«

Vielleicht nicht, aber einfache Erste-Hilfe-Maßnahmen würden nicht ausreichen. »Du brauchst Hilfe, Christopher. Du bist total geschwächt.«

»Ich weiß.« Er hob den Kopf und drehte sich halb auf eine Schulter, um ihr zuzulächeln. Sein Lächeln war nach wie vor unwiderstehlich. Aber jetzt brauchte er etwas auf den Leib.

»Kannst du dich denn anziehen?«

»Ich befürchte nein, ich kann mich ja nicht auf den Beinen halten.«

»Du kannst aber doch nicht den Rest deinen Lebens nackt in meinem Keller zubringen.«

»Zu schade. Die Vorstellung hat was ...« Während er sprach, versuchte er sich mit schmerzverzerrtem Gesicht aufzusetzen.

»Du willst noch immer keinen Arzt?«

»Liebste Dixie, weißt du es denn noch immer nicht? Ärzte sind sterblich und können mir nicht helfen. Ich bin ein Wiedergänger, ein Vampir. Eine jener mythischen Kreaturen, an die du nicht glaubst.«

Das saß. »Darauf bin ich selbst schon gekommen. Jetzt erzähl du mir, was passiert ist.«

Er verzog das Gesicht. »Ein paar Leute von hier sind scheinbar nicht gut auf mich zu sprechen.« Er stützte sich auf einen Arm, sackte aber wieder auf das Kissen zurück. Am Ende würde er noch sterben, während sie sich unterhielten.

»Christopher«, sagte sie und strich das dunkle Haar aus seinem Gesicht, »du musst mich jemanden rufen lassen.« Er war nun nicht mehr blass, sondern aschfahl, und seine Haut saß so lose wie bei einem Stück Geflügel.

»Es geht zu Ende mit mir, Dixie.« Eine hagere, schrumplige Hand griff neben ihrem Bein ins Leere. »Hilf mir.« Es klang wie ein erbärmliches Quäken.

»Aber wie?«

Darauf drehte er sich um und schob die Decken beiseite. Zu einem anderen Zeitpunkt hätte sie sein knackiges Hinterteil bewundert. Aber im Moment war ihr nicht danach zumute.

»Die Wunde. Sie schwärt schon seit Samstag vor sich hin. Es steckt eine Klinge drin. Hol sie raus. Ich bitte dich.«

»Da ist nichts. Nur eine abscheuliche Schnittwunde. Du musst genäht werden.«

Abscheulich war gar kein Ausdruck. Es sah aus wie rohes Fleisch.

»Sieh genau hin. Sie ist überdeckt, aber sie steckt trotzdem drin. Das spüre ich genau. Ich habe den Griff des Messers abgebrochen, und die Klinge ist stecken geblieben.«

Seine Haut brannte unter ihren Händen. Die Wunde war eindeutig infiziert. Warum mussten Männer immer nur so stur sein? Vielleicht hatte er ja recht, was den Arzt betraf, aber was konnte *sie* für ihn tun? »Ich sehe nichts, nur eine ganz schlimme Wunde.«

»Sieh genauer hin. Du musst den Schnitt aufdehnen.«

Das geschwollene Fleisch fühlte sich ebenso weich an wie die eklige Leber, die sie gerade erst verarbeitet hatte, aber wenigstens blutete es nicht. War das nicht seltsam? Ein derartiger Schnitt hätte doch bluten müssen. Sie biss sich auf die Lippen und versuchte mit gespreizten Fingern die Wunde zu öffnen. Tief in geschwollenem Fleisch vergraben steckte etwas, das aussah ein riesiger Splitter. »Ich muss eine Pinzette holen. Warte einen Augenblick.«

»Das ist eine zwanzig Zentimeter lange Klinge, Dixie, und kein Dorn von einem deiner Rosenstöcke. Eine Pinzette hilft da nicht weiter.«

»Was soll ich denn dann nehmen?« Sie wollte nicht pampig werden, verzieh sich aber selbst. Immerhin waren die letzten zwölf Stunden mehr als stressig gewesen.

»Eine Zange«, keuchte er. Nun spürte sie die obere Kante des vermeintlichen Splitters. Holz war das keins. Sollte er etwa recht haben?

Der Werkzeugkasten auf der staubigen Werkbank war museumsreif, aber egal – auch Reliefgriffe und Messingverzierungen hätte sie in dieser Situation in Kauf genommen. Sie fand zwei passende, wenn auch altertümliche Teile. Zuerst würde sie es mit der Spitzzange versuchen. »Ich hab schon eine Zange gefunden«, rief sie. »Ich muss nur kurz nach oben, um sie zu sterilisieren.«

»Unsinn!«

Das schlug doch dem Fass den Boden aus! Sie bereitete sich auf eine Ad-hoc-Operation in ihrem Keller vor und er sprach von Unsinn. »Sie ist schmutzig, Christopher, versteh doch.«

»Sepsis ist jetzt nicht das Thema.«

»Aber vielleicht später. Es dauert nur ein paar Minuten.«

Nun sah er sie auch noch schräg an. »Ich bin immun gegen Blutvergiftung, aber nicht gegen diese Klinge. Wenn du sie nicht entfernst, erlösche ich, und das Problem ist gelöst.«

Nein, nicht so lange sie am Leben war! Auf dem kalten Steinfußboden kniend, inspizierte sie abermals die Wunde. Sie wirkte noch röter und größer als zuvor. Sie musste beide Hände anlegen, um das Fleisch aufzudehnen. Starke Zweifel befielen sie. War sie wirklich in der Lage dazu? Heftpflaster und Nasenbluten waren die eine Sache, aber das … Wenn sie es nicht tat, würde er – wie hatte er gesagt? Erlöschen. »Ich habe Angst, dir wehzutun.«

Er drehte sich halb auf einer Schulter herum, sein Auge fahl im Dämmerlicht leuchtend. »Dixie, Liebes. Zieh das Ding raus. Bitte!«

Sie zog das angeschwollene Fleisch über der Wunde auseinander. Als sie den Druck verstärkte, bewegte sich die Abrisskante der Klinge. Nun packte sie mit der Zange fest zu und begann zu ziehen. Aber die Zange rutschte ab, und als die Spitze das weiche, geschwollene Fleisch anriss, zuckte er zusammen.

»Tut mir leid. Vielleicht ist die große besser.«

»Und du hast geglaubt, eine Pinzette würde reichen.«

»Hör endlich auf, herumzumeckern! Ich wollte dich ja gleich ins Krankenhaus bringen, aber du hast ja auf Amateurarbeit bestanden.« Die Zange grub sich tief in das Fleisch zu beiden Seiten der Wunde, hielt aber und rutschte nicht ab, als sie zog. Die Klinge bewegte sich. Ein Stück weit. »Sie sitzt zu fest. Ich hole doch einen Arzt.« In ihrer Stimme klang Panik.

»Dixie, es geht schon.« Er klang wie jemand, der ein ängstliches Kind beruhigt. »Du schaffst es. Zieh mit aller Kraft. Denk daran, wie du den Tisch umgekippt und James ein Abendessen beschert hast, das er nicht so schnell vergessen wird. Da hattest du Kraft genug.«

»Woher weißt du denn das schon wieder?«

»Die Dorftrommeln.« Sein Grinsen verwandelte sich in eine schmerzverzerrte Grimasse.

»Leg dich wieder hin. Wenn du mich so anschaust, kann ich gar nichts machen.« Sie setzte die Zange erneut an, umfasste mit beiden Händen die geriffelten Griffe und zog mit aller Kraft, aus den Schultern heraus. »Ich glaube, sie bewegt sich.« Hatte sie es sich nur vorgestellt?

»Zwei Zentimeter. Bleiben noch achtzehn.«

»Weißt du das so genau?«

»Ja. Zieh noch einmal.« Sie biss sich auf die Zähne und zog, bis sie aufschrie. Die Klinge bewegte sich, aber sie unterbrach abermals, als sie ein schabendes Geräusch hörte, vergleichbar jenem von Stein auf Metall. »Warum unterbrichst du? Sie hat sich bewegt.«

»Ich bin auf etwas getroffen. Vielleicht ein lebenswichtiges Organ.«

»Ich habe nur ein lebenswichtiges Organ, und auf dem liege ich.« Solche Späße konnte nur ein Mann machen. Sie fasste abermals zu und zog, bis sie Schweißperlen auf der Stirn hatte, aber die Klinge gab ein weiteres Stück nach. Dann steckte sie wieder fest. »Sie klemmt zwischen meinen Rippen. Du musst kräftig ziehen.«

»Das tu ich doch die ganze Zeit.« Unter ihren Armen und zwischen ihren Brüsten lief der Schweiß in Strömen. Das war wirklich Schwerstarbeit.

»Lass mich nicht im Stich. Das Ding brennt wie Feuer in meinem Fleisch. Dixie ... bitte ...«

Sein verzweifeltes Flüstern zerriss ihr das Herz. Sie hockte da und sorgte sich wegen der Schwielen an ihren Händen, während er eine Messerklinge zwischen seinen Rippen stecken hatte. Also griff sie wieder zu der von ihren Händen mittlerweile heißen Zange. Ein Knie gegen seinen Körper gestemmt, zog wie wieder an. Die Sehnen in ihrem Nacken spannten sich an und drückten gegen ihre Haut. Ihre Schultern zitterten. Sie spürte Blut, als sie sich auf die Lippen biss, aber die Klinge gab nach. Das schabende Geräusch und seine Schmerzen missachtend, hievte sie sie aus seinen Rippen. Hoffentlich hatte er wirklich, wie er sagte, keine inneren Verletzungen.

Gerade als die Spitze langsam sichtbar wurde, steckte die Klinge abermals fest, als wollte sie partout nicht nachgeben. Sie fluchte, zuerst in sich hinein, dann lauthals heraus, als sie sich mit Knie und Schultern für das letzte Stück anstemmte. Einen schrecklichen Moment lang fürchtete sie, die Klinge säße genau zwischen zwei Rippen fest, dann gab sich das Ding geschlagen. Sie selbst fiel, mit gespreizten Beinen, nach hinten und rief triumphierend: »Geschafft!« Klinge und Zange fielen scheppernd zu Boden.

Christopher sprang auf die Beine, noch etwas wackelig, aber seine Kräfte kehrten zusehends zurück, und sein Zweihundert-Karat-Lächeln war unverändert. Sie starrte zu ihm hoch, weigerte sich aber, mit ihrem Blick auch nur einen Zentimeter tiefer zu gehen. Zum Teufel mit ihm! Da stand er nun, in paradiesischer Nacktheit, und grinste auf sie herunter. Sie griff nach seiner ausgestreckten Hand und raffte sich hoch, begutachtete seinen Körper bis auf die markanteste Stelle.

»Geht's wieder?«, fragte sie und sah zu seinem Auge hoch, das erstrahlte, als sich ihre Blicke trafen. Er lächelte. Sie spürte, wie ihr der Schweiß zwischen den Brüsten hervortrat, als sie das Verlangen in seinen Augen las, die Begierde auf seiner Haut roch und seine Gedanken dechiffrierte.

»Du hast Blut auf den Lippen.«

Sie überkam das blanke Entsetzen. Sie hatte ihn nicht gerettet, um sich aussaugen zu lassen! Sie machte zwei Schritte zurück. Er bewegte sich keinen Zentimeter. Konnte er? Wollte er? »Du kannst hier nicht nackt herumstehen! Zieh dich an!«

Sie zeigte auf die Plastiktüte auf dem Boden; ihre Brust hob und senkte sich so heftig, wie sie diese Worte ausgespuckt hatte.

»Dein Blut …« Sein Auge erstrahlte beim Anblick ihrer Lippe und verblasste. Ihr Herz raste. Sicher hörte auch er, wie es pochte.

»Ich habe für genügend Blut gesorgt. Oben!« Darauf drehte sie sich um und rannte so schnell sie konnte die Treppe hinauf.

Oben fiel die Tür zu, aber die im Raum stehende Angst hielt sich hartnäckig. Er hatte sich verhalten wie die Kreatur, für die sie ihn hielt. Sie hatte ihm das Leben gerettet. Der Himmel wusste wie. Er hatte kaum den Kopf heben können, als Caughleigh und seine Helfershelfer gegen Mitternacht aufkreuzten. Der Morgendämmerung sah er durch einen Nebel von Schmerzen entgegen, und als dann die Sonne aufging … Ihm graute, wenn er nur daran dachte.

Sie hatte ihn hier bis zum Abend sicher versteckt, hatte ihn von der verhexten Klinge erlöst und zum Dank dafür hatte er sie mit seiner Blutgier zu Tode erschreckt. Er sah an seinem erstarkenden Körper nach unten. Abel! Kein Wunder, dass sie die Flucht ergriffen hatte. Wahrscheinlich fürchtete sie, er würde sie auf der Stelle vergewaltigen. Er schuldete ihr ein Dutzend Erklärungen und hatte höchstens ein paar zur Hand. Aber jetzt sollte er sich besser mal anziehen. Die blaue Plastiktüte lag unberührt auf dem Boden.

Sie hatte recht, sein Stil war es nicht, aber es verdeckte die Blöße. Er zog den schwarzen Trainingsanzug heraus und förderte weiterhin Unterwäsche, Socken und ein Paar weiche Baumwollpantoffeln zutage. Sie war wirklich ein Schatz! Selbst für Zahnbürste samt Zahnpasta, Kamm und Wegwerfrasierer sowie Rasierschaum und Deo in speziellen Reisedosen hatte sie gesorgt. Wirklich gebrauchen konnte er nur den Kamm. Sie musste noch viel lernen über Vampire, und je länger sie im Ungewissen blieb, umso besser für alle.

»Dixie?«, rief er und klopfte an. Er wollte sie nicht wieder erschrecken.

»Hallo.« Sie sah auf und lächelte. Ihre Schultern entspannten sich, als sie auf ihn zukam. Hatte sie etwa erwartet, er würde nackt hereinplatzen? Vielleicht.

»Danke noch mal.«

Sie lächelte verlegen. »Es gibt Blut.« Sie zeigte mit dem Kopf auf den Glaskrug auf der Mitte des Küchentischs.

Ihm winkte ein wahres Festmahl, allein der schwere Duft berauschte ihn. Instinktiv umklammerte er den Krug mit beiden Händen und trank ihn in einem Zug aus. Er genoss den süßen Geschmack auf seiner Zunge, als die Kraftnahrung durch seine Kehle floss und ihn von innen her wärmte. Neue Kraft strömte in seine Extremitäten. Er leerte den Krug bis auf den letzten Tropfen, und sein Auge blickte über den Glasrand hinweg auf Dixie. »'tschuldigung. Wir sind keine besonders elegante Spezies, was die Ernährung anbelangt.«

Sie nickte, ihr Gesicht deutlich blasser als noch zuvor. »Serviette gefällig?«, sagte sie und hielt ihm ein Stück Küchenkrepp hin. Er würde es zweifellos brauchen.

Als er sich hinsetzte und sich den Mund abwischte, durchfuhr ihn ein entsetzlicher Gedanke. »War das dein Blut?« Er hatte mehr als ein Pint genossen. Wie war es möglich …?

»Huhn.«

»Kein Federvieh hat so eine Menge.«

»Das nicht, aber in dem Krug steckten zehn Kilo Hühnerleber. Ich habe ja schon einiges erlebt, seit ich hier bin, aber der heutige Tag war definitiv der Höhepunkt.«

»Für mich war es auch nicht gerade ein Durchschnittstag.«

Ihr Lachen hellte die Spannung etwas auf; ihn erinnerte es an die übermenschliche Kluft, die zwischen ihnen beiden lag. »Du siehst schon viel besser aus und nimmst auch wieder Farbe an. Du warst kreidebleich …« Sie unterbrach und biss sich auf die Lippe. Mitgefühl umflorte ihre Augen.

»Ich war so weiß, weil ich dringend Nahrung brauchte. Der Hunger in Verbindung mit den Qualen hätte mir fast den Garaus bereitet.« Er streckte die Hand über dem Tisch aus und zwang Dixie per Willenskraft, stillzuhalten. Er umschloss ihre warmen Finger mit seinen kalten Händen. »Ich verdanke dir meine Existenz, Dixie. Du kannst von mir verlangen, was du willst.« Was hätte er ihr sonst noch anbieten können? Als wäre es noch nicht genug gewesen, ihn zu retten, hatte sie auch noch den ganzen Nachmittag damit zugebracht, Hühnerlebern aufzutauen, um Blut für ihn zu gewinnen – und das, obwohl sie nicht einmal ein Schinkensandwich essen konnte.

»Für den Anfang könntest du ein paar Fragen beantworten.«

Und am Ende würde er sie in Gefahr bringen, wenn sie herausfinden würden, dass er nicht tot war. »Vielleicht ist es besser, wenn du im Ungewissen bleibst.«

Ihre Augenbrauen hoben sich über den strahlend grünen Augen. Die meisten Sterblichen würden beim Anblick seines entstellten Gesichts zurückschrecken. Aber nicht seine Dixie. »Ich lass es mir durch den Kopf gehen.« Sie zog ihre Hand weg, und er spürte wieder die Kälte zwischen seinen Handflächen.

»Dixie …«, begann er.

»Nein. Hör mir jetzt zu. Die bist ein Vampir, hab ich recht?«

Er nickte. Eine harmlose Frage; damit bestätigte er lediglich, was sie vor ein paar Stunden zweifellos selber herausgefunden hatte.

»Wer hat versucht, dich umzubringen?«

»Leute, die mich lieber tot sehen.«

Ihre Augenbrauen stießen fast aneinander. »Sehr witzig, wie wär's mit einer …« Sie unterbrach sich mitten im Satz, als die Klingel anschlug. Sie stand auf und ging zur Tür, drehte sich aber noch mal um, die Stirn sorgenvoll gekräuselt. »Ich schau nach, wer es ist.«

Die Haustür fiel ins Schloss, und Dixie kam mit einem Stapel blauer Hefte zurück. »Es war Emma. Ich bin sie losgeworden, indem ich mich bereit erklärt habe, das Pfarrblatt auszutragen.« Sie knallte den Stapel auf die Anrichte und setzte sich wieder hin. Wenn sie doch stehen geblieben wäre. Das Hühnerblut hatte ihm erst richtig Appetit gemacht, und nun roch er das ihre. Er hörte förmlich, wie es unter der warmen Haut pulsierte, stellte es sich warm auf seiner Zunge vor. Der Gedanke an ihren Lebenssaft brachte sein Hirn in Wallung. Er wünschte sich nichts sehnlicher, als ihren Kopf nach hinten zu beugen, seine Fangzähne in ihre weiche Haut zu schlagen und sie bis auf den letzten Rest auszusaugen.

Und sie möglicherweise umzubringen. Er umklammerte die Tischkante und kämpfte gegen sein Verlangen an. Er musste fort von hier. So schnell wie möglich. Ehe Caughleigh und seine Kumpane entdeckten, dass es keine Überreste von ihm gab. Ehe jemand am Hintereingang klopfte und ihn bei seinem Tête-a-Tête mit Dixie überraschte. Und ehe sein Überlebenswille seinen Respekt für Dixies Leben besiegte. Er würde auf der Stelle lossausen, aber er konnte sich kaum auf den Beinen halten. Wie sollte er sich da verwandeln – oder gar durch die Lüfte fliegen.

Sie näherte sich ihm über den Tisch hinweg, bis ihre weiche Hand seine geballte Faust umfasste. »Du siehst noch immer mitgenommen aus, Christopher. Brauchst du noch was?«

Das war nicht der richtige Moment für die ganze Wahrheit. Er hielt inne. »Ich brauche deine Hilfe. Um zu fliehen. Hier kann ich nicht bleiben. Um unser beider willen.«

Ihr Blick wirkte nun nicht mehr besorgt, sondern hoch konzentriert. »Kann ich dich irgendwo hinbringen? Zu Fuß kommst du nie nach Hause.«

»Fahr mich bitte in die Stadt. Nach London.« Bei Tom wäre er in Sicherheit. Darüber, wie Tom reagieren würde, wenn er im Auto einer Sterblichen vor seinem Haus vorfuhr, würde er sich später Gedanken machen.

Sie zögerte keine Sekunde. »Einverstanden. Ich muss nur noch einen Blick auf die Karte werfen, die ich von Stanley habe. Oder vielleicht weißt du den Weg.«

»Ich weiß den Weg.«

Sie fuhr entsprechend vorsichtig, denn er war, wie ein Blatt im Wind, mal bei Bewusstsein, dann wieder nicht. »Ich bin dir ewig dankbar dafür«, sagte er.

»Ich komm dann später mal zum Sammeln.«

»Sag mir Bescheid, wenn wir bei Hyde Park Corner sind«, sagte er und fiel in den Sitz.

Dixie hoffte, sie würden überhaupt so weit kommen. Sie war versucht, ihn gegen seinen Willen ins nächste Krankenhaus zu bringen, aber er hatte recht. Sie konnte nicht ankommen und sagen: »Ich hab da einen verletzten Vampir.« Man würde sie einsperren.

Kurz vor einem Kreisel bekam sie Panik, aber sie meisterte die Situation souverän, und hätte sich selbst auf die Schulter geklopft, wenn sie nicht beide Hände am Lenkrad für einen Spurwechsel gebraucht hätte. Der Verkehr wurde ständig dichter. Als sie nahe Wandsworth in einem Stau steckten, warf sie einen Blick auf Christopher. Er war unheimlich grau.

Die Straßenlampen warfen merkwürdige Schatten und illuminierten die leere Augenhöhle und die eingefallenen Wangen. Sie kämpfte sich weiter durch den irren Verkehr. Es war früher Abend, an die Rushhour wagte sie gar nicht zu denken.

»Wir sind da, Christopher, Hyde Park Corner.«

Seine Augen blieben geschlossen, aber er hatte sie gehört. »Jetzt die Piccadilly entlang.« Sie musste sich konzentrieren, um seine Stimme bei all dem Verkehrslärm zu hören. »Hier jetzt links.« Sie registrierte den Namen, Half Moon Street. »Jetzt wieder links … die zweite rechts … bis ans Ende, dann links.« Eine schmale Straße bog unvermittelt ab, an der Ecke ein Pub, *The Red Lion.* »Jetzt durch die Einfahrt.« Dahinter waren hohe Mauern mit Häusern davor und ganz am Ende wieder eine Mauer mit einem schwarzen Garagentor. »Hier wohnt Tom. Du kannst drinnen parken.«

»Und wie komm ich rein?« Noch während sie sprach, ging das Tor auf und hinter ihr wieder zu, als sie in einem kleinen Hof vor einem hohen, dunklen Stadthaus stehen blieb. In einem der offenen, erleuchteten Fenster erschien die Silhouette einer großen dunklen Gestalt.

»Kit?« Eine besorgte Stimme hallte durch die Nachtluft. Er kam über den Hof auf sie zu und riss die Wagentür auf. »Wer zum Teufel sind Sie?«, fragte er, als Dixie ausstieg.

»Ich bin Dixie …« Von ihm aus hätte sie auch Ivana Trump sein können.

»Kit«, rief er und sah dann Christopher, zusammengesunken und reglos auf dem Beifahrersitz. »Was haben Sie mit ihm gemacht?«, wollte er, über das Autodach gebeugt, wissen. Dann öffnete er die Autotür und empfing Christopher in seinen Armen. Wut flackerte hinter seinen Augen. »Zu Ihrem Glück sind Sie eine Frau. Wenn Sie ein Mann wären, würde ich sie dafür Stück für Stück auseinandernehmen.«

»Für was denn? Dafür, dass ich ihn hierhergebracht habe? Es war sein ausdrücklicher Wunsch. Tun Sie endlich was. Er hat gesagt, Sie sind sein Freund.« Dixie schrie regelrecht. Sie hatte das nicht alles auf sich genommen, nur um sich dumm anmachen zu lassen.

»Wer sind Sie?« Die Stimme schnitt wie ein Messer durch die Nacht, als er auf das Haus zuging. Quer über seinen Armen lag Christopher, scheinbar leicht wie ein Teller Kekse.

»Ich bin Dixie LePage.«

»Oh.« Er trug Christopher durch das Gartentor. Dixie sah das als Einladung und folgte.

Bei Licht sah Christopher noch schlechter aus. Die wiedergewonnene Farbe war verblasst. Kurz zuvor noch bleich, wirkte er nun grüngrau, eine Farbe die an Leichenschauhäuser und kalte Fliesen denken ließ. Ihr Herz krampfte sich zusammen. »Wird er nun sterben?«, fragte sie Tom.

»Er ist schon seit vierhundert Jahren tot«, blaffte er, ohne sich umzudrehen.

Das war zu viel! Mit ein paar schnellen Sätzen holte sie auf, stellte sich neben ihn und packte ihn am Hemdärmel. »Sie wissen genau, was ich meine, Sie Witzbold. Er hat gesagt, Sie würden ihm helfen!«

Der Kerl blieb unvermittelt stehen und sah sie mit einem Paar onyxharter Augen an. Ihr kamen die Tränen, aber sie unterdrückte sie. Vor diesem Bastard wollte sie nicht weinen. Warum war sie nur mitgekommen. Sollte er Christopher auch nur ein Härchen krümmen, würde sie ihn vierteilen. »Bei mir ist er absolut sicher. Eher würde ich mir selbst was antun«, sagte er mit irritierend sanfter Stimme, »aber vielleicht ist es auch schon zu spät.«

»Nein!« Das Wort brauste wie ein Sturm durch ihren Kopf. »Er hat gesagt, er ist in Sicherheit, wenn ich ihn hierherbringe.«

»Sicherheit kann keiner erzwingen, bei allem Mitgefühl. Sie haben ihn hierhergebracht. Dafür danke ich Ihnen, aber es wäre besser, wenn Sie jetzt gehen.«

»Kommt gar nicht in die Tüte! Woher soll ich wissen, dass er hier wirklich sicher ist?« Sie stemmte die Hände in die Hüften und stellte sich ihm breitbeinig in den Weg. Er sprach kein Wort, schaute sie nur an, als würde er ihre Seele suchen. Das Brummen des Verkehrs und der Duft einer Nachtpflanze draußen vor der Tür bildeten den Hintergrund ihres Kampfes um Christopher.

»Sie hätten ihn nicht gebracht, wenn Sie wirklich Zweifel hätten.« Er drehte den Kopf in Richtung Verandatür. »Ich bring ihn nach oben. Hier gibt es nichts, wo ich ihn hinlegen kann.«

Dagegen war nichts einzuwenden. Deckenhohe Bücherregale, ein schwerer antiker Schreibtisch, ein Computer und zwei Drehstühle waren die einzigen Einrichtungsgegenstände in diesem Raum.

»Machen Sie die Tür zu, wegen der Mücken.«

»Christopher liegt im Sterben, und da scheren Sie sich um Mücken?«

»Nicht nur das, es gibt auch Nachbarn, die mir die Polente auf den Hals hetzen könnten, wenn Sie weiter so herumschreien.«

Schrie sie wirklich? Vielleicht. Es war ein Wunder, dass sie nicht das ganze Haus zusammenschrie. Sie atmete tief ein. Ehe sie ausatmen konnte, sprach er weiter: »Machen Sie schon, Miss LePage. Oder wollen Sie, dass ich Energie verschwende, mit der ich Kit eventuell retten könnte?«

Darauf gab es nur eine Antwort. Bis sie alles verriegelt und verrammelt hatte, war er verschwunden. Aber er sollte ihr nicht entkommen. Sie stürmte durch die offene Zimmertür und erklomm eine breite, gebogene Treppe. Drei geschlossene Türen ignorierte sie. Im vierten Raum beugte sich Tom über Christopher, zwei schwarze Gestalten, die durch ihre tränenverschleierten Augen wie eine wirkten.

Als sie näher kam, drehte sich Tom um. »Warten Sie draußen, nur ein paar Minuten. Ich lege ihn ins Bett.«

»Ich bleibe.« Sie trat ganz heran. Christopher sah noch schlechter aus, soweit das überhaupt möglich war. Auf seinem Gesicht und dem Hals zeigten sich Flüssigkeitsperlen. Schweiß? »Was bedeutet das?«

Tom machte sich nicht die Mühe, aufzusehen. »Seine Lebensessenz tritt aus. Es dauert nicht mehr lange. Noch vor Sonnenaufgang ist er hinüber.«

Dixie unterdrückte ihre Tränen und fasste Christopher an den Schultern; sie fühlten sich an wie Hühnchenteile. Tot und leblos. »Christopher, tu mir das nicht an. Nicht nach alledem.«

Sein Auge öffnete sich, wie der Verschluss einer Kamera ohne Film. »Dixie, danke.« Er sprach kein Wort, aber sie verstand ihn trotzdem.

Ihre Hände zitterten, als Tom sie von Christopher wegschubste. Von der Seite bemerkte sie, dass seine Finger irgendwie verkrüppelt waren. »Warte bitte eine Minute lang draußen. Ich will ihn zurechtmachen. Es dauerte nicht lange.«

Dixie hätte am liebsten laut losgelacht. Oder geschrien. Im Grunde war das egal. »Warum jetzt noch diskret sein? Ich habe doch ohnehin alles gesehen.« Er schaute sie fragend an. Sie war versucht, ihm diese durchdringenden Augen auszukratzen. »Ich habe ihn gefunden, nackt, und ihn aus der Sonne geschafft. Ich war es auch, die ihn von der Messerklinge befreit hat, unter anderem …«

»Was für eine Klinge?« Er packte sie am Handgelenk, bis

es wehtat. Seine Hände mochten vielleicht deformiert sein, aber sie hatten dieselbe Kraft, wie Christopher sie früher einmal gehabt hatte.«

»Die Klinge, die ihm jemand zwischen die Rippen gestoßen hat. Und fragen Sie nicht, wer das war. Er hat es mir nicht gesagt.«

»Wo genau?« Er zog Christophers Sweatshirt hoch.

»Auf der Seite. Sie brauchen ihn nur umzudrehen.« Das tat er mit einer Leichtigkeit, wie man sonst eine Seite umblättert. Dixie schob das Sweatshirt hoch und starrte ungläubig. Es war nur noch ein kleiner Knoten zu sehen und ein Schatten wie ein abklingender blauer Fleck. »Da war eine Wunde, eine riesige klaffende Wunde. Ich hab mir das nicht eingebildet. Ich schwör's.«

Seine ungelenken Finger strichen über Christophers Seite. »Ich glaub's Ihnen.«

»Wie kann so was geschehen?«

»Er hat die Wunde geheilt und damit seine letzten Kräfte aufgebraucht.« Sie musste die Lippen mit aller Gewalt zusammenpressen, um nicht hemmungslos loszuheulen. Tom hatte nichts dagegen, als sie ihm half, Christophers Sweatshirt über den Kopf und seine Hose über die kalten Füße zu ziehen. Wenn er auch nur ein Wort gesagt hätte, hätte sie ihm eine gewischt, Vampir hin oder her. Dann zogen sie die Decke bis zu seinem Kinn hoch; das makellos geplättete Leinen ließ Christophers Gesicht noch bleicher erscheinen. Tom sah sie an, der Blick deutlich gemildert. »Im Nachbarzimmer steht ein Bett. Sie brauchen jetzt eine Runde Schlaf. Ich bleibe hier und rufe Sie, wenn es so weit ist.«

»Ich weiche nicht von seiner Seite.« Um ihre Absicht klarzumachen, setzte sie sich demonstrativ auf die Bettkante. Die Matratze senkte sich, als er sich auf der gegenüberliegenden Seite niederließ.

»Es wird nicht lange dauern, seine Kräfte schwinden zusehends.« Er schluckte, als er das sagte, und sie wandte sich zu ihm. Nicht nur sie war untröstlich. »Berichten Sie, was passiert ist.«

Sie fasste den schlimmsten Tag ihres Lebens in einem halben Dutzend knapper Sätze zusammen. »Dabei habe ich geglaubt, wenn ich ihn hierherbringe, ist er gerettet.« Ihre Stimme klang zugleich wütend und enttäuscht.

»Sie haben ihn gerettet – vor einem langsamen, qualvollen Tod. Würden Sie nicht auch lieber in der Anwesenheit von Freunden dahinscheiden, als von der Sonne langsam versengt zu werden?«

Ihr lief es bei der Vorstellung kalt und heiß den Rücken hinunter. »Ich habe immer geglaubt, Vampire seien unsterblich.«

»Hat Ihnen Kit das nicht gesagt?«

»Wir hatten nie die Gelegenheit, darüber zu sprechen.«

Er schüttelte den Kopf, wie um die Tränen beiseite zu drücken. »Nein, das sind wir nicht. Wir befinden uns jenseits von Leben und Tod, aber das bedeutet nicht, dass man uns nicht auslöschen kann. Wenn jemand entschlossen ist und sich auskennt ... Bei Kit sind sie auf Nummer sicher gegangen: Sonne und eine schwere Verletzung.«

»Aber ich habe das Messer entfernt, und er hat den ganzen Tag über im Dunkeln geschlafen. Warum hat ihm das nicht geholfen?« Sie hatte längst aufgegeben, ihre Tränen zu unterdrücken.

»Er war schon geschwächt, als sie ihn gekapert haben.«

»Wovon?« Sie versuchte mit zitternden Fingern, ihre Wangen zu trocknen, aber die Tränen flossen so stark, als würde ihr Herz ausfließen. Vielleicht war es ja so. Er drückte ihr ein frisches Taschentuch in die Hand. Bei einer anderen Gelegenheit, hätte sie den Luxus genossen, sich mit reiner Seide die Tränen abzuwischen. »Wovon war er denn so geschwächt?«, wiederholte sie.

»Eine Kombination von Gründen. Der Hauptgrund war der: Seine Neugeburt fällt in diese Zeit, also der Jahrestag seiner Transformation in einen Vampir. Wir sind dann immer am schwächsten. Und das wussten sie. Sie wussten auch, dass sie ihm durch eine Verletzung noch mehr Kraft entziehen. Dazu kam …«

»Dazu kam was?«

Die dunkle Gestalt zuckte mit den Achseln. »Er hatte sich im Lauf der letzten Woche mehrmals verwandelt. Das hat ihn ausgelaugt. Und er ernährt sich nicht vernünftig wie andere Wiedergänger. Seine dummen Skrupel.«

»Wie meinen Sie das?« Christopher hatte nicht gezögert, jenen Krug zu leeren, und es hatte ihm ja auch geholfen. Seine Farbe war zurückgekehrt, vorübergehend. »Hätte ich ihm mehr geben sollen? Ich wusste ja nicht, welche Mengen adäquat sind.«

Tom klopfte ihr sanft auf die Schulter, und sie empfand die verkrüppelten Finger als eigenartig tröstlich. Als er dann auf das Bett schaute, sagte er mit gemilderter Stimme: »Sie trifft keine Schuld. Seine Sturheit ist es. Er will partout kein Menschenblut trinken, hat sich jahrelang von Tieren ernährt.«

»Und das ist ein Ersatz?«

»Zwischendurch ja. Ich ernähre mich auch von Tieren, aber niemals über längere Zeit hinweg. Wenn nun zu dieser Grundschwäche die Qualen dazukommen, die er durchmachen musste … Beides zusammen überlebt kein Wiedergänger.«

Kit schien vor ihren Augen zu schrumpfen. Dixie wurde angst und bange. Sie beugte sich zu ihm hinunter, um ihn zu küssen. Er fühlte sich so kalt an wie Gran in ihrem Sarg. Sie hatte ihn gerade erst kennengelernt, und sollte ihn schon wieder verlieren. Musste denn jedes geliebte und ihr nahestehende Wesen sterben? Über ihre Wangen strömten wahre Tränenfluten, und sie machte sich nicht mehr die Mühe, sie abzuwischen.

Hinter ihr senkte sich die Matratze. Tom war an ihre Seite gekommen und legte ihr seinen Arm um die Schulter. »Er war auch mein Freund«, flüsterte er. Dabei spürte sie seine Tränen feucht und warm in ihrem Nacken. »Wir haben unsere Jugend gemeinsam durchlebt.«

Die Nacht verging, und man hörte nur das endlose Summen des Verkehrs hinter den Fenstervorhängen und das Ticken der Marmoruhr auf dem Kamin.

»Es ist mittlerweile drei Uhr, und es dämmert bald. Er hält länger durch, als ich gedacht habe.« Toms Stimme dröhnte in der Stille. Oder lag es an ihren Nerven? Er hatte doch nur geflüstert.

»Nein.« Sie war nicht bereit, nur herumzusitzen und zuzusehen, wie Christopher starb. Sie wollte … Verdammt, sie wusste genau, was sie tun wollte. »Hör zu! Du hast gesagt, er war geschwächt, weil er kein Menschenblut trinken wollte.« Tom nickte; seine Augen waren vom Weinen rot und verquollen. »Könnte Menschenblut ihn retten?«

8

Toms Augen weiteten sich verständnisvoll. »In diesem Stadium?« Er schüttelte den Kopf. »Ehrlich gesagt, ich weiß es nicht.«

»Aber einen Versuch wäre es wert, oder? Was haben wir schon zu verlieren?« Dagegen konnte er wohl nichts einwenden.

»Vergiss nicht, seine Aversion …«

»Nein! Denk doch mal nach! Mein Blut könnte ihn retten. Warum bin ich da bloß nicht früher draufgekommen. Außerdem glaube ich, dass es sowieso schon passiert ist. Einmal, vor längerer Zeit, hat er mir nachts einen überdimensionalen Knutschfleck verpasst, dachte ich zumindest damals, aber wenn ich genauer darüber nachdenke …«

»Dixie, wenn er tatsächlich gesaugt hätte, würdest du nicht bloß ›glauben‹, er hätte es getan. Damals hat er in der Hitze der Leidenschaft von deinem Blut probiert und mich achtundvierzig Stunden lang an seinen Schuldgefühlen teilhaben lassen.«

»Er hat dir also alles brühwarm erzählt!« Ihre Augen funkelten erbost.

»Gelitten hat er wie ein Hund, weil er geglaubt hat, er hätte dich missbraucht.«

Deshalb also hatte er sich in diesen Tagen nicht bei ihr blicken lassen, und als er wiederauftauchte, hatte sie ihn verdächtigt, ihr Notizbuch geklaut zu haben. »Missbraucht hab ich mich nun gar nicht gefühlt, eher verlassen, und ich bin nicht bereit, noch länger herumzustreiten. Wenn er Blut braucht, nun, mein Körper ist voll davon.«

»Dixie, weißt du, was du da vorhast?«

»Ich bin seit dem College Blutspenderin.« – »Das ist nicht dasselbe.«

Damit hatte er recht. Ihr schoss ein Gedanke durch den Kopf. »Wenn er an mir saugt, werde ich dann auch zum Vampir?«

Tom schüttelte den Kopf. »Nein. Du spürst den Blutverlust. Mehr nicht. Wenn das Blutsaugen eine Verwandlung zur Folge hätte, wären wir Vampire längst in der Überzahl.«

»Dann kann ich ihm mein Blut ja bedenkenlos geben.«

»Wenn da nicht seine Skrupel wären. Vergiss es, Dixie.«

»Aber machbar ist es. Du zapfst schließlich auch Sterbliche an. Wie machst du das? Durch einen Biss in den Hals?« Sie tat so, als würde sie das Grauen, das sich in ihr wie ein Infekt ausbreitete, locker wegstecken. Sein Blick schien zu fragen, ob sie noch ganz bei Trost war. Gewisse Zweifel daran hatte sie auch. »Ich mach keine Scherze, Tom. Bitte sag mir, was ich tun soll.«

»Wenn es hilft, wird Kit mich verfluchen.«

»Dann geh raus. Ich werde ihm sagen, du hättest mal müssen.«

Sein Mund verzog sich zu einem zögernden Lächeln. »Ich bin ein Wiedergänger, Dixie. Ich brauche keine Toilette.«

»Woher soll ich denn das wissen? Verdammt! Hilf mir. Sieh ihn dir doch an.«

Christophers Gesicht, nun grauer als Staub, war faltig und runzlig wie das eines alten Mannes. Er war uralt. Jahrhundertealt. Dixie unterdrückte ihr Entsetzen, als sie es in Toms Augen widergespiegelt sah.

»Na, dann«, sagte Tom. »Es ist ganz einfach. Er braucht eine Vene oder eine Arterie. Der Hals bietet sich an, aber auch Handgelenk oder Oberschenkel, egal.«

»Aber er kann sich nicht bewegen. Wie soll er da zubeißen? Übernimm du das für ihn!« Sie zog den Ausschnitt ihres T-Shirts runter.

»Nein!« Er wich zurück und hob die Hände, wie um sie

abzuwehren. »Wir saugen nie am Biss eines anderen. Das ist tabu.«

Dies war nicht der Zeitpunkt, den Ehrenkodex von Wiedergängern zu diskutieren. »Aber wie denn dann? Die Zeit drängt.« Sie kam selber fast um vor Angst.

»Moment! Es gibt eine Möglichkeit.« Er verschwand blitzartig, tauchte aber ebenso schnell wieder auf. »Da.« Er drückte ihr ein Skalpell in die Hand. »Es ist steril.«

Dixie starrte zu ihm hinauf. »Wo …?«, begann sie.

»Ein alter Freund von mir ist Arzt. Er lässt hier ab und zu was liegen, wenn er mich in der Stadt besucht.« Sie sollte ihn noch etwas anderes fragen, konnte aber keinen Satz mehr formulieren, dafür spiegelte sie sich in dem auf Hochglanz polierten Stück Metall. Es sah lebensbedrohlich aus. »Öffne eine Vene. Sobald er das Blut riecht, erwacht sein Sauginstinkt. Normalerweise können wir diesem Instinkt durch Willenskraft widerstehen, aber in seinem Zustand funktioniert er reflexartig.«

»Bist du dir da sicher?«

»Ich bin mir sicher, dass du tapfer genug bist, es zu tun.«

Unter Umständen büßte sie für diese Sicherheit ihr Leben ein, aber wenn sie noch weiter wartete, setzte sie Christophers Leben aufs Spiel. Die Klinge fühlte sich kälter an als Angst. Sie konnte sich nicht einfach blindlings die Kehle aufschneiden. »Ich brauche dringend einen Spiegel.«

»Nicht in diesem Haus, Dixie.«

Sie zögerte, ehe ihr Blick wieder auf Christopher fiel. Sein dunkles Haar war grau gesprenkelt, die Wangen von Falten zerfurcht. Es war höchste Zeit.

Sie zog die Decke zurück, um näher an ihn heranzukommen, und sah auf die dürren Ärmchen und die eingesunkene Brust hinunter. »Es ist zu spät.«

»Nein, noch nicht ganz. Ich würde es wissen.«

»Und wie?« Gran in ihrem Sarg hatte besser ausgesehen als Christopher in diesem Moment.

»Er hat mich gemacht, erschaffen sozusagen. Deshalb merke ich es, wenn er erlischt.«

»Musst du dann auch sterben?«

Er schüttelte den Kopf. »Das nicht, aber ich spüre es, wenn er geht.«

»Also dann, los.« Sie setzte das Skalpell an ihr Handgelenk, aber unter der Haut erschien gleich ein halbes Dutzend blauer Venen. Was, wenn sie die falsche erwischte? Das Handgelenk kam also nicht in Frage. Sie beugte sich weit zu Christopher hinunter, stützte sich auf der Matratze ab, sodass Christophers Kopf zur Seite rollte, mit der Wange nur ein paar Zentimeter von ihrer Brust entfernt. Das wäre einfacher, als sich das Handgelenk aufzuschlitzen. Aber ... Sie schaute über die Schulter in Richtung Tom. »Du hast vielleicht keinen Bedarf für eine Toilette, aber würde es dir was ausmachen, mir eine Tasse Tee oder derlei zu machen? Mir wäre es lieber, wenn niemand zusieht.«

Er zögerte, nickte dann und ging. Dixie war nun alleine mit Christopher, in der Hand ein Skalpell, das zu gebrauchen sie nur noch den Mut finden musste.

Sie fasste Christopher am Hinterkopf und beugte sich nach unten, um möglichst nahe an seinen Mund heranzukommen. In der rechten Hand hielt sie das mittlerweile warme Skalpell. So ging es nicht. Sie hätte eine dritte Hand gebraucht, um sich ihres T-Shirts zu entledigen. Also ließ sie seinen Kopf so sanft wie möglich auf das Kissen zurückgleiten, legte das Skalpell auf den Nachttisch und zog sich das T-Shirt über den Kopf. Dann hob sie seinen Kopf wieder an. Das war aber schwerer als gedacht und nur mit beiden Händen zu bewerkstelligen. Was, wenn sie nun zu tief schnitt? Was, wenn sie zu sehr zögerte und er währenddessen erlosch?

Als sie ihn nahe zu sich heranzog, neigte er sich zu ihrer Brust. Hatte er sich etwa bewegt? Sie sah auf das ausgemergelte Gesicht hinunter, das an ihrer Brust lag. Das genügte. Sie öffnete ihren Büstenhalter und glitt unter die Decke, bis sie ausgestreckt neben ihm lag. Auf einen Ellenbogen gestützt, beugte sie sich über ihn, bis ihre Brust seine Lippen berührte. Mit zusammengebissenen Zähnen legte sie das Skalpell an die Haut, machte die Augen zu und schnitt. Sie zuckte vor Schmerz zusammen, aber als sie die Augen wieder öffnete, sah sie lediglich einen Kratzer. Damit Blut floss, musste sie tiefer schneiden. Sie zögerte ein letztes Mal. Was sie tat, war Wahnsinn. Ein Blick auf Christopher jedoch gab den Ausschlag.

Das Skalpell glitt über die Haut. Sie schrie auf vor Schmerz, registrierte aber freudestrahlend den hervorschießenden Blutstrom. Sie drückte Christopher zu sich heran, liebkoste seinen Mund mit ihrer Brust. Doch er lag reglos da wie eine Statue aus Granit. Sie hatte zu lange gezögert.

Plötzlich teilten sich seine Lippen, und es durchfuhr sie eine Welle der Freude, als seine Lippen sich auf ihre Brust legten. Sie vergaß die Schmerzen. Es gab keine Schmerzen mehr, nur Freude. Sie schmiegte sich noch enger an ihn, um die Nähe seines Körpers von Kopf bis Fuß zu spüren. Ihre Arme hielten ihn eng umfasst, als er ihre Kraft einsog, und ihr Geist schwebte, getragen auf einer Wolke aus Licht, immer höher und höher.

Sie seufzte und stöhnte, als sein fordernder Mund sich immer mehr an ihr festsog. Sie schrie auf, als sie die zurückkehrende Kraft in seinem Kiefer spürte, und als er den Arm um sie legte, mischten sich Schmerz und Freude. »Christopher!« Sämtliche Schrecken und Ängste des Tages verflüchtigten sich mit diesem Schrei, als sie spürte, wie er mit allen Fasern seines Körpers darauf reagierte. Ihre Hüften pressten sich an ihn. Sie hatte aufgehört zu atmen und nachzudenken. Sie wollte mit Christopher zusammen sein, heute und für immer und ewig.

Er stöhnte, und sie antwortete mit einem Seufzen. Er biss zu. Sie klammerte sich an ihn, drängte ihn, noch fordernder und ausdauernder zu trinken, sehnte sich nach der süßen Erfüllung, die er gab und selbst empfand. Seine Arme umklammerten sie wie eine Schraubzwinge, was aber nicht unangenehm war, spürte sie doch, wie in dieser Umklammerung ihr Wesen in seinem aufging. So viel Nähe und Hingabe hatte sie in ihrem ganzen Leben noch nie empfunden.

»Dixie.« Er hob den Mund beim Sprechen etwas an und sah zu ihr auf, sein Auge verschwommen vor Leidenschaft. »Was habe ich nur getan?«

»Du hast dir von mir genommen, was du brauchtest.« Sie lächelte, hätte gerne gekichert, aber ihr fehlte die Kraft dazu. »Und mir eine gänzlich neue Erfahrung beschert.« Sie fühlte sich schwummerig und beschwingt zugleich. Um sie herum schien sich alles in Luft aufzulösen.

»Das hättest du nicht tun sollen, Dixie.« Seine Verärgerung drang vage durch ihr verschleiertes Bewusstsein.

»Warum denn nicht? Es hat dich gerettet, oder nicht?«

»Zu welchem Preis, Dixie?«

Sie antwortete nicht; sein Gesicht, das Bett und das Zimmer versanken im Dunkel.

»Bist du von Sinnen? Wie konntest du ihr das erlauben?«, sagte Christopher von der Türschwelle aus.

Tom sah von den Unterlagen auf, die er gerade las, und lehnte sich zurück. »Ich nehme an, du sprichst von der Lady, die dich gestern Abend hierhergebracht und mit ihrem mutigen Einschreiten den Fortbestand deiner Existenz gesichert hat.« Er lächelte. »Ich gestehe, du siehst eindeutig besser aus als zu dem Zeitpunkt, an dem ich dich das letzte Mal gesehen habe. Ich fürchtete schon, unsere langjährige Freundschaft sei zu Ende.«

Christopher stützte sich mit gespreizten Händen auf die Eichenplatte und baute sich vor seinem Freund auf. »Vielleicht ist sie es! Du hättest das nie zulassen dürfen.«

Tom zog die Augenbrauen hoch. »Vielleicht wollte ich dich ja auch hierbehalten.«

Christophers Ellbogen knickten ein, und sein Kopf fiel nach unten. »Du hättest sie davon abhalten können.«

»Glaubst du das wirklich? Deine junge Freundin ist keine von der Sorte, die sich auch nur irgendetwas sagen lässt. Ich habe ja versucht, sie zur Umkehr zu bewegen, aber sie marschierte einfach schnurstracks an mir vorbei und mitten ins Haus, als würde es ihr gehören.«

»Aber du hast ihr gesagt, was zu tun ist.«

»*Gesagt* habe ich ihr gar nichts. Sie hat mich einem Verhör unterzogen, das Francis Walsingham alle Ehre gemacht hätte. Sie hat mich direkt gefragt, ob ihr Blut dich retten könnte. Hätte ich da etwa lügen sollen?«

»Klar!«

Um ihn herum drehte sich alles, aber seine Fingernägel bohrten sich Halt suchend in den Schreibtisch.

»Tom, ich habe ihre nette und freundliche Art missbraucht, ihre Gutmütigkeit ausgenutzt.«

»Hast du nicht.« Er wehrte Christophers Einwände mit einem Kopfschütteln und einem Wink mit der Hand ab. »Hör zu! Sie hat dich wild entschlossen aus der Brandzone gerettet, hat dich vor dem Tageslicht geschützt und dir Nahrung zukommen lassen. Dann hat sie dich auf deine Bitte hin hierhergebracht. Und, du kannst mir glauben, sie hat mir wirklich alles erzählt, auch die Geschichte mit den Hühnerlebern. Eine Frau der Tat, Respekt.«

»Wir haben uns im Lauf der Nachtwache unterhalten, und da bin ich draufgekommen, dass ich mich in ihr getäuscht habe. Sie hatte nicht die geringste Absicht, sich an dich heranzuschmeißen. Sie wollte dich retten, nicht mehr und nicht weniger. Nachdem sie dich schon bis hierher gebracht hatte, hatte sie sich auch das Recht verdient, zu bleiben. Sie wollte den Grund für deine Schwäche wissen, und ob es noch irgendetwas gäbe, das dich retten könnte. Da habe ich es ihr halt gesagt. Anfangs graute ihr davor, aber sie hat sich dennoch dazu entschlossen, und zwar freiwillig. Du hast recht, sie ist ehrlich und meint es gut, und, ich glaube, sie liebt dich.«

»Genau das habe ich befürchtet. Ich habe an ihr gesaugt, wir sind ein Paar.«

»Du hast einmal gesaugt und vor einiger Zeit ein Schlückchen probiert. Deshalb ist man nicht auf ewige Zeiten verbandelt.«

»Nein? Bei den Unmengen, die ich zu mir genommen habe, stehe ich ewig in ihrer Schuld. Überhaupt, was ist, wenn es zu viel war? Sie ist schwer verletzt, hat eine Riesenwunde an ihrer Brust.« Er schaute Tom kritisch an. »Versuch bloß nicht, mir weiszumachen, sie hätte dieses Skalpell in ihrer Handtasche mitgebracht.«

»Sie hat es von mir bekommen. Notfalls hätte sie sich auch selbst gebissen. So weit war sie schon. Ich habe ihr das Unvermeidliche damit nur leichter gemacht. Kit. Du warst am Erlöschen, und sie hat sich angeboten, dich zu retten.« Seine Stimme wurde sanfter. »Einmal habt ihr beide, du und Justin, mich vom Tod ins Leben zurückgeholt. Ich habe mich lediglich revanchiert.«

»Auf Dixies Kosten!«

Tom sah zur Decke hinauf. »Gut möglich, dass der Preis in ihren Augen nicht zu hoch war. Aber jetzt ist es schon passiert. Stellt sich nur die Frage, wozu das alles gut war, wenn du dich nicht schonst. Du musst nun deinen Teil dazu beitragen, dass sie sich nicht umsonst geopfert hat.«

»Sie ist verletzt und geschwächt. Soll das der Dank für alles sein, dass ich mich schone? Der Schnitt muss genäht werden. Nur wo? Ein Krankenhaus kommt nicht in Frage. Stell dir mal das Krankenblatt vor! Verletzungsursache: Rettung eines sterbenden Vampirs. Sie würde in der Psychiatrie landen.«

»Justin wird die Wunde nähen und sie mit Blut versorgen.« Er grinste, als Christopher einen Satz auf ihn zu machte. »Versteh mich nicht falsch. Er wird Blutbeutel verwenden.«

Tom fasste ihn an der Schulter. »Leg dich jetzt hin, Kit. Es wird bald dämmern, und ich bezweifle, ob du einen weiteren Sonnenaufgang überleben würdest. Wenn Dixie aufwacht, will ich ihr sagen können, dass du sicher ruhst, nicht, dass du, trotz ihrer ganzen Anstrengungen, zu einem Häuflein Asche verkohlt bist. Grausige Vorstellung, sie würde dann ihren Zorn auf mich abladen!«

»Der letzte Mann, von dem sie sich auf den Schlips getreten fühlte, bekam einen Wirthaustisch vor den Bug geknallt und einen Teller mit kochend heißem Curry auf sein bestes Stück.« Die Geschichte hatte ihn schon beim ersten Hören amüsiert und bis jetzt nichts von ihrem Reiz verloren.

Tom stand auf. »Wenn du schon wieder lachen kannst, bist du über den Berg. Geh jetzt schlafen. Ich bleibe auf, bis Dixie sich meldet. Kann ich noch was für dich tun?«

Christopher hielt sich an der Tischplatte fest. Nicht einmal als Sterblicher hatte er sich so schwach gefühlt. »Sorg dafür, dass sich Justin um sie kümmert.«

* * *

Dixie öffnete die Augen, als sie die Hand auf ihrer Schulter fühlte. Sie setzte sich halb auf, und zog dann die Decke hoch. Sie erkannte den Raum, aber nicht den Mann, der vor ihr auf der Bettkante saß. Wo war Christopher?

»Haben Sie keine Angst. Es ist alles gut.« Das klang zwar beruhigend, aber so leicht war sie nicht zu überzeugen. Sie sah sich um, schätzte die Entfernung zwischen Tür und Bett und fragte sich, ob Tom irgendwo in Reichweite war, um ihr notfalls zu helfen. »Vielleicht sollte ich mich vorstellen. Ich bin Arzt, Justin Corvus. Unser gemeinsamer Freund, Kit Marlowe, wollte, dass ich mich um Sie kümmere. So viel ich weiß, sind Sie verletzt.«

Das war nicht zu verleugnen. Ihre Brust pochte und pulsierte wie ein Kopf bei schwerstem Kater. Aber … »Tatsächlich? Ich hatte eher den Eindruck, er hätte wenig Vertrauen zu Ärzten.«

Der Mann nickte und runzelte dabei leicht die Augenwinkel. »Als Wiedergänger geht Kit sterblichen Ärzten aus dem Weg, wie wir alle.« Er hielt inne. »Er hat mich gerufen, weil ich derselben Kolonie angehöre. Ihre Verletzung kann man sonst niemandem erklären.«

Damit hatte er recht! Mit dieser Art Verletzung konnte sie schwerlich in einer Notaufnahme aufkreuzen. »Mir ist die Hand beim Zwiebelschneiden ausgerutscht« oder »Ich bin im Reißverschluss meines Parkas hängen geblieben« klang ebenso abwegig wie die Wahrheit. »Sie sind wirklich Arzt?«

Er legte den Kopf zur Seite. »Ja, Madam, schon seit es mich auf diese Insel verschlagen hat.«

»Und das war wann?«

Er verzog amüsiert den Mund. »Ich kam im Jahr 136 als Wundarzt zur Legio Nona Hispana und bin geblieben.« Ihr wäre beinahe das Kinn heruntergefallen, und sein Lächeln und die Hand auf ihrer Schulter waren zweifellos dazu gedacht, sie wieder zu beruhigen.

»Nur keine Angst. Ich habe einiges dazugelernt seit damals. Sie können mir vertrauen«, sagte er. »Am offenen Herzen würde ich zwar nicht operieren, aber auf Schnittwunden verstehe ich mich bestens. Die gehörten von Anfang an zu meinem Handwerk.«

Ihm vertrauen? Zum Teufel, warum nicht. Wenige Minuten später saß sie auf einem Berg von Kissen, während Justin Corvus sich Chirurgenhandschuhe überstreifte und Werkzeuge bereitlegte, die schon sehr nach einundzwanzigstem Jahrhundert aussahen.

»Sie sind noch immer in Sorge wegen Kit«, sagte er, als er ihren Blutdruck und den Puls maß.

»Ja, doch.« Sie schaute nach oben in die dunklen Augen. »Letzte Nacht habe ich schon gedacht, ich würde ihn verlieren.«

»Tom ging es nicht anders. Wir sind Ihnen großen Dank schuldig. Kaum ein Sterblicher ist so mutig wie Sie.«

»Na ja, mutig? Ich hatte einfach schreckliche Angst um ihn.«

»Genau das, finde ich, versteht man unter Mut – trotz aller Angst sein Ding zu machen.« Dann zog er ihr sanft die Bettdecke weg, die sie noch immer umklammert hielt, und besah sich die Wunde.

»Der Schnitt geht tief, aber wir kriegen das hin.« Sie zuckte, als er die Wunde mit einer kalten Lösung abtupfte.

»Der Kratzer oben verheilt von alleine, aber das andere muss ich nähen.« Sie spürte den Einstich und die sich verbreitende Taubheit.

»Warum habe ich nicht stärker nachgeblutet?« Angesichts der breiten, klaffenden Wunde war das wirklich nicht verständlich.

»Wir heilen die Stelle, an der wir saugen«, antwortete er, »so wie unsere eigenen Verletzungen auch sehr schnell heilen. Kits Narbe von dem Messerstich ist schon jetzt fast nicht mehr sichtbar, aber wir können keine Verletzungen heilen, die uns als Sterbliche zugefügt wurden. Das ist auch der Grund, warum Toms Hände oder Kits Auge so aussehen. Ich habe Kit vom Tod zurückgeholt, aber sein Sehvermögen wiederherzustellen, war eine andere Sache. Kit hat Tom zum Vampir gemacht, konnte aber die Verstümmelung durch die Folter nicht wiedergutmachen.«

»Sie haben Christoper zum Vampir gemacht?« Er nähte jetzt; sie sah die Handbewegungen und spürte das Ziehen, aber diese Unterhaltung hätte sie auch von einer Beinamputation abgelenkt.

»Mir ist der Ausdruck Wiedergänger lieber. Der Begriff ›Vampir‹ ist durch Hollywood und die Unterhaltungsliteratur auf den Hund gekommen.«

Sie zuckte, als er an einer empfindlichen Stelle besonders kräftig anzog. »Lassen Sie mich eines klarstellen. Kit, Christopher, ist *der* Christopher Marlowe, der in einer Schänke in Deptford umkam.«

Sie ging von einem bejahenden Nicken aus, umhauen würde es sie nicht. Trotzdem hätte sie gerne eine Bestätigung für etwas, das sie ohnehin schon wusste.

»Sie stehen noch immer unter Schock, und wahrscheinlich gehen Ihnen hundert Fragen im Kopf herum. Ich trage gerne meinen Teil zu ihrer Aufklärung bei, wo es möglich ist, will aber nichts über Kit oder Tom sagen. Deren Vorgeschichte geht mich nichts an. Was aber mich betrifft oder unsere Art im Allgemeinen ...« Die Wunde war genäht, und er verpflasterte sie mit einem dicken Stück Verbandmull. »Nach ein paar Wochen können die Fäden raus, das war's dann, und auch die Narbe ist nach einem Jährchen oder so verschwunden.«

»Ich melde mich also einfach in der nächstbesten Landarztpraxis und sage: ›Ein siebzehnhundert Jahre alter Arzt hat mich genäht, ziehen Sie bitte die Fäden.‹«

Er kicherte. »Sie haben recht, das geht nicht. Da gäbe es kein passendes Formular für den Nationalen Gesundheitsdienst. Nun will ich sehen, wo ich etwas Blut für Sie auftreiben kann.«

Dixie zog sie ihr T-Shirt über, als er draußen war, und fragte sich, wo er wohl Blut »auftreiben« würde. Na ja, er würde es wissen. Immerhin war das sein täglich Brot. Sie verzog das Gesicht bei dem Gedanken. Wenige Minuten später kam Justin mit zwei Beuteln Blut zurück. »Hat Tom Blutvorräte im Haus?«

»Natürlich.« Justin grinste. »Haben Sie etwa keinen Notvorrat an Lebensmitteln?«

Während sie diese Bemerkung verdaute, befestigte Justin den Beutel am Kopfende des Messingbetts und fummelte am Ventilrädchen des Infusionsschlauchs herum. »Noch mehr Fragen?«

»Ja, jede Menge. Das Thema Spiegel zum Beispiel. Hollywood hat recht, was das fehlende Spiegelbild betrifft.« Sie erinnerte sich daran, dass Christopher nicht in ihrem Dielenspiegel zu sehen war.

»Zum Teil. Wir besitzen zwar kein Spiegelbild, aber wenn wir lange genug hineinschauen, sehen wir unser ganzes Leben darin.« Er lächelte und legte den Kopf zur Seite. »Stellen Sie sich mal vor, wie Sie sich fühlen würden, wenn Sie jedes Mal mit sämtlichen Fehlern konfrontiert würden, sobald Sie in einen Spiegel schauen. Dazu kommt die Dauer unserer Existenz. Aus dem Grund vermeiden wir diese Erfahrung lieber.«

Dafür hatte sie vollstes Verständnis. An die Jahre mit ihrem Exverlobten wollte sie schließlich auch nicht andauernd erinnert werden. »Das versteh ich, aber die Sache mit den Tages- und Nachtzeiten kapier ich nicht. Ich habe Christopher bei vollem Tageslicht draußen gesehen, aber Tom hat gesagt, dass das Sonnenlicht ihn beinahe umgebracht hätte. Was gilt nun?«

Er ersetzte den leeren Beutel durch einen neuen. »Das kann man so und so sehen. Wir können zwar ausgehen untertags, aber direkte Sonneneinstrahlung kann uns schwächen. Nur wenn wir regelmäßig saugen, haben wir eigentlich keine Probleme.« Er hielt kurz inne, um das Ventil neu zu positionieren und den zweiten Beutel Blut ins Laufen zu bringen. »Tatsächlich ist der Hollywoodmythos über das ach so fatale Tageslicht sogar ein Vorteil für uns. Fast jeder glaubt daran, auch viele unserer Feinde. Bram Stoker wusste besser Bescheid, jedenfalls was das betrifft. Aber dieser ganze Hokuspokus über Kruzifixe, Kirchen und geweihte Hostien – der blanke Unsinn!«

»Aber warum hat die Morgensonne Christopher verbrannt? Und er hat tatsächlich *gebrannt*. Der Geruch war mehr als eindeutig.«

»Er war nackt, ohne jede schützende Kleidung. Und sie kannten seine verwundbarste Phase. Es war der Tag seiner

Wiederkunft, an dem er aus größter Todesnähe zurückkehrt. Er wiederholt sich jedes Jahr.«

»Wäre es da nicht sinnvoll gewesen, sich für ein paar Tage in Sicherheit zu bringen?«

»Durchaus.«

Er sagte nichts weiter, brauchte er auch gar nicht. »Er ist meinetwegen zurückgekommen.«

»Genau. Weil er es so wollte. Kit ist ein Sturkopf. Mir ist dieser Zug schon vor ein paar hundert Jahren aufgefallen.«

»Das ändert nichts an der Tatsache, dass er beinahe umgekommen wäre, nur weil er mich sehen wollte.«

»Und dass er überlebt hat, weil Sie in der Nähe waren und den Mut hatten, aller Ungewissheit zum Trotz einzugreifen.« Er nahm den Beutel ab. »Das Leben nimmt seinen Lauf, und irgendwann erwischt es uns alle, auch uns Wiedergänger und Vampire. Kit war einfach noch nicht dran.«

»Sie hören sich schon an wie Granny. Die hat auch immer geglaubt, dass alles kommt, wie es kommen muss, und dass am Ende alles gut wird.«

»Und hatte sie nicht recht gehabt? Sie haben das Haus geerbt, völlig unerwartet, sind dann völlig überraschend hier aufgetaucht, und sie haben Kit die heiß ersehnten Bücher überlassen, wovon wir nicht einmal zu träumen gewagt hätten.«

»Warum sind sie denn so wichtig?«

»Altes Geheimwissen, dass wir lieber nicht in den Händen unserer Feinde sehen würden.«

Er unterbrach, um die Nadel aus ihrem Arm zu ziehen, platzierte einen Mulltupfer auf dem Tröpfchen Blut in ihrer Armbeuge und verband ihren Ellenbogen.

»Fertig«, sagte er mit zufriedenem Lächeln. »Sie brauchen jetzt Ruhe. Ich schlage vor, Sie schlafen ein Stündchen und geben Tom damit gleichzeitig die Gelegenheit, sich auf einen sterblichen Gast vorzubereiten.«

Sie meinte, so ganz allein, verletzt und in einem unheimlichen Haus voller Vampire könnte sie niemals schlafen. Aber sie hatte sich getäuscht.

Sie erwachte im Licht der späten Nachmittagssonne; neben sich, auf einem Tablett, fand sie eine Thermosflasche, der Boden war mit Einkaufstüten übersät. An der Thermosflasche lehnte eine Briefkarte.

»Liebe Dixie«, stand da zu lesen, »sei bitte mein Gast, solange Kit sich ausruht. Hier ist Kaffee, und Kit meinte, du könntest saubere Sachen gebrauchen. Am Ende des Gangs findest du ein Badezimmer. Fühl dich wie zu Hause und ruf, wenn du etwas brauchst. Ich bin unten in meinem Arbeitszimmer. Wenn du fertig bist, führ ich dich zum Essen aus. Tom Kyd.«

Sie nahm eine schnelle Dusche. Die Kleider passten recht gut, nur dass sie niemals Designer-Jeans oder eine Seidenbluse für sich gekauft hätte. Sie rubbelte sich das Haar trocken und ging dann gleich nach unten zu den Vampiren.

Die gebogene Treppe hatte sie letzte Nacht gar nicht wahrgenommen. Sie wäre breit genug für einen Lieferwagen gewesen. Und die Eingangsdiele mit dem großzügigen Marmorfußboden und den antiken Seitentischchen war auch nicht gerade klein. Was für ein Haus.

Sie fand Tom in seinem Arbeitszimmer, den Blick auf den Monitor seines Computers gerichtet; Justin saß in einem Ohrensessel und sah in den Garten hinaus, in dem ihr Auto noch immer geparkt stand.

Beide standen sofort auf, als sie zur Tür hereinkam. »Wie geht's?«, fragte Tom.

»Noch ein bisschen schwummerig im Kopf, aber abgesehen davon …«

Er nickte, in seinen Augen ein vage angedeutetes Lächeln. »Das waren anstrengende Stunden – für uns beide. Dazu kommt, dass ich es nicht gewöhnt bin, einer Sterblichen zu Dank verpflichtet zu sein. Irritierend.«

»Du bist irritiert? Was soll dann ich sagen? Ich habe das

Gefühl, in einem Zwischenbereich gelandet zu sein. Für dich sind doch Normalsterbliche nichts Neues.«

Das Lächeln griff auf seinen Mund über. »Dixie, die Tatsache, dass wir uns hier unterhalten, beweist, dass du keine normale Normalsterbliche bist.«

Sie durchquerte den Raum und setzte sich; dann wurde ihr klar dass sie mutterseelenallein war, mit zwei Blutsaugern zwischen ihr und der Tür, und kein einziges lebendiges Wesen wusste, wo sie sich aufhielt.

Ihr Herz klopfte so laut, dass sie Justins ruhige Stimme beinahe überhört hätte. »Du kannst ganz beruhigt sein. Hier wird dir nichts passieren. Tom ist dir, bei allem Misstrauen, ebenso sehr zu Dank verpflichtet wie ich.«

»Kannst du etwa Gedanken lesen?« Ihr wurde noch mulmiger zumute.

»Gedanken nicht, aber dein Gesicht«, sagte Tom. »Man braucht nur genau hinzusehen.«

»Nun, bis jetzt war ich immer ganz gut darin, auch in schwierigen Situationen das Gesicht nicht zu verlieren. Irgendwie muss ich aus dem Takt geraten sein.«

»Nein, du bist lediglich dabei, dich mit einer erweiterten Realitätssicht anzufreunden.«

»Die Realität, die mir im Moment am nächsten steht, ist Hunger.«

»Hab ich mir schon gedacht. Ist ja auch kein Wunder bei dem Schock und dem Blutverlust. Wir begleiten dich auf ein Steak um die Ecke.«

Sie schüttelte heftig den Kopf. »Alles bloß nicht das. Ich bin Vegetarierin.«

Die merkwürdige Tatsache, dass zwei Vampire eine Vegetarierin zu einem späten Lunch ausführten, blieb unerwähnt. Sie steuerten einen eleganten, sehr teuren Coffee-Shop ganz in der Nähe von Toms Haus an, wo sie sich eine Flasche Rotwein teilten, während Dixie ein Pilzomelett, einen großen Salat sowie Käse und Brot verzehrte.

»Erzähl mir doch bitte so viel wie möglich darüber, wie du Kit gefunden hast«, sagte Justin, als er ihr Wein nachgoss.

Sie kam seiner Bitte nach. Dann fragte er nach dem ummauerten Garten, den sie ihm sofort in allen Einzelheiten beschrieb, inklusive der Steinphalli. Auch alle Details über Christophers Wunde wollte er wissen, die zu beschreiben sie aber keinerlei Mühe hatte; das Bild hatte sich tief in ihr Inneres eingebrannt. »Für mich ist es unvorstellbar, wie alles so schnell verheilen konnte, nachdem das Messer draußen war.«

»Ich würde alles geben, dieses Messer zu sehen«, murmelte Justin.

»Nichts leichter als das.« Sie öffnete ihre Handtasche, die sie zuvor noch aus dem Auto geholt hatte, wühlte in dem Chaos und zog das in einer Sandwichtüte verpackte Teil heraus. »Mehr ist davon nicht übrig. Christopher hat bei dem Versuch, es herauszuziehen, den Griff abgebrochen.«

»Und wie hast du es rausgekriegt?«, fragte Tom, als er es an Justin weiterreichte.

»Eine Zangengeburt.«

Justin hielt die dunkle Klinge zwischen zwei Fingern. »Wie vermutet, ein Druidenmesser. Seit wann sie das wohl besaßen.«

»Wen meinst du denn mit ›sie‹?«, fragte Dixie, bekam aber keine Antwort. »Was ist ein Druidenmesser?«, versuchte sie es abermals.

»Die Originale wurden von den Druiden für Opferzwecke hergestellt, und um die heilige Mistel zu schneiden. Später hat man sie nach dem althergebrachten Verfahren kopiert; diese Dinger verfügen über dieselben Kräfte.« Justin legte es zwischen ihnen auf den Tisch. »Ich glaube, das ist ein Original.«

»Ein Druidenmesser?« Was wusste sie von Druiden? Nicht viel.

Er nickte. »Damit wurde so manches Opfer hingemetzelt,

keine Frage, aber zumindest einmal hat seine magische Kraft versagt.« Er steckte es zurück in die Tüte. »Ich werde mich darum kümmern, dass es kein weiteres Opfer mehr finden wird, das verspreche ich euch.«

»Dixie«, sagte Tom, »ich muss mich entschuldigen bei dir wegen des miesen Empfangs gestern Abend. Du hast meinem ältesten Freund das Leben gerettet. Dafür danke ich dir.«

»Er ist auch mein Freund«, erwiderte sie, »auch wenn du mir an Jahren manches voraushast.«

»Ungefähr vierhundert, plus minus ein paar zerquetschte.«

»Genau, das wollte ich dich sowieso schon fragen.« Sie zögerte, fragte sich, ob es bei Vampiren in der Hinsicht eine Art Etikette gäbe. »Du bist Tom, um genau zu sein Thomas Kyd, ein Zeitgenosse von Christopher, stimmt's?«

»Stimmt genau. Kit verstarb fünfzehn Monate vor mir. Unser beider Tod wurde immer wieder in Zusammenhang gebracht – beide Opfer der Politik des Hauses Tudor –, aber wir waren Freunde, wohnten sogar zusammen, und er hat mich verwandelt. Seitdem sind wir Freunde geblieben.«

Sie wandte sich an Justin. »Und du hast Christopher zum Vampir gemacht?«

»Ich habe ihn nach seiner Ermordung verwandelt, so wie Kit Tom nach seinem Tod verwandelt hat.«

»Und wie bist du zum Vampir geworden?«

»Eine Druidenpriesterin hat mich verwandelt, nachdem mir von einer Brigantine aus ein Pfeil in die Kehle geschossen wurde. Heutzutage hätte man eine derartige Verletzung schnell im Griff, aber damals schwamm ich in meinem eigenen Blut, und Gwyltha hat mich gefunden. Bis dahin hatte sie noch nie einen Römer verwandelt.« Er hielt inne, und vor seinem geistigen Auge zogen die Jahrhunderte vorbei. »Ich war jahrelang der einzige nicht druidische Wiedergänger.«

»Es ging also mit den Druiden los?« Das stimmte nicht mit dem überein, was sie aus Romanen kannte.

Er schüttelte den Kopf. »Es gibt noch weitaus ältere Kolonien als die der Druiden. Manche gehen bis auf das alte Babylon zurück.« Und sie hatte immer geglaubt, in Transsylvanien hätte alles angefangen.

Sie warf einen Blick auf die anderen Gäste im Coffee-Shop; in einer Ecke lehnte eng aneinandergeschmiegt ein Pärchen, am Nachbartisch tagte ein Damenkränzchen und etwas weiter weg konspirierten drei Männer im Nadelstreifenanzug. Dixie hätte Haus und Haus darauf verwettet, dass sie alle auf der Stelle tot umgefallen wären, hätten sie auch nur ein Wort von der Unterhaltung an ihrem Tisch mitbekommen.

Die Sonne ging gerade unter. Sie schauten hinaus in die sommerliche Abenddämmerung, die sich noch lange hinziehen würde. Sie hatten den ganzen Nachmittag hier verbracht.

»Kit wird schon auf uns warten«, sagte Tom.

Dixie ballte die Fäuste. Sie wünschte sich nichts sehnlicher, als ihn zu sehen, und doch wurde ihr schon bei dem Gedanken daran angst und bange.

Bis vor kurzem sah sie lediglich einen attraktiven und ziemlich faszinierenden Burschen in ihm. Und nun? Bald würde sie es wissen. Die fünfzig Meter bis zu Toms Haustür mit den Lorbeerbäumen links und rechts zogen sich, als handelte es sich um ebenso viele Meilen.

»Dixie«, sagte Justin, der neben ihr herging, »nur wenige Sterbliche wissen, was du weißt.« Darauf war sie auch schon gekommen. »Und noch weniger haben etwas Vergleichbares wie du vollbracht. Im Lauf unserer langen Geschichte hatte nur eine Handvoll diesen Mut und dieses Vertrauen an den Tag gelegt. Innerhalb unserer Kolonie bist du sogar die Erste. Das bleibt unvergesslich.«

»Ich werd's auch nicht über Nacht vergessen.« Warum so schnippisch? War es der Gedanke an das Wiedersehen mit Christopher? Seine Umarmung? Ihre Brüste kribbelten, nein, ihr ganzer Körper kribbelte. Weil er ihr nahe war. Und am

Leben. Sie schüttelte den Kopf. Würde sie überhaupt die richtigen Worte finden?

»Sicher erwartet dich Kit schon.« Tom blieb auf der Treppe vor seiner Haustür stehen.

Justin stand neben ihm. »Geh schon rein.«

Sie drehte den auf Hochglanz polierten Messingknauf. Die schwere Tür öffnete sich lautlos, und sie betrat die großzügige Diele mit den Marmorfliesen und der breiten, gebogenen Treppe.

Er stand im Eingang rechts neben ihr.

»Christopher.« Sie schluckte, und ihr Herz schlug wie ein Tomtom unter den noch frischen Stichen.

Da stand er nun, ein Traum von Mann, nur eine Armlänge entfernt. Und er lächelte. »Hallo, Dixie«, sagte er. Sie wollte etwas sagen, darauf antworten, aber sie brachte kein Wort heraus, zitterte und sah verschämt weg.

»Du siehst ...« Sie fand einfach nicht das passende Wort. »Die siehst viel besser aus als neulich, als ich dich in meinem Garten gefunden habe«, sagte sie und wäre am liebsten im Erdboden versunken, als er zusammenzuckte.

»Muss ein ziemlicher Schock gewesen sein für jemanden, der so gar keine Ahnung hatte.«

»War es auch. Die letzten vierundzwanzig Stunden waren ziemlich happig für mich.«

»Tut mir leid, Dixie.« Es klang wie eine Entschuldigung für alles Ungemach zwischen den Geschlechtern seit Adams Vorhaltungen an Eva wegen des Apfels.

»Dass es dich gibt oder was Spezielles?«

»Dieser ganze verdammte Schlamassel.«

Seine Worte trafen sie wie ein Schlag, aber sie fing sich wieder und sah in das weiche, warme Gesicht neben sich. Im Lauf der letzten Tage hatte sie alle nur erdenklichen Veränderungen darin gesehen. Dachte sie jedenfalls. »Deine Ausdrucksweise lässt zu wünschen übrig.« Sicher, dieser Ton war mehr als gouvernantenhaft, aber er war immerhin der Verfasser eines Werks wie *Dr. Faustus* und könnte sich von daher etwas mehr Mühe geben als ein durchschnittlicher Teenager.

Aus einem weit geöffneten Auge traf sie ein reuevoller Blick. »Wie soll man es anders nennen?«

Dieses Mal traf es sie mitten ins Herz. »Verstehe.« Dabei verstand sie überhaupt nichts.

Christopher legte ihr eine Hand auf die Schulter. Ihr verwirrter Körper wusste nicht, ob er zurückweichen oder sich an ihn werfen sollte, also starrte sie ihn bloß an. Seine Haut, die jegliche Blässe verloren hatte, erstrahlte rosig in jugendlicher Frische. Sein schwarzes, am Hals offenes Leinenhemd gab den Blick auf ein paar vereinzelte Haare frei. An seinem Hals pulsierte eine Schlagader. Zwischen Ehrfurcht und Schrecken hin und her schwankend, erkannte sie, dass in seinen Venen ihr Blut floss.

»Dir wird langsam manches klar«, sagte er.

»Überhaupt nicht.«

Tatsache war, dass sie umso weniger verstand, je angestrengter sie nachdachte.

»Tut mir leid, Dixie«, sagte er abermals.

»Was denn?«

»Dass ich dich in diesen Schlamassel reingezogen habe und dass ich deine Freundlichkeit missbraucht und deinen guten Willen überbeansprucht habe. Dass ich dich hierhergezerrt habe, wo du doch gemütlich in Bringham vor dem Fernseher sitzen oder Guinness im *Barley Mow* trinken könntest.« Er unterbrach und fuhr sich mit den Fingern durch das dunkle Haar.

Dixie konnte nicht länger an sich halten. »Moment mal! Alles, was ich seit Montag für dich getan habe, hab ich aus freien Stücken getan. Alles war allein meine Entscheidung! Ich hätte dich schmoren lassen können. Hab ich nicht. Stattdessen hab ich dich vor der Sonne gerettet und ganz Leatherhead nach diesen widerlichen Hühnerlebern abgeklappert.

Und ich habe dich freiwillig nach London kutschiert. Da spielst du dich auf wie der große Zampano?«

Er kniff die Lippen zusammen. Sein Auge verfinsterte sich. »Dixie, so wie du eine Not leidende Kreatur einfach retten musstest, hättest du ebenso gut auch nackt die High Street entlangschlendern können. Du hast damit gar nichts zu tun. Du bist hoffnungslos überfordert und obendrein von Sinnen.«

»Du natürlich nicht.«

»Ich habe das längere Gedächtnis und eine klarere Sicht der Dinge.«

»Ach ja? Woran kannst du dich denn erinnern? Du warst ziemlich weggetreten, als wir hier ankamen.«

»Daran erinnere ich mich gerade noch. Und du vergisst es am besten. Geh zurück nach Bringham und vergiss, dass du mich jemals gekannt hast.«

»Nichts leichter als das.« Ihr Körper wusste nicht, ob er schwitzen oder zittern sollte, also tat er beides.

»Dixie, so hör mir doch zu. Ich will dich nicht verletzen.«

»Dafür gelingt es dir aber verdammt gut.«

Er fuhr sich mit beiden Händen durch die Haare und streckte sie ihr dann entgegen, machte aber einen Rückzieher. »Ich verdanke dir meine Existenz. Du hast mir das Leben neu geschenkt. Trotzdem müssen wir vernünftig sein.«

»Ich habe die letzten Stunden damit zugebracht, meine Vorstellungen von Realität und Fantasie komplett umzukrempeln, und du sagst mir, ich soll vernünftig sein. Vielleicht kann ich das einfach nicht.«

»Dann will ich dir auf die Sprünge helfen.« Die geballten Fäuste brachten die Muskeln in seinen Unterarmen zur Geltung. Dazu legte er die Stirn in Falten, sodass die Augenbrauen beinahe zusammenstießen. »Es ist ganz einfach. Du bist sterblich, ein Mensch, ich dagegen bin ein Vampir. Zwischen uns kann und darf es nichts geben. Geh zurück nach Bringham und vergiss, dass du mich je gekannt hast. Lass

Tom Kyd, Justin Corvus und Kit Marlowe wieder im Dunst der Geschichte verschwinden und leb dein Leben.«

»Na dann.« Seine Worte hallten ihr noch immer durch den Kopf, und ihr Herz raste.

Er atmete schwer, als hätte er in der letzten Viertelstunde den Mount Everest erklommen. »Dixie, versteh doch bitte. Man hat versucht, mich aus dem Weg zu räumen, und ohne dich wäre es ihnen auch gelungen. Dieser Zirkel besteht lediglich aus ein paar zweitrangigen Magiern, die im Dunklen herumtappen. Nicht auszudenken, was passiert wäre, wenn sie meine Macht erlangt hätten. Ich muss untertauchen – vielleicht für Jahre. Eine andere Möglichkeit gibt es nicht.«

In ihrem Inneren tat sich ein kaltes, dunkles Loch auf. Gerade erst waren sie einander begegnet, und nun sollte sie ihn verlieren, noch ehe sie ihn richtig kennengelernt hatte.

Seine Arme schlossen sich um sie zusammen wie warme Stahlbänder. Sie rieb die Wange gegen das raue Leinen seines Hemds, während seine Hand ihr über den Kopf strich. »Ich würde mich ja anders verhalten, wenn es in meiner Macht stünde oder wenn ich sonst wüsste wie. Aber so gibt es keine andere Möglichkeit, Dixie, für uns beide.«

Das musste sie akzeptieren. In dem Gespräch mit Justin und Tom war ihr mehr als klargeworden, dass sie aus verschiedenen Welten stammten. Aber was half das? Ihren Schmerz konnte das nicht lindern. »Du wirst mir fehlen. Was soll ich nur ohne dich anfangen?«

Er küsste sie auf den Kopf. »Geh nach Hause in die USA zurück, lern dort einen lieben, treusorgenden Mann kennen und sei glücklich bis ans Ende deiner Tage.« Sie wollte ihm nicht sagen, dass sie es schon einmal auf diese Tour versucht hatte – und böse reingefallen war. Seine Arme umschlossen sie fester. »Wenn du jetzt losfährst, kommst du nicht allzu spät nach Hause.«

Er meinte es wirklich ernst, zumindest seinen Worten zufolge; seine Arme sprachen eine andere Sprache. Sie machte sich los und sah zu ihm auf. Sie wollte etwas sagen, aber die Worte blieben in ihrer Kehle stecken. Seinen Arm um ihre Schulter gelegt, führte sie Christopher durch die Diele ins Wohnzimmer bis zur Verandatür. »Niemand darf erfahren, was geschehen ist. Du musst schweigen wie ein Grab. Geh so schnell du kannst weg von Bringham. Und hüte dich vor Caughleigh. Dieser Mann bedeutet nichts als Ärger.«

War er etwa eifersüchtig? Nein. Wohl eher vernünftig. »Mach dir seinetwegen keine Gedanken. Ich werde den Teufel tun, mich noch einmal mit ihm zu verabreden. Sollte es einen weiteren Whist-Abend geben, werde ich Vernon bitten, mich zu begleiten.«

Er kicherte.

Sein Kichern war besonders sexy, und sie würde es nie wieder hören.

»Ich werde dich saumäßig vermissen.«

»Jetzt vergreifst du dich aber im Ton.«

»Anders kann ich es nicht sagen.« Er konnte sich glücklich schätzen, dass sie sich nicht an ihn klammerte und heulte.

»Für dich.« Sie sah nach unten. In seiner Hand lag ein Schmucketui.

»Nimm es, als Erinnerungsstück.« Sie klappte den samtenen Deckel auf. Ein ovaler, schwarzer Stein, in Silber gefasst, glänzte ihr aus der mit weißem Satin ausgekleideten Schachtel entgegen. »Ein Jettstein aus Whitby. Aus den tiefsten Tiefen der Erde.« Sie hörte ihn nur halb. »Schau.« Er nahm das Collier aus ihrer Hand und legte es ihr um den Hals. Die massive silberne Kette war länger als erwartet, und der Stein baumelte zwischen ihren Brüsten. »Denk an mich, wann immer du sie trägst.«

Etwas verkrampfte sich in ihrem Inneren. »Muss es wirklich sein, Christopher? Kannst du nicht hierbleiben, sodass ich dich ab und an besuchen kann?«

Sie wusste, dass er den Kopf schütteln würde. »Hier wirst

du mich nicht finden. Wir haben keine andere Wahl, Liebes, und es ist besser, für uns beide.«

Seine Arme pressten sie fest gegen die starke Wand seiner Brust. Sie seufzte, als sein Mund den ihren berührte, und ihr Seufzen ging in ein entzücktes Stöhnen über, als sie seine warme Zunge spürte. Bei dem Gedanken, ihn zu verlieren, wäre ihr beinahe das Herz stehen geblieben.

Schließlich saß sie im Auto, und er hatte die Tür bereits zugemacht. Sie drehte den Zündschlüssel. Das schwarze Garagentor ging hoch, und sie steuerte auf die Straße hinaus. Als sie wegfuhr, hüllte sie ein kaltes Gefühl von Einsamkeit ein wie arktischer Nebel.

9

Christopher kippte zwei Gläser Portwein, ohne auch nur irgendetwas zu schmecken, und goss sich gleich noch ein drittes ein.

»Gib dir keine Mühe. Wir werden nicht betrunken wie Normalsterbliche.« Hatte er es etwa nötig, sich von Justin sagen zu lassen, was er ohnehin schon wusste? Er wollte auch von Tom nicht abermals darauf hingewiesen werden, dass er sich von Dixie trennen müsse – um *ihretwillen*, wenn ihm sein eigenes Leben schon egal war. Darauf kippte er den Inhalt des ganzen Glases hinunter und schnappte sich die Karaffe.

»Halt«, sagte Tom und warf sich schützend über seinen Portwein, zog aber die Hand auf einen Blick von Justin hin zurück.

Justin machte eine verneinende Kopfbewegung in Richtung Tom. »Lass ihn. Manchmal genügt schon die Erinnerung an unsere Zeit als Sterbliche, damit der Alkohol seine tröstende Wirkung entfaltet.«

Justin sprach aus Erfahrung, hatte er doch selbst unter schwerstem Liebeskummer gelitten. Aber warum hatte er nie davor gewarnt, wie sehr dieser Schmerz in der Seele brennt?

»Du hast das Richtige getan, Kit. Das einzig Richtige.«

Kit ignorierte Tom und schwenkte die rote Flüssigkeit im Glas, ehe er sie in einem Schluck hinunterkippte. Nach Dixies Lebenssaft schmeckte sie wie Stroh.

»Sie hat den Jettstein genommen?«, fragte Justin.

Kit nickte. »Sie trägt ihn.«

»Seine Kräfte werden sie vor dem schlimmsten Kummer bewahren, aber leicht wird es nicht werden für sie.«

Danke, Justin! Reib es mir nur richtig hin! Kit füllte sein Glas erneut und fragte sich, warum er sich sorgte. »Ich weiß«, sagte er, sein Blick über den Glasrand gerichtet. »Ich habe das Richtige getan – das einzig Richtige. Es gibt keinen Grund für diese Bande, Dixie mit mir in Verbindung zu bringen. Mein Verschwinden wird sie neun Tage lang beschäftigen, bis vielleicht jemand schwanger wird im Dorf oder mit der Frau des Hilfspfarrers durchbrennt. Dann wird man in Bringham vergessen haben, dass Kit Marlowe je existierte.«

»Sogar die Spuren meiner Verbindung zu diesem verdammten Zirkel hat sie ausgelöscht.«

Ihm gefiel dieser Gedanke. Der Zirkel hielt ihn für verbrannt. Er konnte ein paar Jahre lang Ruhe geben und sich dann ein neues Zuhause suchen. Somit wäre sie auf alle Fälle sicher.

Caughleigh und seine Kumpane hatten nicht den geringsten Grund, ihr etwas anzutun, und wenn sie baldmöglichst verschwinden würde, wäre sie ganz in Sicherheit.

»Wir werden ein Auge auf sie haben.«

Darauf war Verlass. Wann hätte ihn Justin je im Stich gelassen?

»Du hättest ihr nie die ganze Wahrheit sagen können.«

Tom hatte recht. Wenn Dixie auch nur im Entferntesten ahnte, dass Sebastian an der ganzen Geschichte beteiligt war, würde sie unverzüglich in seiner Kanzlei aufkreuzen und Rache schwören. Besser war es, sie im Unwissen zu belassen.

Nachdem sie sich zweimal verfahren hatte und in einen schier endlos langen Stau geraten war, zeigte die Uhr fast zehn, als sie in Bringham ankam. Sie hatte noch keine Lust, sich der Leere ihres Hauses zu stellen, und die Lichter des *Barley Mow* forderten ohnehin dazu auf, einen kurzen Zwischenstopp einzulegen. Dixie sehnte sich nach etwas Essbarem, einem kühlen Guinness und menschlicher Gesellschaft, wobei die Betonung auf menschlich lag.

»Spät dran, meine Liebe,«, sagte Alf, als er ihr ein Baby-Guinness servierte. »Wir schließen gleich.«

»Ich war in London.«

Wenn sie ein Alibi bräuchte, warum nicht gleich hier für seine Verbreitung sorgen?

»Ihr Glück! Der Abend hier war nämlich unter aller Kanone.«

»Ich hätte gern noch was gegessen. Kann ich einen Happen ›to go‹ haben?«

Alf legte den Kopf zur Seite. »Sie meinen was zum Mitnehmen? Ich will mal sehen. Ohne Vernon war der Abend ganz schön stressig. Der kriegt was zu hören, wenn er wieder aufkreuzt.«

»Was ist denn mit Vernon?«

»Ach, weiß der Himmel. Er ist einfach nicht zur Arbeit erschienen und ans Telefon geht er auch nicht. Wenn er morgen nicht wiederauftaucht, schreib ich die Stelle aus.«

Nachdem sie ihr Glas geleert hatte, drückte er ihr ein in Folie verpacktes Päckchen in die Hand. »Ein Käse-Chutney-Sandwich ›to go‹«, sagte er grinsend.

Dixie klemmte sich das Päckchen unter den Arm und nahm zusätzlich noch ein paar Flaschen Guinness mit. Hier in der Bar kamen zu viele Erinnerungen an Christopher hoch. Besser war es, nach Hause zu gehen.

Sie schlüpfte zwischen das grobleinene Bettzeug und breitete die gehäkelte Überdecke zeltartig über die angezogenen Knie; sie bröselte sie ungeniert voll, als sie ihr Sandwich verspeiste. Beim letzten Guinness fragte sie sich, ob drei an einem Abend nicht doch zu viel seien, leerte es aber trotzdem.

Sie fasste sich an den sorgfältig verpflasterten Verband an ihrer Brust. Sicher würde für immer eine Narbe zurückbleiben, hier und an einer weiteren, jedoch unsichtbaren Stelle. Dafür wusste sie Christopher in Sicherheit.

Müde und mit einem von Alkohol und Kopfschmerzen schweren Kopf rollte sie sich unter der Bettdecke zusammen. Beim Einschlafen gingen ihr zwei Gedanken durch den Kopf: Sie liebte einen Vampir und hatte außerdem zwölfeinhalb Kilo gammeliger Hühnerleber in ihrer Speisekammer.

Gleich am nächsten Morgen vergrub sie die Hühnerlebern zwischen den Stachelbeer- und Himbeersträuchern. Kaum hatte sie die Erde glatt gerecht, spazierte Emma durch das Gartentor. »Ich wollte nur mal nachfragen, wie es so läuft mit dem Pfarrblatt.«

Dixie hatte nicht einen Gedanken darauf verschwendet. Sie hatte bei Gott anderes zu tun gehabt. »Heute Nachmittag wollte ich es austragen.«

Emma lächelte. »Dürfte nicht allzu lange dauern. Es geht nur um die Strecke von hier bis zum Bahnhof und die Häuser hinter dir. Den Weg bis Dial Cottage kannst du dir sparen.«

»Wie meinst du das?« Wusste sie etwa was?

»Sag bloß, du weißt noch nichts? Sonderbar, wie du bei dem Lärm der Feuersirenen schlafen konntest.«

»Welche Feuersirenen?«

»Montagnacht oder vielleicht auch Dienstagmorgen.«

»Da war ich in London. Mit einem Freund.«

»Jemand, den ich kenne?«

Sie musste vorsichtig sein. Alles, was sie Emma erzählte, würde bis spätestens mittags über die Dorftrommeln flächendeckend verbreitet sein. »Ein Freund aus Collegetagen.«

»Und? Hat es sich gelohnt?«, fragte Emma, die Augen neugierig funkelnd, während Dixie das Blut in die Wangen schoss.

»Du bist mir vielleicht eine. Lässt uns hier alle in dem Glauben, sie würde nur in ihrem Haus herumwerkeln, dabei hat sie was am Laufen in der Stadt. Wann bringst du ihn denn mal mit und stellst ihn uns vor?«

»Er reist demnächst zurück in die Staaten.« Gran hatte

recht, eine Lüge folgte der anderen auf dem Fuß. Zeit, das Thema zu wechseln. »Was ist denn Montagnacht passiert?«

»Oh, da war mal richtig was los. Feuerwehrautos von nah und fern. Zwei kamen direkt hier vorbei. Wir haben den Brand von unserem Schlafzimmerfenster aus verfolgt. Dial Cottage ist bis auf die Grundmauern abgebrannt. Für Christopher kam jede Hilfe zu spät. Anscheinend hat er im Bett geraucht und dadurch den Brand ausgelöst.«

Christopher war bei dem Feuer Montagnacht nicht ums Leben gekommen. Das würde man bald auch ohne ihre Hilfe herausfinden. Sie konnte die Wahrheit nicht erzählen und kannte doch auch nur die halbe Wahrheit.

* * *

Dixie machte sich mit Emmas Verteilerliste und einem Stapel der neuesten Ausgabe von *St. Michael's Trumpets* auf den Weg. Damit hatte sie eine gute Gelegenheit, an so mancher fremden Tür einfach zu klingeln und sich die Tratschlust der Dörfler zunutze zu machen. Sie stellte grundlegende Fragen über den Brandfall Dial Cottage, erfuhr aber nichts Neues, außer dass sich die Leute uneins waren über die exakte Anzahl an Löschfahrzeugen.

Dixie ging langsam auf Christophers abgebranntes Haus zu. Die Grundmauern standen noch, aber alle Fensterscheiben waren geborsten.

Die massiven Dachbalken, die schweren Stürmen und den Angriffen der deutschen Luftwaffe getrotzt hatten, ragten verkohlt und nackt vor dem ebenfalls schwarzen Geäst der Bäume in die Luft.

Ein Gewirr von Fußspuren markierte den ehemals makellosen Rasen, und die Pflanzen und Sträucher waren durch Löschwasserschläuche oder Neugierige platt gedrückt oder beschädigt worden. Weiß-blaues Flatterband von der Polizei sperrte die wüste Stätte ab.

»Madam, Sie können da nicht rein. Es wird noch ermittelt.« Dixie drehte sich um. An der Ecke der Ruine standen Sergeant Grace und noch zwei weitere Beamte. »Sie sind doch Miss Page?«

»LePage.«

»Genau die Person, die wir suchen.«

»Miss LePage«, sagte der größte von den Dreien, »ich bin Detective-Inspector Jones und das ist Detective-Sergeant Wyatt.« Der andere Beamte nickte, lächelte aber nicht. Jones sah auf den Stapel blauer Hefte in ihrem Arm. »Nehmen Sie's nur gleich wieder mit. Er wird es jetzt nicht lesen.«

»Sie haben recht.« Ihr Blick wanderte über das verkohlte Gerippe, das einmal Christophers Haus gewesen war.

»Ich nehme an, Sie haben Mr Marlowe gekannt. Vielleicht können Sie uns helfen«, sagte Jones.

Dixie musterte Sergeant Grace und seine Begleiter. Die beiden trugen keine Schusswaffe und hatten keinerlei Abzeichen. Sie sahen eher aus wie Buchhalter.

Warum verspürte sie dann Unbehagen in ihrer Brust wie einen Klumpen kaltes Blei?

»Angeblich hatten Sie Kontakt mit Mr Marlowe«, sagte Jones. »Sind Sie zusammen ausgegangen?«

Was war das denn? Die Moralpolizei? »Ich kann Ihnen nicht recht folgen.«

»Verstehen Sie uns bitte nicht falsch, Miss LePage«, sagte Wyatt. »Wir würden nur gerne jemanden finden, der weiß, wie er so gelebt hat. Denn gekannt haben ihn scheinbar alle, aber niemand kennt irgendwelche Details. Da haben wir uns gedacht, dass vielleicht Sie …«

Er sparte sich den Rest.

»Sie glauben, dass ich mehr weiß als die Menschen, die ihn seit Jahren gekannt haben?« Sie schluckte. Sicher wusste sie mehr, würde aber niemals damit herausrücken.

Jones nickte. »Sie kennen nicht zufällig den Namen seines Arztes oder des Zahnarztes?« Dixie schüttelte den Kopf.

»Schade. Wir brauchen jemanden, der uns hilft, die Leiche zu identifizieren.«

Woher sollte hier eine Leiche kommen? »Keine Ahnung.«

»Schon gut, Miss LePage«, beruhigte sie Grace. »Wir finden das raus. So viele Ärzte mit beinamputierten Patienten kann es nicht geben.«

»Beinamputiert? Wie kommen Sie denn darauf?«

»Die Leiche, Miss LePage.«

Leiche? Es gab eine Leiche? »Unmöglich! Christopher hat ein Auge verloren, aber kein Bein.«

»Ihm fehlte auch ein Bein«, sagte Jones. »Fällt kaum auf heutzutage. Wir haben nicht mehr die alten Metallprothesen aus Kriegszeiten.«

»Ihm fehlte definitiv kein Bein.« Die drei starrten sie fassungslos an, was ihr aber egal war. Wer auch immer Christopher umbringen wollte, hatte ein anderes Opfer gefunden. »Christopher hatte beide Beine.«

»Sie sind sich absolut sicher? So sicher, dass Sie das auch vor Gericht beschwören könnten?« Jones gab sich trotz seines gelangweilten Blicks irgendwie interessiert.

»Ja!«

»Was macht Sie denn so sicher?«, fragte Wyatt.

»Ich habe sie gesehen.« Sie hoffte nur, sie würden nicht wissen wollen, wann.

Immerhin warf Jones' merkwürdiger Blick die Frage auf, ob außerehelicher Sex im Vereinigten Königreich ein Vergehen sei.

»Wären Sie bereit, diese Aussage vor Gericht zu wiederholen?«

»Nötigenfalls ja.«

Jones nickte. »Notieren Sie sich Namen und Telefonnummer der Zeugin, Wyatt.« Wyatt kritzelte etwas auf seinen Notizblock. »Wir kommen in dieser Sache demnächst auf Sie zurück, Miss LePage.«

Sie wandten sich wieder der Brandruine zu. War sie der

Schauplatz eines Verbrechens? Zweifellos. Etwas war faul in Bringham, mehr als faul, und sie war fest entschlossen, herauszufinden, was das war.

Dixie ging zurück in ihr leeres Haus und machte sich eine Tasse Tee, nur um danach zuzusehen, wie die Milch auf der Oberfläche langsam eine Haut bildete. Sie war müde, und dennoch war sie zum Bersten angespannt. In ihrem Kopf kreisten eine Million Fragen.

Sie musste etwas tun, egal was, nur um sich abzulenken. Gartenarbeit wäre eine Möglichkeit; dort gäbe es genügend Beschäftigung bis zum ersten Frost. Aber nein, schon ein Blick auf das Gärtnerhaus oder die Schubkarre würde sie heulend zusammenbrechen lassen.

Da beschloss sie, sämtlichen Hausrat aus Messing oder Silber frisch aufzupolieren. Mit den Kamingittern und Kaminböcken im Wohnzimmer war sie gerade zur Hälfte durch, als das Telefon läutete. Es war Sally, die darauf bestand, sie sollte sich zusammen mit ihr und Emma für den nächsten Tag zum Einkaufen und zum Lunch verabreden. Warum nicht? Vielleicht würde es ihr guttun, mal aus Bringham herauszukommen.

Sie schaute auf die Uhr. Warum nicht alles liegen und stehen lassen und ins *Barley Mow* hinübergehen?

Ein frisches Guinness in der Hand, entfernte sich Dixie aus dem Getümmel am Tresen und steuerte einen Ecktisch an. Sie hatte nicht die geringste Lust auf Gesellschaft.

»Hey! Haltet mal die Klappe!«, rief ein schwergewichtiger Mann seinen Kumpels zu. »Seht doch mal! Wer hätte das gedacht?«

Dixie, die ihr Essen, Blumenkohl mit Käse überbacken, noch nicht einmal angerührt hatte, sah auf.

»Meine Güte, ich fass es nicht!«, erwiderte sein Nachbar, die Augen unablässig auf den Fernseher über der Bar gerichtet.

Dixie starrte ebenfalls hin. Es herrschte Stille im Pub, abgesehen von den paar Leuten am Dartbrett, die sich aber auch überrascht umdrehten.

Auf dem Bildschirm erschien ein Phantombild von Christopher. »Gesucht wird Mr Christopher Marlowe. Wer kann Angaben zu seinem Aufenthaltsort machen? Sachdienliche Hinweise bitte an die Polizeiinspektion Surrey …«

Gut, dass sie noch nichts gegessen hatte. Sie hätte Mühe, es unten zu behalten. Wenn die Polizei jetzt Christopher suchte, dann konnte nur ihr großes Mundwerk schuld daran sein, denn bis zu ihrem Gespräch mit Inspektor Jones hatten sie ihn für tot gehalten.

Im Pub entfachte sich ein wildes Durcheinander von Spekulationen.

»Was hat er getan?«

»Egal, ich bin davon ausgegangen, dass er tot ist.«

»Kann nicht sein, wenn sie ihn suchen.«

»Es muss was mit dem Feuer zu tun haben.«

»Vielleicht hat er es selbst gelegt, um die Versicherung abzukassieren.«

»Dann wäre er aber nicht abgehauen, oder?«

»Vielleicht sind sie ihm auf die Schliche gekommen.«

Alf stöhnte, als er die leeren Gläser einsammelte. »Sie waren heute Nachmittag hier und haben nach Vernon gefragt. Früher ging's angeblich nicht, obwohl ihn seine Mutter schon am Montag vermisst gemeldet hat. Nun wollen sie plötzlich wissen, ob Vernon und Marlowe befreundet waren.« Er wischte mit einem Lappen über den polierten Tresen. »Ich hab nur gesagt, sie sollen ihn schnellstmöglich finden. Denn wie zum Teufel soll ich hier abends alleine zurechtkommen! Da haben sie mir geraten, die Stelle auszuschreiben. Was das zu bedeuten hat, will ich mir gar nicht vorstellen.«

Dixie hatte auch ein ungutes Gefühl, und die Frage, ob Vernon Prothesenträger war, stellte sie lieber nicht. Sie erübrigte sich sowieso, wenn sie an seinen schlurfenden Gang dachte oder an die umständliche Art, sich zu bücken, um das von ihr verursachte Desaster zu beseitigen, als sie James ihr Essen ins Gesicht gekippt hatte.

Vernon war der Tote von Dial Cottage, und in den Augen der Polizei war Christopher der mutmaßliche Täter.

»Sobald es dunkel ist, Kit, musst du dich auf den Weg machen. Dort bist du wenigstens in Sicherheit.«

Christopher hatte Tom nichts entgegenzusetzen. Aber er bezweifelte, ob er überhaupt in Sicherheit sein wollte. Jedenfalls nicht ohne Dixie. Er verdankte seine Existenz einer Sterblichen. Er hatte sein Herz an eine Frau verloren, eine Menschenfrau mit kastanienfarbenem Haar, leuchtend grünen Augen und Lippen, die seinen Körper zur Raserei trieben. Und er würde sie nie mehr wieder sehen!

»Ich gehe zurück, Tom, an unseren Zufluchtsort. Vielleicht hätte ich ihn nie verlassen sollen.« Christopher sah auf seine Füße und gönnte sich den Spaß, die Schnürsenkel allein durch Gedankenkraft auf- und wieder zuzubinden. Letzte Nacht hatte er St. Pauls erklommen. Seine körperlichen und geistigen Kräfte waren zur Gänze zurück, aber was sollte er ohne Dixie damit anfangen?

Tom unterzog seinen Freund einem langen, intensiven Blick. Gut möglich, dass er seine Gedanken las.

»Kit, du bist verletzt, innerlich, wo nicht einmal wir uns selbst heilen können. Du brauchst Zeit. Weißt du noch, als wir junge Kerle waren? Gebrochene Herzen heilen durchaus. Aber es dauert.«

Ihn plagten Zweifel. »Was ist mit Dixie? Sie kann nicht wie ein Vampir einfach ein Nickerchen von ein paar Jahrzehnten halten, um ihre Herzschmerzen zu heilen. Dazu kommt, dass ich ihr das Herz nicht nur gebrochen, sondern in tausend Stücke zerschlagen habe.«

»Du hast sie nicht absichtlich verletzt. Es ist einfach passiert.«

Christopher wandte sich Justins Stimme zu. »Bist du zurückgekommen, um sicherzustellen, dass ich auch wirklich gehe?«

»Nein, ich will dir nur sagen, dass sie in Sicherheit ist. Wir werden ein Auge auf sie haben.«

»Um ihretwillen oder unseretwillen?«

Justin schüttelte den Kopf. »Du warst schon immer ein zynischer junger Bursche. Um unseretwillen natürlich, aber in erster Linie um ihretwillen. Nur wenige Sterbliche haben so viel Mut und Zutrauen wie sie. Fast verdient sie es, unsterblich zu werden.«

Ein Stück Hoffnung flackerte in Christophers wundem Herzen auf. »Meinst du das ernst?«

Justin hob eine Hand.

»Kit, versteh doch! Sie ist jung und gesund, keinerlei Anzeichen von Krankheiten. Du kennst doch die Regeln der Kolonie. Kein Mord, keine Verwandlung vor dem natürlichen Tod. Vergiss es.«

Er hätte sich keinen falschen Hoffnungen hingeben sollen. Dixie war sterblich. In diesen Zeiten kam es selten vor, dass junge Frauen über Nacht wegstarben, und ihm blieb nichts anderes übrig, als die fraglichen Jahrzehnte durchzuschlafen. Bis sie eines Tages eines natürlichen Todes sterben würde – und waren ihre Großtanten nicht alle über neunzig geworden? Er hatte eine lange Ruhephase vor sich.

Tom goss drei Gläser Portwein ein. Das üppige Bouquet erinnerte Christopher an warme, sonnige Weinberge – und an den Geschmack von Dixies Lippen. »Eine neue Sorte?«

Tom lächelte, als er das Glas hob. »1800er-Jahrgang, noch vor der Reblaus. Dir zu Ehren.«

Christopher nickte anerkennend. »Sicher eine der letzten Flaschen in ganz London.«

»Die vorletzte. Die andere wird nach deiner Rückkehr geköpft.«

Seine Rückkehr! Er würde Jahr um Jahr verschlafen, während Dixie ihn langsam vergessen, altern und sterben würde. Aber sie würde ihn nie vergessen, so wie er sie auch nie vergessen könnte.

Er musste zu ihr, nur um sie zu sehen, ein letztes Mal. Seine Kräfte reichten allemal, um sich zu verwandeln, zu ihr zu fliegen und sein Refugium in Whitby dennoch vor dem Morgengrauen zu erreichen.

Sie saßen und tranken in völliger Stille. Nur die Stimmen der Fußgänger draußen vor dem Fenster waren zu hören, das Ticken der Uhr auf dem Kaminsims und das unablässige Rauschen des Verkehrs.

»Es wird Zeit«, sagte Justin leise. Vielleicht hatte er aber auch gar nichts gesagt.

Christopher nickte und ging zum Fenster, öffnete es und blickte auf die Straße hinunter und hinauf in das dunstige Blau des nächtlichen Großstadthimmels.

Bereits mit einem Knie auf der Fensterbank, schaute er sich um zu seinen Freunden. Seinen ältesten Freunden.

»Bald«, sagte er, positionierte sich auf dem Außensims und schoss wie ein Blitz in den dunklen Nachthimmel.

Tom blickte ihm nach, viel weiter als die Augen eines Sterblichen den dunklen Fleck im Azur je hätten verfolgen können. »Er fliegt westwärts, nicht nordwärts.«

»Ja.«

»Schwachkopf«, murmelte Tom.

Justin klopfte ihm auf die Schulter. »Das verbindet uns mit den Gemeinsterblichen.«

Sie lag vor ihm, in den weißen Laken, wie ein schöner Traum. Ihre zarte, von kastanienfarbenen Locken umrahmte Haut schimmerte im Mondlicht. Christopher zwang sich, auf dem Fensterbrett zu bleiben.

Er konnte jederzeit näher treten, hätte es gedurft, schließlich hatte sie ihm ihr Blut verabreicht und neues Leben gespendet. Würde er aber so weit gehen, sie zu berühren, dann würden all seine Vorsätze dahinschmelzen, und er wäre restlos verloren.

Jetzt verstand er Justins Reserviertheit gegenüber Sterblichen. Er hatte sich verführen lassen von einem Paar leuchtend grüner Augen, einem Lächeln, das verlockte wie der Frühling, und einem Herzen, das noch größer war als das weite Himmelszelt. Sie hatte ihm ihren Lebenssaft gegeben, und er hatte bezahlt dafür mit einem gebrochenen Herzen.

Er war im Begriff, sie auf immer und ewig zu verlassen, aber dieses letzte Zusammensein wollte er noch einmal richtig auskosten.

Als er sich ihrem Gedankenstrom näherte, spürte er Besorgnis.

Sie machte sich Sorgen wegen ihm!

Er hatte sie beinahe ihrer ganzen Lebenskraft beraubt und ihr Herz aus der Verankerung gerissen, und da machte *sie* sich Sorgen wegen *ihm*. Hatte er das verdient? In seinem Kopf drehte sich alles, und er berührte in Gedanken ihre Stirn. Als er die Wärme ihrer Schläfen von den Augenbrauen bis zu den Ohren ertastete, bewegte sie sich leicht, und über ihre vollen Lippen huschte ein Lächeln, als seine Gedanken Zentimeter für Zentimeter über ihren elfenbeinfarbenen Hals strichen.

Der Duft ihrer Haut stieg ihm in den Kopf wie junger Wein. Er sehnte sich danach, sie zu schmecken, ihre Lebenswärme an seinen Lippen zu spüren, blieb aber auf dem Fensterbrett sitzen wie angewurzelt und stellte sich stattdessen seine Lippen an ihrem Handgelenk vor. Der nahe Pulsschlag unter der hellen Haut brachte seine Zähne zum Erbeben, aber er unterdrückte sein Verlangen. Schließlich war er gekommen, um zu geben, nicht um zu nehmen. Seine Gedanken bewegten das Laken von ihren Schultern. Ihr Mund öffnete sich, als sie mit der Zunge ihre Lippen befeuchtete. Sie bekam alles mit. Er hätte schwören können, sie würde sich Zeit ihres Lebens an jede einzelne seiner Zärtlichkeiten erinnern.

Als die Nachtluft über sie hinwegfächelte, zitterte sie. Da wärmte er sie mit seinem Atem und zauberte ein entspanntes Lächeln auf ihre feuchten Lippen. Er sehnte sich danach, diese Lippen zu verschlingen, ihre Süße einzusaugen, bis sie anschwollen; ihm genügte es schon, zu sehen, wie sie sich unter der Berührung seiner Gedanken vorwölbten. Dabei stellte er sich ihre samtene Weichheit und ihren Geschmack vor.

Bei Abel, wie er sie begehrte!

Wie er sich danach verzehrte, ihre im Mondlicht wie Perlmutt schimmernden Brüste zu berühren; zwischen ihnen und dem Hellblau des Nachtgewands glänzten eine silberne Kette und – dunkel-schwermutsvoll – das Oval aus Jettstein hervor. Er dachte daran, wie ihre Brust schmeckte und wie sich das warme, rosige Fleisch auf seiner Zunge anfühlte. Sie seufzte, als er sich ausmalte, wie seine Lippen ihre Brustwarzen einsaugten. Als sich ihre Hand im Licht des Mondscheins über das Kissen bewegte, sah das aus wie eine zärtliche Liebkosung.

»Christopher, ich liebe dich.«

Die geflüsterten Worte verselbstständigten sich und hallten durch Zeit und Raum. Diese Frau liebte ihn trotz allem, was er ihr angetan hatte.

Schneller als einer ihrer Herzschläge streifte er die Kleider ab und ging an ihr Bett. Sie schlug die Augen auf, erhob sich und streckte die Arme aus. Ihr Gesicht strahlte. »Christopher«, flüsterte sie mit einer Stimme so klar wie Glockenklänge in einer Frostnacht. »Ich habe gedacht, ich träume.« Er ließ sich von ihren Armen umfangen und umfasste sie selbst in einer scheinbar ewigen Umarmung. Sie schmiegte sich an die Rundung seiner Schulter und lächelte. »Ich habe geglaubt, ich würde dich nie wieder sehen. Sag mir, dass ich nicht träume.«

»Dies«, erwiderte er und zog sie eng an sich heran, »ist ein wahrer Traum.«

»Du bist der wahrhaftigste Mensch, der mir je begegnet

ist«, sagte sie, als sie die Konturen seines Gesichts nachzeichnete. Die Berührung erschreckte ihn.

Wie konnte es sein, dass eine bloße Sterbliche ihn so schwach und verletzlich machte? Sie kuschelte sich an ihn heran, als sie mit flacher Hand über seine Brust strich.

»Du bist ein Mann, noch dazu ein richtiger«, sagte sie und vergrub ihre Finger in dem Wildwuchs auf seiner Brust.

»Wie bitte?« Er kicherte, als ihre Finger über seinen Bauch wanderten.

»Ich meine, du siehst auch aus wie ein Mann, an den meisten Stellen.«

»An den wichtigen, hoffe ich doch.«

»Oh ja.«

Er fühlte, wie ihre Schultern unter seinem Arm erbebten. »Lachst du mich etwa aus?«

»Wie könnte ich? Mir ging nur durch den Kopf, dass du sehr männlich bist, was das betrifft.«

»Und worin unterscheide ich mich?«

Ihr Kinn schmiegte sich an seinen Hals. »Dein Gesicht ist glatt und auch noch nachmittags immer wie frisch rasiert, aber du hast sehr viele Haare auf der Brust und an den Beinen.«

An seiner Wade schlängelte sich ein warmer Frauenfuß hoch.

»Tja, die Vorteile eines Vampirs ... Ich muss mich nie rasieren, und auch meine Kopfhaare wachsen nicht mehr. Als Sterblicher hatte ich einen Vollbart, aber ich habe ihn 1825 abrasiert, und er kam nie wieder.«

»Dann darfst du dir nie einen Bürstenschnitt verpassen lassen«, sagte sie und wuschelte mit der Hand durch seine Haare.

»Und sonst?«, fragte er.

Sie schaute ihm direkt in die Augen und verzog den Mund zu einem schelmischen Grinsen. Dabei leuchteten ihre grünen Augen wie Sonnenstrahlen in einem Kirchenfenster.

»Hm, ich meine, man könnte sagen, du ... du küsst ziemlich hervorragend.«

»Nur hervorragend?« Während er sprach, umfasste er mit einer Hand eine Brust und spürte, unter dem Nachthemd aus Satin, ihre Wärme und Weichheit.

»Vielleicht könnte man auch sagen unglaublich, fantastisch, überwältigend«, bot sie sich an.

»Du hast wohl eine Studie durchgeführt, oder?«, erwiderte er und spürte dabei plötzlich den Drang, jeden Sterblichen auszulöschen, der sie je berührt hatte.

»Etwas Praxis hab ich schon«, erwiderte sie, stützte sich auf einen Ellbogen und sah auf ihn herunter. »Bist du mitten in der Nacht hier aufgekreuzt, um mein früheres Liebesleben zu besprechen?«

Keineswegs. Schon der bloße Gedanke, dass ein Sterblicher sie je begehrt oder gar besessen haben könnte, war für ihn unerträglich. »Ich bin gekommen, um dich noch einmal anzusehen und dann wegzufliegen. Aber ich hab es nicht geschafft. Dann sagte ich mir, nur eine Berührung, nicht mehr. Auch das hat nicht funktioniert. Ich kapier einfach nicht, was du mit mir machst. Du löst Gefühle in mir aus, wie ich sie nie zuvor gekannt hatte, bei keinem anderen Wesen, ob nun sterblich oder unsterblich.«

Sie beugte sich über ihn, die Lippen geöffnet, und er spürte die Wärme ihres Atems wie den Kuss des Lebens. Lippen so süß wie Honig berührten ihn. Wenn er ein Herz gehabt hätte, würde es rasen. Stattdessen brannten sein Geist und sein Körper vor Verlangen nach ihr. Sie zog ihn regelrecht an, mitten hinein in den Wirbel ihrer Leidenschaft. Ihre Lippen versprachen mehr als die Ewigkeit, als ihre Arme sich hinter seinem Rücken verschränkten. Er stützte sich auf und sah auf ihr wirres Haar und die funkelnden Augen hinab. Sein Körper schmerzte vor Begierde, aber dieses Mal würden sie sich Zeit lassen. Sie würden sich die ganze Nacht hindurch lieben.

Sie lächelte zu ihm hinauf. »Wirklich allererste Klasse.«

»Du bist viel zu dick angezogen.« Seine Stimme klang spröde wie Herbstlaub, und seine Finger zitterten, als er die Schleife an ihrem Hals löste.

»Lass dich davon nicht weiter stören.« Sie kicherte leise, sodass ihre Brüste, die Warzen unter dem hellblauen Satin hoch aufgerichtet, erbebten. Schließlich hob er ihre Schultern an und entkleidete sie bis zur Taille. Ihn schauderte. Der Mullverband auf ihrer linken Brust erinnerte ihn an das Unglaubliche, das sie für ihn getan hatte. Sie tippte mit einem Finger an sein Kinn und schaute ihm direkt ins Auge. »Du hast es dir doch nicht anders überlegt, oder?«

»Es geht nicht. Die Wunde ist noch nicht ganz verheilt.«

»Was soll mir mit dir schon passieren.«

»Ich muss dir sagen, ich bin nach wie vor überwältigt davon, was du für mich getan hast.« Zögernde Finger umkreisten die Spitzen ihrer Brüste. Sie wand sich kurz in den Hüften, streifte das zerknüllte Stück Satin ab und warf es von sich.

Wusste sie überhaupt, was sie da mit ihm machte? Oh ja, sie wusste es ganz genau. Ihre Fingerspitzen streichelten seinen Oberkörper entlang nach unten, Spuren kochender Lava, die erst unterhalb seines Bauchnabels endeten.

»Ich möchte auch überwältigt werden«, sagte sie.

Beinahe ehrfürchtig umfasste er ihre Brüste und senkte den Kopf nach unten. Er nahm den Duft ihres Körpers wahr, von Seife, Lavendel und sauberem Leinen. Er hätte ertrinken können in ihrer Wärme und Liebe, in ihren Armen verlöschen, aber ihre Hände hielten ihn am Leben. Sie streichelten ihn überall, während ihr Körper seinen Berührungen entgegenkam und sie Seufzer und spitze Schreie der Lust ausstieß.

Waren andere sterbliche Frauen auch so leidenschaftlich? Er konnte sich nicht daran erinnern, so immens die Zeiträume in seinem Gedächtnis auch waren. Sie verkörperte die pure Sinnlichkeit und war doch auch Balsam für eine einsame Seele. Seinen Seelenfrieden jedoch hatte er auf immer verloren. Er würde die Erinnerung an Dixie LePage bis in alle Ewigkeit niemals vergessen, und er schuldete ihr die Nacht ihres Lebens.

In seiner Vorstellung wollte er aktiv werden, aber sie erwiderte jede seiner Aktionen. Er küsste. Sie streichelte. Er liebkoste. Ihre Lippen trieben ihn zum Wahnsinn. Er erforschte die Geheimnisse ihres Körpers.

Ihre Finger entdeckten Nervenenden, von deren Existenz er bis dahin gar nichts gewusst hatte. Scheinbar ewig miteinander verbunden, liebten sie sich, als würden sie nie wieder auseinandergehen.

»Christopher, nimm mich jetzt, bitte«, flüsterte sie mit heiserer Stimme, in der sich sein eigenes Verlangen spiegelte. Sie lächelte zu ihm hinauf, die elfenbeinfarbenen Beine erwartungsvoll geöffnet.

»Liebes, ich bin dein«, erwiderte er und tastete sich voran.

Sie kam sofort, als er in sie eindrang, bäumte sich ihm entgegen, hielt ihn fest und hätte ihm mit den Fingernägeln beinahe den Rücken zerkratzt. Ihr Körper wand sich vor Lust, und sie schrie es hinaus und zitterte und bebte im Nachhall der Leidenschaft.

Ihre Freudenschreie ließen ihn die Kontrolle verlieren und er explodierte unter einem Ansturm unglaublicher Gefühle, während er sie gleichzeitig einem neuen Höhepunkt entgegenführte. Gemeinsam durchrasten sie eine Bahn der Ekstase, bis hinauf zu den Sternen und um die Planeten und Kometen herum, bis sie Arm in Arm auf dem zerwühlten Bettlaken zu sich kamen, auf der Zunge den süßen, salzigen Geschmack von Schweiß und in der Nachtluft den Duft der Liebe.

Eine Weile lagen sie schweigend nebeneinander, verloren im Gegenüber und in den eigenen Gedanken und Gefühlen. Aus dem Garten wehte Rosenduft herein, und in den Weiten der Nacht war der Lockruf einer Eule zu hören.

»Ich bin so froh, dass du gekommen bist«, sagte Dixie, das Gesicht dicht an seiner Brust. »Ich fürchtete schon, ich würde dich nie wieder sehen.«

»Ich musste dich wiedersehen, ein letztes Mal, aber ich kann nicht bleiben. Dass ich hier überhaupt noch willkommen bin?«

Im Mondschein sah er ihr Lächeln. »Du wirst immer willkommen sein.«

»Ich habe Angst davor, dich zu verlassen, Dixie. Ich weiß nicht, ob ich das kann.«

Sie stützte sich auf einen Ellbogen. Auf der Stirn zeigte sich eine Falte. In einem Augenwinkel glänzte eine Träne. Hatte er sie so sehr verletzt? »Du musst los. Geh. Sofort«, sagte sie mit gepresster Stimme.

10

Christopher wischte die Träne von ihrer Wange. »Ich hatte nie die Absicht, dich zu verletzen.« Was konnte er nur sagen oder tun, um alles wiedergutzumachen.

»Mir geht es gut«, korrigierte sie ihn. »*Du* musst auf der Hut sein, und zwar nicht nur vor der Bande von neulich, sondern vor der Polizei. Sie glauben, du hast Vernon umgebracht.«

Christopher packte sie an den nackten Schultern. Ihre Haut unter seinen Fingern war noch warm vom Liebesspiel. »Wovon sprichst du? Sie glauben, ich hätte Vernon umgebracht? Warum?«

Sie erklärte alles, biss sich dabei immer wieder auf die Lippen, bis Blut kam. Er hätte so gern davon gekostet. »Ich habe einfach die Nerven verloren«, sagte sie schließlich und schüttelte den Kopf. »Mir ging durch den Kopf, dass sie versucht haben, dich umzubringen, und jemand anderen getötet haben. Ich wusste zu dem Zeitpunkt noch nicht, dass es sich um Vernon handelte. Mir war nur klar, dass die Täter hinter Schloss und Riegel gehörten. Aus dem Grund sagte ich der Polizei, dass unmöglich du das Opfer sein konntest. Ich bin davon ausgegangen, sie würden sich auf die Suche nach dem Mörder machen. Dass sie dich jetzt verdächtigen, daran hätte ich nie im Traum gedacht.« Sie stützte das Kinn auf ihre Daumen und fuhr sich mit den Fingern über Nase und Mund, als würde sie beten. Vielleicht tat sie es ja. Ihn traf ein sorgenvoller Blick. »Es tut mir so leid, Christopher, ich hätte nie …«

»Sei ganz ruhig, Liebes.« Er legte die Arme um ihre zitternden Schultern. Natürlich hatte sie das nicht ahnen können.

Wie auch? Sie war durch und durch offen, ehrlich und aufrichtig. Wie konnte sie so denken wie jener Hexenzirkel. »Du konntest das nicht wissen. Es wird alles gut. Sie können ihre Fühler in alle Richtungen ausstrecken, aber sie werden mich niemals finden.«

»Wohin gehst du?«

Sie hatte gefragt, und er musste sie verletzen, indem er ihr scheinbar nicht traute. »An einen sicheren Ort.« Er schüttelte gleich den Kopf, als sie zu sprechen begann. »Mehr kann ich dir nicht sagen. Es ist nicht allein mein Geheimnis. Ich sage dir alles, was du über mich wissen willst, aber für die anderen kann ich nicht sprechen.«

»Das sind Justin und Tom, stimmt's?«

»Ja, aber nicht nur. Wir unterhalten gemeinsam ein sicheres Refugium für Krisenzeiten.«

»Und jetzt steckst du wegen meiner vorlauten Klappe in einer Krise.«

»Liebstes, dir verdanke ich meine Existenz. Gefahr droht mir, weil ich in einer Spirale des Bösen festsitze. Wenn sie herausfinden, dass ich nicht vernichtet wurde, und wenn sie wüssten, wer ihnen dabei einen Strich durch die Rechnung gemacht hat ...« Die unausgesprochenen Worte schwebten im Raum. »Ich kann und will deine Sicherheit nicht aufs Spiel setzen. Lieber verschwinde ich für ein paar Jahre, und du musst mir versprechen, in die Vereinigten Staaten zurückzugehen.«

»Das werde ich.« Er staunte, denn eigentlich hatte er so gut wie damit gerechnet, dass sie sich weigern würde. »Nicht gleich, aber demnächst. Zuvor muss ich noch was erledigen.«

»Und was bitte schön? Ist nicht die Rettung eines Vampirs genug für einen Sommer?«

Sie versetzte ihm einen Ellbogenstoß in die Rippen. Spielerisch. »Du bist nicht allein auf der Welt. Ich muss entscheiden, ob ich das Haus verkaufen oder vermieten will, und ich muss Geldangelegenheiten regeln – wohl oder übel, wenn ich in die USA zurückgehe. Sebastian will ich das nicht überlassen. Ich traue diesem Kerl nicht. Ganz und gar nicht.«

In diesem Punkt würde er ihr nicht widersprechen. »Versprich mir, so bald wie möglich wegzugehen. Zurück nach South Carolina.«

»Versprochen.« Sie schaute ihn sorgenvoll an. »Mach dir wegen mir keine Sorgen. Musst du nicht längst los? Immerhin wirst du steckbrieflich gesucht.«

»Bei meiner Art zu reisen wird mich niemand entdecken. Ich bin sicher. Du musst dafür sorgen, dass *du* sicher bist.«

»Wie meinst du das?«

»Es gibt Mörder in diesem Dorf, Dixie. Sie glauben, ich bin tot, aber sollten sie je erfahren, dass ich es gar nicht bin … und wenn sie dann dich verdächtigen …«

»Warum sollten sie?« Sie lächelte, als gäbe es nie ein Morgengrauen. »Ich schweige wie ein Grab.«

Ihm war, als sei sie die Verkörperung seiner kühnsten Träume. Er musste sie noch einmal berühren. Von ihrer Halsschlagader ausgehend verfolgte er eine Linie entlang ihres Kinns bis zum Mund, sodass sie seinen Finger zwischen ihren feuchten Lippen zu fassen bekam. Sie umspielte die Spitze mit der Zunge und sog den Finger dann tiefer in ihren warmen Mund. »Ich will es noch mal machen mit dir, Christopher«, sagte sie. »Haben wir noch Zeit?«

»Dafür muss immer Zeit sein.«

Ihr Lächeln versprach grenzenlose Lust. Der Duft ihrer Haut machte ihn schwindlig. Er wurde noch einmal zu jenem trunkenen Jüngling, der an den grünen Ufern des Medway die Geheimnisse der Liebe erkundete, ehe die Jahre in Cambridge und London ihn zum Zyniker in Sachen Sex gemacht hatten. Er beugte sich hinunter und küsste ihre warme Brust, saugte an der harten Warze, bis sie vor Freude quiekte, während seine Zähne an dem süßen Fleisch zogen.

»Schluss damit«, kicherte sie und wand sich unter seinen Händen.

»Warum denn?«, fragte er zwischen seinen Lippen hindurch, ohne den Mund von ihrer Brust wegzunehmen.

»Weil ich jetzt *dich* befriedigen möchte.«

Wie konnte er so ein Angebot ablehnen? Sie rückte eng heran, presste sich lustvoll gegen ihn und stachelte so sein Begehren bis aufs Äußerste an.

Sie grinste. Anders ließ es sich nicht ausdrücken. Ein verschmitztes, vielversprechendes und erwartungsvolles Grinsen. Ihr gefiel die Vorstellung, er könnte ihr hilflos ausgeliefert sein, so wie er es hinnahm, sich ihr in seiner Hilflosigkeit und Verletzlichkeit preiszugeben.

»Ich will dich«, sagte sie und brachte damit ihr Verlangen zum Ausdruck. »Ich will dich, auf jede nur erdenkliche Art und mehr, wenn wir Glück haben. Du wirst mich verlassen, noch vor dem Morgengrauen, und daran werde ich mich in meiner Erinnerung festhalten.«

In ihrem Augenwinkel glänzte eine Träne, die er mit dem Daumen zärtlich beiseite wischte. »Wir werden einander nie vergessen. Wie könnten wir.« Er hatte eine Ewigkeit Zeit, sie zu vermissen, und wenn er gekonnt hätte, hätte er geweint.

Ihre Lippen entfachten einen Strudel der Leidenschaft in ihm, als ihre Zunge in seinen Mund eindrang und jeden, auch noch den äußersten Winkel darin erforschte. »Du willst mich wohl in den Wahnsinn treiben?«, fragte er, als er zum Atemholen auftauchte.

»Ganz genau«, erwiderte sie, »aber das war erst der Anfang.«

»Dixie«, stöhnte er, »weißt du, was du da tust?«

»Natürlich.«

Sie wusste sehr wohl, was sie tat. Heiße Schauer der Vorfreude jagten durch seinen Körper und brannten sich in jede Nervenfaser. Wie schaffte das eine Gemeinsterbliche? Aber sie war keine Gemeinsterbliche. Sie war seine Frau, seine Seelenfreundin, sein einziger Daseinsgrund. Er genoss ihre Berührung, schwelgte in ihrer Liebe und unterdrückte jeden Gedanken an den nahenden Morgen.

»Christopher.« Seine Gedanken kreisten noch in fernen Galaxien, dennoch öffnete er die Augen auf ihr Flüstern hin, die Finger in ihren kastanienfarbenen Locken verwoben. Sie lächelte ihn an.

»Liebes.« Sie sollte nicht vor ihm knien. Er ergriff ihre Arme und zog sie zu sich hoch. Er bewegte den Kopf und schmeckte Wärme, Süße und sich selbst auf ihren Lippen. »Lass uns die Stunden bis zum Morgen weglieben.« Ihre Augen antworteten ihm.

»Liebes«, flüsterte er, als sie sich auf ihn legte. Ihre Leidenschaft ließ ihn abheben, körperlich und seelisch. Dieses Mal hatte sie die Führung übernommen. Sie machte Liebe mit ihm und trieb ihn zu neuen Höhen. Keine Frau hatte ihn je so geliebt. Dixie war einfach einmalig.

So also fühlte sich Sterblichkeit an, jene wunderbare Eigenschaft, die er schon vor Jahrhunderten verloren und der er nie nachgetrauert hatte. Bis jetzt.

Er befreite sich von ihr, bis sie schließlich auf dem Rücken vor ihm lag. Schwer atmend, errötet und erschöpft lächelte sie ihn an, die Augen freudestrahlend und funkelnd wie Sterne am Abendhimmel. Ihr Haar leuchtete wie Kupfer im Flammenschein. Ihre Haut war warm wie die Sommersonne – die er so sehr mied – und weich wie eine Frühlingswiese, und ihr Teint war von Liebe erblüht.

Und er musste sie verlassen. Für immer.

Er beugte sich sanft über sie, vor seinen Augen das Zeichen ihrer Liebe, die frisch vernähte Wunde. Er strich die Locken aus ihrer feuchten Stirn, und kostete von dem süß-salzigen Geschmack ihrer Haut. Dann bedeckte er ihr Gesicht mit sanften Küssen, liebkoste die Wangen und sandte Schmetterlingsküsse auf die Lider. Das Pulsieren ihres Bluts hallte wie ein Wasserfall in seinen Ohren. Er konnte es riechen, spürte den mit jedem Kuss schneller werdenden Pulsschlag. Als seine Lippen über ihren Hals glitten, wölbte sie sich hoch und stöhnte, reckte und streckte sich, bis sie in Ideallage und bissbereit vor ihm lag. Ihre Brust hob und senkte sich und sie keuchte erwartungsvoll, voller Begierde und Verlangen.

Sie streckte den Hals und drückte den Kopf in die Kissen. Seine Lippen erschmeckten Leben. Der Duft ihres Bluts löste einen irrealen Ansturm von Empfindungen in ihm aus, und ihr Herzschlag pochte gegen seine Ohren wie eine wild rauschende Flut. Seine Fangzähne tauchten auf, bohrten sich in ihren Hals. Er schmeckte Leidenschaft, Glut und Fülle und spürte, wie sich ihr Körper ekstatisch wand. Immer noch eins mit ihr, fühlte er ihre Lust, den puren Genuss in ihrem Körper, der sich spannte und bäumte, um dann ganz in Wärme zu zerfließen, während ihre Arme ihn umfingen.

Ihre Blicke trafen einander. Sie lächelte, das befriedigte Lächeln einer Frau, die alle seine Geheimnisse kannte und dies voll auskostete. Die Glut ihres Körpers wärmte seine angeschlagene Seele. Nur allzu gerne würde er die Ewigkeit gegen ein endloses Jetzt eintauschen, aber selbst Vampire konnten die Zeit nicht anhalten. Der Morgen verhieß Gefahr, und nichts war ihm wichtiger, als sie zu schützen.

Er legte die Hände um ihre Brüste, und abermals durchfuhr ihn die Erinnerung an ihr selbstloses Opfer. »Dixie, ich habe Angst um dich. Bitte geh fort von hier, fahr nach Hause, und zwar so schnell wie möglich, am besten noch heute Morgen.«

Sie sah ihn an; ihr Gesicht war noch immer leidenschaftlich errötet. »So schnell geht es nicht. Wenn es dich beruhigt, rufe ich noch heute bei der Fluggesellschaft an, mehr kann ich dir nicht versprechen. Im Moment ist mir schon der Gedanke daran zuviel, so fertig wie du mich gemacht hast.« Wie zum Beweis kuschelte sie sich an seine Brust, schloss die Augen und schlief ein.

Er hätte sie ewig ansehen können, spürte ihren ruhigen

Atem an seiner Brust, ihr weiches Haar an seinem Kinn. Der Gedanke an den Abschied versetzte ihm einen Stich – schwerer als der Dolchstoß von Deptford. Zum ersten Mal in vierhundert Jahren verfluchte er sein Dasein als Vampir, denn Dixie war die Frau, mit der man alt werden konnte, was ihm aber von vornherein versagt blieb. Aber wenn Justin ihm nicht in das Haus von Eleanor Bull gefolgt wäre, wäre er jetzt ein Haufen morscher Knochen, und Dixie LePage und ihre Liebe hätte er niemals kennengelernt. Da war dann dieser Krümel immer noch mehr wert, als gänzlich vergessen im kalten Grab zu liegen. Ihm blieb immerhin ein Schimmer ihres Lichts, den er in die Ewigkeit vorantragen könnte, und damit besaß er mehr als die meisten Unsterblichen.

Er hatte die Spielregeln nicht ganz eingehalten. Nicht ganz? Er hatte sie bis aufs Äußerste strapaziert. Aber besagte Regeln waren ja eingeführt worden, lange bevor Dixie LePage in ihr Leben geplatzt war. Sogar Justin hatte sie betört, und Tom würde nie darüber hinwegkommen, dass sie schlicht anderer Meinung war, als er sie aus dem Haus werfen wollte.

Er roch den anbrechenden Morgen und küsste Dixie schweren Herzens – imaginär, aber immerhin – wach. »Dixie, es wird bald hell, und ich kann mich doch bei Tageslicht nicht verwandeln.«

Dixie erwachte sofort, registrierte unverzüglich das Schwergewicht neben ihr auf der Matratze, den starken Arm auf ihren Schultern und das Lächeln. Ein Lächeln, das ihr die neue Lage schonungslos vor Augen führte. Christopher übertraf sämtliche Männer, von denen sie je geträumt hatte, konnte aber leider nicht bei ihr bleiben.

»Du musst weg. Sie dürfen dich auf keinen Fall finden.«

»Keine Angst, mein Versteck ist sicher.«

»Christopher ...«, flüsterte sie. »Oh, Christopher ...« Sie schlang die Arme um seine Taille und zog ihn an sich. Er musste weg, sicher, aber sie musste ihn noch einmal berühren. Sie legte die Wange an seine muskulöse Brust und atmete den seltsamen Geruch seiner Haut ein, wie von Wachs, aber mittlerweile vertraut. Ihr Verlangen war noch immer nicht gestillt, aber sie hatten keine Zeit mehr.

Sie setzte sich auf und schüttelte ruckartig den Kopf, um die letzten Reste von Schlaf loszuwerden, und ließ dann den Blick über den dreiteiligen Spiegel auf der Ankleidekommode wandern. Ihr eigenes Bild fand sie dreimal widergespiegelt – aber sie war allein. Dort, wo Christopher neben ihr lag, war nur ein verschwommener Schatten zu sehen. Er war nicht sterblich, konnte nie zu ihr gehören. Nicht einmal ein Erinnerungsfoto würde sie je besitzen.

»Du wirst mir fehlen.« Das klang sehr reserviert und schon beinahe britisch, aber trotzdem trieben ihr die Worte bittere, scharfe Tränen in die Augen, und in ihrem Hals ballte sich ein Kloß zusammen, der sich anfühlte wie ein rauer Klumpen Kohle. »Du hättest gestern Abend gleich gehen sollen. Es war falsch, dich hier zu halten.«

Er schüttelte den Kopf, und über seine Lippen huschte ein Lächeln; dabei verblasste sein Auge und leuchtete in der Dunkelheit wie ein Opal. »Ich musste bleiben. Du hast mich doch gebraucht. Dafür haben wir die Erinnerung an eine Liebesnacht, die uns unvergesslich bleiben wird – dir für den Rest deines Lebens und mir, nun ja, ich werde ewig an dich denken.«

»Sehe ich dich jemals wieder?«

Er schüttelte den Kopf, und der Schmerz verbrannte ihm schier das Auge.

»Nein, Dixie«, sagte er, als er sich wieder gefangen hatte. »Wir sind von zweierlei Art. Sterbliche und Unsterbliche passen nicht zusammen. Sitte und Gesetz, aber auch der gesunde Menschenverstand sind dagegen.«

»Bis jetzt waren wir beide kein schlechtes Gespann.«

»Nein? Du hättest immerhin verbluten können, und es besteht nach wie vor die Gefahr, dass man dich mit mir in Verbindung bringt. Nur heute Nacht bin ich halt einfach schwach geworden.«

»Mir kommt es so vor, als seien wir beide gleich schwach – oder stark.« Sie hatte gute Lust, ihn anzuschreien, ihm zu sagen, seine Unsterblichkeit sei ihr egal, seine Skrupel seien Unsinn. Aber sie tat es nicht. Ihr war klar, dass jede Minute, die er länger hierblieb, die Gefahr für ihn vergrößerte. »Du solltest jetzt lieber gehen, andernfalls könnte ich dich aufs Bett werfen und von vorne anfangen.« Sie stand auf und griff nach ihrem Morgenmantel.

Bis sie ihn über die Schultern gestreift und zugeknotet hatte, war er komplett angezogen. »Wie hast du das gemacht?«

Er grinste nur. Sie zerfiel langsam in ihre Einzelteile, und er grinste. »Wir Vampire können sehr schnell sein, wenn wir müssen.«

Er strich mit dem Handrücken über ihre Wange und die Kinnlinie entlang, eine Geste, deren Zärtlichkeit sie aus der Fassung brachte. Sie konnte nicht länger an sich halten, und stand im Nu tränenüberströmt vor ihm.

»Dixie …« Seine Stimme klang heiser und rau. Er legte ihr einen Arm beruhigend um die Schulter und streichelte mit der anderen Hand ihr Haar. »Ich habe ganz vergessen, wie sehr Menschen leiden können. Ich war selbstsüchtig und habe nur an meine Bedürfnisse gedacht. Verzeih mir bitte.«

Sie hob den Kopf ruckartig und zog die Augenbrauen zusammen, als sie in sein noch immer bleiches Auge schaute. »Genau so war es. Erinnerst du dich, wie du betteln musstest, um bleiben zu dürfen, und wie du mir fast den Arm ausgerenkt hast, um in mein Bett zu kommen?«

»Du bist die beste und tollste Frau, die ich je gekannt habe, Dixie.«

»Und du bist der beste Liebhaber, den ich bisher hatte.«

»Ich bin kein Mann, Dixie.«

Genau das war der springende Punkt. »Kannst du da nichts dagegen tun?«

Sein Auge verfinsterte und verhärtete sich. »Ich bin ein Vampir, Dixie. Du kannst keinen Zaubertrunk erfinden und mich zurückverwandeln, und selbst wenn du es könntest, wäre ich danach tot. Das hier ist kein Schnulzenroman, verstehst du?«

Sie verstand es sehr wohl, hatte nur Schwierigkeiten, ihren Liebhaber mit jener mysteriösen Figur in Einklang zu bringen, die sie im Grundkurs Englische Literatur so fasziniert hatte.

Aber so schnell gab sie nicht auf. »Und was ist mit mir? Du hast mein Blut getrunken. Wieso kann ich mich nicht in einen Vampir verwandeln?«

»Dein Blut gibt mir Kraft, und wenn ich an dir sauge, wird dir davon nur schwindlig im Kopf. Wir müssten unser Blut vermischen, du müsstest meines trinken, um eine von uns zu werden.«

»Dann komm doch heute Abend zurück oder bleib so lange in meinem Keller und mach mich dann zum Vampir. Damit hätten wir doch alle Probleme beseitigt.« Sie hielt den Atem an, konnte sie doch selbst kaum glauben, was sie da gesagt hatte.

Aber er schüttelte nur den Kopf. »Bis auf eines. Um das zu tun, müsste ich dich umbringen.«

Nun drehte sich wirklich alles in ihrem Kopf. Irgendwie hatte sie während der letzten Sätze den Faden verloren. »Kommt es nicht genau darauf an? Ich dachte ...«

»Du hast zu viele Romane gelesen«, unterbrach er. »Wir unterliegen Regeln. Eine davon lautet, niemals einen Sterblichen zu töten. Genau aus dem Grund hat Tom auch darauf bestanden, dass Justin dir Blut verabreicht. Wenn du meinetwegen ums Leben gekommen wärst, wäre ich dran gewesen.«

»Und wie seid ihr beide – du und Tom?«

»Ich bin durch einen Messerstich gestorben, Tom wurde die Folterbank zum Verhängnis, und Justin wurde von einem Pfeil durchbohrt. Wir sind alle drei gestorben, und erst dann wurden wir zu Vampiren.« Er glitt mit seinen Fingerspitzen über ihre feuchten Wangen. »Komm jetzt bloß nicht auf dumme Gedanken.«

Sie mochte vielleicht an gebrochenem Herzen leiden bis ans Ende ihrer irdischen Tage, aber sie war nun wirklich nicht bereit, sich wegen ihm etwas anzutun. »Du musst jetzt wirklich gehen. Nach alledem musst du mir versprechen, für immer und ewig zu leben.«

»Ich werde ewig leben, aber ebenso werde ich dich ewig lieben. Vergiss mich nicht, Dixie.«

Ehe sie antworten oder auch nur daran denken konnte, zu antworten, saß er auch schon auf dem Fensterbrett. Ein dunkler Schatten schoss durch das offene Fenster, und verschlissene Chintzvorhänge bauschten sich in der Nachtluft.

Dixie setzte den Wasserkessel auf. Sie bezweifelte zwar, ob Koffein auch bei Liebeskummer helfen würde, aber so war sie wenigstens beschäftigt. Solange sie zu tun hatte, könnte sie sich vielleicht über die Schmerzen hinwegtäuschen.

Sie war gerade bei ihrer zweiten Tasse, als die Post eintrudelte. Unter den Angeboten für Kreditkarten und Ferienhäuser sowie einem Blumenkatalog für ihre Tanten befand sich eine Postkarte von Stanley Collins, auf der er sie daran erinnerte, dass er an jenem Wochenende das Auto bräuchte. Könnte sie es gleich am Freitagmorgen bei ihm vorbeibringen? Genau das würde sie tun und dann den Tag vielleicht in Guildford verbringen. Sie musste sich um einen Flug kümmern, denn das hatte sie Christopher versprochen. Wollte sie wirklich weg von hier? Aber warum hierbleiben?

In ihren leichten Pantoffeln hatte sie kalte Füße auf den Steinfliesen bekommen. Sie zitterte. War es wirklich so kalt? Es war Juni um Himmels willen. Hatte sie vielleicht letzte Nacht doch mehr Blut verloren, als sie glaubte. Oder führte Liebeskummer zu körperlicher Unterkühlung?

Bewegung würde ihr sicher guttun, nur zu polieren gab es

nichts mehr. Dann vielleicht Gartenarbeit? Oder eine Grundreinigung der Schränke? Ihr Blick fiel auf die Schranktür, die sich nicht öffnen ließ. Seit Wochen wollte sie sich schon darum kümmern. Also dann, an die Arbeit. Zehn Minuten mit einem Schraubenzieher oder Meißel würden ihr und der Tür gewiss einheizen.

Es dauerte mehr als eine Stunde.

Irgendein wahnsinniger Möchtegernlackierer hatte es tatsächlich geschafft, die Tür auf immer und ewig zu versiegeln. Dixie setzte den Meißel an den Schlitz zwischen Tür und Schrankkörper und hämmerte drauflos. Nach und nach zerbröselte die zementharte Farbe unter ihren Schlägen. Auf diese Weise arbeitete sie sich Stück für Stück vor und ließ dabei sogar ihren Kaffee kalt werden. Irgendwie hatte sie die Tür zu ihrem persönlichen Feind erklärt, was lächerlich war, wenn man bedachte, dass sie möglicherweise lediglich eine Sammlung antiker Wischmops oder vielleicht einen ungenutzten Kellerzugang finden würde. Aber es half gegen die Trauer um eine Liebe, die sich, im wahrsten Sinn des Wortes, in Luft aufgelöst hatte.

Aber sie schaffte es letztendlich, obwohl sie die Aktion mehrere abgebrochene Fingernägel und eine Verletzung am Handrücken gekostet hatte. Nur noch ein paar kräftige Schläge mit dem Hammer und schon gab das eiserne Bandschloss nach. Die Tür knarzte, als Dixie sie mit etwas Nachdruck öffnete. Ein Schwall abgestandener, feuchter Luft schlug ihr wie modriger Pesthauch entgegen.

Sie starrte in das feuchte, für einen Schrank viel zu geräumige Innere, und ihr Blick fiel auf eine steile, staubige Treppe. Ein weiterer Zugang zum Keller? Nein, die Treppe führte nicht nach unten, sondern nach oben mitten hinein ins Dunkle.

Dixie stieg auf die erste Stufe, um vielleicht einen Lichtschalter zu ertasten. Ihre Finger verfingen sich in Spinnweben, und unter ihren Füßen knackte etwas. Sie war partout nicht bereit, eine stockfinstere Treppe zu erklimmen und schnappte sich die Taschenlampe vom Fensterbrett. Der Lichtstrahl fiel auf eine steile, schmale Treppe. Die Stufen bedeckte ein dicker Staubteppich, und der eingerollte Körper einer schon lange toten Maus erinnerte Dixie daran, genau aufzupassen, wo sie hintrat.

Von der unteren Biegung aus zählte sie genau elf Stufen, bis sie in das Firstdach ihres Hauses blickte. Sie sah sich um. Hier und da traten Dachbalken aus dem abblätternden Putz. Im Lichtkegel der Taschenlampe erschienen ein alter Tisch, ein paar Stühle und mehrere verstaubte, mit vergilbtem Marmorpapier bezogene Kartons. Einen davon öffnete Dixie und musste dabei vom vielen Staub niesen. Sie stieß auf Pappordner mit Eselsohren und, darin enthalten, zahllose vergilbte Blätter. Aus dem muffigen Geruch schloss sie, dass die Sachen wohl sehr alt sein mussten. Hatte der Einbrecher danach gesucht? Wenn ja, warum? Ihre Tanten hatten sie gut versteckt. Was mochten sie wohl enthalten, dass sie extra ihretwegen die Tür mit Lack versiegelt hatten?

Seitlich an einem der Balken hing eine simple Fassung mit einer nackten Glühbirne. Dixie zog an dem Schnurschalter, und unter der nun aufscheinenden erbarmungslos grellen Beleuchtung wurde das allgemeine Chaos erst so richtig sichtbar. Der viele Staub und die Mäuseköttel machten die Sache nicht unbedingt besser.

Von Hauptraum aus gab es einen Durchgang zu einem zweiten Raum – offenbar ein kleines Labor. Über zwei Wände erstreckten sich Regale mit diversen Glasbehältern, und am hinteren Ende, neben dem Ausguss, standen eine Retorte mit daran angeschlossenem Röhrensystem sowie eine Reihe von Glasgefäßen. Dixie erkannte darin sofort eine provisorische Destillationsanlage. Schwarzer Schnaps aus Surrey? Kaum möglich. Oder doch? Sie studierte die vergilbten Etiketten auf den angestaubten Gläsern; »Wildes Stiefmütterchen«, »Andorn« und »Bilsenkraut« klangen eher wie Begriffe aus einem Zauberspruch. Die bräunlichen, getrockneten Blütenblätter in den Gläsern mit der Aufschrift »Ringelblume« erinnerten sie an bestimmte Gewächse in Grannys Garten, wohingegen die schwarzen, verkrüppelten Wurzeln mit der Aufschrift »Alraune« eher Science-Fiction-mäßig anmuteten.

Dies war eine Hexenküche zum Brauen von Zaubertränken und Drogen. Und der andere Raum? Dixie zog einen wackeligen Stuhl an den Schreibtisch heran, blies den Staub von dem alten Aktenschrank, öffnete das Fach mit der Aufschrift »aktuell und zukünftig« und ging den Inhalt sorgfältig durch.

Bei dem Namen »Caughleigh, Sebastian« blieb sie hängen. Sie zog die Mappe heraus und schlug sie auf der mit Tintenflecken übersäten Schreibtischplatte auf. Stimmte das wirklich? War er Vater von drei Kindern? Terminlisten, Briefe und Geburtsurkunden ließen es vermuten. Die Kopie einer Vereinbarung mit einer Frau in Guildford über die Zahlung einer bestimmten monatlichen Summe über einen Zeitraum von eineinhalb Jahren war wohl der endgültige Beweis.

Das übertraf sogar die Schlagzeilen der Revolverblätter in den örtlichen Supermärkten. Die Vikarsgattin hatte in ihrer Studentenzeit wegen des Besitzes von Marihuana eine Nacht auf der Polizeiwache verbracht, und eine gewisse Juliet Bleigh hatte sich einen Namen als Ladendiebin gemacht. Ein Bündel verblichener Briefe bezeugte eine dreißig Jahre zurückliegende Affäre zwischen einer gewissen Mary Cox und einem gewissen John Reade. Dixie war nur noch entsetzt, denn einen Großteil dieser Dokumente mussten ihre Tanten illegal erhalten haben. Sie kannte sich mit den Gesetzen in England nicht besonders gut aus, aber zumindest Justizakten wurden doch sicher vertraulich behandelt. Und wie hatte die Korrespondenz von zwei Privatmenschen ihren Weg hierher gefunden? Zu welchem Zweck? Sollte sie Sergeant Grace informieren? Oder wäre es am besten, gleich alles ins Feuer zu werfen?

Dann fand sie die schwarzen Kladden auf dem Wandbord über dem Schreibtisch. Ihre Tanten, und vor ihnen schon deren Vater, hatten sich mit der Erpressung aller möglichen Leute im ganzen Landkreis ein schönes regelmäßiges Zubrot verdient. Die Zahlungen bewegten sich in einer Bandbreite von 1/6d – welcher Summe das auch immer heute entsprach – von einem Stubenmädchen, das eine Liaison mit einem verheirateten Milchmann unterhalten hatte, bis hin zu mehreren Tausend Pfund von einem »Mr Wyatt aus Fetcham« als Gegenleistung für »Photographien«. Derselbe Mr Wyatt bezahlte keine sechs Monate später einen weiteren Betrag für »Negative«.

Dixie fand das alles widerlich. Dieses hübsche Poesiealbum bot allen Grund für Mord und Totschlag. Ihr Herz schlug abwechselnd langsamer, dann wieder schneller. Mord und Totschlag! Wie waren ihre Tanten ums Leben gekommen? Sebastians Erklärung einer Herzattacke oder eines Schlaganfalls schien nur auf Anhieb plausibel. Hopes Schlaganfall hatte sie vor der Pfarrei ereilt. Wollte sie dort um Hilfe bitten? Und wie war Faith ums Leben gekommen? Es musste einen Killer im Dorf geben, so viel wusste sie bereits. Vernon war ebenfalls ermordet worden. Waren ihre Großtanten die ersten Opfer gewesen? Wenn sie das alles doch jetzt nur mit Christopher hätte besprechen können.

»Wir werden zu spät kommen«, schimpfte Sally. »Du wolltest doch fertig sein.«

»Was sind schon zehn Minuten«, besänftigte sie Emma. »Bei Dixie geht es dafür sicher schneller.«

Damit hatte sie recht. Dixie rieb sich schnell die Haare trocken und schlüpfte in ihre Sandalen. Die Aufzeichnungen ihrer Großtanten hatten sie länger als erwartet in den Bann geschlagen, und sie hatte kaum Zeit gehabt, sich den vielen Staub abzuwaschen, als Sally auch schon vorfuhr und nervös zur Weiterfahrt drängte. Stimmte etwas nicht? Sally wirkte ungemein gestresst, fast so wie an jenem Whist-Abend neulich.

Emma versuchte sie mit dem neuesten Klatsch zu beruhigen. »Habt ihr schon das Neueste über Dial Cottage gehört? Die Leiche im Schlafzimmer war gar nicht Christopher, sondern Vernon aus dem *Barley Mow*. Sagt jedenfalls die Polizei. Man munkelt zudem was von einer Orgie, die aus dem Ruder gelaufen sein soll.«

»Ist das nicht ein bisschen weit hergeholt?«, fragte Dixie. Christophers Ansehen sollte auf keinen Fall in den Schmutz gezogen werden.

Emma drehte sich um. »Hier ist nichts weit hergeholt, und ich weiß, wovon ich spreche. Dazu wohne ich schon zu lange hier. Meine arme Mutter machte sich solche Sorgen, als ich aufs College ging, und ich hatte nie den Mut, ihr zu sagen, was ich in Bringham schon alles erlebt hatte. Allerdings würde ich schon gerne wissen, was da gelaufen ist. Immerhin ist die Hütte bis auf die Grundmauern abgebrannt.«

»Der Fall muss sich doch aufklären lassen.« Dixie konnte es einfach nicht glauben; dieser eine Detektiv zumindest war doch ein cleverer Bursche.

»Anscheinend wurde Christopher bei jenem Whist-Abend im Pfarrsaal zum letzten Mal lebendig gesehen. Das wäre eine Schlagzeile für den *Mirror!* ›Vom Pfarrsaal direkt zur Sexorgie.‹«

»Also jetzt hört schon auf! Ich kann mir das bei Christopher nicht vorstellen.«

Emma verzog den Mund zu einem leichten Grinsen. »Du hast wohl eine Schwäche für ihn.«

Schwäche war gar kein Ausdruck. »Wie kommst du darauf?«

»Bei den Whytes hat er dich angestarrt, als wäre er eine Wespe und du ein schönes, saftiges Stück Pflaumenkuchen.«

»Ich bitte dich, Emma.«

»Natürlich stehst du auf ihn. So wie wir alle. Er wurde immerhin zum attraktivsten Mann des Dorfes gekürt. Diese mysteriöse Augenklappe und das andere, dunkel glühende Auge. Dieser Mann muss Geheimnisse haben noch und nöcher.«

Wenn Emma wüsste. Dixie unterdrückte ein Lächeln.

»*Hatte* Geheimnisse, Emma. Er ist tot«, sagte Sally.

»Was macht dich denn so sicher? Der Tote in seinem Haus war doch gar nicht er. Vielleicht hält er sich ja irgendwo versteckt. Nicht wahr, Dixie, du würdest es uns doch sagen, wenn er an deine Tür klopfen und um Unterschlupf bitten würde?«

»Ich garantier dir, bei mir hat er nicht angeklopft.« Das stimmte zumindest. Nun die Lüge. »Als ich ihn das letzte Mal gesehen habe, half er Sally gerade bei einer Reifenpanne.«

In dem Moment machte das Auto einen Schlenker auf eine Hecke zu, ehe es mit den Rädern von der Böschung am Straßenrand zurückprallte. Sally nuschelte etwas vor sich hin, als sie das Auto wieder in die Spur brachte.

»Was hört man denn da, Sal?«, fragte Emma. »Sexy Christopher hilft dir beim Radwechsel?«

»So ist es«, sagte Dixie. »Direkt nach dem Whist-Abend. Sebastian brachte mich nach Hause, und Christopher blieb, um den Reifen für sie zu wechseln.«

»Aha.« Emma lachte ein tiefes, kehliges Lachen. »Du warst also diejenige, die ihn zum letzten Mal gesehen hat. Bist du mit ihm durchgebrannt?«

»Emma, du redest nur Stuss.«

Dixie fand diese Worte ziemlich heftig, aber Emma schien sich nicht daran zu stören. »Möglich. Aber trotzdem hast du ihn zum letzten Mal lebendig gesehen.«

Nach einem Lunch in einem gemütlichen Pub und nachdem sie sämtliche Antiquitätenläden mehrerer Dörfer abgeklappert hatten, machten sie Station für einen Brunnenkressetee in einer alten Wassermühle in Gomshall. Sally insistierte: »Wir müssen noch nicht nach Hause. Unsere Kinder sind versorgt, und Dixie ist frei und ungebunden wie ein Vogel.«

War sie das wirklich? Würde sie es je wieder sein? Eben erst hatte sie die leichte Schärfe der Brunnenkresse an den Geschmack von Christophers Küssen erinnert. Die weiche Butter fühlte sich an wie seine Haut, wenn sie mit der Zunge darüber strich, und der Tee war so heiß wie seine nächtlichen Berührungen.

Wenn es so weiterging, würde sie für den langen Rest ihres Lebens sehr einsam sein.

»Die Sache ist so gut wie gelaufen.« Sebastian beobachtete, wie James darauf reagierte. »Unser Freund wird die – ah – heute Nachmittag installieren. Sally sorgt dafür, dass sie mindestens vier Stunden lang beschäftigt sein wird. Zwei würden auch reichen. Man wird nichts davon sehen, aber sobald Miss Dixie den Motor startet ...« Er lächelte bei dem Gedanken daran.

James riss den Kopf hoch. »Jetzt gehst du zu weit. Ihr die Brieftasche zu klauen, ist eine Sache, das Haus zu durchsuchen, ist auch noch akzeptabel, aber ein Mord ...«

»Bei Marlowe und Vernon hattest du nichts dagegen.«

»Marlowe war kein Mensch, und Vernon war ein Krüppel.«

»Für Zimperlichkeiten ist es jetzt zu spät. Und wenn du deinen Job ordentlich gemacht hättest, wäre das alles sowieso nicht nötig.

»Ich hab getan, was ich konnte.«

»Gut möglich, aber mit deinen Verführungskünsten bist du auch nicht sehr weit gekommen.«

Vom Ledersofa aus, das Glas in der Hand, blickte ihm James finster entgegen. »Du auch nicht.«

Sebastian wandte sich zur Terrassentür. Draußen schien die Sonne auf die Blumenrabatten. Aber er hatte sich nicht umgedreht, um sich am Garten zu erfreuen; er hatte einfach keine Lust, James mit erfundenen Erfolgsmeldungen zu beeindrucken. Denn dass er bei Dixie letztlich doch nicht landen konnte, wurmte ihn nach wie vor. Wie gerne hätte er sie vor Lust schreien gehört, während er sich mit ihren Brüsten beschäftigte! Aber sei's drum, ihr Selbstvertrauen und ihr Elan brauchten dringend einen Dämpfer, und den sollte sie bekommen. Und zwar dauerhaft. Dieser »Experte« war zwar nicht billig gewesen, aber Sebastian sah darin eine Investition für die Zukunft.

Christopher bekam alles mit: die Würmer in der Erde, das Kreischen der Möwen, wenn sie mit gespannten Flügeln auf die Klippen zusegelten, und jede Welle, die unten gegen die Felsen schlug. Und nun tauchte Justin auf. Warum?

»Willst du mich kontrollieren?«, fragte er, sobald sich Justin verwandelt hatte.

»Blödmann!«, erwiderte Justin und strich sich die Falten aus den Ärmeln. »Ich bin gekommen, um dir bei deinem Winterschlaf Gesellschaft zu leisten. Du hast keine andere Wahl, und das weißt du. Auch wenn du glaubst, du kannst nicht.«

Christopher wandte sich um. »Du hast leicht reden. Ich brauche nur die Augen zuzumachen, und schon sehe ich sie. Ich rieche sie. Ich schmecke sie.«

»Und jede Stunde, in der du wach liegst, verzögert deine Gesundung.«

»Mir doch egal! Wozu soll ich denn genesen? Ich bin hier nur untergetaucht, damit Dixie nichts zustößt. Wenn ich geblieben wäre, hätten sie mich über kurz oder lang gefunden. Und dann wäre Dixie gleich mit dran gewesen.«

Christopher wollte sich aufsetzen, aber Justins Hand hielt dagegen. Er war sehr schwach. Dieser letzte Flug hatte ihm beinahe den Rest gegeben. »Du willst doch nicht, dass sie sich umsonst für dich aufgeopfert hat. Sie hat dir ihr Blut gegeben. Vergiss das nicht.«

»Als ob ich das vergessen könnte!«

»Willst du es denn vergessen?« Justin flüsterte beinahe, ein Flüstern, das in der unterirdischen Gruft und bis in Kit Marlowes Herz hinein widerzuhallen schien.

»Niemals!«

»Dann schlaf und ruh dich aus, damit deine Erinnerung wach bleibt.«

»Justin, du würdest jeden Jesuiten im Streitgespräch besiegen.«

Justin strich seine Manschetten glatt. »Hab ich schon, und zwar öfter. Kit, du brauchst Ruhe, du hast keine Ahnung, wie ausgelaugt du bist.«

»Klar hab ich das, Blödmann! Ich bin schwächer als jeder Frischling, fast so schwach wie damals als Sterblicher. Aber ich kann nicht schlafen, ehe ich die Gewissheit habe, dass sie sicher nach Hause zurückgekehrt ist. Jemand muss dafür sorgen, dass sie dieses verdammte Flugzeug besteigt.«

»Gut, Kit, ruh du dich aus, und ich werde mich um unsere Freundin Dixie kümmern.«

»Du?« Christopher drehte sich zu Justin. »Nachdem du mir immer von Distanz gepredigt hast, und dass man sich mit Menschenwesen nicht einlassen darf?«

Justin zuckte mit den Schultern. »Ich verdanke dieser Menschenfrau, dass einer meiner Freunde weiterexistiert. Im Übrigen bin ich wie du der Meinung, dass sie von hier fortmuss.«

Christopher legte sich wieder auf die weiche Erde. Schon das Sitzen strengte ihn zu sehr an. »Justin, wenn du das für mich tun könntest ...«

»Ich weiß, du wirst mir zu ewiger Freundschaft verpflichtet sein.« Er hielt inne. »Und ich habe mir immer gedacht, die hätte ich mir schon in Deptford verdient.«

»Brichst du jetzt gleich auf? Und kümmerst dich um sie?«

»Nicht gleich. Ich kann mich in den nächsten Stunden hier nicht blicken lassen. Die Abtei ist wider Erwarten nicht leer. Vorhin habe ich mich verwandelt, ohne zuerst die Lage zu peilen, und dabei habe ich wohl ein paar Camper erschreckt. Einer stürzte prompt die Klippen hinunter.« Er hob besänftigend eine Hand, als Christopher hochfuhr. »Keine Bange. Ich raste sofort im Sturzflug hinterher und legte ihn am Fuß der Klippe ab. Zum Glück hatte er zuvor so viel Boddingtons konsumiert, dass er von der Sache nicht viel mitbekam.«

»Zum Glück für ihn habe ich aufs Meer hinausgesehen. Ich hätte auch gleich, ohne mich umzusehen, in die Gruft steigen können. So ist alles gut gegangen. Als ich wieder oben war, rannte sein Kumpel gerade weg, offenbar um zu telefonieren. Im Moment haben wir gerade Flut, und ich nehme an, es wimmelt draußen von Rettungsmannschaften und Booten der Küstenwache. Da bleibe ich die nächsten Stunden lieber hier. Man will ja nicht ins Gerede kommen.«

Dixie zog ein zweites Sweatshirt über, aber ihr wurde trotzdem nicht richtig warm. Noch am Tag zuvor war sie in Christophers Armen gelegen und heute war sie ganz allein. Das gestrige Zusammensein mit ihren neuen Freunden zeigte ihr nur umso deutlicher, wie einsam sie war – und auf Dauer wohl auch bleiben würde. Sie hatte Christopher nicht nur ihr Blut verabreicht, sondern ihr Herz gleich mitverschenkt.

Das Problem war nur, dass ihr Leben im Lauf der letzten Wochen alles andere als einsam, sondern in jeder Hinsicht filmreif gewesen war. Ihre Flucht in eine beschauliche, englische Dorfidylle entpuppte sich zunehmend als Wahnsinnstrip durch eine Art Fantasyland, in dem Mord, Brandstiftung und Erpressung auf der Tagesordnung standen; um das Maß vollzumachen, kamen noch wilde Leidenschaften und die Begegnung mit ein paar Vampiren hinzu. Sie hätte auf der Suche nach Ruhe und Frieden lieber nach New York reisen sollen, um dort im Central Park bei Nacht zu joggen.

Den Kopf tief in Faith' Buchhaltungskladde vergraben, verlor sich Dixie in den Verkäufen von allerlei Tränken, Elixieren und Pülverchen an den halben Landkreis. Die Einträge waren im Lauf der letzten sechzig Jahre völlig vergilbt, aber noch gut lesbar.

Im Mai 1932 holte sich Mrs Brown von der Gordon Farm Weißwurz zur Behandlung von Blutergüssen im Gesicht. In der Woche darauf kaufte eine Frau, deren Namen sie nicht lesen konnte, einen Trunk aus Essig und Raute, um »ihren Gatten ruhigzustellen«.

Im selben Monat verlangte Mrs Waite nach einem Trunk aus Mutterkorn. Dixie wusste, dass Mutterkorn nicht nur bei Migräne wirksam war. Sollten ihre Großtanten tatsächlich Abtreibungsmittel verkauft haben, dann hatten sie eine Menge Macht über Frauen in Not. Sie öffnete das Fach mit der Aufschrift S-Z und fingerte die Ws durch. Den Namen Waite gab es gleich öfter, aber die Vornamen Tom, F. J. und Ernest kamen wohl weniger in Frage als Enid. Richtig! Enid erhielt »Mutterkorn. 15/- am 6. Mai 1933« und zahlte dafür eine Gesamtsumme von fünfhundert Pfund, vom Juli besagten Jahres bis zum September 1953 – ihrem Todesmonat möglicherweise oder dem Zeitpunkt, von dem ab es ihr egal war, was die Menschen über sie wussten.

Dixie lief aufgeregt zwischen Buchhaltungskladden und Aktenschrank hin und her. Ihre fiesen Tanten, so stellte sich mehr und mehr heraus, hatten ein System unterhalten, an dem selbst Al Capone Gefallen gefunden hätte. Wenn sie für Schmutzkampagnen nichts in der Hand hielten, halfen sie nach, indem sie den Leuten ihre Hexenmittel verkauften und sich in der Folge ihre »Diskretion« teuer bezahlen ließen. Der ganze abscheuliche Kram gehörte auf den Scheiterhaufen.

Schließlich klingelte es an der Tür. Es war Stanley.

»Es ist Ihnen hoffentlich recht. Ich kam gerade vorbei und dachte, ich tausche die Autos einfach aus. Das erspart Ihnen die Mühe.« Ihre Einladung zum Tee nahm er nicht an. »Ich muss los. Und vielen Dank für Ihr Entgegenkommen. Hoffentlich gefällt Ihnen der Fiat.«

»Lassen Sie mich das Auto vorfahren.«

»Muss gar nicht sein. Das neue Auto steht an der Straße. Sie können es reinfahren, wenn ich mit dem Metro weg bin.« Darauf überreichte er ihr einen ledernen Schlüsselbund. »Bis dann.«

Dixie hoffte, mit dem Fiat ebenso gut zurechtzukommen wie mit dem Metro, den sie sehr zu schätzen gelernt hatte. Dem ersten Endruck nach war es ein netter kleiner Flitzer. Ihr gefiel die dunkelgrüne Farbe, aber das Armaturenbrett war doch etwas unübersichtlich. Sie würde die Betriebsanleitung studieren müssen, um hinter alle Finessen zu kommen. Aber halt, es war ja nur für ein Wochenende. Schon am Dienstag würde sie den Metro wieder zurückbekommen.

Sie beugte sich nach vorne und versuchte, den Schlüssel ins Zündschloss zu stecken, als es knallte. Geschützt durch die zwei Meter hohe Mauer hatte sie von der Explosion außer dem Knall nichts mitbekommen.

»Stanley!«, schrie sie, riss im selben Moment die Tür auf und rannte in Richtung Gartentor. Über der efeuberankten Mauer türmten sich schwarze Wolken beißenden Rauchs. Bis ans Tor sollte sie es nicht schaffen. Aus der Luft kam ein Stück Metall auf sie zugeflogen und traf sie an der Schläfe. Sie taumelte zurück.

11

Ihr Kopf dröhnte, und alles drehte sich im Kreis herum. Zuckende Blitze waren mal hell, mal dunkel. An ihrem Gesicht lief es feucht und warm herunter. Sie roch ihr eigenes Blut und noch etwas anderes. Dieser Geruch schnürte ihr die Kehle zu. Ein Arm legt sich um ihre Schultern. Jemand rief wiederholt ihren Namen.

Dixie schlug die Augen auf, nur um sie gleich wieder zu schließen. So war es angenehmer. Trotzdem hatte sie das Gesicht erkannt, das sich über sie beugte. »Emma, was machst du denn hier? Es ist gefährlich.«

»Jetzt ist alles gut«, sagte eine tiefe, maskuline Stimme. »Hier haben Sie noch eine Decke. Wir bringen sie dann gleich in den Krankenwagen.«

»Nein.« Es tat zwar weh, aber sie musste einfach die Stirn runzeln. An den Grund konnte sie sich nicht mehr erinnern, aber sie wusste, dass sie in kein Krankenhaus gehen konnte. »Das wird schon wieder.« Sie versuchte mühsam, sich aufzusetzen.

»Das werden Sie dann noch sehen.« Die Stimme war weit entfernt. »Sie haben einen schweren Schlag gegen den Kopf bekommen.«

In ihrem Gesichtsfeld erschien eine Hand und tupfte etwas Feuchtes und Beruhigendes auf die Stelle, die am meisten wehtat. »Die Stelle muss genäht werden.«

Sie war in der letzten Woche häufiger genäht worden als in ihrem ganzen bisherigen Leben. Musste mit ihrem Umgang zu tun haben. Sie musste kichern, schüttelte sich dabei und schluchzte, während Emma den Arm um sie legte.

Dann packte sie eine männliche Hand. Nicht besonders

sanft. »Kommen Sie, dazu gibt es keinen Grund!« Eine weiter entfernte Stimme sagte: »Jemand soll ihr Tee machen.«

»Der ist schon fertig«, sagte Dixie mit dem Gefühl, als würde sie gegen eine Wand reden. »Ich habe eine Kanne gemacht, kurz bevor Stanley kam.«

»Ich mache schönen frischen Tee für dich«, sagte Emma.

Zwei bullige Sanitäter hoben Dixie in einen Tragesitz. Sie hatte den Eindruck, als seien Einsatzfahrzeuge aus dem halben Landkreis vor ihrem Haus zusammengezogen worden, und als ob dieses Gewimmel noch nicht genug wäre, fuhr ein weiteres Polizeiauto mit Blaulicht und Sirene vor. Als man sie durch das schmiedeeiserne Tor trug, sah Dixie, wie zwei blau uniformierte Polizisten einen Haufen Schrott, der einmal ein Auto gewesen war, mit weiß-blauem Flatterband absperrten. Aber so richtig schwindlig wurde ihr erst, als sie die blutüberströmte Hand im Rosenbusch sah.

Die Sanitäter platzierten sie in dem Schaukelstuhl neben dem Herd und packten sie in Decken ein. Als sie protestieren wollte, insistierte einer der beiden: »Wärme ist gut in Ihrem Zustand. Sie stehen unter Schock.« Er sah sich um. »Und wo steht jetzt dieser Tee?«

Dixie hielt eine dampfende Tasse in beiden Händen und trank einen Schluck. »Emma, ich mag doch keinen Zucker. Ich dachte, du weißt das.«

»Du brauchst jetzt Zucker«, erwiderte sie. »Ich weiß zwar nicht warum, aber Menschen unter Schock bekommen immer süßen Tee. Frag meine Mutter, wenn du mir nicht glaubst.«

Also schlürfte Dixie das Gebräu. Sie fühlte sich kraftlos wie nie zuvor. Als sie sich eine Träne von der Wange wischen wollte, schwappte heißer Tee über ihre Hand, und sie spürte kaum, dass es wehtat. Würde sie überhaupt jemals wieder etwas spüren? »Stanley ist tot, oder?«

Die Frage wurde allgemein als rhetorisch erachtet. Die Geräusche aus dem hinteren Badezimmer, in dem sich offensichtlich jemand übergab, waren Bestätigung genug. Sie machte die Augen zu, nahm die Tasse dicht an den Körper heran, sodass sie Brust und Hände wärmte, und versuchte zu verstehen, was in den letzten paar Minuten passiert war.

»Ich muss sie sprechen, falls sie hier ist.«

Dixie öffnete sofort die Augen. Diese Stimme kannte sie doch. »Sergeant Wyatt?«

»Guten Morgen, Miss LePage. Könnten Sie uns vielleicht berichten, was da passiert ist?« Er lehnte sich mit der Hüfte an den Tisch und sah auf sie hinunter.

»Eine fiese Geschichte. Sie wissen nichts Genaueres darüber, oder?«

»Ich weiß nur, dass ein netter, freundlicher, harmloser Mann zerfetzt in meinem Garten liegt. Ist es da nicht Ihre Aufgabe, herauszufinden, warum?«

»Das haben wir fest vor, Miss LePage. Seien Sie beruhigt.«

»Sollten Sie diesen Kerl je schnappen, dann hoffe ich, dass Sie ihn für mindestens zwanzig Jahre in den Tower werfen.«

»Sie können uns helfen, indem Sie uns alles mitteilen, was Sie wissen. Inspektor Jones wird in Kürze hier sein. ... Was ist denn?« Er drehte sich um, als ein uniformierter Beamter sich mehrmals räusperte.

»Draußen besteht jemand darauf, vorgelassen zu werden. Vielleicht ist es besser, Sie reden mit ihm, Sir.«

»Können Sie uns die Reporter nicht vom Leib halten, Mason? Wir geben demnächst eine Presseerklärung heraus.«

»Es ist kein Reporter. Es ist ...«

»Ich bin Arzt und werde hier, soweit ich das sehe, gebraucht.«

»Justin!« Dixie sprang auf und musste sich an der Stuhllehne festhalten, da sich alles um sie herum drehte.

»Setz dich hin«, sagte Justin. »Ich werde mich um dich kümmern.«

Justin war zwar nicht Christopher, aber angesichts der Umstände das Zweitbeste, was ihr passieren konnte. Er würde sicherstellen, dass man sie nicht ins nächste Krankenhaus verfrachtete.

»Entschuldigen Sie bitte, könnten Sie mir vielleicht sagen, wer Sie sind?«, fragte Wyatt mit gekünstelter Höflichkeit.

»Mein Name ist Corvus, Dr. Corvus, Dr. Justin Corvus. Ich bin ein Freund von Miss LePage.«

»Wie passend, gerade jetzt hier einzutreffen.«

Dixie unterdrückte ein Grinsen, als sie sah, wie klein Wyatt unter Justins Blicken wurde. »Ich bin wohl eher etwas spät dran, aber jetzt bin ich hier …«

»Ja, Sir, schön für Sie beide, dass Sie hier sind, aber ich muss mich mit Miss LePage unterhalten.«

»Zuerst muss sie medizinisch versorgt werden.« Justin stellte eine große schwarze Ledertasche auf den Tisch. »Wie Sie sehen, Sergeant, muss die Wunde genäht werden. Lassen Sie mich das erledigen. Wir sind dann bereit, sobald der Inspektor eintrifft.«

Wyatt zog sich zurück, worauf Justin begann, kleine Plastiketuis und rollenförmige Päcken bereitzulegen. »Ich komme zurecht«, sagte er mit einem Nicken zu den beiden Sanitätern. Darauf gab es nicht viel zu erwidern.

Als die Tür wieder zu war, wandte sich Justin Emma zu, die wie angewurzelt am Spülstein stand, als könnte sie nur Plastiksprengstoff vom Fleck bewegen.

»Ich bin eine Freundin von Dixie«, sagte sie. »Ich habe die Explosion gehört und sofort 999 gewählt. Sie hat nie erwähnt, dass Sie kommen.«

»Es ist alles okay, Emma, wirklich.« Emma wirkte wenig überzeugt. »Was machen überhaupt die Kinder?«

»Ach du meine Güte! Die stellen womöglich das ganze Haus auf den Kopf.«

»Na, dann lauf schnell.«

Mehr Überzeugungsarbeit war nicht nötig.

Die Tür war kaum zu, als Justin sagte: »Es ist wohl besser, ich näh dich erst mal zu, ehe der nächste Gast hier auftaucht.« Er packte seine Instrumente auf dem Küchentisch aus. »Setz dich lieber auf einen richtigen Stuhl, damit du nicht so hin und her wackelst, wenn ich die Klammern einsetze.« Sie wechselte auf einen der Windsor-Stühle, während er sich die Hände wusch.

»Alles klar, meine Liebe, lehn dich zurück.« Sie strich ihre Haare aus der Stirn und schloss die Augen, als er die Wunde abtupfte. Als sie einen Einstich spürte, zuckte sie zusammen, aber die örtliche Betäubung wirkte schnell und sie entspannte sich. »Justin, warum müssen wir uns eigentlich immer auf diese Art begegnen?«, fragte sie, nicht nur um sich aufzumuntern.

»Liegt eventuell an deinem Umgang.«

»Eigentlich bin ich ja gekommen, um auszuspannen, um die Ruhe und den Frieden eines netten kleinen englischen Dörfchens zu genießen.«

Sie spürte den ersten Stich.

»Nun ja, über mangelnde Abwechslung kann ich mich jedenfalls nicht beklagen.«

Der Faden zog, tat aber nicht weh. Sie versuchte, sich zu entspannen. »Als nett kann man Bringham ja nun nicht bezeichnen, wenn man bedenkt, was sie mit Kit gemacht haben«, sagte Justin, während er die nächste Klammer entfernte.

»Es gibt noch mehr zu sagen, viel mehr …« Sie fühlte sich schwindlig und überfordert vom Sprechen.

»Später«, sagte Justin, als er den letzten Faden durchtrennte. »Du kannst mir später alles erzählen. Zuerst ist die Polizei dran.« Er deckte die Wunde mit Verbandmull ab, eine Prozedur, an die sie mittlerweile gewöhnt sein müsste.

Dann klopfte es an der Tür, und es ertönte eine strenge Stimme: »Miss LePage? Ich bin's, Inspektor Jones.« Jones stolzierte herein wie ein auf Sieg programmierter Held, der angesichts von Tod und Zerstörung eine Sonderprämie erwartete. »Wir treffen uns immer wieder, Miss LePage.« Er nahm Platz, ohne eine entsprechende Aufforderung abzuwarten.

»Leider ja, Inspektor.« Das konnte er so verstehen, wie er wollte, aber sie zwang sich trotzdem, tief durchzuatmen und ihre Verärgerung zu verbergen. Immerhin war er der Einzige, dem sie es zutraute, Christopher, Vernon und Stanley Gerechtigkeit widerfahren zu lassen.

»Wie ich sehe, wurden Sie versorgt.« Jones musterte Justin von Kopf bis Fuß. »Und Sie sind?«

»Dr. Justin Corvus.« Jones nickte. »Dixie brauchte dringend einen Arzt. Ein umherfliegendes Wrackteil. Zum Glück war ich da.«

»Das ist wirklich ein Glück, würde ich sagen«, sagte Inspektor Jones. »Sie praktizieren aber nicht hier am Ort, oder, Dr. Corvus?«

»Nein, ich habe eine kleine Praxis in London und Anteile an der Havering Clinic in Yorkshire.«

Das war neu für Dixie, aber sie wusste ja auch herzlich wenig über ihn.

»Nicht schlecht, aber jetzt muss ich mich erst einmal mit Ihrer Patientin unterhalten.«

Justin richtete die Augen auf Dixie, dunkle Augen, die Zeuge von Aufstieg und Niedergang mehrerer Weltreiche waren und die Dixie im Moment sehr beruhigten. »Bitte nicht zu viele Fragen, Inspektor«, sagte Justin. »Sie hat einen schweren Schock erlitten.«

Justin ging ins Esszimmer, und Dixie war nun allein mit Inspektor Jones, dem Mann, der Christopher für einen Mörder hielt.«

»Dr. Corvus ist zufällig hier, Miss LePage? Wie praktisch.«

»Er ist erst heute gekommen, kurz nach dem …« Sie unterbrach. »Dem …« Sie gab auf. Wie sollte sie sich ausdrücken?

»Nach der Detonation«, ergänzte Jones.

Sie nickte. »Was ist eigentlich genau passiert?«

»Wie wär's, wenn Sie erst mal erzählen würden, Miss Le-Page.«

Sie erzählte ihm alles, nacheinander, von dem Zeitpunkt an, als Stanley an ihrer Tür geklopft hatte bis zum Eintreffen von Justin. Jones hörte aufmerksam zu und machte sich zwischendurch immer wieder Notizen.

»Wann haben Sie die Vereinbarung getroffen, das Auto fürs Wochenende zu tauschen?«

»Gleich zu Beginn, als ich das Auto gemietet habe. Es lag schon eine Buchung vor, weil jemand genau dieses Auto an diesem Wochenende haben wollte.«

»Weiß sonst jemand von dem Tausch?«

»Ich glaube nicht.«

»Wann haben Sie das Auto zum letzten Mal gefahren?«

»Gestern. Nein, am Mittwoch.«

Er hielt alles auf seinem Notizblock fest. »Wo hatten Sie es stehen?«

»In der Einfahrt. Genau dort, wo es auch stand, als ...«

»Ganz genau«, sagte er mit einem leichten Stirnrunzeln. »Und Sie waren gestern den ganzen Tag über zu Hause und haben das Auto keinen Zentimeter bewegt?«

»Ich bin nicht gefahren damit, aber ich war außer Haus gestern.«

Seine Augenbrauen schossen hoch wie zwei schwarze Raupen. »Außer Haus?«

»Ich war mit ein paar Freunden in Guildford. Wir haben gemeinsam zu Mittag gegessen und waren Einkaufen.« Das lag alles lange zurück, ein ganzes Leben. Stanleys Leben.

»Mit Freunden. Ich verstehe. Ihre Telefonnummern?« Er notierte sie sich. »Sie sind also weggegangen und haben das Auto hinter einer zwei Meter hohen Mauer unbeaufsichtigt herumstehen lassen.« Das klang, als gäbe es in England so etwas wie Fürsorgepflicht gegenüber einem Auto.

»Inspektor, entschuldigen Sie bitte meine Ungeduld, aber der arme Stanley Collins wurde in tausend Stücke zerrissen.

Warum versucht man nicht einfach herauszufinden, wer diese Bombe in meinem Auto installiert hat?«

»Keine Sorge, wir werden das herausfinden. Im Moment warten wir nur noch auf unsere Spezialisten. Dann schnappt die Falle zu.«

In ihrem Hals setzte sich ein kalter Kloß fest. »Sie haben Bombenattentäter und Killer in ihrem Revier frei herumlaufen und wissen, wer es ist?«

»Nicht genau. Wenn wir es wüssten, säßen sie längst hinter Schloss und Riegel. Aber Bombenspezialisten sind rar, und jeder geht seinen Job anders an. Es gibt auf alle Fälle die Möglichkeit, aufgrund der Überreste am Schauplatz Rückschlüsse auf andere Verbrechen vergleichbarer Art zu ziehen. Somit wissen wir vielleicht noch nicht, wer der Täter ist, aber wir wissen, was er sonst noch verbrochen hat. Über kurz oder lang finden wir ihn und machen ihn für die ganze Serie verantwortlich. Es dauert, aber wir kriegen ihn.«

»Freut mich zu hören.«

Inspektor Jones beugte sich zu ihr herunter. »Wir kriegen ihn – oder *sie*, um politisch korrekt zu sein.« Er unterbrach. »Nur eine Frage noch, Miss LePage. Wer hat ein Interesse daran, Sie zu ermorden?«

Dixie war platt. Wollte er sie damit absichtlich schockieren? Wenn ja, dann war ihm das mehr als gelungen. »Meine Gedanken kreisten einzig immer nur um diesen Knall und den Qualm und die Tatsache, dass Stanley tot ist. Dass ich damit gemeint sein könnte, kam mir nie in den Sinn.«

»Und warum? Jemand hat in *Ihrem* Auto eine Bombe installiert. Das Auto war vor *Ihrem* Haus geparkt, und normalerweise hätten *Sie* es gestartet. Auf wen sollten die Schurken es denn sonst abgesehen haben? Die Königinmutter?« Er unterbrach. »Ich wiederhole meine Frage. Wer hat ein Interesse daran, Sie zu ermorden?«

Sie schüttelte den Kopf, zum einen, um den Aufruhr darin zu besänftigen, zum anderen, um etwas zu negieren, das sie nicht auszusprechen wagte. »Ich weiß es nicht.« Sie hatte mehr zu sagen. Viel mehr – genug, um ihr Gegenüber zufriedenzustellen. »Ich weiß es einfach nicht. Es sind so seltsame Dinge passiert. Die Einbrüche, die ich Sergeant Grace gemeldet habe.« Sie sah in seine stahlblauen Augen. »Nach meinem Einzug war Schluss damit. Vielleicht weil ich mir neue Schlösser zugelegt habe. Dann kam die Sache mit Dial Cottage. Und Vernon.«

»Ja, dieser hinterhältige Anschlag auf Dial Cottage. Sie haben Mr Marlowe wohl recht gut gekannt?«

Daran war sie selber schuld. Mit ihrer großen Klappe. »Wir haben uns kennengelernt und sind Freunde geworden, nicht mehr und nicht weniger.«

Jones erwiderte nichts, wartete nur ab. War das nicht eine spezielle Verhörmethode? Nichts zu sagen und abzuwarten, bis der Verdächtige auspackte. Darauf konnte er lange warten.

»Kanadierin oder Amerikanerin, Miss LePage?«

»Wie bitte?«

»Ihre Nationalität?«

»Ich bin Amerikanerin.«

»Dürfte ich Ihren Pass sehen?«

Sie hätte gern Nein gesagt, besann sich aber eines Besseren. Er blätterte ihn durch. »Sie sind also Anfang Mai via Gatwick eingereist, mit einer dreimonatigen Aufenthaltserlaubnis, die bereits zur Hälfte abgelaufen ist. Haben Sie vor, zu verlängern? Oder wollen Sie gar eine Arbeit annehmen?«

Worauf wollte er hinaus? »Ich bin noch nicht sicher, was ich tun werde. Als ich hier ankam, hatte ich gar nicht die Absicht, so lange zu bleiben.«

»Warum sind Sie dann doch geblieben?«

»Weil ich mich hier wohlfühle, und weil ich ein paar nette Menschen kennengelernt habe. Für mich ist es ein verlängerter Urlaub.«

»Trotz der, sagen wir … Merkwürdigkeiten?«

»Genau.« Basta, hätte sie am liebsten gesagt und ihm ihren Pass aus den Händen gerissen, aber er blätterte weiter darin herum, als wäre er einem Geheimnis auf der Spur, einem Hinweis darauf, warum sie gerade erst einem Anschlag auf Leib und Leben entkommen war.

»Charleston, South Carolina«, sagte er. »Was führt Sie eigentlich hierher? Bringham gehört nicht gerade zu den touristischen Zentren dieser Welt.«

»Ich habe geerbt. Dieses Haus hier und das Vermögen meiner Großtanten. Jeder im Dorf wird Ihnen das bestätigen.«

»Worauf Sie einfach alles liegen und stehen lassen und auf unbegrenzte Zeit hierherkommen. Alle Achtung, Sie müssen einen verständnisvollen Chef haben.«

»Ich habe meinen Job gekündigt.«

»Einfach so?«

»Was hat das damit zu tun, dass mein Auto in die Luft gesprengt wurde und der arme Stanley gleich mit?«

»Das versuche ich aufzuklären, Miss LePage. Und dazu brauche ich Informationen. Auch von Ihnen.«

»Was genau wollen Sie wissen?«

»Warum Sie einen vermutlich festen Job hinschmeißen, Hals über Kopf hierherkommen, sich hier häuslich niederlassen – mit befristeter Aufenthaltserlaubnis wohlgemerkt –, und aus welchem Grund Ihnen jemand nach dem Leben trachtet.«

»Was Letzteres betrifft, kann ich mich nur wiederholen. Ich weiß es nicht und hoffe, dass Sie das herausfinden. Und betreffs meiner Kündigung sage ich Ihnen Folgendes: Meine Großmutter, bei der ich aufgewachsen bin, ist überraschend gestorben. Im selben Zeitraum ging meine Verlobung in die Brüche. Ich stand vor einem Scherbenhaufen. Da kam dieses Erbe, dieses Haus wie ein Geschenk des Himmels, eine willkommene Möglichkeit zur Flucht.«

Jones nickte. »Sie kamen also gebrochenen Herzens hierher und fielen direkt in die Arme von Mr Marlowe.«

Dixie fragte sich, welche Haftstrafe man wohl für das Ohrfeigen eines Polizisten aufgebrummt bekäme. »Nicht ganz, Inspektor. Aber hören Sie, Christopher und ich sind erwachsene Menschen. Was wir tun, geht Sie nichts an.«

»Solange Sie damit nicht gegen das Gesetz verstoßen.« Er sah sie direkt an. »Mir ist aufgefallen, dass Sie noch immer im Präsens von Mr Marlowe sprechen. Sie wissen nicht zufällig, wo er sich gerade aufhält?«

Hierauf konnte sie wahrheitsgemäß antworten. »Weiß ich nicht, nein.«

»Und die letzte Begegnung fand wann statt?«

»Letzten Samstag beim Whist-Turnier.« Die Lüge fiel ihr leicht.

»Damals hat ihn scheinbar das halbe Dorf gesehen. Aber kein Mensch mehr danach. Muss ja ein wildes Fest gewesen sein.«

»Haben Sie denn eine Ahnung, wo er sein könnte?«

»Nicht im Geringsten, Miss LePage.« Er schob ihren Pass über den Tisch. »Halten Sie ihn griffbereit, Miss LePage. Übrigens, gemeinhin halten wir nach einem Verbrechen wie diesem den Tatort achtundvierzig bis zweiundsiebzig Stunden lang unter Beobachtung. Nur damit Sie Bescheid wissen und sich von parkenden Polizeiautos nicht beunruhigen lassen.«

»Das heißt, ich stehe unter Hausarrest.«

»Nein, die Maßnahme dient ausschließlich Ihrer Sicherheit.«

»Ich kann mich also frei bewegen?« Man wusste ja nie in Großbritannien.

Die Frage amüsierte ihn. »Um Himmels willen, ja. Lassen Sie sich von denen bloß nicht die Freiheit nehmen. Nur wenn Sie weiter wegfahren, würden wir das natürlich schon gerne wissen. Und verlassen Sie bloß nicht das Land.« Daraufhin zogen er und Wyatt von dannen.

Justin kochte frischen Tee und süßte ihn noch stärker als Emma. »Du solltest dich jetzt hinlegen. Übrigens, die zerborstenen Fensterscheiben werden baldigst repariert. Und … ich verstehe zwar deine Abneigung Inspektor Jones gegenüber, aber der Mann hat recht. Jemand hat mit sehr viel Aufwand und Kosten versucht, dich umzubringen. Hast du irgendeine Ahnung wer?«

Dixie schluckte. Zweimal. »Ich bin mir nicht ganz sicher, aber ich glaube fast, dass es dieselbe Person ist, die versucht hat, Christopher einzuäschern – wobei es letztlich Vernon getroffen hat.«

»Wer ist denn Vernon?«

Dixie erzählte, was sie wusste, und fügte bei der Gelegenheit gleich hinzu, was sie über ihre Großtanten und Sebastian in Erfahrung gebracht hatte. »Überall taucht dieser Sebastian auf. Ich werde den Verdacht nicht los, dass er auch bei dem Mordversuch an Christopher beteiligt war. Christopher hat nie etwas in der Richtung verlauten lassen, sondern nur stets wiederholt, dass ich in Sicherheit sei, sobald er die Gegend verlassen hätte.« Sie verzog den Mund voll bitterem Sarkasmus. »Da hat er sich wohl getäuscht.«

Justin sagte eine Zeitlang gar nichts, als würde er über das Sammelsurium an Informationen nachdenken, das er soeben erhalten hatte. »Ich glaube«, sagte er schließlich, »wir müssen hier mehrere Dinge berücksichtigen. Was weißt du über den Hexenzirkel, den es hier geben soll?«

»Hexen?«, wiederholte Dixie erstaunt. »Sicher denkst du nicht … aber ich versteh schon. Auch an Vampire habe ich früher nicht geglaubt. Es gibt also auch Hexen? Gran hat mehrmals gesagt, ihre Schwestern seien Hexen, aber ich dachte immer, sie meint das nicht so direkt.« In ihrem Kopf drehte sich alles wie verrückt. Was hatten Faith und Hope damit zu tun? Waren sie richtig tot? Oder waren Hexen auch Wiedergänger wie Vampire?

»Was hat sie sonst noch alles erzählt?«, fragte Justin.

»Nicht viel. Ich weiß zum Beispiel, dass ihre Familie schwer dagegen war, als sie Großvater heiratete. Und als ich meine Großtanten einmal besuchen wollte, riet sie mir, es lieber nicht zu tun. Ich hab nicht weiter nachgefragt, weil ich mir die Reise eh nicht leisten konnte.« Sie blickte über den Tisch zu Justin. »Glaubst du wirklich, sie waren Hexen?«

Er zuckte mit den Schultern. »Hexe ist nicht gleich Hexe. Deine Tanten waren offenbar Kräuterhexen, und sie verwendeten ihre Kenntnisse auf eine mehr als fragwürdige Weise. Wieder andere Hexen sind Anhänger der Druidenreligion – vorchristlicher Praktiken, die ich bei meiner Ankunft auf der Insel kennengelernt habe. Und dann gibt es noch ...« Er hielt inne. »... Hexen, die sich der schwarzen Magie verschrieben haben.«

»Du glaubst, hinter dem Brandanschlag auf Christopher stecken wirklich Hexen?« Er schüttelte den Kopf. Weil er es nicht wahrhaben oder nur weil er es nicht sagen wollte? »Wenn man die Sache genau bedenkt, sollte ich es ja eigentlich wissen.«

Er zögerte, als würde er überlegen, was er nun sagen sollte. »Die verwendete Waffe war zwar ein Druidenmesser, aber verfolgt und wegen unserer Macht ermordet werden wir von den Schwarzen Hexen.«

Klang alles ziemlich verwirrend! »Dann haben wir es also mit Hybridhexen zu tun?« Ihr Realitätssinn musste sich in den letzten paar Tagen ziemlich verschoben haben.

»Ich glaube, wir haben es mit einem Zirkel zu tun, der noch in die Zeit der Druiden zurückreicht, der sich aber neuerdings der schwarzen Magie verschrieben hat.«

»Das heißt, sie sind sehr gefährlich.«

Darüber konnte er nur grinsen. »Ist die Sonne heiß? War die Pest ein Problem?«

Sie hatte kapiert. »Was ist zu tun?«

»Kit hat es dir schon gesagt.«

In ihr krampfte sich etwas zusammen. »Ich geh nicht weg von hier. Nicht ehe wir einen entscheidenden Schritt weiter sind.«

»Willst du erst noch die nächste Bombe abwarten? Was glaubst du wohl, wen es dann treffen wird?« Dieser Treffer saß. »Denk drüber nach«, sagte er und stand auf. »Und während du nachdenkst, darf ich mir die Aufzeichnungen deiner Tanten ansehen.«

Sie verbrachten den Rest des Tages auf dem Speicher. Justin las mit rasender Geschwindigkeit; sicher wäre ein Studium auf dem College ein Kinderspiel für einen Vampir. Nach der Lektüre pflichtete er ihr bei, dass ein Großteil davon vernichtet werden sollte, und erklärte sich sogar dazu bereit, ihr beim Verbrennen zu helfen. Sie warteten bis zum Einbruch der Dunkelheit, ehe sie begannen, die riesigen Berge von Papier im Wohnzimmerkamin zu verbrennen. Es dauerte mehrere Stunden, und als sie fertig waren, hatte Dixie das Gefühl, sie hätte das Dorf von einem Pesthauch gereinigt. Diese Papiere konnten niemandem mehr schaden.

Die Tagebücher hatte Dixie zurückgehalten. »Willst du die mit nach Hause nehmen?«, fragte Justin.

»Eigentlich ja«

»Na schön. Wie wär's, wenn du jetzt packen würdest. Wir sind heute Abend bei Tom eingeladen. Morgen unterhalten wir uns dann mit Inspektor Jones, um uns die Erlaubnis für deine Abreise zu holen.«

»Okay, aber ich würde heute lieber nicht mehr weggehen. Während deiner Anwesenheit kann mir ja nichts passieren.«

Tags darauf hatten sie einen Termin bei Jones, der sie hinter seinem grauen Metallschreibtisch begrüßte.

»Tut mir leid, Miss LePage, Sie können nicht sofort abreisen. Er schüttelte den Kopf, um seine Ablehnung zu unterstreichen.

»Inspektor«, sagte Justin mit leiser, aber fester Stimme, »Sie können keine Dauerleibwache abstellen, um einen zweiten Anschlag auf ihr Leben zu verhindern.« Er atmete tief durch und fuhr dann fort. »Unter den gegebenen Umständen wäre allen Seiten am besten gedient, wenn Miss LePage unverzüglich nach Hause zurückkehrt. Was sollten Sie dagegen einzuwenden haben?«

Inspektor James gähnte wie in einen Tagtraum versunken. »Unter den gegebenen Umständen wäre allen Seiten am besten gedient, wenn Miss LePage unverzüglich nach Hause zurückkehrt. Ich habe nichts dagegen einzuwenden.«

»Danke, Inspektor.« Justin schüttelte ihm die Hand, während sie alle drei gemeinsam aufstanden und er Dixie einen Blick zuwarf, der sie zum Schweigen brachte. Zumindest so lange, bis sie die Autotür zugeknallt hatte.

»Was genau ist da abgelaufen? Ein Zauberkunststück?«

»Nein«, erwiderte er, schaltete herunter und wartete auf eine Lücke im Verkehr, um in die Hauptstraße einzubiegen.

»Was hast du dann gemacht?«

»Ich habe ihn umgepolt.« Er fädelte sich in den Verkehr ein und fuhr in Richtung Zentrum.

»Das machst du öfter, oder?« Sie zwang sich, ruhig zu bleiben, aber ihre Gedanken kreisten unablässig um die Konsequenzen.

»Bei Bedarf.«

»Zum Beispiel am Freitag. Um dich an all den Polizisten vorbeizuschmuggeln.«

»Sie hatten keine Wahl. Ich habe Christopher versprochen, dich zu beschützen.« Seine Stimme klang wie Stahl.

»Du hast ihn also umgepolt, aber doch nicht durch Zauberei?«

Er sah in ihre Richtung und wandte sich dann wieder dem Verkehr zu. »Verzaubert oder hypnotisiert. Ich habe Jones lediglich eine Entscheidung treffen lassen, zu der er bis dahin nicht bereit war.«

Er konnte also die Polizei manipulieren, und sie glaubte, sich ihm widersetzen zu können? Genau das würde sie, jetzt erst recht! Sie trat nicht einfach so ab, wie er sich das vorstellte. Nicht nach allem, was sie letzte Nacht erfahren hatte.

Sie bestand auf einem letzten Zwischenstopp im *Barley Mow*. Jeder im Dorf sollte wissen, dass sie abreisen würde.

»Bon Voyage und was man sonst noch so sagt«, rief Alf ihnen nach. »Viel Glück. Ich find es echt schade, dass Sie wegfahren. Da setzt man sich am besten doch gleich zur Ruhe. Es ist einfach nicht mehr wie früher. Alle sind sie hinüber, der gute alte Vernon, Marlowe, und nun Stanley Collins. Ich kann es einfach nicht fassen.« Er schüttelte den Kopf, wie um seine Tränen zu unterdrücken.

Dixie spürte, wie auch ihre Augen brannten und ein bitterer Geschmack aus ihrer Kehle hochstieg. »Es wird alles gut, Alf«, sagte sie und legte die Arme um seine breiten Schultern.

»Hoffentlich. Sie sollen Marlowe, dieses Schwein, möglichst bald schnappen. Zu schade, dass der Galgen abgeschafft wurde.«

Dixie schnürte es die Kehle zusammen. »Solange nichts bewiesen ist, gilt er als unschuldig.«

Alf schüttelte den Kopf. »Tut mir ja leid, wenn ich das sage. Ich weiß, dass Sie mit ihm befreundet waren. Aber die Sache ist doch sonnenklar. Im Bett dieses Mannes verbrannt und verkohlt.« Er unterbrach sich. »Ein schrecklicher Tod, oder nicht?«

Sie stimmte ihm zu.

»Jemand muss dafür sorgen, dass Christophers guter Ruf wiederhergestellt wird«, sagte sie auf dem Weg nach Hause.

»Bloß keine dummen Gedanken jetzt, Dixie«, warnte Justin. »Du steigst morgen in dieses Flugzeug. Und wenn ihr beide, du und Kit, in Sicherheit seid, können wir anderen immer noch versuchen, der Wahrheit auf die Spur zu kommen.«

»Mit den ›anderen‹ meinst du dich und Tom?« Sie atmete tief ein. »Ihr seid also noch mehr.« Natürlich waren es mehr, wie konnte es auch anders sein, vielleicht ein ganzes Heer von Vampiren. »Ich könnte euch unterstützen.«

»Vergiss diese Anwandlungen, Dixie. Amateurdetektive

sind hier nicht gefragt. Das ist kein Agatha-Christie-Krimi, sondern die knallharte Realität. Außerdem habe ich Kit etwas versprochen. Du wirst morgen zurückfliegen, einverstanden?«

Einverstanden. Dabei hielt sie aber die Finger hinter dem Rücken überkreuzt.

»Ich habe solche Schuldgefühle gegenüber Stanleys Familie. Wenn ich das Auto gestartet hätte ...«

»Dann wärst du jetzt tot.« Sie fuhren auf der M26 südwärts in Richtung Gatwick. Justin ließ den Verkehr nicht aus den Augen. »Wäre das dann die Schuld von Stanley Collins? Schuldig sind einzig und allein der Bombenleger und sein Auftraggeber.«

»Aber wenn ich gar nicht erst gekommen wäre ...«

»In Bringham rumort es schon lange. Deine Ankunft brachte das Fass lediglich zum Überlaufen.«

»Und jetzt hau ich einfach ab.«

»In meiner Armeezeit bezeichnete man das als strategischen Rückzug.«

»Wann war das? Zur Zeit der Kreuzzüge?«

»Viel früher. Du weißt doch, ich kam mit der Legio Nona Hispana und wurde an den Stützpunkt Eburacum abkommandiert, um einen Wundarzt zu ersetzen. Der Arme hatte sich vor Kälte und Nässe zu Tode gesoffen. Und bei unserem letzten Ausmarsch bekam ich dann diesen Pfeil durch die Kehle geschossen.«

»Und wer hat dich dann zum Vampir gemacht?« Was für ein Gesprächsthema für eine Fahrt über Land auf einer fünfspurigen Autobahn quer durch Surrey.

»Die Heilerin Gwyltha. Wir hatten uns im Winter davor, es war gerade Typhus ausgebrochen, miteinander angefreundet. Sie hat mich verwandelt.«

In diesem Punkt hielt er sich bedeckt. Sie hatte hundert Fragen, ahnte jedoch, dass sie keine Antwort bekommen würde. Außerdem wollte sie in Ruhe über etwas nachdenken. Sie lehnte sich in die schwarze Lederpolsterung zurück, schloss die Augen und schmiedete Pläne.

»Du kannst mich gleich hier absetzen«, sagte sie, als sie am Flughafen vorfuhren.

»Mir macht das nichts aus, ich kann deine Sachen tragen.«

»Bitte. Ich hasse Abschiede, und es wäre mir lieber, wenn du einfach weiterfährst. Du hast genug andere Dinge am Hals.«

Schließlich setzte sie sich durch. Der schwarze Daimler schnurrte davon, und kurze Zeit später schob Dixie einen Gepäckwagen durch das Gedränge des Terminals.

12

»Du bist dir sicher? Sie will wirklich verduften, adieu sagen?«

»Zumindest hat sie das gestern Abend noch selbst gesagt«, insistierte Emily am anderen Ende der Leitung. »Ich war hinter dem Haus im Wintergarten. Sie hat mich natürlich nicht gesehen, aber ich habe alles genau gehört. Sie war mit irgendeinem Kerl da. Lässt auch nichts anbrennen, die Kleine, hat Marlowe ruckzuck vergessen.«

Sebastian klopfte mit den Fingernägeln nervös auf die Schreibtischplatte. »Einen Schrecken haben wir ihr immerhin eingejagt. Sie ist weg. Aber eigentlich sollte sie ja tot sein, wenn man bedenkt, was wir hingeblättert haben. Schöner Bombenexperte! Pah!« Er machte ein böses Gesicht. Dafür hatte er einen fetten Vorschuss bezahlt. »Wenn sie abhaut, kann sie keinen von uns mehr abzocken. Aber das Material, auf dem sie sitzt, ist ein kleines Vermögen wert. Vielleicht wartet sie nur ab.«

»Natürlich hat sie Angst! Hätte ich auch. Ich habe die Explosion über den Dorfanger hinweg gehört. Dieses Mal bist du wirklich zu weit gegangen, Sebby. Es gab einen Toten.«

»Leider den falschen. Weißt du, welchen Flug sie nimmt?«

»Du kannst kein Flugzeug in die Luft sprengen!«

»Schrei ruhig noch lauter, Emily. Damit dich gleich die ganze Straße hört.«

»Sebby …« Ihr Flüstern ging in ein Winseln über.

»Du behältst ihr Konto weiter für mich im Auge, Emily?«

»Kann ich doch nicht. Letztes Mal war eine Ausnahme, aber ich kann nicht dauernd …«

»Ich brauche Informationen über jeden Scheck, den sie

ausstellt, jeden Zahlungseingang und jede Kreditkartenbelastung. Auf diese Weise wissen wir, ob sie wirklich abfliegt oder am Ende nur irgendwo unterschlüpft.«

»Sebby, ich kann nicht …«

»Du kannst sehr wohl, Emily. Lass mich nicht hängen.« Er legte abrupt auf. Sollte sie ihren blöden Job doch verlieren. Das interessierte ihn nicht. Er hatte zu tun, und nun steckte auch noch Valerie ihren Kopf durch die Tür und laberte etwas davon, es würde ihn jemand dringend sprechen wollen.

»Ohne Termin? Der Typ soll morgen wiederkommen«, raunzte Sebastian, ohne von den Papierbergen auf seinem Schreibtisch aufzusehen.

»Es ist der Arzt, der bei dieser LePage wohnt.« Sein Kopf schnellte hoch. »Dr. Corvus«, sagte sie und legte eine blütenweiße Visitenkarte vor, »würde gerne die Angelegenheiten von Miss LePage besprechen.«

»Der kann mir …« Sebastian starrte auf den Mann hinter Valeries Schultern.

»Entschuldigen Sie, dass ich einfach so reinplatze, aber Ihre Sekretärin wirkte etwas überfordert. Am besten, ich erkläre Ihnen alles selbst.« Dieser ruhigen Stimme konnte niemand widerstehen.

»Ich habe nicht viel Zeit für Sie.« Sebastian wedelte mit der Hand geschäftig über dem Schreibtisch, aber das Chaos erweckte alles andere als den Eindruck einer florierenden Kanzlei.

»Nur zehn Minuten«, schlug Corvus vor und zog eigenmächtig einen Stuhl heran. »Ihre Sekretärin brauchen wir wohl nicht zu bemühen. Wir kommen auch ohne sie zurecht.«

Valerie zog sich nach einem Kopfnicken Sebastians zurück. Er nahm sich die Visitenkarte vor, sah sie sich genau an und tippte dann mit dem Finger darauf. Teuer. »Was kann ich für Sie tun, Dr. Corvus?«

»Jede Menge. Ich bin ein alter Freund von Dixie LePage.

Sie ist nach Hause zurückgekehrt und hat mich gebeten, zu regeln, was noch zu regeln ist.« Er lächelte, nein, es war eher ein süffisantes Grinsen.

»Ich behandle die Angelegenheiten meiner Klienten streng vertraulich.« Sebastian stand auf, stützte die Handflächen auf den Schreibtisch. »Tut mir leid.«

Daraufhin bekam er ein zusammengefaltetes Dokument ausgehändigt. »Meine Vollmacht.«

Während er es las, nahm Sebastian wieder Platz. Es war vom Montag datiert, stammte von einer Kanzlei in der Curzon Street und erteilte Dr. Justin Corvus eine begrenzte Vollmacht, begrenzt auf ihre Konten und Anlagebestände sowie den Verkauf des Hauses.

»Sie können sich gerne an meine Anwälte wenden ...«

Sebastian hasste diesen Kerl; ersticken sollte er an seiner aalglatten Höflichkeit. »Genau das werde ich tun. Ich bin sicher, Sie haben Verständnis.«

Corvus nickte knapp. »Dixie wüsste Ihre Sorgfalt im Umgang mit ihren Angelegenheiten sehr zu schätzen.«

Dieses verdammte Frauenzimmer! Da hatte sie ihm zum Abschied ein schönes Ei ins Nest gelegt. Er wählte die Nummer der Telefonauskunft. *Warum zum Teufel erledigt das nicht Valerie?*, dachte er, als er die Londoner Nummer wählte und in die Warteschleife gestellt wurde, wo man ihm Musicalmelodien aus den 50er-Jahren vordudelte. Schließlich bekam er eine Anwaltsgehilfin an die Strippe. Eine Gehilfin!

»Hallo«, sagte eine dünne, näselnde Frauenstimme. »Sie hatten eine Frage bezüglich einer unserer Vollmachten.« Das klang so, als hätte er sich eine Unverschämtheit geleistet.

»Ich wollte mich nur absichern. Der Besitz meiner Klientin ist nicht unerheblich.«

»Ich weiß«, fuhr die Stimme fort, »sie hat am Montag darüber gesprochen. Sie können aber getrost davon ausgehen, dass bei Dr. Corvus alles in besten Händen ist. Sein Anlagevermögen ist beachtlich. Ich wünschte, er würde sich auch meiner Bestände annehmen«, fügte sie unprofessionellerweise hinzu.

»Sieht so aus, als sei alles in Ordnung«, sagte Sebastian zu Corvus und hätte ihn dabei am liebsten auf den Mond gewünscht.

Er lächelte und ließ die dunklen Augen amüsiert aufblitzen. »Gut. Wenn Sie dann die erforderlichen Unterlagen heraussuchen würden. Ich gehe in der Zwischenzeit zur Bank.«

Zurück ließ er einen ratlosen Sebastian, der sich fragte, was nun aus seinen Plänen werden sollte, die einzustürzen drohten wie ein Kartenhaus.

»Wohin also soll's jetzt gehen?«, fragte der Taxifahrer und warf im Rückspiegel einen kurzen Blick auf Dixie, während er sich in den Verkehr einfädelte.

»Ich muss nach Yorkshire.«

»Das ist weit außerhalb unseres Einsatzbereichs. Sie haben doch London gesagt.«

»Ich mein ja auch London. Ich will per Bahn nach Yorkshire.«

»Kings Cross also, warum denn nicht gleich«, brummte er.

Dixie meinte, er hätte auch noch »verrückte Amerikanerin« hinterhergeschoben. Womit er vielleicht recht hatte. Trotzdem war sie sich in puncto Yorkshire sicher. So sicher, dass sie mit ihrer Kreditkarte ein Bahnticket erster Klasse erwarb. Aber wie sollte es nach ihrer Ankunft in Yorkshire weitergehen? In dem Punkt war sie weniger sicher.

In der Nacht zuvor hatte sie ebenso wenig geschlafen wie Justin. Während er auf Jagd ging, durchstöberte sie die Bibliothek, um an erste Informationen zu gelangen. Einem zerfledderten Autoatlas entnahm sie, dass Havering nahe der Moorgebiete von Nord-Yorkshire und nur wenige Meilen entfernt von Whitby lag, einem Seebad und Fischereihafen an der Küste von Yorkshire. Von der Fischverarbeitung und einem historischen Bezug zu Kapitän Cook einmal abgesehen war Whitby in früheren Zeiten berühmt für seine Jett-Industrie gewesen, und in kleinem Rahmen stellte man dort noch immer Jettschmuck her. Dixies Finger umschlossen die Kette, die sie Tag und Nacht trug. Da fiel es ihr wie Schuppen von den Augen. War nicht Graf Dracula, auf der *Demeter* von Varna kommend, auch in Whitby gelandet? Das konnte kein Zufall mehr sein, dieses Beziehungsgeflecht zwischen Whitby, dem Grafen Dracula, Justin, ihrem Jett-Anhänger und Christopher.

Die Enzyklopädie von 1924 enthielt einen langen Eintrag über Druiden, berichtete von erbittertem Widerstand gegen die Römer, besonders im Norden Englands, und erwähnte einen römischen Signalturm auf dem Gebiet der heutigen Hafenstadt Whitby. Dixie las über den letzten Einsatz der Legio Nona Hispana und warum eine ganze Legion nahezu spurlos untergehen konnte. Sie erfuhr auch, dass Eburacum der römische Vorläufer der Stadt York war, der heutigen Hauptstadt der größten Grafschaft des Vereinigten Königreichs. Glück für sie, dass sie die größte erwischt hatte, aber was bedeutete schon Größe im Fall einer Grafschaft. Man war hier schließlich nicht in Texas. Sie lag jedenfalls im Norden Englands, und Christopher war nach Norden geflogen.

Es gab zahlreiche Hinweise, und entsprechend groß war die Gefahr, einen zu übersehen. Dixie nahm sich vor, ganz Whitby und seine Umgebung Stück für Stück zu durchkämmen. Trotzdem riet ihr eine innere Stimme, einfach alles zu vergessen und zurückzufliegen, wie es Christopher und Justin ihr geraten hatten. Aber die Lektüre des Tagebuchs ihrer Großtanten belehrte sie eines Besseren. Wenn man Faith' Worten Glauben schenken konnte, dann wurden die beiden terrorisiert und in den Tod getrieben – von Sebastian. Sie fragte sich, warum sie keine Hilfe hinzugezogen oder ihn angezeigt hatten, aber die beiden waren ja wesentlich älter als Gran und, als sie starben, hoch in den Neunzigern.

Wenn Sebastian zwei Menschen auf dem Gewissen hatte,

war er dann auch für den Anschlag auf Christopher und Vernons Tod verantwortlich? Sie hätte es zu gerne gewusst. War das der Grund, warum Christopher und Justin sie zur Abreise gedrängt hatten? Warum hatte Christopher sie vor Sebastian gewarnt? Sie wünschte Antworten auf ihre Fragen und ein bisschen Gerechtigkeit.

Sie musste mit jemandem darüber sprechen, aber Justin hatte ja nichts anderes im Kopf gehabt als ihre bevorstehende Abreise. Christopher, davon war sie überzeugt, kannte die Antwort auf alle Fragen, und er wäre sicher eher als Justin bereit, mit der Wahrheit herauszurücken.

Sie konnte nicht viel unternehmen in einem Dorf, in dem man ihr nach dem Leben trachtete, aber im hohen Norden, dachte sie, wäre sie in Sicherheit. Immerhin wähnte sie alle Welt auf dem Weg nach South Carolina. Mehr als ein paar Stunden zusammen mit Christopher bräuchte sie nicht. Und außerdem, wenn man als Gemeinsterbliche schon Vampire unter seinen Freunden hatte, warum sollte man diese Freundschaft nicht auch nutzen?

In York angekommen, fühlte sie sich wie auf einem anderen Planeten. Sie war mittlerweile an den schnellen Singsang des Südens gewöhnt und verstand den schwerfälligen Yorkshire-Dialekt mit seinen ungewohnten Vokalen nur mit Mühe. Und da wagte es das Mädchen von der Autovermietung, sie auf ihren Akzent anzusprechen! Dixie schluckte eine böse Bemerkung hinunter. Dazu hatte sie als Gast kein Recht, auch wenn die Sprache ihres Gastlands so schwer verständlich war wie die Kreolsprache Gullah.

Als Dixie in ihrem Mietwagen das Bahnhofsgebäude verließ, wäre sie beinahe von einem wahren Ungetüm von Bus abgedrängt worden. In ihren Augen war auf der High Street von Bringham ja auch mächtig was los, aber im Vergleich zu dem Wahnsinnsverkehr, der um halb sechs Uhr nachmittags in York herrschte, war die Rushhour von Charleston das reinste Zuckerschlecken. Die Straße führte ringförmig um das Stadtzentrum herum und an einer Mauer vorbei, deren Bau Justin möglicherweise noch miterlebt hatte. Dann geriet sie von einer falschen Spur unfreiwilligerweise auf eine schmale Straße in Richtung Zentrum, die bestenfalls für Bauernkarren, nicht jedoch für den heutigen Verkehr ausgelegt war. Als sie sich einem Kreisel à la Hyde Park Corner näherte, hätte sie am liebsten die Augen zugemacht und laut geschrien, aber sie hielt das Lenkrad fest umklammert und erinnerte sich daran, dass sie eben erst einem Bombenanschlag entgangen war und mit Vampiren verkehrte – da konnte ihr doch keine Rushhour was anhaben.

Recht hatte sie. Kaum war eine Stunde vorüber, fand sie auch schon ein Einkaufszentrum, wo sie sich mit einem Rucksack, Wanderschuhen und sonstigen Dingen, die man so brauchte, ausrüstete. Dann ging es weiter in Richtung Whitby. Sie legte die neu erworbene Vivaldi-CD ein und entspannte sich, während ihr Mietauto fast von alleine nordostwärts fuhr.

»Was zum Teufel will sie da?«, blaffte Sebastian ungeniert. Er hatte Emilys Panikanrufe satt. »Was hat denn York zu bieten?«

»Das Münster, mittelalterliche Gässchen und die Sache mit den Wikingern. Sie sprechen von Jorvik oder so ähnlich.«

Er hatte keine Auflistung irgendwelcher Touristenattraktionen erwartet. »Schluss jetzt, Emily. Bei deinem Geschwätz kann ich nicht nachdenken.«

Stattdessen durfte er sich nun ihr schweres Atmen anhören. Warum York? Dass Dixies »Abreise« frei erfunden war, überraschte ihn weniger – es stand einfach zu viel auf dem Spiel für sie. Aber Emilys hysterischer Anruf – das Bahnticket in Kings Cross, das Mietauto in York, alles auf Kreditkarte – ergab keinen Sinn. Später vielleicht.

»Moment bitte! Moment! Es geht weiter. Kam soeben rein.«

»Was denn?« Er konnte es sich bildhaft vorstellen, wie sie mit ihren wässrigen Augen auf den Bildschirm glotzte und dabei mit ihren Wurstfingern auf der Tastatur herumhackte.

»Sie hat was gekauft. Zweihundertachtundsiebzig Pfund in einem Einkaufszentrum in Clifton Moor.«

Er fluchte frei von der Leber weg. »Bleib dran, Emily. Sollte noch was kommen, ruf mich auf dem Handy an. Sofort.«

»Ich kann unmöglich die ganze Nacht hierbleiben.«

»Sag einfach, die Kasse stimmt nicht. Egal. Sag irgendwas. Aber bleib dran. Ich muss genau wissen, wo sie sich aufhält. Über kurz oder lang muss sie ein Nachtquartier beziehen.«

Er machte sich erst gar nicht die Mühe zu packen, schnappte sich Geld aus dem Safe, das er für alle Fälle dort liegen hatte, und fuhr nach einem kurzen Tankstopp sofort los. Gleich mehrere Baustellen auf der M25 ließen ihn jeden anderen Verkehrsteilnehmer verfluchen, aber er kam gut durch. Bei Watford wechselte er auf die M1 und raste nordwärts. Dieses Mal würde es keine Patzer oder Verfehlungen geben. Er würde sich selbst um sie kümmern.

Dixie erreichte Whitby kurz vor Anbruch der Dunkelheit und sah sich schon wieder mit einem Labyrinth enger Gassen konfrontiert. Die Landstraße war im Vergleich dazu ein Kinderspiel – zumal sie halb leer war. Es wurde langsam spät; sie war ohne Unterbrechung quer durch ganz England gereist und hatte kein Bett für die Nacht. War sie verrückt? Nein. Irgendwo in dieser Stadt schlief Christopher. Sie würde ihn finden.

Sie fuhr in den Nebel wie gegen eine Wand. Die Scheinwerfer drangen kaum mehr durch, und sie fuhr im Schneckentempo weiter. Nach links bog sie ab, weil sie andernfalls gegen einen Bordstein geprallt wäre; dabei hätte sie beinahe ein parkendes Auto gerammt.

Sie könnte von Glück sagen, wenn sie nicht in das Hafenbecken stürzen würde, aber sie fuhr jetzt bergauf, und das Meer musste in der entgegengesetzten Richtung liegen. In einer Nebellücke trafen die Scheinwerfer auf ein Aushängeschild, auf dem es hieß »*Bed & Breakfast*«. Dixie sah darin ein Zeichen des Himmels und kehrte um. Der Kies knirschte unter den Reifen, als sie an dem großen Backsteinbau vorfuhr und zwischen einem zerbeulten Range Rover und einem Kleinwagen parkte.

»Ein Einzelzimmer? Gerne. Wir haben zu dieser Stunde niemanden mehr erwartet. Die Saison hat noch nicht richtig begonnen.«

Mrs Thirlwood führte Dixie über eine breite Treppe auf ein Zimmer, das laut Mrs Thirlwood einen schönen Blick auf die Ostklippe und die Abtei hatte. Dixie nahm das Zimmer, weil das Bett so bequem aussah; den Ausblick würde sie später genießen.

Nachdem sie sich kurz frisch gemacht und eine Tasse Instantkaffee getrunken hatte, sah sich Dixie schon sehnsüchtige Blicke auf die rosa Rosen auf dem Plumeau und den Kissen werfen. Aber es war kaum acht, und außer einem Sandwich im Zug hatte sie noch nichts gegessen. Sie hatte Hunger und könnte bei der Gelegenheit gleich die Stadt erkunden. Was sollte sie auch sonst machen? Fernsehen und die Preisschilder von ihren neuen Klamotten abknipsen?

»Sie gehen aus?«, fragte Mrs Thirlwood, als sie in die großzügige, dunkel getäfelte Diele herunterkam.

»Wenn ich bei dem Nebel noch irgendetwas sehe, ja. Die Waschküche vorhin war schon schlimm genug.«

»Das war doch kein Nebel, nur leichter Küstendunst.«

»Dunst nennen Sie das?« Wenn das keine dicke Nebelsuppe war, hatte sie keine zehn Zehen.

»Küstendunst. Gar nicht selten zu dieser Jahreszeit, aber eigentlich haben wir ihn das ganze Jahr über. Entsteht über der See, kommt schnell hereingeweht und ist noch schneller wieder verzogen. Man gewöhnt sich daran. Nur auf den

Klippen muss man vorsichtig sein, aber sonst ... da, sehen Sie, machen Sie die Tür auf, er verzieht sich schon wieder.« Die Straßenlampen auf halber Strecke bis zur nächsten Kurve und die Dächer der Häuser gegenüber konnte Dixie gut erkennen.

Sie schaute skeptisch in den sich lichtenden Dunst. Wenn das Juni war, wie würde es dann erst im November sein? Sie fuhr los, dieses Mal bergab, und folgte den jetzt sichtbaren Wegweisern zum Hafen hinunter. Das blauschwarze Wasser, in dem an die zwanzig Boote schaukelten, war vom Vollmond beschienen. Von dort fuhr sie wieder bergauf, weil sie in dieser Richtung das Zentrum vermutete. Sie fuhr langsam, suchte nach einem Parkplatz und eventuell einem Restaurant.

Ungefähr auf halber Strecke fiel von links das Licht einer erleuchteten Ladenfront über die Straße. Frittiergeruch waberte ihr einladend entgegen, und über der offenen Eingangstür prangte in grellem Neon der Schriftzug »*Fish and Chips*«. Dixie parkte im absoluten Halteverbot, insgeheim hoffend, britische Politessen hätten Besseres zu tun, als hungrige Touristinnen zu verfolgen.

»Kabeljau, Seelachs oder Rochen?«, fragte der Glatzköpfige hinter der Theke.

»Kabeljau«, erwiderte Dixie. Davon hatte sie zumindest schon *gehört*. Sie nahm eine Plastikmarke mit Nummer entgegen und stellte sich zu einem Haufen Wartender. Dort bot ihr ein grauhaariger Mann einen Stuhl an. Dixie zögerte – er war dreimal so alt wie sie und gebrechlich –, aber abzulehnen wäre auch unhöflich gewesen. »Danke, sehr nett«, sagte sie lächelnd und sah sich sofort mit den unvermeidlichen Fragen konfrontiert: Ja, sie war Amerikanerin. Nein, sie lebte nicht in der Nähe von Disney World. Ja, sie hatte sich auf besseres Wetter eingestellt.

Sie versuchte, seinen Worten zu folgen, aber der starke Yorkshire-Dialekt war nach der langen Fahrt und der schlaflosen Nacht davor eine große Herausforderung. Sie lächelte, nickte und studierte ihre Umgebung. Den Kunden im Laden und den Reihenhäusern draußen nach zu urteilen, war sie in ein ärmeres und älteres Viertel geraten. Könnte Christopher sich hier verkrochen haben? Mit dem Komfort von Dial Cottage oder Toms elegantem Haus konnte sich die Gegend nicht messen, aber wenn er nur hier war, um Ruhe zu halten …

»… ein Vampir soll es gewesen sein.«

Dixie bekam die Worte genau mit, die von einem jungen Mann mit Lederjacke kamen. »Was?«, fragte sie. »Was haben Sie von einem Vampir gesagt?«

»Da hast du's!«, sagte eine dicke Frau in lilafarbenem Regenmantel. »Du erschreckst die Touristen mit deinem Gerede.«

»Es stimmt«, entgegnete der junge Mann. »Stand doch in der Zeitung.«

»Man kann nicht alles glauben, was die Zeitungen schreiben«, sagte ein kleines Männchen.

»Was ist denn passiert?«, fragte Dixie und versuchte den Anschein purer Neugier zu erwecken. »Hat wer einen Vampir gesehen? Ich kenn ja die Geschichten über Graf Dracula und Whitby und all das, aber sicher …«

»Die hatten ein Gläschen zu viel. Weiter war da nichts, wenn Sie mich fragen«, sagte die Dicke.

»Aha«, sagte Dixie und sah zu dem jungen Mann hinüber. Sie lächelte ihm zu und hoffte, er würde sie nicht missverstehen, aber keiner der Anwesenden wirkte so gesprächsbereit wie er.

Sie hatte sich nicht getäuscht. »Zwei Burschen waren es, die haben draußen auf der Klippe kampiert. Erst letzte Woche. Sie haben sich auf die Nacht vorbereitet, und was passiert? Einer von ihnen sieht dieses Wesen von Himmel herunterkommen. Dann, es kommt gerade näher, verwandelt es sich in einen Menschen, einen Mann. Aber es ist kein Mann. Man sieht nur diese Fangzähne, die vor Blut triefen, kreidebleiche Haut, einen weiten, schwarzen Umhang und ein schickes Dinnerjackett – wie im Kino, echt. Der hätte sich beinahe in die Hosen gemacht vor Angst und stürzte prompt die Klippe runter.«

Das kleine Männchen lachte in sich hinein. »Ist wohl zu nahe an der Kante rumspaziert, und die ist dann abgebrochen, sonst nichts.«

»Wo war das genau? Oben auf der Klippe?« Dixie gab sich alle Mühe, nicht zu schreien.

»Oben in der Nähe der Abtei. An Ihrer Stelle würde ich im Dunkeln da nicht hingehen«, riet die Lederjacke.

Die reißerischen Details führte Dixie auf eine überbordende Fantasie, zu viel Alkohol und auch Angst zurück, aber sonst hatte sie nicht die geringsten Zweifel.

»Neunundzwanzig«, rief die Glatze.

Dixies Nummer. Sie nahm den warmen Packen Zeitungspapier entgegen und ging raus zum Auto. Nun musste sie nur noch den Wegweisern in Richtung Abtei folgen.

Während der Fahrt knabberte sie »Chips« und biss ab und an von ihrem panierten Fisch ab. Alles war sehr heiß, und sie hätte sich beinahe die Zunge verbrannt, aber sie aß trotzdem weiter. Aus Nervosität? Zweifellos. Als sie das Auto abstellte, raste ihr Herz wie verrückt, und das schlecht gekaute Essen lag ihr schwer im Magen..

Das war's dann.

Sie schloss das Auto ab und ging zur Abtei hinauf – oder jedenfalls so weit sie angesichts verschlossener Tore kam. Der Nebel hatte sich aufgelöst. Den dunklen Himmel erleuchteten der Vollmond und ein Meer von Sternen, und eine sanfte Brise kühlte ihre glühenden Wangen. Die Ruinen warfen Schatten im Mondschein, und außer dem Rauschen der Brandung am Fuß der Klippen war kein Laut zu hören. Camper waren weit und breit keine zu sehen. Die hatten sich an sicherere Plätze geflüchtet.

Sie war allein. Wirklich?

Christopher, bist du hier? Ihre Gedanken griffen weit aus, tasteten sich wie Fühler durch einen Nebel. *Christopher!* Es hatte keinen Sinn. *Christopher!*

Dann endlich. Wie ein Blitz aus heiterem Himmel. *Dixie! Du hier?*

Sie durchströmte ein Gefühl von Wärme, Jubel, Fassungslosigkeit. Ein Wunder. Sie hätte laut aufschreien können vor Freude, lachen, weinen. Sie musste ihn finden, ihn aufspüren an seiner Ruhestätte.

Aber wie?

Kälte hüllte sie ein wie ein altes Leichentuch. Es wurde still um sie.

Nichts. Keine Wärme. Keine Erwiderung.

Da waren nur die Stille des Himmels und das Rauschen der Brandung unter ihr.

Christopher! Aus ihrer Seele kam ein einziger Aufschrei von Verzweiflung und Einsamkeit.

Die Stille von Jahrtausenden antwortete mit Schweigen.

* * *

Justin traf wenige Stunden vor Tagesanbruch ein. »Sie ist in Sicherheit, mein Freund«, sagte er, als Christopher sich bewegte.

»Ach ja?«

»Im Gegensatz zu dir konnte ich sie überzeugen. Sie ist nach Hause geflogen. War aber nicht alleine mein Verdienst. Es ist etwas geschehen.«

»Was?« Christopher packte seinen Freund an der Schulter. »Was ist passiert? Ist sie verletzt?«

»Nein!« Justin befreite sich. »Sie ist nicht verletzt. Abel sei Dank! Aber ...«

Eiskalt durchfuhr es Christopher, als Justin die Vorfälle vom Freitag schilderte. Das würde er ihnen heimzahlen und er schwor Rache, tausendmal Rache, Rache bis in alle Ewigkeit. »Sie wollten sie töten. Das müssen sie büßen. Sie werden sterben. Jeder Einzelne.«

»Nein, beruhige dich doch, Kit! Rache ist nicht unsre Art. Du kennst unsere Grundsätze! Außerdem ist Dixie in Sicherheit. Mittlerweile ist sie längst in Charleston.«

Sein Lachen hörte man wahrscheinlich bis Robin Hood's Bay. Christopher war das egal. Ihm war jetzt alles egal. »In Sicherheit, sagst du? Zu Hause in South Carolina? Da täuschst du dich, alter Freund. Sie ist hier.«

Zum ersten Mal nach hunderten von Jahren hatte er Justin Corvus sprachlos gemacht. Einen Moment lang. »Unmöglich. Ich habe sie zum Flughafen gebracht, mit ihrem ganzen Gepäck.«

»Sie war trotzdem hier. In dieser Nacht. Vor gerade mal ein paar Stunden.«

»Ich fass es nicht.«

Christopher fuhr sich mit beiden Händen durch die Haare, kratzte sich mit den Fingernägeln die Kopfhaut auf, nur um etwas anderes zu spüren als den Schmerz über Dixies Verlust.

»Ihre Gedanken suchten mich, als ich halb wach dalag. Wir fanden zusammen, aber dann unterbrach ich den Gedankenfluss. Sie konnte die Mauer, die ich aufgebaut hatte, nicht überwinden. Sie blieb dann noch mehr als ein Stunde, weinte unablässig; ihre Gedanken suchten nach mir. Aber ich habe sie in ihrem Leid ertrinken lassen, während ich vor Einsamkeit schier verbrannte.«

»Damit hast du sie gerettet.«

»Gerettet? Sie ist alles andere als in Sicherheit. Die sind ihr doch längst auf den Fersen, und das weißt du ganz genau. Wenn sie ihr auch nur ein Härchen krümmen, dann kannst du unsere Grundsätze vergessen. Meine Rache wird endlos sein.«

Justin tigerte nervös an den Ruhestätten auf und ab. »Das verändert die Lage von Grund auf. Ich hätte aufpassen müssen, dass sie auch wirklich eincheckt. Nicht im Traum hätte ich gedacht …«

»Sie hat dich ausgetrickst, alter Freund. Und Caughleigh hat sich auch die Zähne an ihr ausgebissen – jedenfalls bis jetzt. Sie muss beschützt werden, und der Einzige, der dazu in der Lage ist, bin ich.«

»Nein, ein Wiedersehen wäre viel zu riskant.«

»Ich muss sie wieder sehen, und sie muss beschützt werden. So einfach ist das.«

»Wie willst du sie denn beschützen? Du stehst unter Mordverdacht und wirst gesucht. Jeder Polizeicomputer enthält deine Personenbeschreibung. Und deinen Fingerabdruck haben sie sicher auch gespeichert.«

Kit Marlowe grinste. »Aber kein Foto.« Er ging auf dem Erdboden auf und ab. »Hör gut zu. Heute bleibe ich noch liegen. Es ist schon zu spät. Aber sobald es Abend wird, mache ich mich auf die Suche nach Dixie. Sie ist durch ganz England gefahren, nur meinetwegen. Wir gehören zusammen.«

Justins Augen wurden bleich. »Du bist bereit, den Preis zu zahlen? Für eine Sterbliche?«

»Du hast ihn auch bezahlt.«

»Der Preis ist hoch. Verbannung aus der Kolonie solange sie lebt.«

»Eine Ewigkeit ohne sie ist schlimmer.«

»Du wirst zusehen müssen, wie sie alt wird, krank und gebrechlich. Die Zeit kennt gegenüber Sterblichen keine Gnade.«

»Ewige Einsamkeit ist nicht viel besser.«

Justin ließ sich auf die Erde niedersinken, den Kopf auf eine Steinplatte gestützt. »Tom und ich werden dich vermissen. Immerhin sind wir alte Freunde.«

»Das werden wir auch bleiben. Wir haben die Ewigkeit vor uns.«

Justin nickte. »Ruh dich aus. Du brauchst Kraft. Solltest du es dir bis Sonnenuntergang nicht anders überlegt haben, trennen wir uns. Bis dahin werde ich zusammen mit Tom auf Dixie aufpassen. Wir helfen dir dann auch noch unterzutauchen – falsche Spuren, du weißt schon, um die Polizei und die anderen zu verwirren.«

Christopher nahm seinen alten Freund fest in die Arme. »Ich bin dir so dankbar, Justin. Eines Tages …«

»Uns bleibt nur noch ein Tag.«

Sebastian kam kurz nach Tagesanbruch in York an. Er war kein Freund von Nachtfahrten und hasste Dixie dafür umso mehr. Sowieso hatte sie von ihrem ersten Brief an nur Ärger gemacht. Er fand einen Parkplatz in Bahnhofsnähe und döste noch etwas. Eine Geschichte für die Autovermietung hatte er sich schon zurechtgelegt. Sie mussten nur noch aufmachen. Zerknitterte Kleider und ein steifer Nacken würden sein Anliegen nur unterstreichen.

»… dann muss sie sich wohl ein Auto gemietet haben und selbst losgefahren sein. Womöglich glaubte sie, ich hätte sie versetzt.«

Die Schalterdame wollte einerseits die Diskretion wahren, andererseits aber auch keiner Liebe im Wege stehen. Ihr Sinn für Romantik obsiegte. »Eigentlich dürfte ich es ja nicht sagen, aber« – sie sah sich kurz um und flüsterte dann – »eine Miss LePage hat gestern tatsächlich ein Auto gemietet.«

Wunderbar. »Und jetzt noch das Modell und die Nummer.«

Sie zögerte. Anscheinend war ihr der Arbeitsplatz doch wichtiger, als einem verzweifelten Mann zu helfen. »Ich fürchte, das geht nicht – man würde mich rausschmeißen. Aber …«

Leicht irritiert brachte er sein volles Charmepotenzial zum Einsatz. »Können Sie mir dann wenigstens sagen, wo sie hingefahren ist? Hat sie sich nach etwas Bestimmtem erkundigt?«

»Oh ja. Sie wollte was einkaufen, und ich habe ein Einkaufszentrum auf ihrer Karte vermerkt.«

Sehr hilfreich! Wo sie ihre Zahnbürste gekauft hatte, wusste er schon. Er versuchte es mit einer Suggestivfrage. »Sagte sie nicht, ihr Ziel sei öööh … Beverley?« An den Ortsnamen hatte er sich rein zufällig erinnert.

»Nein. Das wüsste ich. In Beverley wohnt nämlich meine Tante.«

Sebastian wünschte dieser Tante Arthritis und weiß Gott was alles an den Hals. Aber wo zur Hölle war Dixie? Sie konnte schon halb in Schottland sein. Aber dort war sie nicht. Das wusste er. Sie war nach Yorkshire gekommen. Aber warum?

Zunächst musste er sich rasieren, duschen und frühstücken. Danach wollte er überlegen, wie es weitergehen würde. Er mietete sich im Bahnhofshotel ein. Als er gerade Eier mit Speck verzehrte, klingelte sein Handy.

»Sebby, ich weiß, wo sie ist. Ich war schon frühmorgens im Büro.« Emily hyperventilierte fast am Telefon. »Sie ist in Whitby. Gestern Abend hat sie in Lewisham getankt, später wurde ihre Kreditkarte von einer Pension in Whitby belastet.« Sie saß in der Falle. Ganz in der Nähe. Whitby sollte ihr zum Verhängnis werden.

Überraschenderweise hatte Dixie gut geschlafen. Sie zog die Chintzvorhänge auf und bewunderte die versprochene Aussicht, die Ruine der Abtei und die in der Junisonne leuchtenden Klippen. Christopher war da und hatte beschlossen, sich abzugrenzen. Sie musste verrückt sein – auf der Suche nach einem Vampir quer durch England zu reisen. Nein. Sie betrachtete ihr Spiegelbild. Verrückt nicht, bloß verliebt. Und machte dieser Zustand nicht generell alle zu Narren?

»Haben Sie was Bestimmtes vor heute?«, fragte Mrs Thirlwood, als sie Dixies Gedeck abräumte. »Ideales Wetter für einen Spaziergang auf den Klippen.«

»Ich glaube, ich besichtige die Abtei. Schon gestern Abend fand ich die Ruinen sehr beeindruckend.«

»Ich war ja selbst niemals oben, aber meine Gäste sind alle fasziniert. Sie ist sehr alt.«

»Das dachte ich mir. Wurde sie in der Zeit der Enteignung der Klöster oder im Bürgerkrieg zerstört?« Sie wusste, dass die meisten Ruinen in England auf das Konto von Heinrich VIII. oder Oliver Cromwell gingen.

»Durch die Deutschen hauptsächlich.« Mrs Thirlwood lächelte. »Sie haben sie im Krieg bombardiert.«

Das klang zwar weniger romantisch als die alte Geschichte, aber wie auch immer. Es war nicht die *Geschichte* der Abtei, die sie interessierte. »Kann man an den Klippen entlangspazieren?«

»Natürlich, Darling. Sie müssen nur auf wacklige Stellen aufpassen. Die Erosion, verstehen Sie. Teile des Weges sind abgebrochen – erst letzte Woche wieder eins –, aber trotzdem schön zum Spazierengehen an einem Tag wie diesem. Man kann bis Robin Hood's Bay laufen. Eine ausgesprochen hübsche Wanderung. So friedlich.«

13

Sebastian lächelte freundlich, als eine grauhaarige Frau die Tür öffnete. Diese Alte müsste doch zu überreden sein. »Mein Name ist Caughleigh, Sebastian Caughleigh. Ich suche Dixie LePage. Sie soll hier wohnen, ist das richtig?«

Die Schrulle gab einen Laut von sich, der beides, ja und nein, bedeuten konnte. Aber wie auch immer. Er wusste sowieso Bescheid. »Dixie und ich, wir waren verlobt, bis zu diesem schrecklichen Krach vor zwei Tagen. Es war allein meine Schuld. Jetzt bin ich hier mit einem Friedensangebot.« Die Cellophanverpackung eines Straußes roter Rosen in seinem Arm knisterte. »Dürfte ich die auf ihr Zimmer bringen.«

»Geben Sie schon her.«

Er wollte der Alten die Blumen wieder entreißen, besann sich aber eines Besseren und lächelte. »Könnte ich an der Bar warten, bis sie wieder zurück ist?«

»Wir haben außerhalb der Saison nicht geöffnet.«

Am liebsten hätte er ihr jeden Stiel einzeln in ihren dürren Hals gerammt. »Ich bitte Sie. Ich muss mit ihr reden.«

Sie verschränkte die Arme auf der Brust. »Ich lasse ihr die Blumen und eine Nachricht zukommen. Kommen Sie heute Abend wieder, wenn Sie sie sehen wollen. Sie ist ausgegangen.«

»Wohin denn?« Die Frage war zu schnell gekommen. Die Alte sah ihn über die Nasenspitze hinweg an. Er hätte sie ihr zu gerne poliert, lächelte jedoch. »Entschuldigung, aber ich bin wohl unhöflich. Ich war so ein Trottel.«

Sie nickte wie bestätigend. Die alte Vettel! »Sie ist heute Abend zurück.«

Er legte eine Hand an den Türpfosten und lächelte. Sie

hätte ihm die Tür vor der Nase zuknallen können. »Könnte ich sie vielleicht in der Stadt irgendwo treffen? Ich muss sie unbedingt sehen. Ich bin schon am Verzweifeln.« Letzteres war keine Lüge.

Schließlich gab sie nach. Es reichte ihr. »Sie wollte die Abtei besuchen, und dann anschließend bis Robin Hood's Bay wandern. Möglich, dass sie dorthin unterwegs ist. Ich weiß es nicht.«

Wenigstens ein Anfang. Er ließ die Blumen zurück und machte sich auf den Weg. Nach ein paar Metern zog er die Karte heraus, die er gekauft hatte. Von der Abtei bis Robin Hood's Bay führte ein hübscher, gewundener Klippenpfad. Das passte doch bestens.

»Lockige, rötliche Haare. Sie war garantiert da. Sie müssen sie gesehen haben«, sagte Sebastian. Gegenüber dem alten Tattergreis am Eingang zur Abtei hatte er nicht von seiner Verlobten, sondern von seiner Schwester gesprochen, was aber nichts half.

»Ich verkaufe Tickets und schau mir die Leute nicht einzeln an. Außerdem war heute Morgen die Hölle los. Ein ganzer Haufen Schulkinder.« Der Kassenmann schnaubte und zählte weiter Kleingeld.

Sebastian konnte Schulkinder auch nicht ausstehen. Beim Einparken hatte eines einen Pingpongball gegen sein Auto geknallt. »Ich bin mir sicher, sie war hier. Wir wollten uns hier treffen, aber ich bin zu spät dran.«

»Pünktlichkeit, der Herr, ist noch immer eine Zier.« Der Mann präsentierte ein zahnloses Grinsen und wandte sich wieder seinen Zwanzig-Pence-Stücken zu. Sebastian hätte am liebsten eins in seine haarigen Ohren gestopft.

»Ach was, Sie können mich mal.« Sebastian drehte sich um. Der Lehrer, der seine Klasse überhaupt nicht im Griff hatte, lächelte ihn an. »Entschuldigen Sie«, sagte er, »aber Sie haben sich doch nach einer jungen Frau erkundigt. Sie ist nicht zufällig Amerikanerin?«

Zufall war gar kein Ausdruck. Sicher war sie die Einzige in dieser gottverlassenen Gegend am Rande der Arktis. »Doch. Sie ist meine Schwester. Ich wollte sie hier treffen. Haben Sie sie denn gesehen?«

»Hab ich. Sie wäre beinahe zu Tode getrampelt worden von meiner Rasselbande und war gar nicht begeistert darüber. Wir kommen aus St. Dunstan in York. Eigentlich sollten wir schon längst unterwegs nach Scarborough sein, aber einer von meinen Kleinen hat seine Uhr verloren, und die müssen wir jetzt suchen.« Er zeigte auf das Gewimmel kleiner Jungs, die das Gras und die Ruinen durchkämmten. »Wenn sie sie zuvor nicht kaputttrampeln.«

Natürlich interessierte ihn das nicht; trotzdem zeigte er sein normalerweise nur für die wohlhabendsten Klienten reserviertes Lächeln. »Sie haben Dixie gesehen? Wunderbar! Wahrscheinlich hatte sie gar nicht mehr mit mir gerechnet.«

»Sie hat sich nicht lange aufgehalten. Ist noch vor unserem Lunch auf dem Klippenpfad entschwunden. Zurückgekommen ist sie, soweit ich weiß, nicht.«

Sicher war sie nicht zurückgekommen. Die Alte von der Pension hatte recht. »Ist das der Weg nach Robin Hood's Bay?«

»Genau, sehr hübsch, wir sind ihn auch schon gegangen. Nur leider ist damals einer von den Kleinen abgestürzt, und wir mussten die Küstenwache rufen. Seitdem hat der Direktor den Weg verboten.«

Diese Gelegenheit war ein Geschenk des Himmels. Sebastian sang ein lautloses Hallelujah. Bald würde es zu einem weiteren Absturz kommen, aber er würde keine Küstenwache bemühen.

»Sir!«

»Wir haben sie. Wir haben Jenkins' Uhr gefunden, Sir!«

»Binn hat sie gefunden, Sir!«

Gefolgt vom Rest der Truppe, preschte ein halbes Dutzend kleiner Jungs mit lautem Gejohle und Geschrei voraus, an der Spitze Binn, der, soweit das Gedränge es zuließ, seinen Fund jubelnd in der Luft schwenkte. Nachdem die mittlerweile völlig verdreckte Uhr dem Eigentümer zurückgegeben war, rief der Lehrer seine Gruppe zusammen. »Sind das jetzt alle? Hoffe ich doch. Wir gehen jetzt zum Bus, und sollte noch jemand was verlieren, vermachen wir's den Möwen.«

Der Bus fuhr ab. Sebastian verdrängte die Erinnerung an seine eigene lausige Schulzeit, nicht ohne sich auszumalen, wie Jenkins nun wohl auf der ganzen Fahrt bis Scarborough gehänselt würde. Würden sie sich hinten im Bus auf seinen Kopf setzen, während der Lehrer vorne gemütlich rauchte, ungeachtet der Quälereien hinter seinem Rücken? Oder würden sie ihm die Schnürsenkel herausziehen, um ihm damit die Daumen auf dem Rücken zusammenzubinden?

Sebastians Schulzeit war lange vorbei, und er hatte eine dringende Aufgabe zu erledigen. Aus dem Kofferraum seines Wagens kramte er ein Fernglas unter dem Reserverad hervor. Schade, dass er keine Turnschuhe mitgebracht hatte, aber in dem Fall würden es halt seine Brogues tun müssen. Danach würde er sich einfach ein Paar neue gönnen. Er würde diesen halb verlassenen Pfad mit dem Fernglas absuchen, bis er sie gefunden hatte, um sie sich dann vorzuknöpfen.

Während er das Auto absperrte, blickte er auf und sah einen Papageientaucher auf einem Telegrafenmast sitzen. Die Kreatur mit dem gedrungenen Körper schien ihn zu beobachten. Seltsame Vögel waren das. Dieser hier drehte den Kopf, als würde er Sebastians Bewegungen nachahmen. Dann, als hätte er sich eines Besseren besonnen, flog er weg und verschwand in südöstlicher Richtung.

In glücklicherer Verfassung hätte Dixie den Ausflug sicher genossen. Die Ausblicke von der Klippe waren geradezu wunderbar. Die Sonne wärmte ihren Rücken, und die frische Brise zerzauste ihr Haar und kühlte ihre Wangen. Der Duft von frisch gemähtem Gras, Seeluft und wildem Geißblatt hätte jedes Herz bewegt, das nicht vor Angst und Sorge zu zerspringen drohte.

In Robin Hood's Bay machte sie in einer mit Fischernetzen und Glaskugeln dekorierten Teestube halt und stärkte sich mit Tee und Bohnen auf Toast. Nach einem Blick auf die Uhr kippte sie schnell die letzte Tasse hinunter. Es war höchste Zeit zu gehen. Sie wollte vor Einbruch der Dämmerung zurück sein, denn bei Dunkelheit war der schmale Klippenpfad sicher gefährlich.

Dixie legte an einem Zaunübertritt eine Pause ein und nahm ihren mittlerweile recht schweren Rucksack ab. Sie war hundemüde, die Beine taten ihr weh, und der Pfad war verdammt schmal. Auf dem Hinweg hatte es einige Stellen gegeben, an denen der Weg nachgab oder komplett weggebrochen war. Einen Sturz nach unten auf die Felsen wollte sie sich gar nicht vorstellen. Das Gesicht seewärts gewandt, atmete sie tief ein und spürte, wie die Brise ihr erhitztes Gesicht kühlte. Was machte sie überhaupt hier, in dieser Einöde, Wildgänse jagen vielleicht? Quatsch. Nein. Christopher befand sich in der Abteiruine. Sie hätte darauf schwören können.

Ein lautes Rauschen unterbrach ihre Gedanken. Aus dem Augenwinkel nahm sie ein Flügelschlagen wahr. Als sie sich umdrehte, landete ein großer Vogel dicht neben ihr auf dem Zaun. Ein in der Tat seltsamer Vogel: gedrungen und breit wie eine Zeichentrickfigur. Er faltete die mächtigen Flügel auf dem Rücken zusammen und beobachtete sie. Sie hatte sogar das Gefühl, er sähe ihr direkt in die Augen. Kein wildes Tier sah einem Menschen in die Augen, ohne die Flucht zu ergreifen oder zu erstarren; dieser Vogel plusterte einfach die Brustfedern auf, sah ihr nochmals in die Augen, putzte sich ein paar Minuten lang und flog dann wie von den Furien verfolgt in Richtung Whitby davon. Sie sah ihm nach, bis er sich als schwarzer Punkt am Horizont verlor. Dann bemerkte sie den von der See hereinziehenden Nebel. Küstennebel!

Für eine Umkehr war es zu spät. Sie würde die Zähne zusammenbeißen und weitermarschieren. Wenn sie nur einen Regenschutz eingesteckt hätte. Obendrein schien der Küstennebel den Einbruch der Dunkelheit auch noch zu beschleunigen.

»Kit! Wach auf! Kit!«

Justins Stimme durchdrang seinen Tiefschlaf. Kits Augenlider hoben sich flackernd, und er holte seinen Körper aus dem Koma. Wenn Justin ihm befahl, aufzuwachen, dann tat er das auch. Seine Beine waren bleischwer, aber er setzte sich trotzdem auf und dehnte Arme und Hände. »Was ist los, alter Freund?« Er versuchte, die Zehen zu bewegen, brauchte aber noch etwas Zeit.

»Erheb dich schon. Dixie ...«

»Was?« Das Gespür in seinen Armen kehrte zurück, und er packte Justin, lenkte seine noch trägen Gedanken ins Freie, konnte aber keine Spur von ihr finden. »Was ist los? Sie ist nicht mehr hier.«

»Das weiß ich längst! Sie befindet sich auf dem Rückweg oben auf den Klippen, und Caughleigh ist hier.«

In seine Beine kehrte die Kraft wie ein Ansturm kalter Panik zurück. »Was hat er getan?«

»Bis jetzt noch nichts. Ich glaube, zu dritt bieten wir ihm die Stirn.«

»Drei?«

»Tom ist auch hier.«

Kit stand nun, noch etwas wackelig, aber sein alter Freund stützte ihn gut. »Verdammt. Wenn ich das gewusst hätte, wäre ich nie in Tiefschlaf versunken, aber ich wollte so viel Kraft wie möglich für heute Abend sammeln.«

»Du wirst bald merken, wie froh du darüber sein kannst.«

»Wo ist der Bastard?«

»Zuletzt habe ich ihn auf dem Parkplatz gesehen. Er hat durch ein Fernglas in Richtung Klippenpfad geschaut. Wahrscheinlich auf der Suche nach Dixie. Der will sich doch nicht auf einen Drink mit ihr treffen.«

»Umbringen wird er sie. Mit der Bombe hat es nicht geklappt, also legt er dieses Mal selbst Hand an.«

»Einspruch«, sagte Justin mit einer Stimme, die zwar ruhig aber doch so durchdringend war wie Sonnenstrahlen. »Er *plant*, sie umzubringen. Wenn drei Vampire nicht mit einem mickrigen Sterblichen fertig werden ...«

»Wir könnten uns genauso gut draußen in der Sonne anpflocken!«

Sogar im Dunkeln sah Christopher, wie Justin zusammenzuckte. Nicht ohne Grund, wie er selbst wusste, denn den Geruch seines eigenen, in der Sonne bratenden Fleisches würde er nie vergessen. Caughleigh hatte noch eine Rechnung bei ihm offen und heute Abend würde er bezahlen. »Chiroptera?«

Justin schüttelte den Kopf. »Fledermäuse sind zu auffällig. Es ist noch nicht dunkel. Wegen der Sonne brauchst du dir übrigens keine Sorgen zu machen; über weite Strecken der Küste liegt dichter Nebel. Ich hatte eben als Papageientaucher keine Probleme.«

Christopher nickte. Nicht gerade das, was er gewählt hätte, aber immerhin hatte ihm Justin zwölfhundert Jahre an Erfahrung voraus.

* * *

Sebastian warf sein Jackett und die Krawatte in den Kofferraum und krempelte die Ärmel hoch. Wie der typische Wanderer sah er nicht gerade aus, aber egal, schließlich war er hier geschäftlich unterwegs. Er ignorierte seine handgenähten Lederschuhe und machte sich auf den Weg in Richtung Klippenpfad.

Ab und an blieb er stehen, um mit dem Fernglas nach vorne zu schauen. Er sah Kühe, Seevögel und auch ein paar vereinzelte Wanderer, aber keine Dixie. Ihn beschlich schon der Verdacht, dieser »Sir« habe ihn angeschmiert. Und was wusste die alte Vettel im Hotel? Sollte er sich ein Paar gute Schuhe umsonst ruinieren?

Schließlich tauchten zwei Personen in Khakishorts auf, komplett ausgerüstet mit Wanderschuhen und Wanderstöcken. Sie trugen Rucksäcke und hatten Pullover um die Taille gebunden. »Tag«, sagten sie beim Näherkommen.

»Entschuldigen Sie«, sagte Sebastian, »ich suche meine Frau. Sie ist heute Morgen losgewandert, und ich wollte sie hier treffen. Haben Sie sie vielleicht gesehen?«

Sie hörten aufmerksam zu, als er seine vermeintliche Frau beschrieb. »Eyy, ich glaube, wir haben sie gesehen. Sie hat doch einen amerikanischen Akzent, oder?«, fragte die Frau.

Ein Volltreffer! »Ja, das wird sie sein.« Sein Herz schlug sofort höher. Sie hatten sie gesehen, garantiert.

»Wir sind ihr begegnet, als wir schon auf dem Rückweg waren, zehn, fünfzehn Minuten vor Robin-Hood's Bay. Sie muss knapp hinter uns sein ist«, fügte der Mann hinzu.

Sebastian stand einiges bevor. Angespornt durch die Aussicht auf Erfolg, kämpfte er sich weiter voran, wich Büschen von Brombeergestrüpp aus und zerkratzte sich die Schuhe an schroffen Felsen. An einem Zaunübertritt war er unvorsichtig und fluchte umso mehr, weil er mitten in einen Kuhfladen getreten war. Auf alle Fälle würde er sich nach dieser Gewalttour neue Schuhe und Socken gönnen.

Sebastian gingen die Schimpfwörter aus, und er versuchte, welche zu erfinden. Das half, aber eine bessere Sicht hatte er damit auch nicht, und der Schweiß, der ihm die Haare an die Stirn und das Hemd auf den Leib klebte, floss weiterhin in Strömen. Jetzt wurde ihm klar, warum es ihn bisher nie nach Yorkshire gezogen hatte. Aber nur noch ein paar Stunden, und er würde diese gottverlassene Gegend auf Nimmerwiedersehen verlassen. Er stapfte weiter voran, hielt sich dicht an den Zaun zu seiner Rechten, zumindest dort, wo es einen gab, um bloß dem Abgrund zu seiner Linken nicht zu nahe zu kommen. Er verlor jegliches Zeitgefühl, spielte sogar mit dem Gedanken, sein Fernglas, das bleischwer um seinen Hals hing, einfach wegzuwerfen. Sollte sich jedoch der Nebel lichten …

Da zeichnete sich eine dunkle Silhouette im Dunst ab. Er schöpfte neue Hoffnung. Das könnte seine große Chance sein.

Dixie hielt sich möglichst weit links, auch wenn Kuhfladen und Gestrüpp sie am Ausschreiten hinderten. Der Küstennebel machte seinem Namen alle Ehre, und sie nahm sich vor, am nächsten Zaunübertritt eine Pause zu machen und zu warten, bis der Nebel sich auflösen würde. Aber anstatt sich aufzulösen, wurde er immer noch dichter. Sie strich sich feuchte Haarsträhnen aus dem Gesicht, rückte ihren Rucksack zurecht und marschierte weiter. Und das nannte Mrs Thirlwood einen netten Spaziergang! Dixie schnaubte verächtlich. In der Tat, eine nette Wanderung. Das war Mord. Sie sah eine dunkle Gestalt im Nebel auf sich zukommen.

»Hallo!«, rief sie, bekam aber keine Antwort. Er oder sie hatte anscheinend nichts gehört. Der Nebel verschluckte jeden Laut. Sie probierte es noch einmal. »Hi! Ist das nicht schrecklich? Ich weiß nicht einmal, wie weit es noch ist.«

Die dunkle Gestalt trat aus dem Nebel. Dixie erstarrte vor Schreck und Panik und blieb drei endlose Sekunden lang wie angewurzelt stehen. »Überhaupt nicht mehr weit«, sagte Sebastian und packte sie, direkt unter der Schulter, an den Armen.

Der schmerzhafte Griff seiner Finger und ein Blick in seine hasserfüllten Augen rissen sie aus ihrer Angststarre. Sie schrie, aber ihre Schreie hallten wie ein Echo im Nebel zu ihr zurück. Sie wand sich und trat mit den Füßen um sich, aber seine Hände packten nur umso fester zu und ihre Füße glitten immer näher an den Abgrund.

»Zu schade, dass wir dich loswerden müssen.«

Waren es Tropfen aus dem Nebel oder Spucke, was sie da eben getroffen hatte? Egal. Jetzt erst recht. Sie wehrte sich weiter, erhob das rechte Knie gegen ihn, aber er war schneller. Mit dem rechten Bein wehrte er den Schlag ab und versetzte ihrem linken Bein einen Hieb, sodass sie das Gleichgewicht verlor. Sie taumelte nach hinten, wobei er sie noch weiter zum Abgrund schubste. Stechginster und Brombeergestrüpp zerkratzten ihre Fesseln. Ihre Füße baumelten bereits frei in der Luft, als sie die Arme hob, um ihm das Gesicht zu zerkratzen. Ihr Herz raste, und ihr Gesicht war schweißüberströmt.

Sie schlug panisch mit den Füßen, versuchte ihn an den Knien oder den Schienbeinen zu treffen und wieder festen Boden zu gewinnen. Eine Zehe verfing sich an einer Wurzel oder einem Stamm. Ein Fünkchen Hoffung stieg in ihr hoch, das aber schnell wieder verflogen war, als der andere Fuß über den Abgrund ragte. Er schubste sie nach hinten, und das Gewicht ihres Rucksacks zog sie zu Boden. Ihr Kopf fiel in den Nacken. Ihre Beine schnellten nach oben, sie geriet in einen Taumel, alles drehte sich, schwarze Umrisse wirbelten schemenhaft vor ihren Augen, und sie spürte die Kälte, auf die sie zusauste.

Sie schrie, aber im freien Fall raubte ihr der Luftwiderstand den Atem. Sie sah Gestein auf sie zukommen, und sie prallte ab. Rasende Schmerzen in der Hüfte und im Bein ließen sie abermals schreien. Der Hall drang nach oben, und sie fiel weiter in die Tiefe. Der Nebel lichtete sich, die Brandung prallte gegen den schwarzen Fels. Gischt und Salz brannten in ihren Augen.

Zwischen Felsen und schäumenden Fluten erwartete sie der Tod.

Christopher hörte den von den Klippen widerhallenden Schrei und stürzte sich mit weit ausgebreiteten Flügeln in die Tiefe. Seine Augen, nicht gewöhnt daran, frei fallende menschliche Körper im Nebel zu erkennen, suchten die Felsen und das Wasser ab. Da brach der Schrei ab, und die Stille machte seine letzte Hoffnung zunichte. Er tauchte ab, bereit, gegen Felsen und Wellen anzukämpfen, nur um sie zu finden. Mit Justin im Schlepptau kämmten sie zusammen den ganzen Küstenstreifen ab, tauchten in jede Bucht und in jeden Felseinschnitt. Sie musste ganz in der Nähe sein. Im Küstennebel trug der Schall nicht weit.

Da lag sie, mit ausgebreiteten Armen und Beinen auf dem schlüpfrigen Fels wie eine leblose Puppe. Ihre Glieder waren zerschmettert, die Haut aufgeschürft und ihr kastanienfarbenes Haar klebte auf der schief im Gesicht sitzenden Nase. Ohne es zu bemerken, nahm Christopher menschliche Gestalt an, als er sie in die Arme nahm. Wider Erwarten atmete sie noch, flach, rasselnd, unter gebrochenen Rippen; ihr Puls flackerte wie die letzte Glut eines verglimmenden Feuers. Ihr Lebenssaft floss dahin wie die letzten Töne einer verklingenden Symphonie, und trotzdem pumpte ihr törichtes Herz unverdrossen weiter.

Über die grauen Randzonen seines Bewusstseins hinweg hörte er Schreie – heftige, angsterfüllte Schreie, die er als Echoschläge seines gequälten Herzens wahrnahm. Gestern Abend hatte er Dixie abgeblockt, nachdem sie auf der Suche nach ihm das ganze Land durchquert hatte, und nun kam er zu spät, um ihr zu helfen.

Justin ging neben seiner Schulter nieder. Seine Gestalt als Papageientaucher hatte er noch beibehalten, aber ihre Gedankenkreise schlossen sich zusammen. »Ich schaue, wo ich eine Telefonzelle finden kann, um die Küstenwache zu rufen. Bleib du bei ihr.« Justin unterbrach. »Sollte sie sterben, ist sie dein.«

Sein Herz füllte sich mit Wärme, Licht und neuer Hoffnung, aber in seinem Kopf braute sich das genaue Gegenteil zusammen. Die wahren Qualen der Unsterblichkeit befielen ihn und machten jegliche Hoffung zunichte. Er besaß den Schlüssel zur Unsterblichkeit, durfte ihn aber nicht einsetzen, es sei denn, sie stürbe zuvor. Er musste zusehen, wie die Frau, die er liebte, litt und verblutete. Sollte er ihre Rettung und Genesung herbeisehnen oder lieber ihren Tod, um sie für immer an ihn zu binden? Wie würde sie dieses zweifelhafte, dunkle Geschenk überhaupt aufnehmen? Sie hatte darüber gesprochen, verwandelt zu werden, aber nicht ernsthaft. Sie hatte keine Vorstellung von der Realität.

Er selbst war nach seiner eigenen Transformation schockiert aufgewacht, in Justins Armen, und musste feststellen, dass er den Tod überwunden hatte. Er hatte Jahre gebraucht, mit der Schattenwelt und dem Zwielicht zurechtzukommen, ehe er stark genug war, sich dem Tageslicht zu stellen. Dixie war ein Kind der Sonne, im warmen Süden geboren. Könnte sie überhaupt im Reich der Dunkelheit existieren? Und wenn sie überlebte, würde sie ihn dann in ihrer Welt willkommen heißen? Er selbst hätte seine Freunde, seine Kultur und seine Welt gerne für sie aufgegeben, aber würde sie sich ein Leben mit ihm zusammen wünschen?

Sebastian blieb stehen und lächelte zufrieden, als die Schreie verstummten. Endlich! Er war diese LePage los. Über kurz oder lang würde die Flut ihre Leiche anspülen. Er fragte sich, wie lange es wohl dauern würde, bis dieser Corvus in der Erbangelegenheit auf ihn zukommen würde. Er könnte ihm ja einen reduzierten Satz anbieten.

Dann wurde er angegriffen. Wildes Flügelschlagen hallte in seinen Ohren wider, und in seinen Nacken gruben sich Krallen. Vor Schmerz schlug er um sich, nur um dieses Biest zu vertreiben. Es wich aus und attackierte ihn dann aufs Neue, stieß nun wie ein Kamikazepilot auf ihn nieder. Er machte die Augen zu, erkannte aber aus einem Augenwinkel heraus, dass es sich um eine Fledermaus handelte. Was zum Teufel sollte das heißen? Normalerweise mieden Fledermäuse Menschen. Diese hatte ihn gezielt ausgewählt. Er schlug mit dem Fernglas nach ihr. Kurze Zeit half das auch, doch dann entglitt es ihm und sein Gesicht wurde von Krallen zerkratzt, während ledrige Flügel ihn auf Augen und Nase schlugen.

Er schrie und hob schützend die Arme vors Gesicht, sodass nun die Hände alles abbekamen und schnell zu bluten begannen. Er strauchelte über ein Grasbüschel und fiel aufs Gesicht. Erst nachdem der geflügelte Angreifer verschwunden war, hörte er auf zu schreien. Er lag mit dem Gesicht nach unten auf rauen Grasstoppeln und roch Blut. Sein eigenes.

Er dachte an den nur wenige Meter entfernten steilen Abhang und stolperte landeinwärts. Der Nebel lichtete sich. Quer über die Felder erreichte er die Straße, kurz bevor ein Milchtankzug vorbeifuhr. Sebastian stellte sich ihm in den Weg, winkte mit beiden Armen und schrie so laut er konnte.

»Was gibt's, Kollege?«, fragte der Fahrer. Ihm fiel das Kinn herunter, als er Sebastian genauer anschaute. »Sieht mir schwer nach einem Kampf aus.«

Sebastian keuchte. Ihm tat der Brustkasten vom Laufen weh. »Ich wurde angegriffen. Von einer Fledermaus.«

Der Mann musste lachen. »Außerirdische waren das Mindeste, was ich gedacht hätte.« Dennoch sprang er aus dem Fahrerhaus und hievte Sebastian nach oben, deckte den Beifahrersitz ab und hüllte Sebastian in eine weitere Decke. »Du könntest einen Schock haben. Ich bring dich ins nächste Krankenhaus, Kollege.« Dann hörte er weiter Radio.

Sebastian lehnte sich zurück und empfand die rauen Decken nach der Kälte als wahren Segen. Er hatte tiefe, blutende Kratzer an Händen und Armen davongetragen, und das Hemd hing ihm zerrissen von der Schulter. Alles in allem, dachte er, kein zu hoher Preis.

Tom segelte, noch immer in Fledermausgestalt, auf einen Felsen in unmittelbarer Nähe. »Ist sie tot?«, fragte er per Gedankentelegraphie.

»Noch nicht.«

»Hätte ich doch nur eine andere Gestalt angenommen. Ich

habe es ihrem Widersacher zwar ordentlich gegeben, aber als Bussard oder Adler hätte ich ihm noch ganz anders zugesetzt. Klar sind Fledermäuse schwächer, aber ein Souvenir hat er abbekommen, und besser als die Vögel bei Hitchcock war ich allemal. Fledermäuse fürchtet der für den Rest seines Lebens.«

»Sie stirbt, Tom.« Bei dem Gedanken blieb ihm schier das Herz stehen.

»Dann musst du abwarten, bis es so weit ist, und sie dann verwandeln.«

Tom hatte recht, aber die Erinnerung an sein eigenes Menschsein war noch so stark, dass er hoffte, sie würde überleben. Wer wünscht schon den Tod geliebter Menschen herbei?

Sie hielten zusammen Wache, so wie sie früher zusammen durch die Tavernen von Southwark gezogen waren, nur dass ihnen dieses Mal nicht das viele Bier und Politisieren, sondern die Verzweiflung in den Kopf stieg. Christopher glaubte schon, ihr Atem würde sich verlangsamen, aber ihr unbezähmbares Herz gab so schnell nicht auf. Die Augen hielt sie geschlossen. Wie er sich wünschte, er könnte ihr grünes Funkeln noch einmal sehen, aber seine Willenskraft versagte darin, die kalten, blauen Lider zu öffnen.

Justin kehrte zurück. »Es naht Hilfe. Ein Boot der Küstenwache aus Whitby. Ich bin hinterher geflogen und habe den Steuermann dirigiert. Wenn der wüsste, wie er seinen Kurs gefunden hat. Ein Rettungshubschrauber ist auch schon unterwegs.«

Nun würde sie die Welt der Sterblichen wohl zurückfordern.

»Kit, du musst sie jetzt erst mal allein lassen. Wir passen solange auf und folgen ihr dann.«

Sie blieben, an die Klippen geklammert wie wilde Kreaturen, die sie ja auch waren. Dann kam ein Hubschrauber; seine Rotorblätter verwirbelten den Nebel, der sich nun aufzulösen drohte, sodass sie den Blicken ausgesetzt waren. Christopher staunte, wie Normalsterbliche der Natur trotzten, seine Freundin auf eine Tragbahre schnallten und sie in den sicheren Hubschrauber hochzogen. Von der Eskorte, die sie bis zum Landeplatz auf dem Klinikdach begleitete, nahm die Rettungsmannschaft keinerlei Notiz.

»Was ist denn mit Ihnen passiert?« Die Schwester von der Notaufnahme schaute Sebastian kritisch an. »Krach gehabt, oder?«

»Eine Fledermaus«, erwiderte er trocken.

»Was? Und ich hab immer geglaubt, diese Biester sind längst ausgestorben. Vielleicht war es ja ein Vampir ...«

»Nein, es war eines dieser verdammten Flattertiere. Das durchgeknallte Vieh überfiel mich auf den Klippen.«

Kühle Finger machten sich an seiner Stirn zu schaffen. »Das Auge sieht übel aus. Erst mal sauber machen, und dann sehen wir weiter.«

Hinter einem Vorhang in einem kleinen Kabuff zog ihm eine Schwester die zerrissene Kleidung aus und tupfte das Blut mit einer Lösung ab, die sich anfühlte wie frisch aus dem Kühlschrank. Dann legte sie ihm zwei raue Decken um die Schultern und sagte: »Ich versuche, eine Tasse für Sie aufzutreiben, denn es könnte ein Weilchen dauern. Ihre Verletzungen tun vielleicht weh, sind aber nicht lebensbedrohlich, und eben erst haben wir einen Notfall hereinbekommen. In der Nähe von Whitby ist eine junge Frau von den Klippen gestürzt. Ihr Zustand ist schrecklich. Sieht nicht so aus, als würde sie überleben.«

Sie hielt inne, um die Decken zu glätten und um seinen Kopf mit ein paar Kissen abzustützen.

»Muss ganz in der Nähe der Stelle gewesen sein, an der Sie zu Schaden gekommen sind.«

Sebastian lächelte trotz seiner Schmerzen. Er würde gerne bis zum Morgengrauen warten. Für Dixies Hinscheiden lohnte es sich allemal. Er hoffte nur, sie würden sich nicht zu sehr um sie bemühen.

Der Tee war kein Earl Grey, aber immerhin heiß und durstlöschend. Bis die Schwester zurückkam, war der Rest längst kalt geworden. »Eine Sekunde, der Arzt kommt sofort«, sagte sie. »Tut mir leid, dass Sie so lange warten mussten, aber es war heftig.« Sie unterbrach; ihre dunklen Augen wirkten müde. »Sie hat es nicht geschafft, die junge Frau meine ich.«

Die Schwester drehte sich um, wie um ihre Tränen zu verbergen, wodurch er wenigstens seiner Freude freien Lauf lassen konnte.

14

»Sie ist tot.« Der Arzt sah die völlig übermüdeten Schwestern an und schüttelte den Kopf. »Zieht die Schläuche ab. Ich mach bis zum Morgen die Papiere fertig. Möglicherweise gibt es eine gerichtliche Untersuchung.«

Christopher wartete, bis die Tür zuging, und zog sich dann über das Fensterbrett in den abgedunkelten Raum. Er war an Dixies Seite, bevor Justin und Tom ihm folgten, drei nächtliche Gestalten in rettender Mission. Christopher wandte sich Rat suchend an Justin.

»Konzentrier dich«, sagte Justin. »Du machst das nicht zum ersten Mal, und du hast bereits Verbindung aufgenommen, aber du musst dich jetzt konzentrieren. Wir dürfen uns keinen Kunstfehler erlauben.«

»Kunstfehler!« Er hatte sich mehr als einen geleistet, und jedes Mal hatte Dixie dafür bezahlt. In Newgate, im Knast, war er nicht so ängstlich gewesen, aber damals stand auch nicht die Existenz seiner großen Liebe auf dem Spiel.

Justin packte ihn an der Schulter. »Jetzt.« Christopher nickte. Das war er ihr schuldig.

Justin wandte sich an Tom. »Übernimm du die Tür. Sie muss sicher sein, erdbeben- und tornadosicher.«

»In Yorkshire?«, fragte Tom ungläubig.

»Mach schon!«

Tom nickte. »Alles klar. Viel Glück, Kit.« Die Tür schnappte zu.

Christophers Hand zitterte, als er das Laken zurückzog. Alles war so anders als in jener Nacht, die sie gemeinsam im Mondschein verbracht hatten. Wenn es gut ginge, würde der Mond auf immer und ewig für sie scheinen, würde er aber einen Fehler machen … Nein, er konnte sich keinen Fehler leisten. Beim Anblick ihres blutunterlaufenen Gesichts, zischte er wütend. Von dort über den Hals hinweg und weiter zogen sich blaue Flecken und Ströme verkrusteten Blutes. Die Narbe auf ihrer Brust, ein dünner roter Streifen, schien fast verloren zwischen den Blutergüssen und Schürfwunden. »Du lieber Himmel«, flüsterte er. »Dafür bring ich ihn um.«

»Vergiss ihn!«, besänftigte Justin. »Sie ist schon seit zehn Minuten tot. Öffne ihren Hals.«

Christopher strich über das kälter werdende Fleisch, um eine Vene zu ertasten. Sie sollte den hübschesten und saubersten Biss erhalten, den zu geben er in der Lage war. Indem er einen Arm unter ihre Schultern schob, hob er sie ein Stück an, bis ihr Kopf zurückfiel und der Hals so weit wie möglich gestreckt war. Dann sah er zu Justin, der nickte und ihm aufmunternd zulächelte. Er beugte sich zu ihrem Hals hinunter.

Aus dem Augenwinkel heraus sah er Justins Hand unterhalb ihrer linken Brust liegen. »Leg deine freie Hand neben meine, um den Druck zu messen, wenn ihr Blut durch ihr Herz strömt.«

Seine Finger ruhten neben Justins Fingern. Beim letzten Mal wölbte sich ihre Brust warm unter seiner Hand. Nun traf er auf erkaltendes Fleisch, aber bald … Seine Fangzähne fuhren aus und bohrten sich in ihre Haut. Der süße, metallische Geschmack von Menschenblut erfüllte seinen Mund. Er sog und schluckte, dachte an Justins Drängen. Während das sich abkühlende Blut in ihn einströmte, ertasteten seine Finger das Schlagen ihres stillgelegten Herzens. Aufgedunsen und angeschwollen legte er schließlich nach ein paar Minuten eine Pause ein.

»Ein bisschen noch, alter Freund«, drängte Justin. »Du musst sie noch stärker entleeren.«

Stärker! Seine Füße und Fesseln waren geschwollen, und seine Hände sahen wie Bananenbüschel aus. Er hatte das Gefühl, bis auf die letzte Körperzelle vollgesogen zu sein, aber wenn Dixie noch zu viel Blut in sich hatte, dann hieß es weitermachen.

Die letzten Schlucke ließen ihn schwindlig und benebelt zurück, aber ihr Herz beruhigte sich unter seiner prüfenden Hand. Sie hatte kein Blut und kein Leben mehr in sich.

Justin lächelte. »Und nun …«, sagte er und reichte ihm ein Skalpell.

Die geschwungene Klinge blitzte im Dämmerlicht. Ohne länger zu zögern, schob Christopher seinen Arm unter ihren Nacken und hob ihren Kopf an. Er ergriff das Skalpell und schlitzte sich die Brust auf. Blut schoss hervor, lief über ihren Hals und auf das Laken. Er fluchte leise, beugte sich aber tiefer hinab und zog sie näher heran, bis ein beständiger Strom von Lebenssaft in ihren Mund floss.

Ihre Lippen bewegten sich, leicht zunächst, nur ein Beben, aber deutlich erkennbar. Dann wieder, und dieses Mal schluckte sie; die Kehle wellenartig sanft bewegt, trank sie die ihr dargebotene Ewigkeit. Ihr Mund öffnete sich, die Lippen geschürzt, suchte er weiter nach Nahrung, bis er sich an seiner Haut festsaugte und zu nuckeln begann. Reflexartig wie bei einem Baby bewegten sich die Lippen und saugten Leben ein. Durch seine aufgedunsenen Venen rauschte ein wortloser Dankesschrei. Er hatte es geschafft, er spürte, wie das Blut in sie einströmte. Nun war sie die Seine. Er würde sie lieben und die Ewigkeit mit ihr teilen.

Langsam normalisierte sich der Zustand seines Körpers. Sie nuckelte noch immer, aber ruhiger und nicht mehr so wild, und sie öffnete die Augen. Myriaden von Emotionen huschten über diese grünen Augen – Erstaunen, Verwunderung, Fassungslosigkeit. »Christopher?« Sie zog die weiße Stirn in Falten. »Wo? Die Klippen. Was ist passiert? Sebastian?«

»Sei ganz ruhig, Liebes, es kann dir nichts passieren. Du bist von den Klippen gestürzt.«

»Bin ich nicht! Er hat mich hinuntergestoßen.« Sie setzte

sich auf; verdutzte Augen versuchten sich einen Reim auf das Dämmerlicht und die Klinikatmosphäre zu machen. »Wo bin ich?« Ihr Blick fiel auf Justin und Tom, und sie zog die Decke über sich. »Würde mir bitte jemand erklären, was hier vorgeht?«

»Darf ich?«, bot sich Justin an.

Dixie warf ihm ihren strengen Bibliothekarinnen-Blick zu. »Ich bitte darum.«

»Du bist von den Klippen gefallen – oder wurdest gestoßen, besser gesagt. Man hat dich geborgen und per Hubschrauber hierher gebracht. Wir sind gefolgt.« Er unterbrach, vielleicht um ihr Zeit zu geben, sich auf die neue Situation einstellen zu können. »Du bist vor rund einer halben Stunde gestorben.«

Christopher beobachtete ihren verdutzten Gesichtsausdruck und erinnerte sich, als wäre es gestern gewesen, mit welchen Gefühlen er damals in der Kammer hinter Eleanor Bulls Küche erwacht war. Hinzu kam, dass er soeben eine überzeugte Vegetarierin in eine Blutsaugerin verwandelt hatte. Würde sie ihn dafür hassen?

Sie sah sie alle drei bestimmt und ruhig an. »Lasst mich eines klarstellen …«

Da rüttelte wer an der Tür. Zu viert schauten sie gespannt in dieselbe Richtung. Sie hielt. »Muss abgesperrt sein«, sagte eine Stimme. »Hat die Oberschwester einen Schlüssel?«

»Es ist das Zimmer, in dem die junge Amerikanerin gestorben ist. Vielleicht wurde die Tür ja von der Polizei versiegelt. Wir kümmern uns darum.« In der Stille der Nacht waren die Worte deutlich zu vernehmen; dann klickten geschäftige Schritte den Flur entlang und verhallten.

»Wenn ich tot bin«, fragte Dixie in die Runde, »wie kann es …« Sie machte große Augen, als sie ihre eigene Frage beantwortete. »Ich will wissen, was passiert ist. Bitte sagt es mir.« Sie schrie beinahe vor Panik.

»Dixie«, sagte Justin mit jener sanften und klaren Stimme,

die schon die Druiden und die Legionäre beruhigt hatte, »ich will nicht, dass du einen Schock bekommst. Du bist vor ungefähr einer halben Stunde an deinen Sturzverletzungen gestorben. Kit hat dich wiederbelebt. Wir haben ihm dabei geholfen.«

Ihre Schultern verkrampften sich unter dem rauen Klinikleintuch. Sie biss die Zähne zusammen, die Augen weit geöffnet, und ließ ihre Blicke durch den Raum schweifen, wobei sie bei Christopher länger verweilte als bei den anderen. Dann wandte sie sich, die Augenbrauen hochgezogen wie Krickettore, wieder an Justin. »Ich nehme an, unter ›Wiederbelebung‹ versteht ihr keine Herz-Lungen-Reanimation.« Justin nickte. »Das heißt, ich gehöre jetzt – zu euch.«

Christopher erinnerte sich daran, wie schockiert er nach dem Aufwachen gewesen war. Die Vorstellung, tot und doch nicht tot zu sein, war schwer fassbar. »Du bist jetzt eine Jungvampirin, ein sogenannter Frischling«, sagte er, »und stehst unter unserem Schutz.«

Sie drehte sich zur Seite, die grünen Augen verschleiert bis auf einen letzten Rest des früheren Funkelns. »Politisch korrekt ist man in euren Kreisen also noch nicht.« Sie sackte auf das Bett zurück. »Vielleicht sollte ich doch in einen Schock fallen.« Christopher schaute sie nicht einmal von der Seite an. Ihre ganze Aufmerksamkeit galt Justin.

»Unsere Gebräuche sind sehr alt. Mit der Zeit wirst du verstehen, wie alt. Christopher hat den ersten Schritt für dich getan. Du selbst entscheidest, wie es nun weitergeht, aber zuerst müssen wir dich hier rausholen.«

»Und was muss ich dabei tun? Mich verwandeln und zusammen mit euch im weiten Himmelsblau entschwinden?«

Justin schüttelte den Kopf. »Das wirst du noch lernen. Viel später. Zunächst müssen wir ...«

Wieder rüttelte jemand an der Tür. Sie gab beinahe nach. »Wer sperrt hier einfach ab?«, vernahmen sie eine barsche Stimme. »Fragen Sie mal Bradbury. Vielleicht war er es. Wir müssen auf alle Fälle rein. Höchste Zeit, sie in den Leichenkeller zu schaffen.«

»Könnte euch so passen«, sagte Dixie frech in Richtung der versiegelten Tür. Dann wandte sie sich wieder an Justin. »Wie soll ich hier rauskommen, wenn ich nicht fliegen kann?«

»Mit uns, aber zu dem Zweck müssen wir erst durch den Vordereingang hereinkommen.«

»Das ist wohl deine Art zu scherzen, oder? Ich muss erst in den Leichenkeller gekarrt werden und mir dort den Hintern abfrieren, bis ihr am Vordereingang anklopft?«

Christopher legte den Arm um ihre Schultern. Sie ließ es geschehen. Gut. »Hör zu, was Justin sagt. Er hat alles genau geplant.«

»Gut zu wissen.« Sie war zu erschöpft und gab nach, lehnte sich gegen seine Schulter und sah Justin an. »Dann schieß los«, sagte sie.

»Du hast die Aufgabe, die Ärzte davon zu überzeugen, dass du am Leben bist. So wie ich dich kenne, wird dir das sicher Spaß machen. Sie müssen deine Hüfte und deinen Arm ausrichten. Es ist wichtig, dass das gut gemacht wird. In nicht einmal sechsunddreißig Stunden wird alles verheilt sein. Das ist auch der Grund, warum ich dich raushole. Deine Wiederauferstehung sorgt für genug Aufsehen und liefert Gesprächsstoff für ein Jahrhundert und mehr. Eine Sofortheilung noch dazu würden sie nicht verkraften. Du kümmerst dich darum, dass hier alles läuft wie erwartet. Ich komme dann morgen wieder.«

»Warum spüre ich eigentlich nicht, dass meine Hüfte gebrochen ist? Normalerweise müsste ich doch Schmerzen haben.«

»Dazu hat dich Christopher zu gut gefüttert. Trotzdem werden sie dir noch Schmerzmittel und Antibiotika verabreichen, aber das macht kaum einen Unterschied. Spiel einfach mit.«

»Was ist mit meinem Herzschlag und dem Puls? Wird man nicht Verdacht schöpfen, wenn ich atme, aber keinen Puls habe?«

»Dein Herz wird das neue Blut ungefähr vierundzwanzig Stunden lang umpumpen. Danach bist du längst verschwunden. Es wird also niemand auch nur irgendetwas merken.«

»Und wenn, dann würden sie es sowieso nicht glauben, richtig?« Sie sah auf ihre Hände, drehte die Handflächen nach oben und streckte ihre langen Finger. »Ich bin mir nicht einmal sicher, ob *ich* es fassen kann.«

Christopher griff nach ihren Händen und hielt sie fest. »Dixie, halte dich wacker bis morgen. Du schaffst es. Justin wird dich abholen. Dann gehört uns die Ewigkeit.«

Sie biss sich auf die Lippen. »Daran werde ich mich erst noch gewöhnen müssen.«

»Du hast ja mich.«

»Ja.« Sie schluckte und leckte sich dann nervös mit der Zunge über die vollen Lippen. »Du hast recht. Aber was ist mit dem Tageslicht, mit Essen und Trinken und allem anderen?«

»Mach dir keine Sorgen. Das Schlimmste werden die Kopfschmerzen sein. Etwas Essen und Flüssigkeit kannst du zu dir nehmen. Es dauert noch einige Stunden, ehe die Verwandlung abgeschlossen ist. Ich verlasse dich ungern, Liebes, aber es gibt keine andere Möglichkeit.«

Sie lächelte. Sie würde ihre Rolle gut spielen, nur schade, dass er nicht dabei sein konnte. Er zog sie zu sich heran. Lippe an Lippe. Brust an Brust. Zunge an Zunge. Er gab ihr einen Vorgeschmack auf die Leidenschaft, die sie bald teilen würden.

Sie zwinkerte, schüttelte den Kopf und schluckte, die Augen so groß wie die Smaragde eines Maharadschas. »Bin ich noch zu sehr geschwächt, oder war das der Kuss eines Vampirs?«

»Schwach wirst du nie wieder sein«, versprach er. »Das

nächste Mal wird sogar noch besser werden. Dann haben wir nämlich keine Zuschauer.«

»Ja«, flüsterte sie. »Wir müssen uns unterhalten.«

»Wir haben die Ewigkeit.«

»Los jetzt, komm«, unterbrach Justin. »Je früher wir verduften, umso früher kann Dixie die Klinik in Aufruhr versetzen.« Er ging, gefolgt von Tom, ans Fenster. Christopher sah sie noch einmal eindringlich an.

»Bis bald«, sagte sie und winkte fröhlich hinterdrein.

Die Nachtluft ließ ihn erschaudern wie eine kalte Dusche, aber der süßen Wärme in seinem Herzen konnte nichts etwas anhaben.

Dixie setzte sich auf und versuchte ihre neue Situation zu begreifen. Ihre Kehle war wie ausgetrocknet. Ihre Arme und Beine waren mit blauen Flecken und Wunden übersät, aber sie spürte keinerlei Schmerzen. Justin hatte recht, was ihr Herz betraf. Es pumpte nach wie vor – drohte sogar ihren Brustkorb zu sprengen. Männer! Kommen einfach hier eingetrudelt, krempeln ihr ganzes Leben um und entschwinden dann in die Nachtluft in der sicheren Erwartung, sie werde alles Weitere schon schaukeln. Sie hätte die ganze Bande auf den Mond schießen können, aber sie hatte eine gebrochene Hüfte und einen gebrochenen Arm, war soeben für tot erklärt worden und sah aus wie in Blut gebadet.

Sicher war sie sich lediglich darin, dass niemand, aber auch wirklich niemand sie in eine Kühlbox schieben würde. Nicht solange sie lebte und atmete, und das würde dauern – wie lange? Vierundzwanzig Stunden. Sie sollte sich also beeilen. Wenn Justin sie im Stich ließe … Das würde er nicht. Und Tom und Christopher auch nicht.

Sie knipste die Nachtbeleuchtung an und griff nach der Schwesternklingel. Mit einer gebrochenen Hüfte zu laufen, wäre vielleicht zu gewagt gewesen, sogar für eine Jungvampirin. Nachdem sie bis zwanzig gezählt hatte, klingelte sie noch einmal. Dieses Mal hielt sie den Knopf gedrückt, falls sie es hier nicht gewohnt waren, von Leichen gerufen zu werden.

Die Tür ging auf. Ein Mädchen in properer, grauer Schwesterntracht zwinkerte und rieb sich erstaunt die Augen.

»Ich bräuchte Hilfe«, sagte Dixie.

Sie riss die Augen weit auf, wurde aschfahl im Gesicht und fiel mit einem Seufzer zu Boden. Das ging Dixie gerade noch ab. Schwestern, die vor ihr in Ohnmacht fielen. Sie war doch die Patientin. Sie verzichtete darauf, zu klingeln, und schrie stattdessen so laut sie konnte. Das zeigte Wirkung.

Sofort standen zwei Schwestern in der Tür. »Betsy!«, hauchten sie. Sie hoben den Blick von ihrer zusammengekrümmt auf dem Boden liegenden Kollegin und starrten Dixie an. Die beiden fielen zwar nicht gleich in Ohnmacht, aber die Art und Weise, wie sie sich am Türrahmen festhielten, deutete doch auf eher wackelige Knie hin.

»Ich glaube, der jungen Frau geht es nicht gut«, sagte Dixie mit bemüht gefasster Stimme. »Und selbst bin ich auch nicht ganz auf der Höhe.«

Sie sahen einander fassungslos an, wie zwei erschreckte Zimmermädchen, die soeben eine Leiche gefunden hatten – was in gewisser Weise ja auch zutraf. »Ich r-r-rufe die Oberschwester«, stotterte die eine und rannte blitzschnell davon.

Die Oberschwester trug ein adrettes blaues Kittelkleid, darauf die steifste Schürze, die Dixie je gesehen hatte; ihre herrische Art konnte so gar nicht darüber hinwegtäuschen, wie schockiert sie über eine Wiederauferstehung ausgerechnet auf ihrer Station war. Aber sie besaß nach wie vor genügend Autorität, ihren Untergebenen Beine zu machen. Sogar Betsy kam mit etwas Hilfe wieder auf die Beine, auch wenn sie den Eindruck machte, eine Wiederholungsvorstellung sei jederzeit möglich.

»Tut mir leid, wenn ich Unannehmlichkeiten mache, aber ich wüsste gerne, wo ich bin. Ich weiß nur noch, dass ich von der Klippe gestürzt und dann hier aufgewacht bin, mit Schmerzen am ganzen Körper und einem Leintuch über dem Kopf. Was geht hier vor? Ich würde gerne duschen, außerdem muss ich dringend Pipi machen.« Justin hatte recht gehabt. Sämtliche Körperfunktionen waren erhalten.

Die Oberschwester zeigte sich der Lage voll gewachsen. »Holen Sie eine Bettpfanne, Anna«, sagte sie, worauf die links stehende Schwester lostrippelte. »Licht an, Mary.« Von einem Moment auf den anderen war der Raum in grelles Licht getaucht. Ein Thermometer im Mund und kühle geschäftige Finger an ihrem Handgelenk erinnerten Dixie daran, dass sie vorübergehend schwer verletzt und mutterseelenallein in einem ausländischen Krankenhaus lag. Ein funktionierender Pulsschlag genügte der Oberschwester offenbar nicht als Beweis dafür, dass die Ärzte sie zu Unrecht für tot erklärt hatten. »Sie stehen unter Schock. Bleiben Sie ruhig liegen, bis wir einen Arzt hierhaben.«

»Ich glaube, ich halte mich wackerer als sie.« Dixie sah zu Betsy hinüber, die schief und zitternd in einem Metallstuhl hing. »Ich muss mir dringend die Haare waschen.« Ihre Haare waren durch und durch blutverkrustet, und wenn sie mit den Fingern durchfuhr, hingen Erde und Unkraut daran.

»Wir müssen erst abwarten, was der Doktor sagt, aber wir tun unser Möglichstes.«

Das »Möglichste« umfasste eine Sitzung auf der Bettpfanne, eine schnelle Waschung und ein Baumwollhemd.

Betsy erholte sich etwas, sodass sie Dixie wenigstens einen Kamm und eine Bürste reichen konnte. »Sie haben mir vielleicht einen Schrecken eingejagt«, sagte sie. »Sie sollten doch tot sein.«

»Das war ich auch«, erwiderte Dixie. »Bin nur wieder zurückgekehrt ins Leben.«

»Das ist gar nicht lustig«, sagte Betsy. »Ihretwegen dreht die Oberschwester fast durch. Sie ist sowieso schon schlecht drauf, weil sie an Amerikanerinnen auf ihrer Station nicht gewöhnt ist.« Worauf Betsy sich entfernte, um Bettsocken zu holen.

»Nehmen Sie es ihr nicht übel. Sie meint es nicht so«, sagte Anna, während Betsys Schritte auf dem Flur verhallten. »Sie ist erst seit zwei Wochen hier und hat einen Heidenrespekt vor der Oberschwester. Und sie hat sich zu Tode erschreckt Ihretwegen.«

Dann kreuzten drei Ärzte auf und kamen zu dem Schluss, nachdem sie sie ausgiebig abgeklopft und abgehört und das Patientenblatt wieder und wieder kritisch studiert hatten, dass sie noch am Leben war.

Als sie aus der Intensivstation kam, wurde gerade das Frühstück ausgefahren. Es roch nach gebratenem Speck und überall klapperten riesige metallene Teekannen. Dixie sah sich fast wie eine Berühmtheit behandelt, war aber zu müde, um sich großartig was daraus zu machen. Sie döste einfach, bis Justin eintraf.

»Ich habe das Gefühl, ich bin über den Berg.«

»Fast«, erwiderte Justin. »Ich musste praktisch einen Meineid schwören. Allem Anschein nach halten sie dich für eine steinreiche, schwierige Amerikanerin, die den Luxus einer Privatklinik für sich beansprucht.«

»Sollen sie ruhig. Noch ein Tag mit Schinken-Sandwichs und eifrigen Krankenschwestern, die mir ständig Hühnerbrühe mit Nudeln einlöffeln wollen, und ich wäre tatsächlich zu einer unausstehlichen Amerikanerin geworden. Mit allem, was dazugehört.«

»Der Krankenwagen kommt um sechs, aber vor deiner Abreise möchte die Polizei noch mit dir sprechen.« Er machte eine kurze Pause. »Was willst du ihnen sagen?«

»Die Wahrheit! Dass Sebastian mich von dieser Klippe gestoßen hat.«

»Aus Rachsucht oder weil du Gerechtigkeit willst?«

»*Rachsucht?*« Ihr hallte der eigene Schrei in den Ohren. »Dieser Kerl hat mich von den Klippen in den Tod gestoßen, und ich bin mir sicher, er steckt auch hinter dem Bombenanschlag. Er hat also schon einmal versucht, mich umzubringen, stattdessen aber leider den armen Stanley erwischt. Und dem Tagebuch meiner Großtanten zufolge ist er an deren Tod auch nicht ganz unschuldig. Unter diesen Umständen würde ich darauf wetten, dass er an dem Mordanschlag auf Christopher ebenfalls beteiligt war, was wiederum heißt, er hat auch Vernon auf dem Gewissen. Da sprichst du von Rachsucht?«

Augen, die alles gesehen hatten, sahen Dixie an. Er legte ihr seine Hand besänftigend auf die Schulter. »Hör zu«, sagte er mit nachdrücklicher und ruhiger Stimme. »Denk noch mal drüber nach ... Gerechtigkeit ist etwas anderes als Rache. Solltest du Caughleigh und seinen Neffen beschuldigen, und angenommen, man glaubt dir, wird er doch über kurz oder lang ein Alibi präsentieren.«

Sie schluckte schwer. »Ich soll ihn also einfach laufen lassen?«

»Nein. Kein Übeltäter kommt ungeschoren davon. Die Dame Justitia lässt sich nur Zeit.«

»Gibt's nicht was Schnelleres als die Mühlen Gottes.«

»Denk dran, du hast ewig Zeit. Er nicht. Soll die Polizei doch glauben, du bist gestürzt. Die Klippenpfade sind nun mal gefährlich, und schon seit Jahren ist die Erosion ein großes Thema hier. Du hast schon für genug Aufruhr in der Klinik gesorgt. Verzichte auf eine Anzeige wegen versuchten Mordes, es sei denn, du willst unbedingt auf die Titelseite von *News of the World*.«

»Also bleiben seine Morde ungesühnt?«

»Nein, keineswegs ...« Justin verzog den Mund zu einem machiavellistischen Lächeln. »Sag am besten so wenig wie möglich. Da du unter Schock stehst, werden sie auch nicht nachhaken. Und dann hol ich dich hier raus, ehe sie wieder deinen Blutdruck messen wollen.«

Sehr zu ihrem Kummer wurde sie, wie ein dressierter Truthahn in der Auslage eines Metzgerladens, liegend hinausgefahren, und der nächste Schock war der Krankenwagen. Er sah aus wie eine Mischung zwischen Schulbus und grüner Minna. Tom, als Sanitäter verkleidet, erwartete sie bereits. Sie wuchteten sie in das monströse Gefährt und verkabelten sie erneut. Dann schlugen die Hecktüren zu, der Motor startete, und sie rasten davon.

»Könntest du mich jetzt von diesen Schläuchen befreien?«, fragte sie Justin, der direkt neben ihr saß.

»Erst wenn wir vom Klinikgelände runter sind. Nicht dass noch wer mit einem letzten Rezept hinterherkommt.« Es kam niemand mehr, und fünf Minuten später entkabelte Justin sie und legte sie, auf Kissen gestützt, hoch. »Beweg dich nicht zu viel«, warnte er. »Du bist noch nicht ganz wiederhergestellt und musst Geduld haben. Der Gips kommt morgen Abend weg.«

Sie konnte es kaum erwarten. Einen Vorteil hatte ihr neues Dasein als Vampirin. Das wusste sie bereits und sie ahnte, dass es noch viel mehr gab. »Christopher?« Sie spürte seine Nähe. Sie roch ihn.

Ich bin hier vorne, am Steuer dieses Panzerwagens.

Du bist hier!, dachte sie, während ihr ein leiser Schauer durchs Herz fuhr.

Ich überlasse dich doch nicht deinem Schicksal, Liebes. Wir sind jetzt eins. Warte noch etwas, und dann …

»He, langsam, ihr zwei!«, unterbrach Tom. »Ihr bringt uns Junggesellen ja in Verlegenheit.«

»Du brauchst reden! Nach dieser Schlampe Molly von der Fleet Street. Falls du die Geschichte vergessen haben solltest, ich nicht! Reiß dich besser zusammen, Kyd. Und lass die Augen von meiner Frau, oder …«

Ihre Wangen liefen feuerrot an. »Ihr könnt meine Gedanken lesen?« Das kalte Entsetzen rieselte ihren Rücken hinunter. Was für ein Leben sollte das sein, wenn die anderen alle Gedanken und Gefühle mitbekamen?

Keine Sorge, sagte Justin besänftigend. *Du bist über Blutsbande mit uns verbunden. Vorerst kannst du deine Gedanken nicht verbergen. Aber du wirst es lernen.*

Ich helf dir dabei. Christopher wieder. Gedanken hatten keine unterschiedlichen Stimmen; sie klangen für sie alle gleich, aber sie wusste, woher sie kamen. Sie wusste, wie jeder Einzelne von ihnen roch. Sie konnte das Benzin im Tank des Krankenwagens hören, konnte die Decken schmecken, in die sie eingepackt war, und sie konnte die Reifen spüren, wie sie beim Abbiegen von der Hauptstraße durch den Kies knirschten. Sie wurde von tausenden von Gefühlseindrücken bombardiert – Gerüchen, Geschmäckern und Geräuschen, die sie nie gekannt hatte. Ihren malträtierten Körper erschütterte ein Schaudern.

»Dixie! Konzentrier dich!«, rief Christopher laut, aber ihre Gedanken kreisten wie verrückt in einem Strudel aus Myriaden von Eindrücken. Justins kräftige Hände packten sie an den Schultern. Sein Wille gab ihr Halt. Langsam tauchte sie wieder auf und rang nach Luft, als wäre sie beinahe ertrunken.

»Was ist passiert?«

Sensorische Überlastung, sagte Christopher. *Ihr erschreckt sie zu Tode.*

»Ich dachte immer, dieses Thema sei für mich erledigt.«

»Oh, der Frischling macht sich wohl lustig über uns.« Justin lächelte. »Wir können schon zugrunde gehen, aber es ist sehr schwer, uns zu vernichten.«

»Sonnenlicht, Knoblauch, Feuer, Weihwasser, Kreuze und Holzpflöcke, alles Unsinn.«

»Lauter Altweibergeschichten.«

»Und Christopher … damals …«

»Ich war geschwächt durch meinen Todestag, von einem Druidenmesser durchbohrt, und ich war nackt.«

Ja, das war er gewesen, sein schöner schlanker Körper in Fesseln aus Menschenhaar hängend. Hexenhaar, wie Justin erklärt hatte. Und der Gestank von verbranntem Fleisch. Sie schauderte, schob die Gedanken daran beiseite. Viel lieber erinnerte sie sich daran, wie sein schöner Körper auf ihrem gelegen hatte, an den Duft seines erregten Fleisches, die Berührung ihrer Brustwarzen.

Pass auf, Dixie! Jetzt bringst du uns in Verlegenheit!

Sie hätte sich übergeben, aber dazu war ihr Körper nicht mehr in der Lage. Wie sollte sie damit fertig werden, dass sie jeden Gedanken von ihr kannten, jede Empfindung teilten.

»Mit der Zeit lernst du es zu verhindern«, versprach Justin, während der Krankenwagen auf holpriger Straße bergauf fuhr. »Leg dich jetzt erst mal hin. Wir sind fast da und mein Personal besteht aus Sterblichen. Nach ihrer Vorstellung sind frisch operierte Patienten schwach und wackelig.«

Zu ihrer Vorstellung gehörte es auch, dass sie in feinster Leinenbettwäsche schliefen, in tapezierten Zimmern mit Mahagoni-Einbauschränken und China-Bone-Porzellan auf dem Tablett sowie Rosen in allen Schattierungen zwischen Rosa und Gelb in einer silbernen Vase auf dem Nachttisch.

»Sind sie nicht wunderhübsch?«, sagte eine Krankenschwester. »Jemand muss gewusst haben, dass Sie kommen.« Nachdem sie Dixie eingepackt hatte wie eine Mumie, übergab sie ihr die Karte. »Für jetzt und immer, Kit.« Das »Für immer« war das Bedenkliche daran.

Sie würde nicht schlafen können. So viel stand fest. Als sich die Dämmerung über die Moore legte, füllte sich ihr Körper mit Energie, und als es dunkel wurde, fühlte sie sich in der Lage, Klippen zu besteigen – selbst mit einem Gipsarm und einem Kunststoffkorsett. Die Tür ging auf, und ihre drei Männer kamen herein, oder besser gesagt ihre drei Vampire.

Justin, noch immer in seiner gestärkten weißen Jacke, kam als Erster, Tom folgte ihm nach. Beide bemerkte sie kaum.

Christopher.

Hallo, Dixie. Die Matratze gab unter seinem Gewicht

nach, und noch ehe sie bemerkt hatte, dass keiner von beiden ein Wort gesprochen hatte, küsste er sie auf die Wange.

»Die Vorstellung macht mich wahnsinnig. Ich weiß nicht, ob ich will, dass du meine Gedanken liest.«

»Mach dir nicht ins Höschen!« Sein Lächeln deutete darauf hin, was er mit ihrem Höschen gerne gemacht hätte. »Wir sind hier, um dir zu helfen.«

»Ich bin froh, nicht alleine zu sein, denn wider Erwarten bin ich überhaupt nicht müde.«

»Es ist Nacht.«

»Oh! Daran muss ich mich erst noch gewöhnen.«

»Das wirst du. Lass nur deinen Körper machen. Morgen früh wirst du dann den Schlaf der Untoten schlafen. Macht dir das Angst?«

»Ich glaube, ich weiß noch zu wenig, um Angst zu haben.«

Sie spürte eine kühle, raue Hand und kräftige Finger, die sich mit ihren verschränkten. »Wenn du erst einmal weißt, wie der Hase läuft, wirst du merken, dass wir kaum vor etwas Angst haben.«

»Und wie lange dauert das?«

Sein Mundwinkel zuckte. »Ein paar Jahrhunderte oder so.« Er lächelte, und Wärme strömte in ihre Fingerspitzen – und den Rest von ihr.

»Genug jetzt, Kit!« Justin zog einen Stuhl an das Bett heran. »Wir sind nicht gekommen, um zuzuschauen, wie du einen Frischling verführst.«

»Warum soll ausgerechnet er der Verführer sein? Wir leben doch nicht mehr im 16. Jahrhundert.« Sie verzieh sich ihre süffisante Art, als Tom die Augenbrauen bis zum Haaransatz hochzog und in schallendes Gelächter ausbrach.

Christophers Hand drückte fester. Sie grinste zu ihm auf; die Glut in seinen Augen ließ sie erbeben, und sein Lächeln wärmte ihr ganzes Herz. »Es kommt nicht oft vor, dass man Tom Kyd lachen hört, und Justin bringt auch nichts so schnell aus der Fassung.«

»Ich bin es aber doch, wenn ihr beide weiter so flirtet miteinander. Wir sind schließlich hier, um Dixie beizubringen, wie man sich gedanklich abschottet.«

Justin zog einen Satz Spielkarten aus der Tasche und gab sie Christopher. »Du mischst, und Dixie hebt ab.« Als sie die Karten übernahm, sagte Justin: »Merk dir die Karte, wenn du abhebst.«

»Kreuz-Sieben!« Vor Schreck hätte sie beinahe alles fallen gelassen. Sie hatte kaum draufgeschaut, als es Christopher schon wusste.

»Versuch's noch mal.« Sie probierte es noch einmal.

Tom sagte: »Karo-Bube«, ehe sie überhaupt aufgesehen hatte.

»So hast du also Sebastian beim Whist geschlagen. Aber gut zu wissen. Poker spiele ich mit euch nicht. War von euch schon jemand in Las Vegas?«

»Nein, aber vor ungefähr hundert Jahren hat Tom ein beträchtliches Vermögen in den Spielhöllen hierzulande gemacht.«

»Du hast dich aber auch nicht lumpen lassen, Kit. Ich erinnere mich da an eine Runde mit John Sandwich, als du …«

»Ich glaube, Dixie hat keine Lust auf Geschichten aus eurer unrühmlichen Vergangenheit.«

Ganz im Gegenteil, sie war fasziniert, beschloss aber, sich die Details von Christopher später erzählen zu lassen. »Ich frage mich, welchen Sinn das hat. Nur Tricks und Täuschungen?«

»Für uns ist es überlebenswichtig. Die Gedanken anderer zu kennen und uns selbst abzuschirmen, verleiht uns einen großen Vorteil«, sagte Christopher.

»Es steckt aber noch viel mehr dahinter.« Dixie wandte sich überrascht zu Tom. Bisher hatte er kaum etwas gesagt, aber jetzt sprach er mit äußerstem Nachdruck. Sie hörte aufmerksam zu. »Uns verbinden Blutsbande, aber wir wollen dennoch unsere Privatsphäre. Ich will und brauche auch nicht alles zu wissen, was zwischen dir und Kit vorgeht. Ebenso wenig will ich mein Privatleben mit jedem teilen.«

»Du kennst uns erst seit kurzem. Nicht alle Untoten sind so zivilisiert wie wir. Wir Vampire waren früher Menschen, und von daher ist »die ganze Bandbreite«, wie man so sagt, vertreten. Und manche Kongregationen nehmen wirklich jeden auf.« Er klang ein bisschen wie eine alte Stiftsdame, die den Verfall der guten Sitten beklagt.

»Und noch was kommt dazu«, sagte Christopher. »Es gibt Sterbliche mit dem siebten Sinn, Hellseher, Gedankenleser usw. Ihre Möglichkeiten sind begrenzt, aber sie können sich in unsere Gedanken einklinken. Das ist gefährlich genug. Wir müssen uns schützen. Deshalb lernen wir, andere zu lesen und uns selbst abzugrenzen.« Er nahm die Karten aus Justins Hand und hob ab. »Welche Karte?«

Wie sollte sie das erraten?

»Konzentrier dich«, sagte Justin und lehnte sich nach vorne. »Konzentrier dich auf Kit.«

Unmöglich.

Ist es nicht, erwiderte Christopher ohne Worte. *Richte deine Gedanken auf meine*. Er langte über die Bettdecke und ergriff ihre Hände. »Konzentrier dich!«, sagte er laut.

Tief einzuatmen, hätte vielleicht geholfen. Wenn sie das Atmen nicht verlernt hätte. Sie sah den besorgten Ausdruck in seinen Augen und die tiefe Furche zwischen seinen Brauen. Er wollte unbedingt, dass sie es schaffte. Sie konzentrierte sich auf das dunkle, lederne Dreieck seiner Augenklappe. Eines Tages würde sie ihn dazu bringen, ihr zu erzählen, was *wirklich* geschehen war an jenem Nachmittag in Deptford.

»Jetzt nicht.« Er grinste.

Das war wirklich gewöhnungsbedürftig. »Konzentrier dich«, sagte er.

Dieses Mal schaffte sie es. Mit der Kraft ihres ganzen Wesens und unter Aufbietung aller Geistesreserven widmete sie sich dem Mann hinter der Augenklappe. Sie erblickte eine knorrige Stelle verwachsenen Fleisches, die sie als seine Narbe erkannte, dann einen Wirbel ungestalter Schatten und Formen, in denen sie sich selbst, wie eine Andeutung von Glück, erblickte. Und sie war sehend geworden. »Karo-Zehn.«

»Behalte den Fokus bei.« Ob Christopher das wirklich ausgesprochen oder nur gedacht hatte, wusste sie längst nicht mehr. Er zog eine weitere Karte.

»Kreuz-Sieben. Herz-König. Pik-Zwei. Er zog eine Karte nach der anderen in schneller Folge und sie hatte jede deutlich vor Augen.

»Jetzt mach die Augen auf.«

Er hielt die Herz-Fünf in der Hand. Das war ihr im selben Moment klar, in dem er die Karte gezogen hatte. Dann war alles weg. Sie war unverändert hoch konzentriert, vielleicht sogar noch mehr, starrte aber in eine dunkle Leerstelle. Eine Sekunde lang war ihr Blick wieder frei, und sie sah die fünf roten Augen so klar wie die Sterne am Himmel, ehe sie wieder mit dem Nichts, einer undurchdringlichen Mauer konfrontiert war. »Ich schließe dich aus meiner Gedankenwelt aus. Du wirst das auch lernen.«

»Und zwar sofort.« Dieses Mal zog Justin die Karten, während sie sich konzentrierte und zusah, wie er seine Gedankenwelt öffnete und verschloss. Bei Christopher war es einfacher gewesen. Und der Versuch mit Tom war sogar noch schwieriger.

»Warum?«

»Die Blutsbande mit Kit sind sehr viel enger«, sagte Justin.

»Jetzt versuch du es mal.« Christopher drückte ihre Hand. »Du musst ausprobieren, was funktioniert. Ich stelle mir vor, dass eine Tür zugeknallt wird. Tom lässt einen Bühnenvorhang fallen, und Justin errichtet in bester Römermanier eine Mauer. Such dir ein passendes Bild und schließ mich aus deiner Gedankenwelt aus.«

Ihr fielen Grans Leinenvorhänge ein, die sie als Schutz vor der heißen Südstaatensonne immer zugezogen hatte, und sie lächelte. Langsam, die ganze Kraft ihrer Gedanken hinter sich, zog sie den Vorhang zu. Mit jeder Umdrehung der hölzernen Laufrollen schloss sie ihre Gedankenwelt Stück für Stück ab, bis sie eingeschlossen und in Sicherheit war. Sie hätte Freudensprünge gemacht, wenn sie das Korsett nicht daran gehindert hätte.

»Der Tag rückt langsam näher«, sagte Christopher. Sie wusste es. Sie roch die herannahende Dämmerung.

»Ruh dich aus. Du bist hier in Sicherheit«, beruhigte sie Justin.

»Dann bis zum Sonnenuntergang«, sagte Tom.

Sie ließen sie alleine mit Christopher zurück.

»Ich bleib bei dir, Liebes«, versprach er. »Du hast nichts zu befürchten. Justin hat alle Sicherheitsvorkehrungen getroffen.« Er ging ans Fenster, zog ein dickes schwarzes Rollo herunter und schloss die Chintzvorhänge. »Die Müdigkeit befällt dich urplötzlich. Mit der Zeit merkst du es und kannst dich darauf einstellen.« Er rückte ihr Kissen zurecht und schob eine Matte unter die Matratze; dann spürte sie, wie das Bett nachgab, als er sich neben sie setzte. Seine kühlen Lippen berührten ihre Stirn. »Schlaf jetzt, Dixie. Bis heute Abend.«

Sie spürte seine Nähe, roch die Rosen am Bett, hörte das Rasseln eines Geschirrwagens und sank in den friedvollen und tiefen Schlaf der Untoten.

Als sie erwachte, konnte sie die herannahende Nacht fühlen. Christopher war nicht mehr neben ihr, und sie hörte das Kreischen einer Elektrosäge.

15

»Was hast du vor?«

»Keine Sorge«, erwiderte Justin, »Wir holen dich hier raus.«

»Wohin? Wo ist Christopher?«

»Er fährt den Wagen vor; ist in einer Minute da. Aber zuerst befreien wir dich von diesem Korsett.«

Sie setzte sich halb auf. »Ich habe es doch nur zwei Tage getragen.« Nicht einmal.

»Du wirst auch keines mehr brauchen. Solltest du dir in Zukunft was brechen, genügen eine Fixierung mit Heftpflaster und ein Tag Ruhe. Dann ist alles verheilt.«

»An dieses Dasein als Wonder Woman werde ich mich noch gewöhnen müssen.«

Er war schockiert. »Bitte, Dixie, wir sind keine Comicfiguren. Schlimm genug, dass wir durch die Unterhaltungsliteratur geistern.« Er legte eine gepolsterte Stütze auf die Bettkante. »Leg deinen Arm hier drauf.«

Vor ihr stand ein Vampir-Chirurg mit einer Säge in der Hand, und sie hatte noch nicht einmal gefrühstückt. Würde überhaupt nie wieder frühstücken. Letzterer Gedanke ging in ohrenbetäubendem Sirren und einer weißen Staubwolke unter.

»Geschafft.« Mit einer Art Mini-Brecheisen bog er die beiden Gipshälften auseinander und nahm sie ab.

Sie dehnte die Finger, winkelte den Unterarm an und lächelte zu Justin hinauf. »Nach meinem letzten Armbruch beim Softball hab ich mich bei Weitem nicht so gut gefühlt. Du hattest recht, Sofortheilung ist prima.«

»Damals warst du ja auch sterblich.«

Richtig! Das Leben, oder besser gesagt, der Tod hatte alles verändert. Ihre Zukunft sah nun ganz anders aus. Als Christopher zur Tür hereinkam, spürte sie, wie eine Welle aus Wärme, Sehnsucht und Verlangen ihrem Herzen entströmte und sie schließlich ganz erfüllte. Am liebsten hätte sie die anderen alle auf den Mond gewünscht, aber zuerst wollte sie dieses Korsett loswerden, wollte ihm entgegenstürmen, seine Arme auf ihren Schultern spüren und seine Lippen schmecken, die süß waren und warm wie eine heiße Nacht im Süden.

Er durchquerte den Raum. »Ich habe deine Sachen gebracht«, sagte er. »War überaus misstrauisch, die Alte. Ich musste sie erst einmal dazu bringen, hier anzurufen, ehe sie bereit war, auch nur ein einziges Höschen herauszurücken. Da stand auch noch ein protziger Strauß roter Rosen herum, persönlich abgegeben von einem angeblichen Verlobten von dir. Der Beschreibung nach war es Caughleigh. Ich habe Mrs Thirlwood gesagt, sie könne sie behalten.«

Sie musste grinsen. »Was soll ich auch damit? Ich habe deine – und die sind eindeutig geschmackvoller.«

»Du bist auch geschmackvoll, schmeckst sogar sehr gut.« Er sah sie verlangend an, und ihr Körper wand sich förmlich, zumindest soweit das in einem Korsett möglich war.

Justin unterbrach. »Schluss jetzt! Hör auf, sie anzuhimmeln. Sie muss aus dem Korsett gehoben werden.«

Es dauerte nur knapp drei Minuten, den Klettverschluss zu lösen und die Kunststoffelemente abzunehmen, die ihre noch vor kurzem gebrochene Hüfte fixiert hatten. Nun war sie bereit, zu fliegen. »Könntet ihr beide verschwinden? Ich will duschen und mich anziehen.« Sie schwang ihre Beine aus dem Bett und verhalf sich per Willenskraft zu einem eleganten Abgang.

»So einfach ist es nicht.« Christopher stand über ihr, die Hände auf ihren Schultern, und hielt sie auf dem Bett fest. »Es gibt ein Problem.«

»Sag jetzt nicht, an den Geschichten über fließendes Wasser sei was dran, oder Vampire würden nicht duschen. Ich muss mir dringend die Haare waschen.« Es war starr vor Salz, Erde und Blut und roch nach Seetang und anderen eher unappetitlichen Dingen.

»Wir pflegen durchaus zu duschen, aber es wird nicht ganz einfach werden für dich.«

Dixie war verwirrt. »Wieso? Weil ich kein Mann bin?«

Er schüttelte den Kopf. »Mit männlich oder weiblich hat es nichts zu tun. Eher mit Großbritannien und Yankeeland.«

Hier gingen automatisch ihre Schultern zurück und ihr Kinn nach oben. »Ich darf dich daran erinnern, dass wir die Yankees besiegt haben.«

»Gut pariert«, sagte Justin, der am anderen Ende des Zimmers seine Instrumente einpackte. »Sag schon, was los ist, Kit, anstatt die arme Frau noch mehr zu verwirren.«

Dixie verschränkte die Arme. »Genau! Sag, was los ist – Kit.«

»Es geht um den Boden unter deinen Füßen. Wir brauchen Heimatboden, um zu überleben. Ohne ihn werden wir schwächer und schwächer und sterben am Ende.«

Wunderbar! Und sie war mehr als sechstausend Kilometer von zu Hause entfernt. »Das sind ja schöne Aussichten. Was soll ich denn jetzt machen?«

»Im Moment sitzt du darauf.« Christopher langte unter die Matratze und warf ihr einen mit dunklem, trockenem Staub gefüllten Plastikbeutel auf den Schoß ... Erde.«

»Heimaterde?«

Justin lächelte. »Du kannst dich bei Tom dafür bedanken. Er hat sie dir besorgt, als du im Krankenhaus warst.

»Aus den USA?« Das Dasein als Vampir beeindruckte sie immer mehr.

»Er war nur kurz im Süden, in Runnymede. Präsident Kennedy zu Ehren hat man dort einen halben Hektar Land zu amerikanischem Territorium erklärt. Kaum ein Tourist kann der Versuchung widerstehen, das eine oder andere Schächtelchen Erde mitzunehmen. Wir haben genug für eine Matratzenunterlage und mehrere Paar Schuhe. Du solltest dich möglichst schnell an Plateauschuhe gewöhnen, denn du brauchst annähernd drei Zentimeter amerikanischer Erde zwischen dir und dem Boden.«

Sie schüttelte verwirrt den Kopf. »Dann muss man ja auch meinen Sarg auspolstern und alles.«

Christophers Hand streichelte verführerisch über die ihre. »Du brauchst keinen Sarg, dich erwartet ein weiches Bett.« Eine leichte Röte überflog ihr Dekolleté. Sie konnte nichts dagegen tun, zu stark war dieser Ansturm der Gefühle. Er hatte das verführerischste Lachen der ganzen Schöpfung. Und beim Anblick seiner schlanken, sinnlichen Hände und des besitzergreifenden Leuchtens in seinem Auge wünschte sie, Justin würde das Zimmer verlassen. Schnell.

Christopher kam dicht an sie heran. »Verbirg deine Gedanken«, flüsterte er mit kehligem Brummen. »Du hast ihm zu einem kostenlosen Porno verholfen.«

Das war genug. Sie stand entschlossen auf. »Ich wasch mir jetzt die Haare.« Sie drängte sich an ihm vorbei und rauschte durch den Raum; dass sich dabei ihr Klinikhemd im Luftzug öffnete, war ihr egal. Sie knallte die Duschtür hinter sich zu und hielt sich mit einer Hand fest, verärgert und schwindlig zugleich. Nun ja, sie würde sich wohl mit beiden Händen festhalten und ihre Stirn gegen die kalten Fliesen pressen müssen. Wenn sie dazu noch in der Lage wäre, würde sie tief einatmen. Da erfasste sie eine neue Schwindelwelle. Unter diesen Umständen wäre es schon viel, wenn sie überhaupt noch das Wasser aufdrehen könnte.

Sie sah auf, als sich die Tür mit einem Klicken öffnete. »Da.« Auf dem kalten Fliesenboden landeten ein Paar Flipflops. »Sie sind mit amerikanischer Erde präpariert. Zieh sie lieber an, sonst könnte es dich umhauen.«

Daran hatte sie nicht den geringsten Zweifel. Noch während sie sich die Dinger anzog, ließ sie die Haltegriffe los und wandte sich der Armatur zu. Bis das Wasser die richtige Temperatur erreicht hatte, war der Schwindel vorüber, und sie stand wieder aufrecht da, das Gesicht dem warmen Strahl entgegengeneigt. Der Schaum lief über ihre Schultern und bildete Pfützen an den Füßen. Ihre Fingerspitzen massierten ihre Kopfhaut, als wollte sie den Schrecken der letzten Tage wegwaschen. Sie spülte ihre Vergangenheit gewissermaßen durch den Abfluss. Vor ihr lag die Ewigkeit, an der Seite eines Vampirs und Bühnenautors mit elisabethanischer Macho-Attitüde, der sie soeben von den Toten auferweckt hatte.

Sie strich sich die Haare zurück, um kein Wasser in die Augen zu bekommen. Als sie den Hahn mit einem beherzten Handgriff zudrehte, vernahm sie ein metallisches Knirschen. Hatten sie ihr nicht etwas von neuen, ungewohnten Kräften erzählt …

Dann ging die Tür auf, und Christopher beäugte sie über den Kragen des weißen Bademantels hinweg, den er ausgebreitet vor sich hielt. »Umdrehen.« Fast schon hätte sie gegen seine herrische Art protestiert, schlüpfte aber ohne Murren hinein. Er zog den weichen Frotteemantel an ihren Schultern zurecht, während sie ihn vorne übereinanderschlug und sich erst umdrehte, nachdem sie den Gürtel fest zugeknotet hatte.

Er nahm ein flauschiges weißes Handtuch von einem beheizten Halter und drapierte es auf ihren feuchten Haaren. »Ich weiß, wie du dich fühlst«, sagte er, während er ihre Locken rubbelte. »Ich war außer mir, als mir klar wurde, dass Justin mich verwandelt hatte.«

Die sanft-rhythmischen Bewegungen seiner Hände auf ihrer Kopfhaut linderten die Spannung. »Die Veränderung ist für einen Frischling niemals leicht. Tom hat mich und Justin nach dem Aufwachen rüde beschimpft und aus dem Zimmer gejagt. Ich glaube, ihr Amerikaner nennt das Kulturschock.«

»Wenigstens hast du mich damals nicht als Yankee beschimpft.«

Er lächelte leicht und beugte sich zu ihr hinunter, während seine Hände fester rubbelten und ihren Kopf zu sich heranzogen. »Hör zu, Frischling, ob dir das gefällt oder nicht, ich habe dich gemacht. Du bist mein. Ich habe dich entleert. Unser Blut hat sich vermischt, und du hast von mir getrunken. Uns verbindet ein stärkeres Band als Mann und Frau oder Mutter und Kind. Das Band der Vampire.« Dieses letzte Wort hallte in ihr nach. Halb wissend, halb unwissend wandte sie sich dem weiß gerahmten Spiegel über dem Waschbecken zu.

Oben war er noch beschlagen, aber im unteren Bereich sah sie, noch im Dunst, die offene Duschtür, den Handtuchhalter, die weißen Fliesen und – weiter nichts.

»Ich glaube, das ist es, was mich irritiert«, flüsterte sie. »Ich bin kein Mensch mehr.«

»Du bist ein Mensch wie zuvor auch. Nur sterblich bist du nicht mehr.« Er nahm das Handtuch von ihrem Kopf, legte es ihr um die Schultern und zog sie sanft zu sich heran.

Sie drückte sich an ihn, suchte seine Nähe aus Furcht vor dem Unbekannten, das sie erwartete. Seine Hand glitt über ihren Nacken und streichelte sie, wie man ein erschrockenes Tier beruhigt. »Du hast eben erst eine Existenz hinter dir gelassen. Jetzt musst du lernen, in der neuen zu überleben. Ich helfe dir dabei, keine Angst. Ich werde dich nicht verlassen, bis du es gelernt hast, nach unserer Art zu leben.«

An der Stelle schnellte ihr Kopf hoch. »Aber dann wirst du mich verlassen?«

»Keine Sorge«, flüsterte er und drückte ihren Kopf wieder gegen seine Schulter. »Das ist jetzt noch kein Thema. Später wirst du entscheiden, ob du bei mir bleibst oder ob du gehst. *Du* entscheidest.«

Sie ertrug das alles nicht mehr. »Gehen. Wohin denn?«

»Das erklär ich dir später. Wir haben genug Zeit. Jetzt zieh dich erst mal an. Soll ich rausgehen?«

»Ich glaube, du hast schon alles gesehen. Wo gehen wir denn hin?«

»An einen sicheren Ort, nicht weit von hier entfernt. Dort gibt es nur uns beide, das Moor und ein paar Schafe.«

Sie nickte. Langsam, wie Mondlicht, das über die Felder streicht, öffnete er den Bademantel und streifte ihn behutsam von ihren Schultern. Dixie senkte die Lider, ihr matter Körper sank, von seinen Armen gehalten, an seine harte Brust. Seine Fingerspitzen glitten glühend heiß von der geschwungenen Linie ihres Kinns hinab bis zur Wölbung ihrer Brust und zurück über die Schultern. In ihrem Nacken verweilte er und ließ zwei Finger mit sanftem Druck die Stelle umkreisen, an der früher ihr Puls geschlagen hatte. In ihr regten sich Verlangen, Erinnerung, Schmerz wie ein Feuer, das von einer warmen Brise neu entfacht wurde, bis jede Nervenspitze vor Verlangen förmlich brannte.

»Christopher«, flüsterte sie. »Bitte.« Nun hielt sie ihn mit den Armen umfangen, verlangte nach ihm, wollte ihn in sich spüren; sie verzehrte sich nach seiner Stärke. »Oh bitte«, flehte sie. »Ich brauche …«

Seine Lippen kamen ihr zuvor. Sprechen und Denken waren ihr einerlei, als sein Mund sich auf ihren legte. Sie erkannte seine Lippen, seine Zunge und seinen Geschmack, und alles um sie herum versank im Nebel.

Sie umarmte ihn fester, zog ihn zu sich heran, bis sie seinen ganzen Körper spürte, hart an jener Stelle, an der sie weich war.

Sie seufzte. Er stöhnte.

Sie lösten sich voneinander. Voller Verlangen lächelte sie zu ihm auf; sie wollte mehr, brauchte mehr, wünschte sich, er würde weitermachen. »Dixie, du verkennst deine eigenen Kräfte. Wenn du noch fester zudrückst, brichst du mir sämtliche Rippen.«

Sie ließ ihn los und bewegte dabei die Arme schneller als je zuvor. »Hab ich dir wehgetan?«

Er schüttelte den Kopf. »Nein, schlimmstenfalls hab ich ein paar blaue Flecken.«

Was er mit einem Lächeln abgetan hätte, machte ihr große Sorgen. »Ich hatte ja keine Ahnung. Stell dir vor, ich hätte dich verletzt!«

»Ich werde sicher noch mehr als ein paar blaue Flecken abkriegen.«

»Wie meinst du das?«

Er streichelte mit dem Handrücken über ihre Wange. »Schau nicht so besorgt. Das ist normal – in unseren Kreisen. Vampirsex ist nun mal wild und hemmungslos.

»Verstehe.«

»Nicht so ganz, Liebes, aber bald. Zieh dich jetzt an.« Er schob sie sanft von sich.

Dixie schielte auf das Klinikbett. »Wozu warten?« Um Himmels willen, sie hatte alle Hemmungen verloren! Sie wollte nur noch, dass er sie auf die harte Matratze werfen und über sie herfallen würde, um mit ihr – wie nannte er es – wilden und hemmungslosen Vampirsex zu machen.

»Zu Hause habe ich ein breites Doppelbett mit Satinwäsche. Damit kann ein eisernes Klinikbett nicht mithalten.« Seine Hand wärmte ihren Nacken, Fingerspitzen glitten über ihre Locken und den Kopf. Er zog ihren Kopf nach hinten und küsste sie sanft auf den Mund – sanft, aber voller wilder Versprechen. »Außerdem ist das Personal hier an Faceliftings und Fettabsaugungen gewöhnt; eine Nummer unter Vampiren würde die Leute nur durcheinanderbringen.«

Wie würde sie darauf reagieren?

»Du würdest spüren, wie sehr ich dich liebe.« Er grinste sie an und genoss auch noch ihre Verlegenheit, dieser Kerl. »Ich habe dich gewarnt. Pass auf deine Gedanken auf!« Leichter gesagt als getan! Er lenkte sie doch ständig ab, und obendrein musste sie sich darauf einstellen, unsterblich zu sein.

»Ich zieh mich jetzt an.« Darauf öffnete sie unverzüglich

den Koffer, den er ihr vorbeigebracht hatte, und zauberte ein Paar Jeans und ein T-Shirt daraus hervor.

»Soll ich rausgehen?«, fragte er, an die Wand gelehnt, als würde er zum Inventar gehören.

»Nicht nötig«, antwortete sie gelassen, während sie, auf der Suche nach Unterwäsche, ihren Koffer durchwühlte. Sie kicherte, als sie einen schwarzen Spitzen-BH fand, und suchte dann weiter nach einem passenden Höschen. Sie ließ den Bademantel zu Boden gleiten und schlüpfte in das Spitzenhöschen; zog es hoch und strich es über den Hüften glatt. Dann schlüpfte sie in den schwarzen Büstenhalter, lächelte versonnen, als sie ihn im Rücken zuhakte. Sie griff nach ihrer Jeans.

»Jetzt hast du's mir heimgezahlt.«

Dixie drehte sich um, die Jeans in der Hand, und sah ihn an. Sie wusste, auch ohne den Blick tiefer gleiten zu lassen, dass er ebenso erregt war wie sie. Sie schlüpfte in die Jeans, balancierte von einem Fuß auf den anderen, um den Kontakt zu den nun etwas rutschigen Einlagen aus Erde nicht zu verlieren. Während sie ihr T-Shirt in den Bund steckte und den Reißverschluss hochzog, wandte sie sich wieder Christopher zu. Er sah aus wie ein ausgehungerter, magerer Wolf. »Ich glaub, ich bin fertig.« Sie ließ das Kofferschloss zuschnappen. »Was ist mit diesen Flipflops? Wenn ich sie anbehalte, hinterlasse ich eine nasse Spur.«

»Wir fahren dich hinaus.«

Wie gerufen erschien daraufhin Tom in der Tür und schob einen Rollstuhl herein. »Steig ein.«

Als er ihr auch noch eine Decke über den Schoß legte, kam sie sich doch etwas dumm vor. »Mach was mit diesen blöden Pantoffeln«, schnauzte er Christopher an. »Wir kriegen Ärger mit der ganzen Station, wenn wir eine nasse Schneckenspur hinter uns herziehen.«

»Ich hab sie doch längst.« Christopher hielt sie mit gestreckten Armen vor sich.

»Nein! Ich brauche sie doch!«, rief Dixie. Ohne sie wäre sie hilflos wie eine am Strand angespülte Qualle.

»Keine Angst.« Christopher holte ein Handtuch aus dem Bad und verpackte die Flipflops darin. Dann verstaute er sie unter der Decke auf ihrem Schoß.

»Gut! Die Show kann beginnen.« Tom bewegte den Rollstuhl auf den Hinterrädern, aber noch ehe er an der Tür war, schob ihn Christopher zur Seite.

»Vielen Dank, alter Freund. Lass mich das machen. Immerhin gehört sie mir.«

Er beanspruchte sie für sich, und die anderen erkannten seine Besitzansprüche widerspruchslos an. Aber was war mit ihr? Sie musste sich eingestehen, dass sie der Gedanke, jemandem zu gehören, erschreckte, aber auch faszinierte.

Sie hatte widersprüchliche Gefühle, als er sie auf den Beifahrersitz setzte. Als er ihren Sicherheitsgurt anlegte, lächelte sie ihn an. Sie ließen die steinernen Torpfosten hinter sich und bogen links ab auf eine von Trockensteinmauern gesäumte Straße. Sie zog die Bettsocken aus und schlüpfte wieder in die Flipflops.

»Besser?«, fragte er.

Sie nickte. »Ich fühle mich geerdet.«

»Genau das bist du. Ohne Heimatboden unter den Füßen bist du wie entwurzelt. Morgen früh nach dem Aufwachen bekommst du richtige Schuhe. Dann zeige ich dir die Heide bei Mondschein, und wir sehen zu, wie die Sterne aufgehen.«

Er fühlte, wie sie sich etwas entspannte; gleichzeitig erinnerte er sich, wie verunsichert und ängstlich er gewesen war, als er sich zum ersten Mal mit der Ewigkeit konfrontiert sah. Sicher, wegen eines Francis Walsingham musste sie sich keine Sorgen machen, dafür hatte sie aber Caughleigh am Hals. Ganz gleich. Er würde Dixie so lange bei sich behalten, bis sie für ein Leben unter Sterblichen gewappnet wäre.

Er spürte, kühl und weich, ihre Handfläche auf seiner linken Hand auf dem Steuerrad und sah auf die schlanken, weißen Finger herunter. »Du machst dir Sorgen um mich«, sagte sie.

»Und ich hab geglaubt, ich hätte meine Gedanken ausgeblendet.«

»Es wird alles gut. Sobald ich mich an die Vorstellung gewöhnt habe, ewig zu leben.« Sie hielt inne. »Mir erscheint es so endlos lang.«

»Vergiss die Vorstellungen von Zeit, wie du sie kanntest. Wir werden nicht altern und wir verändern uns auch nicht. Stell dir die Ewigkeit wie ein permanentes Jetzt vor.«

»Da kommt es drauf an, das richtige ›Jetzt‹ zu erwischen.«

Er lächelte. Trotz aller Verunsicherung war sie um eine Antwort nicht verlegen. Im Vollbesitz ihrer Kräfte und mit ihrem Selbstvertrauen würde sie problemlos ihre Frau stehen. »Ich hätte Justin erwürgen können, nachdem er mich verwandelt hatte. Ich war verängstigt, war wütend und komplett durcheinander. Er hatte meine Leiche einfach aus den Katakomben des Leichenbeschauers geklaut und gegen einen toten Bettler ausgetauscht.«

»Das erklärt die Ungereimtheiten der Beweislage und den widersprüchlichen Untersuchungsbericht.«

»Du hast dich damit befasst?«

»In den letzten Wochen, ja. Ich habe alles über dich gelesen, was ich nur finden konnte. Ich habe zuerst die Bibliothek in Leatherhead durchforstet und mich dann an die Universität in Guildford gewandt. Es gibt jede Menge Literatur über deinen Fall.«

»Was schreiben sie denn so?«

Sie kicherte. »Alles nur Erdenkliche, und zu allem gibt es eine Gegenmeinung. Deine politischen Ansichten, deinen Glauben – oder Unglauben, deine mögliche oder nicht mögliche Verstrickung in den Geheimdienst, deine sexuelle Orientierung …« Sie unterbrach. »Was das betrifft, könnte ich Klarheit schaffen.«

Im Moment hätte auch ein Blick in Richtung seines Unterleibs genügt. Sie roch nach Frau, Vampirfrau, und zwar umso mehr, je mehr ihre Furcht sich verflüchtigte. Ohne sich ihrer Wirkung bewusst zu sein, fuhr sie fort: »Die Frage, ob du der eigentliche und wahre Shakespeare bist oder nicht oder er vielleicht der wahre Marlowe, hat mich immer interessiert. Bist du's?«

»Denk mal drüber nach! Jeder Schriftsteller hat doch genug mit dem eigenen Werk zu tun. Warum dann allen Ernstes auch noch ein fremdes übernehmen?«

»Ghostwriter tun das.«

»Wir haben das nicht getan. Ich habe mein Werk geschrieben, Tom das seine und Will Shakespeare hat seine Sachen auch selbst geschrieben – auch wenn er die eine oder andere Idee geklaut hat. Er hat sich bei mir bedient, und Rob Greene hätte schwören können, dass er aus ›Pandosto‹ abgeschrieben hatte.«

»Hab ich gelesen, ja.« Sie hielt inne. »Ich habe gerade den ›Juden‹ gelesen, aber gesehen hab ich das Stück noch nicht.«

»Sie bringen es im August im Barbican neu heraus. Komm doch einfach mit. Danach erklimmen wir die Kuppel von St. Paul's und genießen den Blick auf das nächtliche London.«

Ihre Finger verschränkten sich mit seinen. »Bei der Gelegenheit könnten wir dann gleich auf die Tower Bridge.«

»Wenn wir uns an den Händen halten, könnten wir sogar hinaufspringen – von St. Paul's über Mansion House zum Monument, und dann mit einem weiteren großen Satz zum Tower. Sollte das zu weit sein, gibt es noch immer genügend Bauten als Zwischenstation.«

»Hmmm.« Sie klang nachdenklich. »Es hat doch eindeutig Vorteile, ein Vampir zu sein.«

»Du wirst sie gleich alle kennenlernen. Nur noch fünf Minuten.« Er bog scharf rechts ab und fuhr dann die holprige Straße entlang, die zu seinem Domizil führte.

»Und wo fangen wir an?«

Er konnte dem herausfordernden Klang ihrer Stimme nicht widerstehen. »Warum nicht gleich hier?« Er hielt sich mit den Händen am Steuerrad fest und bewegte sich in Gedanken von ihren Zehen ausgehend die Beine entlang nach oben, drückte die beiden sensiblen Stellen an den Seiten ihres Knies und wünschte sich dann an ihren warmen Schenkeln entlang höher, strich durch die kurzen Locken zwischen ihren Beinen und tauchte dann in die warme, verborgene Tiefe.

»Christopher!« Sie zuckte zusammen und sah ihn erbost an, mit großen Augen, in denen sich auch ihr Verlangen spiegelte. »Was machst du da?«

»Man nennt das Vorspiel.«

»Noch mehr solche Tricks, und ich lass dich erst mal zappeln.«

Er strich in Gedanken über ihre harten, aufstehenden Brustwarzen. »Ich glaube, das kannst du nicht.«

»Wie weit ist es noch?« Sie konnte das Verlangen in ihrer Stimme und die Glut auf ihrer Haut nicht verbergen.

»Wir sind fast da.« Sie holperten über ein Viehgitter und fuhren nach einer letzten Kurve an einem grauen Steinhaus vor.

»Am besten du wartest, bis ich aufgesperrt habe. Bei dem unebenen Boden könnten die Beutel kaputt und die amerikanische Erde flöten gehen. Das können wir nicht riskieren.«

Sie lächelte zu ihm auf, als er sie aus dem Auto hob und über das Mosaikpflaster hinwegtrug. »Ich glaube, ich kann auch selber gehen.«

»Besser du sparst dir deine Kräfte«, sagte er und näherte sich in Gedanken ihren Brüsten.

Ihr Körper reagierte sofort darauf. »Das Vorspiel geht weiter?« Über ihre vollen Lippen huschte ein beinahe herausforderndes Lächeln. »Von mir aus.« Sie sank an seine Brust. Noch zwei Schritte bis zur Tür und er spürte ihre Hand zwischen seinen Beinen, zärtlich, sanft, fordernd, bis er seine Reaktion nicht mehr verbergen konnte. »Zu zweit spielt sich das Spiel wunderbar.«

Lieber Himmel, sie lernte schnell. Er ließ sie auf den Boden zurück, verführerisch und Zentimeter für Zentimeter an seinem Körper entlang. »Geh schon mal rein. Ich hole inzwischen unser Gepäck.«

»Koffer können warten, ich nicht.«

Auch ohne ihre Berührung war sein Körper nun nicht mehr zu bremsen. Mit beiden Händen zog er ihre Hüften an sich und ließ sie wissen, was sie mit ihm anstellte. »Du bist mir vielleicht ein ungeduldiges Ding.«

»Ach.« Sie presste ihren weichen Bauch gegen ihn. Wäre er noch sterblich gewesen, hätte er sicher längst den Verstand verloren. »Die letzten Tage waren echt hart für mich. Ich musste Justin an der Nase herumführen und ihn anlügen. Dann fuhr ich durch ganz England in der vagen Hoffnung, dich zu finden. Ich kletterte in alten Ruinen herum, wurde von Klippen gestoßen, brach mir sämtliche Knochen und wachte als Vampir wieder auf. Ich würde sagen« – sie legte den Kopf schräg und grinste ihn an – »du hast allen Grund, dich zu revanchieren.«

»Liebes«, sagte er mit heiserer, verlangender Stimme, »ich werde alles wiedergutmachen.«

»Mit Zinsen?« Sie legte sich in seinen Armen zurück, mit Augen, die ihn groß ansahen. Er wollte aufgehen darin, sie auskosten, in ihrem Duft ertrinken.

Diese letzten Gedanken hatte er nicht ausgeblendet. Er hatte sie übermittelt. Ihre Lippen öffneten sich, ihre Brust hob und senkte sich, als seine Hände ihren Hinterkopf umfassten. Als sie ihm auf Zehenspitzen entgegenkam, beugte er sich zu ihr hinunter.

Ihr Mund öffnete sich, noch bevor ihre Lippen sich berührt hatten. Er saugte ihr Verlangen ein, nicht um das seine zu lindern, sondern um ihres zu steigern. Sie seufzte und presste ihre Zunge in seinen Mund, um ihn zu schmecken, ihn zu trinken und mit der ganzen Kraft ihres Verlangens weiter anzufeuern. Als er ihren Kopf zurücklegte, stöhnte sie auf. Er zog sie eng zu sich heran und spürte seinen Körper, erbebte unter der Berührung, bis sie schließlich, eindringlich fordernd, seine Zunge im Mund spürte. Die Zeit blieb stehen, ihre Sinne rasten, und sie presste ihren zitternden Körper gegen den seinen.

»Christopher«, seufzte sie.

»Dixie«, flüsterte er und leckte ihr Ohr. »Sollen wir hier auf dem Teppich weitermachen, oder wäre dir das versprochene Bett doch lieber?«

Ihre Augen leuchteten verschwommen. Er hatte sie erregt, unübersehbar. »Ein Himmelbett mit reiner Satinwäsche?«

Er stieß die Tür zu, sperrte kraft seiner Gedanken ab und führte sie bis durch den Vorraum zu einer breiten Eichentreppe. »Lass uns was ausprobieren«, sagte er und zog sie näher zu sich heran. »Wir springen die Treppe hinauf bis zum Absatz und machen von dort einen Sprung bis ganz oben. Geht schneller als zu Fuß.«

»Springen?«, fragte sie und warf einen Blick zum Treppenabsatz.

»Genau, wir springen. Das kannst du jetzt. Du musst nur den Kopf sicherheitshalber einziehen.«

»Dein Wort in Gottes Ohr.« Das klang nicht sehr überzeugt, doch er freute sich, ihr zuzusehen, wie sie ihre Kräfte mehr und mehr entdeckte.

»Stell dich genau neben mich, und wenn ich sage ›jetzt‹, dann springst du.« Sie nickte. »Eins, zwei, drei, jetzt.«

Einen Sekundenbruchteil später als er sprang sie, und beide landeten zusammen auf dem Treppenabsatz. Ohne ihr Zeit zum Nachdenken zu geben, zählte er von neuem, und sie sprang noch einmal. Ihre Zuversicht und ihr Vertrauen erschütterten ihn bis ins Mark. Wenn er sie dazu aufforderte, würde sie auch von Hochhausdächern springen.

»Was für ein Satz! Für mich unfassbar.« Sie schaute mit großen Augen zurück nach unten.

»Glaub's ruhig, Liebes. Das Unglaubliche kommt später.« Er trug sie schwungvoll mit beiden Armen durch die offene Tür quer durch den Raum und warf sie auf die Häkel-Bettdecke.

Ihre Augen leuchteten verführerisch, als sie den Mund leicht öffnete und mit der Zungenspitze die Lippen befeuchtete. Die kastanienfarbenen Locken umrahmten ihr Gesicht wie ein brennender Heiligenschein. Er beugte sich über sie, die Hände links und rechts neben ihrer Schulter aufgestützt. »Darauf habe ich lange gewartet«, flüsterte er.

»Ich musste genauso lange warten wie du. Übrigens, ein Gentleman lässt eine Dame niemals warten.«

»Liebes, ich bin kein Südstaaten-Charmeur. Ich bin ein draufgängerischer Vampir, der dich jetzt ausziehen will.«

Sie grinste und kicherte; dann lachte sie laut heraus, ein tiefes zwerchfellerschütterndes Lachen, amüsiert, erregt und voller Verlangen. Sie versuchte sich aufzusetzen, aber er hielt dagegen, drückte seinen Mund auf ihren und umfasste ihre Brüste. Bett und Matratze quietschten, als sie sich hin und her wand, um sich seinem Gewicht anzupassen. Zwischen ihren Beinen liegend, küsste er sie, bis ihm von dem süßen Geschmack alle Sinne vergingen.

»Ich liebe dich«, sagte sie seufzend.

»Darin ergänzen wir uns«, flüsterte er in ihren Mund zurück.

»Ich dachte, du wolltest mich ausziehen.« In ihrer Stimme lag ein Flehen, und ihre Nägel gruben sich in seinen Rücken.

»Sofort.« Er rollte sich auf die Seite, fasste unter ihre Schultern, hob sie etwas hoch und zog ihr mit einer einzigen schnellen Bewegung das T-Shirt über den Kopf. »Da ist er ja wieder, dieser schwarze BH; sollte mich reizen, aber nun hat er seine Schuldigkeit getan.«

Er war schnell ausgezogen, und auch mit ihrer Jeans und dem Höschen fackelte er nicht lange.

»Bleib so«, sagte er und knöpfte langsam sein Hemd auf. Himmel, was war sie schön, ihre weiche Haut im Dämmerlicht elfenbeinfarben schimmernd. Und er hatte sie erschaffen.

Sie blinzelte und setzte sich auf, als in rascher Folge auch die restlichen Kleidungsstücke in die Ecke flogen. »Wie machst du das bloß?«, fragte sie entgeistert.

»Ein alter Vampirtrick.«

»Oh«, flüsterte sie gespielt unschuldig. »Gefällt mir irgendwie.«

Sie kniff ihn in Gedanken in die Brustwarzen.

»Irgendwie«, pflichtete er ihr bei und streichelte in Gedanken ihren Hals, bis sie aufseufzte. »Zu zweit macht das wirklich Spaß.«

Sie war derart konzentriert, dass es ihn amüsierte und zugleich erstaunte. »Christopher«, flüsterte sie mit heiser begehrender Stimme, »ich will mehr.«

Das wollte er auch, aber er musste vorsichtig sein, durfte sie nur langsam an ihre neuen Kräfte gewöhnen. »Wehtun kannst du mir nicht, auch wenn es richtig zur Sache geht. Du bist zwar stark, viel stärker als du dir denken kannst, aber noch nicht so stark wie ich.«

»Das dauert vermutlich noch vierhundert Jahre.«

»Na ja, ein Jahrhundert vielleicht, wenn du Glück hast.« Er hatte nicht den Mut, ihr zu sagen, dass die Kraftzunahme von der Häufigkeit der Nahrungsaufnahme abhing. Noch nicht. Aber irgendwann müsste er mit der Wahrheit herausrücken.

Ihre Brüste waren rund und schwer wie reife Früchte und so glatt wie poliertes Elfenbein. Er nahm sie sanft in seine Hände, drückte und knetete sie immer stärker, bis sie rosig schimmerten. Er drückte fest zu, so fest, dass eine Sterbliche blaue Flecken davongetragen hätte. Sie aber seufzte und warf sich hin und her.

»Noch fester«, flüsterte sie. Von da an war er nicht mehr zu bremsen. Seine Hände bewegten sich mit Lichtgeschwindigkeit über ihren Körper, streichelten, kniffen, zwickten, bis sie sich aufbäumte und vor Verlangen aufschrie und mit jedem Seufzer und jeder Bewegung nach mehr bettelte.

Nun übernahm sie die Führung, liebkoste, knetete und biss ihn am ganzen Körper. Ein wilder Tanz aus Leidenschaft und Erregung ergriff sie beide; schwitzend wälzten sie sich über- und untereinander, bis das Bett schwankte. Die Zeit blieb stehen während dieses wilden, von urtümlicher Leidenschaft angefeuerten Liebesspiels. Einander mit einer Heftigkeit begehrend, wie sie sich kein Sterblicher vorstellen konnte, vereinigten sie sich schließlich in einem von überirdischer Glut getragenen Akt.

»Nicht im Traum hätte ich mir vorstellen können«, sagte sie, »dass man so Liebe machen kann. Du warst beim letzten Mal schon wunderbar, aber dieses …«

»Ich weiß. Für Sterbliche undenkbar.«

Sie sah ihn gespielt kritisch an. »Jetzt übertreib mal nicht.«

»Warum nicht? Was hast du übrigens am kommenden Wochenende vor?«

»Was soll ich schon groß planen? Ich hab doch dich.«

»Stimmt«, erwiderte er und rollte sie auf das Kissen zurück.

Ehe er ihren Hals anknabbern und sie kitzeln konnte, setzte sie sich auf, ihre Hand auf seiner Brust und die Augen vor Schreck geweitet. »Du blutest ja.« Mit dem Finger zeichnete sie die Bisswunden und Kratzer auf seiner Brust nach, danach drehte sie seine Schultern herum und starrte fassungslos auf die Spuren, die sie auf seinem Rücken hinterlassen hatte. »Das habe ich gemacht?«, flüsterte sie erschrocken.

»Sei unbesorgt, du hast auch genug abbekommen.«

Sie sah auf die Kratzer an ihren Brüsten. »Warum hast du mich denn nicht vorgewarnt? Aber sie tun gar nicht weh.«

Er legte eine Hand auf ihre Schultern und zog sie zu sich heran. »Ich weiß, und man kann zusehen, wie sie verheilen.« Sie war verblüfft. Die Schürfwunden und Kratzer verblassten und verheilten vor ihren Augen. »Vampire regenerieren sich schnell. Knochenbrüche heilen über Nacht. Schnittwunden innerhalb von Minuten. Kratzer in Sekunden. Erinnerst du dich an jenen Abend, an dem James mich angefahren hat? Ich hatte ein gebrochenes Bein. Es tat zwar weh beim Gehen, aber zu Hause habe ich es geschient, und am nächsten Morgen war es schon zusammengewachsen.«

»Warum hat dich dann dieses Steinmesser beinahe umgebracht?«

Die Wunde schmerzte sogar jetzt. »Das war wieder was anderes. Die Klinge war verhext. Bei den Druiden genossen sie geradezu kultische Verehrung – man glaubte sogar, sie seien außerirdischen Ursprungs. Ich wurde davon aller Kräfte beraubt, aber nicht getötet. Dass man mich in diesem geschwächten Zustand der Sonne aussetzte, war infam. Das passiert mir nicht noch einmal.«

»Was ist, wenn es ganze Arsenale dieser Wunderwaffen gibt?«

Mit derlei Fragen wollte er im Moment nichts zu tun haben. Über Caughleigh würden sie sich später unterhalten, und eines schwor er: Er war nicht bereit, sein Bett und Dixie auf nur irgendeine Art und Weise mit Caughleigh zu teilen. »Komm, ich zeig dir was.« Er nahm sie auf die Arme und trug sie splitterfasernackt ans Fenster und öffnete beide Flügel. »Sieh dich um. Die Nacht. Die Dunkelheit, die uns neue Kräfte schenkt. Du musst sie lieben lernen, die Nacht.«

»Es ist Vollmond.« Sie drehte sich in seinen Armen, und das Mondlicht warf silberne Schatten auf die Konturen ihres Gesichts und die Rundungen ihres Körpers.

»Ideal.«

»Wofür?« Die Antwort konnte sie unmittelbar in seinen Augen lesen. »Jetzt schon wieder?«, flüsterte sie und konnte dabei die Erregung in ihrer Stimme nicht verbergen.

Er trug sie an den offenen Kamin und legte sie auf einen Lammfellteppich. »Jetzt versuchen wir es mal auf dem Boden«, brummte er. Als er ihre Beine bis zu seinen Schultern anhob, stöhnte sie erwartungsvoll.

Stunden später trug er sie ins Bett zurück.

»Lass mich runter«, sagte sie, als er sie hochhob.

»Du weißt, was ohne diese Spezialschuhe passiert, Liebes.« Sie runzelte die Stirn. Er küsste sie zwischen die Augenbrauen. »Hab noch etwas Geduld. Morgen früh nach dem Aufwachen sind die Schuhe fertig.«

Er roch den nahenden Sonnenaufgang und bemerkte die Schläfrigkeit in ihren Augen. Schnell schob er die mit Erde gefüllte Unterlage unter die Matratze und deckte sie bis zur Taille zu.

Sie lächelte noch etwas benommen vor Leidenschaft. »Schlaf jetzt, Liebes«, flüsterte er, indem er die Bettdecke bis zu ihren Schultern hochzog. Dann schloss er die Fenster und zog das Verdunkelungsrollo herunter, damit sich nur ja kein Sonnenstrahl in das Zimmer verirrte.

Sie lag da in der Dunkelheit wie im Koma. Eigentlich sollte er nun gehen, brachte es aber nicht übers Herz. Also zog er einen Sessel an das Bett und schwelgte im Anblick seiner Liebsten. Er hatte sie erschaffen und sie war sein, gehörte nur ihm. Die Liebe seines Lebens. Seine Liebe für die Ewigkeit.

Wenn er sie nur behalten könnte.

16

Dixie wachte beim Sonnenuntergang erholt und ausgeruht auf – von einem Moment auf den anderen – und erblickte sofort Christopher, der sie von einem Stuhl am Fenster aus beobachtete. »Warst du etwa den ganzen Tag lang da?« Wenn er so lächelte, wusste sie, dass sie fliegen konnte.

»Noch nicht. Lern erst mal zu gehen, ehe du ans Fliegen denkst.«

Ihr schien, es war höchste Zeit, ihre Gedanken auszublenden – besser noch, alles zu verriegeln und zu verrammeln. »Warst du den ganzen Tag da?«

»Fast. Ansonsten habe ich deine Sachen aus dem Auto geholt, die Nachrichten im Fernsehen geguckt und mit Tom geplaudert, der deine Schuhe gebracht hat.« Die Schachtel lag auf der Häkeldecke bereit. Sie enthielt zwei Paar Schuhe: schwarze Leder-Sportschuhe und Sandaletten mit Keilabsatz. Beide hatten mehrere Zentimeter hohe Plateausohlen.

»Mit denen ist es sicher schwer zu laufen.« Oder auch nicht, wenn sie genauer darüber nachdachte. Vampire würden doch wohl keine Blasen bekommen.

»Probier's aus. Vielleicht bei einer Mondscheinwanderung über die Heide?«

»Soll ich mich nicht zuerst anziehen?«

Er schmunzelte frech. »Das musst du wissen. Sehen kann uns ohnehin keiner. Dazu werden wir zu schnell sein.«

Sie entschied sich für Textilien. Immerhin war sie ein anständiges Südstaaten-Mädchen.

Die Nachtluft duftete nach Geißblatt, Regenwolken und frischer Erde. Sie stand an der offenen Tür, Christophers Arm um ihre Taille und die Verlockungen des Nachthimmels vor

Augen. Die Sterne leuchteten wie tausend Versprechungen, als sie durch die Hintertür ins Freie schritt. Sie schlenderte einen gepflasterten Weg entlang und streifte dabei Lavendelsträucher und Duftpelargonien. Vor ihnen lag die offene Heide, und nur eine Steinmauer trennte sie von den endlosen Weiten Nordyorkshires.

»Wenn ich ›jetzt‹ sage, läufst du los«, sagte Christopher, »und wenn ich ›spring‹ sage, dann springst du. So einfach ist das.«

War es das wirklich? Die Mauer war gut einen Meter hoch und sah so massiv aus wie das Haus im Hintergrund. Man könnte sich an ihr sämtliche Knochen brechen. Aber selbst das war ja mittlerweile eine Lappalie.

Sie stand fest auf dem Boden, durch die Einlagen in ihren Schuhen sicher geerdet; auf sein Signal hin begann sie loszulaufen. Auf fünf große Sätze folgte der Absprung. Die Mauer überspringen? Mit etwas mehr Anlauf hätte sie auch jeden Schuppen problemlos genommen. Sie landete fünf Meter von der Mauer entfernt auf weicher, von Schafen kurz gehaltener Heide.

»Sieh dir die Sterne gut an. Mit ihrer Hilfe finden wir wieder nach Hause. Hier ist der Große Wagen. Da der Nordstern. Landmarken gibt es in der freien Natur keine, und bei unserer Geschwindigkeit würden wir sowieso alle übersehen.«

Die Sternbilder waren andere als jene, die sie von zu Hause her kannte, aber auf den Nordstern war Verlass.

»Siehst du diese Erhebung?« Er zeigte auf eine zerklüftete Silhouette am Horizont. »Sie heißt Boggles' Roost. Dort fliegen wir hin.«

»Du machst Witze. ›Boggles' Roost‹ ist doch kein Name. Außerdem ist ›to boggle‹ ein Verb.«

»Es gibt ›boggles‹ in dieser Gegend. Oder zumindest gab es sie früher.«

»Und was genau ist ein ›boggle‹?«

»Ein Dialektausdruck für Hobbit.«

»Oh, bitte.« Andererseits, warum nicht? Sie kannte mehrere Vampire persönlich. Sie war ein Vampir. Warum sollte es dann nicht auch Hobbits, Kobolde und Elfen geben?

Christopher strich ihr eine Haarsträhne aus der Stirn, um sie samtig heiß darauf zu küssen. »Also dann. Ich halte dich an der Hand, bis du deinen Rhythmus gefunden hast. Dann heben wir ab. Der Letzte muss den anderen küssen.«

»Ausgemacht.«

»Los.«

Sekundenbruchteile später als er rannte sie los, ergriff seine Hand, und schon im nächsten Moment rasten sie, das Gesicht im Wind, kometengleich dahin. Sie war auf dem Rücken von Pferden über offene Felder galoppiert, auf Skiern über glitzernde Seen und im Winter über verschneite Hänge gerast, aber mit hundert Stundenkilometern über die Heide zu jagen, war etwas ganz anderes. Einen derartigen Kick hatte sie noch nicht erlebt.

Christopher ließ ihre Hand los, und weg war er. Er würde also gewinnen? Aber nicht kampflos. Ihre Beine liefen wie von alleine, maschinengleich. Ohne Lungen, die atmeten, ohne ein Herz, das schlug, bewegte sich ihr Körper ganz nach ihrem Willen und ohne die Einschränkungen, denen Sterbliche unterlagen – aber mit einem Vorsprung von vierhundert Jahren war Christopher leider unschlagbar.

Am Fuß der Erhebung erwartete er sie, fing sie auf, indem er sie an der Taille umfasste, als sie mit Schwung gegen seine Brust prallte. »Ich bin schneller.« Mit den Lippen kitzelte er ihr Ohrläppchen, während seine Hände zu ihren Brüsten hochglitten. Sie trat einen Schritt zurück, so schnell gab sie sich nicht geschlagen.

»Das wollen wir erst mal sehen.« Berauscht von dem ungewohnten Tempo, raste sie um den Hügel herum. Ein Blick über die Schulter verriet ihr, dass ihr Christopher dicht auf den Fersen folgte. Sie rannte weiter, umrundete den Hügel und prallte gegen ihn.

Dieses Mal hielten sie seine Hände wie ein Schraubstock umfasst. »Und ich bin doch schneller.«

Das glaubte sie nicht! Nicht, wenn er seine Schenkel gegen sie presste und sie mit den Armen umfasst hielt und gegen die muskulöse Wand seiner Brust drückte.

Sein Kuss war nicht nur ein Kuss. Er war wie ein Brandzeichen, mit dem er ihr seinen Besitzanspruch aufprägte. Würde sie noch atmen, dann fiele sie jetzt wahrscheinlich in Ohnmacht. Aber sie war jetzt eine Vampirin und konnte ebenso bestimmend küssen wie er. Sie hatte ihn vor der aufgehenden Sonne gerettet, und jetzt sollte er ihr gehören.

»Und, Frischling, wie gefällt dir das Leben als Vampir?«

»Bis jetzt gut. Was kommt als Nächstes?«

Er zeigte auf die dunkle Erhebung. »Wir gehen da rauf.«

Eine Kletterpartie? Im Dunkeln? Das musste ein Scherz sein. »Einfach so?«

»Es ist kinderleicht.«

War es auch. Er zeigte ihr, wie man die Finger eindrehte und sich mit den Nägeln festkrallte und wie man mit den Unregelmäßigkeiten der Felswand gleichsam verschmolz. So kletterten sie nebeneinander Stück für Stück hoch. Es war nicht schwerer als der Sprung über die Mauer, leichter sogar, weil sie ihren Kräften nun vertraute.

»Gefällt's dir?« Mit einer Geste verwies er auf die Weite der Moor- und Heidelandschaft ringsum. Ich liebe dieses Fleckchen Erde. Sterbliche verirren sich kaum hierher, nicht einmal bei Tage.«

Während sie neben ihm stand und sich umsah, fiel ihr auf, wie weit sie in der Dunkelheit sehen konnte. »Was ist das?« Mit einem Kopfnicken zeigte sie auf einen erleuchteten Punkt im Südwesten.

»Das ist York.«

»Und das Whitby?« Sie blickte ostwärts.

»Genau, Whitby, Scarborough, Bridlington und dahinter Hull.«

Die Städte lagen wie Diamanten an der Küstenlinie aufgereiht, mindestens achtzig, wenn nicht hundert Kilometer entfernt. Das Leben als Vampir hatte doch eine Menge zu bieten, etwa den Blick von Boogles' Roost. »Gibt es Hobbits wirklich?«

»Mir ist noch keiner begegnet, aber wie kommen wir dazu, Zweifel zu haben an der Existenz kleiner gnomartiger Wesen, die zurückgezogen und menschenscheu in Erdlöchern hausen?«

Damit hatte er natürlich recht. »Mir ist nicht ganz klar, was daran Fiktion und was Realität ist.«

»Dann lass uns darüber reden.« Er lehnte sich gegen einen Felsvorsprung und fuhr mit der Hand über das glatte Gestein neben sich. »Was ist los? Da steckt doch mehr dahinter als nur Hobbits?« Sie hielten sich an der Hand, aber nur für einen Moment, denn so sehr sie den Kontakt mit ihm wünschte, brauchte sie doch auch Spielraum zum Nachdenken? »Was beunruhigt dich?«

»Dass ich nicht genau Bescheid weiß.«

»Du musst Geduld haben. Ich weiß auch nicht alles, und ich bin mir nicht einmal sicher, ob Justin alles weiß. Was ist es denn konkret?«

Sie blickte nachdenklich zum Sternenhimmel hinauf. Ein Flugzeug zog mit leisem Brummen und blinkenden Lichtern in Richtung Süden, und neben ihr saß ihr Mann, bereit sie in die Mysterien des Vampirlebens einzuweihen. »Die Sache mit den Spiegeln kenne ich bereits seit dem Tag, an dem du bei mir in der Tür standest, um die Bücher zu besichtigen.«

»Genau. Spiegel, verspiegelte Glasflächen und Kameras. Bei denen musst du vorsichtig sein, denn sie liefern keine Bilder.«

»Was ist mit Passfotos? Die braucht man doch.«

»War früher ein großes Problem, aber Tom hatte die Idee mit Digitalkameras. Er ist ein Genie in derlei Dingen.«

»Die Sache mit den Lichtverhältnissen ist mir auch nicht

ganz klar. Du kannst das Haus tagsüber verlassen, während ich mich nicht einmal auf den Beinen halten kann.«

»Das kommt noch. Warte noch ein halbes Jahr und deine Schwierigkeiten sind weg. Etwas raus kannst du schon in drei oder vier Wochen. Tageslicht schadet nicht, du musst nur die direkte Sonne meiden. Unsere Kräfte wachsen, je älter wir werden. Für mich sind zehn, fünfzehn Minuten direkte Sonne kein Problem, Justin erträgt sogar mehrere Stunden, angezogen versteht sich.«

»Wird mir schwerfallen, nie mehr in der Sonne zu liegen. Ich war früher eine richtige Sonnenanbeterin.«

»Mit der Zeit liebt man auch die Wolken. Aus dem Grund leben die meisten von uns auch im Norden und kaum jemand am Mittelmeer oder in den amerikanischen Südstaaten. Und vergiss Afrika oder Australien.«

»Heißt das, ich könnte nie wieder nach Hause?« An diese Frage hatte sie noch gar nicht gedacht.

»Nach South Carolina? Das wäre sicher schwierig, und du dürftest über Jahre hinweg im Sommer nur nachtaktiv sein.«

Was bedeuteten schon Jahre, wenn man die Ewigkeit vor sich hatte? »Ich glaube, zunächst bleibe ich einfach hier. Wir haben immer noch Orchard House.«

»Da täuschst du dich.«

»Warum denn?«

»Dixie, denk doch mal nach! Was glaubst du, was uns beiden passiert, wenn wir in Bringham aufkreuzen? Meinst du, ich hab mich umsonst in der Abtei von Whitby versteckt?«

»Oh!« Die ganze Geschichte mit Sebastian und Vernon hatte sie komplett vergessen. Nun erinnerte sie sich daran, als wäre alles erst gestern gewesen. »Sie werden dich schnappen.« Sollte die Polizei ihn finden, würde sie ihn für immer verlieren.

»Die kriegen mich nie, und selbst wenn, könnte ich mich sofort verwandeln und entwischen. Nur würde ein Gefängnisausbruch die Sache noch komplizierter machen. Da taucht man besser im Untergrund ab. Wäre nicht das erste Mal. Von Zeit zu Zeit müssen wir das sogar, denn ewige Jugend macht misstrauisch. Deshalb nehmen wir nach rund dreißig Jahren eine neue Identität an. Zu dem Zweck haben wir so eine Art Netzwerk. Ich hatte geplant, für mehrere Jahre zu ruhen, während Justin sich um alles kümmern würde.«

»Und ich habe den ganzen Plan durcheinandergebracht.«

»Das stimmt so nicht. Wir haben unsere Pläne nur geändert. Ich halte mich inzwischen versteckt. Wir sind hier in Sicherheit.«

»Aber du bist Auto gefahren, und deine Nummer ist doch sicher bekannt.«

Er legte den Arm um ihre Schulter und zog sie näher heran. »Neue Kennzeichen. Darauf sind wir eingestellt.«

»Wie denn?« Dass man Nummernschilder dutzendweise einkauft, selbst in einem von Untoten, Mythen und Legenden bevölkerten Land, wollte sie nicht so recht glauben.

»Später.« Seine Fingerspitzen zeichneten ihre Lippen nach. »Das kann bis morgen warten. Jetzt werde ich dich erst einmal lieben, dass deine Schreie bis zu den Sternen schallen.« Darauf knöpfte er sein schwarzes Leinenhemd auf.

Sie schrie dreimal. Danach pries Christopher die Abgeschiedenheit der Heide und dankte dem Himmel für sein großes Glück, als sie schläfrig und erschöpft in seinen Armen lag. Bis zum Morgengrauen dauerte es noch Stunden. Er würde sie ruhen lassen und ihr dann zeigen, wie man mit dem Kopf voraus den Berg hinunterstieg. Sie war noch so hilflos, mehr als sie selbst je zugeben würde, konnte sich nicht lösen von den Legenden, die sie einmal gehört hatte, von den verzerrten Halbwahrheiten der Unterhaltungsliteratur und von Geschichten, die dem Aberglauben unwissender Bauern entstammten. Aber sie gehörte ihm, wenigstens zunächst, und er würde jede Stunde dazu nutzen, ihr die Überlebenstechniken beizubringen, die man brauchte. Sie musste noch so viel lernen, bis sie in der Welt der Sterblichen zurechtkommen würde.

Zwei Nächte später zeigte er ihr York. Nachdem sie zweimal am Boggles' Roost gewesen waren und dabei ihr Tempo nach und nach gesteigert hatten, hatte sie nun Ausdauer genug, um die Strecke bis York und wieder zurück zu schaffen.

»Unglaublich. Erst vor vier Nächten kam ich aufs Geratewohl hierher, um dich zu suchen.«

Sie machten eine Verschnaufpause auf der Stadtmauer, hoch über dem nächtlichen Verkehr, den Hup- und Motorengeräuschen und Auspuffgasen. »Andernfalls wärst du noch am Leben.«

Sie überlegte, ehe sie antwortete, während er in gespannter Unsicherheit wartete. Waren Vampirsex und Unsterblichkeit ein ausreichender Ersatz für das, was sie verloren hatte? »Ich fühle mich keinesfalls weniger lebendig, tatsächlich sogar mehr.«

»Aber du könntest gemütlich zu Hause sitzen, anstatt dir hier die Nächte mit einem mutmaßlichen Mörder um die Ohren zu schlagen.«

»Du wirst ja wegen meiner großen Klappe überhaupt erst verdächtigt. Insofern kann ich mich nicht beschweren.«

Sie saßen schweigend zusammen, unter ihnen das Brummen des nächtlichen Verkehrs. Von einem weit entfernten Baum her erklang der Schrei einer Eule. Dixie schmiegte sich eng an ihn an, den Arm um seine Taille geschlungen; dabei kitzelten ihre Haare sein Kinn. »In jener Nacht, als ich dir hinter meinem Haus in die Arme rannte, hörte ich auch eine Eule – ein Pärchen. Das erste Mal in meinem ganzen Leben.«

»Du hattest Angst vor mir damals.«

Er spürte, wie sie nachdachte. »Du hast mich erschreckt, ja. Ich hab da niemanden erwartet. Als du mich in die Büsche gezogen hast, wäre ich fast wahnsinnig geworden, aber ich hatte keine Angst, dass du mir was antun könntest.«

»Was, wenn ich dich einfach gepackt und gesagt hätte: ›Ich bin ein Vampir.‹«

»Vielleicht hätte ich geglaubt, du hättest das eine oder andere Pint zu viel im *Barley Mow* getrunken.«

Er musste lächeln, lachen, fühlte sich, wie er sich lange nicht hat mehr gefühlt hatte. Justin hatte recht gehabt. Frauen wie sie gab es nur einmal im Lauf von Jahrhunderten. »Jedenfalls hatte ich nie die Absicht, dich zu erschrecken.«

»Ich war verunsichert bei diesem ersten Mal, ging aber davon aus, dass jeder, der James in die Flucht schlägt, ein potenzieller Freund sein muss.« Sie hielt inne. »War das eigentlich Gedankenmanipulation? Derselbe Trick, den Justin bei Inspektor Jones angewandt hat? Wäre ja wirklich sehr praktisch.«

Und gefährlich, aber das brauchte sie jetzt noch nicht zu wissen. »Mit der Zeit lernst du das auch. Man braucht Übung dazu. Ja, ich habe ihn dazu gebracht, abzuhauen. Ein unangenehmer Zeitgenosse.«

»Den Eindruck hatte ich auch. Überhaupt ist das ganze Dorf voll von seltsamen Typen, meine Blutsverwandten inbegriffen.«

»Jetzt sind wir beide blutsverwandt.«

Sie kuschelte sich mit bebenden Schultern noch enger an ihn. »Also eine Art Geschwisterliebe.« Sie sah zu ihm auf, mit strahlenden Augen und leuchtendem Gesicht. »Christopher, ich liebe dich.«

Er hätte sterben können vor Glück, aber noch besser war es, ewig zu leben. Er hatte die Ewigkeit. Zusammen mit ihr? Warum sollte er daran zweifeln? Sie hatte ihn gerettet, war für ihn durch ganz England gefahren. Seinetwegen hatte sie sich sogar über Justin hinweggesetzt. Sie gab wirklich bedingungslos alles. »Ich liebe dich auch, Dixie.«

Die Stille der Nacht hüllte sie ein wie ein Mantel, während er mit der Versuchung kämpfte, den Trick der Gedankenmanipulation einzusetzen. Er könnte sie zwingen, zu bleiben. Oder vielleicht doch nicht. Ihr Wille war nicht zu beeinflussen. Sie war freiwillig gekommen und würde auch unter keinen anderen Umständen bleiben.

»Ich finde nach wie vor, Sebastian sollte seine wohlverdiente Strafe bekommen.«

Sie sah aus, als hätte sie ihm am liebsten sofort eine übergebraten. »Wird er auch. Wart's nur ab. Jemand stärkerer als du wird sich darum kümmern.«

Darauf zog sie sich zurück, mit wütend funkelnden Augen wie eine Löwin. »Tatsächlich?« Sie packte eine Unmenge Wut in dieses eine Wort.

»Komm mir bloß auf keine dummen Gedanken, Frischling.« Ihre Augen sagten ihm, dass sie sie bereits hatte.

»Warum denn nicht? Dieser Kerl hat mich von den Klippen gestürzt. Das werd ich ihm heimzahlen.«

»Er ist jetzt schon entstellt für den Rest seines Lebens.« Er erklärte ihr, was sie nicht wissen konnte. »Hör zu, Dixie: Blindwütige Rache führt zu nichts.«

»Das ist noch lange nicht die ganze Geschichte.« In knappen Sätzen erzählte sie ihm von den Geheimkabinetten und von den Kladden und Tagebüchern ihrer Tanten. »Sie waren Hexen, welcher Sorte auch immer, aber sie hatten es nicht verdient, in den Tod gehetzt zu werden. Ich bin mir sicher, dass Sebastian genau das gemacht hat, und so wie ich ihn kenne, nur um in den Besitz ihrer Unterlagen zu kommen. Aber sie haben sie zu gut versteckt. Für das, was der seinen Mitmenschen angetan hat, dir, Stanley, Vernon und den anderen, verdient er alle Strafen der Welt.«

»Die Todesstrafe haben wir hier schon abgeschafft, bevor du überhaupt geboren wurdest.«

»Wir werden schon das Passende finden.«

»Du denkst wie eine Sterbliche. Wir kennen keine Rachegefühle.«

»Ich will ja auch nur zur Polizei gehen.«

»Was willst du denen denn sagen? Ich bin ein Vampir, und Caughleigh wollte mich umbringen? Dass er deine Großtanten in den Tod gehetzt hat? Dass er dich umgebracht hat, und dass du nun als Vampir weiterlebst? Wenn du diese Mrs Thirlwood dazu bringen könntest, zu bezeugen, das er an jenem fraglichen Tag in Whitby war und dass er dich dort über die Kante geschubst hat – was würde das bringen? Hast du denn eine Erklärung dafür, wie man mit einer gebrochenen Hüfte herumspaziert? Wir überleben, indem wir so wenig auffallen wie möglich. Und, Dixie, ich will überleben. Mit dir.«

Er hatte sie überzeugt. Beinahe. »Es widerstrebt mir einfach, dass er ungeschoren davonkommen soll.«

»Liebes, unsterblich zu sein, bedeutet nun einmal auch, ungeheuer viel mehr Ungerechtigkeiten und Missstände zu erleben als alle Normalsterblichen zusammen.«

Etwa eine Stunde vor dem Morgengrauen machten sie sich auf den Rückweg. Sie rannte schweigend neben ihm her. War sie müde? Wütend? Er hätte seine rechte Hand dafür gegeben, es zu wissen, aber sie hatte ihre Gedanken verriegelt und verrammelt. Vielleicht war er ja ein zu guter Lehrer ... aber er hatte keine andere Wahl. Sie musste lernen, in einer feindlichen Welt zu überleben, auch ohne ihn zurechtzukommen, wenn er sie denn für immer behalten wollte.

»Und warum erfährt man das nicht früher?«, beschwerte sich Dixie wenige Tage später.

»Du hast recht, aber Justin hat es mich auch erst vor einer Stunde wissen lassen. Zum Kuckuck, Dixie, ist es denn so ungewöhnlich, wenn ein paar Freunde zu Besuch kommen?«

Nein, war es nicht, nicht wenn die Freunde Sterbliche waren. Aber haufenweise Vampire waren ihr vielleicht doch zu viel. Sie fasste Christopher direkt ins Auge. »Wie viele?«

»Ein halbes Dutzend oder so, plus Tom und Justin. Versteh doch, es ist keine große Sache. Sie schauen nur kurz vorbei, auf eine Stunde vielleicht.«

Er hatte leicht reden. Er war nicht zur Südstaaten-Lady erzogen worden. »Wir müssen doch was anbieten.«

»Anbieten?« Er schüttelte den Kopf. »Dixie, Vampire können nichts anfangen mit Erdnüssen oder Häppchen.«

Das wusste sie bereits. Ihre Sorge galt mehr der Frage, wie man die Blutbeutel servierte, die sie im Kühlschrank entdeckt hatte. Auf einem Teller? Mit Spitzendeckchen darunter? Egal, beides war in der Küche nicht vorhanden.

»Nur ein Glas Portwein, um auf dein Wohl anzustoßen.« Der hatte gut reden und amüsierte sich wohl auch noch. »Jetzt mach dir nicht in die Hosen, Liebes. Stell dich einfach auf ein paar Freude ein, die auf einen Drink vorbeischauen.« Hätte er ja auch gleich sagen können, dass er das wörtlich meinte.

Am Himmel zeigten sich soeben die ersten Sterne. Dixie hörte auf, sie zu zählen, als der erste Gast ankam. Er schwebte vom Süden her ein, landete auf der Zufahrt vor dem Haus und kam auf sie zu. »Sie müssen Dixie sein«, sagte er, indem er ihr die Hand entgegenstreckte.

Seine Hand fühlte sich kalt an, aber daran war sie mittlerweile gewöhnt. Sie lächelte, vor sich ein Augenpaar, das ihr warm und kalt zugleich entgegenblickte. »Ja, ich bin Dixie LePage.«

»Und das ist Vlad Tepes.« Christopher war eben noch im ersten Stock gewesen. Nun stand er neben ihr, eine Hand fest auf ihre Schulter gelegt.

»Wie geht es Ihnen?« Und wer würde als Nächster kommen? Ihre Vorstellungen von Realität gerieten zunehmend ins Trudeln.

Seine dunklen Augen schauten zuerst Christopher an, dann lächelten sie ihr zu. »Was hat Christopher denn über mich erzählt?«

»Kein Sterbenswörtchen. Warum sollte er? Bei Ihrem Namen erübrigt sich das sowieso.«

Vlad hielt noch immer ihre Hand. Christopher drückte sich nun so eng an sie, dass seine Hüfte sich in ihre Taille schmiegte. »Sie gehört mir, Vlad.«

Vlad trat einen halben Schritt zurück und hob abwehrend die Hände. »Du verdächtigst mich zu Unrecht. Bei allen meinen Untaten, ob nun wahr oder nicht, respektiere ich doch deine Lebensweise.«

»Warum sagen Sie ›deine Lebensweise‹? Sie sind doch auch ein Vampir, oder?« Noch vor drei Monaten hätten sein aschfahles Gesicht und die harten, tief sitzenden Augen sie zu Tode erschreckt. Aber das war Schnee von gestern. Warum sollte sie sich vor Vampiren fürchten? Sie wusste sogar, wie sie nackt aussahen.

»Gewiss, ja.« Er hatte eine dünne Stimme und noch dünnere Lippen. »Ich bin ein Vampir, aber von einer anderen Kolonie. Justin Corvus und ich sind alte Bekannte.«

»Wie alt?«

»Siebenhundert Jahre. Ich habe ihn etwa fünfzig Jahre nach meiner Verwandlung kennengelernt.«

Sie verzog keine Miene. Was war schon normal? Ihre Vorstellung davon hatte sich längst gewandelt. »Dann wären Sie und Justin also die Senioren unserer abendlichen Runde.«

»Nicht ganz. Gwyltha ist die Älteste von allen.« Sein scharfer Blick fixierte sie. »Sie kennen Gwyltha noch nicht?«

»Die beiden lernen sich heute Abend kennen.« Christopher war keinen Millimeter von ihrer Seite gewichen.

»Oh, sicher …« Vlad konnte seinen Satz nicht mehr beenden.

Aus dem Himmel hinter ihm gingen drei dunkle Gestalten nieder. Eines war sicher, Parkplatzprobleme würde es bei Vampirpartys niemals geben, auch nicht in der Großstadt. Eine der Gestalten erkannte Dixie als Justin; seine breiten Schultern waren einfach unverwechselbar. Bei den beiden anderen handelte es sich um Frauen. Dixie war erstaunt, erteilte sich aber sofort eine Rüge ob dieser sexistischen Anwandlungen. Natürlich war sie nicht die einzige Vampirin der Welt. Warum auch.

Die kleinere der beiden schritt voran, oder vielleicht traten die anderen auch zurück. Dixie ging spontan auf sie zu, spürte halb unbewusst, dass Christopher ihr folgte. Die Lady war klein von Wuchs, dunkelhaarig und insgesamt unauffällig. Ein Persönchen mit mächtiger Ausstrahlung, die sie wie eine Aura umgab.

Dixie streckte die Hand aus. »Ich bin Dixie ...«

»Ja.« Augen von schier endloser Tiefe begutachteten Dixie. »Ich weiß. Sie sind Dixie LePage. Ich bin Gwyltha.« Dixie fühlte sich wie von Röntgenstrahlen durchleuchtet, Scheibchen für Scheibchen, wie ein Patient in der Röhre. »Sie wurden also von Christopher neu in die Kolonie aufgenommen. Können Sie denn auch etwas beitragen?«

»Zu meinen Spezialgebieten gehört die Rettung sterbender Vampire und die Entfernung verhexter Messerklingen.«

Sie spürte die Spannung, die von Christopher ausging, und sah gleichzeitig, wie Gwyltha den Hals reckte und ihre Augen sich weiteten. »Viel ist es nicht, ich weiß, aber ein Anfang ist gemacht.«

Gwyltha nickte. Sie kräuselte die Mundwinkel, was wie ein Lächeln aussah, und ihr Blick wurde weicher. »Ein besserer Anfang als ihn die meisten von uns vorweisen können.« Sie nahm Dixies rechte Hand in beide Hände. »Sie haben also gerettet, was es Ihrer Meinung nach gar nicht gab. Eine ziemliche Leistung.«

»Ich würde sagen, ein ziemlicher Vertrauensvorschuss.«

Gwyltha lachte. »Und du, Kit Marlowe, sieh zu, dass du sie halten kannst.« Sie umarmte Dixie mit einer Urgewalt, die sie um sämtliche Rippen fürchten ließ. »Wir brauchen in dieser einsamen Welt jedes kluge und verständige Wesen, das wir nur finden können.« Sie trat zurück und schaute weiterhin lächelnd in die Runde; Dixie erblickte vier oder fünf dunkle Gestalten, die in einem Halbkreis wartend hinter

Gwyltha standen. »Da Justin der Gastgeber ist, lasse ich ihm bei den Honneurs den Vortritt.«

Justin trat vor. Er schaute Gwyltha in die Augen, und Dixie erstarrte. Von den beiden ging eine beinahe hochofenartige Hitze aus. Justin spannte die Muskeln wie ein Panther auf Beutezug.

Gwylthas Lächeln verflog. Sie stand wie festgewurzelt da; die Hand in den Falten ihres schwarzseidenen Rocks fest geschlossen, neigte sie den Kopf zur Seite. »Nun mach schon, Justin. Jeder wartet darauf.«

Dixie sah, dass Justin zögerte. Er spannte die Schultern an, spreizte die Finger und lächelte. »Ich verzichte.« Mit dieser Antwort erntete Justin scharfe Blicke von Gwyltha. »Sie gehört Christopher. Er wird sie vorstellen.«

Darauf traten sie beide zurück, wie Wettkämpfer, die zu ihrer Ausgangsposition zurückkehren. Dixie und Christopher standen allein innerhalb eines Kreises dunkler Gestalten. »Sei unbesorgt.« Christopher lächelte ihr zu. »Es sind nur alte Freunde.« Das Beiwort »alt« bekam in einer Runde wie dieser eine ganz neue Bedeutung.

Vorstellungsrunden in Vampirkreisen verliefen nicht anders als unter Sterblichen: Man schüttelte viele Hände, lächelte freundlich und versuchte tunlichst, sich alle Namen zu merken. Letzteres war ein Problem für Dixie. Zwar waren einige Namen hängen geblieben – die zweite Frau, Antonia, hatte gesagt: »Nenn mich Toni« –, aber die Männer konnte sie nicht auseinanderhalten. Das war bei wortkargen Gestalten in Schwarz kaum möglich, und vielleicht war es auch deren Absicht.

Einen Mann glaubte sie aufgrund seiner tiefen, rauchigen Stimme vom Radio her zu kennen. Christopher stellte ihn als Rod McLean vor. »Von der Sendung ›Midnight Spin?‹«, fragte sie.

»Sie hören meine Sendung?« Er schien sichtlich erfreut darüber, erkannt worden zu sein.

»Ab und zu, nur an den letzten Abenden eher selten.« – »Macht mir doch dieser Christopher die Hörer abspenstig. Das kann ich nicht zulassen, alter Freund.«

»Sie ist voll damit beschäftigt, mir zuzuhören«, erwiderte Christopher.

Die nächsten beiden Namen verpasste Dixie, weil sie darüber nachdachte, wie isoliert sie seit ihrem Rückzug lebte – ohne Radio, Fernsehen, Zeitungen. Sie verlor zunehmend den Kontakt nach draußen.

Oder baute sie einen neuen Kontakt zu einer anderen Welt auf?

Von einem gewissen Simon Irgendwas, einem kleinen Glatzkopf mit verschmitzten Augen und einem trägen Lächeln, merkte sie sich wenigstens den Vornamen. Dann war da noch ein gewisser Toby Wise, sehr groß, sehr schwarz, und mit einem Akzent, den Dixie als reinstes Oxbridge identifizierte, denn das konnte sie mittlerweile. Ein wahrer Hüne von Mann hörte auf den Namen John Littlewood. »Nennen Sie mich Little John. Das bin ich so gewöhnt.«

Nach der Vorstellungsrunde zog man sich ins Haus zurück, und es wurde Ruby Port in Waterford-Gläsern serviert und auf Dixies Wohl angestoßen. Dann zogen sich die Gäste in kleinen Grüppchen zurück. Dixie fühlte sich an ein Klassentreffen erinnert, bei dem einer den anderen beäugte – nur mit dem Unterschied, dass sie selbst im Mittelpunkt des Interesses stand.

»Ich freue mich, eine Landsmännin in der Kolonie begrüßen zu dürfen.«

Dixie starrte Toby an, war sich dessen auch bewusst, aber wie hätte sie darauf anders regieren sollen. »Sie sind Amerikaner?«

»Theoretisch ja. Ich habe das Land 1863 verlassen. Zu der Zeit wurde Schwarzen die Staatsbürgerschaft verweigert.«

So war das damals. »Es war also ein Risiko, zu fliehen.«

»Zu bleiben war in meinen Augen das größere. Ich versteckte mich als blinder Passagier auf einem Blockadebrecher im Hafen von Charleston und landete in Liverpool.«

»Wie haben Sie denn das Bodenproblem gelöst?« Ein ganz normales Thema in Vampirkreisen.

»Es sollte noch zwanzig Jahre dauern, ehe ich verwandelt wurde. Damals klaute mein Mentor Erde aus den Chancery-Gärten in der Victoria Street. Der amerikanische Botschafter hat das sicher nicht einmal bemerkt.«

»Offenbar ist Bodenklau die einzige Überlebensmöglichkeit. Meiner hat Erde aus Runnymede mitgehen lassen.«

»Machen wir alle – in Notsituationen. Deshalb findet man immer wieder Leserbriefe in der Times, die sich über Vandalismus am Kennedy Memorial beschweren.«

»Wir?«

Er nickte. »Wir sind insgesamt sechs. Sobald Sie Kit von der Leine lässt, stelle ich sie Ihnen vor.«

Sie befand sich an niemandes Gängelband. »Ich kann jederzeit kommen. Sie brauchen mich nur einzuladen.«

Er lächelte. Ansatzweise. »Na wenn das so ist. Haben Sie ...«

»Noch zu früh, Toby.« Christopher lächelte galant wie ein Edelmann; dabei machte er eher den Eindruck, als wäre er soeben entmannt worden. Sofort umschlang er Dixies Taille.

Dixie trat einen Schritt zur Seite. »Ich würde gerne alle kennenlernen«, sagte sie zu Toby. Darauf drehte sie sich um und ging nach draußen vor die Tür. Vielleicht würde ja die Abendluft ihr aufgebrachtes Gemüt kühlen.

Ein Stück weit entfernt von der Eingangstür standen Vlad und Gwyltha; sie unterhielten sich eindeutig nicht über Dichtkunst. Gwyltha löste sich aus Vlads Armen. »Na, die Novizin möchte uns wohl auf Wiedersehen sagen?«

»Ich wusste nicht, dass Sie schon aufbrechen. Mir war nur nach frischer Luft.«

Vlad nickte. »Unser junger Freund ist sehr hartnäckig.«

»Er ist gar nicht so viel jünger als du!«, sagte Gwyltha.

»Aber er hängt noch den Illusionen der Jugend nach, wohingegen ich ein zynischer alter Blutsauger bin.« Er lächelte Gwyltha zu. »Lady, lass uns dem Frischling Adieu sagen und auf Nahrungssuche gehen.«

»Oh!« Bei dem Gedanken an ihr Abendessen schnürte es Dixie die Kehle zusammen.

Vlad lächelte. Bedächtig. »Wir sind Traditionalisten. Und Sie?«

Sie hätte auf die Frage geantwortet, wenn sie sie verstanden hätte.

»Sie hat doch noch gar nicht gesaugt«, sagte Gwyltha.

Vlad starrte erstaunt und schüttelte den Kopf. »Und sie durfte so viele von uns kennenlernen, ohne dass wir uns ihrer sicher sind?«

»Ich bin mir ihrer sicher«, antwortete Gwyltha. Dixie wünschte, sie könnte der Unterhaltung folgen. »Wir verwirren Sie, aber keine Sorge, Kit wird Ihnen noch so manches erklären.« Darauf umarmte sie Gwyltha genauso ungestüm wie schon zuvor. »Nochmals willkommen, Dixie. Und bis bald.«

Vlad bot seine Hand an. »Wenn ich dich umarme, bricht mir Kit Marlowe sämtliche Knochen.«

»Ich liebe Christopher zwar sehr, bin aber nicht sein Eigentum.« War es denn so schwer, diese Burschen davon zu überzeugen, dass Frauen heutzutage auf eigenen Füßen standen!

Gwyltha nahm ihre Hände und hielt sie umklammert. »Mit der Zeit werden Sie es verstehen, dass Sie die Seine sind. Das wird immer so sein.«

Begleitet von einem heftigen Rauschen, wie Wind, der durch eine offene Tür fährt, hoben sie ab. Der Sog war so groß, dass Dixies Rock um ihre Beine flatterte, während sie beobachtete, wie sie in den nächtlichen Himmel entschwanden.

Justin erwartete sie bereits an der offenen Tür, die Augenbrauen zusammengezogen und mit verbissenen Kiefern. »Sie sind weg?«, raunzte er. Dunkle Augen starrten in den Nachthimmel. »Ich liebe sie, Dixie, und früher hat auch sie mich geliebt. Deshalb hat sie mich verwandelt, nachdem der Pfeil mir das Licht ausgepustet hatte. Ich wollte, dass sie ganz mein wird, wollte ihre Seele besitzen. Aber sie hat mich verlassen.«

»Gut möglich, dass sie sich eingeengt fühlte. Die meisten Frauen werden ganz kribbelig bei zu viel Eifersucht und Besitzdenken.« Hatte er ihr überhaupt zugehört? Ohne ein weiteres Wort düste er ab in den Nachthimmel. Zum Glück flog er ostwärts, denn wenn er die beiden anderen träfe, käme es womöglich noch zu einem heftigen Gewittersturm.

Als sie wieder zurück ins Haus kam, hörte sie ein Sausen vom Hintereingang her. Noch ein Abflug. Nur noch Tom und Toby saßen bei Christopher und Antonia, der zweiten Frau auf der Gästeliste. Sie war ebenso klein wie Gwyltha, aber hübscher, und während Gwyltha mit ihrer machtvollen Aura beeindruckte, blitzten aus Antonias Augen Intelligenz und Neugier hervor. Dixie wünschte sich, sie hätte mehr Zeit gehabt, um sie besser kennenzulernen. Vielleicht ein andermal. Zum Lunch konnte sie sie schlecht einladen.

Sie standen in der offenen Tür. Antonia winkte. »Nochmals willkommen, Dixie. Hoffentlich sehen wir uns bald wieder!«, rief sie und schoss in den Nachthimmel. Toby und Tom folgten ihr mit einem Nicken.

»Das würde ich auch gerne können«, sagte Dixie, indem sie ihnen nachsah.

»Du wirst es lernen.« Christopher trat von hinten an sie heran. »Später. Es erfordert erhebliche Kraftreserven.«

»Und die Kraft erhält man durch Saugen?«, fragte sie nachdenklich. »Warum habe ich eigentlich noch nie gesaugt, und was passiert, wenn ich weiterhin darauf verzichte?«

»Dieser Vlad!«, zischte er hervor. »Justin musste ihn ja unbedingt einladen. Was hat er denn gesagt?«

»Eigentlich gar nichts, ich glaube, es war eher Gwyltha. Christopher, du hast mir nicht die volle Wahrheit gesagt.«

»Wir hatten gerade einmal vier Nächte, kaum Zeit genug, um alles zu besprechen.« Das war wohl richtig, aber die Frage der Nahrungsaufnahme war immerhin ein zentraler Punkt.

Er schloss die Tür, ging zum Vordereingang, um auch den abzuschließen, und begann dann, sämtliche Fenster zuzumachen.

»Christopher, ich will mit dir reden.«

Er unterbrach sein Tun, jedoch ohne sich umzudrehen. »Hat das nicht Zeit, bis wir oben sind?«

Nein, denn lägen sie erst einmal im Bett, wäre jede Chance auf ein vernünftiges Gespräch vertan. »Ich will Klarheit. Jetzt und sofort.«

17

Christopher drehte sich um, sein Auge war auf eine Art und Weise verdunkelt, die sie beunruhigte. »Was willst du wissen? Schieß los.«

Sie ballte die Hände unbewusst zur Faust, öffnete sie dann wieder und schaute dann direkt in sein verunsichertes Auge. »Ich will wissen, was es mit der Nahrungsaufnahme, dem Saugen, genau auf sich hat.«

Seine Schultern entspannten sich. »Wenn das alles ist.« Er lächelte.

Dixie verkniff sich einen Schrei. Er verstand sie anscheinend überhaupt nicht. »Es ist das Erste, was ich wissen will.«

Zwischen seinen Augenbrauen zeigte sich eine tief gefurchte Sorgenfalte. »Das Erste also?« Er fuhr sich mit der Hand durch die Haare und schüttelte dann den Kopf, wie um sich Klarheit zu verschaffen. »Wenn du unbedingt damit anfangen willst …« Wollte sie. »Du weißt, wie wir uns ernähren – es stimmt, was in den Büchern steht. Wir trinken Blut – hauptsächlich Menschenblut, aber auch das anderer Säugetiere, und im Notfall, wie du richtig vermutet hast, begnügen wir uns mit allen Tierarten. Frisches Blut gibt am meisten Kraft, und viele von uns ziehen auch den Geschmack vor.«

Sie unterdrückte einen Schauder. Da musste es doch andere Möglichkeiten geben.

»Manche Vampire haben ein Problem mit der natürlichen Form der Nahrungsaufnahme. Sie halten sich an Tiere oder verwenden ausschließlich Blutbeutel, wiederum andere arbeiten aus Bequemlichkeit ab und zu damit.« Er sah sie mit sorgenvoll gerunzelter Stirn an. »Du hast gesehen, was ich in der Küche aufbewahre.« Das hatte sie. Noch jetzt graute ihr bei dem Gedanken an die dunklen wabbeligen Päckchen, und das teigige Gefühl beim Anfassen war zum Kotzen. »Ich habe meine Vorräte aufgestockt, damit ich dich nicht verlassen muss. Denn wie auch immer, wir brauchen nun einmal Blut, und zwar regelmäßig. Ein- oder zweimal die Woche. Wenn wir nicht trinken, schwächeln wir.«

»Um am Ende zu sterben?«

»Nicht so schnell. Ein Vollblutvampir kann mehrere Jahre lang hungern, aber wir verlieren dabei an Kraft, werden langsamer, entwickeln eine gesteigerte Lichtempfindlichkeit. Am Ende schwindet auch die Fähigkeit zu fliegen und zur Transmogrifikation.«

»Genau. Transmogrifikation. Was ist das eigentlich?«

»Ein Gestaltwandel. Wir verwandeln uns in Fledermäuse und andere Tiere, wie sie auch in Horrorgeschichten vorkommen.«

In Wirklichkeit fand dieses Gespräch überhaupt *nicht* statt. Sie hatte auch *nicht* den Abend in der Gesellschaft von lauter Vampiren zugebracht. Jede Minute würde sie aufwachen und feststellen, dass sie in ihrem Messingbett lag, den Blick auf die feinen Haarrisse im Plafond und auf das verblichene Veilchenmuster der Tapete gerichtet, das Zimmer erfüllt von hellem Sonnenlicht, das sich im Spiegel ihrer Frisierkommode brach. *Aber sie war doch ein Vampir und würde nie wieder ihr Spiegelbild sehen.* Sie unterdrückte das aufsteigende Würgen. Ihre Schultern bebten, und ihr Magen krampfte sich zusammen, während sie gegen Übelkeit und Schwindel gleichzeitig ankämpfte.

»Dixie!« Christophers Stimme war kaum zu hören, klang wie weit entfernt oder durch Nebel gedämpft. Allein seine Umarmung spendete Trost in diesem Alptraum. »Es ist alles gut«, flüsterte er ihr ins Haar. Gut war alles, solange er sie festhielt, aber sie konnte nicht den Rest der Ewigkeit in seinen Armen verbringen.

Mit einem Arm hielt er sie weiter umfangen, sodass sie sicher und geborgen an seiner Brust ruhte. »Lass dich davon nicht ins Bockshorn jagen«, flüsterte er in ihr Haar. Sie schaute hinauf in das braune Auge, das so mild war und besorgt … um sie. »Du musst dir keine Gedanken darüber machen. Noch nicht.«

Noch nicht. Hatte er nicht gesagt, Vampire könnten, wenn es sein musste, jahrelang hungern? Sie presste sich an ihn, wünschte sich nichts sehnlicher, als nur ein bisschen, einen kleinen Teil seiner Kraft abzubekommen. Da spürte sie, wie seine Stärke auf sie überging, spürte genau, dass hinter der Wärme und dem Mut, die in sie einströmten, sein Wille stand. Sie spürte die Liebe in den Fingern, die durch ihr Haar strichen und es streichelten. Die Glut seines Körpers presste sich gegen sie. Aber es waren noch nicht alle ihre Fragen beantwortet. Noch nicht.

Ein Schritt zurück und sie spürte seine Umarmung trotzdem weiter. Fest. Sie liebte Kit Marlowe und war bereit für die Ewigkeit. Selbst wenn sie irgendwann einmal Blut trinken müsste. Aber darüber würde sie sich später Gedanken machen. Viel später. »Du hast doch gesagt, Vampire, also wir, können jahrelang hungern, stimmt's?«

»Ja, aber nur Vollblutvampire.«

Sie verstand nicht genau, was damit gemeint war, ahnte aber, dass es nichts Gutes verhieß. »Ich bin kein Vollblutvampir?«

»Du bist ein Frischling, Liebes.«

Wieder dieser Ausdruck. Sie hatte ihn in den letzten Tagen oft genug gehört und hatte immer geglaubt, er sei scherzhaft gemeint. »Und was heißt das?« Wollte sie es wirklich wissen? Unbedingt.

Er zögerte. »Ein Frischling ist einem Säugling vergleichbar. Und was versteht man unter einem Säugling normalerweise?«

»Ein Menschenjunges, das seine Nahrung über die Mutterbrust oder aus der Flasche bekommt.« Sollte sie am Ende bei ihm trinken müssen?

»Um Himmels willen, Dixie, nein.« Er schaute noch entsetzter drein, als sie sich fühlte. Das war immerhin ein Fortschritt. »Wir füttern einander nicht gegenseitig.«

Also noch einmal von vorne. »Du sagst also, ich muss Nahrung zu mir nehmen, ein Vollblutvampir dagegen nicht unbedingt.« Er nickte. »Und warum habe ich dann noch nicht getrunken?«

»Du hast sehr wohl getrunken, nämlich bei deiner Verwandlung. Zuvor habe ich dich so gut wie vollkommen ausgesaugt und dich dann, mit einer Mischung aus deinem und meinem Blut, wieder aufgefüllt. Ich habe dir sogar extra viel verabreicht. Um selbst wieder zu Kräften zu kommen, habe ich mir diesen Vorrat im Kühlschrank angelegt. Wenn wir trinken, nehmen wir in der Regel einen guten halben Liter zu uns; das entspricht der Menge, die ein Blutspender abgibt, und es kommt niemand dabei zu Schaden. Du hast bei deiner Verwandlung so viel getrunken, dass es fürs Erste reicht.«

»Für wie lange denn?«

»Zwei bis drei Wochen, je nachdem, wie sparsam oder verschwenderisch du mit deinen Kräften umgehst.«

Sie wand sich aus seiner Umarmung und ging zur Tür. Die kühle Nachtluft auf ihrem Gesicht konnte ihre aufsteigende Panik nicht verhindern. Sie musste trinken. Über kurz oder lang musste sie sich dieser Tatsache stellen. Vielleicht noch fünf oder auch sechs Tage. Spätestens nach zwei Wochen jedoch würde sie Blut saugen müssen. Allein bei dem Gedanken sträubte sich alles in ihr. Wirklich? »Was passiert, wenn ich drei Wochen lang nichts zu mir nehme?«

»Dasselbe, was mit jedem anderen Vampirsäugling passieren würde.« Sie wartete schweigend ab, wusste, dass er ihr die volle Wahrheit sagen würde, so sehr er auch darauf bedacht war, sie zu schonen. »Nach etwa zweieinhalb bis drei Wochen wirst du schwächer, verlierst deine Spezialsinne und die Vampirgeschwindigkeit und fällst schließlich in eine Art Tiefschlaf, der zuweilen als drogeninduziertes Koma fehlgedeutet wird. Nach rund weiteren vierundzwanzig Stunden kehrt der Frischling in seinen früheren Zustand zurück, wobei jegliche Erinnerung an die kurzfristige Verwandlung erlischt.«

»Verstehe.« Mit erschreckender Klarheit wurde ihr eines bewusst: Sie würde tot sein.

»Viele Kolonien verwandeln auch lebende Sterbliche. Wir tun das nicht. Diese Möglichkeit kommt also leider nicht in Betracht.«

Von draußen drang der Duft von Nachtlevkojen herein, in den sich zusätzlich etwas Geißblatt von jenseits der Steinmauer mischte. Abseits auf der Heide regten sich nachtaktive Tiere, und von der noch weiter entfernt liegenden Hauptstraße in Richtung York drangen Verkehrsgeräusche herüber. Wenn sie sich genug konzentrierte, könnte sie vielleicht sogar das Rauschen der Brandung in Whitby hören. Sie seufzte, als sie an die Kräfte dachte, die sie entwickeln könnte, wenn ... ja, wenn. »Es gibt immer eine Lösung«, sagte sie langsam vor sich hin.

Drinnen in der Küche war es stiller als draußen. »Wenn ich dich begraben müsste, Dixie, würde ich mein Herz gleich mitbegraben.«

Wie konnte sie an diese Möglichkeit nur denken? Schluchzend ging sie auf ihn zu, um in seinen starken Armen die Entscheidung zu vergessen, vor der sie sich so sehr fürchtete.

»Mach dich nicht verrückt«, sagte er, indem er mit der Hand über ihren Kopf streichelte. »Es ist lange nicht so schlimm, wie du es dir vorstellst. Glaub's mir. Wenn es so weit ist, bin ich bei dir und erkläre dir genau, was zu tun ist.«

Darüber wollte sie sich noch keine Gedanken machen, jedenfalls nicht jetzt. »Ich habe Justin ausdrücklich gesagt, dass es noch viel zu früh ist, dich den anderen vorzustellen. Aber er wollte ja nicht hören.«

»Lass nur. Auf diese Weise habe ich wenigstens mehr Zeit, mich auf die Entscheidung vorzubereiten.«

»Komm, wir gehen ins Bett, um deine Angst wegzulieben ...« Dazu war sie nicht imstande, nicht in ihrer derzeitigen Verfassung. »Später. Ich will noch einen Spaziergang über die Heide machen.«

»Sollen wir zum Boggles' Roost laufen?«

»Gehen, nicht laufen. Ich will mich an die Zeiten erinnern, als ich noch sterblich war.«

»Die sind für immer dahin.«

»Ich weiß.« Ihr schnürte es die Kehle zusammen. »Aber erinnern will ich mich trotzdem.«

Sie waren stundenlang unterwegs. Dixie verlor sich in der Dunkelheit und im Grübeln über die anstehende Entscheidung, aber irgendwann bestand Christopher darauf, umzukehren. »Es beginnt bald zu dämmern«, sagte er, als sie auf dem Hügel standen und zwei Siebenschläfern bei der Paarung zuschauten. »Höchste Zeit, sich auf den Rückweg zu machen.«

»Wer ist schneller?«

Sie rasten in einem Wahnsinnstempo dahin, übersprangen Mauern und Bachläufe, immer querfeldein. Schließlich erreichten sie gleichzeitig den Hintereingang. »Du hättest gewinnen können«, sagte sie, indem sie gemeinsam die Schwelle überschritten.

»Es gefällt dir nicht, Zweite zu sein, und wenn ich dich hätte gewinnen lassen, wär's dir auch nicht recht. Gleich stark zu sein, schien am besten.« Wenn sie es doch nur wären! »Vor uns liegt die Ewigkeit, Dixie. Eines Tages bist du ebenso stark und schnell wie ich.«

Aber war sie auch bereit, den Preis der Ewigkeit zu akzeptieren? Sie wollte es nicht wissen. Noch nicht. Sie nahm seine Hand und führte ihn nach oben ins Schlafzimmer. Sie liebten sich mit viel Hingabe, bis sie von der Dämmerung überrascht wurden und Dixie, in seine Arme gekuschelt, in einen tiefen Schlaf sank.

Als sie am Abend erwachte, goss es in Strömen; der Regen

prasselte auf das Dach und rann in Sturzbächen über die Scheiben. Wahrlich keine Nacht für Spaziergänge über die Heide. Sie verstand jetzt auch, warum früher die Mauern gleich meterdick sein mussten.

Im Natursteinkamin im alten Salon prasselte ein gemütliches Feuer. »Setz dich zu mir«, sagte Christopher. Die zerknautschten Kissen auf dem Sofa und ein aufgeschlagenes Buch zeigten ihr, wie er den Nachmittag verbracht hatte.

»Ein toller Abend, um zu lesen, ins Feuer zu schauen und Kakao mit vielen Marshmallows zu schlürfen«, sagte sie. Nur dass sie für den Kakao und die Marshmallows gar keine Verwendung hatte.

»Ich könnte mir heiße Kastanien gut vorstellen.« Er erhob sich aus der Horizontalen und klapste auf den freien Platz neben sich. »Setz dich zu mir. Wir stellen uns dann gemeinsam vor, wie heiße Kastanien und Kakao mit Marshmallows duften und schmecken. Ich weiß nur, wie Schokolade riecht, habe aber nie welche probiert. Wie schmeckt denn so was?«

Er wusste nicht, wie Schokolade schmeckt? »Da hast du was versäumt. Ich liebe Schokolade. Oder zumindest früher mal.« Ihr kam zu Bewusstsein, dass sie nie wieder welche essen würde. »Hast du wirklich nie auch nur ein Stückchen probiert?«

Er schüttelte den Kopf. »In London kennt man Schokolade erst seit Ende der 1650er-Jahre. Zu dieser Zeit war ich schon fast sechzig Jahre lang Vampir.«

Dixie nahm neben ihm Platz und stellte sich vor, dass sie einen Mann aus der Vor-Schokoladen-Ära liebte. Das stimmte sie nachdenklich. Überhaupt war Nachdenklichkeit die vorherrschende Gemütslage dieser Tage.

»Was liest du denn gern?« Auswahl hatte sie genug. Sämtliche Räume waren voll mit Büchern, aber sie hatte sich bereits entschieden. Sie ging nach oben, um die letzten Tagebücher ihrer Tanten zu holen, und nahm dann in Erwartung eines langen Leseabends wieder neben Christopher Platz.

Sie war schon nach wenigen Stunden fertig – Vampire konnten schnell lesen –, was sie fast ein wenig bedauerte. Sie fand, dass ihre Großtanten wirklich keine angenehmen Vorfahren waren – ihr Metier waren Erpressereien, Betrug und Wucher –, aber ein Ende, wie es ihre Tagebücher vermuten ließen, hatten sie auch nicht verdient.

Was konnte sie tun? Eine ganze Menge, wenn man bedachte, dass sie schnell war wie ein Kleinwagen, und, na ja, Geschosse prallten zwar nicht von ihr ab, waren aber auch nicht tödlich. Sie blendete ihre Gedanken sorgfältig aus, steckte ihre Nase wieder in das Buch und dachte nach. Alle Fäden liefen auf Sebastian zu. Sie würde ihm seine Missetaten heimzahlen. Das war sie Christopher, Stanley, Vernon und ihren Tanten schuldig – und allen, die er möglicherweise sonst noch auf dem Gewissen hatte.

Sicher, am Ende würde sie ihm vielleicht auch noch zum Opfer fallen, aber was hatte sie schon zu verlieren. Ihre Tage waren ohnehin gezählt, es sei denn, sie fände plötzlich Gefallen an dem Gedanken, sich auf ewige Zeiten von Plasma-Snacks zu ernähren. Denn ihren eingefleischten Widerwillen zu saugen würde Christopher ihr niemals ausreden können. Somit schien nichts passender und naheliegender, als diese Rechnung vor ihrem endgültigen Ende noch zu begleichen. Sebastian mochte sie ruhig für tot halten. Sie würde ihn eines Besseren belehren.

»Einen Penny dafür.« Sie sah Christopher erschrocken an.

»Deine Gedanken, einen Penny für sie.« Mit so einem Lächeln könnte er ihre Seele ausspionieren. Sie verrammelte ihre Gedanken.

»Ich muss allein sein, Christopher. Ich brauche Zeit für mich.« Sie ignorierte sein schockiertes Gesicht. »Ich gehe zurück nach Orchard House. Für eine Zeitlang.«

Er sah aus wie ein Ertrinkender ohne Rettungsweste. »Du willst mich verlassen?«

Der Schmerz in seinen Augen riss ihr beinah das Herz aus

dem Leibe. Wie gerne hätte sie jetzt richtig tief durchgeatmet. »Letzte Nacht wäre ich fast wahnsinnig geworden. Zu erfahren, dass man zwei Wochen Zeit hat, um sich entweder für die Unsterblichkeit zu entscheiden oder für das Ende, ist ... ein dicker Brocken. Ich brauche ein paar Tage, um mir Klarheit zu verschaffen.«

Er lächelte erleichtert. »Zwei oder drei Tage?«

Sie fühlte sich wie der letzte Abschaum, weil sie ihn angelogen hatte. Nun ja, eine Lüge war es nicht. Sie hatte ja eigentlich die Wahrheit gesagt, nur nicht die ganze. »In etwa.« So lange dürfte es gar nicht dauern. »Kann ich von York aus den Nachtzug nehmen?«

»Das funktioniert nicht. Du würdest im Morgengrauen in London festsitzen. Ich fahr dich hin.«

Nein, auf gar keinen Fall! Sie wollte ihn dort nicht bei sich haben. »Denk an die Polizei.«

»Wir fahren nachts, und ich setz dich ein paar Meilen vorher ab. Das letzte Stück kannst du ja laufen. Achte aber darauf, dass du mindestens eine Stunde vor Tagesanbruch sicher im Haus bist.« Er fuhr sich mit der Hand durch das dunkle Haar. »Ich steige in der Zwischenzeit bei Tom ab. Schick mir eine Gedankenbotschaft, wenn du mich brauchst. Ich bin da.«

Er hatte ihr alles brav geglaubt und auch noch Hilfe angeboten. Sie fühlte sich elend. »Ich will nicht, dass du meinetwegen in Gefahr gerätst.«

»Notfalls sind wir immer noch schneller als die Polizei.« Er schaute auf die Uhr. »Heute Nacht ist es schon zu spät. Wenn wir in einen Stau geraten, schaffen wir es nie bis zum Sonnenaufgang. Zwar könntest du die Zeit auf einer Bodenmatte im Kofferraum überbrücken, aber hier oben ist es doch besser.«

Es war besser oben. Aber das Sofa verfehlte nur knapp den zweiten Platz. Ausprobiert hatten sie beides. Zuerst liebten sie sich hingebungsvoll-zärtlich auf dem Sofa, dann folgte eine von wilder Leidenschaft befeuerte Umarmung oben im Bett, die sie zwar befriedigt, aber auch gequält von Gewissensbissen zurückließ. Am Abend darauf fühlte sie sich noch schlechter.

»Da wären wir.« Nördlich von Leatherhead hielt er an einer Ausfahrt der M24. »Dein erstes Ziel ist der Bahnhof, von dort geht es dann über die Randalls Road stadtauswärts und weiter schnurgerade querfeldein. Du näherst dich Bringham vom Westen her, über die Allmende.«

»Da spricht jemand, der sich auskennt.«

»Ich kenne die Strecke, ja.« Er grinste. »Nur dass es früher noch keine Eisenbahn gab.«

Darüber nachzudenken, hatte sie jetzt keine Zeit. Sie musste sich beeilen. »Danke für die Fahrt, und sei bitte vorsichtig.« Was würde sie bloß machen, wenn die Polizei ihn schnappte.

»Mach dir um mich keine Sorgen. Aber beeil du dich jetzt. Ich will dich in Sicherheit wissen, zu Hause, vor Sonnenaufgang.«

»Das schaff ich leicht.« Sie küsste ihn noch und stieg dann aus. Sogar zu dieser Stunde herrschte in beiden Richtungen reger Verkehr. Aus der Hocke heraus nahm sie in einem Satz alle sechs Spuren gleichzeitig und rannte sofort los.

Christopher sah ihr bis zuletzt nach, fuhr dann durch die menschenleere Stadt und weiter in Richtung Guildford. Dixie dürfte in einer Viertelstunde zu Hause sein. Er selbst brauchte eine halbe Stunde. Das Auto parkte er auf der Zigeunerlichtung der Allmende, versteckt im üppigen Grün des Sommers. Ein paar Tage, so hoffte er, könnte er dort unbemerkt stehen bleiben und es notfalls auch verlassen. Er kannte noch andere Verstecke.

»Dixie, ich muss Sie unbedingt sprechen. Es geht um Sie und Stanley. Ich weiß, wer Sie umbringen wollte, letztlich aber meinen Stanley erwischt hat. Rufen Sie mich an. Ich bin noch bei Monica.« Idas zittrige Stimme tönte blechern aus dem Anrufbeantworter. Wie lange war diese Nachricht schon drauf?

Dixie war gekommen, um Rache zu nehmen und um über ihre Zukunft nachzudenken – wenn sie denn überhaupt eine haben wollte zu diesem Preis. Was die Rache betraf, könnte sie sich Idas verzweifelten Appell zunutze machen. Ida könnte ihr helfen; für ein wenig selbst geschaffene Gerechtigkeit würde sie auf ihren Seelenfrieden gerne verzichten. Jetzt war es für einen Besuch zu spät, aber gleich nach Sonnenuntergang wollte sie bei ihr vorbeischauen.

Monica, Stanleys Witwe, hielt die Tür weit geöffnet und begrüßte Dixie knapp mit einem verhaltenen Lächeln. War es nicht verboten, menschliche Behausungen zu betreten? Tatsächlich. Eine Kraft, so stark wie Stahl, hielt Dixie zurück. »Komm schon rein.« Die Blockade löste sich, und Dixie trat in den kleinen, mit Fahrrädern und Rollschuhen vollgestopften Flur. Zwischen den Sprossen des Treppengeländers klemmte ein Fußball, und aus einem der hinteren Räume drangen Fernsehgeräusche und Bubenstimmen.

Ida saß neben dem leeren Kamin, ein Wollknäuel und graues Strickzeug auf dem Schoß. In der Ecke lief ein Fernseher und verbreitete ein unheimlich flackerndes Leuchten. Ida wirkte um Jahre gealtert.

»Sie haben mir eine Nachricht auf Band gesprochen, Ida.«

»Schon vor ein paar Tagen. Dann hieß es, Sie seien plötzlich nach Hause gefahren, ohne sich zu verabschieden. Was ist eigentlich los?«

»Ich hatte geplant, nach Hause zu fahren, aber dann kam etwas dazwischen, und auch jetzt bin ich nur kurz in Bringham. Sie wollten mich unbedingt sprechen?«

Ida nickte und starrte vor sich hin. Ein Werbespot für Zahnpasta donnerte durch die Stille, und Dixie nahm einen seltsam süßlichen Geruch wahr. Ein Blütenpotpourri?

»Wie wär's, wenn ich uns eine Tasse Tee mache?«, schlug Monica vor. »In der Zwischenzeit könnt ihr beide euch auf die Terrasse setzen und ein wenig plaudern.«

Ein Gespräch ja, aber bloß keinen Tee. »Für mich bitte nicht.«

»Ich will schon was trinken, aber bei dem Lärm hier kann ich mich nicht unterhalten. Wir gehen ins *Bell*«, sagte Ida mit fester Stimme, während sie etwas wackelig aufstand.

Sie gingen also ins *Bell*. Dixie passte sich Idas gemächlichem Tempo an. Nach der stickigen Atmosphäre im Haus der Collins' tat ihr die frische Abendluft besonders gut. Aber im *Bell* war es damit vorbei; derselbe süßliche Geruch erfüllte den Schankraum, nicht unangenehm, aber viel zu schwer. Ein neuer Raumerfrischer?

Dixie besorgte einen Gin Tonic für Ida, sie selbst nahm ein Glas Portwein. Gut, dass sie nicht im *Barley Mow* waren. Alf hätte das übliche Guinness für sie gezapft und sich dann über ihre veränderten Trinkgewohnheiten gewundert.

»Prost.« Ida hob ihr Glas.

»Warum haben Sie mich angerufen, Ida?«

Die alten Augen sahen sie direkt an. »Wie wär's mit einem Deal?«

Dixie passte ihr Denken menschlichem Normalmaß an. »Welche Art von Deal denn?«

»Informationen. Ich sage Ihnen, was ich weiß, und Sie versprechen mir Rache.«

»Geht's nicht eine Nummer kleiner? Gerechtigkeit?« Du lieber Himmel, sie klang wie Justin. Aber vielleicht war das auch ratsam.

»Ist mir eigentlich egal, Hauptsache er büßt für den Mord an Stanley. Er hat mir den Sohn geraubt und meine Enkel zu Waisen und Monica, mit achtundzwanzig, zur Witwe gemacht. Dafür soll er bestraft werden, hart und grausam.«

»Wer denn?«

»Sebastian Caughleigh.«

Dixie hatte noch ein ganzes Dutzend Fragen. »Haben Sie Beweise?«

»Wozu? Er hat Stanley ermordet, und Sie waren sein eigentliches Opfer.«

Ihr Verdacht hatte sich also bestätigt, aber warum sollte er ihr nach dem Leben trachten? Sicher, er war sauer, weil sie ihn abblitzen hatte lassen, aber deshalb bringt man doch niemanden um. »Sie glauben also, Sebastian hat die Bombe gelegt?« Es war schwer, sich Sebastian unter einem Auto liegend vorzustellen.

»Er hat dafür bezahlt.«

Das war schon eher denkbar. Und nachdem der Profi so kläglich gescheitert war, hatte er selbst die Ärmel hochgekrempelt. Aber sie wusste noch immer nicht warum. »Was hab ich denn an mir, dass er mich unbedingt töten will?« Langsam dämmerte ihr etwas. »Mein Geld? Hat es etwas mit meinem Erbe zu tun?«

»Nein, Geld ist es nicht.« Ida schüttelte den Kopf. »Es geht um Wissen. Für den Zirkel.«

»Für welchen Zirkel?« Wenn sie so weitermachten, würden sie die ganze Nacht hier sitzen. Warum auch nicht? Vor Tagesanbruch schlief sie sowieso nicht.

Ida zog sich hoch, bis sie kerzengerade dasaß, und atmete tief durch. »Ein sehr alter Zirkel, zu dem einmal berühmte Kräuterspezialisten zählten – zum Beispiel Ihre Tanten. Wenn wir nur dem alten Glauben nicht abgeschworen hätten ... « Sie schüttelte den Kopf, wie um Spinnweben und Reue abzuschütteln.

»Also ein Hexenzirkel?«

»Sie glauben wohl nicht an Hexen?«

»Doch, sehr wohl.« Bis vor zwei Wochen hatte sie nicht an Vampire geglaubt, was ihr heute auch schleierhaft war. »Ich verstehe bloß nicht, was die Bombe in meinem Auto mit meinen Tanten zu tun haben soll? Warum ausgerechnet ich?«

»Die reine Gier. Machtgier. Sebastian ist besessen davon.

Deshalb ist er dem Zirkel beigetreten. Um das Wissen Ihrer Tanten an sich zu reißen.« Sie unterbrach. »Und zwar das komplette Wissen.«

Das steckte also dahinter. Diese schauderhaften Aufzeichnungen. Würde Sebastian sie besitzen, hätte er für den Rest seines Lebens ausgesorgt. »Er wird es nie bekommen.«

»Genau deshalb will er Sie umbringen.« Kaum mehr als ein Flüstern, drangen Idas Worte zu ihr herüber. »Er will die Unterlagen haben, um jeden Preis, schon weil er Angst hat, Sie könnten das Material gegen ihn verwenden. Glauben Sie mir, er ist gefährlich, wenn nicht verrückt. Aus reiner Machtgier hat er Ihren Tanten das Leben schwer gemacht, aber sie sind lieber gestorben, als klein beizugeben. Dann sind Sie hier aufgetaucht.«

»Und kaum war ich da, was er nicht verhindern konnte, wollte er mich zur Abreise bewegen.«

Ida nickte. »Sie haben ihn zur Weißglut getrieben! Er ist nicht an Widerstand gewöhnt. Und Sie waren sogar erfolgreich.«

»War auch höchste Zeit, dass es mal wer versucht hat.«

Auf Idas Mund zeigte sich der Anflug eines Lächelns. »Schwarz geärgert hat er sich über Sie. Dass eine Frau, noch dazu eine Amerikanerin, den Mut hatte, ihm die Stirn zu bieten, war zu viel für ihn. Das konnte und wollte er nicht kapieren.«

»Schön zu wissen, dass ich etwas bewegt habe. Aber lassen Sie mich eines klarstellen, Sie sind also der festen Überzeugung, dass Sebastian hinter dem Bombenanschlag steht?«

»Ich weiß, dass es so ist. Emily hat es mir gesagt.«

»Und woher weiß die das?«

Ida trank ihren Gin aus; auf zwei schmelzenden Eiswürfeln lag eine zerbissene Zitronenscheibe. »Ich brauche noch einen.«

»Erzählen Sie mir alles über Emily, Sebastian und die Bombe, und Sie kriegen ’ne ganze Flasche.«

»Emily ist Sebastians Geliebte, schon seit Jahren, glaubt aber, dass es niemand weiß. Sie war immer voll und ganz auf seiner Seite. Aus irgendeinem Grund hat sich das geändert, denn sie wollte, dass ich mit dieser Information zur Polizei gehe. Ich habe ihr gesagt, dass man mich dort auslachen würde.«

»Und mich würde man nicht auslachen? Ohne Beweise ...«

»Hören Sie zu!« Idas knochige Hände griffen nach ihr, und sie erschrak fast, als sie die Wärme spürte. Fühlten sich so Sterbliche an? »Sebastian war hinter den Unterlagen Ihrer Tante her. Zuerst stellten Sie sich ihm in den Weg, dann begannen Sie, Marlowe zu erpressen. Zu dem Zeitpunkt fiel der Entschluss, Sie aus dem Weg zu räumen.«

»Wie kamen sie denn auf die irrige Idee, ich würde Christopher erpressen?«

Idas dunkle Augen verfinsterten sich. »Emily arbeitet auf der Bank und weiß von daher, dass Geld geflossen ist.«

Der Scheck für die Bücher! Und Sebastian hielt die Summe für Schweigegeld. »Praktisch, wenn man überall seine Informanten sitzen hat.«

Ida überging das. »Bei dem Anschlag wurden aber nicht Sie, sondern mein Stanley getötet. Nun hat Sebastian Emily berichtet, er hätte Sie in Yorkshire erwischt. Er hat ihr versichert, Sie seien endgültig tot.« Ihre alten Schultern sackten nach unten. »Sie glauben mir nicht.«

»Doch! Jedes Wort.«

»Werden Sie zur Polizei gehen?«

Wohl eher nicht. »Vielleicht. Aber eine Sache verstehe ich nicht: Warum hat Emily Ihnen das alles erzählt?«

»Emily hat Sebastian mit seiner Sekretärin in flagranti erwischt.«

Dixie musste unwillkürlich grinsen bei der Vorstellung, wie diese pingelige Valerie zerzaust auf Sebastians Teppich lag. Warum auch nicht? Was bedeutete schon, nach einem

Mord, ein bisschen Untreue? »Welche Rolle spielen meine Tanten in dieser Geschichte?«

»Sie gehörten ebenfalls dem Zirkel an und verfügten über uraltes Wissen. Mich haben sie ausgebildet. Aber nachdem Sebastian dem Zirkel beigetreten war, wollte er die schwarze Magie durchsetzen und darüber hinaus ihre Unterlagen allen Mitgliedern zur Verfügung stellen. Sie weigerten sich – aber sie waren alt …«

»Und leicht zu erschrecken und in den Tod zu jagen?«

Idas Augen verfinsterten sich. »Seien Sie sparsam mit Mitgefühl. Die Alten haben selbst einige Menschen auf dem Gewissen. Die arme Jennie Waite zum Beispiel ging ins Wasser, nachdem sie ihr gedroht hatten, ihrem Mann den wahren Vater ihres Kindes zu nennen, und unser alter Doktor Miles nahm sich mit Schlaftabletten das Leben, genau zwei Tage nach einer Tee-Einladung bei den Alten. Sie waren böse, abgrundtief böse.«

Dem hatte sie nichts entgegenzusetzen. »Nun können sie kein Unheil mehr anrichten, wie Sebastian auch – hoffe ich zumindest.«

Idas Gesicht erhellte sich hoffnungsvoll. »Sie gehen zur Polizei!«

»Ich nehme die Sache in die Hand.«

Bald. Nun brauchte sie frische Luft. In dem stickigen Pub hatte sie Kopfschmerzen bekommen, und ihr Zahnfleisch juckte.

Vielleicht war ja der Portwein keine so gute Idee gewesen. Ida klopfte an ihr leeres Glas, und Dixie kapierte sofort.

Sie kam mit einem weiteren Glas Gin zurück sowie einer ganzen, noch ungeöffneten Flasche. »Ich zahle meine Schulden.«

Ida starrte sie fassungslos an. »Was wird Monica sagen, wenn ich damit nach Hause komme?«

»Sagen Sie, die Flasche kommt von einer durchgeknallten Amerikanerin.«

James traute seinen Augen nicht. Er war doch nicht *so* betrunken. Zum Teufel, er konnte überhaupt nicht betrunken sein. Er hatte nur zwei Scotchs gehabt, und mehr bekam er in der Regel auch nicht. Aber egal, ob nüchtern, beschwipst oder sturzbesoffen, diese Gestalt mit dem kastanienfarbenen Haar würde er jederzeit wieder erkennen. Soweit also Sebastians Versicherung. Miss Dixie weilte nach wie vor unter uns.

Sein lieber Onkel behauptete, er hätte ihr das Licht ausgepustet. Da hatte er aber andere Neuigkeiten für ihn. Oder, vielleicht noch besser, eine Chance, ihn auf seinem ureigenen Feld zu schlagen. Zwar standen ihm in Surrey keine Klippen zur Verfügung, dafür gab es aber eine Menge einsame Gassen zwischen dem *Bell* und Orchard House. Er kippte seinen Whiskey und verließ die Bar, die Hand fest um das Messer in seiner Hosentasche geschlossen.

Sie hatte Begleitung gehabt, Ida Collins. Diese alte Schachtel! Er hätte ein Vermögen dafür gegeben, zu erfahren, worüber die beiden sich unterhalten hatten.

Dixie begleitete Ida noch bis ans Gartentor und machte sich dann, in der Geschwindigkeit Normalsterblicher, auf den Weg nach Bringham. Sie brauchte Zeit und Ruhe, um ihren nächsten Schritt zu planen.

Sie konnte nicht einfach bei Inspektor Jones aufkreuzen, um ihm zu sagen »eine alte Bekannte von mir glaubt« oder »Stanleys Mutter hat gesagt«. Was sie eigentlich anstrebte, war Sebastians Geständnis. Aber sie wollte ja stets das Unmögliche.

Auf dem Nachhauseweg an Weißdornhecken entlang dachte Dixie an die Nacht zurück, in der sie Christopher in ihrem Garten begegnet war. Jene Nacht, in der sie Licht in der Bibliothek gesehen und den Eindringling gestört hatten. Jene Nacht, in der er sie im Gebüsch umarmt und sie seinen Vampirgeruch wahrgenommen und für Aftershave gehalten hatte. Sie wollte ihn bei sich haben. Eng. Aber nicht jetzt. Nicht bevor sie im Reinen war mit sich selbst, ihrer Vergangenheit, der Ewigkeit und der Notwendigkeit, Blut zu trinken.

Sie war nach Bringham zurückgekehrt, um in aller Ruhe nachzudenken, und kam doch zu keinem Ergebnis. Sollte sie nicht doch Justins Rat folgen und die Dinge auf sich beruhen lassen? Nein. Sie wollte Christophers guten Ruf wiederherstellen, nur über ihre Vorgehensweise war sie sich nicht im Klaren. Die Düfte der Nacht strömten auf sie ein: Geißblatt, frische Erde und Kuhdung auf den Feldern. Dazu raschelte es beständig in den Hecken, von der Hauptstraße im Osten ertönte ein gedämpftes Brummen, und ab und an erschreckte sie der Ruf eines Nachtvogels.

Schritte hinter ihr.

Dixie schnellte herum und erkannte eine dunkle Gestalt, einen Mann, zehn Meter hinter ihr. Er erstarrte und blieb unvermittelt stehen, an seiner Hand blinkendes Mondlicht.

»Drecksstück!«, rief er und stürmte auf sie zu. In der Hand hielt er offenbar ein Messer. Die Klinge ging bereits auf sie nieder, als sie ihn an den Handgelenken packte, sie hochstemmte und so die Klinge von ihrem Gesicht ablenkte.

Dixie vernahm ein trockenes Knacken und einen lauten, durch die Nacht hallenden Schrei. Der Angreifer fiel nach hinten und knallte mit dem Kopf auf den Asphalt, dass es klirrte wie berstende Dachziegel. Dixie setzte sich rittlings auf ihn und spürte Angst und Wut in ihrer Kehle aufsteigen, als sie das Gesicht im Mondlicht erkannte. James! Also nicht Sebastian, sondern die nächstbeste Sache, wobei die Betonung natürlich auf Sache lag.

Er mochte vielleicht brüllen wie ein brünstiger Elefant, lag aber eher wie ein zerbrochener Hampelmann auf der dunklen Straße. »Du hast mir die Arme gebrochen! Das wirst du mir büßen!«

»Träum weiter, Jimbo!« Schweißperlen traten auf seine Stirn. Er grinste verächtlich oder vielleicht auch vor Schmerzen. »Das hast du dir anders vorgestellt, nicht wahr.«

Seine Augen, von purem Hass erhellt, blitzten fahl im Mondschein. »Freu dich nicht zu früh, Schlampe. Wir kriegen dich trotzdem!«

»Wer ist wir? Der Zirkel?«

»Mach dir darüber keine Gedanken.« Er sprach, als würde er Gift sprühen. »Dir wird das Lachen schon noch vergehen. Du wirst verrecken, so wie Marlowe, aber dich muss man nicht einmal anpflocken.«

Sie kochte vor Wut. »Du warst dabei?«

»Du hattest was mit ihm, oder? Dacht ich mir. Wir wollten dir einen Gefallen tun und haben ihn beseitigt. Er war eh kein englischer Gentleman, sondern ein widerlicher Blutsauger. Und so haben wir ihn in der Morgensonne geröstet.«

Hass trübte ihren Blick, und sie raste vor Wut angesichts dieses Spotts. Ihr tat der Mund weh. Ihr Zahnfleisch juckte wie verrückt. Sie öffnete den Mund, wie um Atem zu holen, es wurde jedoch ein Gähnen daraus, das die ganze Welt verschlucken konnte. Er schrie, immer wieder, als flehte er den Himmel um Hilfe an. Die Augen vor Schreck geweitet, wand er sich unter ihr, aber er lag fest im Zangengriff ihrer Beine.

Unbekannte Instinkte trieben sie an. Der Schreck in seinen Augen zog vorüber wie in einem Traum. Sein Blutdruck raste. Sein Herz klopfte laut, bis die Schläge als Echo durch die Nacht hallten. Er bockte, bäumte und wand sich weiter mit aller Kraft, um ihr zu entkommen, bis sie sich schließlich, ohne nachzudenken und wie von Sinnen, über ihn beugte und in seine Halsschlagader biss.

Sie trank, schlürfte genüsslich und saugte sich voll. Eine süße Wärme erfüllte ihren Mund, kitzelte ihre Geschmacksknospen und floss ihre Kehle hinunter. Sie labte sich an diesem lebendigen Geschmack, und ihre Zähne bissen sich mehr und mehr fest, ungeachtet dieses langsam verebbenden Wimmerns. Sie berauschte sich an seinem Lebenssaft, an dessen Geschmack, Duft und Wärme. Dabei verlor sie alles Zeitgefühl. Dauerte es eine Minute, oder vielleicht fünf oder eine

Stunde? Ihr Opfer hatte den Kampf längst aufgegeben und lag wie leblos unter ihr. Gesättigt und trunken von der Kraft und Fülle, die sie aufgesaugt hatte, ließ sie von ihm ab.

Und dann wurde ihr klar, welchen Geruch sie schon im Haus der Collins' und im Pub in der Nase gehabt hatte – den süßen und schweren, nicht unangenehmen, aber ungewöhnlichen und für sie neuen Geruch von Menschenblut.

Sie kniete auf irgendeiner Straße im Mondschein, unter ihr James Chadwick kraftlos auf dem Rücken liegend. Sie sprang hoch und sah sich um, ob nicht von irgendwoher ein Traktor oder eine Herde von Kühen käme. Aber da war nichts zu sehen. Noch nicht. Plötzlich erschrak sie. Wenn sie ihn nun getötet hatte? Sie bückte sich schnell und tastete nach seinem Puls. Er war vorhanden, schwach, aber immerhin. Sie lächelte. Die Strafe für seine Untaten würde er noch erleben.

Wenn er nicht vorher überfahren wurde.

Sie hob seinen schlaffen Körper mühelos hoch, als würde sie eine Einkaufstasche schultern, und sprang über die Hecke, um ihn auf der anderen Seite abzulegen. Er stöhnte, und sie bemerkte, nicht ohne Befriedigung, dass er in einem Kuhfladen gelandet war. Dreck war ja sein Metier.

Sie trat einen Schritt zurück und streckte die Arme nach oben.

Ein Sturm fegte durch sie hindurch. Sie spürte neue Energie, neue Kraft und neues Leben in sich einströmen wie einen gigantischen Adrenalinstoß. Nun könnte sie Berge erklimmen, über Hausdächer springen oder sich vom Turm von St. Michael's herabschwingen. Zunächst jedoch rannte sie nach Hause, indem sie über Tore sprang, Straßen in einem Satz überquerte und in Windeseile über Felder lief, bis sie Orchard House erreichte und durch die Haustür hineinschlüpfte. Ein flüchtiger Blick in den goldgerahmten Spiegel zeigte ihr nichts als die verblichene Streifentapete der Diele und die offene Wohnzimmertür im Hintergrund.

Jetzt war sie eine richtige Vampirin! Sie hatte die letzte Hürde genommen, vor der sie sich so gefürchtet hatte. Mit angezogenen Knien saß sie auf der untersten Treppenstufe, und dachte darüber nach, was Ida gesagt hatte, und wie sie es beweisen könnte. Und sie dachte an den unglaublichen Genuss, den sie beim Saugen empfunden hatte.

Würde sie es wieder wagen?

Ja! Ja! Ja!

Der Gedanke erschreckte und beglückte sie zugleich.

Nun kannte sie auch die Hintergründe dieses schrecklichen Verbrechens. Sie musste sich nur noch entscheiden, wie sie mit diesem Wissen umgehen würde. Sollte sie Sebastian mit der Wahrheit konfrontieren, oder James einschüchtern, bis er singen würde wie ein Kanarienvogel? Oder sollte sie darauf bestehen, dass Ida und Emily zur Polizei gingen?

In ihrem Kopf drehte sich alles. »Christopher, ich brauche deine Hilfe«, sagte sie, schloss die Augen und drückte ihre Stirn gegen die Knie.

»Hier bin ich, Liebes. Was kann ich für dich tun?«

Er stand beinahe direkt vor ihr und strahlte sie an, mit Augen, die wie die Sterne am Nachthimmel funkelten. Zum Glück war sie nicht schockiert und perplex vor seinen Füßen zusammengebrochen. Seinem Gesichtsausdruck zufolge hätte er das durchaus genossen. »Wo kommst du denn her?«

Er zog ein säuberlich gefaltetes Leinentaschentuch hervor. »Da. Für deinen Mund.«

»Was?« Ahnungsvoll benutzte sie das Taschentuch und erstarrte, als sie die blütenweiße Oberfläche mit Blut befleckt sah.

»Die Etikette gebietet es, dass man sich nach dem Saugen den Mund abwischt«, sagte er, faltete das Taschentuch wieder zusammen und setzte sich neben sie auf die Treppe. »Ganz abgesehen von der Gefahr, dass die Blutreste Sterbliche verunsichern könnten. Beim Anblick blutverschmierter Lippen und Fangzähne denken die doch gleich immer an

Holzpflöcke und Knoblauch.« Vampirwitzeleien. Okay. »Deine Hauer musst du auch einziehen.«

»Was?« Ein Test mittels Zunge ergab, dass ihre Eckzähne mindestens doppelt so lang waren wie normal. »Und wie mach ich das?«

»Du musst sie nur zurückdenken.«

Bereits der zweite Versuch war erfolgreich. »Ich bin nach wie vor fasziniert, was ich mit purer Geisteskraft bewirken kann.«

»Dreißig Jahre als Sterbliche gehen nicht spurlos an einem vorüber.«

Das konnte sie sich nicht gefallen lassen. »Bei dir waren es immerhin auch neunundzwanzig.«

Er ignorierte das, schob indessen eine Hand unter die ihre. Ihre Finger verschränkten sich ineinander. Sie spürte, wie sie ihn, schon nach einem Tag, vermisst hatte. »Ich dachte, du würdest zurückkommen, wenn du dich entscheidest, eine der Unseren zu werden. Wir hätten gemeinsam jagen können und ich hätte dir einiges gezeigt. Wir haben bestimmte Grundregeln.«

»Es ist einfach so passiert.«

Seine Schulter und der Arm verkrampften sich. Ein sorgenvoll verdunkeltes Auge sah sie an. »*Was* ist passiert?«

Mittlerweile lagen sie nebeneinander auf dem verschlissenen Teppich, und sie erzählte ihm, beginnend mit der Nachricht auf ihrem Anrufbeantworter, alles. Er hörte ihr schweigend zu, sodass Dixie sich fragte, ob sie wirklich alles falsch gemacht hatte, was man als Vampir nur falsch machen kann.

»Hast du ihn getötet?«, fragte er nach ihrem Bericht.

Sie schüttelte den Kopf. »Sein Puls ging noch.«

»Wenigstens überprüft hast du ihn.« Das tat weh. »Hast du die Erinnerung gelöscht?«

»Welche Erinnerung?«

Er sprach mit Bedacht, wie zu einem Kind oder einem Ausländer. »An dich und daran, dass du dich an ihm gütlich getan hast.« Ihre Antwort wartete er erst gar nicht ab. »Also nicht.«

»Wie sollte ich auch, wenn ich gar nichts davon wusste?«

Er hielt ihre Hand fester. »Deshalb hätten wir zusammen saugen sollen.« Er sah sehr besorgt aus. Was hatte sie sonst noch falsch gemacht? Das Vampirleben war für sie einfach zu neu und ungewohnt. »Wir müssen versuchen, ihn zu finden, ihn und alle, die dich sonst noch gesehen haben.«

»Also Ida, Monica und die Kinder. Und alle Gäste aus dem Bell.«

»Nur die, die dich erkannt haben. Über die meisten brauchen wir uns sowieso keine Sorgen machen.« Er drückte ihre Hand. »Es hilft nichts. Wir erledigen es gleich.«

»Aber du weißt doch! Wir müssen uns überlegen, was wir mit Sebastian machen.«

»Eins nach dem anderen. Oder willst du etwa, dass sich die Nachricht wie ein Lauffeuer im Dorf verbreitet, dass Dixie LePage zurück ist und Blut trinkt? Dafür gibt es hier zu viele, die an uns glauben. Also los.« Er stand auf und streckte ihr die Hand entgegen. Sie nahm die Einladung an.

* * *

»Du hast schon einen seltsamen Geschmack.« James lag unverändert da. »Ausgerechnet in so einen verdammten Kuhfladen!«

»Jedem das Seine.«

»Da stehen wir drüber, Dixie. Wir haben die Macht. Nimm ihm einfach die Erinnerung, und dann gehen wir wieder.« Toll! Wie nimmt man denn jemandem die Erinnerung? »Du musst dich nur konzentrieren.«

Dixie sah Kit verdutzt an. Würde sie sich je daran gewöhnen, dass er ihre Gedanken lesen konnte? »Warum machst du es denn nicht, wenn es so einfach geht?«

»Weil er zurzeit keine Erinnerung an mich hat, Liebes. Also

los. Berühr seine Stirn, konzentrier dich auf seine Gedanken, bis du den richtigen gefunden hast, und dann weg damit!«

Er klang so, als spräche er vom Gänseblümchen-Pflücken. »Nichts ist so leicht, wie es sich anhört.«

»Du musst nur aufhören, wie eine Sterbliche zu denken.«

Würde sie das jemals können? »Na dann«, flüsterte sie, indem sie sich mit aller Vorsicht neben James ins Gras kniete. Ihre Finger berührten seine Brauen. Hatte es mit dem Mondlicht zu tun, dass er aussah wie saure Milch?

»Konzentrier dich«, drängte Kit.

Sie tat's und hätte schreien können. Solche Gedanken waren für sie unvorstellbar. Feuer auf nackter Haut hätte nicht schlimmer brennen können als ein Sprung in den Gedankensumpf eines James Chadwick.

»Gemach«, flüsterte Christopher, »du gehst zu tief. Komm zurück an die Oberfläche der jüngsten Erinnerungen und lösch deine Spuren.«

Das genau machte sie und trat dann in geduckter Haltung, als würde sie einer Giftwolke ausweichen, zurück. Christopher legte den Arm um ihre Taille, denn sie hatte doch tatsächlich, sogar als Vampirin, zu zittern begonnen.

»Fertig?«, sagte er. Sie nickte, und im selben Moment rannten sie gemeinsam los, über die Hecke, die Straße und querfeldein bis zur Ecke hinter dem Haus der Collins'. »Alles in Ordnung?«, fragte er. »Das war krass!«, keuchte Dixie.

»Er ist nun mal ein richtiges Scheusal.« Kühle Lippen berührten sie an der Stelle, an der er ihre Haare aus der Stirn gestrichen hatte. »Nicht gerade ideal für das erste Mal, aber du hast es ja geschafft. Die hier«, er linste zu den dunklen, offenen Fenstern hinauf, »sind lange nicht so problematisch. Aber sei vorsichtig! Nimm nur deine jüngsten Erinnerungsspuren weg. Menschliche Gehirne kommen leicht durcheinander – besonders ältere. Nimm also nicht zu viel weg.«

»Du meinst, ich könnte einen Gehirnschaden verursachen?« Bei dem Gedanken erfasste sie das kalte Entsetzen.

»Nicht jeder Blackout ist die Folge von Alkohol oder Drogen.«

Das war nicht gerade ermutigend! Aber trotz, oder vielleicht auch wegen seiner Warnung, verlief alles glimpflich. Zwei Minuten im Zimmer der Buben, die, umgeben von Flugzeugmodellen und Manchester-United-Postern in einem Doppelbett schliefen, dann Monica, die das große vordere Schlafzimmer nun ganz für sich alleine hatte, und schließlich Ida auf einem Klappbett in Monicas Nähzimmer. Auf dem Treppenabsatz überkam sie der blanke Zorn. Die Killer, die das Leben dieser Familie ruiniert hatten, mussten auf jeden Fall dingfest gemacht werden. Dafür würde sie sorgen.

Draußen wartete Christopher, der liebe Christopher, ihr Christopher. Wie hatte sie sich ein Leben ohne ihn jemals vorstellen können? »Fertig?«

»Ja. Und jetzt ist Sebastian dran.« Sie war empört, verständlicherweise, und sann nun auf Rache.

»Später.«

»Nein, jetzt! Er allein ist der Schuldige. Er steckt hinter dem Bombenanschlag, und er trieb meine Tanten in den Tod. Er wollte dich ermorden – James prahlte damit –, und das bedeutet, er ist schuld am Tod Vernons. Dafür muss er büßen.«

»Was kannst du denn schon machen?«

Sein Ton war überaus geringschätzig. »Ich hatte vor, dich um Hilfe zu bitten. Wir können doch sein Bewusstsein manipulieren, richtig? So wie Justin es mit Inspektor Jones gemacht hat. Und du bist mit James an jenem ersten Abend im Pub ebenso verfahren. Zusätzlich arbeiten wir mit dem Mittel der Schocktaktik. Er hält uns beide für tot. Wenn wir ihn nun gemeinsam plötzlich in seinem Schlafzimmer überraschen, würde er, gelinde gesagt, Augen machen. Dann greifen wir auf seine Gedanken zu, zwingen ihn sozusagen, alles zu gestehen. Das wäre doch eine Möglichkeit, oder?«

Er sagte eine gute Minute lang überhaupt nichts. Was war

los? Hatte sie etwa falsch verstanden, was Justin gemacht hatte? »Hast du vielleicht Zweifel? Wenn ich nicht mächtig genug bin, seine Gedanken zu manipulieren, können wir immer noch Justin um Hilfe bitten.«

Er schüttelte den Kopf. »Dixie, das klingt alles schön und gut, aber dein Plan hat einen Haken.«

Nur einen? Der müsste doch zu beseitigen sein.

»Wie sollen wir denn deiner Meinung nach überhaupt in das Haus *hinein*kommen?«

»Was?« Sie erinnerte sich an ihren Besuch bei den Collins'. Hatte sie das Haus nicht erst betreten können, nachdem Monica sie ausdrücklich dazu eingeladen hatte?

»Du bist jetzt eine von uns, Liebes. Ohne explizite Einladung ist uns der Zutritt in menschliche Behausungen verwehrt, und glaubst du, Caughleigh würde auch nur einen von uns über seine Schwelle lassen?«

18

»Irgendwie muss es doch gehen.« Sie saßen am Fuß der geschwungenen Treppe und diskutierten das Thema von allen Seiten und wieder von vorne. So kurz vor dem Ziel war Dixie nicht bereit, aufzugeben. Sie hielt einen Pfosten der Treppe umklammert, als sie plötzlich ein trockenes Knacksen vernahm. In dem Moment war ihr eines klar: Mit so viel Kraft bedeutete eine Haustür für sie kein Hindernis.

Christopher nahm ihre Hände. »Warum bist du so erpicht auf Rache?«

»Ich will keine Rache, sondern Gerechtigkeit. Für Stanley, seine Familie, dich, Vernon – sogar für meine alten Tanten. Er soll einfach nicht ungeschoren davonkommen. Kann nicht Justin …«

»Kann was, verehrte Lady?« Justin stand direkt vor ihr. Das edle Schuhwerk passte hervorragend zu den pastellfarbenen Rosen im Teppichmuster.

»Ich bin mir sicher, dass ich mich daran gewöhnen werde. Eines Tages.«

»Du bist daran gewöhnt und gehörst jetzt zu uns. Wir können dich nicht mehr Frischling nennen.« Wie konnte er das nun schon wieder wissen? Und dazu diese Genugtuung in ihren Gesichtern! »Du strahlst es förmlich aus, Dixie. Das kann man nicht verbergen.«

Sie sah Christopher verwirrt an. »Was meint er denn?«

»Du hast erst vor kurzem gesaugt, und darum hat deine Haut einen besonderen Glanz. Dein Körper durchläuft jetzt die letzte Phase der Verwandlung. Du wirst zunehmend kräftiger und bekommst auch bald den typischen Vampirgeruch.«

Mit Körpergerüchen wollte sie sich im Moment nicht auseinandersetzen, weshalb sie lieber das Thema wechselte. »Wo ist denn der dritte Musketier?« Sie warf Christopher einen gekonnt wütenden Blick zu.

»Draußen.« Christopher zeigte mit dem Kopf zur Haustür. »Er kann ohne deine Einladung nicht rein. Sozusagen ein Naturgesetz in unseren Kreisen.«

Und eines, das ihre Pläne an den Rand des Scheiterns brachte. Vielleicht würde ja Tom etwas einfallen. »Lass ihn rein.«

Justin öffnete die Tür. Tom kam in die Diele und blickte in die Runde. »Ich habe Justin gewarnt, dass das keine gute Idee ist«, sagte er. »Die ganze Truppe ist vielleicht zu viel des Guten.«

»Egal. Jetzt, da du schon mal hier bist, kannst du dich auch nützlich machen.«

»Sie hat gesaugt«, sagte Tom zu Christopher. »Ich wusste gar nicht …«

»Sie hat ohne mein Beisein gesaugt.«

»Allein? Aber …«

»Nun hab dich nicht so«, fuhr sie ihn an, verzieh sich aber diesen Fauxpas im selben Moment. Schließlich hatte sie in den letzten Stunden einiges durchgemacht. »Wenn ihr euch schon so viel Sorgen um mich macht, könntet ihr mir ebenso gut auch helfen.«

»Sie hat sich Rache aufs Tapet geschrieben.«

»Nein, hab ich nicht, Christopher. Ich will nur …« Sie sah in das Dreigestirn skeptischer Gesichter. Die Schwierigkeiten gingen schon los, ehe sie überhaupt angefangen hatte. »Kommt in die Küche, und ich erkläre euch, was ich vorhabe.«

Sie setzten sich an den alten Kieferntisch und ließen sich von Dixie alles erzählen, und zwar von dem Moment an, als Sebastian ihren Einzug verhindern wollte, über ihre Entdeckung der geheimen Unterlagen bis zu den Tagebuchaufzeichnungen ihrer Tanten. »Er hat Vernon, den Kellner, auf dem Gewissen, aber sein eigentliches Opfer war Christopher. Er hat meine Tanten in den Tod gehetzt, um an ihre Papiere zu gelangen. Mich hat er sogar zweimal versucht umzubringen, was ihm beim zweiten Mal auch gelungen ist – von seiner Warte aus zumindest. Die Bombe, die mir zugedacht war, erwischte den armen Stanley, und als wäre das immer noch nicht genug, plante er auch noch, die Erpressereien meiner Tanten fortzuführen. Ganz zu schweigen von den schrecklichen Dingen, die er möglicherweise mit dem Zirkel vorhatte.«

»Wirklich zum Gruseln«, flüsterte Christopher.

Dem hatte sie nichts entgegenzusetzen. Aus ihrer Sicht war das Fass voll bis zum Überlaufen. »Mörder sollten nicht ohne Strafe davonkommen.«

»Uns ist an Rache nichts gelegen«, sagte Justin. »In der Regel warten wir den natürlichen Tod unserer Feinde ab.«

»Das weiß sie alles schon«, sagte Christopher. »Aber sie hört nicht darauf.«

»Ich hab euch sehr wohl verstanden und will mich auch nicht unbedingt rächen. Ich will lediglich, dass er sich der Polizei stellt und ein Geständnis ablegt. Alles Weitere ist dann Sache der Justiz.« Hier wurden sie plötzlich hellhörig. Sie verkniff sich ein Lächeln, denn die Sache war ernst. Todernst.

»Mach weiter«, sagte Justin.

Sie sah Tom an. Er nickte. Christopher lächelte, und sie fuhr fort. »Justin, an jenem Nachmittag auf der Polizeiwache hast du Inspektor Jones dahingehend manipuliert, mich entgegen seiner ursprünglichen Absicht ausreisen zu lassen.« Justin nickte. »Wenn ich Sebastian nun dazu bringe, seine Schuld einzugestehen, dann könnte einer von euch die Idee in seinem Kopf verankern, dass er zur Polizei geht und sich quasi selbst anzeigt.«

»Keine zehn Pferde würden ihn dazu bewegen.« Christopher schüttelte den Kopf.

»Und wenn ich ihn nun doch dazu bringen würde?« – »Wenn du das schaffst, könnten wir sein Bewusstsein in Richtung einer Selbstanzeige manipulieren«, sagte Christopher.

»Ich presse ihm das Schuldgeständnis ab. Ihr helft mir bei der Bewusstseinsmanipulation, und die Justiz übernimmt den Rest.«

Justin streckte die Finger. »Einfach so legt der kein Schuldeingeständnis ab.«

»Laut Ida ist er der festen Überzeugung, dass ich tot bin. Ich trete als mein eigener Geist auf, der Vergeltung fordert. So abergläubisch, wie der ist, nimmt er mir die Rolle sofort ab. Und Christopher könnte gleich mitmachen. Auftritt der zweite Geist.«

»Das war Will Shakespeares Trick. Ich hatte es nie so mit den Geistern.«

»Hör auf damit, Kit. Sie hat einen konkreten Plan«, sagte Tom.

»Aber der haut nicht hin. Du kannst dich nur nachts frei bewegen, und er wird dich nie in sein Haus lassen.«

»Er selber muss mich ja nicht reinlassen.«

»Dixie ...«, begann Christopher.

»Es muss nur jemanden geben, der mich einlässt. So wie Justin Tom hereingelassen hat.«

»Und wer soll dich«, Christopher sah auf die Uhr, »um ein Uhr morgens in Caughleighs Haus lassen?«

Sie grinste.

Auf den Trichter hatte sie Ida gebracht.

»Ganz einfach – Emily.«

»Wer ist Emily?«, fragten Tom und Justin im Chor.

Christopher kam ihr mit der Antwort zuvor. »Sie ist Caughleighs Gespielin. Aber die macht das nie im Leben, Dixie. Sie ist vernarrt in ihn.«

»Das war einmal. Sie hat Ida über die Bombe in meinem Auto aufgeklärt. Die Frauen wollen ihn beide hängen sehen und sind bereit, alles dafür zu tun. Zur Polizei gehen sie nicht, weil sie fürchten, mit hineingezogen zu werden. Emily ist die Lösung für unser Problem.«

»Und woher kommt dieser Sinneswandel? Sie hätte ihm doch jederzeit die Füße geküsst«, fragte Christopher.

»Sie hat Sebastian in flagranti erwischt, als er mein vermeintliches Ableben feierte – Miss Valerie Fortune vor sich auf dem Schreibtisch.«

»Eine verschmähte Frau«, flüsterte Tom.

»Nicht nur das.« Sie sollten ruhig alles erfahren; sie selbst würde bei der Gelegenheit erfahren, was man Vampiren so alles zumuten konnte. »Sie wusste, dass er fremdging – daran hatte sie sich gewöhnt. Das Schlimme in dem Fall war, dass Sebastian mit dem Kopf zwischen Valeries Beinen steckte, wo er doch ihr diesen Liebesbeweis immer versagt hatte.«

»Und das hat dir Ida erzählt?« Christopher war schockiert.

Tom wirkte ähnlich betreten. »Über solche Themen unterhalten sich Frauen?«

»Klar, Tom. Wenn wir nicht gerade die neuesten Strickmuster besprechen.«

»Genug jetzt.«

Justin hatte ihnen gegenüber einen Vorsprung von tausend Jahren.

»Du glaubst also, diese Emily lässt dich in sein Haus?«

»Soll ich es dir beweisen?« Dixie nahm das Telefon vom Dielentisch. »Emily, hier ist Dixie ... Ich weiß, es ist spät ... Bin ich nicht, sein Versuch ist misslungen ... Ich muss mit dir sprechen ... Ich bin sofort bei dir.«

»So einfach?« Christophers Augen strahlten vor Bewunderung.

»Zuerst also statte ich Emily einen Besuch ab, und zwar jetzt gleich, dann geht es bei Sebastian zu Hause weiter. Wenn ich ihm ein Geständnis abringen kann, unterstützt ihr mich bei der Bewusstseinsmanipulation, oder?«

»Dixie, bring du ihn dazu, zu gestehen, und ich trommle die ganze Kolonie zusammen.«

»Du genügst mir schon, Christopher.«

Sie musste los. Emily erwartete sie, und wenn sie Christopher weiter so anstrahlte, würde sie ihn im nächsten Moment nach oben zerren. Da fiel ihr ein, dass sie ja auch noch was brauchte von oben. Also los. Sie stopfte sich zwei Paar Strumpfhosen in die Jeanstaschen und tauschte ihr weißes T-Shirt gegen ein schwarzes.

»Kluge Frau«, sagte Tom, als sie wieder herunterkam. »Dieses weiße T-Shirt stach heraus wie ein Waffenstillstandsangebot.«

»Nichts da. Wir sind mitten im Krieg.«

»Sollen wir nicht mitkommen?«

»Nein, ihr wartet bitte hier. Wenn Emily euch drei zusammen sieht, fällt sie mir noch in Ohnmacht, vor allem, weil sie Christopher für tot hält. Mehr als eine Wiederauferstehung pro Abend kann man keiner Frau zumuten.«

Emily wirkte, als sie die Tür öffnete, in ihrem Schlafrock und dem bodenlangen Flanellnachthemd wie der Bilderbuch-Welt von Beatrix Potter entsprungen. »Er hat felsenfest behauptet, Sie sind tot.«

»Eine glatte Lüge.«

Emily machte die Tür hinter sich zu. »Er will Sie umbringen, weil er Schiss hat vor Ihnen.«

»Nicht ohne Grund. Ich werde nämlich stinksauer, wenn jemand Bomben in meinem Auto deponiert und mich von Klippen runterstürzen will.«

Emily ließ sich auf die Sitzbank in der Diele sinken. »Schrecklich, dass Stanley so grausam sterben musste. Die arme Ida. Er war doch ihr einziger Sohn. Ich habe ihr gesagt, wir müssen was unternehmen. Er darf auf keinen Fall ungeschoren davonkommen.«

»Wird er auch nicht.«

»Was wollen Sie denn tun?« Sie fummelte nervös an den

Bändern an ihrem Hals herum und starrte Dixie erwartungsvoll an.

»Je weniger Sie wissen, umso weniger Sorgen müssen Sie sich machen. Ich will da nur rein, ohne einzubrechen, und Sie können mir dabei helfen.«

»Aber wie nur?«, fragte sie jammernd. »Sebastian empfängt mich nie bei sich, sondern immer nur im Büro.«

Noch ein Grund, sich seiner anzunehmen. »Sie wollen doch Rache für Valerie, oder? Dann sehen Sie zu, dass ich da reinkomme. Erzählen Sie ihm irgendwas.«

»Aber was?«

»Sagen Sie ihm ...« Womit könnte man ihn todsicher aus der Reserve locken? »Sagen Sie ihm, Sie glaubten Christopher Marlowe heute Abend im Dorf gesehen zu haben.«

»Tsss.« Sie zischte abschätzig. »Das funktioniert nicht. Die Polizei ist zwar noch immer hinter ihm her, aber Sebastian weiß, dass er tot ist.«

»Ach wirklich?«

Emily sah auf ihre Hände. Ihr Zeigefinger spielte an einem Knopfloch herum. »Sie als moderne aufgeklärte Amerikanerin werden das vielleicht nicht glauben, aber Christopher war ein Ungeheuer, ein Vampir. Wir haben ihn zum Wohl des ganzen Dorfes vernichtet.«

Wenn sie Emily jetzt dafür erdrosselte, würde sie nie an Sebastian herankommen – außerdem war das längst kalter Kaffee.

»Sagen Sie ihm, Sie hätten mich gesehen. Nein, das könnte ihn vielleicht warnen. Sagen Sie, die Polizei hätte von Ihnen wissen wollen, wo er sich letzte Woche überall rumgetrieben hat.« Das würde ihm doch hübsch zu denken geben.

»Das wäre eine Möglichkeit, aber wenn, dann erst morgen. Jetzt wäre er über einen Anruf nicht sehr glücklich.«

Sollte er ruhig erst mal unglücklich sein. Später würde es ihm noch viel dreckiger gehen. »Vergessen Sie Valerie nicht, wie sie auf seinem Schreibtisch lag.«

»Es war ihr Schreibtisch«, zischte Emily und griff zum Hörer.

Emily verschwendete in der Bank ihr Talent. Sie hätte lieber Schauspielerin werden sollen. Sie klang durcheinander und erregt, aber Letzteres war vielleicht Wut. »Ich muss vorbeikommen ... Jetzt ... Nein, ich bleibe nicht über Nacht, selbst wenn du mich bitten würdest ... Ich will einfach wissen, wie ich mich verhalten soll, wenn die Polizei noch einmal aufkreuzt ... Ja, ich weiß, es ist schon nach Mitternacht. Den Kriminalern war das auch egal.« Nun war sie nicht mehr zu bremsen. Sie knallte den Hörer auf und schaute Dixie grinsend an. »War das gut genug?«

Gut genug für einen Oscar – oder einen Sebastian.

»Wir hätten sie nie gehen lassen dürfen. Warum hat sie denn keiner aufgehalten?« Christopher ging mit schweren Schritten auf und ab, sodass sich eine Spur im Teppich abzuzeichnen begann.

Justin unterbrach sein Anstarren der Marmoruhr auf dem Kaminsims. »Französisch, ein wunderschönes Stück. Hör auf, dir Sorgen zu machen, alter Freund. Zum einen wäre sie sowieso nicht aufzuhalten gewesen, und zum anderen ist sie stark genug, sich der Sache zu stellen. Soll sie sich ruhig die ersten Sporen verdienen.«

Dixie konnte auf Sporen verzichten, nur sicher sollte sie sein. »Warum zum Teufel konnte sie nicht einfach in Yorkshire bleiben und abwarten, bis Gras über die Sache gewachsen ist?« Weil das nicht ihrer Art entsprach. Weil diese Frau ihre eigenen Vorstellungen von Gerechtigkeit hatte und ihn dabei vor Sorgen in den Wahnsinn trieb.

»Du kannst sie nur halten, indem du sie ziehen lässt. Diese Frau hat das Temperament eines Rennpferds, Kit. Das kannst du mir glauben.« Er sprach aus Erfahrung. Gwyltha, Annette zurzeit des Englischen Bürgerkriegs, die Gouvernante 1815 in Brüssel, Justin hatte sie alle verloren.

Christopher erschauderte. Wenn er Dixie verlieren würde …

»Sie kommt gerade über den Dorfanger.« Tom stand auf und schaute zum Fenster hinaus. »In wenigen Minuten ist sie da.«

Es dauerte drei, und sie platzte herein, mit von der Nachtluft geröteten Wangen und vor Aufregung funkelnden Augen. »Alles startklar!« Sie hüpfte fast vor Freude. »Wir müssen uns beeilen. Sie glaubt, ich bin mit dem Auto unterwegs. Ich habe ihr gesagt, ich würde noch zehn Minuten warten. Sie macht den Hintereingang für mich auf.«

»Und dann?« Christopher wäre Justin mit dieser Frage gern zuvorgekommen.

»Dann sorge ich dafür, dass er gesteht, und rufe euch drei herein. Im Fall des Falles rufe ich zuerst nach Christopher. Diese Begegnung wäre sicher mehr als heilsam.«

»Eher trifft ihn gleich der Schlag. Denk dran, tote Vögel singen nicht.«

»Keine Angst, er wird es überleben.« Sie hielt inne, als kämen ihr plötzlich Zweifel. »Ihr werdet doch bei mir sein, oder?«

»Für immer, Liebes«, sagte Kit. Ohne anders zu können, küsste er sie mitten auf ihren Wahnsinnsmund.

Ihre Augen weiteten sich zu smaragdgrünen Himmelskörpern, und sie schluckte, als hätte sie einen schweren Kloß im Hals. Dabei sollte sie langsam nervös werden; ihr Geliebter war es ja auch, und wie, und sie wagte sich schließlich mutterseelenallein in die Höhle des Löwen. Er sollte sie nicht gehen lassen – oder vielleicht doch? Ja, Justin hatte recht. Es war eine Art Feuertaufe für sie. Wenn er sie liebte, müsste er einfach die Zähne zusammenbeißen und sie ziehen lassen. »Ich bin ganz nah bei dir. Geh du ruhig voraus. Wir folgen dir.«

* * *

Die Tür ging auf. »Bist du da, Dixie?« Emilys Herz raste und ihre Haut roch nach Angstschweiß. Warum auch nicht? Sie befand sich im Haus eines mehrfachen Mörders.

»Hier.«

»Komm schnell rein. Ich kann hier nicht die ganze Nacht stehen. Er glaubt, ich bin auf dem Klo.«

Mehr war nicht vonnöten. Eine simple Einladung und ein Schritt über die Schwelle. »Geh jetzt nach Hause, Emily. Lauf!«

Sie schüttelte den Kopf. »Nein. Ich will dabei sein, wenn er die Quittung kriegt.«

Und vor drei Sekunden hatte sie noch geglaubt, alles würde glattgehen. Sie packte Emily an der Schulter. »Geh jetzt, Emily.« Sie spürte, wie ihr Wille nachgab und ihr Widerstand dahinschmolz.

»Okay.«

So viel Macht war unheimlich. Als Emily durch die Tür ging, griff Dixie noch schnell auf ihr Bewusstsein zu und kassierte die Erinnerung an die letzte halbe Stunde. Eine benommene Emily stolperte den Pfad entlang. Die anderen würden notfalls darauf achten, dass sie sicher wegkäme.

Es dauerte einen Moment, bis sie sich zurechtfand. In der vorderen Diele waren drei verschlossene Türen. Wo hockte der Bursche? Sie überlegte kurz und wusste Bescheid. Hinter der nächsten Tür roch sie Menschenblut.

Er saß mit dem Rücken zur Tür zurückgelehnt auf seinem Schreibtischstuhl wie ein Kaiser auf einem Drehthron. »Wo bleibst du?« Er sah sich nicht einmal um. »Mach schon, Emily, auf die Knie!«

»Hallo, Sebastian.«

Er drehte sich um. Blaue Flecken hatte er keine mehr, aber das Gesicht war bis zum Hals mit einem Zickzack von Narben bedeckt. Er starrte sie fassungslos an und presste unter Mühen nur eine Silbe hervor: »Du!«

»Ja, ich«, bestätigte Dixie, um ihn extra zu ärgern.

Noch ehe er etwas sagen konnte, packte sie ihn an den Schultern. »Nicht aufstehen.«

Er zuckte. »Was zum Teufel willst du? Und wie …?« Sein Gesicht hatte die Farbe von Sauermilch angenommen. »Du bist tot. Diese Krankenschwester hat es ausdrücklich gesagt.«

»Das fällt in den Bereich des staatlichen Gesundheitssystems.«

Er zwinkerte heftig mit den Augen, als wollte er sich Klarheit verschaffen. »Ich habe dich doch fallen sehen.« Sicher mit einer gehörigen Portion Schadenfreude. Sie drehte ihn auf dem Stuhl herum und zerrte seine Hände nach hinten auf den Rücken. »Was soll das?«

»Ich will dich nur ruhigstellen.« Im Nu hatte sie eine der Strumpfhosen am Stuhl befestigt und um seine Handgelenke geschnürt. »Passt doch wunderbar.«

Er machte ein paar fiese Bemerkungen über ihre Qualitäten als Frau. »Ich bitte dich. Spricht man so mit seinen Klienten? Schließlich bekommst du eine Menge Kohle von mir.«

»Kohle? Von dir? Du hast mich ein kleines Vermögen gekostet.«

»Auf das Thema kommen wir noch zu sprechen.«

Er sagte kein Wort, bekam aber immer größere Stielaugen, als sie die andere Strumpfhose in zwei Hälften riss. Und als sie ihm damit nacheinander die Beine am Stuhl fixierte, wand und wehrte er sich wie verrückt und schimpfte dabei auf ihren Vater.

»Fertig! Dann können wir ja zur Sache kommen.« Ihr Blick fiel auf ein tragbares Tonbandgerät auf dem Schreibtisch, aber ihr war schnell klar, dass sie es nicht brauchen würde; sie zog einen Stuhl heran und nahm ihm gegenüber Platz.

»Ich habe mich etwas genauer mit meinen lieben Vorfahren beschäftigt und bin dabei auf interessante Details gestoßen. Sie haben Tagebuch geführt. Wusstest du das?«

»Tagebücher?«, blaffte er. »Die haben vor Gericht keinen Wert.«

Sie ignorierte ihn. »Sehr ausführlich sogar. Buch geführt haben sie auch. Ganze Aktenordner voll. Grans Schwestern waren abscheuliche alte Biester, und ihre Verbrechen haben sich wirklich gelohnt, für sie und für dich. Deine Akte ist mehrere Zentimeter dick.«

»Alles aus der Luft gegriffen. Altweiberfantasien.« Er schaute sie finster an.

Sie schmunzelte und musste daran denken, wie sie früher oft schon ein albernes Grinsen ihrer Schüler auf die Palme gebracht hatte. »Hm, hm.« Sie schüttelte den Kopf. »Über dich liegt ein dickes Dossier vor, fünfundzwanzig Seiten, auf denen so ziemlich alles steht, angefangen mit gekauften Prüfungen zu Schulzeiten bis hin zu Fotoaufträgen von meinen Tanten. Sie haben dir eine Menge beigebracht, und zum Dank dafür hast du sie dann umgebracht – wie noch andere auch, einschließlich meiner Wenigkeit.« Als Anspielung dürfte das genügen.

Aber er verstand sie nicht. »Du hast nichts in der Hand. Deine Tanten sind an Altersschwäche gestorben. Die Bombe war ein fehlgeleiteter Terrorakt, und die Polizei sucht noch heute nach Marlowe als mutmaßlichem Mörder Vernons. Ebenso wenig kannst du beweisen, dass ich in Yorkshire war.«

»Muss ich vielleicht auch nicht.« Dieses Mal war sie es, die grinste. »Beginnen wir mit meinen Tanten. Faith' Treppensturz ereignete sich just an einem Abend, als du kurz zuvor noch bei ihnen gewesen warst.« Kalte Augen starrten durch sie hindurch. Sie fuhr fort. »Und was war mit der tattrigen Hope? Etwas hat sie so sehr erschreckt, dass sie mitten in einer Februarnacht aus dem Haus gerannt ist. Geräusche im Kamin? Steinwürfe gegen das Haus? Flackernde Lichter?«

Sein starrer Blick kam aus einem Gesicht so grau wie Fensterkitt. »Gesetzt den Fall, ich habe die alten Schachteln tatsächlich umgebracht. Wie willst du das beweisen?«

»Kein Problem.« Sie streckte den Arm zur Schreibtischlampe aus. »Und jetzt zu Vernon.« Sie schaltete die Lampe aus und ein.

»Ich soll wohl gefoltert werden. Die Halogenmethode.«

»Die nicht.« Sie bemerkte, dass seine am Stuhl festgebundenen Beine nicht bis zum Boden reichten. Das musste behoben werden. »Du sollst es doch bequem haben.« Sie senkte den Sitz gerade so weit ab, bis seine Füße bei leicht durchgebeugten Knien flach auf dem Boden auflagen; dann nahm sie die Lampe und drehte die Birne aus der Fassung. »Alles klar. Dann schieß mal los. Wie war das jetzt mit der Bombe?«

»Vergiss es.«

»Okay. Wenn's denn sein muss.«

Sein Schrei hallte noch lange nach, als sie die leere Fassung von seinem Finger gezogen hatte. Seine Augen quollen heraus, und während sein Atem sich wieder beruhigte, stieß er eine Reihe von Flüchen hervor. »Du kannst nichts beweisen, und Tonbandaufzeichnungen wären sowieso illegal, weil sie unter Zwang entstanden sind. Ich kann dich deswegen gerichtlich belangen.«

»Mein Auto, Stanley«, wiederholte sie, indem sie die Lampe wieder in die Nähe seiner Finger brachte.

»Die Sache geht allein auf James' Konto, und du kannst nie beweisen, dass ich auch nur das Geringste damit zu tun hatte.«

Genau, ja. Ihr Herz mochte vielleicht nicht mehr schlagen, aber ihr Magen krampfte sich immer noch zusammen angesichts von so viel herzloser Selbstgefälligkeit. Wie auch immer. Noch waren so gut wie alle Fragen offen. »Warum?«

»Was?« Er schaute tatsächlich ein wenig belämmert drein.

»Warum wolltest du mich umbringen? Was hab ich dir getan – abgesehen davon, dass du nicht bei mir landen konntest.« Seine Augen blitzten wie Lava. Er spuckte aus, sodass sein Speichel ihr kalt am Arm klebte. »Sag schon, oder die Lampe kommt wieder zum Einsatz – an einer empfindlicheren Stelle.«

Der feuchte Schimmer auf seiner Stirn verwandelte sich in Schweißperlen. Er kämpfte erfolglos gegen seine Fesseln an. Britische Strumpfhosen hatten wirklich Qualität. »Du bist und bleibst uns nun mal im Weg, und falls du glaubst, diese Show hätte keine Konsequenzen, hast du dich getäuscht. Ich habe das Gesetz auf meiner Seite und dazu Kräfte, von deren Macht du überhaupt keine Ahnung hast. Das einzige Wesen, das dich in deinem Kampf gegen mich unterstützen könnte, ist tot. Verbrutzelt.«

Das würde sich später widerlegen lassen. »Du warst also scharf auf die Unterlagen meiner Tante, die Rezepturen und Negative und den ganzen Mist. Zu schade, Sebastian, dass ich alles verbrannt habe.«

»Blöde Kuh«, zischte er.

Sie besah sich seinen verzerrten Mund und den stechenden Blick und stellte fest, dass sie den Raum mit einem Wahnsinnigen teilte. Zum Glück waren ja die anderen in Reichweite. »Jetzt zu Vernon.« Sie lächelte bewusst freundlich, nur um ihn noch mehr zu ärgern.

»Was scherst du dich denn um einen geistig behinderten Krüppel?«

Dixie näherte sich mit der Lampe seiner Hose und griff mit der anderen Hand an seine Gürtelschnalle.

Sebastian spuckte nach ihr, begann aber zu sprechen. »James frühstückte gemeinsam mit ihm und schmuggelte etwas in seinen Kaffee. Der Rest war einfach.« Er schaute zu ihr auf, immer noch in der Lage, höhnisch zu grinsen. »Wir fesselten ihn mit Verbandsmaterial, um keine Spuren auf der Haut zu hinterlassen, und warfen ihn dann auf Marlowes Bett. Im Haus hatten wir zuvor einen Brandsatz mit Zeitschaltuhr deponiert, der alles Übrige erledigte.«

Einfach für wen? Ihr schauderte bei der Vorstellung, wie

Vernon stundenlang in Christophers Haus gelegen hatte und dann in den Flammen umgekommen war.

»Sentimentale Anwandlungen?« Er grinste einseitig. »Marlowe war zu dem Zeitpunkt schon tot. Er ist auch verbrannt, weißt du?«

»Natürlich ist Christopher tot.« Sie starrten einander schweigend an. »Christopher ist tot«, wiederholte sie, wobei sie sich ihr hämisches Grinsen gleich wieder verzieh, »so wie ich.«

Er würgte, als hätte er eine Kröte im Ganzen verschluckt, und seine Augen traten hervor wie bei einem Pekinesenhündchen. Der Schweiß rann ihm von der Stirn über das ganze Gesicht, und er atmete so heftig, dass er zu platzen drohte. Dixie lächelte ihn freundlich an und durchquerte den Raum, um das breite Schiebefenster hochzufahren. »Kommt rein«, sagte sie und trat zur Seite, als drei wutentbrannte Vampire auf dem Aubusson-Teppich landeten.

Sebastian sah mittlerweile aus, als hätte er einen Alligator im Leib stecken. Justin und Tom blieben in Fensternähe außerhalb von Sebastians Gesichtskreis. Christopher dagegen schnappte sich einen von Sebastians edlen Sheraton-Stühlen, platzierte ihn nur wenige Zentimeter von Sebastians Knien entfernt und nahm dann, die Unterarme auf die gebogene Lehne aus Satinholz gestützt, rittlings darauf Platz. Mit seinen verschränkten Fingern hätte er Sebastians Gesicht jederzeit berühren können, doch Dixie spürte, dass er sich das bewusst versagte.

»Guten Abend, Caughleigh. Oder sollte ich vielleicht guten Morgen sagen?« Über Christophers Lippen huschte der Anflug eines ironischen Lächelns. »Sieht nicht besonders gut aus für dich, oder? Zahltag.«

»Bestie! Ungeheuer!« Die Wörter verpufften wie Blindgänger.

Und hatten denselben Effekt. »Zu spät, Caughleigh. Jetzt bin ich am Drücker.« Unter Christophers ätzendem Blick wand sich Sebastian wie eine Qualle in der Sonne. »Beeilen wir uns. Es gibt Arbeit für dich. Du wirst unseren gemeinsamen Freund, Inspektor Jones, anrufen und ihm die Wahrheit sagen.«

Ein höhnisches Lachen wand sich aus Sebastians Kehle. Er schüttelte den Kopf, wich Christophers unerbittlichem Blick aus und sabbelte unverständliche Dinge zwischen zitternden Lippen hervor.

Sebastian zuckte wie unter neuen Stromstößen, und der Schweiß tropfte ihm vom Gesicht, als sich Dixie instinktiv einschaltete, und sie in einem Doppelbombardement gegen Sebastians Willen anrannten.

»Du wirst mit der Wahrheit herausrücken«, sagte Christopher. Kein Befehl, auch keine Frage, sondern nur eine nüchterne Feststellung.

Sebastian sackte zusammen, sein schlaffes Gesicht ein Pendant zu den hängenden Schultern. »Ich rücke mit der Wahrheit heraus.«

»Los, ans Telefon, Dixie. Der Inspektor verzichtet sicher gerne auf ein paar Minuten Schlaf, um zu hören, was Caughleigh ihm zu sagen hat.«

Sie nahm den Hörer und wählte 9-9-9. »Dies ist kein Notfall«, sagte sie, »aber ich muss sofort Inspektor Jones sprechen. Es geht um die Brandstiftung und den Mord in Bringham.« Sie sollte dranbleiben und hörte schon bald das eindringliche *Brrr Brrr* am anderen Ende der Leitung. Sofort ging sie zu Sebastian und hielt ihm den Hörer freundlicherweise ans Ohr.

»Ja bitte?«

Sebastian blieb, unter dem sicheren Zugriff vampirischer Mächte, eisern standhaft. »Inspektor, hier ist Sebastian Caughleigh. Entschuldigen Sie bitte die Störung, aber es gibt Neuigkeiten hinsichtlich der jüngsten Vorfälle hier in Bringham. Ich bin in gewisser Weise involviert.«

Jones' brennende Neugier vibrierte förmlich im Raum.

»Ich komme sofort mit einem Streifenwagen und einem Sergeant vorbei.«

»Nein, ich würde Sie lieber auf der Wache sprechen.«

»Ich bin in zwanzig Minuten dort.« Er hatte aufgelegt, und Sebastian starrte wie benommen auf den Hörer.

Christopher löste die Fesseln an Sebastians Füßen und Händen. »Mach, dass du weiterkommst, Caughleigh. Wir wollen unseren Inspektor doch nicht warten lassen. Nimm schon deine Schlüssel und hau ab.« Er zerrte Sebastian auf die Beine und schubste ihn in Richtung Tür.

Sebastian nahm nur noch schnell die Schlüssel aus der Schreibtischschublade und ging dann schnurstracks durch den Raum und weiter durch die Diele hinaus zu seinem Auto. Als er wegfuhr, bemerkte Dixie ein dunkles Etwas auf der Kühlerhaube und ihr fiel auf, dass sie nur zu dritt auf dem Kies des Gartenwegs standen.

»Tom passt auf, damit er auch wirklich sicher ankommt«, beantwortete Christopher ihre unausgesprochene Frage. »Wäre doch zu schade, wenn ihn kurz vor Schluss noch ein Lastwagen rammen würde.«

»Sollten wir nicht lieber abschließen?« Dixie hatte die offene Haustür nicht vergessen.

»Eine Minute.« Justin verschwand im Haus und kehrte mit den Strumpfhosenfetzen in der Hand unverzüglich zurück. »Das Auge des Gesetzes sieht alles«, sagte er. »Komm jetzt, sonst ist er am Ende noch vor uns da.«

»Nimm meine Hand, Liebes«, sagte Christopher. »Du musst dich jetzt konzentrieren.«

»Auf was?«

»Aufs Fliegen.«

»Bist du bereit, Jungvampirin?«, fragte Justin.

Sie hatte das Frischlingsstadium hinter sich gelassen – was für ein Fortschritt. »Und wo soll's hingehen?«

»Zur Polizeiwache«, antwortete Christopher.

Sie spürte uralte Kräfte in sich einströmen, indem sie den

Nacken streckte und zum Mond zwischen den Bäumen hinaufschaute. »Fokussieren! Klick dich ein!« Ob nun Christopher oder Justin gesprochen hatte oder auch beide zusammen, konnte sie nicht mehr unterscheiden. Gerade noch war sie mit beiden Beinen fest auf dem knirschenden Kies gestanden, und dann ...«

Sie spürte plötzlich den Wind in den Haaren und die kühle Luft an ihrem Körper, während sie im Dunkel der Nacht auf Leatherhead zuraste. Dixie düste nun frei wie eine Rakete durch die Luft, wobei sie sich der dunklen Gestalten an ihrer Seite nur halb bewusst war. Links am Kirchturm vorbei überflogen sie die schemenhaften Umrisse der Dorfbauten; dann überquerten sie offenes Feld und Ackerland und die mit Brunnenkresse bewachsenen Ufer des Flusses. Nachdem sie den Bahnhof passiert hatten, gingen Justin und Christopher tiefer, und sie folgte ihnen dicht hinterher. Das Ziegeldach der Polizeistation in Reichweite, bremsten sie ab, kreisten ein paar Mal in der Luft und landeten schließlich auf dem Dachfirst.

Sie hatte alles unbeschadet überstanden; nur von ihrer Frisur dürfte wohl kaum etwas übrig geblieben sein, und ein prüfender Blick in den Spiegel hätte wenig Sinn gehabt. Überhaupt, wie würde sie sich in Zukunft eigentlich die Haare machen?

»Dixie!« Christopher rief sie in die Gegenwart zurück, gerade rechtzeitig, um zu sehen, wie Justin mit dem Kopf voraus verschwand.

Dixie hockte, die Zehen an der Dachrinne, neben Christopher, während Justin vor ihren Augen hinunterkletterte. Hoffentlich erwarteten die beiden nicht, dass sie es ihm gleichtun würde. Justin bewegte sich seitlich an der Mauer entlang, verschwand dann an der Ecke des Polizeigebäudes und tauchte zehn Minuten später von der anderen Seite her wieder auf. Er machte an jedem Fenster halt, um zu lauschen.

Dann kletterte er wieder nach oben und setzte sich neben die beiden auf das Dach. »Noch nicht da, aber man erwartet ihn bereits. Inspektor Jones ist soeben eingetroffen.« Er sah zu Dixie. »Bring sie in Sicherheit. Ich halte euch über die Vorgänge auf dem Laufenden.«

»Mich kriegt hier keiner weg. Ich will doch den Schluss des Dramas nicht versäumen, das ich selbst inszeniert habe.« Sie verschränkte die Arme vor ihrer Brust und sah vor sich hin.

Sie hatte vielleicht den Willen eines korrupten Anwalts gebrochen, aber einen siebzehnhundert Jahre alten Vampir konnte sie nicht beeindrucken. Er kräuselte lediglich einen Mundwinkel. »In einer knappen Stunde wird es hell.«

»Na und? Wie lange haben wir für diese Strecke gebraucht? Fünf Minuten? Oder zehn?«

Christopher legte den Arm um ihre Schulter. »Das Risiko ist zu hoch für dich. Stell dir vor, die Polizei kreuzt mit einem Durchsuchungsbefehl auf und findet dich schlafend in deinem Haus.«

Am liebsten hätte sie beide sofort vom Dach geschubst, weil sie so verdammt recht hatten. »In einer Stunde komme ich nie und nimmer nach Yorkshire, selbst wenn ich fliege.«

»Wir übernachten bei Tom.«

»Ich werde den Gedanken nicht los, dass das ein abgekartetes Spiel zwischen euch beiden ist.«

»Warum nicht?«, sagte Justin. »Irgendwie mussten wir uns ja ablenken, als du Caughleigh gedroht hast, ihn mit einer Schreibtischlampe zu entmannen. Ich werde alles Wort für Wort verfolgen. Sollte er ausbüxen, haben Tom und ich genügend Willenskraft, um ihn eines Besseren zu belehren.«

Christopher stand auf und nahm ihre Hand. »Also los, Dixie.«

Sie starteten gemeinsam und bewegten sich in raschem Flug durch den Nachthimmel. Im Anschluss an die freie Landschaft tauchten allmählich die ersten Vororte mit schnurgerader Straßenbeleuchtung unter ihnen auf; dann wurde die Bebauung schnell dichter, durchsetzt von einem endlosen Strom von Autos, der sich in Richtung City wälzte. Die Nachtluft brannte auf ihren Wangen und an den Händen, und es zog entsetzlich; Dixie war entsprechend froh, dass sie kein Kleid, sondern Bluejeans anhatte. Und sie flogen weiter, über die träge dahinfließende Themse und die märchenhafte Beleuchtung der Albert Bridge hinweg und an der Uferstraße entlang.

Nun flogen sie tiefer, dicht über den Hausdächern. Ihre Schultern taten weh, und ihre Augen brannten. Sie ging noch tiefer, schlängelte sich gefährlich nahe an Kaminaufsätzen und Fernsehantennen vorbei. Da packte sie Christopher am Arm. »Wir steuern den Park an.«

Die dunklen, unbeleuchteten Weiten des Hyde Parks lagen vor ihnen wie eine riesige schwarze Insel in einem Lichtermeer. Sie sank immer tiefer und konnte sich mit ihrem zitternden Körper und den müden Beinen nur noch mühsam in der Luft halten. Ihr kamen die ersten Baumwipfel entgegen, als sie auch schon den Duft der Blumenbeete roch und über eine frisch gestrichene Bank hinweg auf den gepflegten Rasen zusauste. Christopher, um einen Sekundenbruchteil früher gelandet, fing sie auf und verhinderte den schlimmsten Aufprall.

Sie lag in seinen Vampirarmen. »Was ist passiert?« Sie konnte kaum denken, so benommen war sie. »Es ist noch nicht hell.«

»Du bist total erschöpft. Die Session mit Caughleigh war doch anstrengender als erwartet. Den Rest des Weges trage ich dich.«

Sie sank an seine breite Brust und legte den Kopf auf seine Schulter. Traumverloren in seinen Armen liegend, hörte und roch sie den Verkehr nur mehr wie aus weiter Ferne, während er mit ihr dahinrannte; abgesperrte Tore sowie die sechsspurige Parklane überquerte er in einem Satz. Schließlich waren nur noch ein paar Treppenstufen zu überwinden, und sie befanden sich bei Tom zu Hause, weit weg von allem Lärm und der Hektik. Sie fühlte sich wie in einen grauen Nebel gehüllt. »Gleich, Liebes. Wir tragen dich jetzt nach oben, wo du dich bis zum Abend ausruhen kannst.«

Sie baumelte in seinen Armen, als er sie die Treppe hochtrug, aber schon im nächsten Moment konnte er sie auf ein kühles Kissen betten, mit einem knisternden Paket Erde darunter und der frisch bezogenen Bettdecke bis ans Kinn hochgezogen. Als der Schlaf sie überwältigte, pressten sich kühle Lippen auf ihre Stirn.

19

Sie erwachte am folgenden Abend in dem Bewusstsein, dass Christopher unten auf sie wartete. Als sie sich aus dem Bett schwang, raschelte es vernehmlich, und ihr Blick fiel auf die Abendzeitung. »Brandmord von Surrey vor Aufklärung«, las sie. Was für eine Schlagzeile! Ihre Euphorie verflog aber schnell, als sie den Text überflog, denn abgesehen von der spröden Mitteilung, dass ein Mann »die Polizei in ihrer Arbeit unterstütze«, wiederholte der Artikel nur die altbekannten Details und sprach lediglich von der Möglichkeit »weiterer Opfer«.

»Du bist enttäuscht«, sagte Christopher wenig später, als sie in Toms Arbeitszimmer kam, wo sie alle drei vor der offenen Terrassentür sitzend vorfand.

Wie sollte sie mit dem Geliebten an ihrer Seite und dem Duft von Nachtlevkojen im Raum weiter erzürnt sein? »Ich habe mir doch so gewünscht, er würde gehängt, gestreckt oder gevierteilt werden oder wenigstens für ein Viertelstündchen auf der Folterbank landen.«

»Letzteres würde ich niemandem wünschen«, sagte Tom.

Sein schmerzverzerrtes Gesicht, als er ins Dunkel hinaus- und in die Vergangenheit zurückschaute, konnte niemand übersehen. »Tut mir leid, Tom. Gemeint war wohl eher eine schnelle und umfassende Gerechtigkeit.«

»Die bekommen wir auch«, sagte Justin. »Wir müssen nur abwarten.«

Sie musste wohl ihren Zeitbegriff neu überdenken, denn Ungeduld war im Angesicht der Ewigkeit ziemlich sinnlos. Als sie dann auf dem freien Stuhl Platz nahm, fiel ihr auf, dass sie alle standen und gewartet hatten, bis sie sich setzte.

»Ich überlasse es den Mühlen der Gerechtigkeit, ihm den Garaus zu machen.«

Ihre Stimmung hob sich mit den Zehn-Uhr-Nachrichten, in denen Sebastians Verhaftung gemeldet wurde. »Das ist ein Grund zum Feiern«, sagte Christopher. »Ich habe euch doch einen Ausflug auf die Kuppel von St. Paul's versprochen.«

Dixie schnürte es die Kehle zusammen, als sie einen Blick auf die riesige Wölbung der Kuppel warf. »Uns fehlen Seile und eine Kletterausrüstung.«

»Geht auch ohne.«

»Boogles' Roost ist schlimmer.«

»Du bist schließlich kein Frischling mehr.« Stimmt! Sie hatte James überwältigt und Sebastian überzeugt, hatte das Blut eines Sterblichen getrunken, und der Mann, den sie liebte, bot ihr nach vierundzwanzig anstrengenden Stunden eine Besteigung der Kuppel von St. Paul's an, einfach so. »Stütz dich mit den Knien und den Schultern ab, halte dich gut fest und pass dich der Wölbung an. Lass dir Zeit, und wenn du abrutschst, flieg.«

Seinem Beispiel folgend, breitete sie die Arme und Beine aus, presste ihre Hüften an die Bleiverkleidung und erklomm so die Kuppel. Aber mit Treppensteigen hatte die Aktion wenig zu tun, und sollte sie während des gestrigen Flugs noch keine klare Vorstellung ihrer neuen Kraft gewonnen haben, dann tat sie es jetzt. Das ungeheure Ausmaß der Kuppel überstieg ihr Vorstellungsvermögen. Man hatte nur den Himmel über sich, und die Ruhe dort oben, hoch über den Straßen Londons, war fast unheimlich. Immer höher stieg sie, wenige Schritte hinter Christopher, bis sie ganz oben neben dem großen, vergoldeten Kreuz angekommen waren, das die Laterne in der Mitte der Kuppel krönte. Sie schaute zu dem großen Querbalken über ihren Köpfen hinauf.

»Sollen wir da hinaufklettern?«, fragte Christopher.

»Warum nicht?«

Er überließ ihr den Vortritt, und schon nach kurzer Zeit

saßen sie zusammen auf der jeweils linken und rechten Hälfte des Querbalkens, hundertzehn Meter hoch über dem Erdboden. Die Sterne schienen zum Greifen nahe, die Luft war klar und frei von Auspuffgasen, und neben ihr saß ihr Geliebter. Dixie fühlte sich beinahe wie im Himmel. Und zu Hause, das wusste sie, würde er dann auch das letzte Stück Weg gemeinsam mit ihr gehen.

»Bald«, versprach er. »Zuerst musst du saugen.«

Sie hätte nie gedacht, dass der Mund eines Vampirs vor Angst austrocknen konnte. »Ich dachte, du hättest gesagt, nur alle ein oder zwei Wochen.« Mit einer Woche zumindest hatte sie gerechnet, um sich überhaupt mit der Vorstellung vertraut zu machen; und auch ihr erstes Mal beruhte ja nicht auf einer ruhigen und überlegten Entscheidung, wie sie es sich vorgestellt hatte. Sie brauchte einfach noch mehr Zeit, um sich an die Vorstellung zu gewöhnen, von dem schrecklichen Vorgang selbst ganz zu schweigen.

»Normalerweise ja.«

»Normalcrweise?« Was um Himmels willen war den normal für einen Vampir?

»Du musst lernen, es richtig zu machen. Man kann nicht einfach über den nächstbesten Sterblichen herfallen. Das schadet unserem Ruf.« Dieser Vorwurf saß, auch wenn der Schimmer in seinem Auge nicht so hart war wie seine Worte.

»Versteh mich doch, ich bin nicht freiwillig zur Vampirin geworden. Es ist einfach passiert, und ich muss mich noch daran gewöhnen.«

»Ich gewöhne mich noch immer daran, und vielleicht ist es zu zweit ja einfacher.« Er berührte ihre Wangen und Lippen im Geiste, ehe er sich zu ihr hinunterbeugte und sie küsste. Jegliche Verstimmung, Ärger und Gereiztheit verflüchtigten sich bei der zarten Berührung seiner Lippen.

»Du warst sicher schon oft hier oben.« Sie wollte fragen, wen er sonst schon auf die Kuppel mitgenommen hatte.

Er nickte und wandte den Blick nach unten auf den glänzend schwarzen Fluss. »Ich war in der Nacht hier, nachdem sie dieses Kreuz hier oben angebracht hatten. Ich war schon oft hier, aber immer allein. Es ist so still und friedlich hier oben. Deswegen habe ich dich mitgenommen.«

»Damit ich Frieden finde?«

»Damit du besser verstehst, was du bist.«

Hätte ihr Herz noch geschlagen, dann hätten seine ruhigen Worte augenblicklich zu dessen Stillstand geführt. Was war sie? Die Fürwörter »wer« und »was« vollführten einen wilden Tanz in ihrem Kopf. Dixie LePage, Schulbibliothekarin, Medienspezialistin, Tochter von Mr und Mrs Robert LePage und Vampirin. Wie würde sie damit beim nächsten Klassentreffen dastehen? Als würde das eine Rolle spielen. Sie hatte soeben die Kuppel von St. Paul's erklommen, sie konnte fliegen und Christopher Marlowe liebte sie.

Sie würde das Klassentreffen schwänzen.

»Ich habe ewig Zeit, darüber nachzudenken, und falls ich durcheinanderkommen sollte, wirst du oder Tom oder Justin mich sicher korrigieren.«

Christophers Auge glänzte. In Gedanken berührte er ihren Hals, eine zarte und federgleiche Liebkosung, die sich über die Schultern und die Arme hinweg fortsetzte. »Komm jetzt.« Seine Stimme klang jetzt belegt und verführerisch. »Du musst trinken.«

»Zeig mir, wie ich das mache.« Sie hatte sich einverstanden erklärt, hatte sich ihm und seinem Leben für immer anvertraut.

Er sah nach hinten in Richtung Fluss. »Siehst du?« Sie nickte. »Wir fliegen bis zum Fußgängersteg der Tower Bridge und dann weiter über den Fluss.«

Kurz nach der Blackfriars Bridge landeten sie, und er klinkte sich in Gedanken bei ihr ein. »Kein Wort jetzt. Folge mir einfach.«

Hand in Hand durchquerten sie ein Gewirr von Seitenstraßen – engen Gassen, die wie der Schauplatz für einen Weltkriegsfilm aussahen. Sie war froh, Christopher bei sich zu haben, bis ihr einfiel, dass sie ja mit jedem Angreifer aus einer dieser dunklen Ecken spielend fertig werden würde. Einen größeren Unterschied zu Toms elegantem Haus konnte sie sich nicht vorstellen, und dabei waren sie nur ein paar Busstationen entfernt. Christopher blieb stehen, ließ ihre Hand los und ging dann mit nach vorne gestrecktem Arm ein paar Stufen hoch.

Dixie wartete. Ein Zeichen von ihm, Worte oder Gedanken erübrigten sich. Zwei zusammengekauerte Gestalten lagen in einem dunklen Hauseingang. Sie schluckte schwer; Obdachlose hatten ihr schon immer leidgetan, und gleichzeitig musste sie daran denken, was in den nächsten Minuten auf sie zukam.

Christopher beugte sich über die zwei reglosen Gestalten und fuhr mit der Hand kurz über sie hinweg. Dann winkte er Dixie heran. Sie überquerte den Bordstein und war schon mitten auf der Straße, als ihr auffiel, dass sie überhaupt nicht auf den Verkehr geachtet hatte.

Sie war nun nahe genug, dass sie Christophers Schenkel an ihrer Wade spürte. Er sah auf und signalisierte ihr, sich neben ihn zu knien. »Sieh genau hin.« In diesem Moment erkannte sie, dass es sich um zwei alte Frauen handelte.

»Christopher.« Sie kämpfte gegen ihre innere Panik an und zeigte ihm ihre Zweifel.

»Vertrau mir, Dixie. Den beiden passiert nichts. Ich habe sie mit einem Zauber belegt, der sie die nächsten Minuten durchschlafen lässt.« Seltsam zärtlich fasste er eine der Alten mit dem Arm unter ihren Schultern und hob sie gerade so weit hoch, dass ihr Kopf nach hinten fiel und der Hals freigelegt war. Als er zubiss und trank, erschien auf dem verhärmten Mund ein Lächeln. Er ließ die Frau zurücksinken, nachdem er kaum länger als eine Minute getrunken hatte, und wandte sich Dixie zu. »Siehst du? Wir trinken nur wenig, nicht im Übermaß.«

Als Dixie das zufriedene Lächeln auf dem faltigen Gesicht sah und sich dabei an James' vor Panik weit aufgerissene Augen erinnerte, war ihr alles klar. Sie folgte Christophers Beispiel und machte sich an die zweite Frau heran.

Sie zählte genau sechzig Sekunden, ein Glücksschwall durchströmte sie, und sie ließ zufrieden von ihrem Opfer ab. Wie recht Christopher gehabt hatte! Sie fühlte sich nicht weniger satt als nach ihrem gierigen Überfall auf James. Dann ließ sie die alte Frau behutsam auf den rissigen Beton zurücksinken.

»Für deinen Mund.« Sie griff nach dem Taschentuch, das er ihr entgegenstreckte. Als sie es ihm zurückgab, drückte er ihr ein Bündel Geldscheine in die Hand. »Damit kann sie sich ein, zwei Wochen lang ihr Essen kaufen.« Die Scheine raschelten, als Dixie sie in der schmuddeligen Manteltasche der Frau verstaute.

Auf Dixies ausdrücklichen Wunsch hin fuhren sie mit der U-Bahn zurück zur Station Bond Street. »Ich bin jetzt schon zwei Monate hier, und es war doch schon immer mein Traum.« Dahinter steckte auch der vergebliche Versuch, sich für kurze Zeit wieder wie eine Sterbliche zu fühlen. Aber es half nichts, es war, als trennte sie eine unsichtbare Barriere von den Theaterbesuchern und partysüchtigen Teenagern.

Ihr Weg durch die Duke Street führte sie zurück in die vertraute Umgebung der South Audley Street und an die von Lorbeerbäumchen flankierte Eingangstür mit dem auffälligen Türklopfer in Löwenkopfgestalt. Sie war überrascht, welchen Empfang man ihnen in dem Wohnzimmer mit den dunklen Samtvorhängen und den hohen, zur Straße hinausgehenden Fenstern bereitete.

Tom hatte die letzte Flasche seines Prä-Phylloxera-Weins geköpft und vier Gläser eingeschenkt. Christopher hatte einen Arm um ihre Schulter gelegt, erhob das Glas aus böhmischem Kristall, mit dem man schon auf Wellingtons Sieg angestoßen hatte, und brachte einen Toast auf ihre Gesundheit aus. Dann gingen sie gemeinsam in das Schlafzimmer mit dem Blick auf den Garten.

Später – sie lagen mit verschlungenen Gliedern auf zerwühlten Laken – spürte Dixie die nahende Dämmerung. Sie kuschelte sich in seine Arme, legte die Wange an die vierhundert Jahre alte Brust, und versank in einen tiefen Schlaf. Sie fühlte sich geborgen in den Armen ihres Vampirmannes, und ihre Zukunft, eine sehr lange Zukunft, lag vor ihr wie ein großes Abenteuer.

Vier Wochen später sollte ihre ach so sichere Zukunft zerbrechen.

Nach drei Wochen Yorkshire erwachte Dixie eines Abends in Toms Haus und schlüpfte in ihre schwarzen Jeans, die sie, Christophers Neckereien zum Trotz, neuerdings so gerne trug. Okay, er stand nun einmal auf Leinenhöschen und Seidenblusen; sie war dagegen von klein auf an Bluejeans und bequeme Kleidung gewöhnt. Und jetzt, da sie nicht mehr jeden Morgen aufstehen und zur Arbeit gehen musste, kam sie sogar weitgehend ohne Strumpfhosen aus.

Sie fuhr sich mit den Fingern durch ihren neuen Kurzhaarschnitt. Die Friseuse hatte recht gehabt: Die Frisur war pflegeleicht, auch ohne Spiegel. Sie musste nie wieder nachgeschnitten werden und geriet auch beim Fliegen nicht durcheinander. Nicht dass Dixie seit ihrer Besteigung von St. Paul's wieder geflogen wäre. »Jetzt, da du weißt, wie es geht, kannst du ja, abgesehen von Notfällen, darauf verzichten«, hatte Christopher gesagt. Stattdessen begnügte sie sich damit, in seinem schwarzen Mercedes mitzufahren.

An diesem Abend jedoch hatte sie kaum ihre Jeans zugemacht, als die Tür aufging. Noch bevor sie sich umdrehen und ihm zulächeln konnte, erstarrte sie. Sie roch förmlich die Angst, die ihn wie ein Nebel umgab. »Ist was passiert?«

»Ja, wir haben ein kleines Problem.«

Sie war lange genug in England gewesen, um zu wissen,

dass dahinter auch ein Bombenattentat mitten auf dem Grosvenor Square stecken könnte. »Was ist passiert?« Er war sofort bei ihr, ergriff ihre Hände und nahm sie fest in die Arme. Seine Lippen wanderten von ihren Haaren über Stirn und Augen zu ihrem Mund und küssten sie mit einer Leidenschaft, die ihr Angst machte. Angst deshalb, weil sie in seinem Bewusstsein noch nie eine derartige Panik und Verzweiflung gespürt hatte. »Was ist denn los?«

Er überging ihre Frage und schaute ihr stattdessen derart eindringlich in die Augen, dass sich seine Panik sofort auf sie übertrug. »Was auch immer geschieht, ich will, dass du bei mir bist. Das sollst du wissen. Aber wenn alles zu viel ist für dich, habe ich dafür auch Verständnis. Ich liebe dich, Dixie. Du bist mein.«

So viel zum Thema widersprüchliche Botschaften. »Wie wär's, wenn du englisch mit mir sprichst, damit ich dich verstehe?«

»Komm mit nach unten.«

Unten warteten bereits Tom und Justin. Und Gwyltha. Was für eine Überraschung, hatte sie doch noch vor knapp fünf Tagen erklärt, sie würde den Norden nur selten verlassen. Alle schienen aufs Äußerste besorgt. Über den Tisch und den halben Boden verstreut lagen unzählige aufgeschlagene Zeitungen, und Tom und Justin sahen so mitgenommen wie zwei verkaterte Burschenschaftler an einem Sonntagmorgen aus.

Gwyltha sah auf, als Dixie eintrat; dabei waren die Augen in ihrem angespannten, uralten Gesicht hart wie dunkler Marmor.

»Du hast ihr nichts gesagt!«, zischte sie und fuhr dann fort: »Feigling! Immerhin hast du sie gemacht und bist verantwortlich für sie. Du bist doch kein leichtsinniger Jungspund mehr.«

Justin mischte sich ein. »Lass doch, Gwyltha. Er ...«

»Ich werde ihr alles sagen und weiter auf sie aufpassen.

Lasst sie doch erst einmal aufwachen«, unterbrach Christopher.

»Könnte mir bitte jemand sagen, was zum Teufel hier vorgeht?« Damit war das leidige Gerangel beendet. Vielleicht war es ihre Ausdrucksweise oder der Oberlehrerinnenton, jedenfalls starrten sie alle vier mit offenen Mündern an. Es gehörte durchaus was dazu, vier Vampire auf einmal in die Schranken zu weisen, jedoch bezweifelte sie, ob sich eine derartige Gelegenheit öfter bieten würde.

»Setz dich hin, und ich erzähl dir alles.«

Sie nahm den Stuhl, den Christopher ihr anbot, während er einen zweiten so nahe heranschob, dass ihre Knie sich berührten. Justin und Tom nahmen in verkrampfter Haltung gegenüber Platz. Gwyltha blieb steif und unverrückt stehen wie ein Menhir auf der Heide. Selbst die Motte draußen an der Fensterscheibe schlug wie in kalter Panik mit den Flügeln.

»Es geht um Sebastian, nicht?« So viel zumindest entnahm sie den verbarrikadierten Gedanken. »Was ist los?«

Christopher fasste sie an den Händen, zitterte aber selbst so sehr, dass sie seine Hände festhalten musste, um ihn zu beruhigen. »Die Zeitungen da«, sagte er und zeigte mit dem Kopf auf das Chaos auf dem Tisch. »Wir haben den ganzen Tag damit zugebracht, sie zu lesen. Wieder und wieder.«

»Und?«

»Caughleigh wird nicht vor Gericht gestellt.«

»Was!« Das konnte sie nicht glauben – nach dem Aufwand. »Sie lassen ihn einfach frei?«

»Nein. Er gilt als verhandlungsunfähig und kommt nach Broadmoor«, sagte Christopher. »Ein Gefängnis für geistig verwirrte Kriminelle.«

Dort passte er ja bestens hin. »Er sitzt also seine Strafe dort ab?« Aber wie sollte das ohne Gerichtsverhandlung gehen?

»Möglicherweise bleibt er sein ganzes Leben lang dort.«

Recht so. So konnte er wenigsten keine Dummheiten mehr machen. »Der wäre also versorgt. Was ist nun das Problem?«

»Das Problem, Liebes, bist du ... wir waren zu erfolgreich. Er hat *alles* gesagt.«

»Kein Wunder also, dass sie ihn für verrückt erklärt haben.« Sie hielt inne. Ahnungsvoll sah sie in die Runde. »Da steckt noch mehr dahinter«, sagte sie nach langem Schweigen. Sonst hätten sie doch Sebastians Verschwinden im Knast mit Toms Jahrgangs-Port gefeiert.

»Die Brüder von der Presse haben die Erklärungen gierig aufgenommen und unters Volk gebracht. Bringham hat es heute auf die Titelseiten aller nationalen und internationalen Zeitungen geschafft.« Ihr wären beinahe die Augäpfel herausgefallen, als sie die Schlagzeile des *Daily Mirror* las, den Christopher ihr hinhielt. Trotzdem vergaß sie aber nicht, ihren Mund wieder zuzumachen.

Ihr Name kam auf der Titelseite nicht vor, denn die gehörte allein Sebastian mit der Schlagzeile: »Brandmörder von Bringham brummt in Broadmoor.« Dafür hatten sie ihr schreckliches Passfoto doppelspaltengroß mit folgender Bildunterschrift abgedruckt: »Transatlantischer Vampir oder unschuldiges Opfer?« Und über einem Foto, das die Ruinen von Dial Cottage abbildete, stand in prangenden Lettern: »Villa des Grauens.«

Die fetten Überschriften und kurzen Sätze waren schnell durchgelesen. Allem Anschein nach wollte die Presse so viel Aufmerksamkeit wie möglich erregen, was ihr auch gelungen war. Sebastian wurde als der wahnsinnige Führer einer obskuren Dorfsekte geschildert. Ida, Emily und – zu Dixies Erstaunen – auch Sally sowie James und weitere Personen, die sie aber nicht kannte, wurden offenbar als Mittäter angeklagt. Der Tod ihrer Tanten, die Morde an Christopher und Vernon – beide trotz einer fehlenden Leiche bewiesen –, das Geraune über einen Hexenzirkel und die undurchsichtige Rolle einer Amerikanerin in diesem Zusammenhang waren ein gefundenes Fressen für die Presse. Selbst die *Times* sprach von »Ritualmorden vor den Toren Londons«.

Und sie hatte sich Sorgen darüber gemacht, Christopher könnte mit Vernons Tod etwas zu tun haben! Was würde aber nun passieren, wenn irgendwelche Reporter sie erkennen und Aufnahmen von ihr machen würden, auf denen sie nicht zu sehen war? Das konnte sie nicht riskieren – und wie sollte sie sich jetzt überhaupt noch vor die Tür wagen?

»Ich weiß nicht, ob ›erfolgreich‹ das richtige Wort ist«, sagte sie. Ihre Stimme schwankte. »Was machen wir denn nun?« Die pure Verzweiflung saß ihr im Nacken, als sie Christophers Hände umklammerte und nach dem Halt suchte, den sie ihm eben noch gegeben hatte.

»Es wird alles gut, Dixie. Glaub's mir. Wir werden zusammenbleiben.«

Etwas anderes konnte sie sich gar nicht vorstellen. Er hatte sie wieder zum Leben erweckt.

»So einen Fall haben wir nicht zum ersten Mal«, sagte Justin. »Mach dir keine Sorgen, meine Beste. 1820 hatte Tom ein ähnliches Problem. Es trifft uns alle immer wieder mal. Wir stehen plötzlich im Rampenlicht, wenn die Sterblichen Verdacht schöpfen und ihre Fantasie mit ihnen durchgeht. Christopher hatte eine lange Ruhephase geplant, als sie ihn des Mordes an Vernon bezichtigten. Wir tauchen einfach unter, bis sie uns vergessen.«

»Und was heißt das genau?« Ihr war, als ahnte sie es bereits.

»Justin meint, du solltest dich für längere Zeit zur Ruhe begeben, mehrere Jahre, zumindest so lange, bis über die Sache Gras gewachsen ist. Ich ruhe neben dir, damit du nicht alleine aufwachst.« Christophers kräftige Hände pressten sich auf ihre, als wollte er die in ihr aufsteigende Panik besänftigen.

Es half aber nichts. »Ihr wollt mir allen Ernstes zumuten, vierzig, fünfzig Jahre lang zu schlafen, um dann in einer völlig veränderten und neuen Welt aufzuwachen?«

»Diese Veränderungen kommen ohnehin auf uns zu.«

»Ja, aber verteilt über die einzelnen Jahre kann man sie leichter verkraften.«

Tom beugte sich über den Tisch. »Dadurch bist du in Sicherheit, und wenn du aufwachst, begrüßen wir dich alle. Ich zum Beispiel habe die Industrielle Revolution fast komplett verschlafen.«

»Es muss noch eine andere Möglichkeit geben. Eine bessere.« Sie stand auf und ging in Toms Arbeitszimmer hinüber und starrte von dort in den nächtlichen Garten hinaus. Wie sehr sich die Welt doch verändert hatte seit ihrem ersten Besuch in diesem Haus, nach jener nächtlichen Autofahrt mit einem erlöschenden Vampir auf dem Beifahrersitz, an dessen Existenz sie nicht einmal richtig geglaubt hatte. Nicht im Traum hätte sie sich so etwas vorstellen können, als sie Charleston verlassen hatte, um – das war's!

Sie rannte zurück ins Esszimmer, platzte geradezu herein, so dass alle sie anstarrten. Tim und Justin standen langsam auf.

Christopher kam und stellte sich neben sie. »Dixie«, begann er.

Sie ließ ihn erst gar nicht aussprechen. »Hör zu. Wir können uns hier für gewisse Zeit nicht blicken lassen, richtig? Justin schlägt vor, wir sollten in England bleiben und auf ein anderes Zeitalter warten. Wir können doch auch in dieser Zeit bleiben und stattdessen den Ort wechseln. Wir könnten nach Hause fahren. Mein Zuhause. Die Vereinigten Staaten. Genügend Geld haben wir beide. Um unsere Angelegenheiten hier kann sich ja Justin kümmern.« Sie machte eine Pause, in der sie Christophers Bewusstsein bearbeitete. Sie könnten doch wunderbar leben in Charleston.

»Hast du Lust, mitzukommen?«, fragte sie. »Nach South Carolina, dem Land des gelben Jasmins, der Sabalpalmen und der Maisgrütze?«

»Mit dir geh ich überallhin, Dixie, aber …«

»Aber was?« Sie hatte die bis dahin beste Lösung präsentiert.

»Denk an das Klima, die viele Sonne«, wandte Tom ein. »Du wirst das Haus in den kommenden Jahren nicht verlassen können. Selbst die Wintersonne ist in derart südlichen Breiten fatal.«

»Okay, dann lass uns doch nach Seattle ziehen. Nach allem, was ich gehört habe, scheint dort die Sonne nie.«

»Nein, nicht Seattle. Überhaupt nirgendwo im Staat Washington!« Justin kräuselte die Stirn.

»Wir könnten es so einrichten ...«, begann Gwyltha.

»Niemals!« Justins abrupte Ablehnung schockierte Dixie. Justin und Gwyltha sahen sich verschwörerisch in die Augen.

»Ist mir was entgangen?«, wollte Dixie wissen.

Justin riss beide Arme hoch. »Ich werde Vlad um keinen Gefallen bitten. Nie und nimmer.«

Tom beantwortete Dixies Frage. »Vlad Tepes ist Herr einer großen Kolonie im mittleren Westen, die bis an die Küste reicht. Wir versuchen, die Territorien anderer tunlichst zu meiden.«

Dixie war beinahe sprachlos. »Soll das heißen, es gibt überall in den Staaten Vampire?« In South Carolina hatte sie nun wirklich hinter dem Mond gelebt. Darüber konnten alle lachen, was ihre Anspannung ein Stück weit löste. Bei Dixie bewirkte es genau das Gegenteil.

Christopher hielt ihre Hand noch stärker fest. »Möglicherweise Tausende. Viele haben Europa im 18. und 19. Jahrhundert verlassen.«

Dieses Detail hatte ihr Geschichtslehrer immer verschwiegen.

»Ob für uns da noch Platz ist? Es kann doch nicht sein, dass die restlichen neunundvierzig Bundesstaaten auch alle Vlad gehören.«

»Wir finden schon einen Platz für dich – vorausgesetzt, Christopher ist mit allem einverstanden.« Alle starrten wie gebannt auf Gwyltha. Für Dixie war sie von Anfang an eine

Autorität gewesen, trug sie doch die Erfahrung von ein paar tausend Jahren mit sich herum.

»Ich bleibe bei Dixie, egal, wohin die Reise geht«, sagte Christopher.

»Da gibt es doch dieses Haus in Columbus, das Dylan im letzten Jahr aufgeben musste. Ihr könntet doch dahin gehen. Und viel Sonne gibt es in Ohio auch nicht«, sagte Justin.

»Ohio?«, fragte Dixie. Kein LePage hatte je nördlich der Mason-Dixon-Linie gesiedelt. Aber es war auch noch keine LePage in eine Vampirin verwandelt worden. Zumindest soweit sie wusste …

»Dir ist klar, Kit, dass du damit heimatlichen Boden verlässt«, sagte Tom.

»Wozu, meine Herren, gibt es denn Schuhe mit Plateausohlen und Erdmatten fürs Bett. Ich habe jede Menge Erfahrung damit.«

Gwyltha kicherte. »Ich habe dich gewarnt. Die Frau von heute hat dazugelernt.« Sie wandte sich Christopher zu. »Ein Vorschlag, der sich sehen lassen kann. Was hältst du davon?«

»Ich glaube, Walter Raleigh schaut gerade herunter und lacht sich tot. Er wollte mich immer dazu überreden, die Neue Welt kennenzulernen.«

Als er sie in die Arme nahm, schwebte Dixie auf einer Wolke des Glücks, und es war ihr vollkommen egal, dass sie nicht alleine waren. Sie wünschte sich Küsse bis zur Besinnungslosigkeit, und ihr Wunsch sollte in Erfüllung gehen.

Weltbild Buchverlag
Deutsche Erstausgabe 2007

Published by Arrangement with KENSINGTON PUBLISHING CORP., New York, NY, USA
Dieses Werk wurde vermittelt durch die Literarische Agentur Thomas Schlück GmbH, 30827 Garbsen.

Sonderausgabe 2009

Projektleitung: Gerald Fiebig
Übersetzung: Christian Kennerknecht
Redaktion: Ingola Lammers
Umschlag: Hauptmann & Kompanie Werbeagentur GmbH, München–Zürich
Umschlagabbildung: © Newton, Richard via Agentur Schlück
Satz: avak Publikationsdesign, München
Gesetzt aus der Sabon 10,5/12,5 pt
Druck und Bindung: CPI Moravia Books s.r.o., Pohorelice

Gedruckt auf chlorfrei gebleichtem Papier

Printed in the EU

ISBN 978-3-89897-728-9